[고전번역+비교문화학연구단] 총서 4

문화소통과 번역

부산대학교 인문한국(HK)
고전번역+비교문화학 연구단 편

보고사

이 저서는 2007년 정부(교육과학기술부)의 재원으로 한국연구재단의 지원을 받아
수행된 연구임(NRF-2007-361-AM0059)

문명, 문화, 그리고 소통과 번역

굳은 대지 위에 두 발로 곧게 일어설 수 있다는 그 단순한 차이가 '인류'의 도저한 역사를 일구어 낼 수 있었다고 한다. 하지만 인류는 대륙의 큰 강줄기를 따라 생활을 영위하면서 4대 문명의 서막을 열어 나갔고, 이들 문명의 스펙트럼이 빚어 낸 아름다운 빛깔은 다양한 문화로 흘러 넘쳐 삶의 빈틈을 채워 나갔다.

일월성신(日月星辰)은 하늘의 문[天之文]이고 산천초목(山川草木)은 땅의 문[地之文]이며, 시서예악(詩書禮樂)은 사람의 문[人之文]이다. 그러나 하늘의 문은 기(氣)로써 되고 땅의 문은 형(形)으로써 되지마는 사람의 문은 도(道)로써 이룩되는 까닭에, 문(文)을 '도를 싣는 그릇이다[載道之器]'라고 하니, 그는 인문(人文)을 말하는 것이다.

조선왕조의 기틀을 수립하였던 정도전(鄭道傳, 1342~1398)이 〈도은(陶隱) 이숭인(李崇仁)의 문집에 붙이는 서문[陶隱文集序]〉에서 표방한 일성이다. 자신과 같은 시대를 살아간 문인의 문집에 써준 글이라는 점에서 문학에 보다 비중을 두었겠으나 기실 지금의 우리가 이해하고 있는 그것과 그리 다른 내용은 아닐 것이다. 오히려 일월성신과 산천초목의 천지를 상정하고 있으니 인간 주체의 사고와 실천에 보다 큰 의미를 부여한 코스모폴리탄의 의식마저 느껴진다. 이러한 시각은 공간적으로 동아시아 문화권에 속하지 않은 권역에도 유효하며, 시간적으로 한자문화권의 자장에서 이탈하고 있는 현재에도 오히려 더욱 절실함에 분명하다.

이처럼 문명과 문화는 인간[人] 사고와 행동의 흔적이 다채로운 문양[文]으로 표현되어 드러난 실체이며, 인류가 앞으로 나아갈 길에 대한 하나의 거울이자 좌표이기도 할 터이다. 그러나 문명과 문화가 언제나 상호 시혜와 조화, 균형만을 유지했던 것은 아니다. 오히려 문명과 문화의 미명으로 차이와 순서를 강요하거나, 문명과 비문명/고급문화와 저급문화를 획정하여 질곡으로 작용한 역사적 현실이 있었던 때문이다. 거기에 '근대'와 '자본'의 무한 질주가 '동서'의 구획 짓기에 힘을 더하기까지 하였다. 그렇다고 문명과 문화에 의혹의 시선을 던질 필요는 없으리라. 인류는 '신'문명과 '신'문화로 그러한 과정을 지혜롭게 극복하고자 노력을 경주해 왔음임도 분명한 사실이니 말이다.

아마도 이러한 인류의 노력은 '인문정신'이라 불러도 그리 허언은 아닐 것이다. 그리고 인류는 문명과 문화의 위기에 우리가 '고전'으로 지목하는 크고 작은 지적 결실들을 맺어왔다. 어쩌면 지금까지도 고전을 되뇌고 곱씹으며, 다시 '신'고전으로 뻗어내고 있음은 이들이 던져주는 의미가 시대와 지역, 즉 동서고금에 깊은 울림으로 경종과 혜안을 제시하기 때문이 아닐까 한다.

여기서 우리는 인류의 문명과 문화에 소통으로서의 '번역'이 있었음을 주시할 필요가 있다. 또한 이때의 번역은 단순한 문자에서 문자로의 '전환'에 그치지 않으며, 우리는 번역의 모든 과정에 스며있는 인문적 의식과 행위까지도 놓치지 않고자 하였다.

부산대학교 인문한국(HK) [고전번역학+비교문화학] 연구단은 이러한 고민에 마주하고자 뜻을 함께하는 학제 간 연구자들이 모여 발걸음을 떼었고, 이제 그 두 번째 발걸음의 성과들을 모아 학계에 제출하고자 한다. 앞선 발걸음이 중심과 주변의 문제를 고전의 관점에서 확인하기 위한 잰걸음이었다면, 지금은 그 다음 단계로 문명과 문화의 관계에 번역을 통한 소통의 문제로 보폭을 넓혀 다가서 본 것이다. 그만큼 문명과 문화의 다기한 양태를 상호 이해하고 교통하고자 경주하였던 인류의 자취[인문]에 번역이라는 키워드로 소통의 단서를 마련하기 위한 고민의 흔적이다.

본서는 이상의 문제의식을 담아내고자 전체의 논의를 3부로 나누어 배치하였다.

1부에서는 프랑스어 국제기구인 프랑코포니에서 언어의 정치화 과정을 목격하고, 가면의 논리로 인종주의의 왜곡된 실체를 살폈으며, 교양의 문화정치적 함의를 통해 '열린' 교양을 상상하고, 마이너리티의 자기서사가 담긴 '난민적 주체'의 가능성을 제안하는 목소리를 담아 보았다. 이은령의 「프랑스어 표상을 통해 본 프랑스어 증진의 담화 전략」은 프랑스어 문화권의 정지 공동체에서 프랑스어의 표상과 프랑스어 증진에 대한 담론이 형성된 방식을 이해하기 위해 2005년과 2012년 사이에 이루어진 프랑코포니 국제기구 총장인 디우프의 연설문 238건 중 46건을 분석한다. 프랑스어는 정치문화적 필요 때문에 OIF 공동체의 기반이 되었지만 OIF는 그들의 공적 담론 공간에서 프랑스어와 프랑스어 사이에 존재해왔던 역사, 문화적 관계를 해체하고 프랑스어와 프랑스어가 가진 사회적 표상과 함께 부정적 통념을 넘어서려고 시도하고 있다. 한편, 이 글은 OIF 담화의 공간에서 프랑스어의 증진을 주장하기 위한 전략적 도구로서는 문화적 다양성과 언어의 다양성 보호라는 정치 문화적 문제가 주요 요소로 쓰임을 밝힌다. 프랑스어는 문화간 협력의 언어로서 보편성을 지니고 있지만, 프랑스어권의 지역어에 대한 균형적 증진을 추구하지 않는다는 점에서 문화간 수평적 소통의 걸림돌이 되고 있는 것이다. 이 글은 OIF가 담화 공간에서 프랑스어 표상에 대한 비판을 통해 상호문화적 배려와 소통의 전제 조건이 무엇인지를 성찰해 보고자 한다.

하상복의 「황색 피부, 백색 가면 - 한국의 내면화된 인종주의의 역사적 고찰과 다문화주의」는 한국의 다문화주의에 내재한 인종주의적 태도를 발견한다. 한국의 인종주의는 식민의 역사와 분단이라는 역경을 배경으로 한 배타적 민족주의로만 설명하기에는 너무 피상적이다. 이러한 문제의식에 따라 이 글은 비록 이러한 상황이 한국의 전반적이고 지배적인 현실이라고 단언하지는 않지만, 백인우월주의가 내재된 인종주의가 황색 피부를 가진 한국인의 현실에서 점점 확대되고 있는 인종의 정치학을 살펴보고자 한다. 이를 위해 이 글은 먼저 프란츠 파농이 제시한 유색인종의 열등의식과 백인과의 동일시에 대한 성찰을 통해 19세기 이후 한국의 내면화된 인종주의적 경향을 검토한다. 또한 내면화된 인종주의가 일제 강점기 이후 동원된 순혈주의, 단일민족 신화, 민족주의를 '보충'하며 타자를 배제하고 차별하는 인종주의 형성에 일조하고 있다고 파악한다. 이런 측면에서 이 글은 오늘날 한국의 인종적 타자에 대한 인식과 다문화주의 정책은 역사적으로 내면화된 인종주의와 배타적 민족주의의 경향 때문에 인종차별적 측면들을 포함하고 있다고 것이다.

이효석의 「아널드의 교양 개념의 문화정치학적 함의와 '열린' 교양의 가능성」은 교양의 개념 속에 존재하는 이데올로기적 함정을 간파하고, 관습적인 교양 개념에 대한 거부에서 출발한다. 아널드의 교양

과 문명의 개념은 영국에 대한 자기비판의 도구였다는 역사적 성과에
도 불구하고 그의 사상은 부분적으로 유럽중심적이고 제국주의적인
한계를 보여주고 있다. 그러나 그가 말하는 교양은 넓은 의미의 고전
의 개념과 크게 다르지 않기 때문에 새로이 음미해볼 가치가 있다.
이를 위해서는 교양과 고전이 언제나 해체되고 새로이 구성되는 과정
중에 있다는 '열린' 정체성을 상상해야 한다는 것이 이 글이 지향하는
지점이다.

　김경연의 「마이너리티는 말할 수 있는가―난민의 자기역사 쓰기와
내셔널 히스토리의 파열」는 국민이라는 정체성 밖으로 내쫓긴 국민국
가의 이방인들을 '난민'으로 지시하고 이들이 쓴 자기서사를 통해서
국민의 서사를 균열하고 국가주의/민족주의를 횡단할 수 있는 '난민
적 주체'의 탄생을 가늠해보고자 하였다. 이 글에서 의미하는 난민이
란 인종이나 종교 또는 정치적·사상적 차이로 인해 국경 바깥으로 쫓
겨나거나 탈출한 자들에 국한되는 것이 아니라, 국민국가의 법(경계)
외부로 축출당한 모든 자들을 포괄하는 개념이다. 이 글은 난민들이
단지 침묵하는 이들이 아닌 '다르게' 말하는 자들, 국민의 언어가 아닌
이방인이 언어로 발화하는 이들임에 착목했으며, 이러한 인식 아래
난민들이 스스로 자기 역사를 기록한 서사물들에 주목했다.

　2부에는 발화의 위치와 권력을 잃은 서발턴을 통해 '듣기의 윤리'를
제기하고, 트랜스내셔널 공간이 이민박물관의 한계와 문화적 중개자
로서의 가능성을 환기하며, 두셀과 테일러의 근대성에 대한 논박을
통해 문화 소통의 색다른 양상을 진단함과 동시에 2차 대전 이후 이중
적 정체성을 가지고 살아야 했던 한일 귀환자의 기억과 경계를 점검한
제안을 수록하였다. 김애령의 「다른 목소리 듣기―말하는 주체와 들리
지 않는 이방성」은 "말하는 주체"가 됨으로써 세계에 참여하는 인간의

본질과 가능성에 주목한 글이다. 서구 사유 전통에서 "말할 수 있음"
은 자기 자신을 행위 주체로 세계에 기입할 수 있음을 의미해 왔다.
이러한 맥락에서 "서발턴"의 종속성은 공적 공간에서 말할 수 없음으
로 표현된다. 따라서 서발턴이 세계의 주인으로서 주체성을 회복하기
위해서는 "말할 수 있어야 한다"는 당위가 도출된다. 그러나 서발턴으
로 하여금 자기 스토리를 말하게 하려는 시도들에 직면하여, 스피박은
"서발턴은 말할 수 없다"고 분석한다. 이 글은 "서발턴이 말할 수 없
다"고 한 스피박의 주장을 다시 읽는다. 이 읽기를 통해, 서발턴의 말
은 발화의 위치나 권력을 박탈당하고 있을 뿐 아니라, 중층 결정되어
있는 담론 권력의 개입에 의해 왜곡되어 있음이 드러난다. 인식소적
폭력의 회로 안에서 서발턴의 말은 투명하게 자기를 전달할 수 없다는
것이다.

　이용일의 「트랜스내셔널 공간으로서 이민박물관(Migration Museum)」
은 주류사회가 형성하여 놓은 자국중심의 기억문화에 대항하며 자신
들 스스로 혹은 자신들의 부모세대가 겪은 이민경험과 일상을 역사화
하려는 독일 이주민들의 노력에서 나온 이민박물관 건립운동을 다룬
다. 민족사서술에 의해 오랫동안 주변화 되었던 이주민들의 기억과
역사, 그것에 반하여 일어난 이민박물관 운동을 탐색하며 트랜스내셔
널 공간으로서의 이민박물관의 가능성과 한계를 가늠하려고 했다. 사
실 이민자들의 역사는 그들의 떠난 고국과 완전한 끈을 놓지 않은 채
주류사회와 접촉, 교류하며 상호영향을 미치는 트랜스내셔널 히스토
리이다. 이 글은 현대의 박물관들은 민족적 정체성을 함양하고 계몽하
는 장소로서의 기능을 완전히 던져버리지 못하고 있음을 확인하고 다
문화주의와 이민자들의 현실과 관련한 새로운 환경 속에서 문화적 중
개자로서의 새로운 역할에 적응하는 데 어려움을 느끼는 현실의 확인

하고 있다.

김정현의 「문화 간 소통의 가능성과 조건에 대한 한 연구-두셀과 테일러의 근대성 이해 및 윤리적 기획의 비교를 통해」는 라틴아메리카의 해방철학자인 두셀(E. Dussel)과 북미의 철학자인 테일러(C. Taylor)의 근대성에 대한 이해, 그리고 이들의 윤리적 기획의 비교를 통해 비서구와 서구의 문화적 소통의 가능성, 혹은 조건에 대해 탐색한다. 비서구에서 시작된 해방철학의 견지에서 볼 때, 근대성은 해방의 신화뿐 아니라 그 이면으로서 폭력의 신화 역시 내포하고 있다. 윤리적 기획의 측면에서 두셀과 테일러는 형식주의 윤리학에 대해 비판적이라는 공통점을 지니지만, 두셀은 테일러의 윤리학에서 억압의 원리를 본다. 하나의 총체성으로서 주어진 에토스의 긍정 위에 서 있는 윤리학은 그 에토스 내에서 발견되는 비가시적 타자를 양심의 가책 없이 부정한다. 오백년에 걸친 서구 근대성의 부정적 영향이 광범위하고 심층적인 만큼, 비서구와 서구의 소통은 근본적 차원에서, 그리고 거의 영구적으로 추진되어야 함을 이 글은 주장한다.

김경연의 「경계의 기억과 트랜스내셔널의 (불)가능성-해방/패전 이후 한일(韓日) 귀환자의 서사와 기억의 정치학」은 일본의 패전, 조선의 해방 이후 (피)식민의 경험을 기록·재현한 고바야시 마사루와 한운사의 기억서사를 교차적으로 읽으며 민족주의를 횡단하는 트랜스내셔널리즘의 가능성을 사유하고자 한 시도이다. 해방/패전 이후 고바야시 마사루와 한운사는 내셔널리즘으로 온전히 귀납될 수 없는 자신 속의 이물감을 응시했고, 그것이 발원하는 (피)식민의 기억을 서사화했다. 그러나 이 글에서는 두 지식인의 지향점과 귀결의 차이를 재확인한다. 즉 고바야시 마사루가 끊임없이 자신 안의 조선을 쓰면서 일본인이라는 정체성을 심문하고 성찰함으로써 트랜스내셔널리즘의 가

능성으로 혼종성을 사유했다면, 한운사의 경우는 '치유'라는 명분 아래
자신 안의 이물감을 끝내 삭제하는 방식을 취했음에 주목하는 것이다.

3부는 매킨타이어의 번역론으로 문화간 번역을 반성하고, 문자의
창조와 유통 과정에 나타난 문화 번역의 양상을 성찰하거나, 한국 근
대의 문화 전환에 중역(重譯)과 역술(譯述)이 차지하는 위치를 확인하
고, 전근대의 한국 가사(歌辭)에 나타난 전고(典故)들이 가진 문명 번역
의 역할을 살폈으며, 조선총독부 교과서가 번역을 통해 조선어에 대한
인식을 전환한 과정을 확인해 보았다. 김정현의「근대적 번역 유형에
대한 한 비판: 매킨타이어의 견해를 중심으로」에서는 매킨타이어의
번역론을 분석했다. 그의 학문적 작업의 상당 부분이 근대적인 여러
신념들을 비판하는데 할애되어 왔듯이, 번역(불)가능성에 대한 그의
분석 역시 번역과 관련된 근대적 신념과 전제를 비판하는 작업으로
규정될 수 있다. 모든 문화는 번역가능하다는 근대적 확신과 달리,
번역이 불가능한 사회적, 문화적, 언어적 체계가 존재할 수 있다는
것이 매킨타이어의 생각이다. 달리 말해 특정한 전통으로 번역불가능
한 다른 전통이 존재할 수 있다. 번역(불)가능성 문제를 둘러싼 근대적
이해의 문제점이 무엇인지, 그리고 근대적 번역 유형에 대한 매킨타이
어의 비판이 근대성의 성찰에 어떤 의의를 지닐 수 있는지를 살펴보는
것이 이 글의 목표이다.

서민정의「'글자'에 대한 인식의 변화와 문화 번역-『훈민정음』(1446)
과『글자의 혁명』(1947)을 바탕으로」는 문명전환기에 '글자'의 변화를
시도한 대표적인 두 텍스트인『훈민정음』(1446)과『글자의 혁명』(1947)
에 주목하고, 두 텍스트에서 보여주는 '글자'와 글자에 대한 인식에
대해 살펴보았다. 그리고 '훈민정음'이 창제 당시보다 20C에 들어와서
새롭게 조명받기 시작하게 된 인식 변화의 바탕에 그 시대의 가치 기

준이 작동된다는 것을 전제하고 그것의 구체적인 양상을 고찰하였다. 이러한 고찰은 고정되어 있는 것으로 인식되어온 '글자'의 변화를 확인함으로써 '글자'에 반영된 문화 번역의 양상을 포착하고자 하는 것이다.

김남이의 「20세기 초 한국의 문명전환 – 중역과 역술의 문제를 중심으로」는 '중역'과 '역술'이라는 20세기 초반 한국의 번역의 특성에 주목하며, 이를 문명의 전환과 소통의 관점에서 살펴본다. 근대계몽기의 '번역', 특히 20세기 초의 번역의 특징 중 하나는 '譯述' '譯說'의 방식이다. 이러한 중역과 역술은 20세기 초반의 번역의 특징을 대표하는 한편으로 부정적인 역할 한 것이 사실이다. 그러나 이 글에서는 중역과 역술이 당대 조선 지식인이 외부세계를 '번역하는(수용/거절/전유)'의 방식을 그대로 담고 있다는 점에서 그 가치와 의미를 재맥락화한다. 20세기 초반 한국의 번역은 분명한 현실적 필요에 따라 텍스트를 재배치하고 구성하는 것을 주된 목표와 의미로 삼고 있었다. 번역은 언어에서 출발해 문화적인 차원에서 작동하는 것이거니와 20세기 초 한국의 번역 또한 그러한 문화적 소통의 관점에서 다시 살펴져야 힌다는 깃이 이 글의 입장이다. 이 연구를 통해 문명전환기에 서구 대 동양 또는 식민과 피식민과 같은 위계나 영향의 수수관계로 환원되지 않는 '번역' 또는 문화간의 '소통'의 국면이 있었음을 확인해 볼 수 있다.

김용철의 「「만고가」의 『십구사략』 수용과 문명번역적 성격」은 18세기 전라도 영암 지역 사족인 박이화가 쓴 가사 「만고가」를 대상으로 하여 「만고가」와 당대의 동몽서 『십구사략』의 관계를 알아보고 「만고가」 속에 있는 역사적 사실과 역사적 전고의 특성에 대해 살펴보는 것을 목적으로 한다. 중국의 역사를 상식적인 선에서 기술하고 있는 것처럼 보이는 「만고가」는 중국 역사서 『십구사략』의 서술을 따르고 있다. 이러한 「만고가」는 정통의 문제를 어떤 역사서보다 더 적극적으로 실현하고 있으며, 아주 구체적인 사실들을 적시하고 있는 데서 전고집의 성격을 갖는다. 무엇보다 「만고가」는 문명 번역의 성격을 가지고 있음을 밝힘으로써, 이 글은 문화 소통에서 번역의 역할이 무엇인지 밝힌다. 심도 있게 고찰하고 있다. 그런 점에서 「만고가」는 중국역사를 구체적인 차원에서 포획하려는 문명번역의 한 현장이기도 하다.

임상석의 「조선총독부 중등교육용 조선어급한문독본의 조선어 인식-『신편고등조선어급한문독본』의 번역과 문체를 중심으로」는 조선총독부가 간행한 '독본'에 나타난 식민지 언어정책과 그 속에 담긴 조선어의 위상 변화를 추적한다. 당시 독본의 번역은 주로 일본어 저술을 저본으로 하였는데, 한국의 한문 전적들도 일부 포함되어 있다. 그 번역의 양상을 통해 당대 일본어 문체를 기준으로 식민지 조선어를 정책적으로 구성하려 했던 사실을 확인한다. 또한 이 글은 교과서의 개정에 따른 조선어에 대한 인식 변화에 주목한다. 1910년대 조선어는 일본어와 한문을 보조하는 위상으로 당대의 언어적 수요를 거의 반영하지 않은 위상이었다면, 1920년대에 들어서 조선어는 조선의 문화와 역사를 제한적으로나마 담을 수 있는 위치로 위상이 달라졌으며 1930년대에는 제한적이나마 창작과 저술의 매체로 한 단계 더 올라선 것이다. 이 논문은 이와 같은 조선어 인식의 변화가 결국 총독부 교육/언어 정책의 지향이 수정되었음을 확인하고 있다.

이 책은 문명과 문화의 소통을 위한 번역의 진정한 역할이 무엇인지를 묻고 있다. 갈등과 배제의 질곡을 넘어, 새로운 소통적 사고와 행동을 위해 번역은 인문정신의 가장 중요한 키워드가 됨을 의심할 수 없다. 문명 전환기에 이어, 우리의 미래를 밝힐 새로운 인문정신을 위해 앞으로 번역은 무엇을, 어떻게 소통할 것이며, 그것이 지향하는 바는 무엇인지를 다시금 묻는 일은 우리 연구단이 앞으로도 지속해 가야할 지적인 모험이다. 본서의 성과가 그 길을 열어줄 것을 기대하면서, 이 성과들이 제출한 논의의 한계와 오류에 대해서는 이제 독자들의 질정을 구하도록 한다.

2013년 4월
부산대학교 인문한국(HK)
[고전번역+비교문화학연구단]

차 례

제3부 문화소통을 위한 번역의 역할

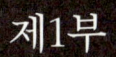

제1부

자기, 중심, 그리고 문화의 장애

프랑스어 표상을 통해 본
프랑스어 증진의 담화전략

이은령

I. 서론

일찍이 유럽공동체의 필요성을 주장했던 어네스트 르낭(Ernest Renan)은 민족과 언어의 관계에 대해 '언어는 강요하지 않고도 화합을 이끌어내고' 같은 언어를 사용하는 집단의 유대는 강할 수밖에 없다고 했다. 그러나 그는 알자스의 언어가 프랑스어보다는 독일어와 유사함에도 해당 지역이 프랑스의 영토에 속하게 됨을 정당화하기 위해, '언어의 유사싱이 종족의 유사성을 가져오지는 않았으며, 언어는 역사적인 부산물로서 그 언어를 사용하는 사람들의 혈통에 대해서는 말해주는 것이 거의 없다'고 주장했다. 나아가 '언어라는 것이 우리가 영원토록 함께 할 집단을 결정하는 문제에서 영원토록 인간의 자유를 속박할 수는 없을 것'이라고 주장한 바 있다.[1)

언어가 민족적(혹은 민족국가의) 유대를 형성하는데 충분하지 않으며, 언어보다는 민중의 의지가 더 중요함을 강조했던 르낭의 주장은

---

1) 르낭(2002:73~75).

사실상 프랑스 혁명 이후 민족국가(Etat-nation) 형성을 위해 프랑스
어를 도구로 삼았던 언어정책과 다르지 않다. 이것은 혁명 당시 프랑
스에 존재했던 다양한 언어 사용자를 프랑스어라는 단일어로 통합시
키기 위해, 프랑스어를 민족에 내재하는 것이라기보다는 국가의 단일
성을 형성하기 위해 동원한 정책이었다.2) 이러한 국가 단일성의 형성
은 근대국민국가의 형성과정에서 필수적인 과정이었고 여기에서 언
어의 문제는 정치 담화의 표면에 등장하여 국가적 유대, 단일성, 혹은
정체성을 강화하기 위한 상징으로서 작용했으며, 국가적 유대와 정체
성의 기반으로서 언어의 기능은 오늘날의 정치 담화에서도 여전히 유
효하게 작용한다.

　　프랑스의 근대역사에서 국가적 결집력을 강화하기 위해 프랑스어가
도구화되었듯이, 프랑코포니 국제기구(OIF)도3) 국가와 언어, 문화가
다른 여러 국가의 결속력 강화를 위해, 프랑스어를 구심점으로 국경을
초월한 공동체적 유대를 구축해 나가고 있다. 특히 OIF의 공동체적
유대는 정치적으로 영어 중심의 세계체제에 대항할 수 있는 새로운
헤게모니를 창출하기 위해서이고, 회원국의 긴밀한 상호 협력과 유대
는 프랑스어의 증진이라는 전략을 중심으로 이루어지고 있다. 그런데
OIF를 구성하는 프랑스와 식민 통치의 언어였던 프랑스어를 공용어
로 쓰고 있는 아프리카의 여러 국가, 그리고 민족적, 문화적 정체성의
기반으로서 프랑스어를 보존하고 있는 지역은 대부분 이중어 혹은 다

---

2) 세리오(Sériot)는 계몽주의와 혁명세력의 공통적 언어관은 '언어가 정치적 단일화의
　도구'라는 점을 지적하고 있다.(Sériot, 1997:45)

3) Organisation International de la Francophonie. 국내에서는 "국제프랑스어문화
　권기구"(이종오, 2008) 혹은 "프랑코포니국제기구"(김병욱, 2008), "프랑스어권 국
　가연합기구"(한양환, 이승민 2003) 등의 용어로 번역되어 쓰이고 있다. 이 글에서는
　"프랑코포니 국제기구(약어: OIF)"로 쓰기로 한다.

언어 병용 사회다. 이러한 다언어 병용 상황에서도 프랑스어를 공동체의 기반으로 삼기 위해서 OIF는 회원국의 언어와 문화적 다양성을 인정하면서도 프랑스어의 사용과 증진을 최우선적 전략으로 OIF담론에서 강조되고 있다.[4]

그렇다면 세계무대 위에서 회원국 간의 결집력을 강화하면서도 각 회원국의 경제 및 사회적 발전을 도모하기 위한 수단으로서 프랑스어의 증진은 어떠한 방식으로 이루어지고 있는가? 물론 국제기구로서 회원국의 언어 교육과 정책 결정에 영향력을 행사하거나 협력하는 등의 다양한 언어 외적 활동도 빼놓을 수 없지만, 무엇보다 연설이라는 사회적 담화 공간(socio-discursive space)을 통해 프랑스어 증진의 필요성과 그 정당성을 입증하는 노력이 두드러진다고 하겠다. 따라서 본 연구에서는 프랑스어를 쓰는 문화권의 국제 협력기구로 제도화된 프랑코포니 국제기구(OIF)를 발화의 주체로 보고, 이들의 연설문을 분석하여 프랑스어를 표상하는 계열체를 고찰하여 프랑스어 증진이라는 정치적 목표가 담화의 차원에서 정당화되는 과정을 살펴보고자 한다.

Ⅱ. 프랑코포니 담론

1. 프랑코포니의 의미

대부분의 사전에서 '프랑코포니(Francophonie)'는 주로 프랑스어를

---

4) 2004년 부르키나파소의 와가두구에서 개최된 프랑코포니 정상회담에서 채택된 OIF의 10년 전략(2005~2014)에 포함된 프랑코포니의 4대 사명은 다음과 같다; (1) 프랑스어의 사용과 문화 언어적 다양성 증진 (2)평화, 민주주의, 인권 증진 (3)초등교육, 직업교육, 고등교육, 연구 지원 (4)지속가능한 발전을 위한 협력과 연대의 확대.

말하는 사람들의 집합, 그리고 프랑스어를 쓰는 국가(지역)의 집합으로 정의되며 '프랑코폰(francophone)'은 '프랑스어를 말하는 사람' 혹은 '집합적 의미의 프랑스어 화자', 그리고 '프랑스어가 공용어 혹은 지배어로 쓰이는 집단'을 말한다(『TLFi』). 『로베르 사전Le Petit Robert』에서도 앞선 『TLFi』와 유사한 정의를 제시하면서, "프랑스어를 지지하는 운동"으로서의 의미도 등재하고 있다. 또한 혹자는 'Francophonie'(대문자)와 'francophonie'(소문자)를 구분해야 한다고 주장하기도 한다.5) 한편, OIF는 앞서 제시된 일반적 의미와 함께 프랑코포니(Francophonie)를 '프랑스어를 쓰고 보편적 가치를 존중하는 회원국 간의 정치적 관계와 협력을 조직하는 제도적 장치'라는 의미로도 쓰고 있다.

프랑코포니는 오네심 르클뤼(Onéisime Reclus)가 프랑스어를 쓰는 지역 및 식민지를 뜻하는 개념으로 창안한 것으로, 『France, Algérie et Colonie(프랑스, 알제리 그리고 식민지)』에서 처음 쓰였다고 알려졌다.6) 르클뤼는 '우리의 언어(프랑스어)에 참여할 가능성이 있거나 지속해서 참여할 것으로 추정되는 모든 사람'을 일컬어 '프랑코폰'으로 정의하였다(1886:422). 르클뤼의 프랑코포니가 프랑스어를 사용하는 인구 규모와 지역 현황, 그리고 그것의 확장 가능성을 예측하는 식민통치의 관점을 가졌다면, 이와는 달리 '프랑스어 증진' 중심의 프랑코포

---

5) 'francophonie'(소문자 f)는 프랑스어 그 자체, 그리고 프랑스어를 구사하는 사실을 의미하는 것으로, 'Francophonie'(대문자 F)는 모어, 일상어, 행정어, 교육어와 공용어 등으로서 프랑스어를 쓰는 사람들의 집합으로 정의한다. 정치적 맥락에서 프랑코포니(대문자F)는 프랑코폰 국가로 구성된 공동체 혹은 경우에 따라 OIF의 회원인 국가와 지역을 통틀어서 지칭하기도 한다.

   출처: http://fr.wikipedia.org/wiki/Francophonie

6) 드니오(Deniau)와 아제제(Hagège)의 주장을 따른다(재인용. Pinhas(2004:69)).

니 담론은7) 지난 세기의 식민주의적 관점이 아닌 협력 회원국의 사회, 경제적 발전과 다자적 세계화 모델을 꿈꾼다는 점에서 그 정치적 목적 이 다르다.8)

19세기 말에 처음 등장했던 프랑코포니의 의미가 대중화된 것은 셍 고르(Senghor)의 「문화의 언어, 프랑스어」를 통해서이다.9) 셍고르가 이 글을 발표하던 당시에는 아프리카 대륙이 막 식민지에서 벗어나 자생의 길로 첫걸음을 뗀 상황이었다. 이러한 상황에서 그가 오래된 지정학적 개념인 프랑코포니를 재조명했던 이유는 아프리카 내의 정 치적 상황 즉, 프랑스어를 공용어로 채택하는 국가들이 사회적 재정비 와 경제적 발전을 이루어내야 했고, 이들 간의 결속력을 통해 국제사 회에서 입지를 다져야 할 정치적 필요가 있었기 때문이었다. 결국, 아프리카에서는 정치와 문화가 각각 다른 것이 아니라는 셍고르의 인 식을 고려한다면 프랑스어를 선택하는 것은 그야말로 정치적인 행위, 그 자체였다고 할 수 있겠다. 그러나 이러한 셍고르의 정치적 행위는 담화공간에서 프랑스어가 함의하는 문화적 풍요를 통해 미화된다. 그 는 프랑스어에 대해 '어휘의 풍부함과 통사의 집약성 및 명료성' 등을 가진 프랑스어의 우수성과 '프랑스적 인본주의 및 보편 문명'을 내세 움으로써, 그의 정치적 선택을 문화적으로 가치화 하고자 했다. 이러 한 셍고르의 '문화의 언어, 프랑스어'와 프랑스적 인본주의, 보편적 가 치 등은 프랑스어의 표상에 가장 강하게 새겨진 계몽주의적 요소로서

---

7) 이 글에서는 프랑코포니를 지지하는 모든 담화를 집합적 의미에서 '프랑코포니 담 론'이라고 부르고, 프랑코포니에 대한 모든 찬반 논의를 포함한 담론을 통틀어 '프랑 코포니스트 담론'이라고 하겠다.

8) 오늘날의 프랑코포니에 대해서는 이를 지지하는 입장과 새로운 식민주의의 한 형태 로 비판하는 입장으로 양극화되어 있다.

9) Senghor, L.S. "Le français, langue de culture", *Esprit*, 1962. pp.837~844.

OIF에서도 유지되고 있으며 오늘날의 프랑코포니 담론에서도 쉽게 발견할 수 있는 전략적 요소 중 하나이다.

2. 프랑코포니 담론 분석의 필요성

프랑코포니 담론의 중심은 프랑스어의 증진이다. 프랑스어 증진은 이미 오래전부터 '프랑스어의 수호와 선양'이라는 구호 아래 이루어진 프랑스의 언어정책에도 영향을 미치고 있다. 프랑스어 증진은 또한 프랑스어 공유를 바탕으로 조직된 국제기구 OIF의 창안의 핵심 전략이기도 하다. 프랑스어 증진을 실천하기 위해 프랑스정부와 프랑코포니는 협력을 바탕으로 국내외 정치무대에서 전략적으로 담론을 형성해 나가고 있다. 특히 영어 중심의 세계화에 대항하여 다자적 세계화 모델을 지향하는 OIF의 프랑코포니 담론은 세계화의 헤게모니 전쟁을 언어의 전쟁으로 인식하고 있다. 다시 말해 세계무대에서 정치권력 간의 갈등은 담화의 표면에 드러내지 않고, 절대적 권력자와 소수의 갈등이라는 형식을 빌려와 영어라는 거대언어가 영어를 제외한 세계의 언어들을 소수의 언어로 전제한다. 따라서 OIF의 프랑코포니 담론은 현재의 전 지구화 현상을 이들 소수언어가 거대언어로 표상되는 영어 문화권에 의해 포식되는 현상으로 규정하며, 영어로 표상되는 문화를 획일화된 문화적 양태로 인식한다.

이러한 갈등적 위기 상황을 극복하기 위해 OIF는 문화적 다양성에 기반한 다언어주의 모토를 내세우면서 프랑스어 증진을 목표로 삼고, 연설문이라는 담화적 공간에서 프랑스어와 언어에 대한 문화 정치적 함의(다문화주의,[10] 다언어주의)를 최대한 활용하여, 구성원의 연대를 이끌어 내려고 노력하고 있다. 따라서 이러한 정치적 연대를 정당화하는 데 활용되는 프랑스어와 언어 일반에 관한 표상의 문제는 프랑코폰의 정체성 문제나 프랑스어 사용이 갖는 현재적 의미와 가치를 파악하는 데 유의미한 접근이 될 수 있다. 이와 더불어 프랑스어에 대한 정치적 가치가 담화 차원에서 어떻게 표상되고 정당화되는가는 프랑스어 화자를 배출하고 프랑스어, 혹은 프랑스 문화의 전문가를 배출해내는 국내의 프랑스어 교육의 현장에서도 주목해야 할 점으로 생각한다.

3. 선행연구

언어학을 비롯한 인문학의 다양한 분야에서 그리고, 프랑스뿐만 아니라 전 세계적으로 프랑코포니에 대한 연구는 활발하게 이루어져 왔다. 대표적인 몇몇 사례를 들어 본다면 우선, 거시 언어적 관점에서 프랑스어의 증진을 세계 언어와 문화의 다양성을 보호한다는 문제와 직결시키는 주장(Hagège 2006, Burtos-Ghali 2002), 프랑코포니의 상호 문화적 가치와 긍정적 측면을 강조하는 연구(Dumont 2001), 프랑코포니의 사회언어학(Galazzi et Molinari 2008, Chaudenson et Rakotomalala 2004, Canut et Caubet 2002) 및 프랑스어권 지역의 언어접촉 양상연구 (Coveney et Hintze 2004, Billiez et Calvet 2003, Laroussi et Babault 2001, Walter 1998), 그리고 사전(Rey, 2003, Demougin 1999)에 이르기까지, 이론 및 실증적 연구가 있다. 이와 더불어 프랑코포니 이데올로기의 중심에는 프랑스어가 있다는 사실에서 출발하여, 프랑코포니가 프랑스 중심적이며, 신식민주의 기획 혹은 제국주의, 패권주의의 부활이

---

10) 테일러(Charles Taylor, 1985:18)에 따르면 '모든 공동체는 언어 그리고 그와 관련된 특징적 조합으로 구성되어 있으며, 그 공동체적 정신의 구체화는 문화라는 형식으로 나타난다. (중략) 다문화주의는 타문화를 인정하고 이에 대한 개방적 태도를 말하며, 문화 상호 간의 선한 경쟁을 뜻한다.'(재인용. 송재룡(2009:98))

라는 비판적 견해를 제시하는 연구가(Provenzano 2006, Pinhas 2004, Gardy 1990 등) 이어져오고 있고, 이와는 반대로 다문화주의나 다언어주의의 틀 속에 프랑코포니를 재배치하여 이를 적극 지지하는 관변 연구도 눈에 띈다.

앞서 열거한 바와 같이 프랑코포니에 대한 연구는 매우 다양하게 발전되고 있다. 그러나 정작 프랑스어의 표상에 대한 구체적인 사례연구는 찾아보기가 어렵다. 드물게 거시적 관점에서 '프랑스어의 위기(le français en crise)' 인식의 문제점과 언어학적인 타당성을 분석하는 연구(Möise 2008, De La Combe et Wismann 2004, Klinkenberg 1993)가 있었고, 프랑스어에 국한된 표상의 문제를 다루지는 않지만, 유럽연합의 다언어교육 관점에서 언어를 인식하는 사회적 틀과 표상에 대한 연구(Castellotti et Moore 2002)가 있다. 그러나 이러한 앞선 연구들은 담화나 텍스트를 대상으로 접근하기보다는 거시적 차원에서 프랑스어의 사회, 교육, 정책의 문제를 조망하는 것이 다수를 차지하고 있어서, 프랑스어에 대한 표상을 구체적으로 다루는 미시적 연구로 보완되어야 할 것으로 보인다.

국내에서도 프랑코포니 관련 연구가 비교적 활발하다. 그간의 연구를 총망라할 수는 없지만 본 연구와 관련이 있는 범위 내에서 언급해보면, 프랑스어권 지역연구(김승민, 이복남, 한양환 2003, 한양환 2002)와 OIF의 활동을 중심으로 본 세계화 담론 연구(김진식 2004), 프랑스 문화권 내의 언어정책 및 프랑스어 사용 양상(송기형 2012, 홍미선 2011, 정남모 2009, 김종명 2007, 최은순 2003), 언어교육 및 다언어상황 연구(정남모 2008) 등의 연구가 프랑코포니에 대한 다각적 접근과 논의를 활성화하고 있다. 특히, 프랑코포니 내에서의 프랑스어 표상의 문제와 관련해서는 프랑코포니의 언어관을 다룬 연구(김병욱 2008)가 대표

적인데, 여기서는 '언어의 다양성이 문화의 다양성을 실현하는 근본
요소로 간주'하는 프랑코포니의 기본 언어관을 밝히면서, '프랑스어의
옹호와 선양', 그리고 '프랑스어의 보편성'에 대해 치중하는 태도는 문
화적 다양성과 배치되는 문제를 안고 있다고 지적한 바 있다.[11]

4. 분석 자료

본 연구는 프랑코포니의 제도권에서 프랑스어 증진이라는 초국적
목적을 달성하기 위해 프랑스어와 타 언어를 어떻게 표상하며, 언어
간의 관계를 어떻게 담화적으로 형성해 나가는지 고찰하기 위해, 프랑
코포니 국제기구 사무총장 아부 디우프(Abou Diouf)의 연설문을 통해
분석하고자 한다. 디우프는 전 세네갈 대통령으로서 2002년부터 OIF
의 사무총장을 맡아 프랑코포니의 정치, 문화, 경제, 교육 등의 다양
한 분야에서 활발한 활동을 하고 있다. 디우프의 연설문은 프랑코포니
의 가장 핵심적인 사안과 정책, 프랑코폰 국가의 미래에 대한 아젠다
를 포함하고 있어, 프랑코포니의 제도권 담론으로서 대표성을 띤다고
할 수 있으며,[12] 연설문의 상당 부분을 프랑스어와 언어에 대한 표상
을 중심으로 프랑스어 증진을 주장하고 있다는 점에서 본 연구의 대상
으로 적합하다고 본다.

OIF는 누리집을 통해 디우프의 연설문의 전문과 동영상을 부분적으

---

11) 김병욱(2008:17).

12) 프랑코포니 담론은 세부적으로 OIF와 같은 제도권 담론뿐만 아니라 교육, 문화,
    정치, 경제 등의 다양한 민간협회에서 발화되는 모든 담화, 및 보고서와 프랑코포니
    를 분석하고 연구하는 일체의 담화 행위의 산물을 말한다. 따라서 OIF를 중심으로
    하는 제도권 담론이 프랑스어를 옹호하는 민간 조직이나 협회의 입장과 반드시 일치
    한다고 보기는 어렵다.

로 공개하고 있는데, 본 연구에서는 2005년에서 2012년 사이에 발표된 연설문 238건 중 46건(총 43,682단어)을 주요 대상으로 삼는다. 이와 더불어 디우프의 담화와 비교하기 위해 같은 시기에 발표되었던 프랑스와 OIF 회원국 정치인의 연설문 30여 편을 보조적 자료로 활용한다. 분석 연설문의 선정기준은 프랑스어와 그 외 언어에 대한 언급 여부이며, 그 출현 빈도가 없는 경우는 배제되었다. 이외에도 자료를 선택하는 과정에서 청중의 사회적 위상에 따라 연설자가 프랑스어를 표상하는 담화 전략이 다소 달라질 수도 있다는 점을 고려하여 프랑스어와 언어에 대한 언급이 상대적으로 현저하게 낮은 경우라도 선택된 예가 있음을 밝힌다.

디우프 총장의 연설문 46건은 주로 OIF의 산하 기관의 정기 및 비정기적 행사와 OIF회원 국가의 개별 행사, 그리고 프랑코포니 정상회담이나 국제총회에서 이루어진 것이며, 드물게 OIF 본부 개원식, 혹은 프랑스 내외 알리앙스 프랑세즈의 개소식 등의 행사를 위한 축하 연설도 있다. 따라서 이러한 연설이 직접 발화되는 대상 청중은 프랑스 국내 및 프랑코포니와 관련된 각국 지도자, 정치인, 외교, 경제 등의 사회 각 분야 인사와 프랑스어 교사 등의 전문가 집단뿐만 아니라, 프랑스어나 프랑코포니 문화와 관련된 매우 다양한 개인이나 집단이라고 예상된다.

Ⅲ. 프랑스어의 표상

이 장에서는 프랑스어에 대한 사회적 통념이 무엇이며, OIF의 연설문에서는 어떠한 양상으로 표상되는지 고찰해보고, 연설문에서 나타나는 프랑스어 표상을 분석하고자 한다. OIF 연설문에 나타난 프랑스어의 표상은 OIF가 추구하는 프랑스어 증진이라는 기본 노선과 일관성을 유지한다는 점에서 주목할 만하다. 분석 대상이 되었던 연설문은 프랑스어는 증진되어야 하는 언어임을 정당화하는 다양한 표상으로 구성되어 있으며, 기본적으로 프랑스어 문화에서 긍정적으로 받아들여지는 사회적 가치를 다각도로 활용한다. 이러한 사회적 가치에는 일반적인 통념, 즉 단순화되고 고착된 표상이나 집단적 도식, 문화적 모델 등이 가진 잠재적 의미가 적극 활용되고 있다.

1. 프랑스어에 대한 통념

프랑스어는 프랑스 국내외 수많은 지식인이 프랑스라는 국가와 그 문화적 정체성을 언급하면서 즐겨 호명했던 대상이다. 이러한 프랑스어에 대한 표상은 문학과 지식 담론을 통해 상호 인용되고 교차되면서 전 세계에 유포되었고, 오늘날 우리가 가진 프랑스어에 대한 통념에도 영향을 미치고 있다. 예컨대, 디드로와 달랑베르는 프랑스어를 '명료성, 질서, 정확성, 순수성을 가진 언어'로 정의하면서 가치를 부여했고, 다른 언어, 특히 영어에 대해서는 '프랑스어보다 덜 순수하고, 덜 명료하다'고 비교한 바 있다.[13] 언어에 대한 이러한 프랑스 중심적 관점의 가치화는 프랑스인들에게 깊이 뿌리박힌 문화적 정체성으로 승화되기도 하고, 현재까지도 프랑스어에 대해 가진 통념을 지배하고 있다.

폴 클로델은 '프랑스어는 우리 민족전통의 가장 완벽한 산물이자 자

---

13) Diderot et D'Alembert(1751~1772).

료'라고 프랑스어의 가치를 평가했으며, 알베르 카뮈는 '나의 국가는 프랑스어(Oui, j'ai une patrie: la langue française)'로, 페르낭 브로델은 '프랑스는 곧 프랑스어(La France, c'est la langue française)'라고 단언했다. 이러한 선언 속에서 프랑스어는 곧 프랑스라는 도식을 발견할 수 있는데, 이는 일반적인 통념 속에서 프랑스어와 프랑스의 관계뿐만 아니라, 프랑스어 화자와 프랑스와의 관계를 보다 밀접하게 하는 근거가 된다. 또한, 프랑스 문호의 이름을 따라 '몰리에르의 언어(langue de Molière)'로 표현하거나, 계몽주의적 가치를 담은 언어로 인식하면서 '볼테르의 언어(langue de Voltaire)'로 표현하는 것은 프랑스어에 보편주의의 이미지를 부여하고, 이와 동시에 프랑스의 문화를 가치화하여 프랑스 문화와 프랑스어의 동일화를 이끌어 낸다. 이러한 동일화는 '프랑스어는 곧 프랑스'라는 통념 속에서, 프랑스라는 국가가 그것의 문화적 이미지와 동일시되는 결과를 낳게 된다. 그러나 '프랑스어는 프랑스'라는 통념은 OIF가 주장하는 '공유하는 프랑스어'와는 대립되어 프랑코포니의 존립을 위협하는 것이기도 하므로, OIF가 프랑코포니 담론 속에서 극복해야 할 문제로 보이기도 하다.

한편 이러한 프랑스어에 대한 통념 속에는 논리적이고 이성적이며 전 세계 인류의 문명화를 짊어진 언어면서 아름답고 우아한 프랑스어의 모습뿐만 아니라 엄격성과 어려움에 대한 발화도 포함된다. 이것은 문법과 어법의 엄격한 전통과 결부하여, 아름답지만 구사하기 어려운 언어라는 상반된 이미지가 부각된 것으로서, 아름다운 프랑스어가 점점 정확하게 쓰이지 못하고, 문법 파격과 외래 어휘의 유입으로 위험에 처했다는 주장은 프랑스어의 위기를 주장하는 담론에 대한 근거가 되기도 한다. 그러나 프랑스어의 위기를 표현하는 구호, 'la langue française est en danger'에 대한 일반화는 비단 오늘날만의 문제는 아니며 이미 오래전부터 프랑스어의 순수성을 유지하고자 한 지식인들이 지적해 온 점이다. 예컨대, 구스타프 플로베르는 신조어 유입 현상조차도 프랑스어의 소실로 간주한 바 있다. 그럼에도 현재의 위기 담론은 순혈주의자들이 주장하는 프랑스어의 위기와는 다른 정치적 맥락에서 쓰인다. 즉, 프랑스어의 가파른 쇠퇴와 세계화의 흐름에서 뒤처지는 현상을 포착하는 의미로 쓰이고 있는데, 클린켄베르그(1993)는 위기는 언어 자체의 문제라기보다는 언론 때문에 정치적으로 형성된 것이므로 언어학적 측면에서 더욱 치밀한 분석이 필요하다고 주장한다. 이러한 의미에서 OIF가 인식하는 프랑스어 위기 또한 언어적 문제가 아니라 정치 경제적 관점에서 본 위기의식으로 보인다. 프랑스어는 여전히 세계의 거대 언어[14] 중 하나이고, OIF도 프랑스어 화자의 수는 점점 늘어나는 추세로 보고 있으나 디우프는 국제기구에서 실무언어로서의 프랑스어의 사용이 점차 줄어들고, 또한 정치 경제 등의 전 방위에 걸쳐 활동영역을 넓혀 나가지 못하는 현상을 개탄하며 프랑스어가 매우 심각한 위기에 처했음을 주장한다.

　프랑스어에는 이성과 논리의 언어, 아름다운 언어, 엘리트의 언어라는 일반적 통념에서부터 정치·경제적 위기 담론을 언어에 적용시킨 '프랑스어의 위기'까지 다양한 사회적 인식들이 존재한다. 프랑스어의 증진을 목적으로 하는 OIF의 연설문에서는 이러한 통념도 전략적으로 사용하고 있는데, 구체적인 사례는 4.2장에서 고찰하겠다.

---

14) 깔베(Calvet)의 용어로는 'langues super-centrales(초 중심언어-저자 역)'이다. 깔베가 제시한 화자 수, 공용어 위상, 번역 건수 등의 10가지 기준에 따른 '언어 비중(poids des langues)'으로 평가하면, 프랑스어는 영어에 이어 세계 두 번째 언어다.

2. 프랑스어의 수호

프랑스어는 세계 거대언어(grandes langues) 중 하나이며, 전 세계에서 두 번째로 많이 교육되는 외국어이다. OIF의 통계자료로는 2억 명(이중, 7천2백만 명 정도는 부분적으로만 프랑스어를 씀)에 이르는 세계인이 프랑스어를 쓰고 있고, 총 77여 OIF회원국[15] 중 32개국에서 프랑스어를 공용어로 쓰고 있다. 그러나 디우프는 프랑스어의 이러한 규모와 국제사회에 미치는 정치 · 문화적 영향력에도 '우리의 언어를 누르는 위협이 실재하며 이에 대처'해야 함을 주장한다. 그는 이러한 위협이 프랑스어의 위상이 실추되는 결과를 만들어낸 주요 요인으로 지목하는데, 국제기구에서 프랑스어 사용빈도의 추락이 바로 그것이다. 그는 프랑스어의 위기를 다음과 같이 주장한다.

> (1) (중략) 국제기구에서 입말뿐만 아니라 글말 **프랑스어의 사용은 점차 낮아지고 있습니다.** 예컨대, 유엔에서 통역 없이 진행하는 회의는 1994년 58%에서 2003년에는 77%에 이릅니다.
>
> (중략) l'utilisation du français, à l'écrit comme à l'oral, **subit une baisse tendancielle dans les organisations internationales.** A l'ONU, par exemple, le pourcentage de réunions sans interprétation est passé de 58% en 1994 à 77% en 2003 ! (a9)

> (2) **유럽에서 우리의 언어를 짓누르는 실제 위협에 대항하여** 프랑스어가 활력을 되찾을 수 있도록 프랑스어의 사용을 가치화하고 대중화

---

15) 77개 회원국 중에서 20개국은 옵서버 자격이다. 회원국의 총 인구수는 약 8억 9천명 정도로 추산하고 있다. (자료 출처: www.francophonie.org. 검색 2012년 10월 14일)

해야 합니다.

Il devra en particulier permettre (중략) de valoriser et de populariser l'usage du français, qui peut, **face aux réelles menaces qui pésent contre notre langue en Europe**, trouver là une nouvelle manière d'être relancé. (a4)

디우프는 프랑스어가 난공불락의 언어이기는 하지만, UN이나 유럽연합 등에서 공용어와 실무어로서 그 사용 빈도가 추락하고 그 사용이 확대되지 못하고 있다(a9)'고 지적하면서, 지속적으로 프랑스어의 사용 영역이 확대되지 않는 것도 위기로 인식하고 있다. 이것은 분명 언어의 표현적 측면이 아니라 언어의 기능적 측면에서의 위기를 의미하는 것으로 보인다.

디우프는 프랑스어의 위기를 선언하는데 그치지 않고 구체적 사례를 들어, 위기 속의 프랑스어는 '보호'되어야 하며, 나아가 언어보호 행위는 개인의 자유와 직접 관련된 것이라고 다음의 (3), (4)와 같이 제시한다.

(3) 프랑스어는 국제기구에서 더욱 강력하게 보호되어야 합니다.
　　Le français doit être défendu plus fermement dans les organisations internationales.(a1)

(4) 레미 드 구르몽은 자신의 언어를 수호하지 않으려는 민족은 노예가 될 준비가 된 것이나 다름없다고 했습니다.
　　Quand un peuple n'ose plus défendre sa langue, disait Rémy de Gourmont, il est mûr pour l'esclavage. (a44)

프랑스어 보호를 주장하는 데에는 프랑스어의 위기가 중요한 원인으로 제시되지만, 그것만으로는 담화적 일관성을 유지하기에는 충분하지 않다. 디우프의 담화에서 프랑스어를 수호해야 하는 더 중요한 정치적 이유는 다음의 (5)에서처럼 '언어적 다양성의 보호'이다. 여기서 프랑스어는 다양한 지역의 소수 언어의 공존과 협력을 할 수 있게 매개어(langue de médiation) 역할을 하므로, 결국 문화적 다양성을 유지하는 데에는 다양한 문명(문화) 간 대화를 가능하게 하는 프랑스어가 필요하다는 주장이다.

> (5) 프랑코포니가 지역민의 언어와 프랑스어가 공존하고 서로 협력할 수 있게 하므로 우리에게는 프랑스어의 증진이 우리가 살아가는 공간에 있는 언어적 다양성을 발전시킨다고 봅니다.
>
> Il s'agit, pour nous, à travers la promotion de la langue française, de faire progresser la diversité linguistique, telle que nous la vivons dans notre espace puisque la Francophonie fait coexister et coopérer les langues nationales et la langue française. (a28)

디우프가 (5)에서 주장한 언어적 다양성은 (6)에서 다시 프랑코포니 지역 내 언어상황에 적용된다. 그는 프랑스어의 수호가 소멸해가는 소수언어까지 보호하는 가치 있는 행위임을 강조한다.

> (6) 저는 이러한 언어의 다극화가 (중략) **문화적 다원성 개념을 조화롭고 평화롭게 정착시킬 수 있고, 이를 통해 오늘날 위협받고 있는 수많은 언어를 보호할 수 있는 가장 확실한 방법**이라고 생각하기 때문입니다.

Parce que, dans mon esprit, cette multipolarité linguistique, (중략) est le plus sûr moyen d'enraciner harmonieusement et pacifiquement le concept de diversité culturelle et par là même de permettre la protection des milliers de langues aujourd'hui menacées. (a19)

또한 (6)과 더불어 (7)에서도 프랑스어의 수호는 언어적 다양성 외에도 문화적 다양성과 가치를 보호하기 위해서도 필요한 행위라고 제시하고 있다.

(7) OIF는 공유된 프랑스어를 통해 가치, 문화 철학, 그리고 (OIF의) 창시자 중 한 분인 셍고르 덕분에 얻을 수 있었던 세계관을 수호합니다.

L'Organisation internationale de la Francophonie, (중략) défend à travers une langue partagée, des valeurs, une culture, une philosophie, une certaine idée du monde qu'elle doit en grande partie à Senghor, l'un de ses Pères fondateurs. (a15)

여기서 셍고르가 주장했던 세계관은 프랑스의 계몽주의적 가치를 전승하는 것이자 보편적 인본주의 세계관으로 프랑스어의 수호를 통해 얻을 수 있는 문화적 가치를 통칭하고 있다.

3. 보편적 가치의 언어

보편성과 인본주의적 가치는 프랑스어를 상징화하는데 적극 활용되는데 다음의 (8)과 (9)를 살펴보자.

(8) 우리가 공유하는 프랑스어의 활력과 정수를 만들어 내는 것의 상

징으로서 프랑스어는(중략) 행동하는 언어, 모든 사람의 이익을 위해 우리가 발전시키고자 하는 보편적 가치의 메신저.

Symbolique, aussi, de ce qui fait la vitalité et l'essence de la langue française telle que nous la partageons:(중략) une langue militante, messagère de valeurs universelles, que nous voulons voir progresser au bénéfice de tous,(중략.). (a23)

(9) 오늘날 프랑코폰이라 함은 같은 언어를 말하는 것이기도 하지만, 샤를르 엘루 대통령이 너무나도 적절하게 언급했던 바와 같이 '하나의 같은 언어(프랑스어), 즉 인류와 보편의 언어를 사용하고' 따라서 신념과 가치, 그리고 전 지구적 차원의 사회라는 기획을 공유하는 것이기도 합니다.

Etre francophone, aujourd'hui, c'est bien sûr parler la même langue, mais c'est aussi comme le disait si justement le Président Charles Hélou, ≪tenir un même langage, celui de l'humain et de l'universel≫, et donc partager des convictions, des valeurs, un projet de société à l'échelle du monde.(a41)

프랑스어가 보편적 가치를 전달해 주는 사자(使者)로 표상된 예(8)에서 볼 수 있듯이 보편적 가치는 인류 모두에게 이익이 되는 것임을 천명하고 있으며, (9)에서도 프랑스어의 수호는 보편적 가치를 보호하는 것과 동일한 것으로 간주되었다. 그렇다면 OIF가 주장하는 보편적 가치는 무엇인가? 다음의 (10)과 (11)은 보편적 가치의 구체적인 예를 들고 있다.

(10) 인간과 시민의 권리 선언의 언어, 그 많은 억눌렸던 자들에게 자유의 상징이 되는 언어를 공유하는 것에 기반을 둔 프랑코포니

La Francophonie, fondée sur le partage de la langue de la Déclaration des droits de l'Homme et du Citoyen, de la langue symbole de liberté pour tant d'opprimés. (a44)

(11) 어제보다는 오늘 더욱 자유와 평화의 미래를 약속하는 프랑스어의 메시지

(중략) ce message d'une langue française qui incarne, aujourd'hui, plus qu'hier encore, la promesse d'un destin de liberté et de paix. (a27)

(10)과 (11)에서 디우프는 보편적 가치를 민주주의의 핵심 가치인 자유와 인권의 문제로 세분하여 프랑스어의 표상으로 활용하고 있다. 특히 (10)에서는 인권과 자유의 문제를 보편의 대표적 가치로 두고 프랑스어와 결부시키고 있고, (11)에서는 프랑스어가 자유와 더불어 평화라는 보편적 가치를 유지하는 언어라고 주장한다. 여기서 프랑코포니의 보편성과 가치는 고전적 민주주의의 가지에 기반을 둔 그들의 정치적 견해를 대변하고 있다고 볼 수 있겠다.

4. 공유하는 언어, 공동체의 유산

프랑스어는 프랑스인의 언어만이 아니라 프랑코포니가 '공유하는 언어(la langue française en partage)'라는 획기적인 주장은 프랑코포니 담론을 관통하는 중요한 언술이다. 2005~2012년 사이의 디우프의 연설에서 '공유하는 프랑스어'는 다양한 표상을 통해 프랑코포니 담론에

서 의미의 영역을 넓혀 나가고 있다. 프랑스어를 공유한다는 것은 '공통의 역사를 공유하는 것이며(a4)', '공유된 언어를 실제 사용함으로써 지역협력과 연대를 가능하게 하고(a4)', '공유된 언어는 혈연관계만큼이나 강한 관계를 창출할 수 있다(a39)'는 논지를 전개하고 있다. 이에 따라 프랑스어 공유를 통해 프랑스어가 타자화했던 구 식민지의 프랑코폰이 당당하게 발화의 주체로 등장하여, 프랑스어 화자와 프랑스인, 그리고 프랑코폰의 의미적 경계를 무용화시킬 수 있는 담화적 효과를 보게 된다.

> (12) 그러나 프랑코포니는 또한 단일성을 말하는 것이며, 이 단일성은 우리가 공유하는 언어 덕분에 도달할 수 있는 것.
>
> Mais la Francophonie, c'est aussi l'unité, l'unité à laquelle nous parvenons grâce à la langue que nous avons en partage. (a33)

(12)에서처럼, 공유된 언어로서의 프랑스어가 다양한 국가와 국민의 단일성을 보장하게 한다는 주장에 '우리는 하나'라는 메시지가 함께 전달되고 있으며, 이것의 효율적인 전달을 위해 디우프는 '우리의 언어(notre langue)', '우리의 공동 언어(notre langue commune)', '우리가 공유하는 언어(la langue que nous avons en partage)' 등으로 반복적으로 나타내면서 '프랑스어를 쓰는 우리'를 강조한다.

> (13) 저에게는 이것이 바로 우리의 언어, 우리의 가치, 우리가 그토록 헌신해야 할 젊은 세대를 위해, 그리고 우리 공동체의 풍요를 위한 이 아름다운 투쟁에 신념과 단호함으로 참여할 수 있는 동기와 용기를 주는 원천입니다.

C'est cela qui constitue pour moi une source de motivation et d'encouragement à participer, avec foi et vigueur, à ce beau combat pour notre langue, pour nos valeurs, pour l'enrichissement de notre communauté pour notre jeunesse à laquelle nous devons tant. (a10)

(13)은 와가두구대학 총장이 디우프의 활동을 치하하는 연설에 화답하는 것인데, 여기서 '우리의 언어'를 기반으로 하는 '우리의 공동체'가 언급되고 있음을 관찰할 수 있다. 디우프의 연설문 전체에서 공동체의 성격을 규정하는 정의는 발견되지 않지만, 프랑스어를 공유하는 OIF를 하나의 공동체로 간주하고 있고, 공동체의 기반을 이루는 언어를 보호하는 행위를 일종의 투쟁으로 표상한다.

프랑스어 수호를 투쟁으로 승화시키는 표현은 본 연구가 대상으로 삼은 46개의 연설문에 걸쳐 빈번하게 쓰이고 있다. 예컨대 '프랑스어를 위해 프랑스어로 계속 투쟁',16) '언어 투쟁(combat linguistique)' 등으로 표현된 것이 그것이다. 그럼에도 디우프는 언어 투쟁이 영어를 대상으로 하는 투쟁이 아님을, 그리고 프랑스어를 위해 프랑스어를 강요하는 것도 아님을 분명히 밝힌다.17)

공유된 언어 즉 프랑스어를 가치화는 양상은 (14)에서 또 다른 양상을 보인다.

(14) 여러분과 이 아름다운 프랑스어를 공유하고 보들레르를 찬탄해 마지않던 셍고르를 다시 생각해봅시다. 이 또한 우연이 아닙니다.

---

16) Nous continuerons à nous battre en français et en faveur du français. (a18)
17) **La Francophonie n'a pas pour objectif de lutter contre l'anglais,** pas plus qu'elle n'a pour objectif d'imposer le français pour le français. (a28)

Mais revenons à Senghor avec qui vous avez en partage cette belle langue française et aussi une grande admiration pour Baudelaire et cela n'est pas non plus le fait du hasard. (a15)

(14)에서는 프랑스어를 아름다운 언어로 미화하는 한편 셍고르가 찬탄해 마지않던 프랑스 문인의 이름을 거명함으로써 프랑스의 문화적 자산들을 '우리 공동체'의 것으로 끌어들인다. (15)도 (14)와 같은 담화적 전략 속에서 발화된 언술이다.

(15) '프랑스어는 오늘날 귀중한 공통의 유산이자 다원적이며 다양한 프랑코포니라는 집합체의 초석을 이룬다.' 우리 프랑코폰에게 이 유산은 거대한 책임과 같은 것입니다.

≪la langue française constitue aujourd'hui un précieux héritage commun, socle de la Francophonie ensemble pluriel et divers≫. Cet héritage est pour nous francophones une immense responsabilité. (a16)

(15)에서 볼 수 있듯이, 프랑스어 자체가 오늘날 하나의 귀중한 유산이며 나아가 프랑코포니가 공유하는 유산이라는 디우프의 단언은 '프랑코포니는 프랑스어로 된 문화적 보물을 공유하게 하도록 존재한다'(a30)거나 '프랑스어는 법적 유산과 공유된 가치의 매개체'(a21)라는 언술처럼 언어를 자산의 개념으로 환원하여 인식하는 태도를 보여주고 있다. 따라서 프랑스어를 '유산'이라는 어휘로 표상하는 것은18) 의

---

18) 들라콤브와 위즈만은 언어를 '유산(patrimoine)'으로 표상하는 것은 적절하지 않다고 주장한다. 유산은 효율성과 거래의 원칙에 기반하는 근대의 기능적 개념과 결부된 것으로서, 박물관이나 책을 통해 찬탄하는 소비의 대상이 된 과거를 의미한다. 따라서 유산의 개념은 자유주의적 소비의 대상, 즉 재화이며, 언어를 유산으로 보는

미적으로 '보호'를 전제하고 있으며, 따라서 (15)에서처럼 보호해야
할, 혹은 지켜내어야 할 '책임'이 따른다는 논증으로 이어지게 되는
것이다.

5. 우리의 정체성

언어를 통해 나타나는 정체성의 문제는 언어 공동체의 문제와 깊은
관련이 있다.[19] 언어를 공동체의 정체성으로 표상하는 것은 언어를
균질적인 대상으로 보는 단일언어주의(monolinguisme)의 언어관이며
기본적으로 단일어 정책을 강화하는 수단이다. 그런데 프랑스어의 공
유라는 기반 위에 조직된 프랑코포니에서 정체성은 사실상 매우 모호
한데, 프랑코포니 자체가 다언어 환경과 공존하고 프랑스어 역시 지역
적으로 동질적이지 않기 때문이다.[20] 특히 한 개인이 프랑스어 외에
도 지역과 세계의 여러 언어를 구사한다면 그의 정체성은 단순히 프랑
코폰의 정체성으로서만 규정될 수는 없을 것이다. 따라서 프랑코폰
지역 내의 정체성은 칼베(Calvet)의 용어처럼 여러 언어의 정체성이
유기적으로 겹쳐진 상태(enchassement d'identités)로 설명할 수 있다.
프랑코포니 지역은 정체성의 겹침뿐만 아니라 언어 간 접촉현상에서

것은 언어를 현재에만 국한시켜 단순한 교환의 도구로 인식하는 태도와 같기 때문이
다.(2008:49~50)

19) 언어와 정체성의 문제에 대해 샤로도(Charaudeau)(2001:346)는 '정체성은 언어라
는 거울을 통해, 유일한 공동체에 속하는 것으로 스스로를 인식하기를 바라던 국민
국가의 이데올로기와 중첩된다'고 보았다. 더구나 정체성은 언어(langue)에 내재하
는 것이 아니라 담화(discours)의 층위에서 구성되는 것이라고 주장했다.

20) 사회언어학자들은 언어와 문화는 별개의 것이라고 주장한다. 같은 언어를 쓰는 모
든 화자가 같은 문화를 공유하는 것이 아니다. 또한, 여러 개의 언어를 구사하는 화
자에게 있어서 언어는 하나가 아니다. (De la Combe et Wisemann, 2008:28)

비롯된 크레올화(créolisation)라든지, 어휘의 변화 등에서도 볼 수 있
듯이 혼종적 정체성이 공존하는 공간이다. 디우프의 연설에서도 이러
한 프랑코포니 공간의 언어와 문화, 역사적 복합성과 다양성을 반영하
듯이 프랑코폰 정체성은 주로 복수의 형태로 나타난다.

(16) 프랑코폰의 정체성들을 살아나게 하는 것은 프랑코포니의 다양성
과 세계의 다양성을 살리는 것입니다.

Faire vivre les identités francophones, c'est donc faire vivre
la diversité de la Francophonie et la diversité du monde.
(a39)

(16)에서는 프랑코폰의 정체성을 말한다는 것은 프랑코포니의 다양
성을 생각하는 것과 직접적인 관계가 있음을 확언한다. 따라서 프랑스
어를 공유하지만, 발화자의 목소리는 그의 지역적, 혹은 다언어적 정
체성에 따라 다양해지고, 다음의 (17)에서 볼 수 있듯이 다양한 문화에
의해 전유된 프랑스어는 결국 '다성적(polyphonique)'인 것으로 표상된다.

(17) 프랑스어에 대해서 말하자면, 프랑코포니를 이루는 모든 이들에
게 속하는 것임은 아무리 강조해도 지나치지 않습니다. (중략) 이것
이 바로 이 언어가 다성적임을 너무나 자명하게 보여주고 있는 예라
고 하겠습니다.

Parlant de la langue française, on ne dira jamais assez qu'elle
appartient à tous les peuples de la Francophonie.(중략) Nous
avons ici,(중략) une éclatante illustration de cette langue
polyphonique. (a31)

(17)에서 프랑스어는 프랑코포니 지역 내의 문화와 역사를 표현하는 언어이자 각 민족과 지역의 고유한 가치와 정체성을 담아내는 여러 개의 다양한 프랑스어로서, '프랑스어들(les langues françaises)'로 표상된다. 공동체의 정체성으로 대표되던 유일한 하나의 균질적인 프랑스어(la langue française)는 (18)에서 다원적이고 서로 다른 여러 '프랑스어들(les langues françaises)'로 탈바꿈한다.

> (18) 제게는 '역사와 지구의 프랑스어들'이라는 표현이 특히 인상적이었습니다.
> J'ai été particulièrement frappé par son expression ≪les langues françaises de l'histoire et de la planète≫. (a42)

> (19) "프랑스의 언어들"이라는 표현에 대해 말하자면, 복수형의 사용은 프랑코포니 정상회의에 관해 이야기할 때 우리가 사용하는 표현의 본질과 잘 맞습니다.
> L'emploi du pluriel d'abord, en parlant ≪des langues françaises≫, correspond bien à l'esprit de l'expression que nous utilisons maintenant pour parler du Sommet Francophone (중략). (a42)

(18)에서 '역사와 전 세계의 프랑스어들'은 (19)에서 프랑코포니 내에서 프랑스어의 개념으로서 가장 적합한 것으로 인식하고 있다. 프랑코포니가 역사적으로 구성된 공동체이고 보면, '역사의 프랑스어들'은 바로 프랑코포니 구성원들의 개별성을 말한다. 그러나 디우프의 연설문에서 프랑코포니의 정체성은 다원적 정체성으로 표상되었다가(a42-2009년) 다시 2012년의 연설문(a24)에서 유일한 언어, 즉 단수 개념

의 프랑스어로 돌아오게 된다. 프랑코포니를 이루는 가장 본질적인
정체성은 아래의 (20)에서 나타나듯이 단수로서의 프랑스어, "우리의
언어"이다.

> (20) 이미 여러 번 이야기했지만, 저는 프랑스어의 미래에 관해 떠도
> 는 패배주의에 진저리가 납니다. 이것은 제가 실재하는 어려움을 인
> 식하지 못한다는 것이 아니라, **우리의 정체성과 우리가 문화적으로**
> **누구인지를 구성하는 부분인 우리의 언어**의 장래에 대해 우리가 책
> 임지는 것을 막고 포기하게 하는 나쁜 태도라고 생각합니다.
>
> Je l'ai déjà dit à quelques reprises, j'en ai assez de ce
> défaitisme ambiant au sujet de l'avenir de la langue
> française. Ça ne veut pas dire que je ne reconnais pas les
> difficultés, qui sont réelles, mais je considère que c'est une
> mauvaise attitude qui nous fait baisser les bras et qui nous
> empêche de prendre nos responsabilités face au devenir de
> **notre langue qui est une partie fondamentale de ce que nous**
> **sommes culturellement, de notre identité.** (a24)

(20)에서 디우프는 공동체의 정체성을 구성하는 프랑스어의 미래
또한 공동체가 책임져야 할 대상으로 표상하고 있다. 이러한 표상은
앞서 고찰했던 '공동체의 유산'이자 '인류 보편의 가치'를 지닌 것으로
서의 프랑스어는 공동체가 지켜나가야 할 최우선의 가치인 셈이다.
따라서 프랑스어를 쓰는 공동체에 참여하는 것은 가치 선택의 문제이
자, 디우프가 주장한 바와 같이 '그 자체로 강력한 정치적 행위'인[21]

---

21) le choix de la langue dans laquelle on s'exprime est déjà en soi un acte
   politique fort. (a19)

것이다.

Ⅳ. 프랑스어 증진을 위한 담화전략

프랑스어 증진을 위한 담론형성에서 가장 중요한 논거는 다음의 세 가지를 들 수 있다. 첫째, 언어소멸의 현실적 위협과 이를 극복하는 방법인 다양성의 보호, 둘째, 프랑스어는 프랑코포니 국가에서 모두 공유하는 언어, 세 번째는 프랑스어도 개발과 진보를 보장하는 중요한 으뜸패(atout)라는 것이다. 이 장에서는 앞서 3장에서 살펴본 프랑스어의 표상과 프랑코포니가 추구하는 정치와 문화적 목표를 위해 어떻게 전략적으로 담화를 구성해 나가는지 고찰해 보도록 한다.

1. 다양성의 보호와 프랑스어의 역할

프랑스어의 증진은 그 자체로도 프랑코포니 공동체의 정체성을 유지하기 위해 디우프의 담화에서 지속적으로 가치화되었고, 세계 문화와 언어의 다양성을[22] 보존하고 위기에 빠진 문화적 다양성을 수호할 수 있는 정치적 대안이라는 점으로 부각되고 정당화 되었다. 프랑코포니 담론에서 프랑스어 증진과 수호의 근거가 위기의식에서 출발했던 것과 같이 문화적 다양성을 수호해야 할 이유에 대해서도 '위기'는 매우 중요한 개념으로 등장하게 되는데, (21)에서 인류의 문화적 다양성

---

22) 김병욱은 이미 이러한 다양성을 이중적이라고 평가하고 다음과 같이 기술하고 있다. '단적으로 말하여 프랑스와 프랑코포니의 언어 다양성 논의는 이중성을 지니는 것으로, 결국 소규모 지역 언어들의 보호가 아니라 프랑스어의 지위를 유지하거나 위상을 강화하고자 하는 데 그 지향점을 두고 있는 것이다'(2008:11)

에 대한 위기를 환기시키는 부분이 프랑코포니의 담화 전략을 잘 드러
내고 있다.

> (21) 그럼에도 이 문화적 다양성은 매우 잘못 제어된 세계화의 영향으
> 로 심각하게 도전받고 있습니다.
>
> Pourtant, cette diversité culturelle se trouve sérieusement
> mise en cause par les effets d'une mondialisation bien mal
> maîtrisée. (a1)

다양성(diversité)은 '불일치'를 의미하는 'divertas'와 '차이'를 의미하
는 'diversus'에 어원을 두고 있는데, 현재에는 '다양성' 외에도 '다문화
(multiculturel)' 혹은 '이민자로서 다문화'의 의미로 확대되고 있다.[23]
자아와 타자 사이의 차이와 다름을 인정하는 다양성은 결국 문화적
차이를 인정하는 것인데, 문화적 다양성이 위기를 맞게 됨은 이러한
"차이" 혹은 "같지 않음"이 드러나지 않게 되었다는 의미이자 차이를
인정하지 않는 태도가 있음을 말한다.

디우프의 연설에서 다양성은 '보편성(universalité)'과 대립되는 것이
아니라, 보편성과 더불어 프랑코포니가 추구해야 할 하나의 덕목이다.

---

23) 더구나 최근 정치 담화나 언론에서도 공공연하게 "프랑스 밖에서 온 이민자(후손)
혹은 소수집단(민족)"이라는 의미로서 통용된다는 점을 주지한다면, 'diversité'는 적
어도 프랑스 내에서 그 의미가 모호하며 종종 논란의 대상이 되기도 한다. 이와 같은
'diversité'의 의미는 아직 프랑스어 사전에 등재되지 않은 것으로 보이지만 이와 같
은 용법으로 쓰이고 있음은 다음과 같은 경우에서 나타난다.

– 'C'est Nicólas Sarkozy qui, le premier, avait nommé **des personnalités
issues de la diversité** à des postes de ministres.'(출처: Le Nouvel Observateur,
2012.05.03.)

– "Savez-vous vraiment pourquoi vous avez été choisie ? Parce que vous
êtes une belle **femme issue de la diversité**?" (Europe1의 Fleur Pellerin장관 인터
뷰. 출처: www.lemonde.fr 2012.07.31.)

또한, 언어적 다양성과 문화적 다양성으로 가치화 된 다양성은 일원화와 반대되는 개념이며 일원화는 다양성을 위협하는 현상으로 제시된다. 이러한 논리에 따라 디우프는 하나의 언어, 즉 영어를 중심으로 하는 세계의 단일어화(monolinguisme)를 배격하는 담론형성을 시도한다. 아래의 (22)를 보자.

> (22) 개념적으로 빈약한 글로비쉬의 1,500여 개의 단어로 사고의 복잡성과 다양성을 표현하도록 맡길 수는 없습니다. 우리는 언어의 문제에 대해서 분개해야 합니다!
>
> Nous ne sommes pas prêts, non plus, à confier à un ≪globish≫ conceptuellement atrophié le soin d'exprimer toute la complexité et la diversité de la pensée en quelque 1500 mots. Nous devons être des indignés linguistiques ! (a22)

(22)에서는 다양한 생각과 세상을 보는 시각의 다양성을 언어가 담아서 표현하고 있는데, 글로벌 영어라는 단 하나의 언어로 이러한 다양성은 결코 표출될 수 없고, 표출될 수 있다고 하더라도 커다란 한계를 갖고 있음을 지적하고 있다. 문화적 다양성은 언어적 다양성이며, 언어적 다양성은 곧 생각의 다양성, 세계를 보는 시각의 다양성을 의미하게 된다. 결국 디우프의 담화에서는 문화적 다양성이 바로 언어적 다양성으로 표출됨을 도식화하여 '언어적 다양성과 문화적 다양성이 불가분의 관계임'을 제시한다.24)

언어적 다양성과 문화적 다양성을 불가분의 관계로 인식하는 디우프는 모든 문화와 언어가 동등하게, 형평성에 따라 존중되어야 하므

---

24) La diversité culturelle est bien entendu indissociable de la diversité linguistique. (a35)

로, 초문화(hyper culture)와 초언어(hyper langue)의 헤게모니를 거부
한다.25) 영어라는 초언어와 영어권의 초문화 현상에 대한 대안은 언
어적 다양성의 선택으로서, 다음의 (23)과 같이 다언어주의의26) 증진
으로 표출된다.

> (23) 언어적 다양성과 국제관계의 민주화를 존중하여 국제기구나 올
> 림픽운동에서 프랑스어를 증진하고, 나아가 다언어병용을 지향함으
> 로써 우리는 우리의 사명에 충실한 것이기 때문입니다.
>
> Car nous restons fidèles à notre vocation quand, au nom du
> respect de la diversité linguistique et de la démocra- tisation
> des relations internationales, nous nous attachons à
> promouvoir la langue française, et plus largement le
> plurilinguisme dans les organisations internationales, ou
> dans le Mouvement Olympique. (a46)

위의 (23)에서는 특히 UN이나 유럽연합 등의 국제기구라는 정치적
공간에서 다언어 병용을 강조하고 있는데, 이것은 프랑코포니가 궁극
적으로는 프랑스어의 증진만이 아니라 '모든 언어의 선양' 속에서 정
치 및 문화적 균형을 추구하는 세계화 모델을 선택했기 때문이다. 이
러한 다자적 세계화에 따라서 OIF가 배격의 대상으로 삼은 것은 다름
아닌 미국중심의 세계화 모델이고, 그것의 가장 핵심적인 상징이 바로

---

25) hyper culture와 hyper langue는 디우프의 연설문에 있는 용어를 그대로 쓴 것으
　　로서 초 강대국의 문화와 언어를 말하는 것으로 보인다. 이 글에서는 전 지구화의
　　현상에서 모든 문화와 언어를 잠식하고 로컬의 문화와 언어를 뛰어넘는다는 문화의
　　언어라는 의미로 해석해서, 초문화, 초언어로 번역하기로 한다.
26) 다언어주의는 디우프의 연설문에서 'multilingualisme'으로 주로 사용되나, 경우에
　　따라서 'plurilinguisme'으로 나타나기도 한다. 사회언어학에서는 전자를 '다언어주
　　의'로, 후자를 '다언어병용주의'로 번역해서 그 의미의 차이를 둔다.

영어이다. 디우프의 연설문에서 제기되는 영어의 지배구도에 대한 문
제점을 다음과 같이 요약해 볼 수 있다.

(1) 상업과 개발분야의 UN회의에서 유일하게 쓰이는 언어(a9)

(2) 아프리카연합기구와 유엔의 아프리카 경제상임위원회에서조차
    도 95%의 공식문서를 영어로 작성(a9)

(3) 글로벌 소통 언어로서 강요되는 언어(a27)

(4) 영어는 세계인의 생각과 상상력을 표준화함(a19)

위의 예에서 볼 수 있듯이 디우프 연설문 전반에 걸쳐 나타나는 영
어에 대한 인식은 무엇보다 세계의 경제발전과 산업의 언어라는 점이
다. 즉, 영어가 프랑스어보다 영향력이 상대적으로 낮다고 인식되는
아프리카 연합기구에서조차, 경제와 개발 분야의 공용어로 영어가 채
택되고, 과학기술 분야에서는 세계적 공용어로서 "강요"되고 있음을
지적하여, 영어를 통해 세계인의 생각과 상상력이 억눌리고 일원화될
위험한 가능성을 주장한다. 이러한 주장에 설득력을 갖추기 위해 디우
프는 영어가 세계의 초언어로서 지역의 언어와 문화의 지리를 잠식하
고 전 세계의 언어와 문화의 다양성을 위협하고 있음을 부각하는 한
편, 전 지구적인 영어의 사용 확대와 사회적 강요가 프랑스어의 권리
를 심각하게 위협하는 핵심적인 요인이라고 지목한다.

디우프가 연설을 통해 도달하려는 담화적 목표는 바로 다양성의 논
리를 절대 가치로 두고, 초언어와 초문화의 포식성을 가시화하고, 초
언어와 초문화 지배의 위험을 경고함으로써 프랑스어의 증진을 도모
하는 것이다. 모든 문화를 인정하고 존중하며, 대화의 원칙을 존중하
겠다는 OIF의 언어와 문화의 정치는 OIF의 담화공간에서 영어를 타

자화 하고 나아가 프랑스어와 경쟁 관계로 양극화함으로써, 다음과 같이 프랑스어의 증진을 꾀하는 담화의 논리로 드러난다.

(1) 다양성은 보호되어야 하는 가치이자 실천적 목표이다.
(2) 국제사회에서 특정언어의 독주는 다양성을 침해한다.
(3) 다양성의 보호를 위해 특정언어의 독주를 견제할 필요가 있다.
(4) 프랑스어는 이러한 견제역할을 감당할 수 있는 언어이다.

다음의 (24)는 프랑스어의 기능적 가치에 근거해서 견제자로서의 프랑스어의 가능성을 긍정적으로 평가한다.

(24) 프랑스어가 다른 언어들처럼, 과학, 기술, 경제, 금융, 법률의 언어가 될 수 있고, 지식 전수의 언어로서, 그리고 기준 도구의 생산언어, 전문화의 언어, 정보화 사회의 언어, 정보의 언어, 예술과 문화의 언어로서의 사명이 있다고 확신합니다.

C'est avec la conviction que la langue française peut, aux côtés d'autres langues, s'affirmer comme langue scientifique, technique, économique, financière, juridique, qu'elle a vocation à être une langue de transmission des connaissances et de production d'outils de référence, une langue professionnalisante, une langue de la société de l'information, une langue d'information, une langue de création artistique et culturelle. (a22)

(24)에서는 이미 전 세계의 모든 경제 분야를 장악해 나가고, 많은 분야의 표준화를 이루어나가는 언어로서의 영어에 대항하여, 프랑스

어도 과학, 기술, 경제 등의 여러 분야의 언어가 될 수 있음과 정보화 사회 및 예술 문화 분야에서도 프랑스어로 콘텐츠를 생산해야 하는 사명이 있음을 디우프는 확언한다.

아래의 (25)에서는 각 분야에서 프랑스어의 사용이 증진되어야 할 뿐만 아니라, 프랑스어가 미래사회에서도 세계 언어로서 역할을 할 수 있음을 으뜸패로 표현하고 있다.

> (25) 프랑스어의 공유는 교육정책과 대학의 교육과정, 그리고 연구를 위한 으뜸패입니다. 이러한 분야가 강화되고 혁신된다면 우리 미래를 위해 중요한 역할을 할 것이며, 우리의 미래는 바로 프랑코포니가 해야 할 도전의 중심에 있습니다.
>
> le partage du français est un atout au service des politiques éducatives, des programmes universitaires et de la recherche dont le renforcement et la rénovation seront déterminants pour nos avenirs, et qui sont au coeur des défis que la Francophonie doit relever. (a5)

프랑스어는 이렇게 현대화와 발선의 성공을 보상할 수 있는 으뜸패라는 주장과 함께, 앞으로 민주주의와 자유라는 보편적 가치를 실현하는 데에도 혁신적인 개념과 해결책이 될 것이라는 논지를 최근의 연설문(a21)에서도 지지하고 있다. 결국, 프랑스어는 언어와 문화적 다양성 보호라는 절대적 가치를 수호하는 역할을 고수하면서도 '지속 가능한 발전의 언어', '지식의 언어'라는 영역으로의 확대를 꾀하고 있다. 이것은 프랑스어가 다양성의 보호에서 회원국의 경제, 사회적 발전의 원동력으로 작동될 수 있다는 가능성을 전략적으로 드러내는 것이며, 다양성의 보호라는 보편적 가치는 프랑스어를 다양한 영역으로 확장할 수 있게 하는 근거로 활용되었다고 하겠다.

2. 프랑스어 증진과 비판적 시선

프랑스어의 증진에 대한 OIF의 프랑코포니 활동은 종종 비판의 대상이 되어 왔다. 우선, 프랑스 식민지라는 역사를 가진 국가와 지역에서 다시 식민 통치의 언어였던 프랑스어를 기반으로 정치 및 문화적 공동체를 형성한다는 이유가 그 첫째다. 또한, OIF가 목표로 하는 프랑스어 증진은 현실적으로 프랑스어 사용이 가파르게 추락하고 있음에도, 프랑스어를 기반으로 하여 다양한 언어와 문화를 보호하겠다는 계획이 지나치게 이상적이라는 지적도 있다.[27] 따라서 디우프의 연설문은 이러한 프랑스어 증진에 대한 비판적 시선(혹은 오해)에 대해 답변하는 담화적 공간으로 활용된다. 다음의 (26)는 OIF의 프랑스어 증진에 대한 비판적 인식을 담화의 표면에 드러내고 이에 대한 반론을 제기한다.

> (26) 저는 무엇보다 오해를 하나 풀고자 합니다. OIF의 당면과제 중 하나인 문화 및 언어적 다양성을 각인시키는 것이 프랑스어만을 보호한다는 강박관념을 감추기 위한 알리바이로 이해되어서는 안됩니다. 프랑스어를 수호하면서 우리는 보다 광범위하게 모든 언어의 선양을 옹호하는 것입니다.
>
> Et je voudrais, d'entrée de jeu, dissiper un malentendu. L'inscription de la diversité culturelle et linguistique au rang des priorités de l'Organisation internationale de la

---

27) 출처: 2008년 11월 21일 France 24 〈Talk de Paris〉의 디우프 인터뷰.

Francophonie ne saurait être interprétée comme un alibi
pour masquer une unique obsession : la défense exclusive de
la langue française. En défendant le français, nous
entendons, plus largement, défendre le rayonnement de
toutes les langues. (a34)

위의 (26)에 나타난 반 프랑코포니적 주장의 핵심은 '문화와 언어의
다양성과 프랑스어의 증진이 상호 관여적이지 않고, 오히려 프랑스어
만을 위한 배타적 보호'라는 주장이다. 즉, 다언어가 공존하는 프랑코
포니 지역에서도 프랑스어의 사용을 증진하는 것은 오히려 상대적으
로 타 언어를 약화시키는 효과가 있을 수도 있음을 전제한 것이다.
디우프는 이와 같은 반대 세력에 대해 프랑스어 증진은 강박 관념이
아니며, 프랑스어 수호는 광범위하게 다언어주의를 향해 나가는 기반
전략임을 주장한다.

(27) a. 혹자는 우리가 지배언어에 충성서약을 함으로써, 현대화와 진
　　　보의 순리를 거스른다고 주장하고 프랑스어를 위한 우리의 참여행
　　　위를 "시대착오"로 치부하기도 한다.
　　　b. 이것은 언어가 단순한 소통의 도구만이 아니고 각각의 언어가 세
　　　계에 관해 이야기하고 자신만의 방법으로 시대의 당면과제를 이해
　　　한다는 것을 다소 성급하게 망각하는 행위이다. 언어적 다양성을 침
　　　해하는 것은 세계의 문화와 개념적 다양성을 위협하는 것이다.
　　　a. Je sais que notre engagement en faveur de la langue
　　　française est, par d'autres, taxé d'anachronisme, au motif
　　　que l'on ne peut prendre le train de la modernité et du
　　　progrès qu'en faisant allégeance à la langue dominante.
　　　b. C'est oublier un peu vite qu'une langue n'est pas un simple

outil de communication mais que chaque langue dit le monde
et appréhende les enjeux contemporains, à sa façon. C'est
oublier un peu vite que porter atteinte à la diversité
linguistique, c'est menacer la diversité culturelle et conceptuelle
du monde. (a22)

(27-a,b)는 프랑코포니의 프랑스어 증진을 신식민주의적 측면에서
보고 있는 경향, 즉 '프랑코포니가 구 식민지의 지배언어에 다시 굴복
하는 것과 같음으로 인식'함에 대해 반론을 제기하고 있다. 디우프는
프랑코포니가 구 식민지에 다시 지배언어를 도입하는 것이 아님을 반
박하기 위해 간접적으로 언어의 기능과 가치를 강조하고, 프랑코포니
를 잘못 이해하는 이러한 인식 자체가 세계문화의 다양성을 해치는
일이라고 강하게 비판하고 있다. 특히 프랑스어의 지배의도에 대한
(27a)의 비판을 직접적으로 부인하지는 않으면서, 이러한 비판을 언
어 기능에 대한 몰이해이자 다양성을 위협하는 요인으로 단언하여,
〈프랑스어=지배언어〉라는 도식과 〈프랑스어 증진=역사적 퇴행〉이라
는 주장을 비판하고 있다.

사실상 프랑스어의 얼룩진 역사는 반 프랑코포니 담론의 기초를 이
루고 있다. 디우프는 프랑스어에 묻은 역사의 얼룩을 씻어내기 위해
담화적으로 지속적인 설득을 시도하고 있다. 이러한 담화적 목표는
그의 연설문에서 프랑스어에 대한 부정적 통념과 다양성을 위해 노력
하는 프랑스어의 긍정적이면서도 새로운 이미지를 대립시키면서 전
개된다.

(28) 프랑스어의 증진과 선양을 위한 우리의 활동은 추위로 옷을 껴입
듯 하는 **보호주의가 아니라 그 반대로, 인정되고 수용된** 보다 광범

위한 당면 문제인 언어적 다양성을 받아들이는 것입니다. 프랑스어
는 지배어가 아니라 중재의 언어이고자 합니다.

(중략), notre action en faveur de la promotion et du
rayonnement de la langue française ne relève pas d'un
protectionnisme frileux, mais veut au contraire épouser les
enjeux, plus vastes, d'une diversité linguistique affirmée et
assumée. La langue française, dans notre esprit, ne se veut
pas langue de domination, mais langue de médiation ! (a27)

(29) 이러한 상황에서 저는 여러분이 특히 프랑스어가 어려운 언어라
는 점과 지식과 문화의 엘리트에게만 점유된 언어라는 등의 통념을
타파해주시리라 믿습니다.

Dans ce contexte, je compte sur vous pour tordre le cou à
certaines idées reçues, notamment celle selon laquelle la
langue française serait une langue difficile, réservée à une
élite intellectuelle et culturelle.(a39)

(30) 저는 그저 우리의 언어에 대해 자부심을 갖고, 그것의 유용성을
인식하기를, 그리고 다른 사람들도 우리의 언어를 좋아하기를 바랄
뿐입니다. 또한, 우리가 그 언어를 박물관의 전시물이나 교리가 아
닌 생기 넘치고 일상적이면서도, 끊임없는 재창조를 통해 세상을 바
꾸는데 참여할 수 있는 언어로 다음 세대에게 전달해 줄 수 있기를
바랍니다.

Je souhaite simplement que nous restions fiers de notre
langue, conscients de son utilité, que nous la fassions aimer
aux autres et que nous la transmettions aux générations
nouvelles non comme un objet de musée, ou comme un
dogme, mais comme une réalité vivante et quotidienne,

> capable, par une invention sans cesse renouvelée, de
> participer à la transformation du monde. (a16)

(28)~(30)에서 프랑스어에 대한 부정적 통념은 '보호주의', '박물관의 전시물' '교리' 등으로 표상되어 나타나고, 그것과 대립되는 의미는 언어적 다양성, 생기 넘치는 살아있는 언어, 일상 언어 등이다. 결국 [보호주의 : 언어적 다양성], [박물관의 전시물 : 생기 넘치는], [교리 : 일상어]의 대립으로 나타나게 되는데 이 대립쌍은 결국 [반 프랑코포니 담론의 프랑스어 인식 : OIF의 프랑스어 표상]의 대립 쌍으로 의미적 대립이 아니라 프랑스어에 대한 인식의 대립으로 볼 수 있겠다. 이러한 부정적 의미를 담화의 공간에 의도적으로 끌어들임으로써 디우프는 프랑스어와 프랑스가 가졌던 부정적 이미지에 의미적으로 대립하는 어휘를 사용하지 않고 프랑코포니의 행동가치와 문화 정치적 목표로 대체하는 전략을 적용함으로써 묵은 갈등과 비판에 대항하고 있다.

3. 프랑스어와 연대

연대의 문제는 2004년에 채택된 OIF의 10년 전략(2005-2014)에 포함된 프랑코포니의 4대 사명 중 하나로서 회원국의 정신적 유대와 협력을 통한 연대를 이끌어 내기 위해 디우프의 연설과 OIF의 담화 공간에서 끊임없이 강조되고 있다. 프랑스어 공유를 기반으로 하고 있지만, 문화적 기반과 현실의 정치, 경제적 당면과제가 각각 다른 OIF의 주체들을 협력하기 위해서는 담화적으로 연대의 근거를 제시하고 설득하는 과정이 필요하다. 그렇다면 프랑코포니 내부의 연대를 정당화하는 가장 중요한 요인은 무엇이며 연대와 프랑스어 승진의 상호작용은 어떻게 유기적으로 담화에서 표상되는가?

우선 OIF의 프랑코포니의 연대는 프랑스어, 역사, 문화의 공유 등을 통한 공동체의 정체성에 기반을 둔다. 디우프는 '우리를 하나로 만드는 것은 언어(a22)'이며, 프랑코폰 공동체의 결합력은 프랑스어를 공유하는 데 있다고 했다.

(31) 프랑코폰 공동체의 결합력은 공통의 언어인 프랑스어를 공유하는 데 있습니다. 근대화를 가능하게 하는 방법이자 경험의 교류를 돕는 소통, 사고와 창작의 도구인 프랑스어의 사용을 증진하고 강화하는 것은 프랑코포니 활동의 기반이 됩니다.

La cohésion de la communauté francophone repose sur le partage d'une langue commune, le français. Promouvoir et renforcer l'usage de la langue française – moyen d'accès à la modernité, outil de communication, de réflexion et de création qui favorise l'échange d'expérience – sous-tend l'ensemble des actions de la Francophonie.

(31)에서 읽을 수 있듯이 공유된 언어가 형성하는 것은 우선 공동체의 존재이다. 공동체는 집단이 지녀야 할 결합력이 있어야 하고, 프랑포니의 경우에는 언어가 그러한 공동체의 결합요인이자 결합의 원동력으로 작용하는 것으로 제시되었다. 또한, 이미 3.4에서 고찰했듯이 공동체는 '공동체의 유산'을 지켜나가야 하는데, 프랑코포니의 공동 유산은 바로 프랑스어이다. 앞서 (13)에서는 '우리의 언어'인 프랑스어와 프랑스어가 전해주는 '우리의 가치'가 바로 공동체의 유산으로 제시되었는데, 디우프는 프랑코폰이라면 이러한 유산에 대해 책임의식을 가져야 한다고 주장한다. 이러한 프랑스어에 대한 책임의식은 협력

적 책임이며 따라서 연대(solidarité)를 필요로 하는 개념이다.

그렇다면 프랑스어를 공유하는 것으로부터 출발한 프랑포니의 연대는 어떻게 실현되는지 (32)를 살펴보자.

> (32) 저는 탈중심화된 프랑코폰 지역 협력의 미래를 믿습니다. 저는 그것이 프랑코포니에 가장 필수적인 구성요소라고 생각하는데 그 이유는 그것이 우리의 제도적 기구에 연대의 근간을 이루는 요소를 가져다주기 때문입니다. 그러한 요소는 근접성(친근성), 지역 현실에 대한 감각, 시민이 진정으로 필요로 하는 것에 대한 적극적인 이해입니다. 탈중심화된 협력은 인간과 개인의 관계로 함양되고, 공유된 언어의 실제 효용을 일상에 보여주기 때문입니다.
>
> (중략) je crois en l'avenir de la coopération décentralisée francophone. Mieux, je dis qu'elle est une composante indispensable de la Francophonie, parce qu'elle apporte à notre dispositif institutionnel ces éléments fondamentaux de la solidarité que sont la proximité, le sens de la réalité locale, une meilleure compréhension des vrais besoins des populations. Parce que la coopération décentralisée se nourrit de liens humains et personnels, parce qu'elle montre au quotidien, je dirais à la base, l'utilité pratique d'une langue partagée. (a4)

(32)에서는 지역협력이 연대를 실현하며 이러한 연대의 실현은 공유된 언어의 실제 사용을 보여준다는 것이고, 지역협력은 공유된 언어의 긍정적 결과이며, 결론적으로 프랑스어가 이러한 지역협력을 통해 발전을 가능하게 함을 주장한다. 또한, 디우프는 프랑코포니의 연대는 궁극적으로 세계의 불균형과 불평등을 해결할 수 있는 집단적 능력

을 키우는 것으로 발전해야 하며, 경제발전을 위해서도 프랑코포니 지역은 우리의 언어인 프랑스어를 중심으로 연대해야 할 필요성을 지속적으로 호소한다. 예컨대 연대는 특히 '위기의 상황에서 반드시 필요하며'(a19), 연대는 '국가, 민간사회, 민간조직, 기업이 모두 함께 협동해야'(a4) 제대로 표출될 수 있는 것으로서, 프랑코포니 회원국 간의 정신적, 물리적 연대와 회원국 내부의 모든 제도적 정치적 주체 간의 연대가 필수적임을 강조한다.

OIF라는 기구의 회원국 간 연대를 설득하는 전략의 중심에는 프랑스어가 있다. 언어를 바탕으로 한 연대는 경제적 협력을 이끌어 내는 원동력이다. 바로 여기서 디우프의 담화의 응집력이 나타나는데, 그것은 경제적 발전을 위한 협력과 협력에 필요한 연대가 모두 프랑스어라는 언어로 가능하다는 주장으로 집중되고 있는 것이다. 그러나 디우프는 프랑스어를 '연대의 언어'로 표상하는 반면, 지역의 협력을 실천하는 주체는 '협력 언어 (langues partenaires)'로(a27, a31, a39) 표상한다. 프랑코포니가 프랑스어를 공유하는 회원국의 언어를 가치화하고, 다언어주의를 보호한다면서, 지역의 언어를 '협력언어'로만 주변화하는 담화적 표상은 OIF가 프랑스어 중심주의라는 비판을 벗어날 수 없도록 하는 담화적 한계로 보인다.

V. 결론

프랑스어의 표상은 프랑스어 증진을 정당화하여 OIF의 정치적 목적을 달성하기 위해서 사용되는 가장 중요한 담론 전략의 기반이 된다. 이는 OIF 구성원뿐만 아니라 프랑스어 증진을 주장하거나 프랑스어를 쓰는 다양한 사회적 집단과의 관계를 생성하고 유지해 나가는데 프랑스어가 중추적이면서도 상징적 역할을 담당하고 있음은 의심의 여지가 없다. 이러한 프랑스어의 상징적 역할을 프랑코포니의 연설문에서 살펴본 본 연구에서는 프랑스어의 표상을 통해 프랑코폰 사회집단의 관계와 유대가 담론적으로 창출되고 있음과 프랑스어에 대한 다양한 표상이 프랑스어 증진이라는 정치적 기반을 담론적으로 구성하고 있음을 확인할 수 있었다.

우선 프랑코포니 국제기구의 정치 문화적 필요에 프랑스어는 이 기구의 존립 기반이 되었으며 OIF는 프랑스라는 국가와 결부된 정치, 문화 및 다양한 상징적 관계를 해체하기 위해 프랑스어에 대한 사회적 통념 또한 재구성할 필요가 절실했다. 이러한 목적을 위해 프랑스어는 OIF의 담화적 공간에서 '공유된 언어'로 재정의 되었고, 보호의 대상으로 표상되었다. 이와 더불어 프랑스어의 보호가 필요한 근거는 언어적 다양성과 문화적 다양성의 보호에서 찾았고, 프랑스어가 다양한 문화들의 소통과 협력에 필요한 매개어이며 계몽주의적 가치와 인류의 보편성을 전달하는 언어이자 OIF의 회원국이 공유하는 언어, 나아가 OIF 정체성의 기반으로 가치화되었다. 또한, OIF 내의 다양한 언어와 문화 간의 소통의 매개자인 프랑스어가 전달하는 다양한 문화의 목소리는 프랑스어의 정체성을 다원화함과 동시에 영어 중심의 세계화 모델에 대항하는 세력으로 거듭나기 위해 문화적 다양성과 형평성, 그리고 지역의 발전을 보장해주는 약속의 언어로서, OIF 연대를 강화하는 담화전략의 핵심 개념으로 활용되고 있다.

OIF총장 아부 디우프의 연설문에 나타나는 프랑스어의 표상은 그야말로 '프랑스어의 프랑코포니화(franconphonisation)'의 과정에 서 있는 것으로 볼 수 있다. 새로운 세계회의 기회를 잡으려는 OIF의 투쟁을 위해, 프랑스어는 이제 고정불변하는 프랑스의 프랑스어가 아니라 프랑코포니와 세계의 프랑스어들(les langues françaises)로 변모하는 모습을 보이고 있다고 하겠다. 그럼에도 디우프가 담화 공간에서는 프랑스어를 중심화하고, OIF 회원국의 지역 언어를 주변화하고 있다는 점에서 현재 OIF의 프랑코포니 담론의 한계를 엿볼 수 있으며 새로운 전지구화 모델로 지지를 얻기 위해서는 프랑스어와 회원국의 언어와의 관계를 되돌아보고, 사회 현실 및 담화의 공간 속에서 공생을 위한 보다 평등하고 민주적인 관계로 재구성될 필요가 있다고 판단된다. 이러한 점에서 본 연구는 앞으로 프랑스어 보호와 다양성의 보호 사이에 존재하는 긴장과 갈등의 문제를 해결할 수 있는 언어 표상에 대한 연구와 본 연구가 포함하지 못했던 프랑코포니 연설문에 대한 통시적인 담화 분석으로도 확대될 필요가 있다고 본다.

〈부록〉 말뭉치-연설문 목록

번호	연.월	연설 장소
a1	2005.01	Parlementaires membres de la section française de l'Assemblée parlementaire de la Francophonie
a2	2005.01	Séance d'ouverture de la 2e session du Haut Conseil de la Francophonie
a3	2005.01	Groupe des Ambassadeurs francophones à l'UNESCO
a4	2005.02	2èmes Rencontres des régions francophones organisées par l'Association Internationale des Régions Francophones
a5	2005.02	Sommet des Chefs d'Etat de la Communauté économique et monétaire de l'Afrique Centrale
a6	2005.03	Table ronde sur les transitions démocratiques dans l'espace francophone
a7	2005.05	Membres du corps diplomatique et les représentants des Organisations internationales à Addis-Abeba
a8	2005.06	Conférence internationale de Paris sur la micro-finance
a9	2005.07	XXXIe session de l'Assemblée parlementaire de la Francophonie
a10	2005.09	Cérémonie de remise du Doctorat Honoris Causa de l'Université de Ouagadougou
a11	2005.09	Concertation des chefs d'Etat et de gouvernements francophones en marge du Sommet mondial de l'ONU
a12	2005.11	Séance d'ouverture du Symposium portant sur le bilan de la mise en oeuvre de la Déclaration de Bamako
a13	2005.11	Séance d'ouverture de la XXIe session de la Conférence ministérielle de la Francophonie
a14	2006.01	Conférence de presse de lancement de «francofffonies!, le festival francophone en France»
a15	2006.02	Soirée hommage à Senghor par Maurice Béjart
a16	2006.02	Forum suisse de politique internationale : «Les nouvelles ambitions de la Francophonie»
a17	2006.01	Colloque de la Bibliothèque nationale de France - Clôture de l'Année Senghor
a18	2011.05	Inauguration officielle du siège de l'Organisation internationale

		de la Francophonie
a19	2011.10	États généraux de la promotion du français dans le monde
a20	2011.11	Forum global de l'Association pour la prévention de la torture sur le Protocole facultatif à la Convention des Nations Unies contre la torture (OPCAT)
a21	2012.07	XXXVIIIème Assemblée Parlementaire
a22	2012.07	Forum mondial de la langue française
a23	2012.06	Alliance française à Bruxelles—Europe
a24	2012.03	Colloque organisé par le Réseau des professionnels francophones à l'occasion de la Journée internationale de la Francophonie
a25	2011.12	Cérémonie de remise du Prix de la traduction Ibn Khaldou—Léopold Sédar Senghor
a26	2007.01	40e anniversaire de l'Assemblée parlementaire de la Francophonie(APF)
a27	2007.01	XXIXème Colloque international de l'Alliance française
a28	2007.03	Colloque organisé par l'AFAL «Europe et Francophonie»
a29	2007.06	8e Forum de l'Institut des hautes études de défense nationale (IHEDN)
a30	2007.03	Déjeuner avec les membres de l'Association «Défense de la langue française»
a31	2007.10	Table—ronde à la Bibliothèque francophone multimédia sur le thème "La Francophonie est—elle encore une idée neuve ?"
a32	2007.06	Congrès nqtional de la ligue de l'enseignement
a33	2008.02	IVe Conférence des ministres francophones de la Justice
a34	2007.10	Conférence intitulée «Le français dans les Organisations internationales – le défi du multilinguisme»
a35	2008.03	Inauguration de la Maison de la Francophonie
a36	2008.04	Conférence sur le thème «Francophonie et mondialisation»
a37	2008.05	13ème Conférence stratégique annuelle – Les défis de la Francophonie
a38	2008.10	Clôture de la XXVIIIe Assemblée générale de l'AIMF
a39	2008.07	XIIème Congrès Mondial de la fédération internationale des

		professeurs de français
a40	2009.03	Journée internationale d la Francophonie
a41	2009.03	Conférence à l'Université Saint-Joseph ≪Francophonie : choix culturel, engagement politique≫
a42	2009.05	Inauguration de la 5e édition du Festival du Mot
a43	2010.03	Réception offerte par le Président de la République française à l'occasion de la Journée internationale de la Francophonie
a44	2010.05	Ouverture des dixièmes entretiens de la Francophonie
a45	2010.10	Cérémonie solennelle d'inauguration du XIIIe Sommet de la Francophonie
a46	2008.05	Conférence stratégique de l'Institut de relations internationales et stratégiques sur "l'avenir de la Francophonie"

참고문헌

김병욱, 「프랑코폰니의 언어관 탐색-문화적 예외와 문화적 다양성, 그리고 언어」, 『한국프랑스학논집』 64, 한국프랑스학회, 2008.

송재룡, 「다문화 시대의 사회윤리: 다문화주의와 인정의 정치학, 그리고 그 너머: 찰스테일러를 중심으로」, 『사회이론』 35, 한국사회이론학회, 2009.

에르네스트 르낭(신행선 역), 『민족이란 무엇인가?』, 책세상, 2002.

이복남, 「L.S. 셍고르의 네그리튀드와 보편문명 개념-마르크스와 테야를 드 샤르댕을 중심으로」, 『비교문학』 55, 한국비교문학회, 2011.

이종오, 「국제 프랑스어문화권 기구(OIF)의 구성과 주요 대중매체 연구」, 『국제지역연구』 12-3, 한국외국어대 외국학종합연구센터, 2008.

한양환 · 김승민, 「프랑스어권 국가연합의 현황과 발전 전망」, 『한국프랑스학논집』 42, 한국프랑스학회, 2003.

Achard, P. "Formation discursive, dialogisme et sociologie", Langages n.29, Paris: Armand Colin, 1995.

Calvet, L.J. *La guerre des langues et les politiques linguistiques*, Paris: Hachette, 1987(1999).

_____. "Identité et plurilinguisme", Colloque: Trois espaces linguistique face aux défis de la mondialisation, Paris, 2001.

Charaudeau, P. (2001), "Langue, discours et identité culturelle", *Études de linguistique appliquée* 123-124, Paris: Ela.

_____. (2009), "Identité linguistique, identité culturelle: une relation paradoxale".

http://www.patrick-charaudeau.com/Identite-linguistiqueidentite.html.

De la Combe, P.J et Wismann, H. *L'avenir des langues*, Paris: Cerf, 2004(2008).

Diderot, D. et D'Alembert, J.B. le Rond, *Encyclopédie ou Dictionnaire raisonné des sciences, des arts et des métiers*.

http://portail.atilf.fr/encyclopedie/Formulaire-de-recherche.htmDiouf, A. *Francophonie : programme 2010-2013*, Organisation Internationale de la francophonie, Paris: OIF, 2010.

Farandjis. S. "Repères dans l'histoire de la franconphonie". *Hermès* 40. Paris: CNRS. 2004.

Gardy. P. "Aux origines du discours francophoniste: le meurtre des patois et leur rachat par le français". *Langue française* 85. Paris: Larousse. 1990.

Klinkenberg. J.M. "Le français: une langue en crise?" *Etudes françaises* 29. Montréal: Presses de l'Université de Montréal. 1993.

Kristeva. J. "Le message culturel de la France et la vocation interculturelle de la Francophonie". Avis et Rapport du Conseil Économique. Social et Environnemental. Paris: République Française. 2009.

Petitjean. L. "L'impératif dans le discours politique". *Mots* 43. Lyon: ENS. 1995.

Pinhas. L. "Aux origines du discours francophone". *Communication et langages* 140. Paris: Armand Colin. 2004.

Sériot. P. "Ethnos et demos : la construction discursive de l'identité collective". *Langage et société* 79. Paris: MSH. 1997.

Senghor. L.S. "Le français. langue de culture". *Esprit*. novembre. Paris: NRF. 1962.

황색 피부, 백색 가면
— 한국의 내면화된 인종주의의 역사적 고찰과 다문화주의

하상복

Ⅰ. 들어가며

다문화주의(multiculturalism)는 동등한 인간으로서 다양한 인종과 민족의 공존을 인정하는 전제에서 출발한다. 이 전제에는 인종주의가 더 이상 존재하지 않으며, 존재해서는 안된다는 믿음이 포함되어 있다. 그러나 오늘날 다문화주의는 "계속 제공하기에는 해로운 선물"[1]이 되었다. 이 이유는 실패한 실험으로서 다문화주의의 위기를 거론하는 서사가 유럽 등의 서구에서 확산되고 있으며, 차이와 다름에 대한 인정보다 다시 배제와 관리를 통한 통합을 주장하는 목소리가 커지고 있기 때문이다. 또 한편으로 일단의 연구자들이 자본의 전지구화(globalization)와 인종화(racialization) 간의 공모를 파악하면서, 단일국가 내에서 그리고 전지구적 차원에서 다문화주의가 새로운 인종 위계질서를 구축하며, "비백인 민족, 인종 그리고 문화를 관리하는 새로

---

1) Alana Lentin and Gavan Titley, eds. *The Crises of Multiculturalism: Racism in a Neoliberal Age*, London: Zed Books, 2011, p.1.

운 수단"[2])으로 작동하고 있다고 비판하고 있기 때문이다.

　이와 같은 다문화주의의 위기, 혹은 전지구화 시대의 새로운 인종 관리 수단으로서 다문화주의를 둘러싼 논쟁을 고려할 때, 다문화주의를 정책적으로 수용하고 확산시키고 있는 한국의 상황도 검토해볼 필요가 있다. 그동안 한국 정부는 다문화주의, 다문화 가족 등의 용어로 '우리'와 다른 인종과 민족을 한국 사회의 일원으로 간주하고 그 대책을 마련해왔다. 이러한 정책적 배경은 한국 내의 인구 구성의 변동이다. 외국계 주민의 지속적인 증가는 행정안전부의 통계에서도 알 수 있다. 외국계 주민은 2010년 1월 기준으로 한국 내 90일 이상 장기체류자나 국적 취득자, 그 자녀를 포함하여 국내 인구의 2.3%인 113만 9,283명에 이르렀다.[3] 외국계 주민이 10% 이상인 서구 다문화 국가와 비교하자면 낮은 비율이지만, 단일민족국가를 강조한 한국의 기존 국가 정체성을 고려하자면 가히 획기적이다. 이에 따라 현재 다문화 한국사회로의 전환이 국가의 과제로 설정되고 정책들이 추진되고 있는 것이다. 또한 다문화주의에 대한 수많은 담론과 분석이 유행처럼 한국사회에 쏟아지고 있으며, 미디어 매체에서도 과거와 다른 접근 방식으로 우리 사회의 타자들을 조명되고 있는 것도 한국의 분위기이다. 그러나 이러한 한국 사회의 변화에도 불구하고 구체적인 일상에서는 유색인종에 대한 혐오와 차별이 빈번하게 발생하고 있다. 최근 비례대표 국회위원으로 당선된 이자스민 씨에 대한 인신공격성 논란을 포함하여, 출현하고 있는 한국의 유색인종에 대한 '인종 차별'적 논란

---

2) Arif Dirlik, "Race Talk, Race, and Contemporary Racism," *PMLA* 123.5, 2008, p.1364.

3) 신진호, 「대놓고 왕따·차별, 한국인으로 뿌리 내릴 수 없나요」, ≪세계일보≫, 2011. 2. 9. 또한 출입국 외국인정책본부의 국적별 체류외국인 현황자료에 따르면, 2011년 12월 31일 현재 총 1,395,077명의 외국인이 한국에 체류하고 있다.

은 인도에서 온 성공회대 연구교수 보노짓 후세인(Bonojit Hussain)의 경우에서 어떠한 의미로 전개되고 있는지 알 수 있다.

> 지난 7월 10일 오후 9시경 후세인씨는 한국인 친구 한씨와 함께 52번 시내버스를 타고 부천으로 향하는 길이었다. … 사건의 발단은 버스 제일 뒷좌석에 앉아 있던 박모씨가 서로 이야기를 나누고 있는 후세인씨와 한씨를 가리키며 소리치기 시작하면서부터.
> "더러운 XX!" "너 어디서 왔어. 이 냄새나는 XX야." 한국어에 능숙하지 못했지만 욕설과 비아냥거림이 자신을 향한 것이었음을 후세인씨는 직감할 수 있었다고 한다. 욕설이 계속되자 그는 박씨 쪽으로 고개를 돌려 "왓 이즈 유어 프러블럼"이라고 물었고 박씨는 "유 아랍, 유 아랍! "너 냄새 나, 이 더러운 XX야"를 반복하다가 급기야 세 번째 손가락을 치켜올리며 "퍽 유, 퍽 유"라고 소리쳤다. 옆자리의 친구 한씨가 정색한 채 따져묻자 박씨는 그녀의 종아리를 걷어차며 "조선X이 새까만 자식이랑 사귀니까 기분 좋으냐?"고 말했다.[4]

위 기사 내용에서 파악할 수 있듯이, 피부색이 '검다'는 이유로 후세인은 '더럽고', '냄새나는' 열등한 존재가 되고, '우리'를 위협하는 테러리스트 '아랍인'이 되고 만다. 여기서 주목해야 하는 것은 바로 유색인종인 한국인의 말에서 서구 백인의 인종 이데올로기와 현대 인종 지형에서 백인들에 의해 구성된 가장 위험스러운 존재이자, 인종화된 적으로 낙인찍힌 이슬람에 대한 혐오가 자연스럽게 표출되고 있다는 것이다. 물론 이 사건에서 표출된 유색 인종 혐오와 차별적 태도를 후세인에게 욕을 한 사람의 개인적 성향으로 간주할 수도 있다.[5] 그러나 인

---

4) 이동훈, 「제가 백인이었다면 이런 일이 일어났을까요?」, 『통일한국』, 2009. 10, 65쪽.
5) 헨리 A. 지루(Henry A. Giroux)는 최근의 미국 내 인종주의의 새로운 양상을 신자유주의적 인종주의(neoliberal racism)이라고 부르며, 인종주의를 사적 영역으로 환

권위원회에서 밝힌 인종차별 사례를 보더라도 개인적인 문제로 한정하기에는 동일한 사례들이 너무 많다.6) 2007년 5월 나이지리아인 모씨는 '흑인'이라는 이유로 서울의 한 레스토랑에서 쫓겨났고, 한국 내 3D산업에 취업한 수많은 '검은' 동남아 이주노동자는 '잠재적 범죄자이자 테러리스트'로 차별을 당하며 죽음으로 내몰리기도 한다. 국제결혼으로 출생한 혼혈아동도 피부색의 다름, 검은 피부에 대한 한국의 경멸적인 시선 속에서 소외되고 배제되고 있는 것도 현실이다. 또한 피부색이 한국인보다 검다는 이유로 파키스탄인을 '파퀴벌레', 방글라데시인을 '방구'로 비하하고 있는 소위 '인종주의' 사이트가 인터넷 공간에서 확대일로에 있다. '다문화 반대', '잘못된 다문화 선동을 막아주세요'라는 서명운동이 포털사이트에서 진행되었고, '다문화정책반대', '외국인노동자대책시민연대', '대한민국을 사랑하는 국민들의 모임' 등의 인종주의 사이트들이 개설되어 있기도 하다.7) 이 모든 것이 한국에서 일어나고 있는 분명한 현실이다.

분명 이러한 '검은' 피부색 혐오 중독증에 걸린 듯한 한국 사회의 한 단면은 오랜 세월 이어온 단일민족주의, 순혈주의라는 이데올로기와 맞물려 한국 사회 일반의 뿌리 깊은 외국인 배타주의에서 비롯되었다고도 할 수 있다.8) 그러나 팽배하고 있는 인종차별을 한국의 순혈

원시킨 신자유주의적 이데올로기를 비판하고 있다. 이러한 주장을 참조하면, 개인의 인종적 편견이나 인종적 선호가 인종차별을 야기한다고 말하는 것은 인종주의를 그 역사적, 정치적, 문화적 측면과 단절시켜 현실 속에서 발생하고 있는 차별과 억압의 본질을 놓치는 결과를 낳게 된다(Henry A. Giroux, Spectacles of Race and Pedagogies of Denial: Anti-Black Racist Pedagogy under the Reign of Neoliberalism," Communication Education 52.3/4, 2003, pp.200~202).

6) 이영준, 「'인종 차별' 인권위 진정 5년 새 두 배 급증」, ≪서울신문≫, 2011. 7. 27.

7) 박대로, 「'외국인 혐오 확산' 인종주의 사이트 기승」, ≪뉴시스≫, 2011. 1. 1.

8) 최근 정부기관에서 실시한 '국민의 다문화 수용성 조사' 결과에 따르면, 한국이 혈통

주의, 자민족중심주의로 설명하기에는 무언가 부족하다. 그것은 이러한 인종차별이 모든 외국인이 아닌 유독 한국인보다 검은 피부를 가진 외국인에게만 발생하기 때문이다. "내가 백인이었다면 이런 일이 일어나지 않을 것이 확실하다"[9]는 후세인의 말처럼 유럽계 백인과 유색인종 외국인을 차별하는 관행들이 한국에 만연하고 있다. 한국의 영어배우기 광풍 속에서 입국한 수많은 백인 영어강사에 대한 한국인의 태도는 팽배하고 있는 외국인 혐오 분위기를 무색하게 만든다. 이런 태도들이 몇몇 일부의 한국인의 태도라고 할 수 있을는지 모른다. 그러나 "영어를 가르쳐 준다면 왕처럼 모셨다"[10]라는 백인 강사의 고백, 그리고 흑인이라는 이유로 영어강사 취업에 어려움을 겪은 흑인 여성의 말은[11] 한국 사회에 흑백의 피부에 대한 극단적 '선호'가 존재하고 있음을 알 수 있게 한다.

이처럼 '타자'를 포용하는 다문화적 국가 정책과 수많은 대중적 관심에 불구하고 보노짓의 경우와 같이 한국 사회의 일각에서 출현하고 있는 왜곡된 인종주의적 태도와 폭력을 어떻게 이해해야 하는가? 일제 강점기와 해방 후 일본인과 미국인들이 경멸적으로 한국인을 '조센징'으로 그리고 '들쥐'라고 부르며 차별을 했던 그 역사적 경험에도 불구하고 한국인에게서 이러한 백인 우월의식이 대두되고 있는 배경은 무엇일까? 20세기 초 35년간의 일본 제국의 식민지배에 의해 차별

중시 비율이 86.%로 조사대상국 37개국 중 3번째로 혈통을 중시하고 있는 국가로 조사되었다. 미국 55.2%, 스웨덴 30%와 비교하자면 한국은 여전히 '혈통'을 중시하고 있음을 알 수 있다. 라영철, 「'혈통'에 목매는 대한민국」, 《노컷뉴스》 2012. 4. 19.

9) 이동훈, 앞의 기사, 65쪽.

10) 「태국 여성 근로자와 백인 영어강사」, 《경향신문》 오피니언 사설, 2005. 1. 16.

11) "한국인들은 어딜 가도 흑인이면 일단 피하고 본다. 20~30년 전 미국의 차별 많은 남부지방에 온 것 같았다." 김종목, 「백인 동경사회의 인종차별」, 《주간경향》, 2011. 8. 9.

을 받았던 한국의 역사를 돌이켜 볼 때 인종차별적 인식이 현실에서 점점 증가되고 있는 원인은 무엇일까? 식민의 역사와 분단이라는 역경 속에서 민족의 자존을 수립하는 과정의 배타적 민족주의로만 설명하기에는 너무 피상적이다. 이러한 문제의식에 따라 본 글은 비록 이러한 상황이 한국의 전반적이고 지배적인 현실이라고 단언하지는 않지만, 백인우월주의가 내재된 인종주의가 황색 피부를 가진 한국인의 현실에서 점점 확대되고 있는 인종의 정치학을 살펴보고자 한다.

인종주의는 어떤 인종이나 민족이 스스로 척도가 되어 사람들과 권력을 분류할 특권을 가지면서 출현했다. 이것은 혈통, 피부색의 차이뿐만 아니라 언어, 동/서, 북/남, 제1, 2, 3세계 등과 같은 세계에 대한 지정학적 분류 등과 같은 인간 활동의 상호 관계적 영역까지 확장되어 왔던 분류와 차별의 복잡한 기반이다.[12] 물론 이때의 '어떤 인종이나 민족'은 서구 남성 백인이다. 이 백인을 척도로 하여 인종과 권력을 분류하고 백인의 특권을 강화한 논리가 인종주의이며, 오늘날까지 여러 변형을 거치며 인간 간의 다양한 권력관계와 정치에서 여전히 건재하게 작동하고 있다. 본 글은 "유럽 근대성의 특별한 세계사적 조건의 문화적 산물인 인종주의"[13]가 어떠한 과정으로 한국에 유입되고, 고착되었는지를 논의하고자 한다. 구체적으로 본 글은 20세기 초 프란츠 파농(Frantz Fanon)이 제시한 유색인종의 열등의식과 백인과의 동일시에 대한 성찰을 통해 19세기 이후 한국의 내재화된 인종주의적 경향을 검토하고자 한다. 그리고 본 글은 내재화된 인종주의가 오늘날 한국의 인종적 타자에 대한 인식과 다문화주의 정책 속에 어떻게 작동

---

12) 월터 D. 미뇰로, 김은중 역, 『라틴아메리카, 만들어진 대륙: 식민적 상처와 탈식민적 전환』, 그린비, 2010, 57쪽.

13) Alana Lentin, op.cit. p.69.

하고 있는지를 살펴보고자 한다.

Ⅱ. 백색신화: 유색인종의 열등의식과 백인과의 동일시

현재 비서구적 관점에서 '근대성'(modernity), '식민성'(coloniality)에 대해 진지한 논의를 하고 있는 '라틴아메리카 근대성/식민성 연구그룹'(the Latin American modernity/coloniality research group)의 연구자들은 우리가 보편적이고 절대적인 것으로 간주한 서구의 근대성 개념을 비판하고, 이것의 어두운 이면으로서 식민성에 주목한다. 이들에게 식민성은 가장 핵심적 개념이자, 근대성을 구성하는 결정적인 요인이다. 나아가 이들은 피식민 국가의 정치적 독립 이후에도 이 식민성이 영향을 주고 있다고 주장한다. 즉, 인종적/민족적 위계를 통해 식민성은 근대성의 기원적 순간뿐만 아니라 근대세계체제의 형성 이후 오늘날까지 유지되고 있다는 것이다. 이들의 논의에서 가장 핵심적인 개념이 '식민적 차이'와 '권력의 식민성'이다. 이때 '식민적 차이'는 중심/주변, 유럽/비유럽, 제국/식민, 북부/남부, 백인/원주민 간의 근본적 차이에 대한 인식이고, '권력의 식민성'은 "16세기 이후 형성된 근대적/식민적 세계체제가 인종적/계급적/젠더적/성적인 우열의 구분에 따라 구축해 온 성층화되고 위계질서화된 권력 질서를 말한다.[14] 이들의 논의에서 근대적/식민적 세계체제를 이해하는 데 매우 중요한 개념이 인종과 인종주의이다. 이 개념들이 권력의 식민성의 구체적

---

14) 이 부분은 다음 글을 참조하여 기술한 것이다. 김용규, 「트랜스모더니티와 문화의 생태학: 식민적 차이와 유럽중심주의적 근대성 비판」, 『코기토』 70, 2011, 117~118쪽, 127쪽, 140쪽.

조건이자, 식민적 차이를 만드는 핵심적인 인식적 토대이기 때문이다.[15] 따라서 인종과 민족의 위계질서 체계를 핵심으로 하는 권력의 식민성과 식민적 차이를 인식하지 못한다면, 비서구와 비서구인들은 '지식과 존재의 식민성'(coloniality of being and knowledge)에서 헤어 나오지 못하게 된다.

이런 측면에서 비서구인, 즉 유색인종의 '백색신화'(white mythology)에 대한 맹신과 '백색'에 대한 욕망은 서구 중심적 근대성에 의해 구성된 '지식과 존재의 식민성'에 그들이 포섭된 결과이다. 19세기 말 한국의 백인 우월주의가 내재된 인종주의의 수용과 확산도 이러한 맥락에서 벗어날 수 없다. 따라서 본 글은 이러한 맥락을 전제하고서, 한국의 인종주의의 수용과 확신의 대한 본격적 논의를 전개하는 사전작업으로 파농의 분석을 참조하고자 한다. 파농의 분석은 권력의 식민성에 의해 형성된 '대지의 저주받은 자들'인 흑인이 내면화하고 있는 열등의식과 백인과의 동일시를 비판적 관점에서 다루고 있다. 이 분석의 관점은 비유럽의 관점, 즉 "식민성에 주안점을 둔 아프리카계 카리브인의 관점"[16]이다. 즉 파농의 분석은 월터 D. 미뇰로(Walter D. Mignolo)의 평가처럼 유럽적 관점이 아닌 "비유럽적 관점, 즉 노예무역과 노예노동에 의한 착취의 기억과 그것이 미친 심리적, 역사적, 윤리적, 이론적 결과에 근거를 둔 관점"[17] 속에서 이루어진 것이며, 그리고 흑인의 진정한 탈식민화를 위해 "아니발 키하노(Anibal Quijano)가 권력의 식민성이라고 명명한 근대 세계 체제 내의 범 유럽적 지배와

---

15) 이 주장들은 다음과 같은 저서와 논문에서 알 수 있다. 미뇰로, 앞의 책, 268쪽. Anibal Quijano, "Coloniality of Power, Eurocentrism, and Latin America," Nepantla: Views from South, 1.3, 2010, p.533.

16) 미뇰로, 같은 책, 21쪽.

17) 미뇰로, 같은 책, 20쪽.

그 권력의 수사에서 근본적인 유럽 보편주의를 거부"[18]하고자 하는
의도에 따라 수행된 것이다.

이런 관점에서 파농은 서구의 정신분석학을 전유하며 식민지 흑인
이 왜 검은 피부를 경멸하며 하얀 가면을 쓰고자 했는지를『검은 피부
하얀 가면』(*Black Skin, White Masks*)에서 밝히고자 했다. 앤틸레스
(Antilles) 흑인에게 백인이 그들의 운명이 된 것을, 그리고 그들이 자
신의 고유한 가치와 문화를 상실한 채 백색 신화의 신봉자가 된 것에
대한 파농의 비판과 질타는 오늘날 전지구적 세계 체제(global world
system)에서 작동하는 인종의 정치학을 앞서 말하고 있다. 그리고 이
러한 파농의 논의는 오늘날 백인 인종주의가 내면화된 채 인종차별적
경향이 출현하고 있는 한국적 상황을 이해하는데 많은 도움을 준다고
할 수 있다.

파농은 서구 백인 제국의 식민지 지배를 극복하기 위해 정치적 탈식
민화(political decolonization)뿐만 아니라 정신적 탈식민화(psychological
decolonization)를 주장한다.[19] 특히 파농은『검은 피부, 하얀 가면』에
서 제 3세계 유색인종에 내재화된 정신적 식민화를 집요하게 분석하
며 그 극복을 요구한다. 물론 이 책의 서두에 "우리의 관찰과 결론이
프랑스령 앤틸레스에만 유용하다"[20]라고 기술하고 있지만, 당대의 서
구 제국의 지배하에 놓여있던 수많은 유색 인종의 정신적 식민화와

---

18) Immanuel Wallerstein, "Reading Fanon in the 21st Century," New Left
    Review 57, 2009, p.123.
19) 이러한 측면에서 파농의 논의는 지식과 존재의 탈식민화, 그리고 더 일반적으로 정
    치와 경제의 탈식민화를 사유하고 실천하고자 하는 근대성/식민성의 논의와 연결된
    다. 미뇰로, 같은 책, 254쪽.
20) Frantz Fanon, Black Skin, White Masks, p.xviii. 이하 이 책을 인용할 경우
    본문 안 괄호에 면수만 표기한다.

밀접하게 연결되어 있다고 본다.

파농에 따르면, 식민지 흑인은 식민 지배의 결과로 백인과 다른 흑인에 대해 차별화된 행동을 보이는 이중적 측면을 지닌다(23). 우선, 흑인은 자신 속의 흑인성(blackness)을 철저히 불신하며 자신과 백인을 동일시한다. 그래서 앤틸레스에서 식민 모국 프랑스 대도시에 체류했던 흑인은 거의 신적 존재(demigod)가 된다. 불어를 완전히 익힌 이들은 프랑스에서는 교과서처럼 정확하게 말한다고 놀림을 받지만, 고향에서는 "백인처럼 말한다"(3-4)는 칭송과 함께 거의 백인처럼 대접 받는다. 앤틸레스의 흑인 여성과 남성은 "백인의 문화, 백인의 아름다움, 그리고 백인의 백인성"(45)과 결합하고자 백인과의 결혼을 욕망한다. "나는 백인이다"라는 믿음은 나는 흑인이 아닌 백인으로 인정받고 싶은 욕망이다. 왜냐하면 "백인이라면 그는 부유하고, 잘생겼고, 지적"(34)이기 때문이다.

파농은 앞서 언급한 식민적 차이라는 개념과 연결될 수 있는 마니교적 개념(93)을 동원하여 흑인이 아무런 저항 없이 백색신화에 집착하게 만드는 식민주의 논리를 설명한다. 마니교적 이분법은 세계를 선과 악으로 나누어 파악하는 것으로 식민 지배에 있어 서구 열강이 피식민지인들을 바라보는 이원적 사고를 그대로 보여주기 위해 파농이 사용하는 표현이다. 인종의 분할과 배제는 보편적 선과 악의 문제, 나아가 절대적 선과 악의 판단 기준으로 서구 백인과 흑인에게서 내면화되어 작동한다. 마니교적 세계는 서구 문명이 식민지에 구성한 세계로, 이 세계에서 서구는 선 혹은 우월로, 비서구는 악 또는 미개 혹은 야만으로 제시된다. 이 세계에서 "검둥이는 짐승이고, 검둥이는 사악하고, 검둥이는 비열하고, 검둥이는 추하고"(93), 검둥이는 "문화도, 문명도, 그리고 '장구한 역사적 과거'도 가지고 있지 않다"(17).

문제는 흑인이 백인이 창조한 미개, 야만, 악이라는 "원죄의식의 짐을 앞뒤 가리지 않고 짊어지고자 한다는 것이다"(168). 그들은 스스로 이러한 "문화적 사기의 노예"(168)를 자처했다. 즉 "백인의 노예가 된 이후 그들 스스로 노예가 되었다"(168)는 것이다. 파농은 이러한 백인이 구성한 흑백의 이분법이 백인이 되고자하는 흑인의 열등 콤플렉스 (inferiority complex)를 조장했다고 말한다. 파농은 흑인이 백인이 되려는 욕망에 사로잡혀 있는 이유는 "그의 열등 콤플렉스를 가능하게 만드는 사회, 이러한 콤플렉스를 유지하면서 힘을 얻는 사회, 한 인종이 다른 인종보다 우월하다고 주장하는 사회에 그가 살고 있기 때문이다"(80)고 주장한다. 이 측면에서 파농이 강조하고 있는 것은 흑인의 열등 콤플렉스가 흑인이 태생적으로 가진 속성이 아니라 인종주의자인 백인, 백인이 강제한 식민 지배의 결과물이라는 것이다.

파농에 의하면, 열등 콤플렉스는 서구 식민화의 경제적인 과정 그리고 이 열등감의 내재화 혹은 표피화라는 이중 과정의 결과물이다 (xiv-xv). 파농은 일차적으로 식민지 모국의 경제적 약탈에 따른 경제적 불평등에서 열등 콤플렉스가 기인한다고 파악한다. 그럼에도 식민지 흑인들은 열등 콤플렉스에 젖어 경제적 억압과 불평등이 백인 식민 지배의 결과물임을 알지 못하고, 경제적 현실의 탈출구를 모든 흑인의 "백인화"(29, lactification)에서 찾고 있는 것이다. 그들은 "흑인을 백인화하는 것이 흑인을 구원하는 것"(30)이라는 맹목적인 백인 우월주의에 빠져있는 것이다. 파농이 주장했듯이 흑인은 식민주의와 인종주의가 유럽 백인의 식민 지배에 의해 고착된 것임을 파악하지 못한 채 그 결과인 백인=문명인/부자라는 공식을 보편적 진리처럼 신봉하며 저항의 의지를 상실한 것이다. 이처럼 존재의 식민성에서 벗어나지 못한 흑인들은 단지 "억압자를 모방하고자 하며, 이렇게 함으로써 자

신들을 탈인종화하고자 한다."[21] '열등 인종'으로서 흑인은 "다른 인종
으로서 자신들을 부정하고, '우월 인종'의 신념, 신조, 그리고 다른 태
도들을 공유"[22]하는데 집착한다. 파농은 흑인의 열등 콤플렉스를 흑
인의 고유한 인종적 특성도 아니며, 흑인 개개인의 특성에 의해 발현
된 것도 아님을 명확히 제시하고 있다. 흑인의 열등 콤플렉스는 식민
지배라는 외부적 문제에 의해 흑인에게 부가한 것일 뿐이다. 따라서
파농은 식민 지배와 착취의 결과인 백인의 경제적 우월성과 이러한
본질을 은폐하기 위해 만들어진 백색신화에 대한 인식과 극복이 식민
지 흑인의 정신적 탈식민화의 핵심임을 강조한다.

Ⅲ. 백색 가면, 황색 피부: 한국의 내재화된 인종주의

파농이 파헤친 이러한 흑인의 열등 콤플렉스와 백인과의 동일시에
대한 집착은 한국의 특수한 맥락 속에서 다른 과정을 거쳐 반복되고
있다고 할 수 있다. 앞서 기술한 바와 같이 한국의 인종현실은 '백색
가면'을 쓴 굴절된 황색 우월주의가 유색인종에게 물질적, 심리적 폭
력을 강제하고 있다. 이러한 황색 우월주의 또한 파농이 말한 열등
콤플렉스의 왜곡일 뿐이다. 열등 콤플렉스에 의해 왜곡된 채 발현된
황색 우월주의는 열등 콤플렉스에 의해 백인이 되고자 한 앤틸레스
흑인의 태도와 동일한 것이다. 한국인과 앤틸레스 흑인이 유색인종에
대해 멸시와 차별의 태도를 보인 이유는 그들보다 더 '백인화'되어 있

---

21) Frantz Fanon, Toward the African Revolution, New York: Grove Press,
　　1967, p.38.
22) Fanon, op.cit., p.38.

다는, '문명화'되어 있다는 착각에서 나온 것이다. 파농은 앤틸레스 흑인의 열등 콤플렉스에 의해 구성된 이러한 심리적 태도를 우측 도식 (B)을 의미하는 좌측의 도식 (A)로 제시하며 설명하고 있다(190).

(A) _____백인_____   (B) _____백인_____
     자아 〉 타자   앤틸레스 흑인 〉 아프리카 흑인

이 도식들처럼 백색신화에 고착된 앤틸레스 흑인은 "아버지이자 지도자이자, 신(神)"(190)인 '백인'과 자신들을 비교할 수 없다. 왜냐하면 백인신화에 도착된 앤틸레스 흑인은 "유럽인과 유럽인들이 이룩해낸 성과물들에 대해 동질감을 느끼는"(9) 착각 속에서 있기 때문이다. 그래서 자신들이 "아프리카 흑인보다 더 문명화되었기 때문에"(9) 아프리카 흑인들을 경멸한다. 그들은 새까만 흑인이 오면, "오늘 또 재수 없겠군"(169)이라는 반응을 보이기도 하며, 애들이 시끄럽게 굴면 부모들이 "깜둥이처럼 굴지 말라"(169)고 야단을 친다. 파농은 흑인 여학생과의 대화에서도 흑인을 경멸하는 태도를 언급한다. 그 소녀는 백인과 결혼하지 못한다면 백인에 가장 가까운 피부를 가진 흑인과 결혼하고 싶다는 욕망을 드러낸다. 그녀는 "자신은 무슨 일이 있어도 결코 깜둥이와는 결혼하고 싶지 않다"(30)고 토로한다. 이러한 앤틸레스 흑인의 자기 인종에 대한 차별적 시선과 태도는 백인과 동일하며, 이들은 반흑인적인 세계 개념을 취하고 있다.[23] 이것은 정신적 식민화를 통해 앤틸레스 흑인에게 강제한 "백인 우월주의와 협력한 흑인 반(反)흑인 인종주의 내면화"[24]의 산물이다. "쳐다보지 마라. 아가야. 저 사

---

23) Nigel C. Gibson, Fanon: The Postcolonial Imagination, Cambridge: Polity, 2003, p.48.

람은 네가 우리처럼 문명인이란 것을 모르는 모양이야"(93)라는 파농이 거리에서 만난 백인 모자의 대화처럼 흑인은 항상 언제나 백인들에게 미개인으로 화석화된 인종(a fossilized race)이라는 것이 백인 지배 세계의 인종 현실임을 파악하지 못하고서 자신과 같은 유색인종을 차별하는 태도를 취한 것이다.

파농이 문제시한 이러한 '검은' 흑인의 '하얀' 가면은 한국의 인종주의 인식에서 변형되어 그대로 반복되고 있다고 할 수 있다. 한국은 서구 문명과 가치를 자신의 것인 냥, 그리고 서구의 식민적, 종속적 근대화를 통해 이룩한 경제적 우월성에 따라 타자인 '유색인종'을 차별하는 관점을 취하고 있는 것이다. 그래서 파농이 말한 도식을 참조하여 '백색' 가면을 쓴 '황색' 한국의 인종현실에서 내재화된 백인 인종주의를 구성하면 아래의 도식 (C)로 정리될 수 있다.

(C) $\dfrac{\text{백인}}{\text{황인} \,\rangle\, \text{흑인}}$

위와 같은 한국의 내재화된 인종주의는 21세기 한국적 상황에서 출현한 것이 아니다. 그 역사는 19세기 말 시작되었다. 1876년 강화도조약 이전 인종 혹은 인종차별이라는 말 자체도 존재하지 않았던 조선에 이런 말들이 나타나기 시작한 것은 서구 제국주의와의 만남에서 시작되었다.[25] 한국의 서구적 인종 의식과 백인 문명에 대한 선망(羨望)은

---

24) Reilan Rabaka, Forms of Fanonism: Frantz Fanon's Critical Theory and the Dialectics of Decolonization, Lanham: Lexington Books, 2010, p.66.

25) 박노자, 「한국적 근대 만들기 I―우리 사회에 인종주의는 어떻게 정착되었는가」, 『인물과 사상』 45, 2002, 160쪽.

19세기말 서구 열강의 한반도 진출과 일본 식민지 지배 과정에서 수입
되고 일반화되었다. 서구 제국주의의 위협과 일본 식민 지배에 따른
패배감과 대응 방식으로 수용된 것이 서구 우월주의였고, 이 과정에서
서구의 인종적 관점이 아무런 문제없이 유포되었다. 1899년 9월 11일
『독립신문』 논설 「인종과 나라의 분별」이 대표적인 예이다.[26] 이 논
설은 지구상의 인종을 황인종인 '몽고죵', 백인종인 '고가싁죵', 흑인종
인 '아프리가 죵', 황적인종인 '말네이 죵', 홍인종인 '아미리가 죵' 등
5종류로 구분하고 이 인종들의 특징과 분포지역을 기술하고 있다. 또
한 조선의 대표적 지식인인 유길준이 1895년에 간행한 『서유견문』에
도 서구의 인종 분류를 그대로 수용하여 세계의 인종을 황색인, 백색
인, 흑색인, 회색인, 적색인으로 구분하여 소개하고 있다.[27] 이러한
인종이라는 개념뿐만 아니라 서구 제국이 비서구를 지배할 목적으로
고안된 인종의 위계질서에 대한 지식, 즉 미개와 야만에 대한 지식도
아무런 의심 없이 조선의 개화, 문명화를 위해 그대로 수용되었다.
1890년대 『독립신문』 논설에서 이 부분을 명확하고 알 수 있다.

> 흑인들은 가죽이 검으며 틸이 양의 틸 굿지 곱슬 곱슬ᄒ야 턱이 내
> 밀며 코가 넙적 흔 고로 동양 인종들 보다는 미련 ᄒ고 흰 인종보다ᄂ
> 미우 턴 흔지라. …… 빅인종은 오날늘 세계 인종 즁에 데일 영민 ᄒ고
> 부지런 ᄒ고 담대흔 고로 온 턴하 각국에 모도 퍼져 츠츠 하동 인종들
> 을 익이고 토지와 쵸목을 츠지 ᄒᄂ 고로 하등 인종즁에 ᄇ인종과 셧겨

---

26) 길진숙은 『독립신문』에 이르러 '문명'이라는 개념이 서구의 문명 개념으로 완전히
　　전화되어 현실적인 힘을 발휘했고, 조선 지식인들은 보편문명으로서 서양 문명을 확
　　산시켰다고 설명하고 있다(길진숙, 「『독립신문』·『ᄆ일신문』에 수용된 '문명/야만' 담
　　론의 의미 층위」, 『국어국문학』 136, 2004, 331쪽). 이 점에서 『독립신문』은 인종과
　　인종주의에 대한 논리를 조선 사회에서 확산시킨 중심 매체라고 할 수 있다.
27) 유길준, 허경진 옮김, 『서유견문』, 서해문집, 2004, 83~84쪽.

빅인죵의 학문과 풍쇽을 빅화 그 사름들과 ᄀᆞᆺ치 문명 진보 못 ᄒᆞᄂᆞᆫ 나라에ᄂᆞᆫ 토죵이 빅인죵의 학문과 기화를 빅호지 안ᄂᆞᆫ 고로 몃 쳔 만명 잇던 인죵이 이빅년 이릭로 다 죽어 업셧지고 ……. 28)

엇던 인죵은 학식이 고명 ᄒᆞ고 지덕이 겸비 ᄒᆞ야 온 셰계에 어느 나라를 가던지 놈의게 딕졉을 밧고 엇던 인죵은 문견이 고루 ᄒᆞ고 무지 무릉 ᄒᆞ야 가ᄂᆞᆫ 곳 마다 놈의게 쳔딕를 밧으니 ……. 29)

당대 조선의 지식인에게 자명한 진리요 시대적 대세인 '백인=문명/개화'라는 공식은 조선의 부강과 자주독립에 도달하는 통로였다. 그래서 백인의 문명을 배우지 못하고 따르지 못한 당대 조선의 상황은 그들에게 수치이자 부끄러움이었다. 이러한 태도는 비서구에 대한 서구 제국의 침탈과 지배를 정당화시키는 '근대성의 신화'를 추종한 것에 다름 아니다. "근대(유럽)문명이 스스로를 가장 발전되고 우월한 문명"이며, 이 근대성의 관점에서 근대(유럽)문명에 미치지 못하는 비서구 문명은 야만적이거나 원시적인 것으로 "죄의식의 상태에 놓이게 된다"30)는 이 신화의 수용은 근대성에 대한 오인이고, 근대성의 이면인 서구 제국의 식민성에 대한 무지이다. 그러나 19세기말 개화기 조선의 개혁정치가와 지식인에게 이러한 근대성의 신화를 믿고서 서구식 근대화, 문명화를 도모하는 것 외에는 달리 선택할 수 있는 것이 없다고 봐야한다. 그만큼 외세는 목전에서 위협하고 있었으며, 그들의 힘은 막강했기 때문일 것이다. 그래서 조선을 구원할 수단은 서구식 근대화

---

28) ≪독립신문≫ 1897년 6월 24일 논설.

29) ≪독립신문≫ 1899년 9월 11일 논설.

30) Enrique Dussel, "Eurocentrism and Modernity," Boundary 2, 20.3, 1993, p.75. 두셀은 이 글에서 근대성의 신화를 6가지로 구분하여 언급하고 있다.

였고, 그 모델은 미국이었다. 이 당시 조선에게 백인의 나라 미국은 다른 서구 제국과 점점 그 침략적 본색을 드러내고 있는 일본의 의도를 차단할 수 있는 선의의 강대국으로 그 이미지가 유포되었다. 이러한 미국에 대한 호의적 분위기는 당대『한성순보』,『황성신문』,『독립신문』,『미일신문』에 그대로 나타난다.[31] 특히『독립신문』은 개화기 조선의 "맹목적일 정도의 극단적인 호의적 미국인식을 형성함에 있어 당시에 가장 유력한 언론 매체"[32]였다.

> 미국이 강토를 널릴 싱각이 업슬쭌 아니라. …… 가위 극락 셰계가 되엿는지라 이럼으로 一년에 구라파 사름들이 즈원 ㅎ야 미국 속국 되기를 원 ㅎ되 미국 정부에셔 허락지 안코 도로혀 즈쥬 ㅎ라고 권 ㅎ며 혹 약흔 나라이 강흔 나라의게 무례히 압졔를 밧든지 즈유 권을 쎗는 나라가 잇스면 즈긔 나라 군소르르 쥭이며 진물을 허비을 허비 ㅎ랴고 그 약흔 나라를 긔어히 도와주니 이는 미국 사름의 큰 도략이요[33]

이러한 신문들이 보이는 미국에 대한 19세기의 조선의 선망은 이 신문 발간에 주도적 역할을 한 조선 개화 지식인의 인식이기도 하다. 이들 몇몇은 조선의 개화, 근대화, 서구화를 위해 미국을 방문하거나 유학을 갔으며, 귀국 후 그곳에서 배운 서구 문명과 가치를 적극적으로 조선에 유통시켰다. 그들의 서구 문명과 가치에 대한 습득과 조선에서의 유통은 당대 제국주의, 식민주의의 인종적 이데올로기를 그대로 수입하는 결과를 낳았고, 이에 따라 서구 문명과 백인 우월성에

---

31) 유선영, 「황색 식민지의 문화정체성」,『언론과 사회』 18, 91~92쪽.
32) 오영섭, 「독립신문』에 나타난 미국인식」,『한국민족운동사연구』 67, 2011, 7쪽.
33) 《독립신문》 논설, 1899. 2. 27.

대한 과도한 숭배를 드러내기도 했다. 그 대표적인 예가 미국 유학을 갔던 유길준, 서재필, 윤치호 등이다.

유길준은 『서유견문』에서 당대 여러 국가를 세 가지 등급, 즉 개화하는 나라, 반쯤 개화한 나라, 아직 개화하지 않은 나라로 구분한 후, 조선이 서양 제국을 의미하는 개화된 문명국가의 새로운 문화를 받아들여 그들과 같은 개화된 나라가 되어야 한다고 주장했다.[34] 그는 서구 문명의 우월성뿐만 아니라 서구 제국의 식민주의와 인종주의를 아무런 비판 없이 그대로 수용한다. 파농의 주장한 것처럼 "한 인종이 다른 한 인종을 착취하는 체제에 의한 희생, 그리고 우월성을 가장한 한 문명이 다른 문명의 인간성을 경멸"(199)하는 서양 제국의 식민주의와 인종주의의 문제를 파악하지 못하고, 서구문명을 적극적으로 옹호하는 관점을 취한다. 그래서 유길준은 서구의 물산과 교육을 논의하는 부분에서 백인이 바라보는 유색인종에 대한 차별적 인식을 동일하게 반복한다. 그는 아프리카 흑인과 미국 인디언의 미개함을 거론하며, 이들에 대한 서양의 지원과 도움을 선의의 시혜로 파악한다. 나아가 제국의 상인의 태도를 긍정하는 부분에서 서구 제국주의의 식민화 과정을 당연한 문명화 과정으로 옹호하는 듯한 관점을 드러낸다.

> 그렇기 때문에 영국은 천연자원이 적기로 천하에 이름났지만, 가공품이 많기로는 만국의 으뜸이다. 그러므로 나라 안에 놀고먹는 사람이 없어야 한다. …… 오늘날 서양 여러 나라가 세계의 상권을 잡고서 마음대로 흔드는 것도 이러한 진리에 기초하였을 뿐이다. 아프리카의 흑색인과 아메리카 주의 적색인 같은 경우에 천연자원이 산같이 쌓여 있고 흙처럼 널려 있다고 하더라도 그것을 쓸 곳이 어디 있으랴.[35]

---

34) 유길준, 앞의 책, 393~402쪽.

북아메리카의 적색인들은 대대로 게으름만 익혀 온 종족이라서 공부하는 기력조차 스러져 버려, 미국의 백색인들이 학교를 세우고 교육할 길을 훌륭히 갖추어 놓았다.[36]

미개한 나라가 자기들의 항구를 다고 있을 때에는 선진국 정부가 권고하고 설득하여 통상하는 조약을 체결한다. 그러나 그 토지와 국민을 탐내어 넘겨다보다는 마음이 있기 때문은 아니다. 인생의 좋은 일을 위해서는 남들과 통상하며, 내게 넉넉한 것을 가지고 그들이 모자라는 것을 도와주고 그들에게 넉넉한 것을 가져다가 내게 모자라는 것을 도와주고 그들에게 넉넉한 것을 가져다가 내게 모자라는 것을 돕게 하며, 사람의 재주와 힘으로 하늘이 주는 복을 누리려는 것이다. 이는 현세에 불변한 법이라고 말할 수 있다.[37]

윤치호의 경우도 마찬가지이다. 그는 미국 유학에서 자신에게 가해주는 인종차별을 경험하고서도 사회진화론, 적자생존론 등 소위 과학이라는 포장 속에서 작동하고 있는 인종주의와 식민 지배를 당연시한다. 그는 적자생존의 논리는 같은 인종이나 민족 사이에는 유효하지 않으나, 다른 인종과 민족 사이에는 확실한 진리라고 주장하며, 민족에게 약함이 더 큰 범죄이고, 민족 사이에는 힘이 정의라고 주장한다.[38] 윤치호는 이런 관점에서 "강한 인종이나 민족이 약한 인종이나 민족을 멸망시키거나 또는 약한 인종이나 민족이 힘을 얻어 스스로 보호할 수 있을 때까지 정의와 평화는 결코 지구상에 자리잡지 못"[39]

---

35) 같은 책, 100~101쪽.
36) 같은 책, 123쪽.
37) 같은 책, 384쪽.
38) 윤치호, 박정신 역, 『국역 윤치호 일기 2』, 연세대학교 출판부, 2003, 241쪽.
39) 같은 책, 241쪽.

한다고 단언하고 있다. 또한 그는 인디언과 흑인들이 처한 상황을 언급하며, 미개한 인종이 강하고 문명화된 인종의 지배를 받는 것은 그들 자신들의 개화를 위한 좋은 일이며, 모든 인간의 문명화를 위한 필요악이라는 생각을 드러내며 서구 제국의 식민 지배를 정당화하고 있다.

한 민족이 스스로 통치할 능력이 없을 때, 독립할 수 있을 때까지 더 개화되고 더 강한 인민에게 통치 받고, 보호받으며 가르침을 받는 것이 좋다. …… 조선이 자치할 수 없다면 중국 아래 있는 것보다는 영국 아래 있는 것이 분명히 더 좋을 것이다.[40]

영국은 인도를 비롯한 모든 식민지의 학교장이었다. 미국도 흑인과 인디안에게 마찬가지이다. 인종 전체의 궁극적인 향상의 하나님의 섭리가 지향하는 목표다. 강한 인종이 약한 인종을 자치하도록 교육하며 범한 모든 어리석은 행위와 범죄는 인간 본성을 고려하려 이와 같은 큰일을 하는데 피할 수 없는 필요악으로 보아야 한다.[41]

따라서 이들이 관여한 『독립신문』 등은 보편 문명으로서 서구 문명으로의 절대적 지향과 이 속에 담긴 야만/미개, 인종 위계체계를 전파하는 매체로, 백인 "미국의 인종주의 사상의 일종의 '교과서'"[42]로 조선 대중에게 '백색신화'를 이식시키는 데 크나큰 역할을 했다. 박노자의 평가처럼 "'서양문명의 수용을 통한 자강(自强)'이라는 동도서기론(東道西器論)적 프로젝트에 착수한 당시 조선의 개화적 엘리트들은 '스

---

40) 같은 책, 73쪽.
41) 같은 책, 200쪽.
42) 박노자, 앞의 논문, 169쪽.

승'의 위치에 있는 서구, 북미의 핵심 이데올로기 즉 인종주의"[43]를 수용할 수밖에 없었다고 볼 수 있다. 더욱이 인종주의를 서구문명의 총아로 여겨진 '과학'의 범주로 유통되었기에 더욱 그러하다.[44]

조선 지식인의 이러한 이해는 이미 서구 문명의 우월성을 자명한 것으로 전제한 것이다. 그것은 반대로 조선의 기나긴 역사와 문명을 열등한 것으로 스스로 인정하는 자기 부정으로 귀결되었다. 즉 조선과 서구 문명의 조화로운 결합이 아닌 조선의 부정을 통한 서구 문명에 대한 무조건적 긍정이었다. 이 지점이 파농이 말한 '정신적 식민화'의 과정이다. 그들은 조선이 살아남기 위해서 "자신이 자라난 땅의 특수성을 폐기"(61)하며 백인화를 선택한 것이다. 그러나 조선적 상황은 정신적 식민화의 결과에 따른 흑인의 열등 콤플렉스, 백인과의 동일시와 다른 특수성이 있다. 이 부분은 유길준 등의 견해에서 보이듯 백인 -황인-흑인이라는 인종의 위계화에서 알 수 있다. 서구 제국과의 조우에서 조선인은 서로 얽힌 두 가지의 관점을 취하게 된다. 그들은 서구의 무력과 경제력을 확인하고서 패배감과 열등의식을 느끼지만, 또 한편으로는 이러한 서구를 모델로 삼아 근대화된 강대한 조선을 소망하는 민족의식을 고취하고자 했다. 이런 점에서 흑인보다 더 문명

---

43) 같은 논문, 162쪽. 박노자는 인종주의의의 급속한 수용의 또 다른 이유로 수용 주체인 조선 지식인의 계층적 특성을 지적한다. 즉 이들이 백인 인종주의를 쉽게 수용한 요인으로 양반과 상놈이라는 차별적 사회구조에서도 기인한다고 본다.

44) 개화기의 신문과 지식인의 인종주의와 문명론에 대한 연구는 본 글에서 직접 인용한 논문을 포함하여 다음의 논문들을 보더라도 다양하게 발표되어있다. 전복희의 「19세기말 진보적 지식인의 인종주의적 특성-『독립신문』과 『윤치호일기』를 중심으로」, 김경일의 「문명론과 인종주의, 아시아 연대론-유길준과 윤치호의 비교를 중심으로」, 장규식의 『개항기 개화지식인의 서구체험과 근대인식-미국 유학생을 중심으로』, 김윤희의 「1909년 대한제국 사회의 '동양' 개념과 그 기원-신문 매체의 의미화 과정을 중심으로」, 노대환의 「1880년대 문명 개념의 수용과 문명론의 전개」 등 많은 연구 성과들이 최근 산출되고 있다.

화된 인종으로서 조선인의 설정은 이중적으로 작동한다. 한편으로는 백인 문명에 대한 선망과 추종의 표출이지만, 다른 한편으로는 서구식 근대화를 통해 '일시적' 열등민족에서 남을 지배할 수 있는 '우등' 민족이 될 수 있다는 의식의 표출이다. 이 의식은 변형된 서구 인종주의가 내재된, 흑인을 포함한 유색인종에 대한 차별적 인종주의가 내면화된 민족의식으로 형성되어 간다.

이런 측면은 '황색' 일본 제국과의 관계를 통해서도 형성된 것으로 볼 수 있다. 조선인과 같은 황인이나 백인 문명의 적극적인 수용과 전개를 통해 서구 제국과 견줄 수 있는 무력과 경제력을 이룩한 일본 제국의 존재는 위와 같은 인종의 위계화의 참조점이 되었다고 할 수 있다. 조선인에게 일본은 조선에게 저항의 대상이었지만 조선도 문명국, 아니 제국이 될 수 있다는 모방적 모델로 작용한 것이다. 이런 측면에서 조선과 일본의 관계가 백인에 보다 근접한 2등 인종으로서의 황인, 흑인보다 더 문명화된 황인이라는 인종의식이 조선에 고착될 수 있게 만든 또 하나의 요인이라고 볼 수 있다.

그러나 그 본질은 동일하다. 황색 '일본'의 전범도 '백색' 서구였다. 따라서 일본에 대한 조선의 인식의 저변에는 '백색' 서구에 대한 동경이 내재되어있다고 할 수 있는 것이다. 단, '백색' 미국에 대한 선망에는 일본에 대응하고 저항하기 위해 조선도 '백색' 서구 문명을 받아들여야 한다는 민족주의적 욕망이 중첩되어 작용된 것이라고 할 수 있다. 물론 이 민족주의적 욕망도 그 속에 서구 근대화를 향한 소망이 담겨져 있으며, 수치스러운 식민 지배의 역사, 열등한 타자로서의 자의식에서 도피하고자 하는 반동으로 출현한 것이 분명하다.

이처럼 19세기 말 근대화, 문명화라는 욕망 속에서 형성된 백인 인종주의는 해방 후 한국적 상황에도 그대로 지속된다. 더욱 해방군으로

서의 미군 점령 시기의 한국인의 경험은 이 백인 선망, 특히 미국 선망
을 증폭시켰다. 이런 연유로 '백색 가면'을 쓴 황색 피부의 한국인의
유색인종에 대한 인종차별적 인식은 더욱더 고착화되었다고 볼 수 있
다. 아울러 일제 강점기 이후 자강, 독립을 위해, 그리고 식민 지배
후 피폐해진 한국의 부흥을 위해 지식인과 지배계층에 의해 동원된
'순혈주의, '단일민족 신화'와 민족주의도 타자를 배제하고 차별하는
한국 사회의 인종주의 형성에 일조했다. 단일민족 신화, 순혈주의에
의거해서 "민족을 정의하려는 시도는 실증적 근거도 없고 비과학
적"[45]이었지만, 일본 식민지 시대 '부재'하는 국가의 공백을 메워주는
신화로서 출현했다. 순혈주의와 단일민족 신화에 바탕을 둔 민족주의
는 집단주의나 강한 단일성을 형성하는데 주요한 기제로 기능하며,
한국이 근대사회로 전환하는 시기 반제국주의, 반식민주의, 근대화의
이데올로기로 많은 기여를 했다고 할 수 있다.[46] 그러나 민족주의는
그 논리상 "근본적으로 차별과 배제의 메커니즘"[47]을 포함하고 있으
며, 특히 "종족 문화주의적 민족주의는 항상 인종주의로 쉽게 전락"[48]
하는 경향을 보여준다. 한국의 민족주의의 형성과 확산도 이러한 경향
을 포함하고 있나. 한국의 민족주의는 순혈주의라는 집난적 강박으로
이질적 타자를 추방하며, 그 동일성을 구성하고 유지하고 강화해왔다.
이런 측면에서 그 기제와 구조는 인종주의가 작동하는 메커니즘과 필연

---

45) 권혁범, 『민족주의는 죄악인가?』, 생각의 나무, 2009, 17쪽, 61쪽. 권혁범은 우리
   역사 속에서 수많은 일본인, 중국인, 거란인, 여진인, 말갈인, 아랍인, 몽고인 등이
   한반도에 거주하며 결혼했던 사실을 거론하면서, 단일민족 혹은 단일인종이라는 표
   현을 쓰는 것은 사실에 어긋난다고 주장한다.
46) 신기욱, 이진준 옮김, 『한국 민족주의의 계보와 정치』, 창비, 2009, 33쪽, 39~40쪽.
47) 권혁범, 앞의 책, 103쪽.
48) Arif Dirlik, op.cit., p.1368.

적인 관계를 유지하고 있다고 본다. 에티엔 발리바르(Etienne Balibar)의
논의에서 알 수 있듯이, "민족주의의 보충(supplement)이거나 더욱 정
확하게 말해 민족주의에 내적인 보충"[49]으로서 인종주의가 한국의 민
족주의에서 작동하고 있는 것이다.

　따라서 일제 강점기에 만연한 한민족의 단일성과 순혈성을 강조하
는 민족주의는[50] 해방 이후에도 한국의 사상, 문화, 정치의 지형을
형성하는 토대가 되었으며, '우리'와 다른 타자들을 구분하는 배타주
의적 특성을 강화하는 이데올로기로 작동했다. 즉 식민 지배로부터의
독립과 국가 회복을 위한 저항에 유효했던 민족주의는 해방 이후 정권
유지와 그 정당화의 이데올로기로, 한국전쟁 이후 분단 상황과 독재
정부의 발전 이데올로기로 흡수되면서 체제 유지 이데올로기로 전환
하게 된 것이다. 이것은 이승만 정권이 식민지 유산의 청산 문제와
관련하여 자신의 정치적 정당성을 위한 전략으로 '일민주의'(一民主義)
라는 정치적 수사를 동원했다는 것에서 알 수 있으며, 박정희 정권이
'조국 근대화'라는 수사를 통해 권력 정당화를 시도하면서 불멸의 민
족이라는 수사를 통해 다른 경쟁관계에 있는 집단 정체성을 제거한
것에서 알 수 있다.[51] 이렇게 정치적 집단에 의해 동원된 민족주의는

---

49) Etienne Balibar, "Racism and Nationalism," Race, Nation, Class: Ambiguous
　　Identities, eds. Etienne Balibar and Immanuel Wallerstein, London: Verso,
　　1991, p.54.

50) 일제 강점기 동안 일본의 식민지 인종주의는 열등 인종인 조선인이 문명을 도입하
　　기 위해서는 우월한 인종인 일본인의 지도를 받아야 한다는 논리로 작동했고, 이를
　　통해 일본은 조선의 식민지 지배를 정당화하고자 했다. 이에 대항하여 조선 민족주
　　의자들은 이러한 인종 논리가 일본의 동화정책의 합리화로 파악하고, 조선인과 일본
　　인을 더욱 구분하면서, 독자적 혈통과 선조를 지녔다는 조선 인종의 순수성과 독자
　　성을 주장했다. 신기욱, 앞의 책, 48쪽.

51) 신기욱, 같은 책, 49~50쪽.

한국 사회와 국민에게 한민족과 한국문화의 존재와 우월함을 각인시
켜 "인권이나 평화나 자유 등의 보편적 가치보다 한민족의 단결을 이
상화"[52]하는 분위기를 고착시켰다. 이 과정에서 지배권력은 '민족' 발
전이라는 명분으로 이질적인 인종과 민족뿐만 아니라 체제 유지의 방
해요소들을 억압하고 배제하게 되었다. 결국 이러한 '우리'를 강조하
는 배타적 민족주의의 융성은 화교, 혼혈인 등 한국 내의 이질적 구성
원에 대한 편견을 낳게 했으며, 타자에 대한 차별과 폭력이 일상화되
는 결과를 초래했다.

Ⅳ. 한국의 다문화주의: 전지구화와 국민국가의 생존전략

순혈주의와 민족주의에 의한 타자에 대한 차별은 21세기 오늘날 '다
문화주의'라는 외형 속에서도 여전히 일어나고 있다. "피부색만 바꿀
수 있다면……."[53] 방글라데시 출신 이주 노동자가 주저하며 던진 이
푸념은 그들이 겪는 '피부색'에 대한 오늘날 한국 인종의 정치학을 단
적으로 드러낸다. 이것은 현재 추진되고 있는 한국 사회의 다문화주의
적 국가 정책과 사회 내의 풍성한 논의와 배치되며, 나아가 이러한
한국의 다문화적 주장들이 얼마나 허구적인가를 알 수 있게 한다.

다문화주의는 한 사회 공간 내의 인종적, 문화적 다양성을 인정하
며, 동등한 인간으로서 다양한 인종과 민족의 공존을 모색하는 정치
적, 사회문화적 담론이자 프로그램이다. 물론 다문화주의는 서구의

---

52) 한경구·한건수, 「한국적 다문화 사회의 이상과 현실: 순혈주의와 문명론적 차별을
    넘어」, 『한국사회학회 동북아위원회 용역과제 07-7』, 2007, 99쪽.
53) 박소란, 「이웃? 아직은 차별과 편견 속 '이방인'」, 『민족21』, 2007년 11월, 112쪽.

논의에서도 논쟁을 벌이고 있는 개념이기 때문에 그 정의가 쉽지 않은 개념이다. 이 개념은 긍정적 평가보다 오히려 비판을 더 많이 받는 개념이기도 하다. 예를 들어 피터 맥라렌(Peter McLaren)의 논의에서 처럼 다문화주의에는 수많은 경향들이 존재하며, 그 주류적 경향은 '변형된 단일문화주의'로 평가되고 있는 것이 사실이다.54) 이렇게 일상화된 인종주의, 다문화주의 개념 자체의 문제, 그리고 서로 상이한 관점에 따른 개념의 적용에도 불구하고 다문화주의가 21세기 한국 사회에서 중요한 화두로 제기되고 있는 상황은 여러 측면에서 의심의 대상이 될 수밖에 없다. 이미 많은 한국의 연구자들이 '공허한 정치적 구호',55) '문화 없는 다문화주의',56) '국민국가의 생존전략'57)으로 한국의 다문화주의를 비판하고 있는 것도 이러한 의문에서 시작되었다. 대체로 연구자들이 비판하고 있는 내용을 다음과 같이 정리할 수 있으며, 내재화된 인종주의도 이 비판 속에서 지속적으로 거론되고 있다.

우선, 한국의 다문화주의는 국가의 정책적 주도로 진행되고 있는 동화정책의 일환이자 '우리'와 타자를 분리시키는 제도적 인종주의라는 비판이다. 1980년대 말 시작된 이주노동자의 한국 유입과 최근 한국 남성과 결혼한 중국, 동남아 여성이주민의 증가에 따른 정책 변화의 골격은 이주민의 한국 사회로의 동화정책이다. 이 정책의 대상도 '다문화'라는 명칭으로 포장된 채 전체 이주민의 10%에 해당하는 결혼

54) Peter McLaren, "White Terror and Oppositional Agency: Toward a Critical Multiculturalism", Multiculturalism: A Critical Reader. ed. David Theo Goldberg, Oxford: Basil Blackwell, 1994, pp.45~51.

55) 한경구·한건수, 앞의 보고서, 73쪽.

56) 엄한진, 「전지구적 맥락에서 본 한국의 다문화주의 이민 논의」, 『한국사회학회 동북아시대위원회 용역과제 06-8』, 2006, 32쪽.

57) 한경구·한건수, 앞의 보고서, 100쪽.

이주민에게만 집중되어 있다. 이 정책 속에서 이주노동자는 여전히 관리와 통제의 대상일 뿐이다. '다문화', '다민족'이라는 포장으로 단일 문화, 단일 민족의 신화를 영속시키고 있는 것이다. 보편적 가치와 지배문화로서 '우리'의 것을 상정하고 타자에게 동화를 요구하는 것은 그 본질상 우열이라는 이분법적 메커니즘에 기반한 차별적 관점이다. 이점에서 현재 한국의 다문화주의는 "동화 이데올로기를 숨기기 위해 다양성(diversity)이라는 용어를 사용"58)하는 서구의 보수적 다문화주의(conservative multiculturalism)의 한국적 변형으로 볼 수 있다. 한국의 다문화주의는 분명하게 동화정책을 표명하고, 위에서 아래로 그 정책을 추진하며 타자를 관리의 대상으로 간주하고 있다. 이 과정에서 이주민은 수동적 객체로 전락하고, 피상적인 다문화주의의 찬양으로 우리와 타자라는 이분법적 경계와 경제적, 정치적 불평등을 영속화시키고 있다.

저출산과 고령화 사회라는 한국 현실에 의해 시작된 여성 결혼이민자에 대한 정책은 이들이 단지 다음 세대 한국인을 재생산하는 가족의 일원이기 때문에 배제와 분리가 아닌 동화의 대상이 되었다. 이것은 현실적 문제를 고려하며, 우리의 순혈가족주의와 민족주의 신화를 유지하기 위한 선택이었다. 그러나 이들에 대한 온정적이고 시혜적인 대중적 시선과 정부의 정책은 그 이면에 이들이 '우리'보다 열등한 인종과 민족임을 전제한 것이며, '약자'인 그들을 '강자'인 우리가 보호하고 문명화시켜야 한다는 내재화된 인종주의가 작동한다. 한국인에게 이들의 모국은 미개와 야만의 '오리엔트'(orient)이다.59) 한국인에게는 '우리'와 '동남아'라는 우열의 이분법만 존재할 뿐, 개별 동남아 국가,

---

58) Peter McLaren, op.cit., p.49.
59) 엄한진, 「한국 이민담론의 분절성」, 『아세아연구』 51.2, 2008, 118쪽.

즉 인도네시아, 필리핀, 네팔의 차이는 아무런 의미가 없다. 따라서 여성 결혼이민자의 문화와 언어는 다문화 정책의 고려 대상에서 제외되며, 문화적 갈등과 차이를 공존이 아닌 동화의 관점에서 해소하고자 한다. 제도적으로도 여성결혼이주자는 주변적이고 종속적이다. 그들에 대한 공공 지원의 여부는 남편의 생존과 자식의 여부에 따라 좌우된다. 이처럼 결혼이주민들은 동등한 한국인의 일원이라기보다 내재화된 인종주의의 편견 속에서 그리고 제도적 인종주의에 의해 종속적 존재로서 규정되어 있다.

결혼이주민에 대한 제도적 인종주의는 여성보다 한국여성과 결혼한 남성 결혼이주민에게 더 강하게 작동한다. 공적으로 이들은 한국사회의 일원으로 포용될 수 없다. 물론 전문직 혹은 백인 남성은 고려 대상이 아니다. 왜냐하면 그들은 한국사회보다 더 나은 경제력과 서구 고급문화를 향유하는 존재로 한국에 정주할 목적을 가지고 있지 않다고 보기 때문이다. 이에 비해 소위 제 3세계 국가 출신의 남성 결혼이주민은 한국 여성과 결혼하다라도 거주권과 노동권이 부여되지 않는다. 현재 이런 문제는 다소 개선되었지만 여전히 이들은 배제와 분리의 대상이다. 주로 이주노동자인 이들에게서 정주 자체가 부정되고 있는 것이다. 이러한 부정은 바로 다문화주의를 표방하고 있는 한국 정부의 "국가적, 제도적 성차별이면서 동시에 인종차별이다."[60]

한국 내 노동력의 부족으로 한국으로 들어온 이주노동자는 처음부터 '현대판 노예제'라고 비판받은 '산업연수생 제도'로 통제된 이방인이었고, '불법'을 양산하는 범죄자였다. 거주권과 노동권이 보장하지 않는 한국의 법률 때문에 이들은 낮은 임금과 체불, 열악한 노동 환경

---

60) 정혜실, 「파키스탄 이주노동자와 결혼한 한국여성들」, 『여/성이론』 6, 2007, 86쪽.

속에서 고통받고 있으며, 폭력에 대응할 수 있는 기회를 박탈당하고 있다. 그들의 대응은 추방이기 때문이다. 이러한 노동 상황은 이들에게 불법체류를 강요하는 구조적 문제를 담고 있었다. 이에 대한 한국의 대응은 인권과 목숨이 보장되지 않는 폭압적인 단속과 강제 퇴거였다. 이것은 2007년 열악한 여수 보호시설의 화재로 인한 불법체류 노동자의 죽음과 2004년, 2005년 57,300 여명의 이주노동자 강제 추방,[61] 그리고 "우리는 인간 기계가 아니다"[62]라고 외치며 항의하는 이주노동자들의 시위에서 분명하게 드러난다.

이러한 이주노동자의 현실에 대해 한국인의 태도는 인종적, 계급적 차별과 온정적 배려로 나타난다. 한국인은 3D업종에 종사하는 이들을 이중적 차별 구조 속에서 바라본다. 근대 이후 한국에 내재화된 미개한 '검은' 인종에 대한 혐오와 '허드렛일'을 하는 천한 계급이라는 무시가 공존한다. 즉 한국인의 내면에 작동하는 이주노동자라는 기표는 미개한 '인종'과 천한 '하층 계급'이다. 한국 사회의 내재화된 인종주의가 극명하게 표출되고 있는 대상이 바로 이들이다. 이들에게는 '삼중의 인종주의'가 작동한다. 그들은 정부에 의한 제도적 차별, 기업가들에 의한 경제적 차별, 그리고 다수 한국인에 의한 사회적 차별 등 복합적인 차별 구조 속에 방치되어 있다.[63]

이들에 대한 정부의 폭압적 통제에 대한 일부 한국인과 비정부기구의 온정적 태도는 그들이 겪는 현실 개선에 어느 정도 기여를 하고 있지만, 이 태도의 이면에도 '그들은 우리보다 열등하다'는 인종주의

---

61) 엄한진, 「세계화시대 이민과 한국적 다문화사회의 과제」, 『한국사회학회 동북아시대위원회 용역과제 07-7』, 2007, 56쪽.

62) "We are not human machines," Korean Times, 2010. 12. 19.

63) 강수돌, 「이주노동자의 삶의 자율성과 정체성」, 『실천문학』 74, 2004, 245~246쪽.

적 관점이 내재되어있다.[64] 특히 비정부기구 중 다수를 차지하는 종
교 단체들의 이주노동자에 대한 지원은 상당한 도움을 주고 있지만,
일부 기구에서 진행하고 있는 지원 프로그램 중에서 '복음 전도적 오
리엔탈리즘'을 반영하는 듯한 구조가 존재하기도 한다. 케빈 그레이
(Kevin Gray)의 평가처럼, 이러한 비정부기구는 '문명화되지 않은 원주
민들'에 대한 복음 전파 과정의 유럽중심적 우열의 이분법과 인종주의
적 사고가 투영되어 있다고 할 수 있다.[65]

또 다른 비판은 자본의 전지구화, 신자유주의적 국제 분업의 결과로
서 한국 사회가 다문화주의를 수용했다는 것이다. 이 수용은 강력한
민족적 자부심을 보존하기 위한, 전지구화라는 커다란 변화 속에서
채택된 "국민국가의 생존전략"[66]이라고 볼 수 있다. 따라서 다문화주
의는 자본, 상품, 노동의 이동이라는 전지구적 규모의 변화에서 한국
의 위상을 수립하고자 하는 정책적 차원의 선언으로 시작되었다고 해
도 무방하다. 정부의 다문화 정책은 국제적으로 다문화주의가 도덕적
정당성(?)을 확보하며 세계적 추세가 됨에 따라 다문화를 사회통합의
이념과 정책으로 삼아 한국의 국제적 이미지를 고양하려는 전략이
다.[67] 그러나 그 본질은 자본과 노동의 전지구화에 따른 경제적 이해
관계이다. 이 자본을 둘러싼 전쟁에서 동북아 경제의 한 축으로서 그
경쟁력을 유지하기 위한 정부의 대응이다. 다문화주의는 자본과 노동

---

64) 박경태, 「이주노동자를 보는 시각과 이주노동자 운동의 성격」, 『경제와 사회』 67,
    2005, 98쪽.
65) 케빈 그레이, 「'계급 이하의 계급'으로서 한국의 이주노동자들」, 『아세아연구』 47.2,
    2004, 116쪽.
66) 한경구·한건수, 앞의 보고서, 100쪽.
67) 김희정, 「한국의 관주도형 다문화주의: 다문화주의 이론과 한국적 적용」, 『한국에
    서의 다문화주의─현실과 쟁점』, 한울, 2007, 75쪽.

시장의 현실에 의해 유입될 수밖에 없는 이주노동자와 결혼이주민을 통제하기 위해 한국의 국제적 위상에 걸맞게 포장하기 위해 도입되었다. 미래의 경제 인구의 확대를 위한 여성 결혼 이주민에 대한 온정적 동화정책과 불평등한 노동 시스템에 기반하여 이윤 창출을 위해 마련된 이주노동자에 대한 통제와 관리 정책은 공통적으로 전지구적 자본 시장의 변화에 대체하기 위한 한국 정부와 경제이익집단의 공모인 것이다.

전지구화에 대응하는 개별 국가의 다문화주의 경향에 대한 조엘 스프링(Joel Spring)의 비판을 참고하자면, 한국은 다문화주의를 그 비판의 날을 무디게 한 후 전지구적 경제에서 경쟁력을 증대시키는 도구로서 활용하고 있는 것이다. 즉 한국은 경제적 민족주의의 창조를 위해 전지구적 경제에 부합하는 다문화적 노동력의 유지와 다문화적 협력을 위한 관리자와 전문가의 양성에 주력하고만 있다고 볼 수 있다.[68] 이점에서 한국의 다문화주의적 수용은 슬라보예 지젝(Slavoj Žižek), 안토니오 네그리(Antonio Negri)와 마이클 하트(Michael Hardt) 그리고 아리프 딜릭(Arif Dirlik) 등이 비판한 소위 '전지구화 시대의 자본의 이데올로기로서 다문화주의'의 경향을 수용하며 일국적 체제 내에서 활용하고 있다고 볼 수 있다. 한국사회는 전지구적 경제에 부합하는 경제적 민족주의의 추구 속에서 미개한 '인종'과 천한 '하층 계급'으로 차별받고 있는 우리 안의 '타자'들의 참담한 현실과 인간 이하의 대우를 허구적 다문화주의로 포장하고 은폐하고 있는 것이다. 결국 한국의 다문화주의는 배타적 민족주의 그리고 내재화된 인종주의를 극복하는 계기로 자리 잡기에는 한계를 가지고 있다. 근대 이후 한국사회를

---

68) Joel Spring, "The Threat of Global Economics to Multicultural Studies," Multicultural Perspective 1.1, 1999, p.13.

유지하는데 있어 은밀하게 혹은 공개적으로 표방되어진 순혈주의, 단
일민족주의, 그리고 내재화된 인종주의는 여전히 21세기 한국을 유지,
강화하는 기제로서 지속되고 있는 것이다. 이 과정에서 숨겨진 것은
우리 안의 '타자'의 현실이었다. 놀랍게도 우리는 민족의 발전을 위해,
국익을 위해, 그들보다 우리가 더 우월하다는 착각 속에서, 알고서도
눈을 감는 공모자, 방관자를 자처하고 있는 것이다.

V. 나가며

지그문트 바우만(Zygmunt Bauman)이 "하나의 유령, 즉 외국인 혐오
주의(xenophobia)라는 유령이 지구상에 떠다니고 있다"[69]고 말할 정도
로 최근 서구의 인종 차별과 외국인 혐오주의는 제어하기 힘들 정도로
계속 확대되고 있다. 식민 시대, 과거의 유산이라고 간주했던 인종주
의가 여전히 잔존하고 있는 상황에서 신자유주의적 세계화 정책이 낳
은 경제적 불확실성, 그리고 이에 따른 삶의 불안과 두려움이 새로운
인종주의와 외국인 혐오주의를 점화시키고 있는 것이다. 새로운 모습
으로 재등장한 인종주의는 세계 도처에서 특정 집단의 이해와 특권을
보호하기 위해 주변화되고 힘이 없는 타자를 또다시 인종화시키며 한
편으로는 은밀하고 교묘하게, 또 다른 한편으로는 극단적인 폭력으로
표출되고 있는 것이다.

이렇게 세계적으로 확대되고 있는 위태로운 인종적 지형은 앞서 살

---

69) Zygmunt Bauman, "The Crisis of the Human Waste Disposal Industry," The
   Globalization of Racism, eds. Donaldo Macedo and Panayota Gounari,
   Boulder: Paradigm Publisherd, 2006, p.36.

퍼 본 것처럼 한국의 현실에서도 서서히 출현하며 수많은 우려를 낳고 있다. 분명 한국의 인종적 타자에 대한 인식과 다문화주의라는 정책은 역사적으로 한국 내에 내재화된 인종주의와 배타적 민족주의의 경향 때문에 인종차별과 외국인 혐오와 관련된 세계적인 문제에 대처하기에는 한계를 명확하게 지니고 있다. 한국의 다문화주의는 보다 개방적이고, 민주적이고, 인간적인 관점에서 인종적 타자들에게 다가가기보다는 오히려 그들을 한국의 잠재적 불안 요인이자 불순한 타자로서 관리하고 통제하는 관점에서 도입되고 실행되고 있는 것으로 보일 뿐이다. 따라서 한국의 다문화주의는 타자들의 불평등을 생산하고, 그들을 억압하는 공식적, 국가적 제도로 더욱 강화되고 있다고 말할 수 있다. 이런 점에서 다문화주의와 관련하여 앞으로의 한국적 상황에 대한 예측은 더욱 복잡하고 힘들어지고 있다. 그것은 공식적 다문화주의 정책을 시행하다 폐기를 선언하고 있는 서구 국가들의 현재의 상황을 참조할 때, 그리고 이들 나라에서 심화되고 있는 인종차별과 외국인 혐오의 현실을 바라볼 때 더욱 그러하다.

따라서 도래할 한국의 인종적 지형이 가질 위험성을 최소화하기 위해 공적 및 사적 분야에서 보다 많은 고민과 논의들이 시작되어져야만 한다. 이와 관련하여 많은 제안들이 쏟아지고 있다. 오영석은 한국으로 이주한 유색인종의 현실과 그들의 목소리를 적극적으로 반영한 다문화적 정책의 실행, 관주도형 다문화주의의 문제를 극복할 시민 사회적 동력의 강화 등이 필요하다고 제안하고 있으며,[70] 박경태는 유색인종 이주민을 포함한 소수자들의 공동노력, 즉 소수자 운동의 연대의 구축을 통한 다수자 중심의 국가 틀에 균열을 내는 노력이 필요하다고

---

70) 오경석, 「어떤 다문화주의인가?—다문화사회 논의에 관한 비판적 조망」, 『한국에서의 다문화주의—현실과 쟁점』, 한울, 2007, 32~43쪽.

주장한다.[71] 그러나 올바른 다문화적 국가정책의 현실화와 시민 사회
적 노력과 연대의 구축에 전제되어야 할 것은 바로 서구나 백인의 시
선이 아닌 유색인종을 진정으로 이해하려는 우리의 눈과 귀를 통한
노력과 인식이다. 박경태의 결론처럼 "우리의 눈으로 보고 그들의 목
소리를 배워야 한다. 그들을 받아들이는 것이 다문화가 아니라 우리가
변하는 것이 다문화"[72]라는 인식과 함께 현재의 왜곡된 다문화주의에
내재한 인종주의를 극복하려는 노력이 필요한 것이다.

따라서 그 출발점은 사고방식의 전환이 되어야 한다. 왜냐하면 "인
종주의는 사고의 양식"이며, 그 출발점은 "사고 양식을 바꾸는 문제"
이기 때문이다.[73] 이 인식의 전환은 백인 우월주의가 내재화된 인종
주의를 해체할 수 있는, 나아가 식민지 이래로 작동하고 있는 '지식과
존재의 식민성'을 극복하는 긴 여정의 시작이다. 이 글의 사전 논의에
서 다룬 파농의 주장도 이와 같다. 그가 우리에게 제시해준 충고도
21세기 한국의 상황을 새롭게 전환시킬 고민과 물음의 출발점을 제공
한다. 파농은 말한다. "우월감? 열등감? 타자를 만지고 타자를 느끼며
서로를 알고자 하는 그런 단순한 노력을 왜 그대는 하지 않는
가?"(206). 파농은 서구중심적 패러다임에 갇혀 동일한 인간에게 우월
/열등, 미개/야만이라는 인종적 위계체제를 작동시키고 있는 우리의
고착된 사고를 전환시킬 것을 충고하고 있다. 유색인종인 우리뿐만
아니라 서구 백인에게도 '백색 가면'을 벗어던지라고, "유럽을 떠나
라"(235)고 말하고 있는 것이다. 파농은 식민 시대 이후 오늘날까지

---

71) 박경태, 『소수자와 한국사회』, 후마니타스, 2008, 307~311쪽.
72) 박경태, 같은 책, 311쪽.
73) 에티엔 발리바르, 최원·서관모 역, 『대중들의 공포: 맑스 전과 후의 정치와 철학』,
　　도서출판 b, 2007, 418~419쪽.

인간을 '비인간화'시키고 있는 서구 백인우월주의 방식이 아닌 다른 방식으로 모든 인간이 평등한 또 다른 세계를 찾는 노력을 경주해야함을 권고하고 있는 것이다.

참고문헌

강수돌, 「이주노동자의 삶의 자율성과 정체성」, 『실천문학』 74, 2004.

권혁범, 『민족주의는 죄악인가?』, 생각의 나무, 2009.

길진숙, 「『독립신문』·『미일신문』에 수용된 '문명/야만' 담론의 의미 층위」, 『국어국문학』 136, 2004.

김경일, 「문명론과 인종주의, 아시아 연대론-유길준과 윤치호의 비교를 중심으로」, 『사회와 역사』 78, 2008.

김용규, 「트랜스모더니티와 문화의 생태학: 식민적 차이와 유럽중심주의적 근대성 비판」, 『코기토』 70, 2011.

김윤희, 「1909년 대한제국 사회의 '동양' 개념과 그 기원-신문 매체의 의미화 과정을 중심으로」, 『개념과 소통』 4, 2009.

김종목, 「백인 동경사회의 인종차별」, ≪주간경향≫, 2011, 8월 9일.

김희정, 「한국의 관주도형 다문화주의: 다문화주의 이론과 한국적 적용」, 『한국에서의 다문화주의-현실과 쟁점』, 한울아카데미, 2007.

노대환, 「1880년대 문명 개념의 수용과 문명론의 전개」, 『한국문화』 49, 2010.

라영철, 「'혈통'에 목매는 대한민국」, ≪노컷뉴스≫, 2012, 4월 19일.

박경태, 「이주노동자를 보는 시각과 이주노동자 운동의 성격」, 『경제와 사회』 67, 2005.

_____, 『소수자와 한국사회』, 후마니타스, 2008.

박노자, 「한국적 근대 만들기 I -우리 사회에 인종주의는 어떻게 정착되었는가」, 『인물과 사상』 45, 2002.

박대로, 2011. 「'외국인 혐오 확산' 인종주의 사이트 기승」, ≪뉴시스≫, 2011, 1월 1일.

박소란, 「이웃? 아직은 차별과 편견 속 '이방인.'」 『민족 21』, 2007, 11월.

신기욱, 이진준 역, 『한국 민족주의의 계보와 정치』, 창비, 2009.

신진호, 「대놓고 왕따·차별... 한국인으로 뿌리 내릴 수 없나요」, ≪세계일보≫, 2011, 2월 9일.

안토니오 네그리, 마이클 하트, 윤수종 역, 『제국』, 이학사, 2001.

엄한진, 「전지구적 맥락에서 본 한국의 다문화주의 이민 논의」, 『한국사회학회 동북아 시대위원회 용역과제 06-8』, 2006.

엄한진, 「세계화시대 이민과 한국적 다문화사회의 과제」, 『한국사회학회 동북아시대위
　　원회 용역과제 07-7』, 2007.

_____, 「한국 이민담론의 분절성」, 『아세아연구』 51.2, 2008.

에티엔 발리바르, 최원·서관모 역, 『대중들의 공포: 맑스 전과 후의 정치와 철학』, 도서
　　출판 b, 2007.

오경석, 「어떤 다문화주의인가?―다문화사회 논의에 관한 비판적 조망」, 『한국에서의
　　다문화주의-현실과 쟁점』, 한울아카데미, 2007.

오영섭, 「『독립신문』에 나타난 미국인식」, 『한국민족운동사연구』 67, 2011.

월터 D. 미뇰로, 김은중 역, 『라틴아메리카, 만들어진 대륙: 식민적 상처와 탈식민적
　　전환』, 그린비, 2010.

허길준, 허경진(역), 『서유견문』, 서해문집, 2004.

유선영, 「황색 식민지의 문화정체성」, 『언론과 사회』 18, 1997.

윤치호, 박정신(역), 『국역 윤치호 일기 2』, 연세대학교 출판부, 2003.

이동훈, 「제가 백인이었다면 이런 일이 일어났을까요?」, 『통일한국』, 2009, 10월.

이영준, 「'인종 차별' 인권위 진정 5년새 두 배 급증」, ≪서울신문≫, 2011, 7월 27일.

장규식, 「개항기 개화지식인의 서구체험과 근대인식-미국 유학생을 중심으로」, 『한국
　　근현대사연구』 28, 2004.

전복희, 「19세기말 진보적 지식인의 인종주의적 특성-『독립신문』과 『윤치호일기』를 중
　　심으로」, 『한국정치학회보』 29.1, 1995.

정혜실, 「파키스탄 이주노동자와 결혼한 한국여성들」, 『여/성이론』 6, 2007.

케빈 그레이, 「'계급 이하의 계급'으로서 한국의 이주노동자들」, 『아세아연구』 47.2,
　　2004.

한경구·한건수, 「한국적 다문화 사회의 이상과 현실: 순혈주의와 문명론적 차별을 넘어」,
　　『한국사회학회 동북아위원회 용역과제 07-7』, 2007.

「각국 도략」, ≪독립신문≫ 1899, 2월 27일 논설.

「인종과 나라의 구별」, ≪독립신문≫, 1897, 6월 24일 논설.

「태국 여성 근로자와 백인 영어강사」, ≪경향신문≫, 2005, 1월 16일.

"We are not human machines," *Korean Times*, 2010, 12월 19일.

Balibar, Etienne. "Racism and Nationalism," *Race, Nation, Class: Ambiguous
　　Identities*, eds. Etienne Balibar and Immanuel Wallerstein, London: Verso,

1991.

Bauman, Zygmunt. "The Crisis of the Human Waste Disposal Industry," *The Globalization of Racism,* eds. Donaldo Macedo and Panayota Gounari. Boulder: Paradigm Publishers, 2006.

Dirlik, Arif. "Race Talk, Race, and Contemporary Racism," *PMLA* 123.5, 2008.

Dussel, Enrique. "Eurocentrism and Modernity," *Boundary 2* 20.3, 1993.

Fanon, Frantz. *Toward the African Revolution,* trans. Haakon Chevalier. New York: Grove Press, 1967.

_____. *Black Skin, White Mask,* trans. Richard Philcox, New York: Grove, 2008.

Gibson, Nigel C. *Fanon: The Postcolonial Imagination,* Cambridge: Polity, 2003.

Giroux, Henry A. "Spectacles of Race and Pedagogies of Denial: Anti-Black Racist Pedagogy under the Reign of Neoliberalism," *Communication Education* 52.3/4, 2003.

McLaren, Peter. "White Terror and Oppositional Agency: Toward a Critical Multiculturalism," *Multiculturalism: A Critical Reader,* ed. David Theo Goldberg, Oxford: Basil Blackwell, 1994.

Letina, Alana and Gavan Titley. eds. *The Crises of Multiculturalism: Racism in a Neoliberal Age,* London: Zed Books, 2011.

Rabaka, Reilan. *Forms of Fanonism: Frantz Fanon's Critical Theory and the Dialectics of Decolonization,* Lanham: Lexington Books, 2010.

Spring, Joel. "The Threat of Global Economics to Multicultural Studies," *Multicultural Perspective* 1.1, 1999.

Quijano, Anibal. "Coloniality of Power, Eurocentrism, and Latin America," *Nepantla: Views from South* 1.3, 2010.

Wallerstein, Immanuel. "Reading Fanon in the 21st Century," *New Left Review* 57, 2009.

Žižek, Slavoj. 1999. *The Ticklish Subject: The Absent Centre of Political Ontology.* London: Verso, 1999.

아널드의 교양 개념의 문화정치학적 함의와 '열린' 교양의 가능성

이효석

I. 들어가며

로버트 영(Robert J. C. Young)은 『식민주의의 욕망』(*Colonial Desire*)의 서두에서, 영국 런던 교외 그리니치 천문대(Greenwich observatory)의 본초자오선(prime meridian)의 상징적 의미에 대해 이야기를 한다. 1884년 국제협정에 의해 지구 경도의 원점(Longitude Zero)으로 확정된 이 가느다란 "황동줄"은 "세계의 영점이자 시간의 중심"(1)을 차지하고자 했던 19세기 영국의 욕망의 표상이었다. 영은 이 황동줄 위에 서서 황동줄의 왼편은 서양이며, 오른편은 동양이라는 사실을 깨닫는다. 과거 동서양을 가르는 기준점이 예루살렘(Jerusalem)이나 콘스탄티노플(Constantinople)에 있었다면, 19세기가 되면 그것은 "런던 남부의 교외지역"으로 옮겨오게 된 것이다. 본초자오선은 대영제국이 세계의 시간과 공간의 중심이며 런던이 동서양의 힘이 결집되는 장소가 되길 바라는 영국인의 꿈을 표상하고 있는 것이다.[1]

---

1) 제국주의 시절 세워진 영국과 프랑스의 거대한 국립박물관들은 바로 이러한 욕망을

이와 비슷한 욕망 혹은 소망을 우리는 매슈 아널드(Matthew Arnold)의 교양과 문명에 대한 담론에서도 읽을 수 있을 것 같다. 아널드는 『교양과 무질서』(Culture and Anarchy)에서, 영국인의 사상적 정체성을 '헤브라이즘(Hebraism)'으로 보고 '헬레니즘(Hellenism)'과의 결합을 통해 완전해질 수 있다고 주장했다. 영국인이 현대의 '선민'이 되고 고대 그리스 사상과 문화의 세례로 '교양인'으로 거듭난다는 아널드의 기획은 비유적으로 말해, 영국인의 '본초자오선화'이다.

로버트 영은 영국사회가 영국 외부의 이질적인 문화와의 끊임없는 접촉과 교섭과 영향관계를 통해 언제나 새로이 재구성되어온 역사 그 자체가 바로 '영국성'이라고 규정한다. "상반된 요소들의 이질적, 대립적 혼합체 즉, 그 자신과 결코 동일하지 않은 동일성"(3)이 영국의 정체성으로 확립되어 왔다는 것이다. 문제는 이러한 사실에도 불구하고, 영국의 지성과 정치는 다양성의 욕구가 분출한 시기에는 "정체성과 사회에 대한 유기체적 비유"(4)를 활용하여 "고정된 영국의 정체성"을 강조하였다는 점이다. 다양성을 인정하면서도 다양한 개체의 개성과 분열을 용인하지 않겠다는 이러한 의지는 식민지의 관습과 문화를 인정하면서도 이를 대영제국(British Empire)의 울타리 안에 가두려는 통치전략에도 잘 나타난다. 이는 에드워드 사이드(Edward Said)가 말하

물신주의적 수집품들로 환치한 것으로 볼 수 있다. 대영박물관(British Museum)이나 루브르박물관(Musee du Louvre)에 한자리에 모여 전시된 동서양의 유물들은 박물관 자체가 세계사적 공간과 시간의 축약이라는 착각을 일으키기에 충분하다. 동서양의 유물에 대한 서구의 집착은 익히 잘 알려져 있지만 최근 그리스가 영국 정부에게 대영박물관에 전시된 파르테논 신전의 조각과 부조물 즉, 소위 '엘긴의 대리석(Elgin Marbles)'을 반환할 것을 요구했지만 영국이 여러 가지 이유를 들어 거부한 사건을 통해 더 잘 알려지게 되었다. 이때 영국의 보수진영은 고대 그리스의 적자(嫡子)는 오늘날의 그리스가 아니라 영국이라는 궤변을 펼쳤다. 이에 대한 논의는 필자의 졸고 「헬레니즘, 유럽중심주의, 영국성─19세기 영국사회와 고대 그리스의 전유」를 참고할 것.

는 "양자입양의 구조를 통해 친자상속을 이루는 것"(*World 22*)과 동일한 맥락이다.2)

　이런 점에서 볼 때, 매슈 아널드가 지배계급의 속물성과 자본주의의 물질문명을 비판하고 다른 지역의 문화와 개성을 존중하면서도 갈등의 역동성보다는 지식인 교양인의 '중심'을 통해 영국사회와 제국의 질서를 확보하려한 이유를 알 수 있을 것 같다. 그의 교양과 문명의 개념들은 영국에 대한 자기비판을 위한 도구였다는 역사적 성과에도 불구하고 아널드 사상의 부분적인 한계 즉, 동시대 지식인들의 유럽중심적이고 제국주의적인 후진성을 보여주고 있기 때문이다.

　이 글은 오늘날에도 여전히 중요한 의미를 가지고 있는 아널드의 교양의 개념과 이에 기초한 문명 개념의 이면에 작동하는 유럽중심주의와 그것들이 문화정치학적 으로 제국주의와 연관되는 문제를 비판적으로 살펴보고자 한다. 이를 위해 우선 아널드의 개념들을 간략히 살펴보고 이것의 한계가 잘 드러난 아일랜드에 관련된 두 편의 글을 분석하고자 한다. 필자는 로버트 영이 아널드의 인종주의적 한계를

---

2) 모든 사회는 기존의 질서와 중심을 계속 유지하기 위해 새로이 접촉하고 알게 되는 주변의 문화에 대해 '양자입양'의 방식으로 전유하는 방식 즉, 배제와 포섭을 동시에 기도한다. 사이드는 문화가 다른 주변의 문화와 관계하는 방식을 가족이 대를 잇는 두 가지 방식 즉, "친자상속(filiation)"과 "양자입양(affiliation)"에 비유한다. 사회가 대대로 전승되는 전통과 문화를 통해 선대와 후대의 친자적 관계를 유지하는 것은 거의 본능에 가깝다. 그러나 근대 이후 민족과 국가 간의 접촉이 확대됨에 따라 계속해서 친자적 문화관계를 유지하는 것이 점점 어려워지게 되고 그 결과 사회는 다른 사회와의 유사성에 기초한 양자적 관계를 맺기 시작하였다는 것이다. 사이드는 서구의 문학이 "반인간주의적이고 반문학적이며 반유럽적인 것"으로 간주된 것들을 서구 문화의 "구조 바깥으로 내몰아버린 것"은 "양자입양의 구조를 통해 친자상속을 이루는 것"(*World* 22)과 동일한 맥락이었다고 설명한다. 문제는 이것이 "세계에서 일어나는 진정한 인간관계와 상호교류의 극히 일부"(21)에 지나지 않는다는 사실을 서구인들이 망각하고 있었다는 사실이다. 이러한 문화소통의 관계에 대한 인식과 인정에서 제국주의 시대 서구는 대단히 인색했다.

비판한 글에 동의하면서 영이 이야기하지 않은 유럽중심적이고 과거
지향적인 문명관을 비판적으로 보충하고자 한다. 나아가 보수성이 순
치된 '열린' 교양의 가능성에 대해 질문해볼 것이다.

II. 아널드의 교양과 문명의 담론

아널드는 토머스 칼라일(Thomas Carlyle)과 J. S. 밀(J. S. Mill)과 더
불어 교양과 문학과 사회를 연결시켜 사고한 대표적인 지식인이다.
국가나 사회가 자연의 생명체처럼 낮은 단계에서 높은 단계로 진화해
간다는 사고는 영국의 경우, 이미 18세기부터 여러 사상가들에 의해
개진되고 있다. 아담 스미스(Adam Smith)를 비롯한 계몽주의 학자들
은 세계의 모든 국가들이 "미개에서 문명으로, 무지에서 지식으로, 단
순에서 복잡으로, 구체에서 추상으로, 일정하지 않지만 점진적인 진
보"(Dodson 63)를 이루고 있다고 생각했다. 제임스 밀(James Mill)은 이
보다 한발 더 나아가, 진보가 덜 된 문명은 그들을 대표하는 정부가
꼭 필요한 것은 아니며 오히려 영국과 같은 제국의 법이 인도하는 '개
선'의 힘을 빌리는 것이 더 낫다고 주장했다. "인도와 같은 사회는 합
리적인 교육 정책과 건전한 지배의 도움을 얻음으로써 진보한 근대
문명으로 재탄생할 수 있다"(67)는 말이었다.

19세기에 발전한 유럽의 문헌학과 언어학과 같은 '과학'은 영국에
게 제국의 언어가 식민지의 언어에 비해 훨씬 '진보'한 언어이며 이로
써 제국의 문화적 우월성을 증명한다는 믿음을 주었다. 이를 토대로
영국의 역사가이자 정치가인 토머스 배빙턴 매콜리(Thomas Babington
Macaulay)는 1835년 인도 총독의 고문으로 파견되기에 앞서 행한 연설

인 「인도교육론」("Minute on Indian Education")에서, 영어와 영어문학
의 교육은 인도를 '문명화'하는 일에 큰 힘을 담당할 수 있다고 주장했
다. "좋은 유럽 도서관의 단 한 칸의 책장만 있으면 인도와 아라비아
전체의 문학을 감당할 수 있다"[3]고 믿었던 그는 "밀턴의 시와 로크의
철학과 뉴턴의 물리학에 해박한 원주민" 즉, "혈통과 피부색은 인도인
이지만, 취향과 생각, 도덕과 지성은 영국인"인 인도인을 만들어냄으
로써 인도를 효과적으로 통치할 수 있다고 생각했다.[4] 영어와 영문학
에 대한 매콜리의 자신감은 동시대의 사상가인 토머스 칼라일의 셰익
스피어 예찬에서도 확인할 수 있다. 칼라일은 인도는 포기할 수 있어
도 셰익스피어는 포기할 수 없다고 말하며 그 이유를 다음과 같이 설
명한다. "인도제국도 언젠가는 … 사라지겠지만, 셰익스피어는 그렇
지 않다. … 따라서 우리는 셰익스피어를 포기할 수 없다(Indian
Empire will go … some day; but this Shakespeare does not go. …; we
cannot give-up our Shakespeare)."[5] 표면적으로 칼라일은 셰익스피어
가 영국 민족에게 종교 지도자에 버금가는 지혜를 전수해준 위대한
'영웅'이라는 이유를 내세운다. 그러나 그가 셰익스피어에 대응하는
자리에 식민지 인도를 놓으며 이 지역의 존망까지도 함부로 거론하는
것은 제국의 일개 시민의 눈에도 식민지의 무게는 정말 가벼운 것이었

---

3) Macaulay. "Minute on Indian Education." Web. 10 Jan. 2012.
⟨http://www.columbia.edu/itc/mealac/pritchett/00generallinks/macaulay/tx
t_minute_education_1835.html⟩
4) 가우리 비스와나탄(Gauri Viswanathan)은 영국의 식민지관료들은 영문학을 영국
의 "물질적 동기를 위장하거나 '은폐'"시켜주는 가면으로 활용하였다고 주장한다.
"영문학 텍스트는 최고이자 완벽한 상태에 있는 대체 영국인"(간디, 177에서 재인용)
으로 기능하였다는 것이다.
5) Carlyle, *On Heroes, Hero-worship, and the Heroic in History*. Web. 10 Jan.
⟨http://www.gutenberg.org/dirs/1/0/9/1091/1091-h/1091-h.htm#2H_4_0004⟩

다는 사실을 잘 말해주고 있다.

아널드는 교양과 영문학을 유럽문화와 관련시켜 평생 치열하게 논의하였다는 점에서 그는 19세기 후반 이후 교양과 고전의 논의가 영국 사회에서 유럽중심적인 틀 속에서 이루어지도록 만든 중요한 역할을 수행하게 되었다. 문학의 사회적 기능을 환기시키고 영문학이 대학의 분과학문으로 들어서는 논거를 제공했다는 점에서 그가 끼친 영향은 크다. 특히 1921년 발표된 '뉴볼트 보고서(Newbolt Report)'는 문학과 영문학에 관한 아널드의 주장을 초등과정부터 대학과정의 교과에 충실히 반영하려했고 또 실제로 반영한 "너무나 아널드적인 문서" (Collini 314)였다.[6] "아널드의 예언대로 문학은 20세기의 종교가 되었고 비평은 사제가 되었다"(315)고 말해도 과언이 아니게 된 것이다. 문학을 물질문명과 범속한 상업문화에 대항하는 도덕의 십자군으로 가정하였다는 점에서 F. R. 리비스(F. R. Leavis)와 T. S. 엘리엇(T. S. Eliot) 역시 아널드의 후예라고 볼 수 있을 것이다.[7]

영어에서 'culture'는 레이먼드 윌리엄스(Raymond Williams)의 지적처럼, 그 의미가 "가장 복잡한 두 세 개의 단어 중의 하나"(87)이다.

---

6) 헨리 존 뉴볼트(Henry John Newbolt)가 1919년부터 위원장을 맡아 3년 뒤 영국의 교육부에 제출한 일종의 교양교육 제안서인 이 보고서는 당시로서는 대단히 혁신적인 것이었다. 기존의 교양교육이 그리스와 로마의 고전에 초점을 두고 있는 것을 비판하며 영어와 영문학, 나아가 영어로 작성된 영국의 고전들을 상위에 두고 교육함으로써 영국의 정체성을 재구성해내고 1차 대전 이후 분열된 영국사회를 하나로 묶어내려는 기획이었다. 이는 바로 아널드가 문학과 교양에서 보았던 '사회적' 기능이기도 하다.

7) 피터 브루커(Peter Brooker)는 바로 이런 이유 때문에 이들 세 사람이 "교양을 자유주의적인 혹은 대단히 보수적인 이데올로기에 봉사하도록 동원한" 혐의로 비판받아 온 사실을 지적한다. 하지만 우리는 브루커도 인정하고 있듯이, 상위문화 혹은 교양이 대중사회에서 가지는 순기능을 옹호한 프랑크푸르트학파의 주장에도 주목할 필요가 있다. 이는 Brooker, 50~51을 참고할 것.

19세기에 이 단어의 의미는 대략 첫째, "지적, 정신적, 심미적 발달 과정" 즉, 교양(*Bildung*)을 가리키는 경우 둘째, 독일의 헤르더(Herder)와 클렘(Klemm)의 문화론의 영향을 받아 "민족, 시대, 집단, 혹은 인간 일반의 특정한 삶의 방식" 즉, 문화(*Kultur*)를 가리키는 경우 셋째, "지적 활동, 특히 예술 활동의 결과물과 행위" 즉, 교양의 '결과물'을 가리키는 경우로 나눌 수 있다(90-91).8) 이 가운데 아널드가 사용하는 'culture'는 첫 번째와 세 번째의 의미를 모두 함의한다. 그는 '교양(culture)'을 개인과 사회의 '완전'한 상태이자 그런 수준을 이루기 위한 수단을 가리키는 개념으로 본다. 그런데 아널드에게 '교양'은 추상적이고 사변적인 것이 아니라 영국과 유럽의 역사와 정치의 문제를 이야기하기 위한 전제이자 조건이다. 그의 관심은 유럽 문명의 조건에 있었던 것이다.

아널드는 교양을 '세상에서 생각되고 알려진 최상의 것'(*CA* 79)9) 혹은 '세상에서 생각되고 말해진 최상의 것'(190) 즉 지식이자, 넓게는 그것을 습득하는 행위, 그리고 이 습득과정을 통해서 완전한 인간이 되는 과정을 가리키는 말로 설명하며 그것의 모범을 그리스의 고전과 유럽의 지적 업적에서 찾았다. 그는 교양을 비평적 판단과 거의 동일한 의미로 사용하기도 하는데, 그런 의미에서 이상적인 문학비평 역시 교양의 활동이 된다. 왜냐하면 문학비평은 '세상에서 알려지고 생각된 최상의 것을 배우고 전파하고, 신선하고 진실한 사상의 흐름을 만들려는 무사심의 노력'(*CPW* III: 282)이기 때문이다. 그의 관점으로 본다면,

---

8) 'culture'의 개념이 19세기 초 영국에서 특히 독일의 괴테의 영향을 받아 '자기수양'과 '자기발전'의 의미로 사용되기 시작한 과정에 대한 자세한 설명은 David J. DeLaura의 글을 참고할 것.

9) 이 글에서 아널드의 저서 『교양과 무질서』(*Culture and Anarchy*)는 *CA*로, 『산문전집』(*Complete Prose Works*)은 *CPW*로 표기함.

사회비평이나 문학비평은 동일한 성격을 가지게 되며 '교양인'은 곧
사회비평가가 된다. 그러나 세상에 존재하는 최상의 것을 알기 위해서
는 우선 영국의 울타리를 벗어나 다른 지역의 사상을 접하고 영국과의
차이를 깊이 인식하고 있어야만 한다. 따라서 진정한 교양인은 민족
적, 지역적 편견에서 벗어나 '최상의 것'을 검증하고 수용하도록 권고
하는 기준이 될 수 있다고 보았다. "세계는 최상의 것에 주의를 집중시
킴으로써 발전하는 법"(*CPW* IX: 38)이기 때문에 개인적이고 사적인 입
장이 아니라 '높은 토대'에서 세계를 판단하는 비판적 정신이 세계주
의의 이상이 된다.

지금의 입장에서 볼 때, 아널드가 영국을 포함한 유럽의 어느 국가
도 완전한 문명의 상태에 도달하지 못했다고 비판한 이유로 당시 영국
의 정치권력으로부터 심한 공격을 당하였다는 점은 아이러니이다. 이
런 점에서 그가 진보적인 사고를 하고 있는 듯이 보이지만, 넓은 맥락
에서 보면 그의 역할이 결국 제국의 질서를 유지하고 유럽의 지적 전
통을 고수하고자 했던 당대의 보수적 지식인들과 크게 다르지 않았다.
일례로 그는 아일랜드와 같은 영국식민지의 '과거'의 독특한 켈트문화
의 가치를 인정하면서도 '현재'의 아일랜드가 영국의 문명 속으로 수
용되는 것이 발전이라는 제국주의적 근대화론을 펼치고 있다. 또한
교양의 범주를 유럽의 지적 생산물에 한정하고 인간의 역사가 아리안
적인 헬레니즘과 히브리적인 헤브라이즘의 대립적 운동의 결과라고
주장함으로써 유럽중심적이고 인종중심적인 한계를 보였다. 그의 한
계는 그가 살아온 제국주의 시대의 한계로서, 부분적으로 사이드가
말하는 "양자입양의 구조를 통해 친자상속을 이루는 것"을 절대적이
고 자연적인 것으로 전제한 데 따른 것이라고 말할 수 있다.

아널드 사상의 가능성이자 한계는 교양의 개념을 바탕으로 당시 영

국의 사회문제에 대해 발언한 대목에서 드러난다. 거칠게 말해 아널드의 사회비판의 근거와 해결책의 핵심은 교양과 비평정신이었는데, 역설적이게도 이는 문제적인 요소를 안고 있는 개념들이다. 우선, 아널드는 영국을 구성하는 계급을 귀족인 '야만인(Barbarians)'과 중산층인 '속물(Philistines)'과 하층민인 '우중(Populace, 愚衆)'으로 구분하고 이들 계급은 모두 자유주의가 심어준 편협하고 이기적인 자기중심주의에 물들어 있다고 비판한다.10) 그는 이것이 영국을 '무질서(Anarchy)'한 상태로 만든 근본 원인이라고 규정하고 이들 계급으로부터 독립된 교양인들만이 '최상의 자아(best self)'를 보여주는 모범이라고 보았다. 사회의 무질서는 도덕성과 지성과 심미적 감수성과 같은 내면의 변화를 통해 극복되고 인간과 사회의 진정한 통합과 진보를 이룰 수 있다는 것이 아널드의 주장이다. 그에게 교양은 단순히 개인 수양의 수단이 아니라 영국사회와 유럽, 나아가 식민지의 문제까지 해결할 수 있는 수단이었던 것이다. 다시 말해, 아널드는 개인이나 사회가 '엄격한 양심'의 영역인 헤브라이즘과 '자유자재의 의식'의 영토인 헬레니즘을 조화롭게 발전시키고, 도덕과 '미와 지성(sweetness and light)'을 균형 있게 추구해야만 이상적인 민주주의 국가를 이룩할 수 있다고 주장한다. 그런데 그가 볼 때 당대의 어느 유럽 국가도 완전한 사회적 성숙을 이루지 못했다. 예컨대, 이태리는 예술에서, 독일은 지성에서, 프랑스는 예법(manners)에서, 그리고 영국은 품행(conduct)에서 발전해 왔지만 나머지 다른 미덕들로 균형이 잡혀있지 않다는 것이다(CA 222).

사회와 국가의 문제를 제도의 개선이 아니라 교양의 완성을 통해

---

10) 아널드는 특히 영국 중간계급의 오만과 자유당의 정책실패를 강도 높게 비판하는 아널드는 자유주의가 중간계급 속물들의 자만심을 부추기고 개인의 양심에 의거한 행동의 위험을 과소평가하게 만들었다고 비판한다. 이는 CA 20을 참고할 것.

해결할 수 있다고 믿은 아널드가 독립을 요구하는 식민지 아일랜드에 대해서도 제시하는 해법이 이와 비슷한 것은 그의 논리로는 당연하다. 그는 영국인에게 결여된 그리스적인 헬레니즘의 가치를 아일랜드의 전통적인 켈트문화에서 보면서도 아일랜드를 여전히 불완전한 상태의 문명으로 간주하고 웨일즈와 스코틀랜드처럼 '대영제국'의 일원 즉, '식민지'일 때 진정한 문명의 상태로 도약할 수 있다는 논리를 펼친다. 아널드가 일견 모순되어 보이는 이러한 주장을 고집하는 이유는 그의 사고가 당시 유럽의 인종주의적이고 가부장제적인 관념들의 한계를 온전히 벗어나지 못하고 있기 때문이다. 그는 19세기의 지적 한계를 상당 부분 공유하고 있었던 것이다.

아널드가 당대의 정치현실에 대해 강한 발언을 할 수 있었던 것은 무엇보다도 교양인의 사회참여가 사회문제 해결에 핵심이라고 생각했기 때문이었다. 로버트 영에 따르면, 아널드의 교양 개념은 "완전을 향한 문명의 진보를 믿는 계몽주의의 여러 전제들의 근거"이면서도 "문명 진보의 핵심은 물질적인 것이라는 입장에 대응하는 개념"으로서 기능하고 있기 때문에 여전히 현재의 영미 사회, 특히 인문학 교육과 연구 활동을 통해 "교양의 사회적 기능과 그것이 사회에 변화를 추동할 수 있는 역할을 강조"(55)할 때마다 부활하고 있다. 교양은 어떤 면으로는, 대단히 급진적인 가치를 가지고 있는 것으로 보인다. 왜냐하면 그것은 사회에서 진리로 유통되고 있는 관습적인 가정들로부터 일정한 거리를 유지하고 이러한 가정들을 그 반대의 입장에서 비판적으로 볼 것을 요구한다는 점에서 "교양의 역할은 역설적이게도, [사회의] 불안정화이다." 이는 의식의 고정화, 박제화를 피하려고 한다는 점에서 "반-물화이며 반-이데올로기적(anti-reifying and anti-ideological)"(57)이다.

그러나 영은 교양 개념의 급진적인 가치가 오히려 아널드 사상의 한계로도 작용한다는 점을 지적한다. 사회의 외부에서 사회적 가치들을 비판하고 교양인의 시선으로 가치들을 재조정하려는 것은 다양성과 차이의 정치학을 지향하는 현대 사회의 경향과 충돌할 수 있다는 것이다. 왜냐하면 "교양의 공적 기능"의 초점을 "모든 갈등과 이견의 안정, 조화, 감소"(Young 57)에 맞추고 있다는 점 때문이다. 또한 교양의 창조적 역할을 강조하는 개념 역시 문학 텍스트 속에 재현되고 구성된 세계가 사회에 대해 어떤 역할을 할 수 있다고 믿어온 문학의 전통과 괘를 같이 한다. 그것의 궁극의 목표는 "교양의 제도 속에 문학의 대상을 편입하고자 하는 것"(56)에 다름 아니기 때문에 "문학의 대상 즉, 문학의 바깥 세계를 식민화하고 거주하며 교화하려는 욕망"을 내포하고 있다. 요컨대 아널드는 교양이 두 가지 역할 즉, 사회의 기존 체계를 "전복하는 지렛대"이자 이질적 가치들을 "통합하고 포괄하는 힘"을 가지고 있다고 보는 것이다. '교양인'이란 바로 이렇게 사회에 변화를 유도하는 '원심력'과 그 외부로 향하는 힘들을 하나의 중심으로 모으는 '구심력' 모두를 가진 사람들이다. 유럽이라는 세계에서 '말해지고 생각된 최상의 것' 즉, 교양을 통해 사회에 변화를 일으키고 대학과 같은 제도적 기관을 통해 새로운 질서로 안정화시키겠다는 전략은 다분히 '위로부터' 주어지는 권위적이고 인위적인 방법임은 부정할 수 없다.

Ⅲ. 아널드 교양 개념의 유럽중심주의와 과거지향성

아널드 사상의 한계가 드러나는 지점은 그가 사용하는 용어들에서 보이는 19세기 후반 당시 서구 사회의 성과 인종과 식민지에 대한 이분법적 차별의 정치학이다. 그가 영국 사회의 계급을 지칭한 'Barbarian,' 'Philistine,' 'Populace'는 글자 그대로 '미개인,' '블레셋 사람(이방인),' '야만인'을 가리킨다. 이들 상류층과 중산층, 그리고 하층민을 가리키는 이 용어들은 모두 교양인, 기독교인, 문명인의 대립적인 개념들이다. 아널드가 교양은 "계급을 통합하는 것이 아니라 … 계급을 없애려는 것이다"(CA 79)라고 한 말은 이러한 맥락에서 충분히 이해할 수 있을 것이다. 그가 영국 사회에서 '없애려고 한' 것이 진짜 야만인과 이교도가 아니라 반문명인과 비교양인이라는 것은 이해할 수 있지만, 그의 관념 속에서 자연스레 나타나는 문명과 미개, 기독교도와 이교도라는 서구인의 뿌리박힌 이분법적 편견 역시 목격할 수 있다.

그가 인간 역사를 움직인 두 축이라고 생각하는 '헬레니즘'과 '헤브라이즘' 역시 예루살렘이라는 동양과 그리스라는 서양, 그리스인과 유대인, 규제받기 싫어하는 여성과 엄격한 도덕률의 남성이라는 '속성'을 전제하는 개념들이다. '헬렌(Hellen)'과 '히브리인(Hebrew)'이 지역을 가르고 인종과 민족을 구분하며 성차의 고정관념을 고스란히 드러내는 이 두 개념이 19세기의 전형적인 관념들이라는 것은 부정할 수 없다. 19세기 사상가들의 언어와 인종의 계보학은 결국 유럽문명의 발전과 우수성을 설명하기 위한 도구로 활용되었다는 것은 주지의 사실이다. 아널드가 아일랜드의 켈트문화를 영국의 색슨문화에 대비되는 속성 즉, 그리스적이며 여성적이고 감성적인 것으로 규정할 때 우리는 퀴비에(Cuvier)와 고비뉴(Gobineau)의 영향을 받은 르낭(Renan)과 녹스(Knox)와 에두아르(Edwards)의 영향을 부정하지 않은 아널드의 인종주의적 편견의 계보를 확인할 수 있다(Young 68-79). 따라서 우리는 아널드가 아일랜드의 독자적인 예술과 문화의 가치를 높이 평가하고 그것을 영국 사회에 이식하고자 애쓰면서도 아일랜드가 대영제국으로부터 독립하는 것을 막기 위해 글래드스턴(William Gladstone)의 아일랜드 자치법안에 격렬히 반대한 이유를 알 수 있을 것 같다.11) 그의 교양과 문명의 관념은 이질적인 것들의 자치와 독립과 공존이 아니라 보다 '강한' 문화와 문명으로의 통합을 지향하고 있는 것이다.

아널드 교양 개념의 문제는 교양을 구성하는 내용들이 유럽적인 것이고 과거의 것이라는 점이다. 그는 영국의 교양인이 담당해야할 역할 중의 하나는 지적, 정신적 목적을 위해 유럽과 공동보조를 취하고 유럽을 공통의 성과를 지향하는 '거대한 하나의 연합체'(*CPW* III: 284)로 간주하는 일이라고 주장한다. 그리고 이 연합체의 구성원은 과거 그리스, 로마, 고대의 동양의 대한 지식뿐만 아니라 현재의 유럽 국가 서로에 대한 지식을 갖추어야 한다는 것이다. 바로 이 부분에서 아널드가 상정하는 세계는 지역적으로 '유럽'이며 시간적으로 '과거'라는 사실을 알 수 있다.

잭 구디(Jack Goody)는 『역사의 절도』(*The Theft of History*)에서, 유럽은 18세기 이후 산업혁명과 제국주의를 거치는 동안 세계의 역사를 유럽의 시각에서 기술해왔다고 주장한다. 그래서 유럽은 "민주주의, 상업 자본주의, 자유, 개인주의... 및 낭만적 사랑"과 같은 가치들이 "인간사회의 폭넓은 지역에서 발견되는 제도들"(1)임에도 불구하고 이것들이 오직 유럽 고유의 가치와 제도라고 주장함으로써 역사를 왜곡시켰다는 것이다. 사실 고대 그리스의 민주주의 정치, 자본주의 경제, 고전주의 예술은 지중해 연안과 아시아 및 주변 아프리카 지역들과의

---

11) 아널드가 글래드스턴의 아일랜드 정책을 비판한 과정과 그에 관한 상세한 내용은 김귀순, 「아널드, 글래드스턴, 아일랜드 자치」를 참고할 것.

교섭과 상호영향 관계 속에서 발생한 것이어서 온전히 그리스의 독자
적 산물이라 할 수 없고 또 그것들의 실상도 근대 유럽이 생각한 것과
는 상당히 다른 것이었다. 토머스 패터슨(Thomas C. Patterson)이 지적
하는 것처럼, 고대 그리스의 문명은 인종주의에 기초한 문명과 야만의
개념, 여성에 대한 심한 편견과 같은 여러 가지 한계에 바탕을 둔 문명
이었다.12) 따라서 구디가 볼 때, "서유럽이 저지른 역사의 절도"(26)는
그리스 로마의 고대문명을 기술하는 것으로부터 시작되었으며 유럽
적 가치의 기원으로 간주되는 고대 그리스는 결국 유럽이 부분적인 사
실에 기초하여 만들어낸 역사적 "창조물(invention)"에 지나지 않는다.

아널드를 포함한 유럽의 지식인들이 고대 그리스를 베네딕트 앤더
슨(Benedict Anderson)이 말하는 일종의 '상상의 공동체'로서 창안해 내
고 그것을 당대의 현실 속에서 구체화하려는 것이 그 자체로는 아무런
문제가 없을 지도 모른다. 그러나 그것이 문명과 야만이라는 이분법적
토대 위에서 작동하는 정언적 명령일 때는 사정은 달라진다. 주지하다
시피 유럽은 제국주의 시대를 거치면서 제국주의 운동의 동력과 합법
성을 미개와 문명의 이분법에 기초한 역사관에 두었다. 그것은 개인이
든 개별 민족이든 동일하게 적용되는 이치이자 의무와 같은 것이었다.

이와 유사하게 아널드는 국가 간의 교류가 활발해진 근대 유럽의
시대적 상황을 '확장의 시대(epoch of expansion)'(CA 62)'로 규정하면서
이런 시대적인 경향이 개인에게는 인간 내면의 확장이라는 측면으로
도 나타나야 한다고 주장했다. 그런데 아널드가 근대의 운동을 '확장'
으로 보고 이를 사회와 개인에게 요구한다는 점에서 그의 교양론이
근대 제국주의의 욕망을 문화적으로 변용한 것은 아닌지 의심하지 않

---

12) 이는 Patterson, *Inventing Western Civilization* 90~94를 참고할 것.

을 수 없다. 아널드는 영국의 각각의 계급들이 가진 장단점을 나열하
면서 그 자체로는 완전한 상태에 도달하지 못하고 있기 때문에 교양을
통해 서로의 한계를 인식하고 다른 계급의 가능성을 인정하는 과정을
거쳐야한다고 주장했다. 어느 계급도 갖추고 있지 못한 교양을 성취할
때 각각의 계급은 자신들의 계급이기주의를 버리고 비로소 영국인은
하나로 통합되고 마침내 계급은 사라질 것이라고 전망했다.

　아널드는 이와 동일한 논리를 유럽의 각각의 민족과 국가의 문제를
다룰 때도 적용했다. 영국과 프랑스, 독일 및 이탈리아 나아가 미국은
그 자체로 완전한 문명의 상태에 도달한 것이 아니기 때문에 세상에서
말해지고 생각되어진 최고의 것들 즉, 교양을 습득함으로써 자기 민족
의 한계를 인식하고 다른 민족과 국가의 장점을 흡수하게 될 것이며
이를 통해 마침내 완전한 문명을 향해 나아갈 수 있다고 생각했다.
이것이 바로 교양을 통해 이루는 아널드식의 세계주의인 것이다. 아널
드의 교양론은 그것이 영국사회의 문제를 비판적으로 진단하기 위한
개념틀이지만 제국주의적이고 영국중심적인 한계를 가지고 있다. 아
널드가 말하는 확장의 시대는 제국주의 운동과 별개일 수 없다. 그가
계속해서 그리스를 '완전'의 이상으로 상정하고 개인과 국가에게 이를
따를 것을 설득하는 것은 식민지를 향해 제국의 '모범'을 모방하라고
요구한 서구의 제국주의 정책을 국내의 계급들에게 대입시킨 효과를
낳는다.

　구디는 유럽에서 통용되는 문명과 문화의 개념이 노베르트 엘리
아스(Norbert Elias)가 '서구의 진보'라고 부른 '근대화'의 개념에 기
초한 것이었다고 주장한다. '문명(civilization)'과 그에 대비되는 '야만
(barbarism)'의 개념은 그리스가 자신을 주변과 차별화하기 위해 만든
개념이었다. 애초부터 타자를 멸시하는 인종중심적인 개념이었던 '야

만'은 그리스인과 비그리스인을 구별하기 위해 쌓은 성벽의 안 즉, '도시'의 거주민인 '시민'과 성 밖의 '농촌'의 삶과 관습을 영위하는 '야만인'을 차별하는 개념으로 발전했다는 것이다. 그런데 그리스인의 자기 중심적이고 인종중심적인 문명과 야만의 이분법적 개념들은 제국주의 시대에도 그대로 답습되었다는 것이 구디의 생각이다. 그래서 "식민지에서는 유럽인들이 그들이 접촉하는 다른 문화의 구성원들과 '관습'을 가리킬 때 언제나 '야만'이라는 말을 사용"(154-155)했던 것이다.[13] 바로 이 지점에서 세계의 문명을 헬레니즘과 헤브라이즘의 문명으로 이해하는 아널드가 그것을 인종적 차원과 연결하고 있다는 의심을 받는 계기가 된다.

아널드가 말하는 교양은 해당 민족이나 지역에서 "생각되고 말해진 최상의 것"이기 때문에 필연적으로 그 '기원'을 거슬러 오르는 행위이다. 그렇게 찾아진 '과거'는 현재를 반성하는 거울의 기능도 할 수 있지만 문제는 과거가 '미래'의 향방까지 간섭한다는 점에 있다. 거울과 같고 횃불과 같은 기원은 "자신과 자기 민족, 자기 사회와 자기 전통을 최상의 불빛으로 비춰볼 것"(Said, *Culture* xiii)이기 때문에 자신을 다

---

13) 구디가 볼 때 도시적 관습과 제도를 문명의 본질로 보는 이런 태도는 엘리아스와 같은 현대 역사학자들이 말하는 '진보'의 관념에도 그 기초를 이루고 있다고 비판한다. 특히 엘리아스는 유럽이 봉건사회에서 절대왕조로 변화하는 시점을 서구문명이 다른 문명과 차별화되는 계기로 본다. 사회가 보다 계층화되고 정교해짐에 따라 사람들의 사회적, 심리적 행동양식이 "점차 사회적인 검열을 거치게 됨으로써 수치심과 세련된 감각"을 "내면화"하게 되고 종국에는 "문명화된 행동"(156)을 가져오게 되었다고 본다. 구디는 엘리아스가 원시부족에서 문명사회로의 전환과정을 사회심리학적 차원에서 일어난 발전과정으로 보고 이것이 "오직 역사상 단 한 차례 – 근대 유럽에서 완성되었다"고 보는 것에 비판적이다. 구디가 볼 때 "사회조직이 계층화되고 복잡해지며 사람들의 행동에 제약을 가하고 종국에는 내면화되는" 이러한 과정은 동아시아나 아랍 국가에서 이미 오래전부터 일어났기 때문에 엘리아스의 입장은 유럽 중심적인 한계를 보인다는 것이다.

른 민족과 다른 문화와의 차이를 '구별'짓고 높낮이를 결정하는 빌미로 작용할 수 있다. 이런 점에서 아널드가 말하는 교양이 자칫 특정 민족의 전통과 정체성의 근거이자 차이의 이유로서 작동할 수 있다는 사이드의 염려를 충분히 이해할 수 있을 것이다. 더욱 큰 문제는 이렇게 과거 속에서 끄집어낸 교양, 과거지향적으로 구성된 교양이 '상상의 공동체'에 지나지 않는다는 점이다. 그리스 고전을 통해 그리스를 이해하는 것은 근본적으로 "이상적 공동체를 상상한 [유럽인들]이 죽은 자들의 텍스트를 읽고 이해하고 전유하는 것"(195)에 다름 아니다. 역사적으로 볼 때, 그것은 유럽인들이 비서구와 식민지에서 생산된, 혹은 그곳에 대해 알려주는 텍스트를 읽음으로써 그곳을 '알게 되었다'고 생각한 오리엔탈리즘과 크게 다르지 않은 것이다.

아널드는 영국의 정체성을 설명하기 위해 영어와 영국인의 인종적 기원, 그리고 문화적 뿌리를 유럽에다 밀착시킨다. 그는 "헬레니즘은 인도유럽어족에서 탄생했고 헤브라이즘은 셈어족에서 탄생했다"고 하면서 "영국인은 인도유럽어족 계열이기 때문에 헬레니즘의 운동에 귀속되는 것이 자연스러운 일"(*CA* 135-6)이라고 규정했다. 그리스 문명에 대한 아널드의 이해는 그리스 문명의 아시아적 기원을 보는 데까지 나아가지 못했기 때문에 그것을 오직 유럽적인 차원의 운동인 것으로만 한정하는 한계를 갖고 있다. 또 그는 유럽의 국가들이 미숙한 사회라고 비판하는 용기를 가졌으면서도 사회적 성숙의 가능성을 가진 지역을 유럽과 미국에 한정해버렸다. 그가 보는 이상적인 사회가 이러한 미덕들을 모두 성취한 '미래의' 사회일 뿐 근대의 구미 어디에도 존재하지 않는다고 말한다는 점에서는 타당한 주장이다. 그러나 유럽과 미국을 벗어난 세계의 어떤 다른 지역의 가능성에 대해서 거론하지 않는다는 점에서 그의 헬레니즘은 유럽중심주의와 교섭하고 있다는 비판으로부터 자유로울 수 없다.

Ⅳ. 아널드 교양 개념의 식민지 정치에의 개입

아널드의 교양론과 교양에 바탕을 둔 문명론이 가지는 한계는 그가
당시 영국의 식민지였던 아일랜드의 문학과 아일랜드의 정치에 대해
다룬 글을 통해 드러난다. 그는 아일랜드의 '과거'의 문학을 통해 아일
랜드의 '현재'를 이해하고자 했으며 아일랜드 민족과 문화의 차이를 이
해하고 존중하면서도 물질적으로 보다 발전된 문명인 영국의 식민지
로 계속 남아있는 것이 아일랜드의 '발전'을 위해 낫다고 생각했던 것
이다. 그에게는 식민지보다는 영국이, 영국보다는 고대 그리스적인 상
상의 유럽공동체가 더 우월한 문명이었기 때문이었다. 그런 점에서 아널
드의 관점은 아일랜드에서의 '프로테스탄트 지배(Protestant Ascendency)'
를 굳게 믿었던 당시 영국계 아일랜드인들의 의식과 큰 차이를 보이지
않는다(Orr 135).

아일랜드를 포함하는 켈트민족의 문학과 문화를 논한 『켈트문학에
대하여』(On the Study of Celtic Literature)는 조제프 에르네스트 르낭
(Joseph Ernest Renan)의 켈트문학과 사회에 대한 관점에 크게 빚지고
있다. 르낭은 아일랜드 문학과 문화의 순수성이 "유럽문명의 흐름에
거대한 변화를 주었다"(55)고 주장하면서 섬이라는 아일랜드의 지역
적 폐쇄성과 고립성이 독특한 개성을 낳은 원인이었고 그것이 "근대
문명의 침략에 대한 저항"(56)을 강하게 하였다고 설명한다. 그러나
르낭은 아일랜드의 고립성이 "시대에 뒤떨어진" 전근대적인 생활양식
과 제도를 고수하게 만든 것은 아닌지 의심한다. 아일랜드는 고립된

만큼 유럽대륙과 다른 개성적인 문화를 낳았지만, 그만큼 유럽의 문명
과 달리 정체되고 반문명의 사회가 되었다고 비판한다. 요컨대 르낭은
켈트의 문화가 자신들의 잃어버린 과거를 예찬하고 승리의 순간보다
는 패배한 순간을 더 기억하는 켈트인의 숙명주의와 미숙함을 읽어내
고자 했다. 이러한 논리는 아널드의 아일랜드 담론에도 그대로 활용되
고 있다.[14]

외견상 『켈트문학에 대하여』는 아일랜드와 웨일즈 지방의 자연에
서 느낄 수 있는 차분한 시적 감수성을 찬양하고 이국적인 이름과 미
스터리를 통해 시심을 자극하는 글이다. 나아가 그는 "비옥하고 낭만
적인 웨일즈의 산천과 사람들"에 대한 깊은 공감을 "색슨족 정복자들
의 자기만족과 독선"(Wheeler 162)과 대비시켜 전자에 더 깊은 인간적
인 신뢰를 보이기까지 한다. 그는 영국인과 독일인을 건조하고 딱딱한
이미지의 민족으로 묘사하며 켈트인들을 "사실의 독재에 언제나 즉각
적으로 반발하는 능력(always ready to react against the despotism of
fact)"(*CPW* III: 342)을 가진 "섬세한 감수성"의 민족으로 치켜세운다.
이는 그가 영국인의 헤브라이즘적인 지나친 진지성과 도덕주의가 결
여하고 있는 프랑스인의 헬레니즘적인 섬세한 감수성과 높은 예법을
비교한 것과 같은 맥락이다. 따라서 이 책은 영국, 정확히 말해 영국의
중심으로 부상한 중산층의 "괴팍하고 매력 없으며 소화할 줄 모르
는"(384) 인성교육을 위해 작성된 동기의 순수성에 대해서는 분명히
인정해줄 필요는 있다.

---

14) 아일랜드의 고대 켈트문학을 예찬하고 아일랜드의 정체성을 고대 켈트의 문화에서
찾는 르낭의 시각은 아널드를 거쳐 20세기 초 예이츠(W. B. Yeats)에게로 이어졌다.
예이츠는 특히 켈트문학이 영문학의 전통의 일부로서 깊이 자리 잡고 있다는 점을
역설했다. 이는 Yeats, 'The Celtic Element in Literature'를 참고할 것.

문제는 아널드가 켈트문화를 영국인의 건조한 감수성을 비판할 목적으로 읽고 있기 때문에 '과거'의 켈트인의 이미지를 과장해서 받아들이고 '현재'의 아일랜드 민족과 문화를 상대적으로 왜소화하고 있다는 점이다. 그는 르낭과 비슷하게, 켈트문학의 본질을 "유려한 문체, 자연의 마술, 우울"(CPW III: 361)이라고 규정하며 켈트인들은 "전투에 나섰지만, 언제나… 패배한" 민족(291)이었다는 점을 반복해서 이야기한다. "이 거대하고 격렬하며 모험을 즐기던 방랑자들, 고대 세계의 거인족들은 한때 지상의 거대한 영토를 차지하였지만 시간이 흐름에 따라 마침내 작아지고 작아져 지금 우리가 보는 모습처럼 줄어들어 버렸다"(CPW III: 342)는 것이다. 그는 여기서 한걸음 더 나아가 켈트인을 여성적인 민족으로 규정하기까지 한다. 물론 그의 의도는 켈트인들이 "여성적 속성의 마력을 누구보다 잘 느끼며 그것과 친화력이 있는" 민족으로서 거칠고 건조한 영국인의 감성과 다르다는 점을 칭송하기 위한 것이다. 그러나 아널드는 영국인의 교양을 위해 켈트인의 이상적인 모습을 과거 속에서 찾아 정형화함으로써 그의 의도와는 달리 그들을 퇴행적인 민족이자 권력의 주변인인 여성과 같은 맥락에 있는 민족이라는 이미지를 만들어내고만 것이다. 당대의 누구보다 색슨족의 지배하에 놓인 켈트인에 대해 우호적인 감정을 가지고 있었지만 과거 속에서 교양과 이상을 찾는 전략은 현실을 보는 시야를 제한하고 만 것이다.

아널드가 본 감성적이며 여성적인 종족으로서의 아일랜드인과 켈트인은 그 반대의 종족인 색슨족을 계산적이며 남성적인 헤브라이즘적인 종족으로 전제하는 개념이다. 셰이머스 딘(Seamus Deane)은 아일랜드에게 부여한 이러한 정형화 작업은 "단순히 식민지배자가 식민지 피지배자들에게 부과한 것만은 아니며" 이 두 민족의 경우에서 그렇듯이 두 민족이 서로에게 부과한 정형들에 의해 "서로가 서로를 만들어내는 것"(12)이었다고 말한다. 르낭과 아널드와 같은 사상가들은 아일랜드인을 감성적이며 여성적인 종족으로 정형화하고 앵글로–색슨족의 타자로 규정함으로써 역설적이게도 영국인의 결함 혹은 결핍된 부분을 보게 만든 효과를 낳았다. 영국은 "영국인의 민족성에 결핍된 부분이 있으며 따라서 이를 보충하고 생존가능하게 하기 위해서는 아일랜드인 혹은 켈트인의 민족성을 필요로 한다"는 사실을 알게 되었다는 것이다. 딘이 볼 때, 스펭글러(Spengler)가 서구의 몰락을 염려하며 이를 멈추게 하기 위해서는 "오염되지 않은" 원천으로부터 에너지를 보충하고자 했듯이 아널드는 아일랜드에서 "영국인의 목적에 부합하는 자질"을 발견했다. 다시 말해 아널드는 아일랜드인을 "백인이며 농부이며, 퇴폐적이지도 지식만 있는 것도 아닌(white, rural, and neither decadent nor intellectual)" 민족으로 보았다는 것이다. 즉, 아널드가 본 "아일랜드인은 [현실 속의] 아일랜드인이 아니라 [과거의] 켈트인이었다"는 것이다.15) 아일랜드에 대한 아널드의 애증 즉, 아일랜드인의 과거의 모습은 좋아하면서도 독립을 원하는 그들의 현재적 욕망은 부정하는 태도는 이율배반적이다.

아일랜드의 자치(Home Rule) 문제를 다룬 글 「상종하기 힘든 사람들」("The Incompatibles")은 교양의 제국주의적인 함의를 그대로 드러내는 글이다. 이 글은 당시 아일랜드에서 영국에 대한 불만이 쏟아지며 민족운동이 거세어지고 있던 시점에서 작성되었다. 그는 이 글에서

---

15) 셰이머스 딘은 아일랜드가 아일랜드의 외부인이 부과한 켈트인의 이미지를 활용하여 아일랜드의 민족성을 이해하고 이를 통해 영국인과의 차별성을 부각시켜 독립운동의 동력으로 활용한 역사적 아이러니를 20세기를 전후하여 일어난 아일랜드 문예부흥운동에서 발견한다. 이는 Deane의 책 13쪽을 참고할 것.

영국인들에게 아일랜드인이 느끼는 현실적 고충을 진정으로 이해해야하며 이를 위해 토지제도를 개혁하고 종교적인 자유와 권리를 보장해야한다고 역설한다. 그러나 그의 목적은 아일랜드를 영국의 지배하에 계속 묶어두는 것에 있다. "아일랜드인의 성질은 잘 다스리고 그들의 선한 감정은 계발해야한다"(CPW IX: 262)는 그의 주장은 온건한 식민지 총독의 주장과 다를 것 같지 않다. "우리가 아일랜드인들로 하여금 영국에 진심으로 순종하여 합병되게 만들고자 한다면… 우리의 문명이 그들에게 매력적으로 보여야 한다"는 그의 주장은 고도의 문화적 제국주의자의 책략으로도 보인다. 그는 영국이 아일랜드보다 나은 점은 고작 발전된 사회시설과 풍요로운 물질문명뿐이라고 말하며 아일랜드인의 "사교생활과 예절의 힘"(271)을 본받아야한다고 주장한다. 그러나 그는 완전한 문명은 "품행의 힘, 지성과 지식의 힘, 아름다움의 힘, 사교생활과 예절의 힘"을 필요로 하는데 이런 점에서 아일랜드와 영국 모두는 불완전하다고 역설함으로써 아일랜드 역시 미성숙한 상태의 문명이라고 강변한다. 결국 그는 "아일랜드가 영국을 싫어하는 것은 낮은 문명이 높은 문명에 저항하는 것"(281)이라고 단정하며 그래도 영국은 아일랜드에게 높은 물질문명은 이루어주지 않았느냐고 반문한다. 아일랜드가 영국의 물질문명의 혜택을 거부하고 영국으로부터 독립하는 순간 더욱 더 미숙하고 미발달의 상태로 전락할 것이라는 그의 충고가 냉정하게 들리는 이유는 그가 사회의 발전을 단계별로 도식화하고 이것을 중심과 주변, 문명과 야만, 발전과 퇴보의 이분법적 구조에 집착하고 있기 때문일 것이다.

아널드가 영국과의 통합이 아일랜드 발전에 문화적으로나 경제적으로 더 유리하다고 아일랜드 민족을 설득하고자 했음에도 불구하고 대다수 아일랜드 지식인과 대중은 그러한 주장에 반대했다. 더글러스

하이드(Douglas Hyde)는 영국으로부터의 독립운동이 강하게 일기 시작하던 1892년 「아일랜드를 탈영국화할 필요에 대해서」("The Necessity for De-Anglicising Ireland")라는 연설에서, "아일랜드적인 것을 무시하고 … 영국적인 것을 채택하기에 바쁜" 아일랜드인들은 "영국인이 되지도 못하고 아일랜드인도 되지 못하는"(78) 진퇴양난의 상황에 빠져들었다고 비판한다. "한때 유럽에서 고전에 대한 학식과 교양에 있어 뛰어난 국가 중의 하나"였던 아일랜드가 당대에 이르러서는 "영국을 증오하면서도 영국을 모방"(79)하는 이중적인 태도를 버리지 못하고 있다는 것이다. 아널드는 아일랜드에게 영국과의 통합은 높은 물질문명을 보장해줄 것이라고 말했지만 하이드가 볼 때 그것은 영원히 이류민족 혹은 영국인의 아류만을 만들어낼 뿐이다. 영국을 모방하여 살아가는 것은 아일랜드를 "민족의 주도권을 상실하고 이차적인 동화를 통해 살아남는 모방인의 나라, 서유럽의 일본"(83)으로 만들 것이라는 것이다. 하이드는 물질적인 진보뿐만 아니라 정신적인 자유와 정치적인 독립이 중요하다고 말하고 있는데 아널드는 아일랜드 민족의 이러한 욕망을 간과하고 있었다.

아널드가 아일랜드의 자치문제와 독립운동에 대해 부정적인 이유는 물론 그가 영국 민족의 상대적 우월성을 믿어서는 아니다. 다니엘 윌리엄스(Daniel G. Williams)의 말대로, 아널드는 당대의 대다수 영미인과 달리 "백인 우월주의자는 아니었다"(56).[16] "관습의 공동체가 기원의 공동체보다 더 설득력이 있다"(*CPW* VIII: 256)고 믿었다는 점에서 아널드가 편협한 인종주의를 넘어서는 듯 보이는 것도 사실이다. 하지

---

16) 윌리엄스는 아널드가 미국을 여행하면서 흑인의 인종적 차이를 존중하고 그들의 넘치는 활력에 감명을 받았으며 흑인의 인권과 처지가 개선되는 일에 많은 관심을 가졌다는 점을 높이 평가한다.

만 그는 이민자 국가인 미국의 다양한 인종들이 교양을 통해 앵글로-색슨의 전통 속으로 녹아들어 "영국과 유럽의 지식의 위대한 전통" 속에 통합되기를 원했다. 이와 마찬가지 논리에서 아널드는 켈트인들이 저급한 차원의 교양에 머물고 있다고 비판하며 그들이 "영국의 피와 문화의 흐름 속으로 융합"(Williams 56)되어 높은 교양의 전통과 근대 문명의 체계 속으로 들어오기를 원했다. 아널드는 교양과 그에 토대한 문명을 이상적 사회의 조건으로 생각했기 때문에 식민지 켈트인들의 정치적 독립을 지지하지 않았던 것이다. 요컨대 그가 꿈꾼 "관습의 공동체(community of practice)"는 문화적인 맥락에서 말하자면, 영국의 "문화적 주변부가 영문학에 봉사"(57)함으로써 이루어지는 공동체였다. 아널드는 교양을 통해 영국 국내의 계급모순을 극복함으로써 혁명을 방지하려하려 했던 것처럼, "위대한 하나의 문학 – 영문학"을 포함한 서구의 지식 즉, 교양을 통해 영국 국외의 식민지의 모순을 극복하려고 했던 것이다. 이것이 바로 아널드 교양론의 특징이자 한계인 것이다.

V. '열린' 교양의 가능성

아널드의 교양론은 20세기에 접어들며 과거에 비해 힘을 잃은 것이 사실이다. 공동체의 전통과 역사의 가치를 포기하지 않는 전통적인 인문주의자들조차도 그의 교양론에 대해서는 조심스럽다. 리비스는 "문학은 삶의 비평"이라는 아널드의 테제에 동의하고 아널드처럼 문학 비평가를 "인문적 가치에 대한 원숙하고 섬세한 감각에 기초한 지성, 그 사신을 세련된 감수성으로 드러낼 수 있는 지성"(91-92)으로 보고자 한다. 그러나 한편으로 리비스는 엘리엇이 월터 페이터(Walter Pater)의 "예술을 위한 예술"이 "아널드식의 교양의 산물"이라는 비판에도 동의하는 듯하다. 리비스와 엘리엇은 모두 삶에 대한 진지한 도덕적 성찰을 작가에게 요구하는 전형적인 아널드적 비평가이지만, 정작 그들이 볼 때조차도 아널드의 교양의 개념은 유아론적인 심미주의나 냉담한 엘리트주의를 낳을 수 있는 위험한 가치인 것이다.

한편 도널드 D. 스톤(Donald D. Stone)은 아널드에게서 선구적이고 진보적인 가치를 보고자 한다. 그가 볼 때, 아널드의 교양의 개념은 그렇게 자기중심적인 폐쇄적 사회를 지향하는 것이 아니다. 아널드는 "낡은 앵글로-색슨의 문화만이 오직 지식의 대상으로 가치 있는 문화"(39)라는 생각을 버리지 못하고 있던 "영국 속물들의 근성"을 비판의 대상으로 삼았다는 것이다. 스톤은 아널드를 "독일과 프랑스, 고대 그리스와 이스라엘, 중국과 인도, 중동과 켈트 민족의 문화"(42)와 같은 다른 민족, 다른 문화에 대한 관심과 그런 문화와의 융합을 촉구한 진보적인 사상가, 빅토리아조 영국에서 "미래와의 대화"를 지향한 거의 유일한 사회 사상가였다고 본다.[17] 윤지관 역시 아놀드의 교양에 바탕을 두고 비평정신을 실천하는 지식인 혹은 교양인을 "계급적인 이해관계에서 자유로운 지식인을 상정한다는 점에서 칼 만하임(Karl Manheim)이 말하는 '자유로운 지식인(free-floating intelligentsia)'을 상기"(148)시킨다고 이해한다.[18] 그러나 스톤과 윤지관의 호의적인 평가

---

17) 스톤은 아널드가 당대의 다른 비평가들과는 달리 열린 시각을 가졌다는 증거를 푸코(Michel Foucault), 니체(Friedrich Nietzsche), 가다머(Hans-George Gadamer), 로티(Richard Rorty), 듀이(John Dewey)의 사상과의 상사관계에서 찾아내려고 한다. 또 스톤은 아널드가 이슬람, 유대교, 불교와 같은 다른 문화권의 종교와 예술에도 많은 관심을 가졌다는 사실을 강조하고 있다. 이는 Stone의 책 182쪽 각주 54를 참고할 것.

에도 불구하고 아일랜드 문제에 대한 아널드의 주장은 이를 무색하게 한다.

아널드의 교양론의 문제점은 그 자체의 논리에 있다기보다는 그것을 사회의 교육제도나 커리큘럼 혹은 학술원과 같은 문화적 제도와 연결시키고 나아가 계급통합이나 민족통합에 활용하려한 그의 다소 비현실적인 이상에 있다. 유럽의 제국주의 국가들의 불완전함과 미숙함을 비판하고 이들 사회의 결핍을 보충하기 위해 다른 주변부 문화의 가치를 인정하고 그들과의 대화를 촉구한 것은 분명 용기 있는 선언임에는 틀림없다. 그렇다고 해서 아널드가 아일랜드와 같은 식민지에 대해서 가진 생각들이 온전히 진보적인 것은 아니다. 그가 식민지 사회를 문명적으로 미숙한 상태이기 때문에 야만에서 문명으로, 미숙에서 성숙으로 서둘러 발전해나가야 한다고 말한 것은 그가 19세기 계몽주의적 한계에서 온전히 벗어난 것이 아니라는 사실을 말해준다. 그가 지향한 교양과 문명의 모범이 그리스적 가치의 세계라고 할 때, 그의 기준이 '유럽 백인 남성 부르주아지'의 기준에 따르고 있다는 비판으로부터 완전히 자유로운 것도 아니다.

그렇다면 교양은 문화와 문화, 지역과 지역이 급속히 가까워지고 부단히 접촉하게 된 21세기에는 무의미한 개념인가? 사실 아널드의 교양의 개념은 우리가 말하는 넓은 의미의 고전의 개념과 크게 다르지 않다. "세상에서 생각되고 말해진 최상의 것"이라는 '교양'의 개념은 한 지역이나 민족의 정신문화의 정수를 담고 있다는 '고전'의 개념과 어떻게 다른가? 아널드의 문제는 교양의 개념을 현실 정치의 문제에 직접 접목하려고 했던 점에 있다. 그는 교양에게 국민 통합의 접착제

---

18) 윤지관은 이런 점에서 아널드와 일치하는 비평가들로 레이먼드 윌리엄스와 벤 나이츠(Ben Knights)를 들고 있다.

혹은 촉매라는 거대한 의미를 부여하고자 했으며 교양을 시민 모두가
갖추어야할 필수적인 요소로 간주하고 정치현실의 문제를 해결하는
일보다 더 우선순위에 두고자 했다. 만약 아널드 교양론에서 유럽중심
적이고 과거지향적인 성격을 제거한다면 그의 주장이 전혀 의미를 갖
지 못한다고 볼 수는 없을 것이다. 교양이나 고전, 혹은 심지어 민족주
의조차도 완전히 폐기해야할 낡은 가치인가는 보다 진지하게 생각해
야할 문제이기 때문이다. 여전히 우리는 고전에서 현재를 비쳐볼 수
있는 가치를 발견할 수 있다고 믿고 있다. 그렇다면 우리는 아널드의
교양론에 부분적으로 동의하고 있는 셈이다.

영국으로부터 독립하기 위해 장구한 세월을 기다려야했던 아일랜드
는 민족주의 논쟁이 그 어디보다도 활발했던 곳이다. 그러나 독립을
이룬 이후에는 일단의 수정주의 역사가들은 민족주의를 아일랜드의
발전을 가로막는 허구의 이미지일 뿐이라며 그것을 부정한다. 그러나
식민지의 민족주의는 제국으로부터 독립하기 위한 운동에서 결정적
인 역할을 담당했던 것은 부정할 수 없다. 게리 스미스(Gerry Smyth)와
같은 학자가 볼 때, 아일랜드의 민족주의는 아일랜드를 질식시키는
괴물이 아니라 오히려 제국주의의 억압에 맞서 "자유주의적이고 비강
압적인 아일랜드성(a liberal, non-coercive notion of Irishness)"(13)을
드러내는 역할을 담당하였다고 주장한다. "민족수의는 현내의 다양성
의 사회를 위한 하나의 단계"(14)로서의 목표를 수행했으며 독립 이후
의 민족주의는 새로운 상황에 맞게 '새로이 구성될 수 있다'는 말이다.

문제의 핵심은 절대적 중심을 구성하지 않으며 다수의 중심들을 만
들어내는 일이다. 이는 응구기 와 시옹오(Ngugi wa Thiong'o)의 문제의
식이기도 하다. 그는 제3세계의 문학을 "자신의 시각으로 세계를 명명
할 수 있는 권리"(3)를 주장하는 주체의 문학으로 규정한다. 그런데 이

문학은 "새로운 중심으로 다른 중심을 대체하려는"(4) 의도가 없는 문
학으로서 "보편적 현실을 특정한 중심에서 나온 시각으로 일반화"하는
문제점을 안고 있는 유럽의 문학과는 다르다고 주장한다. 그는 다양한
중심을 만들어냄으로써 특정한 언어가 중심적 지위를 차지하지 못하
게 만드는 것이 제3세계 문학의 정체성과 방향성이라고 보는 것이다.

세계와 지역이 부단히 교섭하고 지역과 세계가 계속 새로운 정체성
을 만들어 나간다고 해서 지역과 주변의 정체성이 사라지거나 포기되
는 것은 아니다. 우리는 응구기와 비슷하게, 지역의 고전을 새로이
구성하여 새로운 중심을 만들어내면서도 그것이 언제나 해체되고 새
로이 구성되는 과정 중에 있다는 '열린' 중심을 상상해야 한다. 그럴
때만이 그것이 엘리트적 권위로 변모하는 것을 차단할 수 있을 것이
다. 만약 교양을 특정 계층, 특정 지역, 특정 시대의 지적 결과물로만
한정하지 않는다면, 또한 교양을 인간과 사회의 차별적 기준과 권위로
전제하지 않는다면, 교양은 과거의 폐쇄성을 벗어날 수 있을 것이다.
이런 측면에서 아널드의 교양의 개념은 애매한 자리를 차지하고 있다.
유럽의 특정 민족에게 교양의 권위적 지위를 인정하지 않으면서도 교
양의 이상적 상태를 그리스라고 하는 특정 시대와 지역의 지적 산물에
서 찾고 있기 때문이다. 교양에 관한 우리나라의 교육과 문화적 담론
이 이러한 함정에 빠지지 않기 위해서는 교양과 고전을 우리 민족의
우수한 정체성을 확립하고 증명하려는 의도를 갖지 말아야할 것이다.
이 시대에 필요한 것은 우리가 사는 지역에 대한 애정을 가지면서도 우
리의 지역이 언제나 다른 지역 나아가 세계와 교섭하며 변화하고 서로를
형성해왔다는 마이크로-코즈모폴리터니즘(micro-cosmopolitanism)적
인 사유이다. 교양과 고전에 대한 사고 역시 이러한 맥락 속에서 이루
어져야할 것이다.

참고문헌

김기순. 「아널드, 글래드스턴, 아일랜드 자치」, 『영국연구』 14호, 2005.

릴라 간디. 『포스트식민주의란 무엇인가』, 이영욱 역, 서울: 현실문화연구, 2002.

윤지관. 『근대 사회의 교양과 비평-매슈 아널드 연구』, 서울: 창작과비평사, 1995.

이효석. 「헬레니즘, 유럽중심주의, 영국성-19세기 영국사회와 고대 그리스의 전유」, 『19세기영어권문학』 13.2, 2009.

Arnold, Matthew. *The Complete Prose Works*, 11 vols. ed. R. p.Super, Ann Arbor: Michigan UP, 1960-1977.

_____. *Culture and Anarchy and Other Writings*, ed. Stefan Collini, Cambridge: Cambridge UP, 1993.

Brooker, Peter. *A Concise Glossary of Cultural Theory*, London: Arnold, 1999.

Carlyle, Thomas. *On Heroes, Hero-worship, and the Heroic in History*, Web. 10 Jan. 2012,
⟨http://www.gutenberg.org/dirs/1/0/9/1091/1091-h/1091-h.htm#2H_4_0004.⟩

Collini, Stefan. "Arnold," *Victorian Thinkers*, Oxford: Oxford UP, 1993.

Deane, Seamus. "Introduction," *Nationalism, Colonialism, and Literature*. ed. Seamus Deane, Minneapolis: Minnesota UP, 2001.

DeLaura, David J. "Matthew Arnold and Culture: The History and the Prehistory," *Matthew Arnold in his Time and Ours: Centenary Essays*, eds. Clinton Machann and Forrest D. Burt, Charlottesville: Virginia UP, 1988.

Dodson, Michael S. *Orientalism, Empire, and National Culture: India, 1770-1880*, New York: Palgrave Macmillan, 2007.

Goody, Jack. *The Theft of History*, Cambridge: Cambridge UP, 2006.

Hyde, Douglas. "The Necessity for De-Anglicising Ireland," *Poetry and Ireland Since 1800: A Source Book*, ed. Mark Storey. London: Routledge, 1988.

Leavis, F. R. "Matthew Arnold," *The Importance of Scrutiny: Selections from Scrutiny: A Quarterly Review, 1932-1948*, New York: New York UP, 1964.

Macaulay, Thomas Babington. "Minute on Indian Education," Web. 10 Jan.

2012.

⟨http://www. columbia.edu/itc/mealac/pritchett/00generallinks/macaulay/
txt_minute_education_1835.html⟩

Ngugi wa Thiong'o. *Moving the Center: the Struggle for Cultural Freedoms*.
Oxford: James Currey, 1993.

Patterson, Thomas C. *Inventing Western Civilization*, New York: Monthly
Review Press, 1997.

Renan, Ernest. "The Poetry of the Celtic Races," *Poetry and Ireland Since 1800:
A Source Book*, ed. Mark Storey, London: Routledge, 1988.

Said, Edward. *Culture and Imperialism*, New York: Vintage Books, 1994.

_____. *The World, the Text, and the Critic*, Cambridge, Mass. :
Harvard UP, 1983.

Smyth, Gerry. *The Novel and the Nation: Studies in the New Irish Fiction*,
London: Pluto, 1997.

Stone, Donald D. *Communications with the Future: Matthew Arnold in
Dialogue*, Ann Arbor: Michgan UP, 2000.

Williams, Daniel G. *Ethnicity and Cultural Authority: From Arnold to Du Bois*,
Edinburgh: Edinburgh UP, 2006.

Williams, Raymond. *Keywords: a Vocabulary of Culture and Society*, London:
Fontana Paperbacks, 1981.

Yeats, W. B. "The Celtic Element in Literature," *Poetry and Ireland Since 1800:
A Source Book*, ed. Mark Storey, London: Routledge, 1988.

Young, Robert J. C. *Colonial Desire: Hybridity in Theory, Culture and Race*,
London and New York: Routledge, 1995.

마이너리티는 말할 수 있는가
- 난민의 자기역사 쓰기와 내셔널 히스토리의 파열

김경연

Ⅰ. 들어가며-두 벌거벗은 삶/죽음에 부쳐

1970년 재일조선인 청년 강상중/나가노 데쓰오는 충격적인 두 죽음
을 목격한다. 그 하나는 소설가 미시마 유키오의 죽음이다. 천황을
일본문화의 상징으로 옹호하고 일본의 재무장을 금지한 전후의 평화
헌법을 폐기하라 촉구했던 그는 자위대의 궐기를 호소하며 군 주둔지
에 난입해 할복자살을 감행한다. 한 일본주의자의 이 요란한 최후에
가려진 잊힌 죽음이 있다. 일본 이름 야마무라 마사아키, 민족이름
양정명의 죽음이다. 일본에서 태어나 어릴 때 부모를 따라 일본에 귀
화했고, 문학을 지망한 대학생이었던 그는 미시마 유키오의 죽음이
있던 해 자신의 자취방 근처에 있는 신사 경내에서 분신자살로 생을
마감한다. "'일본인도 아니다. 그렇다고 조선인도 아닌 조국상실자'
'내가 안주할 땅은 도대체 어디에 있는 걸까.'"[1] 그의 유서에는 이와
같은 내용이 적혀 있었다고 한다.

---

[1] 강상중 지음, 오근영 옮김, 『어머니』, 사계절, 2011, 225쪽.

두 개의 이름을 짊어지고 살아가는 강상중/나가노 데쓰오를 가격한 것은 미시마 유키오 혹은 기억의 죽음의 아니라, 양정명/야마무라 마사아키 혹은 망각된 죽음이다. 조선인도 일본인도 아닌 이 국가망실자의 가려진 죽음을 통해 재일조선인 청년은 강상중과 나가노 데쓰오가 한몸이 된 자신의 불순한 정체성과 대면하며, 복수명(複數名)의 내력을 탐문하고, 정사(正史, official history)가 은폐하고 묵살해 온 비국민(非國民)의 서사를 기술하고자 한다. 승리자에게 감정이입한 보편사를 분절하고 '죽은 자'들, '산산이 부서진 것들'의 이야기를 모으고 다시 결합하고자 하는2) 그(들)에게 이제 진정한 "역사는 바로 내셔널리티를 돌파함으로써 기억되는 것"3)이며, "모욕당하고 버림받은 사람들. 남들이 얼굴을 가리고 피해 갈 만큼 멸시받은 사람들. 우리들 병을 대신 앓아 주고, 우리들의 슬픔을 짊어진 사람들", 혹은 바로 "어머니들의 역사"4)로 재정의 된다.

조선인도 일본인도 아닌 양정명/야마무라 마사아키의 벌거벗은 삶/죽음에 겹쳐지는 지금, 이곳의 비국민들의 죽음이 있다. 가령 베트남노동자 두안의 죽음. 필리핀 이주노동자로 8년 동안 한국에서 일용잡부로 살았으며 난의 남편이자 생후 4개월 된 투이용의 아빠이기도 했

---

2) 발터 벤야민, 「역사의 개념에 대하여」, 『발터 벤야민 선집 5』(발터 벤야민 지음, 최성만 옮김), 도서출판 길, 2009, 329~350쪽 참조. 벤야민은 보편사가 균질적이고 공허한 시간을 채우기 위해 사실의 더미를 모으는 데 급급하다고 비판하며, 이와 대비되는 유물론적 역사서술은 이 공허한 시간을 정지시키고 보편사의 결을 거슬러 역사를 솔질하는 것을 자신의 과제로 삼는다고 주장한다. 벤야민은 이러한 역사가 승리자가 아니라 억압받은 자들에게 감정이입하는 것이라 언급한다.

3) 강상중, 「국민의 심상 지리와 탈국민의 이야기」, 『내셔널 히스토리를 넘어서』(코모리 요우이치·타카하시 테츠야 엮음, 동경대학교 출판부 펴냄, 이규수 옮김), 삼인, 2005, 197쪽.

4) 서경식, 「어머니를 모욕하지 말라!」, 『내셔널 히스토리를 넘어서』, 81쪽, 82쪽.

던 두안은 2010년 출입국사무소의 집중단속에 쫓겨 건물에서 뛰어내리다 사망한다. 친구들 역시 체포되거나 단속을 피해 도망한 탓에 그의 죽음은 제대로 애도되지도 못한 채 망각 속에 봉인되었다.[5] 재일조선인 청년 양정명/야마무라 마사아키의 죽음이 이미-항상 예정된 것이었듯이, 미등록 이주노동자 두안의 죽음 역시 예외적인 것은 아니다. 두안의 죽음이란 기실 이 시대 한국의 이주노동자들이 당면하고 있는 보편적인 죽음이며 반복되는 죽음의 형식인 것이다.

이 글은 이 상례화된 죽음으로 내몰린 자들, 재일조선인이나 이주노동자 또는 탈북자라는 이름으로 명명되는 국민국가의 이방인들, 온전한 국적을 지닐 수 없고 국민이라는 인정된 정체성 안에서 생을 영위할 수 없는 국경을 흘러 다니는 비국민 혹은 난민들의 비국적(非國籍)인, 그러므로 비극적인 죽음을 사유해 보고자 하는 시도이다. 재일조선인 서경식은 난민이란 난민 캠프에서 살고 있는 사람들만이 아니며, 근대 국민국가의 약속, 즉 인권이나 생존권이 국가와의 관계 속에서 규정된다는 국민국가의 법 외부로 쫓겨난 자들이라고 정의한 바 있다.[6] 법이 무법자를 양산하듯 국민은 난민을 생산하며 때문에 난민이란 언제나 국민의 반대편에 선 대립하는 짝패라는 것이다. 그러므로 이들 난민들의 죽음을 성찰하거나 이들의 역사를 기억한다는 것은 동시에 국민의 서사가 누려온 기념비성을 발본적인 차원에서 문제화하고 심문하는 일일 지도 모른다.

내셔널 히스토리의 결을 거스르는 이러한 사유의 매개로 이 글에서 선택한 텍스트는 난민들이 스스로의 역사를 기록한 자기서사물들이

---

5) 「多문화 한국, 그 불편한 진실/한국에서 이주민으로 산다는 것」, 『신동아』, 2010. 12, 참조.

6) 서경식 지음, 임성모·이규수 옮김, 『난민과 국민 사이』, 돌베개, 2008, 204쪽.

다. 한국문학이라는 '국적성 문학'의 외부에 놓인 이 서사물들을 통과하지 않고서는 우리가 흔히 마이너리티(minority)라고 부르는 난민들의 목소리는 항상 침묵의 형태로 남게 될지 모른다. 또한 난민들의 발화/글쓰기에 주목하는 일은 마이너리티의 목소리를 제대로 재현하거나 대변한다고 믿는 정치적으로 올바른 시혜적 국민(다수자)의 위치를 반납하고, 국민의 기억을 망각하며 오히려 난민(소수자)의 기억을 받아들이는 일일 지도 모른다. 이는 궁극적으로 우리가 국민국가를 횡단하는 '난민적 주체'로 이행할 수 있는 가능성을 타진하는 일이기도 할 것이다.

이를 위해 본고는 우선 다음과 같은 질문들을 고구(考究)하는 것으로부터 출발하고자 한다. 난민적 주체란 누구인가. 난민 혹은 마이너리티는 말할 수 있는가. 난민으로 호명되는 것을 넘어 난민적 자기인식을 통과해 난민적 주체가 된다는 것은 어떤 의미인가. 난민적 주체의 발화/글쓰기가 겨냥하는 것은 무엇인가. 실상 이 글 전체의 문제의식인 이 녹록찮은 물음들에 대한 사유의 실마리를 먼저 다음 장을 통해 풀어가고자 한다. 이는 난민들의 자기서사를 논의하기 위한 전제가 된다.

Ⅱ. 난민적 자기인식과 디세미-네이션(dissemi-nation)의 전략

실화를 바탕으로 만든 박찬욱의 영화 「믿거나 말거나, 찬드라의 경우」(2003)는 한국으로 건너온 네팔 여성 이주노동자의 강제적 방랑기를 다루고 있다. 주인공 찬드라 꾸마리 구룽은 공장이 쉬는 날 시내

구경을 나왔다 분식집에서 라면을 먹게 되는데 호주머니에 넣어두었던 돈을 잃어버린 탓에 음식 값을 치르지 못하고 경찰서로 넘겨진다. 찬드라는 어눌한 한국말로 자신의 이름을 알리거나 네팔어로 자신의 상황을 설명하지만 한국인들에게 그녀의 말은 마치 미치광이의 불가해한 중얼거림처럼 들릴 뿐이다. 이후 네팔 여성 이주노동자 찬드라 꾸마리 구룽은 미친 한국 여자 선미야가 되어 경찰서, 행려병자 수용소, 정신병원을 전전하다 6년4개월 만에 고향으로 돌아간다.

이 믿지 못할 찬드라의 방랑기가 우리에게 일러주는 것은 무엇인가. 그것은 어쩌면 하위주체 혹은 마이너리티는 말할 수 없는 것이 아니라 단지 '다르게' 말하는 자들일지 모른다는 사실이다. 바꾸어 말하면 한국인 선미야가 아닌 네팔인 찬드라, 국민이 아닌 난민인 찬드라는 침묵하는 광인이 아니라 단지 국민의 언어를 말하지 못하는 "야릇한 언어를 말하는 사람"[7]이라는 것이다. 가야트리 스피박이 언급한 하위주체(서발턴, subaltern) 역시 말을 잃어버린 타자가 아니라 바로 이 야릇한 언어, 즉 비국민/난민의 언어를 말하는 자로 독해되어야 할 것이다. 스피박은 한 인터뷰에서 '하위주체는 말할 수 있는가'라는 자신의 도발적 화두가 오독되고 있음을 지적하며, 자신이 환기하고자 했던 것은 서발턴이 말할 수 없다는 의미가 아니라 "서발턴이 죽을힘을 다해 말하려고 해도, 사람들에게 자신의 목소리를 듣게 할 수 없음을 의미"하는 것이라 설명한 바 있다.[8] 다시 말하면 이는 지배적인 재현/발화 체계 안에서 서발턴 혹은 난민의 언어가 차이의 발화로 용인되는 것이 아니라, 언제나 침묵 혹은 광기의 언어와 같은 비언어, 즉 법(체계) 밖의 언어로 누락되거나 왜곡·오인된다는 의미일 것이다. 하위주

---

7) 자크 데리다 지음, 남수인 옮김, 『환대에 대하여』, 동문선, 2004, 59쪽.
8) 스티브 모튼 지음, 이운경 옮김, 『스피박 넘기』, 앨피, 2005, 217쪽.

체가 말할 수 없는 것이 아니라 실은 그들의 맞은편에 서 있거나 또는
서 있다고 생각하는 자들이 들을 수 없는 것이다.

　재일(在日) 사회학자 정영혜는 이 맞은편에 위치하는 자들, 그러면서
도 소수자인 서발턴들의 발화를 들을 수 있다고 스스로 상상하는 다수
자적인 양식파(良識派)들에 의해 고안되거나 오용될 수 있는 것이 '다
문화주의'라고 지적한 바 있다. 정영혜에 따르면 다문화주의란 대개
"지배하는 사람들의 기득권을 위협하지 않을 정도의 다양성을 인정해
주는 것이거나 차별에 맞서고 있다는 포즈를 취하기 위한 알리바이로
끝나는 경우가 많으"며, "허가증적 소수자" 또는 "모델 소수자"들을
진열하려는 욕망에 회수된다는 것이다.[9] 허가증적 소수자란 누구인
가. 그들은 다수자들에 의해 발탁되고 인준된, 다수자들의 시선에 의
해서 구성되거나 상상된 이들이며, "다수자들의 무지를 해소"[10]하기
위해 소수자라는 정체성이 기입된 존재들이라 할 수 있다. 때문에 이
들 허가증적 소수자들은 호명하는 자가 아니라 호명당하는 존재로 남
게 되며, '행위'하는 주체가 아니라 국민국가의 정당성을 보증하기 위
해 '전시'되는 대상이 된다. 한나 아렌트는 이와 유사하게 스펙터클로
전유되는 소수자들을 '파브뉘(Parvenu, 벼락부자)'라고 명명한다.[11] 아
렌트가 말한 파브뉘란 도착한 국가에 동화되기 위해 과잉의 애국시민
이 되는 이주민의 형상이다. 이러한 '모델 소수자'들, 곧 '파브뉘'들은
기실 난민이면서 자신의 언어를 박탈당하거나 또는 억압하면서 국민
의 언어로 말하거나 그 발화를 흉내 내는 자들이라 할 수 있다.

---

9) 정영혜 지음, 후지이 다케시 옮김, 『다미가요 제창』, 삼인, 2011, 48쪽.
10) 정영혜, 같은 책, 48쪽.
11) 조르조 아감벤 지음, 김상운·양창렬 옮김, 『목적 없는 수단』, 난장, 2009, 24쪽
　　참조.

우카이 사토시는 마이너리티라고 불리는 존재들의 다양성을 괄호치고 이들을 마이너리티로 단일하게 명명하는 것도 폭력일 수 있지만, 그렇다고 지명하지 않는 것 역시 이들의 존재 자체를 부인하거나 무시하는 것이기에 마이너리티라는 이름은 일종의 아포리아라고 토로한 적이 있다.[12] 그러나 정영혜나 한나 아렌트의 비판적 지적은 이 명명하기의 지난함보다 더욱 문제적인 것이 실은 그들을 소수자라 부르면서도 정작 이들이 토해내는 차이의 발화에는 귀를 막거나, 이들에게 시혜적 포즈를 취하는 동시에 이들의 말을 국민의 언어로 전유하려는 다수자들의 욕망이라는 사실을 적절하게 환기한다. 이와 같은 욕망이 생산하는 무리들이 바로 국민국가의 동화 메커니즘에 150% 포섭되려는 파브닉, 곧 난민성/소수자성을 상실한 이른바 '애국시민'이며, '난민적 주체'가 되지 못하는 난민/소수자들인 것이다.

그렇다면 지명되는 대상인 난민이 아니라 역사에 개입하고 스스로를 호명하는 난민적 주체란 어떤 존재인가. 정영혜의 말을 빌리자면 그들은 단순히 "지도/관리 받는 대상이 아니라 자기결정권을 가지면서 상호주체적(intersubjective)이고 상호의존적(interdependent)"[13]으로 살아가는 존재이며, 한나 아렌트에 의하면 이들은 파브닉가 되기를 거절한 '파리아(Pariah, 천민)'들이라 할 수 있다. 파리아란 자신이 언제나 국민의 법 바깥에 놓일 운명임을 직시하고 오히려 어느 국적에도 소속되지 않고 의식적인 천민으로 남기를 자처한 소수자들이다. 그러므로 비국가성(비민족성)을 담지한 그들은 각자가 처한 조건을 냉철하게 응시하기를 원한 소수의 자각한 난민들이기도 하다. 아렌트는 난민 혹은 무국적자의 조건을 수락한 이들이 오히려 자신의 조건을 뒤집어

---

12) 우카이 사토시 지음, 신지영 옮김, 『주권의 너머에서』, 그린비, 2010, 15~16쪽.
13) 『다미가요 제창』, 227쪽.

이를 새로운 역사의식의 패러다임으로 제시할 수 있다고 역설했다. 이들 난민들은 공인받지 못한 대가로 역사·정치의 방관자가 아니라 비로소 역사·정치에 개입하는 주체로 거듭나게 된다는 것이다.14) 주지하다시피 발터 벤야민 역시 승리자에 감정이입한 균질적이고 공허한 보편사를 거부하고 진정한 역사를 인식하며 또한 인식해야 할 주체는 억압받는 자들 자신이라고 강조한 바 있다.15)

주목할 것은 지금, 이곳에서 단지 난민만이 난민이 아니며, 하여 난민성을 내장한 난민적 주체 되기가 단지 '그들 소수자'들만의 고유한 결정이 아니라는 사실이다. 한나 아렌트의 논의를 재독하면서 조르조 아감벤은 "국민국가의 쇠퇴와 전통적인 법적 – 정치적 범주의 전반적인 해체 속에서, 난민은 어쩌면 오늘날 생각할 수 있는 인민(people)의 유일한 형상"16)이라고 지적한다. 또한 아렌트를 참조한 세일라 벤하비브 역시 국민국가 시스템, 또는 이 체제를 온전하게 유지하려는 국가주의 이데올로기는 끊임없이 난민, 소수민족, 무국적자와 같은 국민/민족 바깥으로 추방된 자들을 양산하게 되며, 경계 바깥으로 쫓겨난 이 벌거벗은 자들을 지속적으로 양산함으로써 국민국가는 온존할 수 있다고 언급한 바 있다.

> 난민과 소수민족들, 무국적자들이나 추방된 자들은 민족국가의 행위가 만들어낸 특수 범주의 사람들이다. 경계 지어진 영토를 갖는 민족국가 체계, 곧 '국가 중심적' 국제질서 속에서는 한 인간의 법적 지위가 최고 당국의 보호에 종속되며, 이 최고 당국은 그들이 사는 영토를 관할하고 또한 그들에게 각종 증명서를 발부한다. 난민이 되는 것은

---

14) 조르조 아감벤, 앞의 책, 24~25쪽 참조.
15) 발터 벤야민, 앞의 책, 343~344쪽 참조.
16) 조르조 아감벤, 앞의 책, 25쪽.

모국으로부터 박해를 받거나 추방되거나 쫓겨남으로써이다. 소수민족이 되는 것은, 한 체제 내에서 정치적 다수를 차지하는 자들이 어떤 그룹을 이른바 같은 '민족'에 속하지 않는다고 선언함으로써 만들어진다. 무국적자가 되는 것은, 여태껏 보호막을 쳐주던 국가가 그 보호를 철회하고, 부여했던 각종의 증명을 무효화함으로써 발생한다. **추방된자(displaced person)란, 일단 난민이나 소수민족 또는 무국적자 상태에서, 그를 구성원으로 받아들여줄 다른 정치체제를 발견하지 못하고 있으며 또한 어떤 나라도 그들을 받아들여줄 용의를 갖지 않음으로써, 국경 사이의 변방에 머무는 림보(limbo)들을 말한다.**[17]

인용문에서 세일라 벤하비브는 권리란 단지 인간이 아닌 국민/시민인 한에서만 부여되는 것이므로, "국경 사이의 변방에 머무는 림보들"이란 결국 아무런 권리도 지닐 수 없는 박탈당한 자들을 의미한다고 설명한다. 자본의 이동에 따라 월경(越境)이 보편화되고 국민국가가 쇠퇴한다고 해서 국가주의나 민족주의가 약화되는 것은 아니며 때문에 림보들, 즉 국민국가로부터 추방당한 존재들은 전지구화 과정에서도 전혀 감소하지 않는다는 것이다. 전지구적으로 유동하는 자들이 확대되고 국경이 희미해질수록 오히려 자기보존을 향한 국가주의의 준동은 더욱 맹렬할 수 있으며, 때문에 림보적(경계적) 존재들은 보다 만연하게 된다. 어쩌면 전지구화의 상황 속에서 강화되는 국가주의는 국민국가의 위기를 아이러니하게 증험하는 징후일지도 모르겠다.

기실 인종·민족·계급·성·언어 등의 심급에 따라 국민 될 '자격'을 심사하고 '등급'을 분류해 국적을 부여하거나 박탈하는 국가주의는 국가에 소속될 수 있는 국민과 그렇지 않은 난민의 경계를 갈수록 모호하게 만든다. 인종이나 민족이 다르고 낯선 언어를 사용하는 이방인들

---

17) 세일라 벤하비브 지음, 이상훈 옮김, 『타자의 권리』, 철학과 현실사, 2008, 81쪽.

만이 국민으로부터 추방되는 것이 아니라, 실은 노동할 수 없거나 노동권을 박탈당해 더 이상 국가의 부를 창출하지 못하는 자, 장애를 지닌 자나 국가가 일반적으로 허용하는 섹슈얼리티를 위반하는 자 등 국민 될 자격심사에 미달된 자들을 국민이라는 공동체 외부로 밀어내는 것이다. 때문에 이들은 국민이지만 이미 국민이 아니며, 국민/인간으로서의 권리를 제대로 보장받지 못하고 떠도는 난민들일 뿐이다.[18]

이방인들만이 아니라 국민 역시 언제든 난민이 될 수 있는 이러한 상황은 서경식이 주장한 것처럼 우리 모두가 난민의 일원이라는 자각, 곧 "난민적 자기-인식"의 필요성을 확인시킨다.[19] '난민적 자기-인식'이란 국민국가 시스템에 의문을 제기하고 국민화를 거부하는, 난민성을 내장한 '난민적 주체'가 된다는 의미일 것이다. 재일조선인인 자신을 '반(半) 난민'으로 규정한 서경식은 이와 같은 난민적 주체되기를 국민국가의 너머를 상상할 수 있는 잠재적 힘으로 새롭게 사유하고자 한다.

> 향후의 일을 생각하면, **지구상의 모든 인간이 어떤 국가의 국민으로 질서 정연하게 정돈되는 일은 가능하지도, 바람직하지도 않을 것입니다. 오히려 난민의 시대를 거쳐서 모든 사람들이 국가에 속하지 않고, 즉 국민이 되지 않고도 기본적인 인권을 보장받고 인간적 생활을 향수할 수 있는 시대가 도래**해야 할 것입니다.[20]

---

18) 이런 차원에서 최근 한 신문은 우리 시대의 난민들을 폭넓게 규정하고 이들의 상황을 취재한 기획을 마련하기도 했다. 기사의 모두(冒頭)에는 "새터민과 이주민, 고시원을 전전하는 사람들, 노숙인. … 이들은 박해 때문에 살던 땅을 떠나야 하는 국제법상의 난민은 아니다. 하지만 우리 사회에 정착하지 못한 채 마음으로 떠돌고 있다는 측면에선 '우리 안의 난민'이다. 더 싼 집과 안정된 직장을 찾아 떠도는 전세민과 실업자들도 마찬가지다. 국가가 최소한의 삶 보장이라는 제 역할을 못하고 끊임없이 국민들을 공동체 밖으로 밀어내는 형국이다"(「우리 안의 난민」, 『경향신문』, 2011. 10. 6)라고 쓰고 있다.

19) 서경식, 『난민과 국민 사이』, 198~199쪽.

이와 같은 서경식의 인식은 "시민이 스스로를 난민으로 인정할 수 있는 땅에서만, 오늘날 인류의 정치적 생존을 사유할 수 있다"[21]는 아감벤의 주장과도 조우하는 것이다. 아감벤은 "난민이 국민국가의 원리를 근본적으로 위기에 빠뜨리는 동시에 더 이상 미룰 수 없는 범주상의 혁신을 위한 터를 닦아주는 한계 개념이나 마찬가지"(33쪽)라고 역설한다. 따라서 자기규정, 달리 말해 자기 위치의 확인으로서 난민이란 열등하거나 결핍을 의미하는 것이 아니며, 난민적 주체로 이행한다는 것은 국민이란 범주에 성찰 없이 스스로를 동화하는 다수자들을 향해 가령 "우리들 조금도 나쁘지 않"[22]다고 분명한 목소리를 낼 수 있는 인간이 되는 것과 같다. 더불어 이러한 난민성의 체현을 통과할 때 우리는 비로소 마이너리티, 난민, 하위주체 등으로 명명되며 대상화된 존재들이 더 이상 동정과 연민을 부르는 이들이거나 발화를 대리해야 할 침묵하는 타자들이 아니라, 비국민 곧 '난민'이란 공동성 속에서 국민주의를 탈구축하기 위해 함께 연대해 가야할 '주체'임을 새롭게 인식하게 될 것이다. 이런 의미에서 이방인에 대한 한국사

---

20) 『난민과 국민 사이』, 233쪽. 이러한 서경식의 인식은 최근에 등장하고 있는 거류민(居留民, Denizen) 개념과도 통하는 것이다. 거류민(Denizen)이란 토마스 함마가 만들어낸 신조어로 특정국가에 일정기간 거주해 영주자로서 자격을 부여받은 외국인이라는 의미이다. 국적과 결합된 전통적 시민권 개념에서 벗어나 정주 외국인에게도 국민에 준하는 권리가 부여되어야 한다는 생각을 반영한 것으로, 전지구적 이민시대에 맞는 새로운 시민권으로 불리고 있다.(『목적 없는 수단』, 34쪽에 실린 번역자 김상운·양창렬의 주석 참조)

21) 『목적 없는 수단』, 37쪽.

22) 서경식, 「어머니를 모욕하지 마라」, 『내셔널 히스토리를 넘어서』, 81쪽. 서경식은 이 글에서 어릴 적 자신이 동네 아이들이나 학교 친구들에게 '조셍'이란 놀림을 당하면서 조셍인 자신이 왜 일본 땅에 있는가를 고민할 때, 그런 자신을 안아주며 "조셍은 나쁜 거 아냐, 나쁜 거 하나도 없어"라고 말해주곤 했던 어머니의 기억을 떠올리면서, 내셔널 히스토리에 은폐된 버림받은 자들의 역사를 다시 쓰는 일의 의미를 짚어낸다.

회의 이중 잣대와 이주노동자에 대한 왜곡된 인식, 이주노동자를 시혜
를 베풀어야 할 수동적 존재로 파악하는 종교적·정치적 올바름의 미
망에 갇힌 양식파(良識派)들의 한계, 다문화정책의 모순 등을 신랄하게
비판하는 한 미등록 이주노동자의 다음과 같은 발언은 주목해야 할
부분이다.[23]

> 한홍구(이하 한): 필리핀의 한국전 참전기념비도 있죠. 고양시에.
> 미셸: 저희 할아버지도 한국전쟁에 참전했어요. **할아버지는 영웅 대접**
> **을 받았는데 노동자로 온 손자는 빈대 취급을 받고 있죠. 저는 한국**
> **이 바나나공화국이라고 생각해요. 겉은 노랗지만 속은 하얀색.** (웃
> 음) 자기들이 백인인 줄 알아요.
> …
>
> 미셸: 임신 중이던 미등록 여성노동자가 해고를 당했는데 남자에게서
> 도 버림받은 상태였어요. 가톨릭 단체로 가서 아이 낳고 보상받는
> 데 도움을 받았죠. 단체에선 아기를 필리핀으로 보내도록 도와주겠
> 다고 했어요. 엄마가 아기를 데리고 있다고 싶다고 하자, 그렇게 하
> 면 추방당한다면서 당장 이곳을 떠나라고 했죠. 권위적 자세인 거
> 죠. 사실 고용허가제도 몇몇 종교단체들이 정부와 협상을 해서 통과
> 시킨 거잖아요. **무엇보다 이주 관련 엔지오와 종교단체들은 이주민**
> **역량 강화보다는 그들의 서비스에 우리를 의탁하게 만들어서 결과**
> **적으로 이주노동자를 수동적으로 만들어요.**
> …

---

23) 미셸 카투이라(Michel Catuira·39)는 필리핀에서 출신 이주노동자로, 서울·경기
·인천 이주노동자노동조합(이주노조) 위원장을 맡고 있다. 필리핀에서 여성이었던
미셸은 한국으로 건너오면서 성 전환을 했고 현재 남성으로 살고 있다. 인용 부분은
『한겨레신문』에서 미셸, 한홍구, 서해성이 좌담한 내용 중 일부를 옮긴 것이다. (「한
홍구·서해성의 직설: 시혜 노땡큐. … 우릴 갉아먹는 한류 노땡큐」, 『한겨레신문』,
2011. 3. 4.)

서해성(이하 서): 몇 년 동안 이주민 어린이들을 위해 아홉 개 나라 말로 된 동화책을 만든 적이 있습니다. 한 교수도 평화박물관에서 '엄마나라 이야기'라고 비슷한 사업을 했고요. 한국은 '다문화'라는 이름으로 동화정책을 쓰고 있어요. '한화'정책은 제국주의적 폭력성을 안고 있습니다. 이주민들의 모국어, 문화, 자기 정체성을 지켜내고 발전시켜내는 작업이 절실해요.

미셸: 다문화정책이 동질화시키려는 시도라는 지적에 동의합니다. 그런 까닭에, 가령 지금 이주노조에서는 한국 활동가들의 역할을 최소화하려는 움직임이 있습니다. 한국의 운동방법이 이주 노동자들에게 필요한 효과를 가져다주지 못하는 점도 있지만, 더 우려스러운 것은 이들을 통해 한국의 운동방식이 이주노동운동과 문화를 지배하게 되는 것이죠.

서: 문제를 스스로 인식해서 행동하는 과정이 자기 안에 축적되지 않으면 일시적으로 몰라도 종국적으로 성공하기 어렵죠. 엘에이(LA) 사는 한국인이 미국인 지도 받아서 운동한다면 말이 되겠어요?

미셸: 이주노동자 특수성을 살린 고유의 전략과 투쟁이 필요한 거죠.
…

서: 이주노동자 아이들 교육도 심각한데, 보호가 차별이 되는 일들이 일어나고 있어요.

미셸: 우리는 다문화가정 자녀 특수교육에 반대합니다. 이는 인종차별적인 행위입니다. 다문화라는 이름 아래 교환과 공유가 되어야 할 교육을 한국 아이들과 똑같이 되도록 강요하는 것이기 때문이죠. 저는 이 기회에 한국 아이들이 '특수한 교육'을 받을 필요가 있다고 생각합니다. (웃음) 이주노동자 아이들은 여러 언어를 구사하고, 다른 문화를 접해보았고 이해하고 있는 셈이죠. 한국 학생들은 좀 더 다양한 문화를 접할 수 있게 되는 거고요.
…

한: 다원성을 인정할 때 비로소 소통과 유대가 가능하죠. 한국인도 아

니고 떠나온 나라 사람도 아닌 채 떠도는 일은 어떤 경우에도 도움
이 되지 않는 일이죠.

**미셸: 제 할아버지가 한국전쟁에 군인으로 참전한 일이나 제가 일하러
온 것이나 근본적으로 차이는 없다고 봅니다. 함께 싸운 사람들끼리
전우이듯, 함께 일하는 사람들끼리 국경은 없습니다.**

이주노동자 또는 난민이라는 정체성을 결여나 침묵의 위치가 아닌
국민국가주의에 틈을 내는 정치적 거점으로 재전유하는 이러한 발화
는 국민의 서사에 난민의 이야기를 이접하는 이른바 "디세미-네이션
(dissemi-*nation*)"의 전략이라 부를 수도 있을 것이다. 호미 바바는 국
가의 시간에 '사이(中間域, in-between)'의 시간성을 도입하는 이러한
이중적 발화/글쓰기 혹은 디세미-네이션이 국민이라는 상상의 공동
체에 본질주의적 정체성을 부여하려는 이데올로기적 책략을 교란시
킴으로써 국가의 서사에 포섭되지 않는 대안·대항 내러티브를 형성
할 수 있다고 주장한다.24) 대안·대항 내러티브란 역사주의 담론, 곧
보편사에 의해 잘려나간 시간(역사)을 다시 기입함으로써 국민의 서사
(national history)로 흡수되지 않는 통약불가능의 삶들을 다시 기록하

---

24) 호미 바바, 「디세미-네이션」, 『국민과 서사』 (호미 바바 편저, 류승구 옮김), 후마니타
스, 2011, 470~473쪽. 디세미-네이션(dissemi-nation)은 데리다의 '산종(dissemi-
nation)' 개념을 바바가 빌려 온 것으로 '산종하는 국가의 의미 작용' 혹은 '국민'이란
충일한 역사주의적 시간 속에 오직 혈연이나 언어 등으로 결집된 인간 공동체가 아님
을 강조한 언어유희다. 산종이란 이주, 실향, 망명과 같은 부단한 분투의 현실이
다.(471쪽에 실린 번역자의 각주 참고) 레이몬드 윌리엄스는 지배적(dominant) 문화
에 완전히 포섭되지 않은 형태의 문화들을 대안적(alternative) 문화와 대항적
(oppositional) 문화로 구분한다. '대안적 문화'는 지배적 문화와 동떨어져 자신만의
문화적 실천 방식을 유지하는 문화로 주로 개인이나 소규모 집단에 의해 형성되는
것이며, '대항적 문화'는 지배적 문화에 적극적으로 반대하며 변화를 모색하는 주로
대규모 집단에 의해 추구되는 문화적 실천이다. 바바의 디세미-네이션은 이러한 대
안적·대항적인 문화 어느 형태로든 나타날 수 있다.(472쪽 번역자의 각주 참고)

는 난민의 서사일 것이다. 이러한 난민의 글쓰기는 아감벤이 말한 바 있듯이 '언어활동–문법(언어)–인민–국가'의 연결망을 끊는, 즉 국민의 언어를 중단시키는 '아르고(은어/속어)'이기도 하다.25)

다음 장에서는 재일조선인과 네팔 이주노동자의 자기서사를 통해서 이와 같이 국민의 언어에 파열음을 내는 난민의 은어/속어를 읽어보고자 한다.

Ⅲ. 난민의 자기역사 쓰기와 난민적 주체의 탄생

1) 정사(正史)가 은폐한 어머니들의 역사 쓰기
– 서경식의 「어머니를 모욕하지 말라」와 강상중의 『어머니』

서경식은 자신의 글 「어머니를 모욕하지 말라」에서 식민지 조선의 두 소녀에 관한 기억을 환기한다. 그 중 하나는 열여섯에 가족들의 먹을 입을 덜기 위해 강제로 결혼을 하게 된 소녀이다. 하지만 결혼 첫날 소녀는 시집에서 도망쳐 친정으로 돌아오지만, 그러나 다시 어머니에게 내쫓겨 남의 집 허드렛일로 삶을 연명해 간다. 그러다 낯선 중년 여성에게 속아 신의주에 사는 조선인 남자에게 팔려가고 그 남자에 의해 일본군에 매매되면서 1938년 중일전쟁이 한창인 무창으로 떠밀려간다. 무창에 도착한 그녀는 역시 조선에서 끌려온 몇몇 소녀들과 함께 일본군 전용 위안소에서 '위안부' 혹은 '조센삐'라는 이름의 일본군 성노예가 되었다. 첫 월경초차 없었던 열여섯 나이에 잔혹한 현실

---

25) 『목적 없는 수단』, 73~81쪽 참조. 아르고란 '위험한 계급(코키유, 도적패)'들이 사용한 말이란 의미로 사용되었는데, 아감벤은 "모든 인민이 패거리이자 코키유이며, 모든 언어는 은어이자 '아르고'라는 진리"(77쪽)라고 말한다.

을 경험해야 했고, 이후 재일조선인 남성의 도움을 받아 일본에서 피폐한 전후(戰後)의 삶을 헤쳐 온 그녀의 이름은 송신도이다.

서경식은 국가의 서사가 묵살하고 잊기를 강요한 이 여성의 서사에 다시 한 소녀의 이야기를 중첩시켜 놓는다. 가난한 조선인 농민을 아버지로 둔 소녀는 생계를 위해 도일(渡日)한 부모를 따라 여섯 살에 현해탄을 건너 시모노세키에 도착한다. 여덟 살 때부터 남의 집식모살이를 전전한 그녀는 여공이 되었다가, 후에는 역시 식민지 조선 출신의 소작농과 결혼해 가난과 차별, 폭력의 생을 고스란히 감당해야 했다. 그녀는 다름 아닌 서경식의 어머니이다.

서경식은 사뭇 다른 듯 보이지만, 공교롭게도 이들의 나이가 같은 만큼이나 두 여성들의 삶이 유사하게 겹쳐 있음을 목도한다. 가난한 조선인 농민의 딸로 태어나 어린 나이에 강제적 이주의 역사를 경험하며 가부장적 국가/제국의 폭력을 온몸으로 체험하면서 재일조선인 여성으로 살아온 이들의 이야기는 제국주의(국가주의)가 의도적으로 망각한 기억이다. 따라서 신민/국민이 아닌 이들 난민의 서사를 기록한다는 것은 서경식에게 신성한 국가의 서사를 위협하고 균열하는 반(反)기억의 행위가 된다. 송신도를 포함한 일본군의 성노예가 된 모든 위안부들을 자신의 어머니로 부르며, 서경식은 같은 세대 대부분의 재일조선인 여성들이 그러하듯 소학교의 문턱조차 밟아보지 못해 글을 알지 못하는 이들 어머니들의 이야기를 대신 받아쓰는 기록자가 되기로 결심한다. 또한 그는 이와 같은 대리기록의 행위를 통해서 역시 재일조선인 자신의 위치, 달리 말해 국민의 외부인 자신의 난민적 위치를 다시금 확인하며, 억압과 차별로 점철된 훼손된 어머니들의 서사가 바로 자기 역사의 일부임을 추인한다.

'지역의원인 히라야마(平山)'로부터 "조센징, 가 버려, 가!"라는 말을 듣고, 송 할머니는 너무 분해 그를 후려갈기려 발광한 적도 있다고 한다.

"조센징, 가 버려." — 이 얼마나 귀에 익은 대사인가?

나 자신도 어릴 적, 아이들 사이에서 싸움이 벌어질라 치면, 끝에 가서는 언제나, 조셍징, 가 버려, 돌아가 버려"라는 야유에 둘러싸여야 했다. "조셍 조셍 빠까 스르나 오나찌 메시 꾸떼 또꼬 찌가우"(조선놈, 조선놈 하고 업신여기지 마라. 같은 밥을 먹으면서 어디가 다르단 말이냐"라는 뜻. 차별에 항의하는 조선 사람의 심한 조선말 억양을 놀리고 비웃는 말로 흔히 쓰였다.-옮긴이)라고 동네 아이들과 학급 친구들이 큰 소리로 야유를 퍼부었 댔다. 어른들이 가르치지 않고서 어떻게 아이들이 그러한 대사를 알고 있겠는가?

'조셍'이란 무엇인가? 왜 '조셍'인 내가 이 일본땅에 있는 것일까? 어디로 돌아가라는 것일까? 아무 것도 모른 채 울지 않으려고 입을 꼭 다물고 집에 돌아오면, 무슨 말도 하기 전에 어머니는 모든 것을 알아차리시고 덮어놓고 나를 꼭 껴안아 주곤 하셨다. … 다만 무조건 나를 끌어안고 어머니는 낮은 목소리로 몇 번이고 되풀이하셨다. "조셍'은 나쁜 거 아냐, 나쁜 거 하나도 없어."

그 어머니의 힘으로 언제나 다시 똑바로 설 수 있었던 것이다.

— 「어머니를 모욕하지 말라!」, 79~80쪽

인용 부분에는 '조센징(조셍)'이라는 공동의 역사를 살아왔던 두 어머니와 서경식 자신의 서사가 포개져 있다. 서경식은 송 할머니의 이야기를 쓰면서 자신이 경험한 차별과 배제의 역사를 회상하고, 거기에 다시 '조셍'을 결핍으로 승인하기를 거절한 어머니의 서사를 겹쳐 쓰는 것이다. 그는 이와 같이 은폐된 역사를 기억하고 기록함으로써, 어머니들의 힘으로 "다시 똑바로 설 수 있는" 주체, 곧 '난민적 주체'

되기를 수락하고 있다.

　'지식'을 몸에 지니고 중산계급 행세를 하는 세월 속에서 어느 새 어머니에 대한 기억마저 잃어가던 이 방자한 자식이 이제야말로 무조건 어머니를 껴안아야 할 차례임이 분명하다. 왜 '위안부'가 되었는지를 캐묻지도 말고, '협의의 강제 연행' 사실이 있었는지 어땠는지 따위도 천착하지 말고, 다만 무조건 껴안아야 한다. 일본에 의한 조선 '병합' 그 자체가 '강제'에 다름 아니었다. 그때는 모든 조선인이 '대일본제국'의 신민(臣民)으로 '강제 연행'된 것이다. 그 이상 무슨 논리가 필요 하겠는가! 어머니를 향해 던져진 돌멩이를 이 몸으로 막으면서, '정사'(正史)가 묵살하고 은폐해 온 어머니들의 역사를 위하여, 어머니들과 함께 혹은 어머니들을 대신해서, 자식인 내가 목소리를 내지 않으면 안 된다. … 그리고 나는 잊지 않을 것이다. 내가 이렇게 온몸에 힘을 주어 전의를 불태운다 하더라도, 사실은 내가 어머니들을 위해 증언하고 있는 것이 아니라, 지금도 어머니들이 몸을 내놓고 우리를 위해 증언하고 있다는 사실을. 송신도 할머니가 지금도 그리고 계시듯이.

　　　　　　　　　　　　　　　　　　－「어머니를 모욕하지 말라」, 82쪽

　어머니를 위해 증언하고 있는 것이 아니라, 어머니들이 우리를 위해 증언하고 있는 것이라 말하는 서경식은 어머니들의 역사를 대리 기록하는 것이 자신의 언어를 갖지 못한 이들을 위한 연민이나 동정이 아니라 오히려 그들이 자신에게 베푸는 시혜이며, 또한 어머니들의 역사가 곧 자신의 역사임을 자각한다.

　재일(在日)이라고 스스로를 지시하는 강상중 역시 자신의 어머니가 "'재일(在日)'의 역사 그 자체"26)임을 환기하면서 최근에 자신의 어머

───────────

26) 강상중 지음, 오근영 옮김, 『어머니』, 사계절, 2011, 9쪽. 같은 글 인용 시에는 페이지 수만 밝힘.

니가 살아온 삶을 기록한 『어머니』를 발표했다. 『어머니』는 서경식의
「어머니를 모욕하지 말라」보다 한층 더 서사성을 띠고 있어 일종의
전기나 회고록의 성격을 띤다. 그러나 기념비적 인물의 삶을 스펙터클
하게 전시하는 것이 전기나 회고록이라면, 강상중의 『어머니』는 기념
비적 기억이 유린하고 망각한 자들에 관한 서사라는 점에서 전기·회
고록 등과는 다른 맥락에 놓이게 되며, 서경식의 글과 근본적인 문제
의식을 공유한다고 하겠다. 아울러 『어머니』는 「어머니를 모욕하지
말라」와 유사한 형식을 취하고 있는데, 열여섯 살에 결혼을 위해 도일
한 이후 가난과 차별의 세월을 감내해야 했던 어머니의 삶에 수다한
재일(在日)들의 서사가 중첩되며, 여기에 강상중 자신이 나가노 데쓰오
에서 강상중을 인식하는 과정, 달리 말하면 나가노 데쓰오이자 강상중인
경계성/난민성을 자각하는 강상중의 자기서사가 함께 엮이는 것이다.

　『어머니』의 마지막 장을 통해 강상중은 자신이 책을 쓰게 된 계기가
어머니가 자신에게 보내려고 만든, 그러나 부치지 못한 두 통의 ‘목소
리 편지’ 때문이라 술회하고 있다. 1980년과 2003년이라는 20년의 시
간적 거리를 두고 녹음된 구술 편지에서 어머니는 “글을 쓸 줄 모르고
배운 것도 없”(290쪽)어 아들에게 편지를 쓸 수도 아들의 편지를 읽을
수도 없는 황망한 처지를 개탄하고 자신의 굴곡진 삶을 반추하면서,
“앞으로는 더 이상 일본도 조선도 없는 시대”(294쪽)가 오리라는 소망
을 피력한다. 어머니가 남긴 이 두 통의 목소리 편지를 전달받은 강상
중은 “어머니의 기억을 더듬는 것이 글을 아는 내게 글을 모르는 어머
니가 위탁하신 유언”(25쪽)이라는 생각을 막을 수 없었으며, 때문에
“물에 녹아 사라질 것 같은 글자들을 간신히 원래 모습으로 되살려
놓듯이” 잊혀 가는 어머니의 역사를 복원하기로 결정한다. 그것은 어
머니를 통해 강상중 “자신을 다시 만나게 되는 것”(25쪽)이며, 서경식

의 말처럼 어머니를 통해서 '재일'인 '자신/우리'를 증언하는 행위인 것이다.

『어머니』에는 어머니의 서사를 중심으로 그녀와 연결돼 있는 다양한 재일(在日)들의 이야기가 배치되어 있는데, 가장 주요한 서사는 남편이자 강상중의 아버지인 강대우/나가오 게이야와 그의 동생인 강대성의 삶, 그리고 강상중의 집에서 반평생을 함께 기거하게 되는 이와모토 마사오/이상수의 이야기이다. 일제강점기에 소작인의 아들로 태어나 가난을 견디다 못해 혼자 일본으로 건너가면서 군수공장 노동자가 된 강대우는 역시 극빈한 가정에서 먹을 입을 덜기 위해 홀로 도일한 열여섯의 처녀와 결혼한다. 해방 이후 귀국할 기회를 놓친 부부는 일본에 남아 폐품 수집업을 하며 식민지 출신 이주민으로서 녹록치 않은 삶을 꾸려나간다. 강대우와 우순남이라는 본명을 잃고 '나가노'와 '하루코'로 살 수밖에 없었던 이들의 삶에 강상중의 숙부인 강대성의 뒤틀린 삶이 병치된다. 타고난 재능에 출세욕까지 왕성했던 식민지 출신 엘리트 강대성은 차별받는 조선인(朝鮮人)으로 살지 않기 위해 일본군 헌병이 되고 일본인 여성과 결혼한다. 그러나 일본이 패전한 이후 생사의 갈림길에 선 그는 가족과 헤어져 조선으로 돌아간다. 한때 완벽한 일본인이 되기를 욕망했던 그는 조선으로 귀국한 후에는 자신의 과거를 은폐하고 일본의 아내와 딸의 존재를 잊은 채, 철두철미 한국인으로, 틈 없는 민족주의자로 살아간 것이다.

온전한 국적자(國籍者)가 되기 위한 강대성의 이 분투어린 역사와 더불어 배치되는 것이 또 한 명의 재일(在日)인 이와모토 마사오/이상수의 서사다. 일찍 고아가 되어 조선 전국을 배회하던 그는 태평양전쟁이 발발하던 해 일본으로 흘러들어 간다. 호탕한 기질과 배짱이 눈에 띄어 야쿠자의 세계에 발을 들려놓은 이상수는 우연히 조선인 처녀를 만나 함께 살게 되면서 가까스로 어둠의 세계와 결별하고 해방 후엔 가족들과 함께 고국으로 돌아가지만, 이념 갈등과 막막한 생계에 떠밀려 아내와 딸을 남겨 두고 다시 일본으로 건너온다. 그러나 그 사이 국교가 단절되고 한국전쟁이 발발하면서 이상수는 어쩔 수 없이 '재일'로 살아가게 되며 아내, 자식과도 끝내 만나지 못하는 비극적 운명을 살게 된다.

강상중은 어머니의 삶에 얽힌, 고국에 돌아가지도 못하고 일본이 자신을 보증하는 국적일 수도 없는 이러한 재일(在日)들의 서사를 하나하나 복원하는 동시에, 한편으로 이들의 삶을 통해 자신에 체현된 재일성(在日性), 곧 난민성을 수락하는 과정을 쓰고 있다. 이는 가령 인내와 굴종의 삶을 견디기 위해 불렀다는, 외할머니에게 물려받은 어머니의 '차 따기 노래'나 가난 때문에 잃은 아들과 재일의 역사를 둘러싼 숱한 죽음들을 달래던 어머니의 '오구굿', 그 애써 망각하고자 했던 '조센징'을 환기하던 어머니의 노래와 춤을 강상중이 마음으로부터 받아들이고 어머니의 고향을 긍정하는 과정을 통해 표현되기도 한다.

> 어머니와 무당들의 세계, 그것은 재일교포들 사이에서 특히 굴종을 강요당한 여자들에게만 허용된 토속적인 성역이었다. 그 세계 안에서 어머니와 무당들은 억울하게 죽은 사람들과 영혼의 교류를 도모하고 자신들의 마음의 고통을 다스리려 했던 것이다. 거기에는 벗어날 수 없는 암울한 현실에 대한 체념과 비애가 있었다. … 그렇지만 악귀 같은 형상으로 미친 듯이 춤을 추던 어머니의 모습을 본 이웃 사람들 사이에서는 여러 가지 소문이 퍼지고 있는 것 같았다. … 우리 집은 평범하지 않다는 것. 주위로부터 도드라진 특별한 존재하는 자각이 마사오의 마음에 어두운 그림자를 던졌다. 나 역시 이제 겨우 친해진 친구가 무슨 말 끝에 어머니 이야기를 화제에 올리는 게 싫었다. 그리

고 조센징이라는 말의 울림이 그 무렵 내게는 추잡한 은어처럼 들려 견디기 힘들었다.

— 『어머니』, 162~164쪽

'어쩌다가 조선은 이다지도 비참하단 말인가. 왜 좀 더 편하고 넉넉하지도 못하고 즐거운 표정이라고는 찾을 수도 없는지 모르겠다.'

한탄스러운 울분 같은 것이 내 안에서 뭉클뭉클 고개를 쳐들고 있었지만 그것을 어디에 대고 풀어야 할지 몰랐다.

그래도 나는 가는 곳마다 환대를 받고 사람들의 온기를 실감했다. 어머니의 고향, 진해에서는 외가의 친척들과 지인들이 잔뜩 모여 와서 어른이나 아이나 마치 잔치라도 벌어진 듯 북적거렸다. … 나는 당혹스러우면서도 기뻤다. 뭔가 마음의 응어리가 풀어지면서 있는 그대로의 편안함 같은 느낌을 맛보았기 때문이다. 그것은 내가 자의식이 생기기 시작한 이후로 한 번도 맛보지 못했던 개운한 감정이었다. … '누가 어디에 살아도 해는 뜨고 또 진다. 특별할 것 없는 당연한 일이다. 하지만 그 당연함을 당연함이라고 생각하지 못했던 건 왜일까. 그렇다. 있는 그대로 사는 거야. 있는 그대로. 아버지와 어머니가 이 나라에서 태어났고 또 나는 우연히 일본에서 태어났다. 단지 그뿐 아닌가. 그렇다면 있는 그대로의 모습으로 살아야 한다.' 마음속에서 나를 짓누르던 뭔가가 조금씩 사라져가는 듯한, 상쾌한 느낌이 천천히 차오르고 있는 것 같았다. 드디어 나는 어머니의 고향에 있음을 실감했다.

— 『어머니』, 231~233쪽

어머니의 굿판에 담긴 치열한 "번민과 갈등"(164쪽)을 읽어내지 못하고 다만 "추잡한 은어" 같은 조센징을 떠올리게 하던 어머니의 몸짓이 견디기 힘들었던 아들은, 1970년대 초반 비참하고 남루하기 그지없는 어머니의 고향에 다녀와서 마침내 조센징을 지우고자 했던 자신의 마음을 털어낸다. 어떤 국가에도 안정적으로 소속될 수 없는 나가노 데쓰오이자 강상중인 자신의 재일성(在日性), 곧 경계성을 비로소 용납한 것이다. 그리고 강상중은 이것이 변화의 시작임을, 다시 말해 국민을 성찰의 대상으로 소환하고, 다른 위치로 이동해 갈 수 있는 징후임을 예감한다.

> **내 안에서 분명하게 변화의 싹이 움트고 있었다.**
> '나가노 데쓰오라고……. 하지만 강상중 아닌가. 둘 다 진정한 나 자신이다. 그렇다면 왜 그토록 강상중으로부터 도망치려 했을까. 도망치지 않아도 된다. 있는 그대로의 모습으로 살자. 그렇다면 나가노 데쓰오도 상관없지 않은가. 아니, 그게 아니다. 그것만으로는 지금까지와 다를 게 없지. **바뀌어야지. 바뀔 거야.**'
>
> — 『어머니』, 234~235쪽

'바뀐다'는 것, 그것은 바로 국민이기를 끝내는 지점에서 생성 가능한 난민적 주체 되기가 아닐까. 일본 국적으로 귀화하지 않은 한국 국적자이지만 실질적으로 한국·일본 그 어디에도 완전히 회수되지 않는 강상중이 자기 규정한 '재일(在日)'이란 바로 이 난민적 주체의 다른 이름일 지도 모른다. 그리고 다시 우리는 또 한 명의 이와 같은 신생의 주체가 탄생하는 과정을 마붑 알엄의 자기서사를 통해 목격하게 된다.

2) 다국어 구사자/지구인의 이주의 역사 쓰기
– 마붑 알엄의 『나는 지구인이다』

마붑 알엄의 『나는 지구인이다』는 한국의 국경을 넘은 한 이방인이 이주노동자에서 난민(미등록 체류자)으로 다시 난민적 주체로 이행하는 지난한 분투의 과정을 기록하고 있는 서사다. 달리 말하면 이는 한 인간이 일방적으로 호명되고 분류되는 타자에서 스스로의 목소리를 내는 주체로 거듭나는 이야기이며, 때문에 이 이야기의 구성은 정주하는 국민의 플롯에 귀납되지 않는 도주와 위반의 형식을 취하고 있다.

하나의 언어·종교·인종·민족·문화 등에 수렴되는 국적인(國籍人)이 아닌 국민이라는 동일성 안에 수렴되지 않는 '지구인'으로 스스로의 정체성을 구축해가는 마붑 알엄은 자기서사의 첫 자리에 태생적 이주민이 될 수밖에 없었던 자신의 전사(前史)를 배치하며, 난민을 생산하는 국민(민족)국가의 폭력, 그리고 이 폭력을 잉태한 제국주의의 모순을 문제 삼는다. 방글라데시에서 출생했지만 '비하리'(인도 비하르에서 온 사람)로 불렸던 마붑 알엄의 서사에는 영국의 인도 지배가 낳은 분열의 역사가 기입돼 있다. 독립 이후 인도는 심각한 종교 갈등을 겪으면서 힌두교를 믿는 인도와 이슬람교를 신앙하는 파키스탄으로 나뉘고, 파키스탄은 다시 언어의 차이로 인해 내전상황을 치르면서 우르드어를 사용하는 파키스탄과 벵골어를 쓰는 방글라데시 두 국가로 갈려서는 각각 하나의 종교와 언어를 인민들에게 폭력적으로 강제하게 된다. 때문에 마붑 알엄과 그의 가족들같이 비하르에서 이주해와 인도의 힌디어와 유사한 비하르어를 사용하는 민족과 언어의 이방인들은 방글라데시 내에서 "이 나라, 이 민족의 적"[27]으로 지목되었으며, 공공연한 "사회적인 위협"(12쪽)을 감수해야 했다. 나라/민족의 적이자 위협으로 분류되고 배제된 소수자들인 마붑 알엄과 비하리들이 자연스럽게 터득한 것은 다국어, 다문화에 대한 감각이다. 마붑은 『나

---

27) 마붑 알엄, 『나는 지구인이다』, 텍스트, 2010, 17쪽. 이하 인용 시에는 페이지 수만 표시함.

는 지구인이다』의 모두(冒頭)에서 비하리인 자신의 위치로 말미암아 집 밖에서는 방글라데시 국어인 뱅골어를, 집 안에서는 비하르어를 사용하는 이중 언어생활을 자연스럽게 받아들일 수 있었다고 쓰고 있다.

종교와 언어의 차이로 인해 신산한 이주의 역사를 경험했던 마붑 알엄은 다시 가난 때문에 한국으로의 노동 이주를 결행하게 된다. 『나는 지구인이다』는 어머니의 치료비를 벌기 위해 헬싱키 유학을 포기하고 한국에서 이주노동자로 자신의 정체성을 새롭게 취득해 가는 마붑 알엄의 험난한 여정이 기록돼 있는데, 무엇보다 마붑의 이주 서사에서 주목되는 것은 그가 이주노동자들에 대한 '폭력'과 '시혜'를 모두 심문과 성찰의 대상으로 소환하고 있다는 점이다. 마붑은 그의 손가락을 앗아갔으나 퇴직금도 주지 않고 내쫓은, 그리하여 자신을 나날이 공포와 불안에 시달리는 미등록 체류자로 추락시킨 한국사회의 폭력을 신랄히 비판하면서, 또 한편으로는 자신들을 동정과 도움을 호소하는 "불쌍한 사람"(73쪽)으로, 혹은 착하고 순진한 "아이"(73쪽)로 정형화하려는 이른바 양식파(良識派)들의 시혜적 태도 역시 문제 삼는다. 폭력과는 다른 차원이긴 하지만 시혜 역시도 이주민들을 침묵하는 타자로 전유하려는 '국민'의 욕망을 공유하고 있다는 것이다. 동일자적 욕망에 섬령딩한 이러한 시선은 항상 "진짜 이주민들의 모습"(73쪽)을 놓치게 되며, 대신 그들이 상상하는 이주민의 형상을 만들어 내게 된다. 마붑 알엄이 그 선한 의도에도 불구하고 종교단체나 또는 진보적 정치단체와 결별하거나 거리를 두게 되는 이유는 이 때문이다.

2002년 4월 7일. 결코 잊을 수 없는 날이었다. 그리고 너무나 멋있는 날이었다. 2천 명이 넘는 주민들과 함께 서울 종로에서 집회를 열었다. 지금까지는 뭔가 하고 싶은 말이 있었지만 그걸 입 밖으로 꺼내지 못했다. 할 말이 아주 많은데도 입을 떼지 못했다. 그렇지만 그날 우리는 마음껏 말했다. 말할 자유를 신 나게 누렸다. 집회 현장에서 쏟아져 나온 구호는 한국어가 아니라 자국어들이었다. 모두들 자기 나라 말로 하고 싶은 말을 다했다. 누구는 방글라데시어로 말했고, 누구는 영어로 외쳤으며, 누구는 네팔어로 소리 질렀다. 종로에서 탑골공원 방향으로 행진하면서 자기들 언어로 실컷 웃으며 말하는 모습을 통해서 다시 한 번 확인했다.

"아, 맞다. 이게 진짜 이주민들의 모습이다."

그렇게 S단체와 멀어져 갔다. 언제까지나 불쌍한 사람 취급 받을 순 없었다. 공동체 대표들에게만 잘해 주면 된다는 식의 태도도 더 이상은 받아들이기 힘들었다. 어떤 점에서는 맨 처음에 만났던 교회 사람들과 크게 다를 것이 없었다. 종교적인 간섭을 하지는 않았지만, 자신들이 우리들보다 더 높은 자리에 있다는 태도는 너무 불편했다.

― 『나는 지구인이다』, 72~73쪽

위계를 청산하지 못한 연대는 올바른 연대일 수 없으며, 이주민의 발화를 절취(截取)하거나 침묵시키는 대변(代辯)은 기실 온정을 가장한 또 하나의 폭력이 될 수 있다. 이와 같은 자각을 통해서 마붑 알엄은 죽음에 이르는 이주노동자들의 현실을 외면하고 자신들을 잠재적 범죄자로 취급하는 한국사회의 냉담과 편견에 저항하는 이주민의 운동 방식이 한국의 진보단체가 견지해온 투쟁방식을 동일하게 계승할 수는 없는 것이며, 이주민의 상황에 합당한 "올바른 방식", 즉 "다양한 문화권에서 온 이주노동자들이 자기들의 다양한 방식으로 자기들의 얘기를 전할 수 있"는 방법의 창안이 필요하리라 고민하게 된다. **농성을 하면서 가장 힘들었던 건 '올바른 방식'을 세우는 것이었다. 우리가 주장하는 건 이주노동자가 주체가 되어서 이 문제를 풀어 나가는 것이었지만, 민주노총 이하 여러 노동운동 단체들은 상당히 권위적이었다.** 너무 딱딱했고, 너무 재미가 없었다. 오랜 세월 동안 나름대로의 문화와 분위기를 만들어서 활동을 해왔겠지만, 대표 중심으로만 움직이는 방식들이 마음에 들지 않았다. … 이주노동자들은 단지 노동운동 문제만으로 모인 게 아니었다. 이주민들의 열악한 노동환경뿐 아니라 비참한 생활환경과 인권침해 상황에 대해서도 함께 얘기하고 싶었다. **이주민들이 더 적극적으로 더 많이 참여할 수 있는 문화적인 방법도 찾고 싶었다.** 그렇지만 결국에는 우리가 하는 행사는 거의 모두 투쟁문화제가 되고 말았다. 투쟁 밖에 없는 운동 방식에 나는 지쳐갔다. … 나는 노동운동이 너무 '좋아서'가 아니라 너무 '필요해서' 시작했다. 노동운동을 꼭 이런 방식으로만 해야 한다고 생각하지는 않았다. **다양한 문화권에서 온 이주노동자들이 자기들의 다양한 방식으로 자기들의 얘기를 전할 수 있기를 바랐다. 그래서 우리의 운동 방식이 더 많이 다양해지기를 바랐다.**

― 『나는 지구인이다』, 93~94쪽

투쟁지향적인 한국의 노동단체와 멀어지면서 그가 새로운 이주민 운동방식으로 옮겨가게 되는 것은 이러한 고민의 결과일 것이다. 그렇다면 마붑 알엄이 "이주노동자들도 역시 시민"(102쪽)이라는 자각 속에서 이주민들을 방송의 대상이 아닌 주체로 환대한 '시민방송(RTV)'이나 보다 대중적 미디어인 영화와 접속하면서 구상한 다른 운동 방식이란 무엇인가. 그것은 예컨대 "투쟁을 가르치며 희망을 얘기하지 않는", 인간의 감정을 삭제하고 "노동자 군인"(146쪽)을 양성하는 방식의 운동이 아니라, 가령 "강가에서 얘기를 나누며 노는 데서 시작"(28쪽)하는 운동, "진보운동과 문화운동"(28쪽)이 대립어가 아닌 동의어가 될 수 있는 운동이다.

마붑 알엄은 이주민들이 제작자, 사회자, 패널로 참여하는 '이주민 백분토론'이나 '다국어 이주노동자 뉴스'를 만들고, 이주민 영화제나 이주민에 관한 다큐영화를 기획하고, 이주민을 재현하는 영화에 직접 배우로 참여하면서, 자신이 상상해온 자유로운 향유(놀이)와 운동이 하나가 된, 단 하나의 언어가 아닌 다국어가 통용되는, 이주민들이 "대상화되는 게 아니라 주체가 되는"(105쪽) 낯선 운동의 방식을 현실화한다. 낯선 것을 낯익은 것으로 변화시키는 이 즐거운 모험을 수행하면서 그는 정영혜가 말한 것처럼 "타자에 의해 명명되지 않고 살아남기 위해서는, 무한히 '이야기'를 계속할 수밖에 없"[28]음을 실감했는지도 모른다. 또한 그 이야기의 수신자는 한국인이라는 정체성 속에 안주하는 여전히 '국민'인 그들만이 아니라, 바로 그 자신, 곧 '이주민/난민'들이기도 하다. "이주민들끼리의 연대가 무엇보다 중요하다고 생각했기 때문에" "이주민들을 주요 관객"(97쪽)으로 생각하며 만든 그의 이야기들은 조센징이 나쁜 것이 아니듯 '이주민/난민은 나쁜 거 아냐, 나쁜 거 하나도 없어'라고 전하는 어머니들의 말을 다시 발화하는 일이기도 할 것이다. "'누가 말할 것인가'하는 질문은 '누가 들을 것인가'하는 것보다 중요성이 덜"하며, "나는 제3세계 사람으로서 나 자신을 위해 말하겠다"[29]고 천명한 가야트리 스피박의 언급처럼, 마붑 알엄은 그 자신/난민을 위해 나/우리(난민)에게 말하는 것이 "소수자가 반차별의 미로에서 벗어나는 출구"[30]이며, 난민이 난민적 주체로 이행하는 능동적 도약임을 이야기한다. 또한 이 낯선 이야기를 전하는 자야말로 '그들 국민들'을 동요할 수 있는 가장 난해한 질문을 던지는 자, 국민의 노래에 파열음을 내고, 그들 국민들을 '우리 난민

---

28) 정영혜. 앞의 책. 56쪽.

29) G. C. Spivak, *The post-colonialism critic : interview, strategies, dialogues*, New York: Routledge, 1990. 정영혜, 위의 책, 51쪽에서 재인용.

30) 정영혜. 위의 책. 51쪽.

들'로 불러 세울 수 있는 진정한 '이방인'임을 그는 알고 있다.[31] 자크 데리다의 말처럼 "이방인이란 우선 제일 먼저 질문을 하는 사람", "첫 물음을 제기하면서 나를 문제선상에 올려놓는 사람"[32]이 아니던가.

그렇다면 마붑 알엄, 혹은 이 질문을 던지는 이방인이 지난한 서사/역사의 여정을 통해 도달한 정체성이란 무엇인가. 그것은 다름 아닌 다국어 구사자이자 다문화 향유자인 "지구인"이다. 지구인이란 바로 국민을 횡단하며 멈춤 없이 접속하고 생성하는 길 위의 주체 혹은 유목적 주체이며, 난민적 주체의 다른 이름인 것이다.

> 나는 방글라데시에서 온 방글라데시 사람이지만, 한국에 살고 있는 한국인이기도 하다. 나도 한국 사회도 이 사실을 조금씩 쉽게 받아들였으면 좋겠다.
> "나는 누구일까?"
> 나를 끊임없이 괴롭히는 질문이지만, 이 질문에서 도망갈 수 없다. 내가 그 답을 갖고 있어야만 한다. 지금 나는 스스로에게 이렇게 답한다.
> "나는 지구인이다!"
>
> ─ 『나는 지구인이다』, 194쪽

---

31) 마붑 알엄은 다음과 같이 자신이 한국 사회에서 질문을 던지는 사람의 역할을 하고 싶다고 말하고 있다.
　"나는 이 사회에서 질문을 던지는 사람의 역할을 하고 싶다. 나처럼 앞에 나와서 얘기하는 사람은 한국에 대해서 듣기 싫은 말을 많이 한다. 좋아하는 부분도 많지만 마냥 그런 얘기만 할 수는 없다. 내가 쫓겨난 모든 친구들의 대변자가 될 수는 없지만, 이곳에 남아 있는 사람으로서 책임감 같은 걸 갖고 있다. 남아 있기 때문에 해야 할 일이 있다. 그게 바로 이 사회에 질문을 던지는 일이다. 이주민인 우리도 뭔가 질문을 던져야 지금보다 조금 더 평화롭게 살기 위한 장이 마련될 수 있는 거다."(187~188쪽)
32) 자크 데리다 지음, 남수인 옮김, 『환대에 대하여』, 동문선, 2004, 57~58쪽.

Ⅳ. 나가며

이 글은 국민이라는 정체성 밖으로 내쫓긴 국민국가의 이방인들을 '난민'으로 지시하고 이들이 쓴 자기서사를 통해서 국민의 서사를 균열하고 국가주의/민족주의를 횡단할 수 있는 '난민적 주체'의 탄생을 가늠해보고자 하였다. 이 글에서 의미하는 난민이란 인종이나 종교 또는 정치적·사상적 차이로 인해 국경 바깥으로 쫓겨나거나 탈출한 자들에 국한되는 것이 아니라, 국민국가의 법(경계) 외부로 축출당한 모든 자들을 포괄하는 개념이다. 때문에 가령 재일조선인이나 이주노동자, 탈북자들뿐만 아니라 분명한 국적을 지녔다 할지라도 국가가 인준하는 '국민' 될 자격심사에서 탈락한 자들 역시 난민으로 묶이게 된다.

난민 혹은 마이너리티에 관한 기왕의 연구들은 주로 한국 문학이나 문화물 속에서 이들 경계적 존재들이 재현되는 양상을 살피고 그 의미를 논구하는 데 집중해 왔다. 그것은 이들이 침묵하는 혹은 침묵을 강요당한 자들이며, 때문에 항상 대리발화 되거나 되어야 하는 존재들이라는 전제가 깔려 있는 것이기도 하다. 이 글은 이 오래된 전제로부터 비껴나서 난민들이 단지 침묵하는 이들이 아닌 '다르게' 말하는 자들, 국민의 언어가 아닌 이방인의 언어로 발화하는 이들임에 착목했으며, 이러한 인식 아래 난민들이 스스로 자기 역사를 기록한 서사물들에 주목했다. 재일조선인인 서경식의 「어머니를 모욕하지 말라」, 강상중의 『어머니』, 그리고 방글라데시에서 온 이주노동자 마붑 알엄의 『나는 지구인이다』를 텍스트로 선택한 것은 이 때문이다. 기실 국적성이나 학문적 소속이 분명치 않은 이러한 텍스트들은 기왕의 연구 대상에서 대부분 탈락되었던 상황이다. 그러나 문학과 역사의 사이, 국가와 국가의 경계에 위치한 이 변방의 서사들에 주목하지 않고서는

국민의 서사 혹은 공식적인 정사(正史)가 망각하거나 은폐해 온 주변부
의 역사를 제대로 읽어낼 수 없을 것이다.

어머니의 역사를 기억하고 기록하면서 '재일조선인'이라는 자신의
난민적·경계적 위치를 성찰한 서경식과 강상중, 인도·방글라데시·
한국을 유동하며 태생적 이주민으로 살아온 마붑 알엄의 서사에서 공
통적으로 확인하게 되는 것은 이들이 '난민'이라는 자신의 실존을 단
순히 국민으로 인준되지 못한 결여나 결핍의 위치로 받아들이지 않는
다는 점이다. 오히려 이들은 어떠한 국적에도 완전하게 소속되지 않은
자신의 난민적 위치를 국가주의의 폭력을 성찰하고 국민국가의 너머
를 상상할 수 있는 가능성의 근거로 재전유하고자 한다. 본고에서는
이와 같이 자각한 난민들의 존재를 '난민적 주체'라 명명하였다. 인종
·민족·언어·계급·성 등 다양한 심급에 따라 온전한 국민의 경계를
더욱 좁고 촘촘히 설정하면서 비국민의 범주를 갈수록 두텁게 만들어
가는 지금, 이곳에서 난민이란 기실 오늘을 살아가는 모든 이들의 잠
재적 존재 조건이라 할 수 있다. 난민적 주체 되기가 인종이나 민족
또는 언어의 이방인들인 단지 '그들'만의 문제가 아니라 실상 '우리'
모두의 자각과 수행이 필요한 지점인 것은 이 때문이다. 스스로를 '난
민'이나 '지구인'이리 천명한 서경식이나 강상중, 마붑 알엄처럼 국민
(다수자)의 위치를 반납하고 오히려 '난민(소수자)됨'을 인정하는 난민적
주체로의 이행을 통해 우리는 내셔널 히스토리에 파열음을 내고 국민
국가를 횡단하는 새로운 공동체의 생성을 사유할 수 있을 지도 모른다.

참고문헌

1. 1차 자료

강상중 지음, 오근영 옮김, 『어머니』, 사계절, 2011.

마붑 알엄, 『나는 지구인이다』, 텍스트, 2010.

서경식, 「어머니를 모욕하지 말라!」, 『내셔널 히스토리를 넘어서』(코모리 요우이치·타
　카하시 테츠야 엮음, 동경대학교 출판부 펴냄, 이규수 옮김), 삼인, 2005.

＿＿＿, 「우리 안의 난민」, 『경향신문』, 2011. 10. 6.

＿＿＿, 「多문화 한국, 그 불편한 진실/한국에서 이주민으로 산다는 것」, 『신동아』,
　2010. 12.

＿＿＿, 「한홍구-서해성의 직설: 시혜 노땡큐...우릴 갉아먹는 한류 노땡큐」, 『한겨레신
　문』, 2011. 3. 4.

2. 2차 자료

강상중, 「국민의 심상 지리와 탈국민의 이야기」, 『내셔널 히스토리를 넘어서』(코모리
　요우이치·타카하시 테츠야 엮음, 동경대학교 출판부 펴냄, 이규수 옮김), 삼인,
　2005.

발터 벤야민, 「역사의 개념에 대하여」, 『발터 벤야민 선집 5』(발터 벤야민 지음, 최성
　만 옮김), 도서출판 길, 2009.

서경식 지음, 임성모·이규수 옮김, 『난민과 국민 사이』, 돌베개, 2008.

세일라 벤하비브 지음, 이상훈 옮김, 『타자의 권리』, 철학과 현실사, 2008.

스티브 모튼 지음, 이운경 옮김, 『스피박 넘기』, 앨피, 2005.

우카이 사토시 지음, 신지영 옮김, 『주권의 너머에서』, 그린비, 2010.

자크 데리다 지음, 남수인 옮김, 『환대에 대하여』, 동문선, 2004.

정영혜 지음, 후지이 다케시 옮김, 『다미가요 제창』, 삼인, 2011.

조르조 아감벤 지음, 김상운·양창렬 옮김, 『목적 없는 수단』, 난장, 2009.

호미 바바 편저, 류승구 옮김, 『국민과 서사』, 후마니타스, 2011.

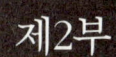

제2부

수평적 관계의 가능성과 그 조건

다른 목소리 듣기
- 말하는 주체와 들리지 않는 이방성

김애령

I. 들어가는 말

인간은 말을 통해 "자기와 동등하면서도 다른" 복수의 인간들 사이에서 행위의 주인이 되어 세계에 참여한다.[1] 세계 안에 행위 주체로 참여할 수 있기 위해서는 공적으로 인정받을 수 있는 언어로 말할 수 있어야 한다. 나아가 타인들과의 관계에서 "너는 누구인가?"라는 물음에 개인의 고유한 정체성으로 답힐 수 있어야 한다. 개인의 고유한 정체성으로 답한다는 것은 곧 자기 삶의 스토리를 이야기하는 것이다.[2] 자기 스토리를 말할 수 있는 "말하는 주체"만이 세계 내의 행위자이자 참여자가 될 수 있다. 사회적으로 의미 있는 삶을 구성하는 공적 활동은 "말할 수 있는 능력"을 그 조건으로 한다. 타인과 공존하는 정치적 장에서 공적 언어로 말할 수 있을 때 그 개인은 행위 주체로

1) 한나 아렌트, 『인간의 조건』, 이진우·태정호 역, 한길사, 1996, 235~236쪽.
2) "이야기된 스토리는 행동의 누구를 말해준다. '누구'의 정체성은 따라서 서술적 정체성인 것이다.[원저자의 강조]" 폴 리쾨르, 『시간과 이야기 3: 이야기된 시간』, 김한식 역, 문학과지성사, 2004, 471쪽.

인정받을 수 있다.

그러나 누구나 자기 스토리를 말할 수 있는 것은 아니다. 공식적인 언어를 사용하는데 무능하거나, 하나의 스토리로 자기를 설명할 수 없을 때, 또는 지배 권력에 의해 침묵을 강요당하거나 발화의 공간을 박탈당할 때, 그 개인은 주체로 인정받지 못한다. 그는 공적인 정치의 장에서 배제되어 자신을 주장할 수도, 의미 있는 세계를 건설하는 일에 참여할 수도 없다. 따라서 "말할 수 있음"이 정치적 주체를 만든다는 주장은, 발화의 권리와 공간을 박탈당한 "서발턴"3)에게 자신을 표현할 수 있는 언어를 갖는 것 그리고 발화 능력을 소유하는 것이 중요한 정치적 무기가 됨을 반증한다. 이러한 정치학에 입각해서 보자면, 서발턴은 말을 통해 정치적 주체가 될 수 있다. 말할 수 있는 권리와 공간을 되찾고 자기 스토리를 말함으로써 서발턴은 세계의 중심에 설 수 있다.4) 대리와 전유(專有, appropriation)를 넘어 자기 경험을 자신

---

3) 사전적으로 "subaltern"은 영국 군대의 하급 장교를 말한다. 그람시(Antonio Gramsci)는 자신의 『옥중수고』에서 "패권을 장악하지 못한 집단이나 계급"을 나타내는 말로 "subaltern"을 사용했다. "그람시는 특히 이탈리아 남부의 조직되지 않은 시골 농민 집단을 지칭하기 위해 서발턴이라는 용어를 사용했는데, 그들은 하나의 집단이라는 사회적·정치적 의식이 없었고, 그래서 국가의 지배적인 사상·문화·통솔력에 영향받기 쉬웠다." 스티븐 모튼, 『스피박 넘기』, 이운경 역, 앨피, 2005, 24쪽. 1980년대 인도의 서발턴 연구 집단은 그람시로부터 이 개념을 빌어와, "남아시아 사회에서의 종속—그것이 계급, 카스트, 연령, 젠더, 지위 또는 그 밖의 어떤 방식으로 표현되든—의 일반적인 속성을 가리키는 한 이름"이라는 의미로 사용했다. Ranajit Guha, "Preface", *Subaltern Studies* vol. I, Oxford University Press, 1982, p. vii. 이러한 맥락에서 스피박은 "서발턴(subaltern)"을 "영향력 있는 정치 담론들로 미리 정의되지 않은 다양한 종속적 처지를 아우르는" 개념으로 사용한다. 스피박에게 이 개념은 특정 집단을 지칭하도록 고정되어 있지 않다. 스피박에 따르면 이 개념은 상황에 따라 변하고, 이론적 엄밀함을 결여하고 있기 때문에 어떤 개념 분석 범주로 분류되지 않는 모든 것을 지칭할 수 있다는 유용성을 갖는다. 스피박, 『스피박의 대담』, 새러 하라쉼 편, 이경순 역, 갈무리, 2006, 318쪽. 이 글에서는 스피박을 좇아, "서발턴(subaltern)"을 "종속적 위치를 지칭하는" 포괄적 개념으로 사용한다.

의 언어로 말하는 것, 그로부터 지배 권력을 균열 내는 주변부로부터의 "다른 이야기들"이 시작될 수 있다.

이 글은 이 다른 이야기들의 가능성과 한계에 대한 물음에서 출발한다. "(자신의 스토리를) 말하라"는 요청, 그리고 "(서발턴으로 하여금) 말하게 하라"는 당위만으로 서발턴을 공적 공간의 "말하는 주체"로 불러낼 수 있는가? 이 질문에 대해 가야트리 스피박(Gayatri Chakravorty Spivak)은 회의적으로 답했다. 이 글은 "서발턴은 말할 수 없다"는 스피박의 주장을 다시 읽으면서, "말하는 주체"라는 정치적 당위로는 극복되지 않는 서발턴의 "들리지 않는 이방성"의 문제를 숙고해 보고자 한다. 이 숙고의 과정에서 "말하라", "말하게 하라"는 당위에 앞서, 서발턴의 이방성을 듣기 위한 윤리가 요청된다는 사실이 드러날 것이다.

Ⅱ. 말하는 주체

서구 사유전통에서 "말할 수 있음"은 자기 자신을 행위의 주체로서 세계에 기입할 수 있음을 의미해 왔다. 단순한 생존을 넘어 사회적으로 유의미한 삶을 구성하는 활동은 인간의 "말할 수 있는 능력"을 그 조건으로 한다. 아렌트(Hannah Arendt)는 이와 같은 활동을 "행위

---

4) 멕시코 치아파스의 사파티스타 민족해방군 부사령관 마르코스는, 멕시코와 전 세계의 민중, 그리고 정부들에게 보내는 편지에서 다음과 같이 밝힌다. "침묵은 우리를 기죽이려고 권력이 우리의 고통에 제안한 것입니다. 침묵당하면 우리는 계속 외로울 수밖에 없습니다. 말하면서 우리는 고통을 치유합니다. 말하면서 우리는 나란히 걸어갑니다. (중략) 형제 자매여러분, 이것이 무기입니다. 우리가 말을 하면 말이 남습니다. 우리는 말을 합니다. 우리는 말을 외칩니다. 우리는 말을 들어올려, 말로 우리 국민의 침묵을 깹니다. 우리는 말을 살게 함으로써 침묵을 죽입니다." 마르코스, 『우리의 말이 우리의 무기입니다』, 윤길순 역, 해냄, 2002, 219쪽.

(action)"라고 부른다.5) 자연적 환경에 매어 있는 노동(labor)이나 작업
(work)과 달리, 행위는 "사물이나 물질의 매개 없이 인간 사이에 직접
적으로 수행되는 활동"이다.6) 행위는 자유의 영역에 속한다. 세계7)
내에서의 행위는 언어를 매개로 한다. "이 세계에서 행위하며 살아가
는 복수의 인간들은 자신과 타인에게 **의미 있는 말을 할 수 있는 경우
에만** 유의미성을 경험할 수 있다.[원저자의 강조]"8) 말과 행위는 인간의
다원성(plurality)을 기본 조건으로 한다. 동등하면서도 다른 복수의 인
간들 사이에서, 인간은 말을 통해 행위의 주인이 되고 자신을 세계에
전달할 수 있다. 말과 행위는 인간이 "인간으로서 서로에게 자기를
드러내는 양식"이다.9)

말과 행위가 세계 안에서 인간을 인간답게 존재할 수 있게 하는 기

---

5) 아렌트는 인간의 활동적인 삶(vita activa)을 노동(labor), 작업(work), 그리고 행
   위(action)로 구분한다. 이것들은 "인간의 근본활동"이다. 노동은 생존을 위한 기본
   적 필요에 부응하여 필수재를 생산하는 반복적 활동이고, 작업은 보다 오래 지속하
   는 인공적 산물을 제작하는 활동이다. 반면 행위는 인간들 사이에 수행되는, 세계를
   구축하는 활동이다. 노동과 작업은 필연성의 영역에 속하지만, 행위는 자유의 영역
   에 속한다. 아렌트, 위의 책, 55~57쪽.

6) 위의 책, 56쪽.

7) 아렌트가 말하는 세계는 자연 또는 물리적 공간이 아니다. "그것은 차라리 인간이
   손으로 만든 인공품과 연관되며, 인위적 세계에 거주하는 사람들 사이에 일어나는
   사건에 관계한다. 세계에서 함께 산다는 것은 본질적으로, 탁자가 그 둘레에 앉는
   사람들 사이에 자리 잡고 있듯이 사물의 세계도 공동으로 그것을 취하는 사람들 사이
   에 존재한다는 것을 의미한다. 모든 사이(in-between)가 그러하듯이 세계는 사람을
   맺어주기도 하고 동시에 분리시키기도 한다." 위의 책, 105쪽. "아렌트가 보기에 문
   화로 창조된 '세계'는 서로 다른 개인들이 또 다른 개인의 존재를 인지하고 인정하는
   데 필요한 그들 사이의 공간을 창조한다. 각 개인들이 그 공간을 각자의 작품, 즉
   예술 작품처럼 문화적 행위로 생산된 '사물들'로 채우면서 세계가 창조된다." 사이먼
   스위프트, 『스토리텔링 한나 아렌트』, 이부순 역, 앨피, 2011, 41쪽.

8) 위의 책, 52~53쪽.

9) 위의 책, 236쪽.

본 전제이자 조건이기 때문에, 아렌트에게 "말과 행위가 없는 삶은, 문자 그대로 세계에 대해서 죽은 삶이다."[10] 이 주장은 고대 그리스에서 조에(zoe)와 비오스(bios)를 구분하던 것과 연결된다. 고대 그리스의 세계관에 따르면, 생존으로서의 단순한 살아있음(조에, zoe)은 세계 안에서 가치 있는 삶을 영위하는 것(비오스, bios)과 구분된다. "조에(zoe)는 모든 생명체(동물, 인간 혹은 신)에 공통된 것으로, 살아있음이라는 단순한 사실을 가리켰다. 반면 비오스(bios)란 어떤 개인이나 집단에 특유한 삶의 형태나 방식을 가리켰다."[11] 인간적인 삶은 단순한 생존 이상의 것이다. 그것은 공동체를 이루고, 말을 나누고, 정의와 불의를 구분하고, 행위를 통해 공동체 세계를 구성하는 것이어야 한다. 이 공동체 세계를 만들고 유지하는 활동이 "정치적인 것"이다. "정치의 영역은 직접적으로 함께 행위 하는 데서, 즉 '말과 행위의 공유'에서 발생한다."[12] 인간은 정치적 공간 안에서 인간다운 삶을 보증 받을 수 있다. 그 안에서 사람들 사이의 공간, 즉 자신의 적당한 위치를 발견할 수 있는 공간을 창조할 수 있기 때문이다. "이 공간에서 나는 타인에게, 타인은 나에게 현상한다."[13]

말할 수 있는 자만이 유의미한 경험의 주인으로 세계에 현상할 수

---

10) 위의 책, 237쪽.

11) 조르조 아감벤, 『호모 사케르: 주권 권력과 벌거벗은 생명』, 박진우 역, 새물결, 2008, 33쪽.

12) 아렌트, 위의 책, 260쪽. "정치 영역에서 인간의 복수성이 드러나게 되는 것은 언어 (speech)의 사용을 통해서 이다. 언어의 본질적 기능이 중요시되는 곳에서 문제는 늘 정치적이 된다고 아렌트는 말한다. 이때 언어의 본질적 기능이란 단순한 의사전달 수단이 아니라, 복수의 인간들이 합의를 이룩해낼 가능성을 말한다." 김선욱, 「한나 아렌트의 정치 개념: "정치적"인 것과 "사회적"인 것의 관계를 중심으로」, 『철학』 67집 1권, 2001, 232쪽.

13) 아렌트, 위의 책, 261쪽.

있고 정치적 주체가 될 수 있다면, 역으로 말할 수 없는 자는 주체로 인정되지 않는다. 아감벤(Giorgio Agamben)은 이러한 맥락에서 주체 구성이 언어와 연관되어 있다는 사실을 밝히기 위해, "언어가 있다"라는 문장과 "나는 말한다"라는 문장 사이의 차이에 주목한다.[14] "언어가 있다"라는 문장은 구조로서의 언어를 가리키지만, "나는 말한다"는 그 언어 구조가 구체적인 발화자를 통해 활성화되는 담화 상황을 가리킨다. "나"는 발화자로서 말하기 시작함으로써 주체가 된다. "초월적 주체는 '화자(말하는 자)'에 다름 아니며, 근대의 사유는 언어의 주체[주어]가 경험과 인식의 토대라는 선포되지 않은[은폐된] 가정에 의해 생성된 것이다."[15] 언어 구조와 담화 상황 사이의 구분은, 아감벤에 따르면, 말할 수 있는 능력을 가진 인간이라 할지라도 그가 항상 말하는 자는 아니라는 사실을 보여준다. 인간이 아직 담화의 주인이 되지 못하는 상태가 있을 수 있기 때문이다.[16]

한편, 공적 공간에서의 담화가 모두 인정받을 수 있는 것은 아니다. 공적 공간에서 인정받을 수 있는 담화와 그렇지 않은 담화는 종적(種的)으로 구분된다. 이 구분 자체가 정치적인 것이다. 아리스토텔레스는 『정치학』에서 목소리(phone)와 말(logos)을 구분한다. 인간의 말은 다른 생명체들의 소리와 달리, "이로운 것과 해로운 것, 또 정의로운

---

14) 조르조 아감벤, 『유아기와 역사: 경험의 파괴와 역사의 근원』, 조효원 역, 새물결, 2010, 17쪽.

15) 위의 책, 90~91쪽. 이 인용문은 원저자에 의해서는 강조되었던 것이나, 여기서는 강조 없이 인용.

16) 아감벤은 이 상태를 "유아기"라는 개념으로 형상화한다. "**인간의 유아기라는 경험은 인간적인 것과 언어적인 것 사이의 경계 바로 그것이다. 경험이란, 인간이 항상 말하는 자인 것은 아니라는 사실, 다시 말해 그가 한때는 어린아이였고 또 (어떤 의미에서는) 언제든 어린아이처럼 될 수 있다는 사실에서 성립하는 것이다.**[원저자의 강조]", 위의 책, 98쪽.

것과 정의롭지 못한 것을 드러내는 데 쓰인다."(1235a) 공동체 안에서 "분절된 언어(logos)"로 말할 수 있음이 정치의 조건이다. 따라서 공적 공간에서 그러한 언어(logos)로 말할 수 없을 때, 그 말은 말이 되지 못하는 소리에 머문다. 공적 공간에서 말하는 주체로 자신을 기입할 수 있기 위해서는, 분절된 언어를 사용할 수 있어야 하며 그 언어로 말할 수 있어야 한다.

또한 공적 언어는 '말없는' 경험을 박탈한다.[17] 언어가 주체를 구성한다는 전제는, 역으로 언어로 인해 주체로서의 경험을 박탈당할 수도 있다는 것을 의미한다. 경험의 한계를 긋는 것 역시 언어적이다. 언어화될 수 있는 경험만이 경험으로 인정되지만, 모든 경험이 언어화될 수 있는 것은 아니다. 외적 권력과 내적 거부에 의해 아직 말하지 못한 경험, 차마 말할 수 없는 경험, 경험자가 담화의 주인이 되지 못하는 경험, 혹은 언어가 끊어지는 곳에서의 경험은 "말없는 경험"이 되면서, 공적 담화의 지위를 박탈당한다.

모든 말이 공적으로 인정될 수 있는 말이 아니고 모든 목소리가 정치적 주체의 유의미한 발화가 될 수 있는 것이 아니라면, 정치는 발화 능력이라는 기준에 의한 배제와 포함의 경계 짓기라 할 수 있다. 이러한 맥락에서 아감벤은 "서양 정치의 근본적인 대당 범주는 동지-적이 아니라 벌거벗은 생명-정치적 존재, 조에-비오스, 배제-포함이라는 범주쌍"이라고 지적한다.[18] 정치는 말없는 경험과 말하지 못하는 벌거벗은 생명(zoe)을 배제함으로써 말하는 주체를 포함한다는 것이다.[19]

---

17) 위의 책, 91쪽.
18) 아감벤, 『호모 사케르』, 45쪽.
19) 위의 책, 43쪽.

Ⅲ. "서발턴으로 하여금 말하게 하라."

아렌트에 의하면, 말하는 주체의 서사 정체성(narrative identity)은 두 가지 기능을 갖는다. 그 하나는 정치적 기능이다. 한 개인은 자기가 누구인지, 자기의 스토리를 구성하여 이야기함으로써 공적 공간에 하나의 행위 주체로 나타난다. 그 공간 안에서 정치적 주체로서 자기의 입장과 이해를 내놓고 조정하고 협상할 수 있다. 다른 하나의 기능은 자기의 스토리를 말함으로써 잊히지 않게 되는 것이다.[20) 고통스러운 경험의 역사는 말하기를 통해서 의미화된다. 반복적 상상을 통해 작업하고 이야기를 통해 경험을 재구성함으로써 고통은 견딜 수 있는 것이 된다. "이야기는 일련의 견디기 어려운 사건 자체의 의미를 드러낸다."[21)

자기 스토리를 말하는 것이 정치적 행위 주체를 만드는 전제이고 공적 공간에서의 유의미한 말하기의 경계 짓기가 정치적인 것이라면, 정치적으로 종속적인 지위에 있는 서발턴은 말할 수 없는 위치에 있는, 발화의 권리를 박탈당한 자를 말한다. 그렇다면 서발턴이 종속에서 벗어나 정치적 주체가 되기 위해서는 자기 스토리를 자기 언어로 말할 수 있어야 한다. 공적으로 유의미하게 말할 수 있는 지위와 권리를 회복함으로써 서발턴은 정치적 세계에 자기를 기입할 수 있게 될 것이다. 이로부터 서발턴은 말할 수 있어야 한다는, 말해야 한다는 정치적 당위가 도출된다. 기억하고 기억되기 위해서, 고통스러운 경험을 극복하고 의미화하기 위해서, 정치적인 주체로 현상하기 위해서,

---

20) 크리스테바는 아렌트가 말하는 "이야기하는 행위"를 다음과 같이 이해한다. "'우리'는 정치적 공간 안에서 행위 하는 '누군가'가 됨으로써, 그리고 기억할 수 있게 이야기함으로써, 자기 자아를 불멸화한다." Julia Kristeva, *Hannah Arendt. Life Is a Narrative*, University of Toronto Press, 2001, p.19.

21) 한나 아렌트, 『어두운 시대의 사람들』, 홍원표 역, 인간사랑, 2010, 160쪽.

대리되거나 전유되지 않기 위해서, 서발턴은 말해야 한다.

탈식민 인도의 서발턴 연구(Subaltern Studies)[22]는 엘리트 중심의 역사 기술에서 제외되었던 서발턴의 역사를 복원하고자 했다. 서발턴 연구 집단은 "식민주의적, 민족주의적, 마르크스주의적 해석들이 민중으로부터 행위를 박탈했다고 고발하면서, 역사를 피지배자들에게 돌려주기 위한 새로운 연구를 천명했다."[23] 이들은 민중이 독자적이고 자율적인 행동의 영역을 구성했다고 보고 그 영역을 복원하고자 했다. 서발턴의 말과 행위와 의지가 기존의 엘리트주의적 역사기술에서 지워져 있다면, 그들 스스로 말하게 하고 그들의 역사를 기록함으로써 기존 역사 기술의 편향성을 극복해야 한다고 본 것이다.

"서발턴은 과연 말할 수 있는가?" 스피박은 서발턴의 말을 복원하고자 하는 서발턴 연구 집단의 작업에 주목하면서 이 질문을 던졌다. 이 질문에 대한 스피박의 결론은 회의적이었다. "서발턴은 말할 수 없다."[24]

이진경은 이와 같은 스피박의 주장이 서발턴을 "벙어리로 만들고

---

22) 1980년대 초 마르크스주의 역사학자 라나지트 구하(Ranajit Guha)를 중심으로 인도 역사에 대한 새로운 접근을 시도하는 서발턴 연구집단(Subaltern Studies)이 등장했다. 이들은 "식민주의 역사 해석과 […] 민족주의 역사해석이 인도 근대사에 관한 견해의 차이에도 불구하고 똑같이 엘리트주의에 빠져있으며, 그렇기 때문에 인도의 (식민지) 근대 시기에 전개된 인도 민중의 역사적 실천을 제대로 서술하지 못했나고 비판했다. 따라서 엘리트주의적인 두 역사학에서 배제되어 왔던 인도 민중을 어떻게 인도사를 만들어 온 역사적 주체로 되살릴 수 있겠는가 하는 것이 초기의 서발턴 연구 집단의 기본적인 문제의식이었다." 김택현, 『서발턴과 역사학 비판』, 박종철출판사, 2003, 23쪽. 라나지트 구하, 『서발턴과 봉기: 식민 인도에서의 농민봉기의 기초적 측면들』, 김택현 역, 박종철출판사, 2008, 15~35쪽.

23) 기얀 프라카쉬, 「포스트 식민주의적 비판으로서의 서발턴 연구」, 정윤경·이찬행 역, 『역사연구』 6권, 1998, 274~275쪽.

24) 가야트리 스피박, 「하위주체가 말할 수 있는가? 다원화주의의 문제들」, 태혜숙 역, 『세계사상』, 동문선, 1998, 135쪽.

있다"고 비판한다.[25] 발화의 조건을 좌우하는 권력 배치의 문제를 스피박은 발화 능력과 언어의 문제로 돌리고 있다는 것이다. "서발턴은 원래 말할 수 없는 존재가 아니다. 원래 말할 수 없는 자는 없다. 문제는 말해도 들리지 않는 것이고, 말해도 들리지 않게 만드는 것이며, 말할 자격을 박탈하여 말할 수 없게 만드는 것이다. 말할 수 없음은 그런 조건, 그런 배치에 의해 야기된 결과일 뿐이다."[26] 이 비판의 핵심은, 서발턴의 말하기와 듣기에 개입된 권력의 문제가 일차적인 분석과 비판의 표적이 되어야 함에도 불구하고, 스피박은 서발턴의 "타자성"을 절대화함으로써 서발턴을 말할 수 없는 존재로 만든다는 것이다. 그러면서 "스피박이 계속 대신 말하기 위해선 서발턴들이 계속해서 침묵 속에 갇혀 있어야 하는 것"이라고 비판한다.[27]

무어 길버트(Bart Moore-Gilbert)도 스피박이 서발턴을 절대적 타자로 설명하려 하며, 그 시도가 결국 서발턴을 재현 불가능한 존재로 만들어 버렸다고 비판한다.[28] 서발턴이 말할 수 없다는 스피박의 주장이 옳다면, 서발턴에 대해 말하거나 글을 쓸 수 있는 것은 (스피박이 서발턴을 전유한다고 비판해온) 서구의 이론가나 (스피박과 같은) 서구 이론의 세례를 받은 토착 엘리트뿐이라는 아이러니를 극복할 수 없다.[29]

무어 길버트는 스피박의 주장이 획일적이라는 점도 지적한다. "스

25) 이진경, 『역사의 공간: 소수성, 타자성, 외부성의 사건적 사유』, 휴머니스트, 2010, 75쪽.
26) 위의 책, 76쪽.
27) 위의 책, 75쪽.
28) 바트 무어-길버트, 『탈식민주의: 저항에서 유희로』, 이경원 역, 한길사, 2001, 244쪽. 무어 길버트는 스피박의 서발턴 개념이 일관되지 않으며 자기모순적이라고 본다. 서발턴을 절대적 타자를 의미하는 일반론적 개념으로 쓰는가 하면, 역사적으로 실재하는 구체적인 범주로 쓰기도 한다는 것이다.
29) 위의 책, 249쪽.

피박은 하위계층[서발턴]이 역사적으로 겪은 '묵살의 여정'을 분석하는
데에는 뛰어나지만, 하위계층[서발턴]이 '목소리를 내게 되는' 과정에
는 거의 주의를 기울이지 않는다"는 것이다.[30] 다시 말해 스피박은
서발턴의 언어적 지위를 고정된 것으로 봄으로써, 변화와 변혁의 과정
을 적극적으로 평가하지 못했다는 것이다. "서발턴이 말할 수 없다"는
스피박의 획일적 주장은 해방의 가능성 자체를 봉쇄하는 듯이 보인다.
"말할 수 없다"는 스피박의 단언은 서발턴의 변화 가능성과 잠재성을
차단한다.

　그러나 이러한 비판들은 스피박의 주장에 뒤따르는 것이 아니라 그
주장의 앞에 놓여 있는 것이다. 다시 말해 스피박은 이 비판들이 전제
하는 정치학에 맞서 "서발턴은 말할 수 없다"고 주장한 것이다. 스피
박은 서발턴이 공적인 정치의 장에서 말할 수 없는 이유가 단지 발화
권리를 박탈하는 권력의 문제만이 아니라고 본다. "말하는 주체"라는
당위에 입각한 위의 비판들은 언어를 투명한 것으로 표상한다. 즉 언
어를 공적인 장에서 사용할 수 있는 정치적 무기로 이해하고, 빼앗긴
주체화의 무기인 공적 언어를 되찾는 것이 서발턴의 종속을 해결하는
중요한 전략이라고 이해한다. 그러나 스피박은 이러한 언어에 대한
전제를 비판한다. 스피박은 피할 수 없는 담론 권력과 공적 언어에
내포되어 있는 이네올로기를 겨냥한다. 밀하는 주체의 형성이라는 근
대적 정치학의 당위는 서발턴의 발화에 불가피하게 포함되는 이방성
의 측면을 드러내지 못한다. 위의 비판들은 스피박의 주장에 결정적인
도전이 되지 못한다. 스피박은 다른 토대 위에서 출발하고 있고 다른
문제를 겨냥하고 있기 때문이다.

---

30) 위의 책, 255쪽.

Ⅳ. "서발턴은 말할 수 없다.": 인식소적 폭력의 문제

스피박의 "서발턴은 말할 수 없다"는 주장이 제출된 이후, 이에 대해 많은 비판들이 쏟아졌다. 그러나 그 많은 비판들이 이 주장을 철회하게 하지는 못했다. 이후에 스피박은 1988년에 발표한 「서발턴은 말할 수 있는가?(Can subaltern speak?)」가 "정제되어 있지 않은 글이었다"고 고백했고31) "정념에 찬 통탄을 담아" "서발턴은 말할 수 없다!"고 쓴 것에 대해 "이 말은 권장할 만한 언급은 아니었다"고 자평했지만,32) 그 결론을 바꾸지는 않았다. 스피박은 비판들에 맞서 자신의 주장을 더 잘 근거 짓고 더 잘 설명하기 위해 10년 후 그 글을 보다 정교하게 수정·보완한 판본을 발표했다.33)

스피박의 논지는 "말하는 주체"라는 정치적 당위의 한계를 겨냥한다. 서발턴으로 하여금 말하게 함으로써, 그리고 서발턴 스스로 말하게 됨으로써, 서발턴을 종속에서 벗어나게 할 수 있는가? 말하는 서발턴은 어떤 언어로 말하는가? 서발턴의 말은 어떻게 들리는가? 말 하는 것만으로, 서발턴은 주체로서 세계에 들어설 수 있는가?

스피박은 "서발턴은 말할 수 없다"는 명제가 획일적 규정은 아니라고 물러선다. "정체성이 그것의 차이인 (젠더가 특정하게 밝혀지지 않은)

---

31) 1993년 행해진 *The Spivak Reader*의 편집자들과의 인터뷰에서 그렇게 말하면서 원본 형태로의 재출간에 반대했다. Gayatri Chakravorty Spivak, *The Spivak Reader: Selected Works of Gayatri Chakravorty Spivak*, ed by Donna Landry and Gerald MacLean, Routledge, 1996, p.287~292.

32) 가야트리 스피박, 『포스트식민 이성비판』, 태혜숙·박미선 역, 갈무리, 2005, 427쪽.

33) 이 판본은 1999년 발표된 『포스트식민 이성비판: 사라져가는 현재의 역사를 위하여 (*A Critique of Postcolonial Reason: Toward a History of the Vanishing Present*)』의 3장에 포함시켰다. 이 수정된 판본에서 스피박은 1988년의 초고에 대한 비판들을 언급한다. "1988년에 출간된 초고에 대응하는 수많은 글들이 간행되었다. 그로 인해 나는 큰 덕을 보았다." 같은 곳.

'진정한' 서발턴 집단 중에 자신을 알고 말할 수 있는 서발턴 주체가 있다. 그래서 그러한 서발턴 주체를 재현할 수 없는 것은 아니다."[34] 그러나 스피박은 언어에 개입하는 폭력의 문제에 집중하면서, 자신의 주장을 더 엄밀하게 관철하고자 한다.

그녀는 인식소(episteme)가 푸코가 정의하는 바처럼 "참과 거짓의 분리가 아니라 과학적인 것과 과학적이지 않은 것 사이의 분리를 가능하게 하는 장치"라면, 그 인식소의 폭력이 그려내는 주변부, 침묵당한 말없는 서발턴이 과연 어떤 목소리-의식(voice-consciousness)을 가지고 말할 수 있는지 물어보아야 한다고 강조한다.[35] 서발턴의 말이 들릴 수 있는 말이 되기 위해서는 공적인 담론 체계중 하나를 선택해야만 한다. 그 담론 체계는 이미 서발턴의 목소리 의식을 굴절시킨다. 푸코와 들뢰즈는 한 대담에서[36] "억압받는 자들에게 기회가 주어져 결연의 정치를 통해 연대로 나아가는 도상에 있다면 **자신들이 처한 조건에 대해서 말할 수 있고 알 수 있다**[스피박의 강조]"고 강조 했지만, 스피박은 이들의 주장을 비판한다. 이들이 전제하는 투명한 말하는 주체의 의식은 오염된 담론체계와 인식소적 폭력 안에서 불가능하다는 것이다.[37]

스피박은 여성 문제가 "서발턴이 말할 수 있는가?"를 묻는 맥락에서 가장 문제적인 지점을 드러낸다고 본다.[38] 스피박은 식민지 인도에서의 서발턴 여성들의 "과부 희생"이 역사화되는 구조를 분석하면서, 서

---

34) 위의 책, 382쪽.

35) 위의 책, 383쪽.

36) 미셸 푸코, 「지식인과 권력: 푸코와 들뢰즈의 대화」, 『푸코의 맑스: 둣치오 뜨롬바도리와의 대담』, 이승철 역, 갈무리, 2004.

37) 스피박, 위의 책, 378쪽.

38) 위의 책, 394쪽.

발턴 여성에게 "역사 속의 목소리를 주려는 노력"이 이중으로 위험에
노출된다는 점을 밝힌다.[39] 그 위험은 서발턴 여성이 하나의 목소리
를 선택하여 말할 수는 있지만, 그것이 결국 그녀의 언어가 될 수 없다
는 데 있다. 그녀가 선택하는 말은 이미 이중으로 구속되어 있다. 서발
턴 여성이 하나의 언어를 선택하여 말한다 해도, 그녀의 살아있는 경
험은 그 담화 안에서 여전히 "들리지 않는 이방성"을 함축한다. 선택
한 언어가 서발턴 여성의 경험을 표현할 수 없기 때문에, 그 발화는
이데올로기적으로 투명하지도, 온전히 주체적일 수도 없다. 그렇다면
"우리가 감지할 수 있는 최대의 것은 골격만 남은 무지한 설명을 꿰뚫
고 존재하는 거대한 이질성이다."[40]

"과부희생"은 힌두 과부가 죽은 남편을 화장하는 장작더미에 올라
가 자기를 희생하는 것을 말한다. 이 관습은 힌두교 전통에서 보편적
으로 행해지던 것은 아니었다. 과부희생은 특정 시기와 특정 지역에서
특정 계급에만 실천되었다. 그러나 식민과 탈식민의 역사 안에서 영국
제국주의자들과 인도 민족주의자들 사이의 "이데올로기 전쟁"을 통
해, 이 맥락적이고 예외적인 관습은 "전통"으로 탈바꿈했다.[41] 1829년
영국은 식민지 인도에서 이 관습을 법적으로 폐지했다. 이 폐지는 서
구 휴머니즘 담론 틀에 입각하여 기술되었다. 이 담론은 "백인종 남자
가 황인종 남자에게서 황인종 여자를 구해준다"는 문장으로 기호화되
곤 한다. "좋은 사회를 확립하는 자로서 제국주의(혹은 전지구화)의 이
미지는 여성을 같은 종족으로부터 보호받아야할 대상으로 옹호하는
입장에 의해 표시된다."[42] 이 문장에 맞서는 해석은 "여자들이 죽고

---

39) 위의 책, 397쪽.
40) 위의 책, 401쪽.
41) 위의 책, 407~409쪽.

싫어했다"는, "상실된 기원을 향한 향수를 패러디하는 인도 토착주의 진술"이다.43) 과부 희생을 결정한 여성들은 단순한 희생자가 아니라 의지를 지닌 선택 주체라는 것이다. 이 맥락에서 과부희생은 민족의 이름으로 선택한 영웅주의적 자살, 신의 이름하에 행해지는 순교와 같은 "서사시적 심급"에 놓이게 된다.44) 이와 같은 민족주의적이고 토착주의적인 진술은 탈식민주의의 맥락에서 여전히 개진되고 있다.

스피박은 과부희생 폐지의 정당성이나 여성의 선택권 옹호 양쪽 중 하나를 인정하거나 부인하는 것이 이 담론 경합에서 핵심 문제가 될 수 없음을 강조한다. 과부희생은 피해자주의 대 문화적 영웅주의라는 대립 항에서 올바르게 파악될 수 없다. 영국 제국주의자들이 과부희생을 폐지한 것이 "휴머니즘" 담론의 결과가 아닌 것처럼, 대항 담론으로서의 인도 민족주의의 영웅서사도 "만들어진 전통"과 연관될 뿐이다. 19세기 초까지 영국은 과부희생을 문화 상대주의의 용법에 따라 묵과하거나 협조하는 관행적 입장을 유지했다. 이러한 사실은 과부희생의 용인이나 금지가 식민지 여성의 보호라는 명목과는 다른 통치 맥락에서 작동했음을 보여준다. 초기의 문화상대주의적 용인의 시기가 지나고 난 이후에야 이를 "야만주의적 악습"으로 규정하고, 야만적 악습을 행하는 힌두인과 이에 반대하는 계몽된 고상한 힌두인을 구분한다.45) 반면, 식민지 인도의 맥락에서 보지면, 힌두교 전통에서 과부희생은 보편적으로 권장되던 것이 아니었다. 제국주의자들의 폐지에

---

42) 위의 책, 405쪽. 이 문장은 오늘날까지 반복적으로 유효하게 사용되면서, 미국 또는 서구 유럽의 타국에 대한 정치·군사적 개입을 정당화하는 윤리적·휴머니즘적 근거로 제출되곤 한다.

43) 위의 책, 400쪽.

44) 위의 책, 404쪽.

45) 위의 책, 413쪽.

맞선 과부희생의 일반화에는 경전 오독이라는 지식 권력이 개입한다. 그럼에도 불구하고 여성의 자기 결정과 선택이 강조될 때, 토착 식민 엘리트들은 "자기를 희생시키는 여성들의 순수함, 강함, 사랑을 민족주의적으로 낭만화"한다.[46]

"서발턴 여성은 말할 수 없다"는 스피박의 주장이 뜻하는 바는 "여성이 말할 수 없다거나 여성의 주체-의식에 대한 어떠한 기록도 존재하지 않는다는 것이 아니라 그녀에게는 어떠한 언표 행위의 위치도 부여되지 않는다는 것이다."[47] 서발턴 여성은 대변됨으로써 스스로 말할 수 있는 공간을 박탈당한다. 그러나 스피박이 이 주장에서 말하고자 하는 바는, 여기에만 머물지 않는다. 스피박에서 서발턴과 언어의 문제는 발화 권리를 둘러싼 허용과 배제의 권력이 개입된 문제임과 동시에, 서발턴이 사용하는 언어의 불투명성과 관련된 문제이자 언어에 개입된 담론 권력의 문제이기도 하다. 서발턴 여성이 담화를 실천하는 곳은 이미 인식소적 폭력에 의해 중층 결정되어 있는 발화 공간이다. 과부희생을 여성인권 대 야만적 악습의 문제로 기호화한 영국제국주의의 "휴머니즘"적 담론은 서발턴 여성에게 "인식소적 폭력"을 행사한다. 그저 "좋은 아내"라는 뜻을 가지고 있던 단어인 "사티"를 과부희생을 지칭하는 단어로 만듦으로써 "황인종 여자를 황인종 남자에게서 구하려고 애쓰는 백인종 남자는 무지한 (그러나 인가된) 환유에 의해 좋은 아내됨을 남편 장작 위에서의 자기파괴 희생과 절대적으로 동일시한다."[48] 그런가하면 과부희생을 여성의 선택으로 찬양하는 민족주

---

46) "두 가지 판박이 예를 들자면 "자기를 버린 애국적인 벵골 할머니들"에게 보낸 라빈드라나스 타고르의 찬사, 수티를 "신체와 영혼의 완벽한 통일을 보여주는 최후의 증거"라는 아난다 쿠마라스와미의 찬사가 있다." 위의 책, 411~412쪽.

47) 로버트 J. C. 영, 『백색 신화: 서양이론과 유럽중심주의 비판』, 김용규 역, 경성대학교출판부, 2008, 402쪽.

의적 담론의 낭만화된 "인식소적 폭력" 안에서 과부희생은 보편적이고 윤리적인 행위 정당성을 부여받는다. 이와 같은 낭만화된 담론은 "자살, 영아 살해, 노인의 죽음 방치"등과 같은 층위에서 범주화되어야할 과부희생을 "주체의 자유의지"라는 지형에 배치함으로써 서발턴 여성으로부터 오히려 주체의 자리를 박탈한다.[49]

어떠한 언어를 선택하더라도 서발턴 여성은 이 인식소적 폭력의 회로 안에서 자신의 경험을 말할 수 없게 된다. 과부희생에 대한 두 담론은 전혀 다른 정당화 논리에 기초하지만 어느 한 편도 다른 편을 완전히 극복하지 못하며, 서로 대립하는 듯 보이지만 서로를 합법화해주는 오랜 역사를 가지고 있다. 스피박이 이 분석을 통해 지적하고자 하는 핵심적인 문제는, 이 지배적인 언설들 사이에서 우리는 "말하는 주체"가 되라는 요구를 받고 있는 서발턴 여성의 "자기 목소리나 의식을 증언하는 진술을 한 번도 들어보지 못했다"는 것이다. 그것은 단지 그녀에게 말하기가 허용되지 못했기 때문만이 아니다. 설령 말한다 해도 그 말은 투명하게 그녀의 경험을 전달하지 못한다. 그렇다면 말하라는 당위만으로 서발턴 여성 주체의 형성은 가능하지 않다. 서발턴 여성 주체의 형성이라는 요구 자체가 침묵을 수반하는, 현존하는 언어를 초과하는 장소에 놓여 있기 때문이다.[50]

---

48) 스피박, 위의 책, 421쪽. 사티(sati)는 사트(sat)의 여성형이지만, 사트와는 그 의미가 달라진다. 사트는 젠더 초월적인 영적 보편성을 의미한다. "그것은 동사 "존재하다(to be)"의 현재분사이며, 그런 만큼 그것은 존재뿐만 아니라 진, 선, 정(正)도 의미한다. 경전에서 그것은 본질이자 보편정신이다. 접두어로서도 그것은 '적절한', '지고의', '적당한'을 가리킨다. (중략) 그런데 이 단어의 여성형인 사티는 그저 "좋은 아내"를 의미할 뿐이다." 위의 책, 420쪽.

49) 위의 책, 414쪽.

50) 스피박은 이를 료타르를 인용하여 "디페랑(différend)의 장소"라고 묘사한다. 위의 책, 410, 412쪽.

V. "서발턴 여성은 들릴 수 있는가?": 듣기의 윤리

스피박이 "서발턴 여성이 말할 수 없다"는 명제를 통해 보여주고자 하는 것은, 서발턴 여성에게 말이 그 자신의 스토리를 담을 수 있을 만큼 충분히 투명하지 않다는 점이다. 공적인 말하기는 공적으로 "들리도록 말하기"를 의미한다. 들릴 수 없는 말은 말이 아니라 소리에 불과하다. 그러므로 "말이 되도록" 하기 위해서는 발화자가 공인된 의미 체계 안에서 하나의 담론 세트를 선택한다. 서발턴 여성이 말하고자 할 때 직면하는 첫 번째 장애는 이 지점에 있다.

스피박은 발화 조건과 더불어 언어 자체의 한계를 겨냥 한다. 서발턴에 말할 수 없는 이유는 (이진경나 무어 길버트, 로버트 J. C. 영 등이 지적하는 것처럼) 서발턴이 말할 수 있는 위치와 권력을 갖지 못하기 때문만이 아니라, 공적 담론에서 서발턴 여성이 선택할 수 있는 언어가 이미 중층 결정되어 있기[51] 때문이라는 것이다.

중층 결정되어 있는 언어의 문제를 드러내는 사례로 스피박은 19세기 초 시르무르(Sirmur) 왕국의 라니(Rani)를 소환한다.[52] 인도 북서부 시르무르 지역에서 동인도회사에 의해 (방탕을 이유로) 왕위를 박탈당

---

51) 스피박은 주체가 자신의 의도와 지향을 표현할 수 있는 수단으로 언어를 소유한다고 보는 "표현이론"의 한계를 지적하기 위해, 프로이트의 "중층 결정(over-determination)" 개념을 가져온다. 프로이트에 따르면 "꿈-텍스트를 읽는다고 할 때, 텍스트를 표현으로 보는 단순한 이론을 붙들고 있을 수는 없다. 표현이론에서는 표현의 원인을 주체의 전적으로 자기 현존적인 의도적 의식으로 본다. (중략) 프로이트는 꿈-텍스트의 중층-결정을 수많은 결정요소들의 압축 즉 mehrfach determiniert라고 습관적으로 말한다." 위의 책, 313~314쪽.

52) 이 사례에 대한 스피박의 첫 번째 작업은 다음 글에 담겨 있다. Gayatri Chakravorty Spivak, "The Rani of Sirmur: An Essay in Reading the Archives", *History and Theory 24*, no. 3, 1985, p.243~261. '라니(Rani)'는 왕을 지칭하는 '라자(Raja)'의 여성형이다.

한 남편을 대신해서 어린 아들의 섭정으로 지목된 라니(Rani)가, 기록에 의하면, 과부희생(sati)을 하겠다고 선포한다. 이 선포에 대한 영국인들의 반응을 동인도회사의 분산된 기록물에서 발견하면서, 스피박은 "무너져 가는 궁궐에서 의심할 바 없이 가부장적이며 방탕한 남편의 권위로부터 떨어져 나오게 된 그녀를, 자기 집에 들어온 한 백인 남자에 의해 갑작스레 관리당하는 그녀를 상상한다."53) 그녀의 선택은 (영국인들에 의해) 허용되지 않았다. 과부희생이 되겠다고 한 라니의 선언을 우리는 어떻게 들어야 할까? 그녀는 분명 어떤 선택을 했다. 그러나 그 선택은 이미 중층 결정된 언어로, 이미 주어진 인식소적 폭력의 회로 안에서 표명된 것이 아닌가? 그녀는 말했지만 말할 수 없었고, 말했지만 들리지 않았다. "타자 주체(the other subject)의 지식이 이론적으로 불가능하다"는 스피박의 주장은, 서발턴을 절대적 타자로 만드는 주장이 아니라 이 불가능성으로부터, 그리고 이 한계의 인정으로부터 "듣기"를 시작해야 한다는 요청이다.

스피박은 자기 스토리를 자기 언어로 말할 수 있다는 서발턴의 자율성에 대한 전제를 받아들이지 않는다. "거기에 단일한 목소리(univocal)의 반영이론이나 의미화이론이 전제되어 있다"고 보기 때문이다.54) 서발턴의 언어는 이데올로기적으로 투명하지도, 온전히 주체적이지도 않다. 서빌틴은 (다른 모든 발화자와 마찬가지로) 여러 목소리를 가지

---

53) 스피박, 위의 책, 333쪽.

54) Gayatri Chakravorty Spivak, "Subaltern Studies: Deconstucting Historio-graphy", *Selected Subaltern Studies*, ed. by Ranajit Guha and Gayatri Chakravorty Spivak, Oxford University Press, 1988, p.10. 스피박에 따르면, 하위주체의 예속성(subalternity)은 지배 담론의 작동 내부에 있다. 이 작동 내부에서 "우리가 주체로 작동하는 것 같지만 정치, 이데올로기, 경제, 역사, 섹슈얼리티, 언어 흐름들의 거대한 불연속적 네트워크(일반적 의미에서 "텍스트"의 일부분으로 작동하는) "주체 효과(subject effect)"에 불과하다는 사실이 밝혀진다. 위의 책, 12~13쪽.

고 있다. 하나의 목소리가 아니라 때로 다른 목소리, 다른 의식과 무의식, 다른 증상을 통해 말한다.55) 뿐만 아니라 언어는 구조적으로 다른 것을 뜻할 수 있는 가능성에 열려 있다. "하나의 텍스트는 한 가지 이상의 방향에서 읽혀질 수 있으며, 또한 텍스트 속에 이면과 표면이 적어도 공존할 수가 있는 것이다."56)

그렇다면 서발턴 여성의 말은 표현 언어 자체가 이미 다양성을 내포하고 있다는 사실, 내적 망설임 사이에 흔들리는 다양한 목소리를 담고 있다는 사실을 인정하는 곳에 위치 지워져야 한다. 그리고 그녀의 말이 일의성 넘어 다른 의미론적 가능성들을 향하고 있음을 간파하려는 노력이 요청된다. 서발턴의 종속성은 지배 담론 내부에 있다. 서발턴은 그 담론의 지배로부터 발화하기 시작한다. 따라서 자기 스토리를 전달하기까지 많은 장애들이 있다. 서발턴의 말은 이미 다층적 소리를 내포하고 있으며, 표면과 더불어 보이지 않는 이면을 동반한다. 따라서 서발턴의 말에 접근하기 위해서는 "(서발턴으로 하여금) 말(하게) 하라"는 당위와 더불어 "듣기의 윤리"가 요청된다.57)

스피박은 마슈레(Pierre Macherey)를 인용하면서, "말하고 있지만 말

---

55) 데리다는 이 상황을 일반적인 발화자의 상황으로 본다. 어떤 발화자도 하나의 목소리만으로 말할 수 없다. "내 안에 많은 거주자들이 있는 셈이죠. 정신분석학적인 확신 없이도 우리는 여러 목소리들(남성적 목소리, 여성적 목소리)을 통해 말합니다." 자크 데리다, 「이론을 좇아서」, 『이론·이후·삶』, 마이클 페인·존 샤드 편, 강우성·정소영 역, 민음사, 2007, 58~59쪽. 이 일반론은 서발턴 여성의 경우에 더 정교한 분석 관점을 제공한다. 서발턴 여성은 중층 결정된 의미론적 상황에서 언어를 선택해야 하기 때문이다.

56) 피에르 마슈레, 『문학생산 이론을 위하여』, 배영달 역, 백의, 1994, 36쪽.

57) "듣기의 윤리"는, (힐리스 밀러(Hillis Miller)에게서 빌려온) 데리다의 "읽기의 윤리학"을 변형한 개념이다. 데리다는 "읽기의 윤리학"을 "텍스트에 충실하지 않음으로써만 텍스트에 충실하다고 얘기한, 수상한 형태의 읽기의 윤리"라고 말한다. 데리다, 「이론을 좇아서」, 46쪽.

할 수 없고 말하지 못하는" 서발턴 여성을 들으려는 노력이 포기될
수 없음을 강조한다. 마슈레는 자신의 문학이론에서 "책이 말하는 것
은 어떤 침묵에서 비롯된다"고 주장한다. 즉 말로 표현된 것, 명백하
게 드러난 것은 언제나 그 뒤에 함축적이며 말해지지 않는 것과 공존
한다는 것이다. 말로 표현되지 않는 부분이란, 하나의 언어 기호, 하
나의 표현 체계, 하나의 스토리를 선택함으로써 다른 기호들, 표현들,
스토리들이 드러나지 않고 감추어지는 것을 의미한다.

　그러나 그것은 또한 단지 구조적 불가능성에 의한 침묵만이 아니라,
금지에 의해 거부된 것이기도 하다. "어떤 말은 그것이 말하지 않는
것과 말할 수 없는 것의 **부재조차도 표현하지 않는다.** 왜냐하면 진정
한 거부는 금지된 말을 배격한 행위에까지 확대되며, 그 부재가 인정
되지 않기 때문이다.[원저자의 강조]"58) 그렇다면 말을 이해하기 위해
먼저 들어야 하는 것은 금지에 의해 거부된 부재이다. 이 거부된 부재,
즉 "명백한 혹은 은밀한 **침묵을 헤아려보는** 작업"59)을 통해서 말로
다하지 못하는 것을 들을 수 있다. 우리가 침묵을 통해 듣겠다고 결정
할 때, "거기 버티고 있는 비결정적인 것(the undecidable)"에 대한 고민
과 위험부담을 감수하는 것이다.60) 서발턴의 서사에 대한 해석에도
이 동일한 규준이 적용가능하다. 문학과 서발턴의 발화나 경험 서사가
완전히 동등한 층위에서 논의될 수는 없다. 그러나 서발턴의 발화에
마슈레의 "침묵을 헤아리는 읽기 또는 듣기"를 적용할 수 있는 이유
는, 서발턴이 사용해야만 하는 그 언어에 표면과 이면, 표현 가능성과
불가능성이 공존하기 때문이다.

---

58) 마슈레, 위의 책, 103쪽.
59) 위의 책, 105쪽.
60) 스피박, 『포스트모던 이성 비판』, 290쪽.

"듣기의 윤리"는 언어가 충분히 투명하지 않다는 전제 위에 서 있다. 스토리는 경험을 투명하게 반영하지 못한다. 그러나 그것이 말하기의 실패는 아니다. 오히려 거기에서 요청되는 것이 "충분히 날카로운 귀"이다.[61] "듣기의 윤리"는 말하기의 가능성과 한계 사이에서 듣기가 언어 그 자체의 일의적 해석을 넘어선 것이어야 한다는 의미에서, 충실한 듣기이면서 동시에 그것을 넘어선 듣기를 지향한다. 그것은 잘 듣는 것이지만, 그저 잘 듣는 것을 넘어선다. 그것은 들리지 않는 것에 귀 기울이고, 이야기된 스토리가 드러내지 못하는 거부와 부재의 영역에 집중하며, 이야기하는 방식과 스타일에도 민감한 듣기이다.

스피박의 "페미니즘적, 해체론적" 독서는 "듣기의 윤리"를 내포한다. 스피박은 페미니즘과 해체론의 "공통 대의는 주변성과 주변성에 대한 관심을 결합하는 것"이며, "주변성에 대한 관심이란 억압을 종종 은폐하는 중심에 대한 의혹"이라고 말한다.[62] 한 텍스트를 설명하고자 하는 욕망은, 일관성을 위해 이질성을 배제하고 주변부를 금지하는 것을 내포하지만, 주변성에 주의를 기울이려는 노력은 모든 설명에 좌절의 이력이 내포한다.[63] 서발턴 여성의 말을 듣기 위해서는 "결을

---

61) 데리다는 니체의 『이 사람을 보라』를 읽으면서, 이 자서전적인 니체의 글이 우리에게 던지는 요청은 바로 "잘 듣기"라는 사실을 지적한다. 니체는 이 자서전적 글쓰기의 서문에서 "듣기"를 요청한다. "내 말을 들으시오! 나는 이러이러한 사람이기 때문이오. 무엇보다도 나를 혼동하지 마시오!" 그의 스토리를 들으면서, 혼동하지 않고 그가 "이러이러한 사람"이라는 것을 알아차리기 위해서는 충분히 날카로운 귀(a keen-enough ear)가 요구된다. Derrida, Jacques, "Otobiographies. The Teaching of Nietzsche and the Politics of the Proper Name", *The Ear of the Other. Otobiography, Transference, Translation*, ed. by Christie McDonald, University of Nebraska Press, Lincoln and London, 1988.

62) 가야트리 스피박, 『다른 세상에서: 문화 정치학 에세이』, 태혜숙 역, 여이연, 2008, 217쪽.

63) 위의 책, 221쪽.

거슬러 읽는 독법"이라는 페미니즘적, 해체론적 전략을 유지해야 한
다.64) 그리고 그것은 윤리로서 요청되는 것이다.

Ⅵ. 나가는 말

서발턴이 말할 수 있는가? 스피박에 의하면, 서발턴은 말할 수 있지
만 말할 수 없다. 서발턴은 말하고 있지만, 공적으로 선택할 수 있는
담론 언어의 한계와 불충분성 때문에 "말없는 경험"을 그 언어에 담아
낼 수 없다.

말할 수 있는 공간의 박탈과 권력의 문제가 서발턴의 침묵의 이유로
소환될 때, 서발턴의 말하기는 "말하도록 허용하기"를 그 조건으로 하
는 것처럼 보인다. "말(하게) 하라"는 당위에 의해 담화 공간과 권리가
보장되면 서발턴이 "말하는 주체"가 될 수 있다는 것이다. 그러나 "서
발턴이 어떤 목소리 의식을 가지고 있는지, 가질 수 있는지, 어떤 목소
리 의식으로 말할 수 있는지, 말하도록 강요받고 있는지"는 물어지지
않았다. 불행히도 목소리는 의식의 투명한 반영이 아니고, 중층 결정
된 힘과 질서에 의해 굴절된다. "어떠한 말하기도, 어떠한 '자연 언어'
(자신도 모르는 모순 어법)도, 심지어는 몸짓의 '언어' 조차도, 이미 존재
하는 코드의 매개 없이는 [무언가를] 나타내지도, 지시하지도, 표현하
지도 못한다."65) 언어적 표현은 다른 목소리를 내포한다. 언어 기호는
투명하지 않으며, 하나의 텍스트에는 침묵이 그림자처럼 동행한다.

---

64) "이 독법에서는 한 텍스트의 권위적 진리를 확립했다는 주장을 결코 할 수 없다.
    또한 실천의 급박함에 의존한 채 거기 계속 머물면서 하나의 이론적 정통성으로 나아
    가고자 해서도 안 된다." 위의 책, 437쪽.

65) Spivak, "Subaltern Studies: Deconstructing Historiography", p.23.

서발턴의 말하기에 대한 스피박의 주장은 불가능성과 무능을 고백하는 정치적 행위의 포기가 아니다. 또한 스피박에 대한 비판들이 지적하는 것처럼, 서발턴을 대신해서 말하기 위해 그들을 침묵에 가두는 것도 아니다. 스피박을 다시 읽으면서 우리는 "말하는 주체"라는 정치적 표상과 서발턴에게 "말(하게) 하라"는 정치적 당위의 한계를 들여다본다. 서발턴의 말하기는 공적 담화의 장에서 현상하지 못하는 이방성을 안고 있다. "말하게 허용한다"는 것, 그리고 "스스로 말한다"는 것만으로 서발턴의 말하기가 불충분한 이유는, 그 발화가 늘 그늘을 남기기 때문이다. 이 그늘은 말하는 서발턴과 그가 선택해야 하는 공적 언어 사이의 간극, 그리고 서발턴의 발화와 그것을 듣는 수용 체계 사이에 놓인 간극에 드리운다. 서발턴이 말하기 위해서는 "들리게 말해야 한다"는 압박으로부터 자유로울 수 없고, "들리게 말하기" 위해서는 "인식소적 폭력"을 감수해야 한다. 이 인식소적 폭력은 발화자인 서발턴과 서발턴의 말에 날카롭게 개입한다. 때문에 서발턴의 말을 주어진 체계 안에서 접근하는 한, 서발턴의 말은 들리지 않는다. 서발턴이 말할 수 있기 위해서, 그리고 그들의 말을 듣기 위해서, 기원이 되는 목소리를 복원하려는 노력보다는 그 불충분함을 드러내고 그 이방성에 귀 기울이는 작업이 덜 위험하고 더 유용할 것이다. 그리고 그 작업은 서발턴의 불가능해 보이는 말하기가 동시에 드리우고 있는 침묵의 흔적을 듣는 것에서 시작해야 한다.

참고문헌

가야트리 스피박, 「하위주체가 말할 수 있는가? 다원화주의의 문제들」, 태혜숙 역, 『세계사상』, 동문선, 1998.

_____, 『포스트식민 이성 비판: 사라져가는 현재의 역사를 위하여』, 태혜숙·박미선 역, 갈무리, 2005.

_____, 『스피박의 대담』, 새러 하라쉼 편, 이경순 역, 갈무리, 2006.

_____, 『다른 세상에서: 문화정치학 에세이』, 태혜숙 역, 여이연, 2008.

강옥초, 「그람시와 '서발턴' 개념」, 『역사연구』 82집, 2002.

기얀 프라카쉬, 「포스트 식민주의적 비판으로서의 서발턴 연구」, 정윤경·이찬행 역, 『역사연구』 6권, 1998.

김선욱, 「한나 아렌트의 정치 개념: "정치적"인 것과 "사회적"인 것의 관계를 중심으로」, 『철학』 67집 1권, 2001.

김택현, 『서발턴과 역사학 비판』, 박종철출판사, 2003.

라나지트 구하, 『서발턴과 봉기: 식민 인도에서의 농민봉기의 기초적 측면들』, 김택현 역, 박종철출판사, 2008.

로버트 J. C. 영, 『백색신화: 서양이론과 유럽 중심주의 비판』, 김용규 역, 경성대학교출판부, 2008.

마르코스, 『우리의 말이 우리의 무기입니다』, 윤길순 역, 해냄, 2002.

미셸 푸코, 「지식인과 권력: 푸코와 들뢰즈의 대화」, 『푸코의 맑스: 둣치오 뜨롬바도리와의 대담』, 이승철 역, 갈무리, 2004.

바트 무어-길버트, 『탈식민주의: 저항에서 유희로』, 이경원 역, 한길사, 2001.

사이먼 스위프트, 『스토리텔링 한나 아렌트』, 이부순 역, 앨피, 2011

스티븐 모튼, 『스피박 넘기』, 이운경 역, 앨피, 2005.

에밀 벤베니스트, 『일반 언어학의 제 문제 I』, 황경자 역, 민음사, 1992.

이진경, 『역사의 공간: 소수성, 타자성, 외부성의 사건적 사유』, 휴머니스트, 2010.

자크 데리다, 「이론을 좇아서」, 『이론·이후·삶』, 강우성·정소영 역, 민음사, 2007.

조르조 아감벤, 『호모 사케르: 주권 권력과 벌거벗은 생명』, 박진우 역, 새물결, 2008.

_____, 『유아기와 역사: 경험의 파괴와 역사의 근원』, 조효원 역, 새물결, 2010.

폴 리쾨르, 『시간과 이야기 3: 이야기된 시간』, 김한식 역, 문학과지성사, 2004.

피에르 마슈레, 『문학생산 이론을 위하여』, 배영달 역, 백의, 1994.
한나 아렌트, 『인간의 조건』, 이진우·태정호 역, 한길사, 1996.
_____, 『어두운 시대의 사람들』, 홍원표 역, 인간사랑, 2010.

Derrida, Jacques, "Otobiographies. The Teaching of Nietzsche and the Politics of the Proper Name", *The Ear of the Other. Otobiography, Transference, Translation*, ed. by Christie McDonald, University of Nebraska Press, Lincoln and London, 1988.

Guha, Ranajit, "Preface", *Subaltern Studies* vol. I, Oxford University Press, 1982.

Kristeva, Julia, *Hannah Arendt. Life Is a Narrative*, University of Toronto Press, Tronto, Buffalo and London, 2000.

Spivak, Gayatri Chakravorty, *The Spivak Reader: Selected Works of Gayatri Chakravorty Spivak*, ed. by Donna Landry and Gerald MacLean, Routledge, New York, 1996.

_____. "Subaltern Studies: Deconstructing Historiography", *Selected Subaltern Studies*, ed. by Ranajit Guha and Gayatri Chakravorty Spivak, Oxford University Press, New York and Oxford, 1988.

트랜스내셔널 공간으로서
이민박물관(Migration Museum)

이용일

I. 들어가며

최근 20년간 전 세계적으로 많은 이민박물관들이 건립되었다. 그리고 여전히 많은 나라들에서 새로운 이민박물관의 건립이 추진되고 있다. 그 촉매제 역할을 했던 것은 1990년 미국의 엘리스 아일랜드 이민박물관(Ellis Island Immigration Museum)의 건립이었다. 거의 반세기 이상 유럽출신 이주민들에게 미국으로 들어가는 관문-혹은 심사대-역할을 했던 이민사무국이 있던 "기억의 터" 위에 건립된 세계최대의 이민박물관은 엄청난 대중적 성공을 거두며 이후 세계 곳곳에 건립된 이민박물관들의 본보기가 되었다. 미국에서 촉발된 이러한 '이민의 박물관화'는 다른 이민국들, 이를테면 캐나다와 호주, 라틴아메리카의 몇몇 국가들을 넘어 한때 이민의 출발지였다가 지금은 '사실상의 이민국'이 된 유럽의 여러 나라들로까지 확산되었다.[1] 비록 사회적으로 큰

---

[1] 이러한 '이민의 박물관화'의 전 세계적인 유행 속에서 건립된 주요한 이민박물관들은 다음과 같다: 피어 21 캐나다 이민박물관(Pier 21-Canada's Immigration Museum), 호주의 멜버른 빅토리아 이민박물관(Immigration Museum Melbourne

이목을 끌지는 못했지만, 한국에서도 미주이민, 특별히 '하와이이민'의 출발지였던 인천에 2008년 한국이민사박물관이 세워졌다.

  '이민박물관의 유행'이라고 불러도 무방할 이러한 전 세계적인 현상을 어떻게 설명할 수 있을까? 왜 하필이면 지금일까? 물론 그 답은 비교적 명료해 보인다. 세계화에 따른 국제이주의 급증과 그것과 관련해 세계도처에서 벌어지고 있는 사회통합과 문화적 다양성에 대한 논쟁들이 이민현상에 대한 관심을 촉발했고, 그것이 '이민의 박물관화'로 이어졌다는 설명이 그것이다. 하지만 세계화에 따른 이주현상의 증가가 '이민의 박물관화'를 다 설명해주기는 역부족이다. 거대한 이민물결로 이주가 큰 사회적 이슈가 되었던 시기들이나 장소들에서 이민박물관이 늘 출현했던 것은 아니다. 가령 여러 시기들에 걸쳐서 거대한 이민물결들을 경험했던 전통적인 이민국가 미국에서 이민의 박물관화가 본격적으로 시작되었던 것은 1980년대였다.

  이민의 박물관화는 근대 박물관의 기능과 그것에 대한 비판과 자성에서 나온 박물관의 변화와도 연관이 있다. 1946년 설립된 국제박물관협의회(The International Council of Museums, ICOM)는 현실에 맞게 박물관의 정의를 계속 갱신하며 박물관의 변화를 반영하고 있는데, 홈페이지에 올라온—2007년 빈에서 열린 21차 총회에서 결의된— 그 최신버전은 다음과 같다: "박물관은 사회와 사회발전에 이바지하는 비영리 공공 영속기관으로 교육하고, 연구하고, 향유할 목적으로 인류와 그를 둘러싼 환경의 유형·무형의 유산을 수집·보존·연구·소통·전시한다."[2] 최근 활발하게 진행되고 있는 박물관의 변화를 반영

  Victoria), 프랑스의 이민사박물관(Cité nationale de l'histoire de l'immigration), 덴마크 이민박물관(Danish Immigration Museum), 독일의 브레머하펜 해외이민자박물관(Das Deutsche Auswandererhaus).

하고 있다고는 하지만, 교육, 연구, 향유는 박물관의 성격과 시대적·
사회적 맥락에 따라 우위를 경합하기도 하고 연합하기도 하면서 근대
의 기획으로서 박물관의 성립과 발전을 추동했던 동인이었다. 특별히
교육은 태동기부터 늘 논란이 되었던 박물관의 정치적·사회적 역할
로 환원될 수 있다. 잘 알려져 있듯이, 루브르 박물관을 필두로 탄생한
근대 박물관은 과거의 전통과 유산을 보존·전시하며 집단적 정체성
과 소속감을 강화시키고, 그 속에 속하지 못한 자들, 즉 타자들에게는
열등과 배제의 감정을 유발시키며 그들에 대한 지배를 정당화했던 '배
움의 공간'이었다.[3] 1980년대 이후 새로이 건립되거나 다시 단장한
서구의 많은 박물관들은 근대 박물관이 지니고 있었던 정치적 혹은
교육적 기능을 넘어서는 많은 획기적인 기획들을 꾀했다. 이제 현대의
박물관들은 외부인들에게 쳤던 장벽을 거두고 다채로운 일상문화들
을 화려하게 기획하고 연출하며 현대인들의 다양한 문화적 취향들과
관심들을 자극하는 화려한 볼거리들을 제공하는 열린 문화공간으로
탈바꿈하고 있다.[4] 무엇보다 "민족문화의 전당"에서—다문화적·혼
종적 문화현상들을 재현하는— "다문화주의의 아성"으로의 변신은 현
대박물관의 주요한 특징으로 자리잡아가고 있다.[5] 물론 박물관은 시
간적·공간적으로 멀리 떨어진 세계들의 유산들과 문화들, 이를테면
그리스와 로마의 유구한 유산들과 신대륙으로부터 들어오는 진귀한
물품들을 수집·정리·전시하는 공간으로서 그 '여명기'부터 이미 타

---

2) http://icom.museum/who-we-are/the-vision/museum-definition.html.

3) Carol Ducan/Alan Wallach, "The Universal Survey Museum", Battina
   Messias Carbonell ed., *Museum Studies*, Malden, 2006, p.59.

4) Andreas Huyssen, *Twilight Memories: Making Time in a Culture of
   Amnesia*, New York, 1995, p.14.

5) 전진성, 『박물관의 탄생』, 살림, 2004, 86~87쪽.

자 혹은 타문화와 깊은 관계를 맺어왔다.6) 문제가 되는 것은 박물관이
라는 공간을 통해 이루어졌던 자아와 타자ー혹은 서구와 비서구ー의
과거 소통방식이었다. 19세기 '정체성 정치'와 식민지배의 정당화를
위해 문명과 근대에 대비되는 야만적이고 전근대적인 비서구의 유산
들과 문화들이 서구의 (민속)박물관들안으로 편입되어 자민족 중심적
시각에서 재맥락화되고 재역사화되었다. 심지어 문명에 대비되는 야
만인과 원시인으로서 비서구인들이 서구사회들에서 전시되기도 했는
데, 그러한 '인간전시회들'은 20세기 초에 금지될 때까지 많은 상업적
성공을 거두었다.7) "이질적인 것(타자성)의 학교로서 박물관(Museum
als Schule des Befremdens)"8), "접촉 지대로서의 박물관(Museum as
Contact Zones)",9) "타자와 자기 사이의 막힘없는 경계유희(Spiel der
flieβenden Grenzen zwischen Fremdem und Eigenem)"10) 등은 모두 과
거 '박물관들의 소통방식'에 대한 서구적 자기성찰이자 평등한 소통을
위한 배움의 공간으로서의 박물관에 대한 새로운 시대적 요청들의 제
각기 다른 이름들이다.

　실제로 서구의 많은 박물관들은 문화적 다양성을 존중하고 문화들

---

6) Gottfried Korff, "Fremde(der, die, das) und das Museum", Gottfried Korff, *Museumsdinge. deponieren-exponieren*, Köln, 2007, p.146.

7) Jürgen Osterhammel, *Die Verwandlung der Welt*, München, 2010, pp.39~40.

8) Peter Sloterdijk, "Museum ー Schule des Befremdens", Peter Sloterdijk, *Der ästhetische Imperativ*, Frankfurt am Main, 2007, pp.354-370.

9) James Clifford, "Museums as Contact Zones", James Clifford, *Routes: Travel and Translation in the Late Twentieth Century*, Cambridge MA, 1997, pp.188-219. 아래의 논문은 접촉지대로서의 박물관이라는 클리포드의 개념을 간략하게 잘 정리하고 있다: 염운옥, 「포스트ー식민 박물관과 '다문화' 정체성의 재구성 ー 대서양 노예무역 폐지 200주년 기념전을 중심으로」 『역사비평』, 2011 봄호, 197~198쪽.

10) Korff, "Fremde(der, die, das) und das Museum", p.146.

간의 열린 대화를 촉진하는 공간으로 거듭나고자 많은 노력을 기울이고 있다.[11] 민족공간들을 넘나드는 이민과 이민자들의 혼종문화들을 재현하는 이민박물관 역시 그러한 소통의 공간으로서 특별히 요청되고 있다. 2006년 유네스코(UNESCO)와 국제이주기구(IOM) 주관으로 처음 결성된−13개국에서 온 15개 이민박물관 혹은 이민관련 박물관들의 관장들로 구성된− 이민박물관 전문가모임에서도 호스트사회의 선주민들과 이주민들의 소통을 촉진하는 공간으로서 박물관의 기능이 강조되었다. 여기서 선언되었던 이민박물관의 주요한 목적들은 다음과 같다: 1. 인정: 호스트사회에 대한 이주민들의 기여에 대한 인정, 고국문화의 다양성과 부유함에 대한 인정, 이중적 소속감을 가질 권리의 인정 2. 포함과 통합: 소속감을 촉진함. 공동체들로 하여금 민족의 완전한 일부로 느끼게 함. 공통점을 발견하고 하나의 민족정체성에 기여함. 3. 개인들로−특별히 난민들로− 하여금 고국을 떠나게끔 만든 사건들에 대한 의식형성: 호스트사회 주민들의 공감형성. 들어오는 이민에 대한 고정관념들의 해체.[12]

이주민들의 존재와 가치를 인정하고, 그들의 이민사에 대한 올바른 이해를 통해 선입견과 고정관념들을 없앤다는 취지는 분명 이주민의 입장이 십분 반영된 것임에도 불구하고, 여전히 포함과 통합의 이름 하에 등장하는 민족정체성과 민족은 이민박물관이 근내적 박물관의

---

11) 무엇보다 과거 식민지배의 첨병에 섰던 서구의 민속박물관들과 식민박물관들의 변신이 가장 두드러졌다. 다음은 포스트식민시대의 식민박물관의 변화와 그 한계를 잘 드러내 보여주는 국내논문들이다: 김용우, 「제국 이후의 문명화 사명 − 파리 브랑리 미술관의 경우」『역사비평』, 2011 봄호, 218~242쪽 ; 염운옥, 「포스트−식민 박물관과 '다문화' 정체성의 재구성」, 192~217쪽.

12) IOM/UNESCO, *Final Report, Expert Meeting on Migration Museums*(23~25. Oktober 2006 − Rome, Italy), p.10.

기능-민족정체성을 형성하고 강화하는 역할-을 버리지 못했음을 보여준다.[13] 사실 많은 국가들이 이민박물관에 관심을 가지는 이유도 학교(교과서)와 함께 박물관이 민족적 패러다임의 역사서사의 (재)구성과 협상에 있어서 가장 중요한 역할을 하는 기관이기 때문이다.[14] 이 주민들의 역사가 민족사에 쉽게 편입될 수 있는 곳에서 이민박물관들이 먼저 설립되었던 것도 같은 이유에서이다. 미국, 캐나다, 오스트레일리아와 같은 전통적인 이민국들의 들어오는 이민을 기념하는 혹은 재현하는 이민박물관들, 그리고 오랫동안 이민자들의 출발지였다가 사실상의 이민국들이 된 나라들의 나가는 이민을 기억하는 박물관들은 모두 그러한 연유에서 세워진 것들이다. 마찬가지 이유에서 사실상의 이민국들에서 들어오는 이민에 대한 박물관 건립은 더디게 진행되었다.

이 글이 다루게 될 '독일사례' 역시 그러한 경향을 잘 보여준다. 독일의 경우, 19세기 600만 명 이상의 독일인들의 아메리카 이민을 기억하는 박물관이 그 출발지가 되었던 항구 브레머하펜과 함부르크에 건립되었지만, 1960년대 독일로 들어온 이주노동자들의 역사를 기억하는 공공박물관의 건립은 여전히 운동으로만 진행되고 있다. 물론 그것은 30년 정관계문서 유예기관과 그것으로 인한 노동이민에 대한 늦은 역사적 연구와 관계가 있다. 하지만 독일에 아직까지 이민자들의 역사와 일상을 기록하고 전시하는 공공박물관이 등장하지 못하는 가장 큰 이유는 바로 독일사회에 오랫동안 뿌리 내리고 있는 민족적 내지 일국적

---

13) Christina Johansson/Christiane Hintermann, "Museums, Migration and Diversity - An Introduction", Christiane Hintermann/Christina Johansson ed., *Migration and Memory. Representations of Migration in Europe since 1960*, Innsbruck, 2010, p.135.

14) Christiane Hintermann/Christina Johansson ed., *Migration and Memory. Representations of Migration in Europe since 1960*, Innsbruck, 2010, p.7.

패러다임과 그것에 기반 한 민족사서술의 건재 때문이다. 이 글은 주
류사회가 형성하여 놓은 자국중심의 기억문화에 대항하며 자신들 스
스로 혹은 자신들의 부모세대가 겪은 이민경험과 일상을 역사화하려
는 독일 이주민들의 노력에서 나온 이민박물관 건립운동을 다루려 한
다. 이러한 이주민들의 '기억투쟁'은 주류사회와의 협상과 협력 없이는
이루어질 수 없고, 그 결과로서 나온 이민관련 전시물들 역시 일국사
적 틀을 넘어서는 이민의 트랜스내셔널 히스토리를 보여준다. 그렇다
면 과연 '근대적 배움의 공간' 혹은 '정체성 공장'으로서 기능했던ㅡ여
전히 하고 있는ㅡ 박물관이 그러한 트랜스내셔널 이주사를 재현할 수
있을까? 이민박물관이 과연 민족적 패러다임을 극복하고 새로운 트랜
스내셔널 공간으로 거듭날 수 있을까? 사실 상호연결(Interconnection)
과 상호작용(Interaction)을 강조하며 민족국가의 경계들을 횡단하며 만
들어내는 유형의, 무형의 공간들에 주목하고 있는 트랜스내셔널리즘
은 여전히 모호한 다의적 개념이다.15) 흔히 트랜스내셔널 공간, 더 정
확히는 "트랜스내셔널 사회적 공간들(transnational social spaces, trans-
nationale soziale Räume)"16) 혹은 "트랜스내셔널 사회장(transnational
social field)"17)은 출발지와 정착지, 그리고 제3의 민족공간을 지속적

---

15) Luis Eduardo Guarnizo/Michael Peter Smith, "The Location of
　　Transnationalism," Michael Peter Smith/Luis Eduardo Guarnizo ed., *Trans-*
　　nationalism from Below, New Brunwick/London, 1999, pp.3~4; Alejandro
　　Portes, "Introduction; the debates and significance of immigrant trans-
　　nationalism," *Global Networks* 1, 3(2001), pp.185~186.

16) Ludger Pries, "Transnationale soziale Räume. Theoretisch-Empirische Skizze
　　am Beispiel der Arbeitswanderungen Mexiko-USA," *Zeitschrift für Soziologie*
　　6, 1996, pp.437~453.

17) Linda Basch/Nina Glick Schiller/Christina Blanc-Szanton, *Nations*
　　unbound: transnational projects, post-colonial predicaments, and derter-
　　ritorialized nation-states, Fifth printing, London, 2000, p.7.

으로 횡단하며 이주민들이 만들어내는 네트워크들과 그것을 기반 한
실제와 가상의 디아스포라공간을 일컫는다. 여기서 트랜스내셔널 공
간으로서의 박물관은 선주민들과 이주민들이 서로 연결되어 영향을
주고받으며 뒤섞이는 혼종의 공간, 즉 주류사회와 이주민사회 사이의
평등한 문화소통이 일어나는 공간을 의미한다.

　민족사서술에 의해 오랫동안 주변화 되었던 이주민들의 기억과 역
사, 그것에 반하여 일어난 이민박물관 운동을 탐색하며 트랜스내셔널
공간으로서의 이민박물관의 가능성과 한계를 가늠하고자 하는 것이
본고의 목적이다. 이에 앞서 이민박물관의 전범이 되고 있는 미국의
엘리스 아일랜드 박물관을 다루게 될 것이다. 왜냐하면 박물관의 변화
속에 감추어진 박물관의 근대적 기능, 민족적 정체성 정립과 계몽이
이민국가의 이민박물관에서 잘 드러나기 때문이다. 이것은 물론 전통
적인 이민국의 이민박물관들과는 대조적으로 1960년대 들어온 독일
이민자들에 대한 박물관이 이주민단체들의 노력에도 불구하고 독일
에 아직 세워지지 못하고 있는 이유이기도 하다.

Ⅱ. 이민박물관과 정체성의 정치:
　　"다문화적 민족정체성의 연출"[18]

　이민사의 고전이라 할 수 있는 『뿌리 뽑힌 자들(the Uprooted)』에서
역사학자 오스카 핸들린이 위대한 이민들이 미국인을 만들었고, 이민
자들의 역사가 곧 미국의 역사라고 주장했던 것처럼,[19] 미국은 이민

---

18) Joachim Bauer, *Die Musealisierung der Migration. Einwanderungsmussen
　　und die Inszenierung der multikulturellen Nation*, Bielefeld, 2009, p.79.

자들에 의해 건설되어 전 세계로부터 셀 수 없이 많은 이민자들을 수
용하며 발전한 전통적인 이민국가이다.[20] 자연 이민의 역사화, 특히
이민사에 대한 학문적 정리는 다른 나라들에 비할 바 없이 일찍부터
시작되었다. 하지만 이민의 '역사화' 내지 '기억화'에 있어서 중요한 축
이라 할 수 있는 이민의 박물관화는 상대적으로 많이 늦었다. 물론 이미
1950년대부터 이민박물관에 대한 계획이 만들어져, 1972년 미국 최초
의 이민박물관인 미국 이민박물관(American Museum of Immigration)이
설립되었다. 하지만 이 박물관은 큰 대중적 관심을 얻지 못한 채 1991
년 문을 닫았다. 때문에 1990년 엘리스 아일랜드 이민박물관의 건립
으로 비로소 미국인들은 세계 최대의 이민국가라는 이름에 걸 맞는
이민박물관을 가지게 되었다고 할 수 있다.

앞서도 언급했듯이, 박물관이 세워진 뉴욕의 엘리스 아일랜드는
1892년부터 1954년까지 이민자들의 입국업무를 관장했던 미국 이민
사무국이 있던 곳이었다. 즉 이곳은 오랫동안 수많은─대부분 유럽에
서 온─ 이민자들이 처음 미국 땅을 밟고 그곳에서의 새로운 삶을 시
작하던 통로가 되었던 곳이었다. 때문에 이민 사무국이 문을 닫은 뒤,
이 기억의 터 위에 이민의 역사를 재현하는 박물관을 세우자는 논의는
오래 전부터 있어왔다. 하지만 구체적인 청사진이 마련 된 것은 1980
년대부디었디. 1980년대부터 미국대학가를 중심으로 격렬하게 전개

---

19) Oscar Handlin, *The Uprooted: The Epic Story of the Great Migrations that
   Made the American People*, Philadelphia, 2002, p.3.
20) 미국은 여전히 세계에서 가장 많은 이민자들을 받아들이는 나라이다. 가령 국제이
   주기구가 발행하는 국제이주보고서에 따르면 2005년 현재 미국은 전제 국제이주자
   수의 20%에 해당하는 3천 8백 40만 명의 이주자를 받아들이며 여전히 최대의 이민
   국가로 남아있다: IOM (International Organization for Migration), *World
   Migration Report 2008. Managing Labour Mobility in the Evolving Global
   Economy*, Geneva, 2008, p.1.

되었던 다문화주의 논쟁과 그것으로부터 파생한 이제껏 주변화 되었
던 소수민족들의 역사에 대한 관심증대가 이민의 박물관화에 어느 정
도 기여했던 것도 사실이다. 하지만 엘리스 아일랜드 박물관 건립에
직접적인 전기를 마련한 것은 1976년 미국독립 200주년 기념과 1986
년에 있을 자유의 여신상 건립 100주년 기념 준비과정이었다. 1982년
레이건(Ronald Reagon)대통령이 직접 미국의 상징물인 자유의 여신상
수리와 엘리스 아일랜드 이민 박물관 건립을 위한 위원회를 조직하였
다. 당시 클라이슬러 회장이었던 아이아코카(Lee A. Iacocca)가 위원장
을 맡게 되었는데, 그는 아메리칸 드림과 이민국가로서의 미국의 무한
한 가능성을 상징하는 인물이었다. 유례없는 캠페인을 통해 1982년부
터 1990년까지 3억 달러가 모금되었고, 이중 1억 6천 2백만 달러가
엘리스 아일랜드 이민박물관 건립에 투입되었다. 이렇게 해서 공적자
금의 투입 없이 경제계를 비롯한 각계각층으로부터의 모금에 의해 건
립된 미국 최초의 공공 이민박물관이 탄생하게 되었다.[21] 레이건과
같은 신보수주의자들은 이민박물관 프로젝트를 정치적으로 이용했
다. 그들에게 있어 미국의 이민사는 미국인의 위대성과 미국예외주의
를 보여주는 실례였던 것이었다. 엘리스 아일랜드 박물관은 미국이
자유에 대한 특별한 애정을 가지고 전 세계에서 몰려든 각양각색의
사람들에 의해 건설된 위대한 나라라는 것을 상징적으로 재현하는 미
국의 새로운 애국주의 성전으로 건설되었다.[22] 그의 후임인 부시
(Geroge H. W. Bush) 대통령은 이민박물관 개관식에서 위대한 미국정

---

21) Judith Smith, "Celebreting Immigration History at Ellis Island", *American Quarterly*, Vol. 44, No. 1, 1992, pp.82~100.

22) Joachim Baur, "Einwanderungsmuseen als neue Nationalmuseen. Das Ellis Island Immigration Museum und das Museum "Pier 21", *Zeithistorische Forschungen* 3/2005, pp.457~458.

신의 승리를 이야기했다: "우리가 엘리스 아일랜드에서 기념하는 것
은 다름 아닌 미국정신의 승리입니다."[23]

엘리스 아일랜드 이민박물관은 19세기말과 20세기 초 미국의 이민
사를 특별히 주제화했다. 한때 유럽에서 들어오는 이민자들의 출입을
심사했던 3층짜리 웅장한 건물에는 모두 5개의 전시실이 있다. "아메
리카 관문 통과(Through America's Gate)"관은 관료적인 입국심사와 신
체검사에서부터 미국의 다른 지방으로 가는 차편구입까지 엘리스 아
일랜드의 도착한 이민자들의 첫 미국여정을 그리고 있다. "이민전성
시대(Peak Immigration Years)"관은 고향을 떠나 미국에 도달하는 다양
한 이민경로와 1880년부터 1924년까지 새로운 이민자들에 대한 정책
변화를 보여준다. "고향의 보물(Treasures from Home)"관에는 이민자
들이 들고 들어온 물건들, 이를테면 출생증명서, 사진첩, 기도책자,
악기, 옷 등이 전시되어 있다. "미국 거주(The Peopling of America)"관
은 여러 통계자료들과 3차원 그래픽을 이용하여 식민지 이전부터 오
늘날까지의 미국 이민사를 그려내고 있다. 끝으로 "엘리스 아일랜드
이야기(Ellis Island Stories)"관은 이민 사무국 건립 이전과 이후의 섬의
역사를 알려준다.[24] 이민관련 사진들과 물품들, 그리고 구술 자료들
로 채워진 전시관들은 해마다 2백만 명 이상의 관람객이 다녀가는 뉴
욕의 관광명소로 자리 잡았다. 앞서도 언급했듯, 엘리스 아일랜드 이
민박물관의 이러한 대중적 성공은 이민의 박물관화를 촉발시켰다. 그
러한 배경 속에서 1998년 호주의 멜버른 이민박물관, 1999년 피어 21
캐나다 이민박물관(Pier 21-Canada's Immigration Museum)이 속속 개

---

23) New York Times(1990.10.9), Bauer, *Die Musealisierung der Migration*, p.91
    에서 재인용.
24) Baur, "Einwanderungsmuseen als neue Nationalmuseen", pp.456~458.

장했다. 이들의 공통점은 모두 이민국가에서 정부의 전폭적인 지지 속에 건설되었다는 점과 들어오는 이민과 관련된 기억의 터 위에 건설 되었다는 점이다. 가령 캐나다의 핼리팩스에 위치한 피어 21은 1928 년에서 1971년까지 백 만 명이 넘는 유럽이민자들을 입국 심사한 이민 사무국으로 사용된 건물이었다. 2차 대전 때 캐나다군인들이 유럽으 로 파병되기도 했던 이곳은 이후 핼리팩스 항만청의 창고로, 그리고 마지막으로는 예술가들의 작업장으로 사용되다가 이민박물관으로 탈 바꿈했다. 피어 21은 엘리스 아일랜드 이민박물관의 10분의 1 정도인 900평방미터 크기로 한해 5만 명 정도의 방문객을 받고 있다. 1995년 핼리팩스에서 열린 G7 과정에서 이민박물관 건립이 처음 논의되었고, 캐나다 정부가 주도가 되어 4백 5십만 달러의 공적자금과 4백 5십만 달러의 모금으로 이민박물관을 건설했다.[25]

이처럼 정부의 전폭적인 지지와 성원을 통해 이민박물관들이 건설 될 수 있었던 것은 이민국가라는 특수성이 작용했기 때문이었다. 이곳 에서는 이민자들의 역사가 일국사 내지 민족사의 일부로 쉽게 포섭될 수 있었던 것이다. 이곳에서 이민박물관은 다양한 문화적 배경을 가진 구성원들을 하나로 묶는 다문화적 민족정체성을 연출하는 새로운 애 국주의의 전당으로 거듭날 수 있었던 것이다. 한때 무시무시한 검열과 통제를 통해 많은 이민자들의 간담을 서늘하게 만들었을 뿐만 아니라 이들 중 많은 이들을 다시 본국으로 송환시키기까지 했던 엘리스 아일 랜드 이민 사무국은 이제 미국인으로 통합되는 관문이라는 긍정적인 기억의 터로서 새롭게 연출되었던 것이다.[26]

---

25) *Ibid.*, p.207.

26) Joachim Baur, "Zur Vorstellung der Grenze. Beobachtungen aus nordame-
    rikanischen Migrationsmuseen", Markus Gottwald ed., *KreisLäufe. Kapillaren*

전통적인 이민국들과는 달리 이민자들의 역사를 자신들의 역사(민족사)안에 포섭하는 것이 쉽지 않은 곳에서 이민의 박물관화는 더디게 진행되거나 전혀 다른 양상들을 띠었다. 물론 프랑스와 같이 오랜 논란 끝에 들어오는 이민을 기억하는 이민사박물관이 설립된 나라들도 있다. 2007년 개관한 프랑스 국립이민사박물관(Cité nationale de l'histoire de l'immigration)이 들어선 포르트 도레 궁(Palais de la Porte Dorée)은 1931년 파리 식민지전시회를 위해 처음 만들어진 곳으로 1932년부터 1960년까지 식민박물관(Musée des colonies)이, 그리고 마지막으로 아프리카와 오세아니아 국립 미술관(Musée national des Arts d'Afrique et d'Océanie)이 2003년 문을 닫을 때까지 있던 곳이었다. 즉 프랑스 식민주의의 기억의 터 위에 프랑스로 들어오는 이민을 기억하고 재현하는 박물관이 들어선 것이다. 이것은 의도된 기획이었다. 2005년 프랑스 소요사태로 더욱 중요한 국가적 사안이 된 이주민들, 특별히 북아프리카계 무슬림 이민자들과 그 2,3세들의 사회통합이 이민사박물관의 주요한 과제가 되었던 것이다. 자연히 과거 식민지 출신 이주민들의 역사에 비해 프랑스 이민사의 또 다른 축이라 할 수 있는 유럽출신 이민자들의 역사가 박물관에서는 상대적으로 덜 다루어졌다는 지적이다.[27] 결국 '박물관을 통한 사회통합'이라는 목적에서도 잘 드러나듯이, 프랑스의 이민사박물관 기획 역시 ― 일국사적 패러다임을 극복하는 트랜스내셔널 공간으로서의 이민박물관과는 거리가 있는― 프랑스 민족사의 확장 내지 이주사의 프랑스사적 포섭이라는

---

der Weltkultur, Münster, 2007, p.96.

27) Nancy L. Green, "A French Ellis Island? Museums, Memory and History in France and the United States", *History Workshop Journal*, Issue 63, Spring 2007, pp.244~245, 250~251.

혐의로부터 자유롭지 못하다.28)

그럼에도 프랑스 이민사박물관은 그 설립기획 단계부터 독일인들, 특별히 이민(사)박물관의 필요성을 간파한 학자들에게 가장 실현가능성이 높은 모델로 주목받았다.29) 하지만 프랑스 이민사박물관이 개관하고도 여러 해가 지난 지금까지도 독일에서는 독일로 들어온 이민자들의 역사를 기억하는 기념관이나 박물관이 건립되지 못하고 있다. 반면 100년 전 독일 땅을 떠나 미국으로 이민 갔던 독일이민자들을 기억하는 해외이민박물관들은 지자체와 경제계의 지원 속에서 개관할 수 있었다. 미국행 증기선이 출발했던 브레머하펜에 2005년 세워진 독일 해외이민자 박물관(Das Deutsche Auswandererhaus)이 그 대표적인 것이다. 브레머하펜시와 브레멘 주가 함께 2천만 Euro를 출원하여 만든 이 박물관은 특히 자신들의 뿌리를 찾아오는 미국인 관광객들을 겨냥하며 상업적인 성공을 꾀하고 있다.30) 이와 비슷한 박물관 - 해외이민자 세계. 발린시(Auswandererwelt BallinStadt) - 이 2007년 역시 독일이민자들의 출발지가 되었던 함부르크에 건설되었다.31)

---

28) 역사학자들의 주도로 결성된 20년간의 '준비모임'을 통해 만들어졌던 원래 이민박물관기획들의 상당부분은 '이민과 국가정체성 장관직' 신설로 불거진 갈등으로 8명의 학자들 -그 대부분이 역사학자들이었다- 이 이민사 준비위원회를 탈퇴하면서 답보상태에 빠졌다.

29) Gottfried "Korff, Fragen zur Migrationsmusealisierung. Versuch einer Einleitung", Henrike Hampe ed., *Migration und Museum*, Münster, 2005, p.10.

30) Martin Schlutow, *Das Deutsche Auswandererhaus in Bremerhaven*, Münster, 2008, pp.48~52; Joachim Baur, "Expokritik: Ein Migrationsmuseum der anderen Art. Das Deutsche Auswanderer-Haus in Bremerhaven", *Werkstatt Geschichte* 15. Nr. 42. 2006, p.98.

31) Styliani Tsaniou, *Die Ballin-Stadt auf der Veddel*, Hamburg, 2007, pp.28~30.

미국과 캐나다의 이민박물관, 프랑스의 국립이민사박물관, 독일의 해외이민박물관은 일국적 패러다임이 얼마만큼 이민의 박물관화에 영향을 미쳤는지를 보여주는 사례이다. 역으로 이것은 이민사가 민족적 역사서술에 포섭되기 어려운 곳에서 이민자들의 일상과 경험에 대한 기억화 내지 역사화가 얼마만큼 어려운지를 보여주는 사례가 되기도 한다.

Ⅲ. 역사 없는 자들의 역사: 일국적 패러다임 속 이민사

30년 전쟁 이후 추방위기에 있던 유대인들과 위그노들의 대량이주를 경험하기는 했지만, 19세기 후반까지도 독일은 이민자들을 받아들이기보다 자국민들을 해외로 내보내는 국가였다. 들어오는 이민자들과 나가는 이민자들의 숫자가 독일에서 처음으로 역전된 것은 대략 19세기말, 20세기 초였다. 빠른 산업화에 따른 농촌과 도시의 심각한 인력난을 해소하기 위해서 폴란드, 더 정확히는 러시아령 폴란드로부터 외국인노동자들을 대거 독일로 유입했던 깃이 그러한 변화의 시작이었다. 1차 세계대전 발발 전까지 외국인노동자들은 백만 명에 이르렀고, 두 차례의 대전 기간 중에는 각각 2백만 명과 7백만 명의 외국인노동자들 – 점령지 민간인들, 전쟁포로들, 수용소 수감자들 – 이 독일 전시경제를 위해 강제동원 되었다.[32] 전후 잃어버린 영토와 이전 점령지로부터 1천 4백만 명의 독일인 피추방민들과 난민들의 이주는 패

---

32) Urlich Herbert, *Geschichte der Ausländerpolitik in Deutschland. Saisonarbeiter, Zwangsarbeiter, Gastarbeiter, Flüchtlinge*, München, 2001, pp. 14~189.

전의 멍에를 안고 있던 독일사회, 더 정확히는 서독사회에 큰 도전이
되기도 했다. 그렇지만 이처럼 많은 이주경험들에도 불구하고, 1960
년대 '초빙노동자들'의 이주는 노동시장문제로 발생한 일시적이고 전
례 없는 현상으로만 간주되었다.[33] 이주현상의 '현재화'는 1960년대의
노동이민을 이전의 역사적 이주현상들과 격리시키는 결과를 가져왔
다. 그러한 경향은 피에르 노라(Pierre Nora)의 선구적 연구모범에 따라
2001년 독일에서도 기획되었던『독일의 기억의 터』에도 잘 드러난다.
책임편집을 맡았던 베를린의 역사학자 하겐 슐체(Hagen Schulze)와 에
띠엔느 프랑수아(Etienne François)는 이주민들에 대한 독일사회의 집
단적 기억이 이제야 비로소 형성되고 있기에, 이 책에는 그것을 반영
할 수 없었음을 강조하고 있다.[34] 자연 여기서 이주민들이란 주로
1955년 이탈리아와의 모집협약을 체결을 통해 외국인고용이 재개된
이후 독일로 들어온 외국인노동자들과 그 2, 3세들, 그리고 1990년대
동유럽 등지에서 온 난민들을 가리키고 있다.

실제로 이들에 대한 집단적 기억은 파편화되었고, 주변화 되었다.
이들에 대한 집단적 기억의 결정점으로 기능하는 메타포로서의 기억
의 터들은 독일사회에서 좀체 찾기 쉽지 않다. 그것은 박물관들, 학교
들과 교과서, 거리이름들, 기념비들, 그 어디에도 없다. 때문에 독일
에서 이주와 기억 문제를 처음 이슈화했던 노트라인베스트팔렌 주 이
주센터의 역사가 얀 모테(Jan Motte)는 인류학에서 미개한 종족들을
가리킬 때 쓰는 역사 없는 인간들(Menschen ohne Geschichte)이라는 개

---

33) Urlich Herbert, *Arbeit, Volkstum, Weltanschauung. Über Fremde und
    Deutsche im 20. Jahrhundert*, Frankfurt am Main, 1995, p.213.
34) Etienne Francois/Hagen Schulze ed., *Deutsche Erinnerungsorte*. Bd. 1,
    München, 2001, p. 22.

념을 독일사회의 이주민들에게 적용했다.[35] 조금은 과장된 면이 없지 않지만, 어쨌든 앞선 이주현상들과 격리되어 철저히 현대적 현상으로서 1960년대 이주민들의 역사는 독일연방공화국의 역사에서 오랫동안 거의 다루어지지 않았다. 사실 전후 독일의 중요한 사회적 쟁점이 되었던 '독일난민' 문제는 일찍부터 독일 역사학의 주요테마가 되기도 했지만, 독일에서 이민사연구가 본격적으로 시작된 것은 1980년대 부터였다. 그리고 연구 분야도 1945년 이전의 폴란드인 노동자들과 2차 대전기 강제노동자들의 역사에 집중되었다. 서독으로 온 이주민들의 역사가 본격적으로 연구된 것은 1990년대부터였다. 이후 독일 주류역사학은 이민사 분야에서 괄목할만한 양적 성장을 이루었지만, 독일의 이주사는 여전히 그 속에 건재한 민족적 패러다임과 주류사회의 집단적 기억, 고정관념, 이미지 등으로 인해 두 문화, 여러 문화들 사이를 횡단하는 혼종적 정체성을 가진 이주민들의 역사, 즉 트랜스내셔널 히스토리를 담아내는데 많은 한계를 가진 '불완전한 역사서술'에 머물고 있다.

그림 속 독일연방공화국 역사관의 전시물은 초빙노동자, 즉 외국인 노동자들에 대한 주류사회에 의해 기획되거나 만들어진 집단적 기억과 이미지의 예를 잘 보여주고 있다. 사실 본에 있는 독일연방공화국 역사관은 그 설립구상단계부터 많은 논란을 야기했던 프로젝트였다. 1980년대 헬무트 콜(Helmut Kohl) 총리에 의해 추진된 이 프로젝트에 따라, 베를린에 1945년 이전의 독일역사를 위한 독일역사박물관, 본에 1945년 이후의 독일역사를 재현하는 독일연방공화국 역사관이 건설되게 되었는데, 이 계획은 처음부터 신보수주의적 역사수정주의와

---

35) Jan Motte/Rainer Ohlinger, "Menschen ohne Geschichte?," *Die Tageszeitung*, 2002.10.7.

국가중심적 역사의식의 부활이라는 비판을 받았다.36) 우여 곡절 끝에 실현된 역사박물관 프로젝트－독일역사박물관은 1987년, 독일연방공화국 역사관은 1994년 개관했다－는 엄청난 대중적 성공을 거두었다. 가령 독일연방공화국 역사관은 2008년 한해만 85만 명의 관람객이 다녀간 현재 독일에서 가장 인기 있는 박물관이다. 이처럼 많은 관람객들이 다녀가는 독일연방공화국 역사관 한 켠에 자리 잡고 있는 사진은 독일 고용주협회의 주관으로 1964년 9월 10일 쾰른의 도이츠 역에서 열렸던 백 만 번 째 초빙노동자의 환영식 장면을 담고 있다. 사진 속 카우보이모자를 쓰고 있는 사람은 백 만 번 째 초빙노동자로 독일 땅을 밟은 아르만두 호드리게스 지 사(Armando Rodrigues de Sà.)라는 이름의 포르투갈 목수이다. 독일 고용주협회로부터 예상치 못한 오토바이 선물과 꽃다발을 받아 다소 경직된 호드리게스 지 사의 뒤로 보이는 환영식 청중들의 모습은 당시 외국인노동자를 경제성장의 역군으로 환대하는 사회적 분위기를 대변해 주는 것처럼 보인다. 사진 속의 꽃다발, 오토바이, 독일 고용주협회와 다른 단체들에서 나온 하객들과 기자의 환한 웃음과 박수는 기획된 집단적 기억을 완벽하게 만들어 준다. 사진은 사회 내 존재했었던 외국인고용에 대한 불만과 불안 대

---

36) Edgar Wolfrum, *Geschichte als Waffe*, Göttingen, 2002, p.115.

신 '이방인'에 대한 사회적 환대만을 보여줄 따름이다. 또한 전시물은
호드리게스 지 사가 여느 다른 동료들과 마찬가지로 독일인들이 피하
는 사회적 밑바닥의 일자리를 메우며 고된 노동과 외로움, 그리고 때
때로 사회적 차별과 멸시를 당하며 쉽지 않은 타국에서의 삶을 영위했
음을 이야기하지도 않는다. 더욱이 그가 독일에서 얻은 위암으로 포르
투갈의 병상에서 쓸쓸하게 죽어갔음은 물론이고, 그가 독일 노동청이
나 다른 관계기관으로부터 좀 더 자세한 정보만 들었더라면, 더 나은
독일 의료시스템의 혜택을 받을 수 있었을 것이라는 가족들의 불만을
독일인들이 알리 만무하다.[37] 그의 실제적 삶과는 별개로 사진 속 호
드리게스 지 사와 그가 생전에 애지중지했던 오토바이는 1960년대 독
일 경제기적의 역사적 아이콘으로 독일에 돌아와 전시관을 찾는 관객
들을 맞이하고 있다.[38] 이처럼 독일연방공화국 역사관의 이민전시물
은 일국적 패러다임과 그것에 기반 한 민족사서술에 의해 기획된 역사
를 보여줄 뿐이다. 독일연방공화국에 살아가는 많은 이민배경을 가진
자들이 자신들의 문화와 역사를 기억하고 알리는 이민박물관의 건립
을 주장하는 이유도 여기에 있다.

---

37) Veit Didczuneit, *Geschichtsbilder: Armando Rodrigues de Sà. Der millionste Gastarbeiter, das Moped und die bundesdeutsche Einwanderungsgesellschaft,* Köln, 2004.

38) Heribert Prantl, "Herausforderungen für die Kutur- und Gesellschaftspolitik in der Einwanderungsgesellschaft", Dokumentationszentrum und Museum über die Migration aus der Türkei e.V./Netzwerk Migration in Europa e.V. ed., *Ein Migrationsmuseum in Deutschland. Thesen, Entwürfe und Erfahrungen.* Dokumentation zur Fachtagung(17. bis 19. Oktober 2003 in Köln), p.21.

Ⅳ. 운동으로서 이민박물관과 이민전시회들

일국사적 혹은 민족사적 역사서술에 의해 주변화 되거나, 사라질 위기에 처한 이민자들의 역사를 수집하고 정리·연구·전시하는 이민박물관을 건립하고자 하는 운동은 독일에서 1990년대 초부터 시작되었다. 독일연방공화국의 이주현상, 특별히 터키 이주민들에 대한 역사적인 연구가 본격적으로 시작되었던 것도 이때였다는 점을 감안한다면, 그 출발이 결코 늦었다고는 할 수 없다. 하지만 그 시작은 아주 미약했다. 왜냐하면 그것은 정부나 지자체의 지원을 받았던 것도, 광범위한 시민운동도 아닌 이주민단체에 의해 자생적으로 만들어진 운동, 즉 독일 사회전체는 말할 것도 없고, 다양한 이주민공동체들 모두를 대표하지도 못하는 몇몇의 터키 이민자들의 '역사 찾기'에서 파생되었기 때문이다. 물론 터키 이주민들이 독일의 최대 이주민공동체 - 전체 2백 4십만 명-를 형성하고 있다는 점을 감안할 때, 그들이 최초로 주류사회와의 '기억투쟁'에 뛰어든 것은 놀라운 일만은 아니었다. 오늘날 독일의 이민박물관 설립 담론에서 주도적인 역할을 하고 있는 독일 이민 기록센터 및 박물관(Dokumentationszentrum und Museum über die Migration in Deutschland, 이하 도미트 -DOMID)의 전신인 터키로부터의 이민 기록센터 및 박물관(Dokumentationszentrum und Museum über die Migration aus der Türkei e.V. 도미트 -Domit)은 그렇게 시작되었다. 이 단체의 설립취지는 사라질 위기에 처한 터키 이민자들의 역사적 유산을 수집·정리하여 대중들에게 그들의 역사를 알리고 이민 후속세대들에게 남겨주는 것이었다.[39] 하지만 이러한 열정에도 불구하고

---

39) Aytaç Eryilmaz, "Von der Migrantenselbstorganisation zum Museum", Bundeszentrale für politische Bildung/Dokumentationszentrum und Museum

도미트(Domit)는 열악한 재정으로 방대한 이민 관련 자료들을 수집하거나 정리할 수도 없었고 변변한 전시건물을 소유하지도 못했기 때문에, 자력으로 거대한 이민관련 전시를 기획하는 것은 생각할 수조차 없었다.[40]

이 시기, 이전에는 전혀 이민문제에 관심을 보이지 않던 독일의 많은 공공박물관들, 특별히 이주민 밀집지역의 박물관들이 이민관련 특별전시회를 기획하려는 움직임을 보였다. 하지만 이들은 전시할 만한 이민사관련 자료들을 소장하고 있지도 못했고, 새롭게 수집할 여력도 없었다. 왜냐하면 새로운 자료의 수집은 언어적·문화적 어려움을 동반했기 때문이었다. 일반적인 민족사중심의 역사정전과는 달리 이민자들의 역사의 수집과 정리는 특별한 세밀함과 언어지식을 요구했던 것이다. 실제 대부분 극빈층에 속하는 이민자들은 그들의 속내를 좀체 드러내지 않는다. 그래서 이민연구자들이나 이민관련 수집자들은 직접적이고 솔직한 인터뷰 답변들을 얻는데 많은 어려움을 겪는다.[41] 이민자들에 의해 진술되어진 이야기들은 단지 진실의 일부일수 있다. 진실은 대개 미소 짓는 그들의 마스크 뒤에 숨겨져 있다.[42] 권력관계

über die Migration aus der Türkei e.V. ed., *Das hisorische Erbe der Einwanderer sichern. Die Bundesrepublik Deutschland braucht ein Migrationsmuseum.* Dokumentation zur Fachtagung (4. bis 6. Oktober 2002 in Brühl), pp.12-14.

40) Aytaç Eryilmaz, "Deutschland braucht ein Migrationsmuseum", Jan Motte/Rainer Ohlinger ed., *Geschichte und Gedächtnis in der Einwanderungsgesellschaft. Migration zwischen historischer Rekonstruktion und Erinnerungspolitik*, Essen, 2004, p.315.

41) James Scott, *Domination and the Arts of Resistance. Hidden Transcript*, New Haven/London, 1990, p.137.

42) Elisabeth Beck-Gernsheim, *Wir und die Anderen*, Frankfurt am Main, 2004, p.172~173.

로 인해 가면 뒤에 감추어진 진실을 밝히기 위해서는 우리들 중 하나로 여겨지는 내부자의 도움이 절대적이다. 이민사 전시회를 기획했던 독일의 공공박물관들이 이민자들의 협력을 구하게 되었던 이유였다. 역으로 주변화 된 자신들의 역사적 흔적을 모으고 전시하고픈 열정을 가진 이민자집단에 있어서도 전시회를 기획할 수 있는 재력과 경험을 지닌 공공박물관의 도움이 절대적으로 필요했다. 실제 공공박물관의 협력 속에서 기획되었던 전시회들을 통해 비로소 도미트는 문서보관소 서류사본, 언론기사, 사진, 영상, 인터뷰 등과 같은 독일과 터키에 흩어져 있던 방대한 이민관련 자료들을 수집하며 이민자료 아카이브를 구축할 수 있었던 것이다.

상호협력의 시작은 1998년 루어지방 박물관에서 열린 전시회 "이방고향. 터키이민의 역사"였다. 1995년부터 1998년까지의 준비작업 끝에 이루어진 전시회는 터키이민의 일곱 가지 과정, 1. 초청받음 2. 독일로의 여정 3. 기숙사에서의 삶 4. 이방인 5. 초빙-노동자 6. 쾰른과 앙카라 사이 7. 이방고향, 인력모집의 결과를 일목요연하게 보여주면서 1961에서 1973년까지의 모집기간과 1980년대 초까지의 1세대 정주화의 과정을 아우르는 2백만 명 이상의 독일-터키인들의 이민사를 대중들에게 알렸다.43) 관람객의 30%가 독일-터키인들이었는데, 전시회가 이민을 직접 경험한 세대들에게는 감동의 순간이었고, 이민 2세들에게는 부모세대를 이해할 수 있는 기회를 주었다. 독일인 관람자들 역시 알려지지 않았던 이민자들의 역사를 배운 좋은 기회였다는 긍정적인 평가를 내렸다.44)

---

43) Mathilde Jamin, "Migrationsgeschichte im Museum, Erinnerungsorte von Arbeitsmigranten – kein Ort der Erinnerung", Motte/Ohlinger ed., *Geschichte und Gedächtnis*, Essen, 2004, p.147.

이러한 경험이 바탕이 되어 도미트는 터키와의 모집협약 40주년 기념으로 2001년 쾰른에서 열린 전시회 "40년 이방의 고향. 쾰른의 터키 이민"을 열었다. 이것 역시 주류사회의 유관단체들과 지자체의 협력 체계 없이는 불가능한 것이었다. 전시회는 터키이민자들의 역사를 대중에게 알리며 주류사회의 편견을 완화시키는 좋은 기회를 제공했다. 준비과정 속에 이민자들은 정전으로서의 역사적 지식과 학문 그리고 주류사회 박물관들의 관점들과 계속적인 갈등을 경험했지만, 또 한편에서 전시회는 그들에게 주류사회와의 상호협력의 중요성을 깨닫는 계기를 마련했다.

그 협력체제의 정점은 "프로젝트 이민(Projekt Migration)"이었다. 이 것은 연방문화재단의 지원 속에서 도미트가 쾰른 예술협회, 프랑크푸르트대학교 문화인류학/유럽민속학 연구소, 취리히 조형예술대학 조형예술연구소 등과 함께 진행했던 공동프로젝트였다(2002-2006). 이민으로 발생힌 사회적 변화들을 재현한다는 공동의 목적아래 우선 예술가들, 학자들, 활동가들, 이주민들과 선주민들이 참여한 120개의 크고 작은 학술적, 예술적 기획들과 행사들, 이를테면 영화/연극상영, 이민관련 워크숍, 국제심포지엄, 강연들, 전시회들이 준비작업의 일환으로 개최되었다. 그것을 종합하는 결과물이 바로 2005년 독일 외

---

44) *Ibid.*, p.152.

국인인력모집협약 50주년 기념으로 쾰른에서 열린 이민전시회였
다.[45] 여기에서는 터키 이주민들의 역사뿐 아니라 이탈리아, 스페인,
그리스, 포르투갈, 유고슬라비아, 모로코, 튀니지 등의 '공식' 송출국
에서 온 이주민들의 역사, 더 나아가 동독에 계약노동자들을 송출했던
베트남 이주민들의 역사와 1960/70년대 광부와 간호사로 독일에 왔던
한국인 이주민들의 역사도 전시될 수 있었다. 이 전시회는 이민을 다
룬 단순한 예술전시회도, 사회사·문화사적 이민기록전시회도 아닌
예술, 학문, 현실에서 만들어진 다양한 경험들과 시각들이 한데 아우
러진, 트랜스내셔널 과정으로서 이민을 재현하는 새로운 실험이었다:

> "프로젝트는 각기 다른 출신배경과 국적의 예술가들과 학자들이 함
> 께 이끄는 포럼이 되어야 한다. 조형예술, 음악, 연극, 문학 그리고
> 일상문화의 통합은 새로운 재현형식들의 실험을 가능하게 할 것이다.
> 이런 방식으로 이민은 출신국가와 수용국가 양자 간의 동력으로만이
> 아니라 다양한 목소리를 가지면서 또한 서로 모순적인 트랜스내셔널

---

45) 프로젝트 홈페이지에 간략한 소개난이 있다.
  http://www.projektmigration.de/content/projekt.html.

과정으로 재현되어야 한다."46)

이민 혹은 이주를 트랜스내셔널 과정으로 보려는 이러한 시각은 특별히 1990년대 이후 문화인류학과 탈식민주의 연구에서 활발하게 논의 되었던-그때까지도 독일학계에서는 큰 주목을 받지 못했던- 트랜스내셔널 이민연구의 성과에 힘입은바 크다:

> "민족적 시각은 경계를 넘어 들어온 사람들을 타자, 즉 규명하고 이해해야할, 방어하고 통제해야할, 이용하고 통합해야할 이방인으로 만든다. 우리의 작업은 새로운 평가와 가치인정에 이르려는, 즉 민족적 시각을 뒤집고 이민을 사회적 변화의 핵심적 동력으로 보이게 만들려는 시도이다. 이민의 길들은 결코 일방통행이 아니라 민족국가들의 빗장들을 넘어서 사람들, 재화들, 생각들의 교류를 가능케 하는 트랜스내셔널 상호연결이다."47)

이러한 일국적 시각의 극복노력은 출간된 『프로젝트 이민』이 이중 언어로 저술되었다는 점에서도 잘 드러난다. 서문에서도 밝히고 있듯이, 그것은 이민사회의 트랜스내셔널 경험이 풍부한 세계시민적 독자들을 겨냥하거나 반영한 것이었다.48) 많은 사진들, 그림들, 기록들의 수록과 공간과 여백을 강조한 예술적 편집에 이중 언어적 기획이 덧붙여져 『프로젝트 이민』은 890페이지에 달하는 - 한손으로 들기 거의 불가능한 - "거대한 책"이 되었다. 하지만 프로젝트 이민은 책의 무게만큼이나 무거운 민족적 패러다임의 중압감을 극복하진 못한 듯하다.

---

46) Eryilmaz, "Deutschland braucht ein Migrationsmuseum", p.319.

47) Aytaç Eryılmaz/Marion von Osten/Martin Rapp/Kathrin Rhomberg/Regina Römhild, "Vorwort", Kölnischer Kunstverein ed., *Project Migration*, Köln, 2006, pp.16, 20.

48) *Ibid.*, p.18.

다양한 언어들로 쓰여 진 텍스트들은 주류문화에 대비되는 이주문화들이 얼마나 다양하고 복잡한지를 보여주는 데는 성공했을지 모르지만, 주류문화 혹은 선도문화 없는 이주문화들 간의 소통가능성에 대한 의문점을 던져주었다. 간단히 말해, 독일어는 이 책에서 가장 빈번하게 작성된 언어이고, 독일이라는 '민족컨테이너'에 살고 있는 이주민들 대부분이 이해 가능한 '소통언어'인 것이다. 문화적, 혹은 언어적 다양성들은 다시금 다양한 이주민집단들 간의 위계와 권력의 문제로 이어진다. 이것은 사실 주류사회와의 관계, 고국의 경제적 발전, 집단의 규모 등에 따라 유동적이다. 가령 대개의 경우는 불리하게 작용하는 터키이주민집단의 규모는 이주민들의 '자기 기억 찾기'에 있어서는 주도적 역할을 담당하게끔 했다. 자연 여기서 배제되거나 주변화 되는 이주민집단들이 생겨나기 마련이다. 각양각지에서 온 이주민들의 문화적 다양성과 이해관계들을 모두 충족시키는 것은 사실상 불가능하다. 이민박물관 역시 그러한 '다양성의 딜레마'에 노출되어 있다. 이러한 딜레마는 자칫 다양한 이주민들의 문화와 역사를 주류사회의 역사서사에 편입 내지 통합시키려는 노력을 뒷받침하는 논거가 될 수도 있을 것이다. 사실 트랜스내셔널리즘을 표방했지만, 프로젝트 이민에 참여했던 대부분의 이주민 전문가들과 활동가들 역시 민족국가 혹은 수용사회 안에서 자신들의 존재가치를 인정받기 원했다. 즉 이주민들은 이민박물관의 설립을 통해 그들의 역사를 독일사의 일부로서 인정받고 싶었던 것이다. 프로젝트 이민에서 이루어졌던 트랜스내셔널 공동 작업들이 바로 그러한 이민박물관의 근간이 된다는 믿음이 이주민 활동가들에게 있었다:

> "무엇보다 도미트는 이 프로젝트 작업을 역사 · 예술 · 문화 센터로서 이민박물관의 근간으로 파악하고 있다. 독일 이민박물관 협회는 이

미 다양한 이주민집단들이 주류사회와 공동으로 이끌면서 다른 유럽
국가들의 비슷한 기관들과 교류하는 네트워크 구축을 시작했다. 다음
단계는 적당한 박물관 부지를 찾는 것이다. 대도시의 좋은 위치의 대
표성 있는 장소를 생각중이다. 2005년 말 이 전시회기획이 실현되고
난 뒤에는 이민박물관의 제도화가―가령 재단의 설립을 통해― 더욱
진일보 할 것이다. 그러면 도미트의 사회사적, 문화사적 수집활동이
장기적으로 포기될 수도 있을 것이다. 우리의 목표는 노동이민을 넘어
독일의 모든 이민분야로 활동영역을 점차 확대하는 센터이다."[49]

그렇다면 왜 굳이 이주민 활동가들은 국가 공공기관으로서 이민박
물관의 설립을 원했던 것인가? 이민관련 소규모 지역박물관의 건립이
나 순회전시회와 특별전시회의 지속적인 기획과 같은 목표들이 훨씬
실현가능하지 않았을까? 어쩌면 그것은 그들을 타자로, 혹은 이방인
으로 규정하며 주변화 했던 주체가 바로 다름 아닌 민족국가였기 때문
일 것이다. 인정투쟁은 바로 차별과 배제의 진원지에서 이루어져야했
다. 여전히 "정체성 공장"으로서 역할을 하고 있는 민족국가의 역사박
물관들 속에서 자신들의 역사를 '올바로' 재현하는 것이 현실적으로
어려웠기에, 트랜스내셔널 과정으로서의 이민의 사회적 중요성을 일
깨우며 독일사회에서의 이주민의 업적을 인정받는 공간으로서 이민
박물관을 건립하고자 하는 비전이 더욱 절실했던 것이다.[50] 그러나
앞서 언급한 이주민 활동가, 정확히는 도미트의 관장인 에리일마츠의
바램과는 달리 프로젝트 이민의 종결 이후에도 이민박물관 설립을 위

---

49) Eryilmaz, "Deutschland braucht ein Migrationsmuseum", p.319.

50) Aytaç Eryılmaz, "Ein Migration in Deutschland ‒ Kulturpolitische und
   soziale Bedeutung", *Expert Meeting on Migration Museum* (23 bis 25.
   Oktober 2006), p.7.

한 재단이 만들어지지도 않았고, 주변여건들 역시 눈에 띠게 개선되지
않았다. 물론 이민에 대한 '박물관적 관심들'은 이후에도 줄어들지 않
고 지속되었다. 외국인고용 50주년인 2005년 베를린의 독일 역사박
물관은 "이민국가 독일. 1500-2005 이민들"이라는 특별전시회를 열
며 중세 이후 독일에 들어온 다양한 이민현상들을 재현하며 이민국
가로서의 새로운 국가정체성을 확인했다.[51] 2011년 터키노동이민
50주년 기념 특별전시회 "나뉘진 고향(Geteilte Heimat)"이 역시 베를
린의 독일역사박물관에서 열렸다. 이 전시회는 유럽연합의 사회통
합기금과 여러 정관계기관과 경제계의 지원으로 도미트, 터키-독일
문화포럼(Kulturforum Türkei Deutschland e.V.), 독일 터키공동체
(TGD-Türkische Gemeinde in Deutschland), 터키학/사회통합 연구소
(ZfTI-Zentrum für Türkeistudien und Integrationsforschung)가 참여한
공동프로젝트의 일환으로 열렸다.[52] 이처럼 국가공공박물관에서 이
민 내지 이주민들의 '역사들'은 여전히 이벤트성 특별전시회들에서 재
현되었다. 이민박물관의 건립은 물론이고, 독일역사박물관을 위시한
중앙의 공공박물관들 내에 독자적인 이민전시관 건립마저 이루어지
지 않았다. 오히려 이민의 박물관화 내지 이민전시회 열풍은 이주민들
의 삶의 터전인-이주와 정주의 문화적 횡단과 혼종이 실질적으로,
그리고 매일같이 일어나고 있는 공간인- 지역에서 더 활발하게 일어
났다.[53] 독일에서의 첫 이민사전시회라 할 수 있는 "이방고향. 터키이

51) 전시회 책자로 Rosmarie Beier-de Haan ed., *Zuwanderungsland Deutschland. Migrationen 1500-2005*, Wolfratshausen, 2005가 출간되었다.
52) 이것은 순회전시회로 쾰른 시청과 뒤셀도르프 주의회의사당에서도 열렸다.
http://www.50jahre-migration-tuerkei.de/geplante-projekte/domid-ausstellungen/berlin.htm
53) Manuel Gogos, "Ausstellungen zum Thema Migration : Schaut! Uns! An!",

민의 역사"가 열렸던 루어지방 박물관도 바로 그러한 지역박물관이
다. 독일 최초로 이민관련 상설전시실을 마련했던 곳도 다름 아닌
프랑크푸르트의 역사박물관이었다. 주민들의 40%가 이민배경을 가
진 자들로 채워진 슈투트가르트 역시 이민박물관에 대한 높은 관심
을 가지며 이민주제를 재현하며 공동의 정체성 함양에 기여할 도시
박물관을 추진하고 있다.54) 독일 이주민 밀집지역의 상징이 되어 버
린 베를린 크로이츠베르크의 지역박물관 역시 오래전부터 이민관련
전시회들을 기획했고, 많은 성과들을 내었다.55) 최근에도 베를린 크

Der Tagesspiegel, 2011.1.10.

54) Anja Dauschek, "Der transkulturelle Blick – das Thema Migration im
   geplanten Stadtmuseum Stuttgart", *Interkultur. 2. Bundesfachkongress* (20.
   bis 22. Oktober 2008), p.41.

55) Martin Düspohl, "In jeder Generation tauscht sich die Bevölkerung einmal
   aus... Migrationsgeschichte in der Konzeption des Kreuzberg

로이츠베르크 터키이주민들의 역사를 재현한 "새로운 고향에 대한 기억들(Erinnerungen an eine neue Heimat)"이라는 특별전시회가 이곳에서 열렸다. 고향은 앞서 언급했던 많은 독일 이민관련 전시회들에서 거의 공통적으로 등장하는 주제어이다. 이것 아니면 저것을 강요하는 '민족 공간'으로서 독일과 터키, 그 어디에서도 고향을 발견할 수 없었던 베를린 크로이츠베르크의 많은 터키 이주민들과 그 2, 3세들은 이 혼종의 도시공간에서 자신들의 정체성을 찾곤 했다.56) 그러한 정체성 찾기는 슈투트가르트와 프랑크푸르트의 이주민들에게도 역시 해당되었다. 지역박물관들은 이러한 새로운 정체성 만들기 혹은 찾기에 기여하고 있는 것이다: "박물관은 다른 어떤 기관들보다도 더 문화들 간의 실제적이고 지속적인 이해를 만들어낼 잠재력을 가지고 있다. 우리가 어디서 왔건 문화적으로 고향을 느끼게끔 만드는 특별한 능력을 가지고 있다."57)

이러한 지역에서 일어나고 있는 변화들이 굳건한 민족적 패러다임에 균열을 가져오고 있다. 어쩌면 독일의 공공 이민박물관의 건립이 먼 미래의 이야기만은 아닐지도 모른다. 그러나 새로 건립될 이민박물

Museum(Berlin)", Jan Motte/Rainer Ohlinger ed., *Geschichte und Gedächtnis in der Einwanderungsgesellschaft. Migration zwischen historischer Rekonstruktion und Erinnerungspolitik*, Essen, 2004, pp.159~180.

56) Karl-Heinz Meier-Braun, *Deutschland, Einwanderungsland*, Frankfurt am Main, 2002, p.25.

57) Klaus Müller, "The Culture of Globalization. Can museums offer a new version of globalized society?", *Museum News*, May/June 2003. 여기서는 논문의 인터넷 판을 인용했다:
http://www.aam-us.org/pubs/mn/MN_MJ03_Globalization.cfm?renderforprint=1.

관이 과연 문화들 간의 평등한 소통이 일어나는— 서로 뒤얽혀 영향을 주고 받으며 생겨난 혼종적 정체성을 재현하는— 트랜스내셔널 공간으로서 거듭날 수 있을지는 여전히 의문이다. 전통적 이민국들과 실질적 이민국들에 만들어진 이민박물관들이 애국주의/민족주의 혹은 사회통합의 전당으로서 박물관의 근대적 기능을 지속하고 있고, 이민박물관 설립운동 역시 민족적 패러다임을 넘어서는 새로운 기획으로서의 박물관의 청사진을 보여 주지는 못하고 있기 때문이다.

V. 나오면서

독일에서 이민의 박물관화는 모집협약 기념과 같은 일회성 짙은 이벤트의 성격이 강하지만, 여전히 열광적으로— 무엇보다 이주민들이 많이 거주하는 지자체들과 도시들을 중심으로— 지속되고 있다. 이러한 열풍은 자국사중심의 역사서술에 많은 변화를 가져 올 전망이다. 한편에서 "21세기 민족적 역사서술은 집단과 민족의 중간지대를 강조하는 이중직이고 양가적인 역사서술로 교체될 것"이고, 그렇게 되면 "자연 이민자 내지 소수자의 역사가 더 큰 의미로 다가오게 될 것"[58] 이라는 전망이 점점 현실적 힘을 얻고 있는 듯하다. 하지만 다른 한편으로 여전히 일국적 역사서술의 건재함은 도처에서 발견되어 진다. 심지어 민족적 역사서술을 극복하기 위한 투쟁의 최전선이 되어야 할 이민박물관 역시 민족주의적 내지 애국주의적 혐의로부터 자유롭지 못하다. 앞서 언급한 전통적 이민국들과 사실상의 이민국들의 이민박

---

58) Mareike König/Rainer Ohlinger ed., *Enlarging European Memory*, Ostfildern, 2006, p.12.

물관들이 그 점을 잘 보여준다. 그리고 독일에서 관찰되어지는 운동으로서의 이민박물관 역시 일국적 패러다임의 건재를 보여주는 예이다. 물론 여전히 주류사회에 만연해 있는 민족주의라는 괴물에 대항하면서 자신들의 역사를 찾아가는 과정은 트랜스내셔널 운동이었다. 많은 이민자들은 그들의 역사를 수집하고, 정리하고, 전시하는데 주류사회와의 협력이 절대적임을 깨달았다. 주류사회 구성원들 역시 이민자들과의 협력 속에 전시회를 기획하며 은연중에 가졌던 고정관념과 선입견을 깨는 계기가 되기도 했다. 사실 이민자들의 역사는 그들의 떠난 고국과 완전한 끈을 놓지 않은 채 주류사회와 접촉, 교류하며 상호영향을 미치는 트랜스내셔널 히스토리이다. 하지만 현대의 박물관들은 민족적 정체성을 함양하고 계몽하는 장소로서의 기능을 완전히 던져버리지 못하고, 다문화주의와 이민자들의 현실과 관련한 새로운 환경 속에서 문화적 중개자로서의 새로운 역할에 적응하는 데 어려움을 느끼고 있다.59) 이민박물관 역시 이러한 과도기적 딜레마에 빠져 있다. 이미 건립된 이민박물관들이 애국주의적 혐의를 벗고 진정한 의미의 트랜스내셔널 공간으로 거듭나는 과제를 안고 있다면, 이주민들과 선주민들의 평등한 소통을 위한 트랜스내셔널 공간으로서 박물관은 여전히 운동으로서 이민박물관이 잃지 말아야 할 미래비전일 터이다.

---

59) Huyssen, *Twilight Memories*, pp.34~35.

참고문헌

김용우, 「제국 이후의 문명화 사명-파리 브랑리 미술관의 경우」『역사비평』, 2011 봄호.
염운옥, 「포스트-식민 박물관과 '다문화' 정체성의 재구성 - 대서양 노예무역 페지 200
주년 기념전을 중심으로」『역사비평』, 2011 봄호.
전진성, 『박물관의 탄생』, 살림, 2004.

Andreas Huyssen, *Twilight Memories: Making Time in a Culture of Amnesia*,
New York, 1995.
Anja Dauschek, "Der transkulturelle Blick - das Thema Migration im geplanten
Stadtmuseum Stuttgart", *Interkultur. 2. Bundesfachkongress* (20. bis 22.
Oktober 2008).
Aytaç Eryilmaz, "Von der Migrantenselbstorganisation zum Museum",
Bundeszentrale für politische Bildung/Dokumentationszentrum und
Museum über die Migration aus der Türkei e.V. ed., *Das hisorische Erbe
der Einwanderer sichern. Die Bundesrepublik Deutschland braucht ein
Migrationsmuseum.* Dokumentation zur Fachtagung (4. bis 6. Oktober 2002
in Brühl).
Aytaç Ery ı lmaz, "Ein Migration in Deutschland - Kulturpolitische und soziale
Bedeutung", *Expert Meeting on Migration Museum* (23 bis 25. Oktober
2006).
Aytaç Eryilmaz, "Deutschland braucht ein Migrationsmuseum", Jan Motte/
Rainer Ohlinger ed., *Geschichte und Gedächtnis in der Einwanderungsgesellschaft.
Migration zwischen historischer Rekonstruktion und Erinnerungspolitik*,
Essen, 2004.
Carol Ducan/Alan Wallach, "The Universal Survey Museum", Battina Messias
Carbonell ed., *Museum Studies*, Malden, 2006.
Christina Johansson/Christiane Hintermann, "Museums, Migration and
Diversity - An Introduction", Christiane Hintermann/Christina Johansson
ed., *Migration and Memory. Representations of Migration in Europe since*

1960, Innsbruck, 2010.

Christiane Hintermann/Christina Johansson ed., *Migration and Memory. Representations of Migration in Europe since 1960*, Innsbruck, 2010.

Edgar Wolfrum, *Geschichte als Waffe*, Göttingen, 2002.

Elisabeth Beck-Gernsheim, *Wir und die Anderen*, Frankfurt am Main, 2004.

Etienne Francois/Hagen Schulze ed., *Deutsche Erinnerungsorte*. Bd. 1, München, 2001.

Gottfried Korff, "Fremde(der, die, das) und das Museum", Gottfried Korff, *Museumsdinge. deponieren-exponieren*, Köln, 2007.

Gottfried "Korff, Fragen zur Migrationsmusealisierung. Versuch einer Einleitung", Henrike Hampe ed., *Migration und Museum*, Münster, 2005.

Heribert Prantl, "Herausforderungen für die Kutur- und Gesellschaftspolitik in der Einwanderungsgesellschaft", Dokumentationszentrum und Museum über die Migration aus der Türkei e.V./Netzwerk Migration in Europa e.V. ed., *Ein Migrationsmuseum in Deutschland. Thesen, Entwürfe und Erfahrungen*. Dokumentation zur Fachtagung(17. bis 19. Oktober 2003 in Köln).

IOM (International Organization for Migration), *World Migration Report 2008. Managing Labour Mobility in the Evolving Global Economy*, Geneva, 2008.

James Clifford, "Museums as Contact Zones", James Clifford, *Routes: Travel and Translation in the Late Twentieth Century*, Cambridge MA, 1997.

James Scott, *Domination and the Arts of Resistance. Hidden Transcript*, New Haven/London, 1990.

Jan Motte/Rainer Ohlinger, "Menschen ohne Geschichte?," *Die Tageszeitung*, 2002.10.7.

Joachim Bauer, *Die Musealisierung der Migration. Einwanderungsmussen und die Inszenierung der multikulturellen Nation*, Bielefeld, 2009.

Joachim Baur, "Einwanderungsmuseen als neue Nationalmuseen. Das Ellis Island Immigration Museum und das Museum "Pier 21", *Zeithistorische Forschungen* 3/2005.

Joachim Baur, "Zur Vorstellung der Grenze. Beobachtungen aus nordamerikanischen

Migrationsmuseen", Markus Gottwald ed., *KreisLäufe. Kapillaren der Weltkultur.* Münster, 2007.

Joachim Baur, "Expokritik: Ein Migrationsmuseum der anderen Art. Das Deutsche Auswanderer-Haus in Bremerhaven", *Werkstatt Geschichte* 15, Nr. 42, 2006.

Judith Smith, "Celebreting Immigration History at Ellis Island", *American Quarterly*, Vol. 44, No. 1, 1992.

Jürgen Osterhammel, *Die Verwandlung der Welt*, München, 2010.

Karl-Heinz Meier-Braun, *Deutschland, Einwanderungsland*, Frankfurt am Main, 2002.

Klaus Müller, "The Culture of Globalization. Can museums offer a new version of globalized society?", http://www.aam-us.org/pubs/mn/MN_MJ03_Globalization.cfm?renderforprint=1.

Kölnischer Kunstverein ed., *Project Migration*, Köln, 2006.

Linda Basch/Nina Glick Schiller/Christina Blanc-Szanton, *Nations unbound: transnational projects, post-colonial predicaments, and derterritorialized nation-states.* Fifth printing, London, 2000.

Ludger Pries, "Transnationale soziale Räume. Theoretisch-Empirische Skizze am Beispiel der Arbeitswanderungen Mexiko-USA," *Zeitschrift für Soziologie* 6, 1996.

Luis Eduardo Guarnizo/Michael Peter Smith, "The Location of Trans-nationalism," Michael Peter Smith/Luis Eduardo Guarnizo ed., *Transnationalism from Below*, New Brunwick/London, 1999.

Manuel Gogos, "Ausstellungen zum Thema Migration : Schaut! Uns! An!", *Der Tagesspiegel*, 2011.1.10.

Mareike König/Rainer Ohlinger ed., *Enlarging European Memory*, Ostfildern, 2006.

Martin Düspohl, "In jeder Generation tauscht sich die Bevölkerung einmal aus... Migrationsgeschichte in der Konzeption des Kreuzberg Museum (Berlin)", Jan Motte/Rainer Ohlinger ed., *Geschichte und Gedächtnis in der*

Einwanderungsgesellschaft. Migration zwischen historischer Rekonstruktion und Erinnerungspolitik, Essen, 2004.

Martin Schlutow, *Das Deutsche Auswandererhaus in Bremerhaven*, Münster, 2008.

Mathilde Jamin, "Migrationsgeschichte im Museum, Erinnerungsorte von Arbeitsmigranten-kein Ort der Erinnerung", Motte/Ohlinger ed., *Geschichte und Gedächtnis*, Essen, 2004.

Nancy L. Green, "A French Ellis Island? Museums, Memory and History in France and the United States", *History Workshop Journal*, Issue 63, Spring 2007.

Oscar Handlin, *The Uprooted: The Epic Story of the Great Migrations that Made the American People*, Philadelphia, 2002.

Peter Sloterdijk, "Museum - Schule des Befremdens", Peter Sloterdijk, *Der ästhetische Imperativ*, Frankfurt am Main, 2007.

Rosmarie Beier-de Haan ed., *Zuwanderungsland Deutschland. Migrationen 1500-2005*, Wolfratshausen, 2005.

Styliani Tsaniou, *Die Ballin-Stadt auf der Veddel*, Hamburg, 2007.

Urlich Herbert, *Geschichte der Ausländerpolitik in Deutschland. Saisonarbeiter, Zwangsarbeiter, Gastarbeiter, Flüchtlinge*, München, 2001.

Urlich Herbert, *Arbeit, Volkstum, Weltanschauung. Über Fremde und Deutsche im 20. Jahrhundert*, Frankfurt am Main, 1995.

Veit Didczuneit, *Geschichtsbilder: Armando Rodrigues de Sà. Der millionste Gastarbeiter, das Moped und die bundesdeutsche Einwanderungsgesellschaft*, Köln, 2004.

문화 간 소통의 가능성과 조건에 대한 한 연구
-두셀과 테일러의 근대성 이해 및 윤리적 기획의 비교를 통해

김정현

"권력의 차이가 교정되지 않는다면 대화는 불가능하다. …… 대화는 …… 미래의 가능한 세계를 상상하고 건설하기 위해서 과거를 비판적으로 해석하는 이중의 운동이다. …… 내가 말하고자 하는 것은 서구 문명의 독백이 더 이상 강요되지 않을 때만 '대화'가 가능하다는 것이다."　　　　　　　　　　　　　　　　　　　　　　－월터 미뇰로

"우리의 과제는 문화 간 '의사소통'에 필요한 해석학적·역사적 가능성의 조건들에 대한 '이론', 바꿔 말해서 피억압자, 의사소통에서 소외된 자, 배제된 자, 타자의 '해방철학'의 일부로서 '대화철학'을 발전시키는 일이다."　　　　　　　　　　　　　　　　　　　　　　　　－엔리케 두셀

I. 서론

이 글은 비서구와 서구의 문화 간 소통, 혹은 대화[1]의 가능성, 조건에 대해 말하고자 한다. 특히 서구에서 "탄생"한 근대성이 서구를 넘

---

1) 이것이 비서구와 서구 각각의 통일성과 등질성을 함축하지는 않는다.

어 비서구로 확장되는 과정에서 발생한 인식론적, 존재론적 폭력의 해체, 극복이라는 근본적이고도 장기적인 기획을 배경으로 양 문화 간 대화 가능성을 검토하려 한다.

서구 근대성의 전지구적 확장은 서구적 관점과 틀의 **보편성 주장**2) 을 동반하면서 진행되었고, 이것은 곧 비서구에 대한 인식론적, 존재 론적 폭력 행사와 다른 것이 아니었다. 경제적, 군사적 양상으로 진행 된 식민화의 방식이 소멸, 혹은 약화된－식민주의의 쇠퇴－ 오늘날에 도 여전히 지식과 존재의 식민성 효과가 지속되고 있다는 점에서 비서 구와 서구의 문화적 소통은 하나의 절실한 과제로서 제출된다.

철학적 사유 간의 대화, 혹은 소통은 텍스트와 텍스트 간의 조우인 동시에, 그것을 틔운 문화 간 조우의 과정이다. 그런데 주지하듯이, 문화들의 조우에는 항상 권력 관계가 작동한다. 특히 근대 이후 비서 구와 서구 사이 문화적 조우의 경우, 권력 관계의 비대칭성은 비교할 수 없을 만큼 두드러진다. 따라서 근대 이후 비서구와 서구의 대화를 위한 첫 번째 단계는 이러한 비대칭성을 해체하는 것이며, 여기에는 필연적으로 "과거를 비판적으로 해석"하는 과정이 포함된다.

이 글은 이러한 문화 간 역학 관계를 고려하면서 남미 주변부 철학 자 두셀(E. Dussel)의 사유와 서구 중심부 철학자 테일러(C. Taylor)의 사유의 소통 가능성과 그 조건들에 대해 탐색해 보고자 한다. 이 두 철학자는, 양자 모두 근대성의 문제를 핵심적인 연구 주제로 삼고 있 다는 점, 각자 **자신의 위치에서** 근대성의 의미를 **되묻고** 있다는 점, 근대성의 전면적 긍정이나 부정이 아니라 근대성의 양가적 측면에 대 한 인식을 공유한다는 점 때문에 우리의 연구 대상으로 적절하다. 연

---

2) 별다른 언급이 없을 때, 강조는 (원저자가 아닌) 필자의 것이다.

구 주제를 좀 더 구체화하여 표현한다면, 이 글은 트랜스모더니티 (transmodernity)를 주장하며 해방 철학을 전개하고 있는 두셀이, 서구 근대성에 대해 지속적인 연구를 수행해온 테일러의 작업, 특히 그의 윤리적 기획을 어떻게 바라보는지를 살핀다. 이 작업은 서구 근대성에 대한 두셀의 분석, 비판이라는 예비적 작업을 포함한다.

테일러에 대한 두셀의 비판은 두 가지 경로를 밟고 있는데, 하나는 테일러가 보여주는 서구중심주의, 혹은 그러한 시각의 한 표현으로서 그리스중심주의에 대한 비판이다. 다른 하나는 테일러의 (실질적) 윤리학에 대한 비판이다. 이상의 내용이 본론의 전반부을 구성하며, 후반부는 이러한 비판을 검토하는 동시에, 테일러에게 두셀의 문제의식에 상응하는 것은 없는지를 탐색해 본다. 이 작업은 두셀이 테일러를 비판하면서 언급하지 않은『근대의 사회적 상상』의 분석을 통해 이루어질 것이다.

마지막으로, 테일러의 작업의 성과와 한계를 살피는 동시에 해방철학의 비체계적 성격이 지닌 의의에 주목하면서 두셀과 테일러 간의 소통 가능성을 평가한다. 이러한 과정을 통해 비서구와 서구의 문화 간 대화 가능성과 조건이 때로는 명시적으로, 때로는 함축적으로 제시될 것이다.

II. 본론

1. 근대적 자아의 기원에 대한 테일러의 분석과 서구중심주의

테일러의 작업을 분석하면서 두셀이 의도하는 것은 **해방 철학의 윤리적 기획과 "근대적 정체성의 실질적(material(or substantive))**[3] **내**

용을 묘사하는 찰스 테일러의 윤리적 기획"[4])을 비교하는 것이다.

두셀이 자신의 윤리적 기획을 테일러의 그것과 비교하려는 이유를 추정해 보면, 두 가지가 제시될 수 있을 듯하다. 하나는 하버마스로 대표되는, 칸트적 형식주의의 현대판 윤리학에 대한 두셀의 부정적 입장이다. 이것은 윤리(학)의 평면에서 '선'을 배제하고 도덕(법칙)의 보편성 확립에 골몰하는 형식주의 윤리학의 기획 내부에 이미 '선'의 개념이 전제되어 있다고 판단하기 때문이다.[5] 형식주의 윤리학에 대한 이러한 비판에서 두셀과 테일러는 같은 입장을 견지한다. 다른 하나는 이러한 공통성에도 불구하고, 테일러의 기획에 담긴 서구중심성을 비판, 극복하려는 두셀의 목적 때문이다. 한편으로는 공통성으로 인해, 다른 한편으로는 차이로 인해 테일러가 선택되었다고 할 수 있다. 그러나 이와 별개로, 형식(formal) 윤리학과 실질 윤리학의 대립이라는 현대 윤리학의 장에서 펼쳐지고 있는 논쟁에 해방철학을 새로운 대안적 기획으로 제출하려는 두셀의 의도 역시 언급해야 할 것이다.[6]

두셀이 주요 검토 대상으로 삼는 『자아의 기원』(*Sources of the Self*)에서 테일러는 자신의 기획을 이렇게 밝히고 있다.

> 근대적 정체성을 명확히 표현하고 근대적 정체성의 역사를 서술하는 것. 내가 이 용어[정체성]에 의해 의미하고자 하는 것은 인간 주체가 된다는 것이 무엇인지에 대한 (대체로 명확히 표현되지 않은) 이해의

---

3) 이와 대립되는 개념이 '형식적', 혹은 '절차적'이다.

4) *Underside of Modernity*(이하 *UM*), p.129.

5) 칸트를 위시한 형식 윤리학에 대해 이러한 비판을 하는 것은 두셀의 고유한 입장이나 업적이 아니다. 두셀이 상대로 선정한 테일러뿐만 아니라, 리꾀르(P. Ricoeur)도 칸트, 롤스(J. Rawls)의 형식주의, 절차주의에 대해 유사한 비판을 수행한 바 있다.

6) 이에 대해서는, *UM*, 편집자 서론(pp.xxiv-xxv)을 참조.

총체이다. …… 이 정체성이 이상(理想)으로 생각하는 것들과 금지하는 것들-이것이 양각으로 그리고 음각으로 주조한 것-이 어떻게 우리의 철학적 사유, 인식론 그리고 언어 철학을, 대게 우리 자신도 모르게, 형성하였는지를 보여 주고자 했다. …… 덧붙여, 우리의 정체성에 대한 이 초상은 **근대성에 대한 이해의 갱신**을 위한 출발점의 역할을 담당하도록 의도되었다.[7]

자아의 기원에 접근하려는 이러한 역사적 여정은 "분석적 방식과 연대기적 방식의 조합 성격을"[8] 지닌다. 본인 역시 라틴 아메리카 문화의 실질적 내용을 기술하려는 의도로 작업한 바 있는 두셀은, 그 작업이 테일러의 방식과 유사한 역사적 기술의 형태를 띠었던 기억을 되살리며 테일러의 기획에 "아주 강하게 동감한다."

테일러에 대한 이러한 동의에도 불구하고, 두셀은 그에게서 수용할 수 없는 몇 가지 관점과 태도를 확인한다. 첫째, 자아의 기원에 대한 역사적 탐색이 일종의 철학사가 되어버린 사태. 둘째, 서구 근대적 자아의 기원에 대한 서술을 플라톤에서 시작하는 데서 확인되는 그리스중심주의(이것은 유럽중심주의[9]와 다르지 않다). 셋째, 근대적 정체성의 형성과정을 플라톤-아우구스티누스-데카르트-로크 등으로 이어지는 선형적 방식으로 재구성하는 것.

『자아의 기원』에서 테일러가 분석하는 대상은, 두셀의 말대로, **철학자들**이 중심을 이룬다. 이러한 선택으로 인해 근대 자아의 기원을 서술하려는 작업은 "철학 내부적인 탐구"에 한정되고, 그럼으로써 "역사, 경제, 그리고 정치"[10]를 결여하게 된다. 두셀이 볼 때, 이러한 선

7) *Sources of the Self*(이하 *SS*로 표시), preface, ix.
8) *SS*, preface, x.
9) 이 글에서 유럽중심주의와 서구중심주의는 구분 없이 사용된다.

택의 가장 큰 문제, 혹은 위험은 서구 근대적 자아의 형성에 "자본주
의, 식민주의, 그리고 폭력의 지속적 사용 혹은 군사적 침공"[11]이 수
행한 역할을 간과하도록 만든다는 것이다. 데카르트의 사유하는 자아
는, 그것에 선행하는 '정복하는 자아' 없이는 존재할 수 없었을 것이라
는 생각을 지닌 두셀이 보기에는 묵과할 수 없는 사태이다.[12]

테일러가 플라톤을 자아의 기원을 형성한 역사의 초두에 놓은 것은
그가 그리스 철학자들을 "모든 철학적 방법론을 위한 출발점으로 간
주"[13]한 것이며, 그리스 철학을 근대 서구 문화의 구체적 내용[14]을
분석하기 위한 "하나의 특권적 사례"로 상정했다는 것을 의미한다는
것이 두셀의 생각이다.

근대적 자아의 재구성이라는 목적을 생각할 때, 오히려 테일러는
플라톤을 위시한 그리스 철학자들이 아니라 다른 기원들에 의존했어
야 했다. 그 다른 기원이란, 『사자(死者)의 서(書)』로 대표되는 이집트의
기원과 함무라비 법전으로 대표되는 바빌로니아의 기원이다. 두셀은
전자에서 나타나는 다음과 같은 서술에서, 윤리적으로 자신을 성찰하
는 개인적 주체의 모습을 확인한다.

나는 배고픈 사람에게 먹을 것을 주었고, 목마른 자에게는 물을, 헐
벗은 자에게는 옷을, 그리고 조난당한 자에게는 배를 제공했다.[15]

---

10) *UM*, p.130.
11) *UM*, p.130.
12) 『1492년, 타자의 은폐』, 50~72쪽 참조. 두셀은 테일러의 이러한 선택 때문에, 그가
  근대성에 대해 비판적 성찰을 할 수 있는 기회를 봉쇄당했다고 주장한다.
13) *UM*, p.130.
14) 여기서 서구 문화의 구체적 내용이란 윤리를 선을 향한 지향으로 이해하는 문화를
  말한다. *UM*, p.130 참조.
15) 『사자의 서』(*UM*, p.130에서 재인용).

이 책에 나오는 인물은 생전에 자유롭게 행한 자신의 행위에 대해 책임을 떠안고 있다. 이집트의 신 오시리스가 사자를 소생시키는 것도 개인의 개별성을 유지하려는 의도에서 그렇게 한 것이다.

함부라비 법전은 또한 다음과 같이 말한다.

> 나의 수호신에 의해 그들의 형제들은 평화롭게 인도를 받으며, 나의 지혜로 그들은 보호를 받는다. 강자가 약자를 억압하지 않을 것이며, 고아와 과부가 조언을 받을 것이다.[16]

여기에는 플라톤의 사상에는 없는, '타자성에 관한 윤리적 원칙들'이 있다. 그리스중심주의를 벗어나 시야를 그리스 밖으로 돌리면, 거기서 근대적 자아의 더 진정한 기원을 발견할 수 있을 뿐 아니라, (부정적 측면의) 근대성을 극복할 수 있는 자원까지 발견할 수 있다.[17]

두셀이 문제 삼는 또 다른 측면은 테일러가 근대성의 통시적 진행과정을 선형적으로 재구성한다는 점이다. 근대적 정체성의 형성과정을 이렇게 선형적인 것으로 설정할 경우, 근대성 형성의 주요 계기인 주변(비서구)을 자아 형성의 기원으로 포함하지 못함으로써 "'근대적 성체성'과 '자아의 기원들'의 어떤 측면들은 발견하지만, 다른 측면들은 폐색[시킨다]"[18] 요약하자면, 테일러의 서구중심주의는 서구 근대적 자아의 재구성이라는 애초 자신이 설정한 목표의 달성을 방해한다.

---

16) 함무라비 법전(*UM*, p.131에서 재인용).

17) 이 외에도 두셀은 리쾨르의 분석을 차용하여 다음과 같이 말한다. "폴 리쾨르가 이미 『악의 상징』에서 보여주었듯이, (플라톤이 아낭케(ananke)에 대한 그의 교설로써 반복하는) 프로메테우스의 비극 신화는 아담 신화와 근본적으로 다르다. 아담 신화에서 '유혹'의 구조는 자유의지의 변증법으로서 주어진다(그리고 확실히 아담 신화의 내부에 우리는 '근대적 자아의 기원들'을 둘 수 있을 것이다)"(*UM*, p.131).

18) *UM*, p.131.

서구중심성의 문제는 테일러만의 문제가 아니다. 하버마스 같은 사상
가에게도 공히 나타나는 문제이다. 좀 더 거슬러 올라가면, 우리는
서구중심주의자의 한 전형인 헤겔을 만난다.

2. 서구 사상가들의 근대성 이해와 서구중심주의

근대성을 서구의 고유한 현상으로 이해하는 대신, 두셀은 근대성을
이중의 정의를 지닌 것으로 해석한다. 한 정의는 두셀이 유럽중심적인
것이라고 부르는 것이고, 다른 하나는 세계적(보편적인 것이 아닌 지구적
인(planetary, not universal)) 성격을 지니는 것이다.[19] 유럽중심적이라
는 것은 근대성을 오직 유럽적인 특징들로만 묘사하는 것을 의미하고,
세계적이라는 것은 근대성의 현상이 주변과 연계된 중심의 현상임을
의미한다.[20]

두셀이 보기에, 하버마스와 테일러, 베버, 헤겔 등 많은 서구의 사상
가들은 근대성을 "본질적으로 혹은 배타적으로 유럽적 현상"[21]으로
바라본다. 그러나 근대성이 유럽의 현상이라는 것은 맞지만, 이러한
서술은 몇 가지 전제 위에서 이해되어야 한다. 우선, 서구 근대성의
기원에는 "이집트 세계, 바빌로니아 세계, 셈 세계, 그리스 세계"[22]가
함께 포함되어야 한다. 다음으로, 서구 근대성은 15세기에 이르러 세
계적 차원을 획득한다는 것이다. 이것이 의미하는 바는, "근대성은 대
략 10세기 이후 유럽의 자유 도시들(봉건 세계라는 맥락 내부에 있는)에서

---

19) *UM*, p.131 참조.
20) *UM*, p.131 참조.
21) "Eurocentrism and Modernity", p.65.
22) *UM*, p.132.

발원했으나(*originates*), 그것은 유럽이 그 자신을 세계 체제의 중심으로서, 세계 역사(최소한 1492년과 더불어 시작된)의 중심으로서 구성했을 때 **탄생했다**(*born*)[이상 두셀의 강조]"23)는 것이다.

근대성의 기원과 형성에 대한 이러한 분석에 기초해 두셀은 서구중심주의가 "인간의 추상적(혹은 심지어 초월적인(transcendental)) 보편성 일반의 측면들과 유럽의 구체성, 사실, 최초의 전지구적 구체성(즉, 최초의 구체적인 인간적 보편성)의 계기들을 혼동한 데서, 혹은 그 둘을 동일시한 데서 성립한다"24)고 주장한다.

베버의 경우, 그의 서구중심성은 종교사회학 논문집 서문에서 뚜렷이 나타난다. 하버마스가 확인하듯, 베버의 문제의식은 "왜 유럽 밖에서는 '과학, 예술, 국가, 경제가 모두 서구에 고유한 합리화의 궤도에 따라 발전하지 않았는가?'"25) 하는 것이다.

> 보편사의 문제들을 근대 서구 문화 세계의 후예는 불가피하게 그리고 정당하게 다음과 같은 문제제기 아래 다루게 된다. 즉 어떠한 상황들이 어떠한 방식으로 연결되어 작용한 결과로 하필 서구의 터전에서, 그리고 유독 여기에서만—적어도 우리 서구인들이 흔히 **표상하듯이**—**보편적**[베버 강조] 의의와 타당성을 지니는 방향으로 발전한 문화 현상

---

23) *UM*, p.132. 근대성에 대한 이러한 서술을 우리는 다수의 두셀 저작에서 공통적으로 볼 수 있다. "근대성은, 사실, 유럽적 현상이지만, …… 비유럽적 타자성과 변증법적 관계 속에서 구성된 것이다. 근대성은 유럽이 그 자신을, 자신이 출범시킨 세계사의 '중심'으로서 단언할 때, 아울러 이 중심을 둘러싼 '주변'이 그 귀결로 유럽의 자기 규정의 일부가 될 때, 등장했다. …… 근대성 자체는 유럽이 그 자신을 타자에 대립하여 설정했을 때, 달리 말해, 유럽이 그 자신을 타자성을 탐험하고, 정복하고, 식민화하는 통합된 자아로 구성할 수 있었을 때, '탄생'했다"("Eurocentrism and Modernity", pp.65~66).

24) *UM*, p.132.

25) 『의사소통행위이론』 1권, 257쪽.

들이 출현했는가?26)

이 질문에 대한 답을 구하면서 베버는 서구 근대성이 우월한 이유를
"특정한 몇몇 결정요소들 내부에서 찾고자"27) 했다. 그 요소들이란,
자본주의 기업, 노동력의 조직화, 기술과학적 지식, 관료화된 통제 체
계들, 모든 평면에서 진행된 존재 합리화 등이다. 이에 대해 두셀은
베버의 문제는, "'서구의 토양'에서 배타적으로 그리고 그 자체의 발전
방향으로부터 산출된 '문화 현상들'이 15세기 이래 절대적(implicit) 보
편성을 '그 자체로부터' 지녔다고 선험적으로 전제하는 데"28) 있다고
말한다.

두셀이 볼 때, 서구 근대성에 대한 베버의 이러한 인식에는 근대성
형성을 가능하게 한 조건이 생략되어 있다. 이 점은 베버의 질문을
역으로 제기할 때, 뚜렷해진다. 베버가 오직 서구의 토양에서만 확인
할 수 있는 것으로 본 문화 현상들은, 실상, 그것들을 가능하게 한
여러 다른 조건들 덕분이 아니었을까? 근대 서구가 자신의 문화를 보
편성으로 가장한 채 다른 문화에 강요할 수 있었던 것은 서구가 획득
한 어떤 비교우위 덕분이 아니었을까?29) 두셀에 따르면, 이 비교우위
를 제공한 것이 바로 라틴 아메리카였다. 다시 말해, 유럽이 라틴 아메
리카를 정복함으로써 획득한 이 우위가 "부분적으로(그러나 그것은 근대
성의 해석에서 그간 결코 고려되지 않았던 설명의 한 부분이다) 무슬림 세계에
대한 승리를 설명해 주며, …… 중국에 대한 승리를 설명해 준다."30)

---

26) 『종교사회학논총』 서문, 11쪽(이 면수는 이 글을 싣고 있는 『프로테스탄티즘의 윤
　리와 자본주의 정신』(도서출판 길, 2010)의 면수이다).

27) *UM*, p.133.

28) *UM*, p.133.

29) *UM*, p.133 참조.

서구 근대성의 성립에 비서구적 계기를 포함시키지 않음으로써 근대성에 대한 이해를 방해하는 서구중심성은 유럽의 우위에 대한 테일러의 설명에서 다시 확인된다.

> 사실 이것[수많은 소농이 농지에서 쫓겨나 산업화의 새 중심지로 유입된 것]은 근대성의 특정 실천들[관행들]이, 때로는 야만적으로, 그들의 중핵지대들 외부로 강요된 일반적 과정의 단지 한 사례이다. 일부 실천들의 경우에 이것은 불가피한 역동(an irresistible dynamic)의 부분으로 보였다. 기술 지향적인 과학의 실천들이, 그것들이 발전된 국가들에 다른 국가들을 지배할 누적적인 기술적 우위를 제공하는 데 도움이 되었던 것은 분명하다. 이것이, 내가 이전에 서술했던 통제된(disciplined) 운동에 대한 새로운 강조의 결과들과 함께 결합되어, 유럽의 군대들에게 17세기부터 20세기 중반까지 비유럽인들을 능가하는 두드러지고 증가하는 **군사적 우위**[두셀 강조]를 제공했다. 그리고 이것은 우리가 자본주의라고 부르는 경제적 실천들의 결과들과 결합되어 유럽 강대국들이 **한 동안**[두셀 강조] 세계 헤게모니를 쥐는 것을 허용했다.[31]

근대성에 대한 이러한 서술에서 두셀은 테일러의 오류를 확인한다. 오류의 핵심에는 새로운 비교 우위의 시작을 17세기로 잡는 인식이 있다. 이러한 인식에는 15세기 말엽 시작되어 16세기 내내 유럽에 의해 자행되었던 라틴 아메리카의 정복이 고려되지 않고 있다. 이 시기에 이루어진 토착 아메리카에 대한 지배가 "하나의 도약대로서 아시아─아프리카 문화에 대한 현저한 우위의 구조화"[32]를 가능하게 했다. 이렇듯, 테일러의 인식에서는, 베버와 마찬가지로, **주변부에 대한**

---

30) *UM*, p.134.

31) *SS*, p.207(*UM*, p.134에서 재인용).

32) *UM*, p.134.

이미 확립된 유럽 중심성의 결과가 합리화, 과학, 그리고 '근대적 자아'의 결과로 제시되어 있다.[33]

의사소통 윤리학에 담긴 문제―배제의 원리(principium exclusionis)―를 해방 철학의 관점에서 본격적으로 비판[34]하기 전에, 혹은 그 문제와 별개로 두셸은 하버마스가 서구 전통 내에서만 가능한 것으로 본 대항담론(counter-discourse)에 대한 그의 서구중심적 견해를 비판한다.

주체중심적 이성으로부터 의사소통이성으로의 패러다임 전환은 또한 처음부터 현대에 내재하고 있는 **반대담론**[필자 강조]을 다시 한 번 수용하도록 부추긴다. 니체의 극단적인 이성비판은 형이상학 비판적인 노선과 마찬가지로 권력이론적인 노선에서도 일관되게 실행될 수 없기 때문에, 우리는 주체철학으로부터 벗어날 수 있는 다른 출구에 의존할 수밖에 없다. 우리는 자기 자신으로 말미암아 스스로 붕괴하는 현대성의 자기비판에 대한 근거들을 다른 전제조건하에서 고려하여, 니체 이래 감염되어 있는 현대성과의 성급한 결별이라는 동기들을 정당하게 평가할 수 있어야 한다.[35]

새로운 이성비판[36]은 이제 곧 2백년이 되는, 현대 자체에 내재하고

---

33) 테일러의 다음 서술에서도 확인되듯이, 그에게 "식민주의 혹은 주변부의 지배는 오직 후차적이고 양적 결과(a posterior and quantitative effect)만을 지닌다"(*UM*, p.151, 미주 30). "이것[유럽의 헤게모니 확보]은 분명 이 실천들[자본주의의 실천들]의 전파[두셸 강조]에 엄청난 중요성을 지녔다 ……"(*SS*, p.207, *UM*, p.151, 미주 30에서 재인용).

34) 이에 대해서는 *UM*, pp.145~147 참조.

35) 『근대성의 철학적 담론』, 353쪽.

36) 여기서 새로운 이성비판은 "칸트의 저술들과 전기를 가지고 현대적 지식형식의 생성이라는 푸코적 주제"(『근대성의 철학적 담론』, 354쪽)를 다루는 하르트무트(Hartmut)와 게르노트 뵈메(Gernot Böhme)의 연구를 가리킨다. 확장하면, 이 새로

있는 저 반대담론[37]을 몰아낸다. 내가 이 강의를 통하여 상기시키고자
하는 것은 바로 이러한 반대담론이다.[38]

현대적 서양은 이러한 심성이 이성의 자리를 차지할 수 있는 세계를
위한 정신적 전제조건과 물질적 토대를 만들어냈다. 이것이 니체 이래
로 실행되고 있는 이성비판의 진정한 핵심이다. 서양이 아니라면 누가
자신의 전통으로부터 비전을 지닌 통찰과 에너지와 용기를 길어낼 수
있겠는가?[39]

인용된 글에서 두셀은 서구중심주의와 '발전주의 오류'(develop-
mentalist fallacy)[40]를 본다. 20세기에 나온 발언이라고 믿기 어려울
만큼 서구 전통에 대해 오만한 자부심을 표현한 마지막 인용문은 일단
논외로 하고, '발전주의 오류'에 대해 말하자면, 그것은 하버마스가 대
항담론의 시작을 200년 전 칸트로 설정한 데서 확인된다. 그러나 근대
성에 대한 세계적(worldly) 관점을 취하고 있는 두셀이 볼 때, 대항담론
의 역사는 이미 500년이나 되었다. 인디언들에게 자행된 불의를 공격
했던 안톤 몬테시노스(Antón de Montesinos), 세풀베다와 논쟁했던 바
르톨로메 라스 카사스(Bartolomé de las Casas), 그리고 『인디언에 관하
여』(De indiis)를 썼던 살라망카 대학교 교수 프란시스코 비토리아
(Francisco de Vitoria) 등은 그러한 사례들이다.

운 비판에는 니체에서 시작된 급진적 이성비판이 포함된다.
37) 칸트가 대표하는, 칸트에서 시작된 이성비판을 의미한다. "칸트는 이성비판을 이성
  의 고유한 관점에서, 다시 말하면 엄격하게 담론적인 이성의 자기절제의 형식으로써
  실행하였다"(위의 책, 354쪽).
38) 위의 책, 355쪽.
39) 위의 책, 423쪽.
40) 이에 대해서는 본 논문의 **라** 절을 참조.

대항담론(의 출현)과 관련하여 또 하나 중요하게 고려해야 할 점은, 그것이 근대성의 세계화와 연관되어 있다는 것이다. 지구상의 거의 모든 문화들을 포괄하는 최초의 시기에―비록 중심과 주변이라는 왜곡된 관계에서 이긴 하지만― 유럽과 비유럽이 접속할 수 있었던 덕분에, 비유럽 주변부에서 지배당하고 착취당하는 타자의 존재와 유럽의 비판적 이성―비유럽의 타자에 대해 개방적이고, 억압받는 타자성을 자신 안으로 받아들여 자신을 구성하는― 이 만날 수 있었고, 그것을 통해 대항담론은 가능했던 것이다. 그런 점에서 "유럽의 대항담론은 유럽―중심과 지배당하는―주변부의 합작품이다."41)

근대성과 대항담론에 대한 이러한 이해에서는 대항담론이 근대성에 내재되어 있다라는 하버마스식의 주장은, 그의 의도와 다르게 해석된다. 즉 이 경우 대항담론을 내재하고 있는 근대성은 서구에 한정된 것이 아니라 주변부의 타자성을 포함해야 하는 것이다.42)

유럽에서 생산된, 근대성에 대한 대항담론 역시 근대성에 내재되어 있다는 하버마스의 주장은, "근대성이 배타적으로 유럽적 지평으로 규정되는 한"43)에서 가능한 주장이다. 그러나 이 대항담론이 이미 주변부 "타자성과의 비판적 대화의 변증법적 산물이라면,"44) 그것의 배타적이고 내재적인 유럽 소속성을 말할 수 없고, 마찬가지로 유럽은 자신의 전통으로부터 대항담론을 지속적으로 도출해 낼 수 있는 유일한 곳이라는 주장 역시 성립할 수 없을 것이다.45)

서구의 대항담론 형성에 비서구의 타자성(과 그것의 담론)이 핵심적

---

41) *UM*, p.136.
42) *UM*, p.136 참조.
43) *UM*, p.136.
44) *UM*, p.136.
45) *UM*, p.136 참조.

이라면, 비서구적 사상의 연구는 "일화(逸話)적 과제나 철학 그 자체의
연구에 병행하는 과제"가 아니라, 비헤게모니적이고 망각되었던 대항
담론, 곧 "근대성 그 자체를 구성하는 타자성의 대항담론을 **구출하는**
[두셀 강조] 역사의 문제"46)가 된다.

중심과 주변의 사상을 변증법적 관점에서 바라보고, 공동의 세계
비전을 위한 철학을 구성해야 하는 해방철학적 기획에서, 칸트는 배타
적으로 유럽의 사상가가 아니라 비판 철학의 과제를 부여받은, 유럽에
있었던 인류의 한 사람으로서 인식되며, 지역적 의의만을 지녔던 클라
비제로의 사유는 지역을 넘어 세계적 적실성을 지닌 것으로 자리매김
된다.47) 미래의 철학적 기획에서 중요한 과제 중 하나는 "(유럽에서
지금까지 유일하게 '철학'으로 간주되어 온 중심의 철학을 생산한) 중심부−철
학이 (주변적인 철학을 생산한) 주변부에서 혹은 주변부에 의해 겪은 굴
절이라는 풍요로운 주제"48)를 발굴하는 것이다.

해방철학은 주변에서 탄생했지만, 세계적 주장들을 지닌 대항담론,
비판철학이다. 다시 말해 자신의 주변성에 대한 명확한 인식을 소유
한, 그러면서도 전지구적 주장(a planetary claim)을 담지한 철학이다.
해방철학은 의식적으로 유럽철학을 대면하는데, 이것은 유럽철학이
지난 오세기 동안 수행해 온 중심의 철학으로서의 기능을 해체하고,
새로운 미래 철학을 공동으로 구성하기 위해서이다.

근대적 자아의 정체성 재구성이라는 테일러의 작업과 관련하여 말
한다면, 해방철학의 기획에서는 그러한 재구성에 본질적이고, 공동으
로 그 기원을 구성하는 지평, 곧 식민지 타자, 비대칭적 위치의 문화,

---

46) *UM*, p.137.
47) *UM*, p.137 참조.
48) *UM*, p.137.

지배당하는 자에 대한 명확한 의식을 갖는 것이 필요하다. 이러한 타자를 고려하지 않는다면, 근대적 정체성을 재구성하려는 테일러의 작업 전체가 무효화될 것이다.[49]

3. 테일러의 윤리학에 대한 두셀의 비판

테일러의 윤리학은, 도덕의 형식화를 추구했던 칸트가 '질료적'(material)이라고 부른 '내용'을 중시한다. 달리 말하면, '선'의 윤리학이다. 테일러에 대한 두셀의 평가는 양가적이다. 한편으로 윤리학의 형식주의화를 부정적으로 평가한다는 점에서 테일러와 두셀은 공명한다. 그러나 다른 한편으로 선의 윤리학에 내재된 억압의 원리(principium oppressionis)[50]로 인해 비판을 받는다.

앞에서도 언급하였듯이, 두셀이 테일러의 사상에 접근하면서 일차적으로 의도하는 것은 그의 윤리적 기획과 해방철학의 윤리적 기획의 차이를 드러내는 것이다. 이러한 작업은 동시에 현대 윤리학의 장에서 전개되는 형식주의(혹은 절차주의)와 실질주의, 혹은 자유주의와 공동체주의 간의 논쟁[51]에 대한 개입의 의미 역시 지닌다. 이것은 두셀이 테일러를, 칸트, 하버마스의 형식주의자들과 대립시키고, 그 후 자신과 다시 대립시킴으로써 해방철학의 기획을 부각시키는 데서 확인할 수 있다.

두셀에 따르면, 칸트와 하버마스 같은, 형식주의를 추구하는 철학

---

49) *UM*, p.138 참조.

50) "주어진 생활세계의 실질적 원리들에서 출발한 모든 윤리적 기획 내부에는 항상 억압받는 누군가가 존재한다"(*UM*, XXV)는 원리. 또한 *UM*, p.144 참조.

51) 이에 대해서는 『배제의 배제와 환대』, 91~122쪽 참조.

자들의 윤리학 내부에도 '내용'의 측면이 항상 존재한다. 칸트 윤리학의 경우에, 도덕법에 대한 존경의 근거가 인격의 존엄성에 대한 존경에서 연역된다는 점에서, (아펠을 포함하여) 하버마스의 경우에는, 의사소통 공동체(그것이 초월적인 것이든, 이상적인 것이든)가 "동등한 권리를 지닌 인격들로서, 모든 참여자들 그리고 모든 당사자들의 인격성을 궁극적으로 지시하고 있다"[52)는 점에서 순수하게 형식적이지 않다.[53)

두셀이 판단하기에, 윤리학에 대한 테일러의 이해는 헤겔의 영향, 특히 칸트 윤리학에 대한 헤겔의 비판에 영향을 받았다.[54) 칸트에 대한 헤겔의 비판은 청년시절부터 있었다.

> 예수는 이 하늘나라[산상수훈에서 제시된]에서 그들에게 율법의 폐지를 보여주지는 않는다. 오히려 율법은 사소한 의무들(Pflichtlinge)의 정의보다 더 완전하고 그 이상이며 다른 정의인 정의에 의해서 완성되어야 한다: [다른 정의란 곧] 율법이 지니는 결함의 충전(充塡, Ausfüllung).[55)

이는 "칸트가 형식적 법칙(도덕성)이라는 구약성경이라면, 예수는 신약성경, 곧 한 측면의 것이 플레로마(인륜성) 속에서 지양된 것(the subsumption(*Aufhebung*) of the unilateral in the pléroma(*Sittlichkeit*))임"[56)을 의미한다. 이 시기 헤겔에서 우리는 형식적인 보편적 법칙뿐 아니라 경향성, 사랑이 동등한 위상을 지니고 있음을 본다.

---

52) *UM*, p.139.
53) 이러한 논의는 그 자체 큰 규모의 논의의 장을 요구한다.
54) 두셀의 평가와 별개로, 테일러, 매킨타이어, 샌들 등의 '공동체주의자'들은 신헤겔주의자로 불린다.
55) 『기독교의 정신과 그 운명』, 조홍길 옮김, 70쪽(*UM*, p.140에서 재인용).
56) *UM*, p.140.

우리는 더욱 많은 것을 자신 속에 포함하는 이런 것(dies mehr in
sich Enthaltende)을 율법이 명령하는 대로 행동하는 경향, 즉 경향과
율법의 일치라고 부를 수 있다. 경향과 율법이 일치함으로써 율법은
율법으로서의 자기의 형식을 상실한다. 경향과의 이 일치가 율법의 완
성(πληρωμα, [플레로마])이다. …… [존재는 주체와 객체의 종합이고, 그
종합안에서 주체와 객체는 자신들의 대립을 상실했다.]57) 마찬가지로 앞에
말한 경향, 즉 덕도 종합이며 이 종합안에서 법칙(따라서 칸트는 늘 객관
적인 법칙이라고 부른다)은 자기의 보편성을, 똑 같이 주체는 자기의 특
수성을—양자는 자기들의 대립을 상실한다.58)

여기서 우리는 이미, 후에 완성될 헤겔의 모습을 확인한다. 객관적
법칙은 "(공동체 혹은 구체적 민족으로서) 주체—객체적인 것에 의해 지양
되며, 그것은 이제 '제이의 본성'이 된다."59) 도덕이 명령에서 존립한
다면, 이제 인륜성은 사랑, 성향, 에토스에서 존립한다. "법칙과 경향
의 일치는 생명이고 상이한 것들의 관계로서 사랑이고 존재이다."60)
하이데거 역시, 형식을 통해 도덕의 보편성을 추구했던 칸트를 비판
했다. 헤겔과 달리 그는 존재론적 방식으로 비판한다. 문제가 되는
것은 (이론적, 실천적) 대상을 구성하는 주체의 존재 방식이다. 하이데
거에 따르면, 인간은 현존재로서, 대상을 구성할 때, 이미 '세계' 속에
서 '실존'하고 있다. 따라서 대상을 구성하는 칸트적 의미의 주체성은
더 이상 성립되지 않는다. 하이데거의 작업은 칸트의 실천 이성을 포
함하여 근대적 주체성을 '세계 내 존재' 속에서 지양한 것이다.61)

---

57) 두셀이 인용하지 않은 부분이지만, 인용 부분의 이해를 돕기 위해 보충함.
58) 『기독교의 정신과 그 운명』, 70~71쪽(*UM*, p.140에서 재인용).
59) *UM*, p.140.
60) 『기독교의 정신과 그 운명』, 72쪽(*UM*, pp.140~141에서 재인용).
61) *UM*, p.141 참조.

하이데거에 대한 짧은 분석, 헤겔에 대한 상대적으로 긴 분석을 거쳐 두셀은 테일러의 작업을 논하는 자리로 들어간다. 그는 테일러가 비교적 주제적으로 윤리를 논한 세 저작, 『자아의 기원』, 『진정성의 윤리』, 「인정의 정치학」을 차례로 분석한다.

『자아의 기원』의 근본 의도는 현재의 윤리적 곤경을 이해하고, 그에 대응하기 위해 "근대적 자아의 기원, 내용, 그리고 정체성 위기"[62]를 분석하는 것이다. 이런 작업은 칸트나 하버마스가 생각하는 추상적이고 형식적인 도덕 이해의 기초 위에서는 가능하지 않은 것이다.[63] 헤겔과 테일러가 공히 추구하는 윤리적 삶[혹은 인륜성]은 "선을 지향하는 구체적 지평, 최종적으로 '생명에 대한 존경'에 기초한 '도덕 존재론'을 전제하는 '상위선들'(hypergoods)을 향해 정향된 구체적 지평에서만 재구축될 수 있다."[64]

테일러에 따르면, 현재의 서구 문화에서 '자아의 정체성'은 '기독교의 신의 이신론(理神論)화', '주체로서 인격의 자기 책임성', '자연(혹은 본성)의 선함에 대한 낭만주의적 신뢰'라는 근대에 확립된 역사적이고 도덕적인 기원들에서 형성되었다. 근대성의 위기는 "이러한 기원들이 인식되지 않기 때문에, 혹은 망각되었기 때문에"[65] 발생한 것이다. 이러한 진단에 기초하여, 테일러는 『자아의 기원』의 의도를 다음과 같이 제시한다.

　　　이 저작의 의도는 복구, 곧 묻혀버린 선들을 다시 명료화함으로써

---

62) *UM*, p.141.
63) 물론, 이들의 입장에서 볼 때는, 테일러의 작업은 도덕 철학의 소관이 아니라는 반론이 가능하다. 이에 대해서는 『담론윤리의 해명』, 214~225쪽 참조.
64) *UM*, p.141.
65) *UM*, p.142.

드러내려는 시도였다. 그렇게 함으로써 이 기원들이 다시 힘을 얻는
것, 반쯤 손상된 정신의 허파에 다시 공기를 공급하려는 것이었다.
······ 희망의 요소는 많다. 나는 그 희망이 유대 기독교의 유일신론에,
인간에 대한 거룩한 긍정이라는 그 중심적 약속에 함축되어 있는 것을
본다.66)

『진정성의 윤리』는 진정성(authenticity)을 하나의 도덕적 이상으로
서 정립하려는 목적을 지니고 있다. 이를 위해 테일러는 예비적으로
현대 사회의 몇 가지 불안(malaises)과 그 원인에 대해 기술한다.

　여기에서 나는, 우리 인류의 문명이 "발전하고 있음"에도 불구하고
사람들로 하여금 상실감과 몰락의 느낌을 갖게 만드는 현대 사회와
문화의 특징들을 다루고자 한다.67)

테일러가 분석한 불안의 원인은, 첫째, '개인주의', 둘째, '도구적 이
성의 지배', 그리고 셋째는 앞의 두 원인들이 정치 생활에 미치는 결과
로서, 토크빌이 "연성"(soft) 전제(專制)라고 부른, "체계의 전제"이
다.68) 이러한 원인들이 야기한 현대 사회의 불안은 다음의 세 가지로
종합된다.

　첫 번째 두려움은 이른 바 삶의 의미의 상실, 즉 도덕적 지평들의
실종에 관한 것이다. 두 번째는 만연하는 도구적 이성 앞에서 소멸하
는 삶의 목표들에 관한 것이다. 그리고 세 번째는 자유·자결권의 상실

---

66) *SS*, pp.520~521(*UM*, p.142에서 재인용).
67) 『불안한 현대 사회』, 송영배 옮김, 9쪽(번역본을 인용할 때는 한국어 번역본의 제목
　을 사용함)
68) 위의 책, 9~21쪽, *UM*, p.142 참조.

에 관한 것이다.[69]

그런데 역설적이게도 이러한 '의미의 상실', '목적의 소멸', '정치적 자유의 상실'이라는 불안 속에서 "'진정성의 이상'이 개방된다."[70] 진정성이란 "자기 자신에 진실하려는 것"(being true to oneself)[71]이다. 진정성의 윤리는 비교적 새로운 것으로 근대 문화에만 고유한 것이다. 이것은 개인주의의 초기 형태—그 중 하나가 "데카르트가 개척한 [전통, 문화, 공동체로부터] 이탈된 합리성과 연결된 개인주의"(individualism of disengaged rationality)[72]이다—에 기초를 둔 것이지만, 또한 여러 면에서 초기의 개인주의와 충돌하는 것이기도 하다. 그것은 진정성의 개념이 "이탈된 합리주의나 공동체와의 연결고리를 전혀 인정하지 않는 원자론적 사고에 대하여 매우 비판적이었던 낭만주의 시대의 산물이기 때문이다."[73]

자신에 진실하려는 것은 자기의 정체성에 진실하려는 것이기도 하다. 테일러에 따르면, 자기 정체성은 '대화적' 과정을 통해 형성된다.

> 나는 인간 생활의 일반적 특징은 기본적으로 대화(론)적 득성에 있음을 환기시키고자 한다. 인간의 풍부한 표현 언어들을 획득함으로써 우리 인간들은 자신을 이해하고, 따라서 인간 고유의 자기 정체성을 규정하는 원숙한 행위자들이 된다. …… 아무도 자기 정의에 필수적인 언어들을 자기 혼자서 습득할 수는 없다. 우리는 우리가 관계하는 타

---

69) 위의 책, 21쪽.
70) *UM*, p.142.
71) 『불안한 현대 사회』, 27쪽.
72) 위의 책, 40쪽(번역 일부 수정). "이에 의하면, 각자가 자신의 책임 하에서 자립적으로 사유할 것이 요구된다"(같은 곳).
73) 위의 책, 40쪽(번역 일부 수정).

인들, 즉 조지 허버트 미드가 말하는 '의미있는 타인들'과의 의사 교환
을 통하여 언어들을 습득하게 되는 것이다. 인간의 마음은 이런 의미
에서 결코 '독백적'으로 이루어지는 것이 아니라, 상호 대화의 과정에
의하여 생성되는 것이다. …… 그러나 우리 자신이 무엇이어야만 하는
가를 묻는 정체성의 정의와 같은 중요한 문제들은 혼자의 사색만으로
해결되는 것이 아니다. 우리는 언제나 대화를 통하여, 또는 우리에게
의미 있는 타인들이 우리들 마음속에 각인시키고자 하는 다양한 정체
성들과 격렬한 논쟁을 벌여 가면서 우리의 정체성을 규정하고 만들어
가는 것이다.74)

　정체성이 대화적 과정을 거쳐 형성된다는 이러한 주장은 정체성 형
성의 과정이 "우리에 대한 타인의 인정에 동의하거나, 그 인정에 [반대
하여] 싸우는 것"75) 속에서 이루어진다는 것을 함축한다. 타인에 의한
인정 없이 정체성은 형성되지 않는다.76) 사정이 그러한 이상, 이제
인정의 거부는 곧 억압이 된다. "현대의 페미니즘뿐만 아니라 인종
관계나 다문화주의에 대한 담론들에서는, 인정의 거부는 곧 압박의
한 형태라는 전제 위에서 논의가 전개되고 있다."77)
　이상의 전개를 통해 테일러는 진정성을 다음과 같이 기술한다.

---

74) 위의 책, 49~50쪽.

75) 위의 책, 64쪽(번역 일부 수정).

76) 위의 책, 64쪽 참조.

77) 『불안한 현대 사회』, 70쪽. 테일러의 이러한 주장에 대해 두셀은 다음과 같이 반박
한다. "우리는 체계 내부의 억압받는 사람들 그리고 의사소통 공동체에서 배제된 사
람들은 이미 정치적으로, 경제적으로, 성적으로, 그리고 교육적으로 억압받고 있음
을, 따라서 정의상(by definition), 인정받지 못하고 있음을 볼 것이다. **그들이 인정
받지 못한 것이 그들이 억압받는 원인이 아니라, 인정받지 못함이 그들의 억압과 배
제의 체계의 '재생산'의 조건이다**[필자 강조]"(*UM*, p.155).

요컨대 우리는 다음과 같이 말할 수 있다. 자기 진실성은 (A) (i) 자신을 발견하는 것만 아니라 자신의 창조와 건설, (ii) 독창성, 그리고 빈번하게 (iii) 사회적 규율들, 심지어 잠재적으로는 모든 사람들이 인정하는 도덕에 대한 반대조차도 포함하고 있는 것이다. 그러나 우리가 이미 보았듯이, 자기 진실성은 (B) (i) 의미 지평에 대한 개방(그렇지 않다면 창조는 자신을 무의미에서 구해 낼 배경을 잃어버리고 만다)과 (ii) 대화를 통한 자기 정의를 요구한다는 점 또한 사실이다.78)

진정성, 자기 정체성, 인정의 개념들은 상호 영향을 미치면서 근대 문화를 형성해 왔다.79) 이들 가운데 특히 인정 개념을 중심으로 오늘날의 문화 현상을 분석한 것이 「인정의 정치학」이다. 두셀이 이 저작에서 주목하는 것은 여기서 테일러의 근대성 인식 지평이 확장되었다는 점이다.80)

[근래에, 식민화된 토착민들과 관련하여 유사한 주장이 제기되어 왔다.] 그 주장에 따르면, 1492년 이래로 유럽은 그러한 사람들에 대해 다소 열등한, 문명화되지 못한 존재의 이미지를 투사했으며, 정복을 통해 이러한 이미지를 피정복민에게 부여할 수 있었다.81)

---

78) 위의 책, 89쪽. 이에 대해 두셀은 다음과 같이 말한다. "해방 철학에서는 이 모든 테마들이 원자론적 '진정성'의 관점에서 긍정되는 것이 아니라, 인류 공동체에서 배제된 사람들의, 억압받는 계급들의, 남성중심주의에 의해 억압받는 여성들의, 성인들의 사회 앞에서 권리를 지니지 못한 아이들의 존엄성에 대한 권리로부터 긍정된다. 그것은 중심의 그리고 패권을 지닌 국가들에서 테일러에 의해 서술된 그 '진정성'의 중요성을 부정하지 않으면서, 좀 더 심화된, 수효에서 더 확장된, 윤리적으로 더 적실한 것이다"(*UM*, p.155).

79) 상세한 내용은 『불안한 현대 사회』, 61~74쪽 참조.

80) *UM*, p.142 참조.

81) *Multiculturalism*, p.26(*UM*, p.155에서 재인용, [ ]부분은 두셀이 인용하지 않은 부분을 보충한 것임). 그런데 인용된 부분의 주장을 테일러가, 파농이나 두셀이 하

다음의 서술은 두셀의 입장에서도, 그리고 두셀과 테일러의 대화 가능성을 검토하려는 우리의 입장에서도 중요하다.

> 다른 문화들이 존재한다. …… 선한 것, 거룩한 것, 칭송할 만한 것
> 에 대한 자신들의 감각을 명료하게 표현하는 문화들은 우리의 감탄과
> 존경을 받을 가치가 있는 어떤 것을 지니고 있다는 것은 거의 확실하
> 다. …… 이러한 가능성을 미리 무시하는 것은 대단히 교만한 태도일
> 것이다. …… 그러나 그 추정[언급된 다른 문화들이 동일한 가치를 지니고
> 있다는]이 우리에게 요구하는 것은 동등한 가치에 대한 독단적이고 진정성
> 없는 판단(premptory and unauthentic judgments of equal value)이 아니
> 라, 비교 문화 연구—우리는 우리의 지평들을 이 연구로부터 귀결되는
> 융합 속에 옮겨 놓아야만 한다—에 기꺼이 자신을 개방하려는 자세이
> 다. 무엇보다도 그 추정이 요구하는 것은 우리가 상이한 문화들의 상
> 대적 가치가 분명해지는 그러한 **궁극적 지평으로부터 아주 멀리 떨어
> 져 있다**[필자 강조]는 것을 시인하는 것이다.[82]

이러한 주장은, 두셀에게 놀랍고 흥미로운 것이다. "바르톨로메 데 라스 카사스 이후 거의 오백년 만에 앵글로 색슨 세계의 철학자가 그의 주장을 반복한다는"[83] 점에서 그렇다. 라스 카사스는 "전쟁의 폭력이 아니라 합리적 논변들을 통해" 아메리카 인디언들의 존엄성을 말하며, 인간에 적합한 유일한 방식으로 대우해야 함을 강변하였다.[84] 테일러의 윤리적 기획에 대한 분석을 마친 후 두셀은, 테일러의 기

    듯, 주장하는 것은 아니다. 다시 말해 이 주장에 대해 테일러는 투신하지(commit) 않고 있다. 그런 점에서 테일러의 이러한 서술에 대해 두셀이 '새롭다'라고 평가한 것은, 전략적인 것으로 보인다.

82) *Multiculturalism*, pp.72~73(*UM*, pp.142~143에서 재인용).

83) *UM*, p.155.

84) 『1492년, 타자의 은폐』 강의 5.3을 참조.

획을 포함한 "모든 존재론적 윤리학(ontological ethics)의 주장들에 대한 비판을 수행한다."85)

> 모든 생활 세계, 의사소통 공동체, 혹은 선을 지향하는 윤리 ······
> 에는, 억압받고, 부정되는 타자가 존재한다. 억압받는 자는 선에 의해,
> 목적에 의해, 덕에 의해, 가치에 의해 존재하지 않는 것으로서, 혹은
> 최소한 아직 발견되지 못한 것으로서, 감춰진 것으로서 정당화된다.86)

> 한 세계 속에서, 한 문화 속에서(모든 문화는 인종 중심적이기 때문에),
> 한 에토스 속에서, 한 **실제**[두셀 강조] 의사소통 공동체에서 타자를 **선
> 험적**[두셀 강조]으로 부정하는 일은 결코 중단되지 않는다. 노예제 사회
> 를 살았던 아리스토텔레스에게 노예는 '인간'이 아니었고, 봉건주의 시
> 대에 살았던 아퀴나스에게 농노는 시민(simpliciter, part of civitas)이
> 아니었다.87)

마찬가지로, 임금노동자는 아담 스미스의 체계에게 자신의 노동 산물의 소유자가 아니었고, 남성위주 사회에서 여성은 성적 대상, 순종적인 주부였다. "모든 각각의 총체성, 생활 세계, 혹은 주어진 에토스(또한 테일러가 분석하는 '중심'의 근대 에토스 역시)에서 비가시적인 이 타

---

85) *UM*, p.144. '존재론적 윤리학'이란, 간단히 말해, 존재론으로서의 윤리학이라고 할
수 있다. 이러한 성격의 윤리학을 우리는 하이데거의 경우에서 확연하게 볼 수 있다.
하이데거에서 윤리성이란 곧 본래성(혹은 진정성, Eigentilichkeit/authenticity)이
며, 이는 현존재가 자기 자신을 선택할 때 가능한 것이다(『존재와 시간』, 이기상 옮
김, 67~68쪽 참조). 이러한 윤리학은, 두셀이 볼 때, "총체성의 존재론"(*UM*, p.144)
이다. 이 존재론적 윤리학이 갖는 결정적인 결함은 [총체성의 외부에 있는] 타자의
비도덕적 억압 앞에서 이를 비판할 자원을 결여하고 있다"(*Ethical Hermeneutics*,
p.36)는 것이다.

86) *UM*, p.144.

87) *UM*, p.144.

자들은 '윤리적 가책 없이' 부정된다."[88] 존재론적 윤리학에 대한 이러한 분석에서 귀결되는 바는, "한 문화의 텔로스 혹은 선, 한 총체성의 텔로스 혹은 선은 우리 행위의 도덕성의 최종 근거가 될 수 없다"[89]는 것이다.

칸트와 하버마스로 대표되는 형식(혹은 절차) 윤리학을 비판하는 동시에, 아리스토텔레스, 헤겔, 테일러로 대표되는 실질 윤리학(혹은 존재론적 윤리학)을 비판하는 해방 철학[90]이 제출하는 정언명법은 바로 이것이다. '억압받는 타자 속에서 무가치하게 취급되는 인격을 해방하라.' 부정되는 타자는 하나의 총체성, 체계가 존재하는 곳에서는 어디에서나 발견된다. 그 총체성이 '구체적 에토스'이든, '헤겔적 인륜성'이든, '하이데거적 세계'든, 아니면 '테일러의 일상생활'(ordinary life)이든.[91]

억압받는 자와 배제된 자를 해방하려는 기획이 추구하는 바, "역사적 유토피아나 새로운 사회의 구축은 하나의 모델을 '적용'하거나, 이상적인[하버마스], 혹은 초월적인[아펠] 상황의 '적용'의 산물"이 아니며, "주어진 생활세계의 진정한 성취"도 아니며, "필연적 논리의 흠 없는 운동[헤겔]"[92]도 아니다. 해방의 기획은 더딘 운동 속에서 진행된다. 그것은 타자의 부름에 대한 응답으로서, 책임을 떠안는 '탈은폐'(a

---

88) *UM*, p.144. 여기에서 우리는 총체성의 외부에 존재하는 외재성으로서의 타자의 우월한 지위를 주장한 레비나스의 영향을 볼 수 있다.

89) *UM*, p.144.

90) "해방 철학의 입장은 (하버마스와 아펠에 반대하여) 선을 지향하는 생활 세계의 실정성(the positivity of life world)에 대한 테일러의 요청과 일치하는 것으로 보인다; 그러나 동시에, (테일러에 반대하여) 모든 존재론적, 체계적 총체성 혹은 인륜에 대한 비판을 허용하는 '형식적' 기준을 (하버마스와 아펠을 넘어서) 타자의 타자성(the alterity of the Other)의 윤리적 원칙으로부터 발견한다"(*UM*, p.148).

91) *UM*, pp.144~145 참조.

92) *UM*, p.148.

responsible discovering)의 신중하고 더딘 운동이다.[93]

4. 근대의 사회적 상상을 통한 테일러의 근대성 성찰, 그 성과와 한계

지금까지 우리는 선의 윤리학, 실질 윤리학을 지향하면서, 근대의 도덕적 곤경을 해결하기 위해 근대적 자아의 기원을 탐색하고, 근대의 불안들 속에서 하나의 도덕적 이상으로서 진정성을 포착하며, 다문화주의에서 요청되는 인정의 정치학을 전개한 테일러와 그에 대한 두셀의 비판을 살펴보았다. 우리는 이제, 두셀이 분석하지 않은, 테일러의 『근대의 사회적 상상』에서 두셀과 대화 가능한 지점을 찾아보고자 한다. 이 저작이 선택된 것은 테일러가 거기서 "다원적 근대성"(multiple modernities)에 대해 언급하고 있기 때문이다.

'사회적 상상'(social imaginary)이란 "사회를 상상하는 방식"[94], "평범한 사람들이 자신들의 사회적 환경을 '상상하는' 방식"[95], "사람들이 자신의 사회적 실존에 대해 상상하는 방식"[96], "한 사회의 실천들(practices)[혹은, 관행들]을 사리에 맞는 것[혹은, 의미가 통하는 것]으로 만들어, 그것들이 존립 가능하도록 하는 것"[88]이다. 좀 더 구체적으로, "어떻게 사람들이 다른 이들과 조화를 이루어 가는지, 어떻게 사람들 사이에서 일이 돌아가는지"[87] 상상하는 방식이다.

---

93) *UM*, p.148 참조. 해방 철학의 윤리학적 기획이 어떤 경로를 통해 형성되었는가 하는 것은 그 자체로 하나의 연구 주제를 구성한다. 이 주제에 대한 개관을 위해서는 *Ethical Hermeneutics*, pp.28~81 참조.
94) 『근대의 사회적 상상』, 17쪽.
95) 위의 책, 43쪽.
96) 위의 책, 43쪽.
88) 위의 책, 7쪽(번역 일부 수정).
87) 위의 책, 43쪽.

이러한 사회적 상상은 "관념들의 집합체"가 아니다. 그것은 이론도 아니며, "지적 도식"[혹은, 체계]도 아니다. 그것은 이론적 용어로 포현되지 않을 때도 많고, 많은 경우 이미지와 이야기, 전설 속에 담겨 있다. 사회적 상상은 이론과 달리 소수의 전유물이 아니며, "공통의 실천을 가능하게 하고 정당성에 대한 감각을 폭넓게 공유하도록 만드는 공통의 이해"[88]이다.

근대성에 접근할 수 있는 통로는 여러 가지가 있다. 정치적, 경제적 이념의 측면에서, 혹은 정치, 사회, 경제적 제도의 측면에서 접근할 수 있다. 테일러가 사회적 상상을 통해 근대성을 해명하려고 하는 것은 "바로 이 수준에서 지역적 특수성(local particularities)이 가장 분명하게 나타난다는 점"[89]때문이다. 다시 말해, 근대화의 방식들, 테일러의 표현으로 "제도적 형식들을 정립하고 생명을 불어넣는 …… 방식들"[90]이 단일하지 않다는 것, 그것들이 지역적으로 상이하다는 것을 드러내기에는 사회적 상상이라는 평면이 적절하다는 것이다.[89] 테일러가 생각하기에, "만일 우리가 근대 관료제 국가, 시장경제, 과학 그리고 기술 등의 확산과 같은 어떤 제도적 변화에 의해 근대성을 규정한다면, 근대성이란 궁극적으로 우리 세계에 수렴과 획일성(uniformity)을 가져오면서 어느 곳에서나 동일한 형태로 일어나도록 되어 있는 단일한 과정이라는 환상을 계속 키워가기 십상이다"[90]. 이에 비해,

---

88) 위의 책, 44쪽.
89) 『근대의 사회적 상상』, 295쪽.
90) 위의 책, 295쪽.
89) 사회적 상상이 이처럼 다원적 근대성이 드러날 수 있는 평면인 것은 거기서 사회적 삶의 물질성과 관념성이 서로 교차하는 것과 상관이 있다. 사회적 상상을 경유한 테일러의 근대성에 대한 접근 방식은 마르크스와 베버를 가로지른다.
90) 위의 책, 295쪽.

사회적 상상을 통해서 우리는 여러 근대적인 제도적 형식들을 세우고, 그것을 활성화하는 상이한 방식들에 대해 말할 수 있게 되는 것이다. 근대화를 단일한 과정으로 이해할 때, 그것은 두셀이 말하는 '발전주의의 오류'(developmentalist fallacy/ the fallacy of developmentalism)로 이어진다. 이것은 비 서구를 향해 서구의 발전 경로를 따르라는 제안, 요구에 담긴 오류이다.[91]

사회적 상상의 측면에서 근대성에 접근함으로써, 테일러는 "유사한 제도와 관행에 생명을 불어넣는 이해방식들이 서양 내에서조차 다양하고 상이하다"[92]는 것을 드러낸다. 그렇다면 서구와 비서구의 여러 문명권 간의 차이는 더욱 클 것이다. 이 차이의 중요성을 인식할 때, 서구는 비서구에 대해 자신이 이해하지 못하는 것이 허다하며, 그러한 차이를 서술할 적절한 언어조차 지니고 있지 못함을 인식하는 겸손한 통찰력을 지니게 될 것이다.[93] 이러한 인식은 어느 때인가 실현될 "다형적 세계(the multiform world)의 한 지방으로서"[94] 서구를 바라보게 할 것이다.

'유럽을 지방화 하는 일'은 주지하듯, 차크라바티(Dipesh Chakrabarty)[95]의 모토이다. 테일러가 사회적 상상을 통한 자신의 근대성 접근을 차크라바티의 기획과 연결하는 것은, 그가 얼마만큼 근본적으로 비서구적 인식과 관심에 접근하느냐 하는 문제와 별개로, 최소한 그가

---

91) *UM*, p.239 참조.
92) 『근대의 사회적 상상』, 296쪽.
93) 매킨타이어에 따르면, 타자를 번역할 언어가 한 전통에 부재할 때, 그때 필요한 것은 언어적 혁신이며, 이러한 혁신에 의해 번역이 가능해 진다. 이러한 언어적 혁신이 일어난 사례로 그는 히브리어로 된 성경이 그리스어로 번역된 '칠십인역'을 든다. 이에 대해서는 *Whose Justice? Which Rationality?*, pp.370-388 참조.
94) 『근대의 사회적 상상』, 296쪽.
95) *Provincializing Europe*.

비서구(적 관점)에서 발화된 목소리에 주의를 기울이고 있다는 것을 의미한다.

우리는 테일러가 선택한 매개체—사회적 상상—의 측면에서 그가 확보한 지점의 바람직함을 말하는 것과 아울러, 그 지점에서조차 확인되는 어떤 한계를 살펴볼 필요가 있다. 그러한 과정을 통해 테일러의 지평과 두셀의 지평의 차이가 드러날수록, 그것을 고려하면서 진행되는 양자 간의 소통은 더욱 견고하고 실질적일 것이기 때문이다.

테일러는 20세기의 도덕 질서에 대한 분석에서, 자유민주주의와 전체주의 간의 투쟁에서 전자가 승리함으로써 "문명과 근대 질서의 동일성이 확립"[96]되었다고 말한다. 이것이 의미하는 바는, 서구 문명에 구축된 자유민주주의가 그 자체 도덕 질서가 되었다는 것이다. 근대 서구인들에게 이러한 동일시는 당연한 것으로 여겨진다. 그런데 이러한 동일시는 "문명을 규범적인 의미에서, 정치적으로 올바르지 않은 방식으로 불러내는 일"[97]이며, 그런 점에서 그것은 "당황스러울 수도 있다." 나아가 서구인들은 서구 문명에 구축된 이 질서에 "사람들이 언제나 자신들의 가장 근본적인 질서 감각과 관계해온 방식을 연계시킨다."[98] 그 방식이란 특정한 질서 속에서 그러한 질서를 유지하는 사람들은, 그 질서 속에서 안정감을 느낄 뿐 아니라, 그 질서를 지키는 데서 "자신의 우수성과 선량함(superiority and goodness)을"[99] 느낀다는 것이다. 따라서 질서에 대한 위협이 존재할 때, 사람들은 안전뿐 아니라, "자신의 온전함과 선함(integrity and goodness)에 대한 감

---

96) 『근대의 사회적 상상』, 269쪽.

97) 위의 책, 270쪽.

98) 위의 책, 270쪽.

99) 위의 책, 270쪽.

각"100)까지 위협을 받는다고 느낀다.

이전 시대 사람들이 "위협의 순간에 '내부의 적'에게 희생양의 폭력을"101) 휘두름으로써, 고결성을 지키고, 안전에 대한 위협에 대처하려 한 것은 이런 이유 때문이었다. 테일러는 이러한 메커니즘이 근대에도 여전히 작동하는지는 "확실치 않다"라고 말한다. 설사, 그런 일이 일어나더라도 그것이 서구 역사에서 낯선 것은 아니다. 이 지점에서 우리는 테일러의 다음과 같은 진술에 주목하고자 한다. "사회적 상상과 문명적 우월감의 결합, 그리고 그것과 희생양 처단이 맺고 있을 법한 관계(its possible relation to the persecution of scapegoats), 이는 근대 서구의 사회적 상상이 갖고 있는 어두운 면이다."102) 아마 두셀은 바로 여기가 서구 근대성의 극복을 말하는 비서구의 목소리와 근대성을 성찰하는 서구의 목소리가 공명할 수 있는 지점이라고 말할 지도 모르겠다. 그러나 그 지점은 테일러에게 그러한 의미를 지니지 못한 채, 테일러 자신의 맥락 속으로 흡수된다. 물론, 서구의 사회적 상상에 드리워진 어두운 면을 지적한 것만으로도, 의의는 (충분히) 있다. 그것은 서구로 하여금 자신의 문화 속에 내재하고 있는 위험을 자각시켜 도덕적 우월감에 빠지는 것을 경계할 수 있을 것이다. 그럼에도 우리는 테일러에게, 근대 이후, 서구가 비서구에 저지른 폭력의 역사를 어떻게 해체할 수 있을지에 대한 근본적 성찰이 결여되어 있음을 지적해야 할 것이다. 그의 시선은 여전히 서구의 테두리에 머물러 있는 것으로 보인다.

이러한 한계를 염두에 두면서, 다시 테일러의 가능성에 대해 검토해

---

100) 위의 책, 270쪽(번역 수정).

101) 위의 책, 270쪽.

102) 『근대의 사회적 상상』, 271쪽.

보자. 그는 사회적 상상을 통한 자신의 근대성 해명이 "진짜 적극적인 작업(the real positive work)"103)을 예비하는 것이라고 말한다. 그 작업이란 곧, 서구와 비서구 간의 "상호 이해를 구축하는 것"이다. 우리의 맥락에서 이 상호 이해는 서구와 비서구가 각자 자신의 지방성을 인정하는 것, 서구의 중심성/보편성과 비서구의 주변성/특수성이라는 비수평적 관계를 해체하는 것이며, 이러한 기초 위에서 수평적 대화를 진행하는 것이며, 세계에 대한 공동의 비전을 구성하는 것이다. 테일러 자신은 사회적 상상을 분석함으로써 상호 이해를 구축하는 작업을 자신의 자리에서(at home) 이미 시작하였음을 말한다. 이러한 그의 언급에는 근대성이 지금까지 어떻게 이해되어 왔고, 행사되어 왔는지에 대한 반성이 들어가 있으며, 과거의 오류를 극복하기 위한 자신의 작업이 지닌 의미의 한계에 대한 인식이 포함되어 있다.

Ⅲ. 결론을 대신하여

우리는 테일러에 대한 비판을 포함하여, 두셀이 수행하는 작업의 의의에 대해 다음과 같은 점에서 동의할 수 있다. 우선, 중심부의 서구 철학자가 수행하는 근대성 분석에서 간과, 혹은 굴절되는 것을 드러내거나, 교정한다는 점에서, 다음으로, 두셀의 작업이 비서구와 서구 간 수평적 문화 관계 구축을 시도한다는 점에서 그렇다.

해방철학은, 한편으로 서구의 시선과 이론에 의해 부정되거나 배제된 비서구 타자의 목소리에 응답하고, 다른 한편으로 비서구를 그러한 타자로서 구성한 상관자인 서구의 관점과 이론을 비판한다. 이 비판에

---

103) 위의 책, 296쪽.

는 서구적 관점, 이론의 지역성을 드러내는 일이 포함된다. 이것은 비서구와 서구 양자가 수평적 관계에서 세계 철학을 공동으로 구성하기 위해 필요한 선결 작업이라고 할 수 있다. 물론 이러한 작업이 필요한지, 또 그것이 가능한지 물을 수 있다. 해방 철학은 진작부터 이 작업의 필요성과 가능성을 말해 왔다.

부정된 주변부 타자의 목소리를 경청하고, 타자를 부정한 중심의 시선을 비판하는 것은 그 자체 의의 있는 작업일 뿐 아니라, 주변과 중심의 대화와 소통을 위한 예비 작업의 성격을 지닌 것이기도 하다. 달리 말해 "과거를 비판적으로 해석"하는 것은 "상호 이해를 구축"하기 위해서 이다. 이런 점에서 주변부 철학은 중심의 철학을 향해 부정과 긍정, 비판과 협력이라는 이중적 자세를 견지한다. 이러한 맥락 속에서 두셀의 철학과 테일러의 철학의 대화 가능성을 검토해 보자.

주변의 이성이 중심의 이성을 향해 요청하는 바는 "비유럽의 타자에 대해 개방적이고, 타자성을 [자신 안에] 수용하여 자신을 구성"하는 것이다. 우리는 이것을 이성의 표현으로서 철학에 적용하여 이렇게 물을 수 있다. 테일러의 철학은 주변부 철학에 대해 개방적이며, 그 철학의 주장을 수용하여 자신을 구성하는가, 혹은 구성할 가능성을 지니는가? 이러한 질문에 대해 답하기 전에 이 두 철학이 어디서 만나는지, 어디서 헤어지는지를 점검해 보자.

서구의 내부에서 근대성에 접근한 테일러와 서구의 외부에서 근대성을 분석한 두셀 사이에는, 그러나 근대성이 양가적 측면을 지니고 있음을 양자가 인지하고 있다는 점에서 공통성을 보여준다. 근대성의 해방신화를 긍정하고 근대성의 희생신화를 부정, 극복하려는, 곧 트랜스모더니티를 주장하는 두셀과 마찬가지로, 테일러도 근대성의 위대함과 위험을 동시에 지적한다.

어떤 이들은 낙관적이어서, 우리가 높은 지점에 올라와 있는 것으로 보고 있다; 다른 이들은 쇠락, 상실, 망각의 그림을 보여 준다; 양자 모두 우리 상황의 중요한 특징들을 상당히 무시하고 있다. 내가 생각하기에, 우리는 근대를 특징짓고 있는 원대함과 빈곤, 위대함과 위험의 독특한 조합을 포착해야만 한다.104)

그럼에도 불구하고, 앞에서 보았듯이, 근대성의 식민성을 고려하지 않는/못하는 테일러의 분석에서는 근대성의 원인과 결과 사이에 전도(顚倒)성이 나타난다. 이러한 전도성은 서구의 근대성 이해가 왜곡되어 있음을 드러내는 지점이며, 테일러와 두셀이 갈라지는 지점이다. 그러나 동시에 이곳은 두 사상가가 진정한 대화를 시작할 수 있는 유력한 지점이기도 하다.

테일러가 탈식민주의자들(decolonialist)이 말하는 '지식의 식민성', '존재의 식민성' 차원까지 들어가지 않는/못하는 것은 분명하다. 식민주의(colonialism)가 소멸 혹은 약화된 오늘날 여전히 그 위력을 발휘하고 있는 식민성(coloniality)을 해체하는 일은, 탈식민주의의 핵심적 실천을 구성한다.

식민성을 해체하는 과정에서 특히 중요한 것은 지식의 식민성 해체이다. 그것은 사람들의 인식 방식과 틀을 왜곡하기 때문이다. 그런 측면에서 보면, 테일러의 한계는 더욱 뚜렷하다. 그에게 "지식 생산의 여러 영역에 미친 식민화의 영향"105)을 다루는 지식의 식민성 문제는

---

104) *SS*, pp. ix-x. 테일러가 말하는 근대성에 내재된 위험은 서구 내부와 관련된 것이지, 서구 외부와 관련된 것이 아니다. 다시 말해, 그 위험에 서구의 외부, 곧 비서구에 대한 식민주의, 식민성 문제는 포함되어 있지 않다는 점이 지적되어야 한다.

105) Nelson Maldonade-Torres, "On the Coloniality of Being", *Cultural Studies*, Vol. 21, No. 2~3, p.242.

중심 연구 주제가 아니다. 이에 비해, 우리가 진행하려는 소통의 한 당사자인 해방철학은 "'근대적' 지식의 보편적 생산의 지역적 한계들을 보여준 것"106)에서 그 의의를 지닌 철학이다.

탈식민주의의 근대성 비판은 근본적이고 전면적이다. 그것은 오백 년에 걸친 서구 근대성의 부정적 영향이 그만큼 광범위하고 심층적이기 때문이다. 이처럼 심층적이고 광범위하게 누적된 근대의 식민성과 싸우는 해방철학은 서구 철학의 이론들과 논쟁을 전개하는 하나의 (비판)철학인 동시에, 다가올 시대의 철학이 어떠해야 하는지를 말하는 선언서(manifesto)이기도 하다. 이런 점을 염두에 둔다면, 우리는 해방철학의 세부적 주장의 올바름과 정확함을 검토해야겠지만, 그것과 함께, 혹은 그것을 넘어 그 선언이 가리키는 방향을 진지하게, 그리고 긍정적으로 고려해야 할 것이다. 해방철학은 우리가 바랄만한 존재와 삶의 미래상을 제시하기 때문이다.

대화철학을 자임하는 해방철학은 대화의 장애를 해체하기 위해 서구의 자기 이해와 비서구 이해를 비판하지만, 그 자신 대화철학으로서의 자격이 부족하지는 않는가? 여기서 우리가 주목하는 것이 해방철학의 비체계성이다. 이것은 해방철학이 "체계의 총체성, 지속적으로 그 경계와 한계를 표시하는 체계의 총체성과 비판적으로 싸우는 노동"107)임을 의미한다. 해방철학은 "추상적으로 보편성을 내세우는 모든 것(좌파에서 우파까지)의 한계를 드러내고, 보편적 기획으로서의 다양성(diversity as a universal project (diversality))을 위한 문들을 개

---

106) Walter Mignolo, "Dussel's Philosophy of Liberation: Ethics and the Geopolitics of Knowledge, *Thinking from the Underside of Modernity*, p.38. (이하 논문 제목만 표시하고 페이지는 논문이 실린 책의 페이지를 표시함.)

107) "Dussel's Philosophy of Liberation: Ethics and the Geopolitics of Knowledge, p.41.

방"108)한 데서 그 의의를 찾을 수 있는 철학이다. 이러한 철학으로서 해방철학은 자신을 보편적인 것으로 제시하지 않는다. 이런 점에서 우리는 해방철학을, 대화의 장애를 쌓아온 서구 (총체성) 철학의 전철을 밟지 않으면서 대화에 나설 자격을 갖춘 철학으로 인정할 수 있다.

비서구에 대한 서구 식민성의 영향은 깊고도 넓다. 그것은 비서구의 존재 자체를 훼손했다. 비서구의 존엄을 부정하였으며, 자기 정체성 형성 과정을 굴절시켰다. 이에 대한 서구의 책임은 비서구의 목소리에 대한 (거의 영구적인) 경청과 자신에 대한 (거의 영구적인) 성찰을 요구한다. 달리 말하면, 비서구와 서구 사이에는 (레비나스적 의미의) 윤리적 비대칭성이 존재한다고 할 수 있다. 과연 테일러의 철학은 이러한 책임을 떠안고자 하는 철학인가? 여기서 이미 제기된 바 있는 질문을 다시 던져보자. 테일러의 철학은 비서구의 철학에 개방적이며, 비서구의 철학을 통해 자기를 구성할 정도로 그것에 수용적인가? 우리는 이에 대해 테일러의 철학은 긍정성과 부정성을 동시에 포함하고 있다고 해야 할 것 같다. 부정성은 이미 언급되었다. 그 부정성을 극복하는 일이 가능할지 예단할 수는 없지만, 대화의 가능성을 모색하는 일의 중요성에 비추어, 그의 철학이 지닌 긍정성에 주목해 보자.

서구의 도덕 질서 내부에 언제든 희생양을 만들 수 있는 위험성이 존재한다는 인식을 테일러의 철학은 담고 있다. 그 철학은 다원적 근대성을 말하며, 서구가 중앙이 아닌 '지방'이 될 미래를 바람직한 미래로 상정한다. 가치를 포함하고 있는 타문화의 존재 가능성을 무시하는 것은 교만한 것이라 말하며, 그러한 가능성의 추정으로부터 타문화와 자문화의 비교 연구와 그 귀결로서 **자문화 지평의 변형 가능성**을 도

---

108) "Dussel's Philosophy of Liberation: Ethics and the Geopolitics of Knowledge, p.42.

출한다. 나아가 자문화와 다른 문화들의 상대적 가치를 평가할 수 있는 궁극적 지평에서 (서구 문화를 포함하여) 각 문화가 얼마나 멀리 떨어져 있는가를 시인할 것을 요구한다는 점에서 테일러의 철학은 그 한계에도 불구하고 문화 간 대화 가능성을 담지하고 있다고 평가할 수 있다.

끝으로 해방철학과 관련하여서는 다음과 같은 말을 덧붙여야겠다. 주변부 철학자의, 억압과 배제의 고통 속에서 형성된 예민한 감성은 중심의 철학자가 부지불식간에 간과한 것을 포착해 낸다. 우리는 그러한 감성의 소중함을 인정하고, 그것을 형성한 고통에 동감하며, 그러한 고통을 감소, 제거하려는 노력에 연대해야 한다. 그러나 동시에, 대화는 상대방이 자신에 대해 제기된 비판을 자기 성찰로 전화시킬 수 있을 때까지 기다리는 과정도 포함해야 할 것이다.

참고문헌

김용규, 「트랜스모더니티와 문화의 생태학」, 『코기토』, 70호, 부산대학교 인문학연구소, 2011.

김은중, 「트랜스모더니티 혹은 반(反)헤게모니 생태학: 비판이론의 탈식민적 (decolonial) 전환을 중심으로」, 『이베로아메리카연구』, 제20권 1호, 서울대학교 라틴아메리카연구소, 2009.

김정현, 「비서구와 서구의 철학적 소통을 향하여-두셀(E. Dussel)과 리쾨르(p. Ricoeur의 경우에서-」, 『철학논총』, 제64집 제2권, 새한철학회, 2011.

_____, 「근대적 번역 유형에 대한 한 비판: 매킨타이어의 견해를 중심으로」, 『해석학연구』, 제28집, 한국해석학회, 2011.

두셀, 엔리케, 박병규 옮김, 『1492년, 타자의 은폐』, 그린비, 2011.

문성원, 『배제의 배제와 환대』, 동녘, 2000.

미뇰로, 월터 D., 김은중 옮김, 『라틴아메리카, 만들어진 대륙』, 그린비, 2010.

베버, 막스, 김덕영 옮김, 『프로테스탄티즘의 윤리와 자본주의 정신』, 도서출판 길, 2010.

양운덕, 「두셀의 해방철학과 트랜스모던」, 웹진 『트랜스라틴』(http://translatin.snu.ac.kr) 15호, 서울대학교 라틴아메리카연구소, 2011.

오근창, 「엔리께 두셀의 해방철학과 트랜스모더니티」, 『이베로아메리카연구』, 제21권 2호, 서울대학교 라틴아메리카연구소, 2010.

정화열, 「지구화 시대 횡단적 연계성과 비교 정치철학의 의의」, 『코기토』, 제64호, 부산대 인문학연구소, 2008.

테일러, 찰스, 이상길 옮김, 『근대의 사회적 상상』, 이음, 2010.

_____, 송영배 옮김, 『불안한 현대 사회』, 이학사, 2001.

하버마스, 위르겐, 이진우 옮김, 『현대성의 철학적 담론』, 문예출판사, 2002.

_____, 이진우 옮김, 『담론윤리의 해명』, 문예출판사, 1997.

_____, 장춘익 옮김, 『의사소통행위이론』, 제1권, 나남출판, 2006.

하이데거, 마틴, 이기상 옮김, 『존재와 시간』, 까치, 1998.

헤겔, 게오르크 빌헬름 프리드리히, 조홍길 옮김, 『기독교의 정신과 그 운명』, 철학과현실사, 2003.

Barber, Michael, *Ethical Hermeneutics*, Fordham Univ. Press, 1998.

Chakrabarty, Dipesh, *Provincializing Europe*, Princeton University Press, 2000.

Dussel, Enrique, *Underside of Modernity:Apel, Ricoeur, Rorty, Taylor and the Philosophy of Liberation*, translated and edited by Eduardo Mendieta, Humanity Books, 1996.

_____, *Philolophy of Liberation*, translated by Aquilina Martinez and Christine Morkovsky, wipf & Stock Publishers, 2003.

_____, "Eurocentrism and Modernity", *The Postmodern Debate in Latin America*, Duke Univ. Press, 1993.

_____, "Europe, Modernity, and Eurocentrism", *Nepanta: Views from South*, 1.3, Duke Univ. Press, 2000.

MacIntyre, Alasdair, *Whose Justice? Which Rationality?*, University of Notre Dame Press, 1988.

Maldonade-Torres, Nelson, "On the Coloniality of Being", *Cultural Studies*, Vol. 21, No. 2-3, Routledge, 2007.

Mignolo, Walter, "Dussel's Philosophy of Liberation: Ethics and the Geopolitics of Knowledge, *Thinking from the Underside of Modernity*, Rowman & Littlefield Publishers, Inc., 2000.

Morello, Gustavo, "Charles Taylor's 'imaginary' and 'best account' in Latin America", *Philosophy & Social Criticism*, vol. 33, no. 5, SAGE Publications, 2007.

Ricoeur, Paul, *Oneself as another*, translated by Kathleen Blamey, The Univ. of Chicago Press, 1992.

Taylor, Charles, *Modern Social Imaginaries*, Duke Univ. Press, 2004.

_____, *Multiculturalism*, Princeton Univ. Press, 1994.

_____, *Sources of the Self*, Cambridge Univ. Press, 1989.

_____, *The Ethics of Authenticity*, Harvard Univ. Press, 1991.

경계의 기억과 트랜스내셔널의 (불)가능성

-해방/패전 이후 한일(韓日) 귀환자의 서사와 기억의 정치학

김경연

그들은 하나도/어디 태생인질 몰랐다./아무도 서로 묻지 않고/
이야기하려고도 안했다.// 나라와 말과 부모의 다름은/그들의 우정의
한 자랑일 뿐/사람들을 갈라놓는 장벽이/오히려 그들의 마음을/얽어매듯
한데 모아// 경멸과 질투와 시기와/미움으로밖엔/서로 대할 수 없게 만든 하늘
아래/그들은 밤 바람에 항거하는/작고 큰 파도들이,/한 대양에 어울리듯//
그것과 맞서는 정열을 가지고/한 머리 아래 손발처럼 화목하였다.//

— 임화, 「내 청춘에 바치노라」 중에서

I. 들어가며

-(피)식민의 경험과 '부인/망각'의 구조에 대하여

식민지시기 현해탄을 넘어 일본과 조선으로 건너갔던 도항자들 몇
몇을 기억하고 그들의 내면을 들여다보는 것으로부터 이 글을 시작하
려 한다. 식민지 조선인 도항자들의 목록 속에서 우리는 먼저 시인
임화를 발견할 수 있다. 1938년에 쓴 시 「해협의 로맨티시즘」에서 그
는 현해탄을 건너던 식민지 지식인 청년의 심경을 다음과 같이 표현하

고 있다.

> 예술, 학문, 움직일 수 없는 진리……/그의 꿈꾸는 사상이 높다랗게
> 굽이치는 東京/모든 것을 배워 모든 것을 익혀/다시 이 바다 물결 위
> 에 올랐을 때/나는 슬픈 고향의 한 밤/홰보다도 밝게 타는 별이 되리
> 라/청년의 가슴은 바다보다 더 설레었다//[1]

동경(일본)은 식민제국인 동시에 식민지 청년이 몽상하던 예술·학
문·진리의 성소(聖所)였으며, '현해탄 건너기'란 일체의 예술·학문·
사상이 결핍된 고향(조선)의 "슬픔"을 해소하려는 야심찬 결행이었다
는 술회인데, 그러나 이 시의 말미에서 "삼등 선실"에 실려 고향으로
돌아오던 식민지 청년은 민족의 "별"이 되기 위한 자신의 희망찬 도일
(渡日)이 한낱 "해협의 낭만주의"에 불과한 것이었다고 고백한다. 도일
(渡日)이란 식민지 지식인인 그에게 "삼등 선실 밑"과 "별"의 거리를
해소하려는 시도, 달리 말하면 식민지/제국의 폭력적 구도를 전복하
기 위한 월경(越境)이었으나, 조선으로 귀향하던 청년이 새삼 확인한
사실은 여전히 자신의 자리가 "삼등 선실 밑"일 수밖에 없다는 것. 이
칼날 같은 현실을 목도하는 순간 식민지 청년 임화가 행한 도일의 의
미는 순식간에 '로맨티시즘'으로 추락한다. 더욱이 조선 청년의 도일
(渡日)이 동경(일본)이 '적지(敵地)'이자 또한 '성소(聖所)'라는 '역설'을 거
부할 수 없는 사실이나 일종의 운명으로 용납하게 되는 수순이라면,
이 기구한 로맨티시즘의 확인이 쉽사리 식민지/제국의 구도에 대한
전면적 저항으로 이행되지 못할 것임도 짐작가능하다. 현해탄을 건너

---

1) 임화, 「해협의 로맨티시즘」, 『임화문학예술전집 1』, 임화문학예술전집 편찬위원회
   편, 소명출판, 2009, 151~152쪽. 인용 부분은 시의 일부를 발췌한 것이다.

가 학습한 사회주의마저 일종의 로맨티시즘으로 강등되는 순간 도일을 통해 확인한 '동경', 곧 식민제국의 하중은 더욱 실감되는 것이 아니었을까. 때문에 내선일체의 국책 아래 동아(東亞) 제국의 실현이라는 판타지가 동아시아를 점령해가던 일제말기, "자고 새면/異變을 꿈꾸면서"도 "어느 날이나/無事하기를 바"²⁾라는 패배주의적 현실주의가 식민지 지식인들의 선택지가 되었는지도 모른다. 그렇다면 "행복도 즐거움도"(「자고 새면」) 찾을 수 없는 이 선택이 의미하는 것은 무엇이었던가. 그것은 조선/일본을 식민지/제국이 아닌 '외지/내지'의 분할 구도로, 조선을 대동아제국의 '지방(로컬)'으로 용납하게 되는 과정이라 할 수 있을 것이다. 달리 말하면 이는 임화를 포함한 조선인들이 자신을 피식민인이 아니라 제국의 '(이등)국민'으로 조정하게 되는 사태를 말함인데, 임화가 이를 거스를 수 없으면서도 차마 "믿기 어려워 한이 되"(「자고 새면」)는 절망이라 표현했던 것은 이 특수한 제국주의 구도 안에서는 적/동지의 구별은 갈수록 불투명해지며, 그만큼 저항의 가능성은 희박해지리라는 판단 때문이었는지도 모른다. 정치적인 것(행위)이 적/동지의 명확한 구분에 기인하는 것이라면,³⁾ 이 분할선이 희미해지는, 달리 말해 일본(동경)이 적지(敵地)가 아닌 '내지' 혹은 '성소'라는 유일의 의미로 수렴되는 상황은 정치적 행위인 저항의 소멸을 의미할 터이기 때문이다. 임화, 곧 식민지 지식인 청년들에게 도일(渡日)은 이 정치적인 것의 소멸을 야기하는, 즉 적/동지, 적지(이향)/성지(고향)가 서로를 잠습해 들어가는 최초의 계기였는지도 모른다.

---

2) 임화, 「자고 새면」, 『임화문학예술전집 1』, 242쪽. 이 시가 처음 발표될 1939년 당시 원제는 「失題」였으나, 해방 이후 1946년 시집 『찬가』에 수록하면서 '자고 새면'으로 제목을 바꾸었다.

3) 칼 슈미트 지음, 김효전 역, 『정치적인 것의 개념』, 법문사, 1992, 3장 참고.

임화와 같은 지식인들이 '유학'이라는 형식을 빌어 비교적 단기간 일본에 체류하는 조선 거류민이었다면, 조선인 도항자들 중 상당수는 '문금분'과 같은 식민지 민중들이었으며, '생계'를 위해 도일한 이들은 장기간 일본에 거주하는 '재일조선인'들을 구성했다. 육십이 넘어 야간중학교를 다니며 처음 배운 글자(일어)로 쓴 시 「지문에 대하여」에서 문금분은 1920년대 말 일본으로 건너가던 정황과 이후 일본에서의 삶을 다음과 같이 증언하고 있다.

나는 일본인이라고 해서/조선인을 그만두라고 해서/배타고 왔습니다/아이를 기를 때/기모노 입었습니다/집 빌리기 위해/기모노 입었습니다/저고리를 옷장에/넣었습니다/[4]

아홉 살 무렵 오빠와 언니가 있는 오사카로 건너와 여공으로 전전했던 문금분에게 도일(渡日)이란 지식인들과 같이 근대 지(知)를 체득하기 위한 낭만적·정신적 모험이거나 조선 인민을 구제하려는 민족적·민중적 결행이 아니라 생계를 위한 도항이었으며, 로맨티시즘이 틈입할 여지없는 현실주의적 월경이었다. 그러나 문금분과 임화의 도일에 동일하게 개입하는 사세 역시 목격되는데, 그것은 조선이 제국일본의 국경 안으로, 조선인이 이 상상적 제국의 국민(이등일본인)으로 포위되어 가는 상황이다. 예술·학문·사상의 온전한 본향으로 동경을 발견하는 임화의 도일이 이후 제국일본의 중압을 실감하면서 이 역사적 단계를 불가피한 사실로 받아들이는 계기로 작용한 것이라면,

---

4) 인용 부분은 재일조선인 1세 여성인 문금분의 시 「지문에 대해」를 부분 발췌한 것이다. 이 시의 출처는 서경식 선생이 부산대 인문학연구소 초청특강(2012. 6. 7)에서 발표한 자료집에 수록되어 있다. 이하 강조는 인용자.

문금분의 도일은 '조선인을 그만두고 일본인이 되라'는, 이미 현실화
되기 시작한 제국의 출현이 추동한 것이다. 이는 식민지 조선인들의
도일과 '반도-일본인'의 탄생, 달리 말해 동경을 정신의 고향으로 두
었으나 관부연락선 "삼등 선실"을 타야하며, 저고리는 옷장에 넣어둔
채 "기모노"를 꺼내 입을 수밖에 없는 '역설적 혼종'들의 잉태가 제국
주의(식민주의)의 가장 적나라한 흔적임을 상기시키는 일일 것이다.5)

식민지 조선인들의 도일(渡日)이 '일본(타자)'의 존재를 전면적으로
실감하면서 '자기-민족(조선)-국가(일본)'의 관계를 부단히 심문하고,
조선인이라는 아이덴티티의 갈등 · 조정을 요구받으면서 일본(인)을
타자가 아닌 '낯선 자기'로 설정해야 하는 사건이었다면, 식민지시기
조선으로 건너온 일본인들의 도한(渡韓)에는 이러한 혼란이나 갈등이
대부분 제거되거나 봉쇄되어 있다. 이는 조선인과 다른 그들의 위치에
기인한 것일 수도 있겠으나, 일본의 독특한 식민지배 정책에도 원인이
있었던 것으로 보인다. 주지하다시피 동화와 문명화를 조선 지배의 정
당화 논리로 구사한 일본은 조선을 식민지가 아닌 개척해야 할 '외지(미
개지)'로, 식민자를 문명화의 사명을 띤 '이민자'로 호명하고자 했다.6)
이 기만적인 '부인'의 구조를 내면화하고 제국주의를 시혜주의나 도의
주의로 '오인'함으로써 자기구제를 꾀한 일본인 도항자들에게 "식민자
라는 자각"7)은 희박한 것일 수밖에 없었다. 이러한 도항자들의 내면은

---

5) 참고로 조선총독부 통계에 의하면 1940년 무렵에 '재일본조선인'의 수는 백만 명이
   넘었다고 하며(박경숙, 「식민지 시기(1910년~1945년) 조선의 인구 동태와 구조」, 『한
   국인구학』 제32권제2호, 2009, 35~37쪽 참조). 역시 조선총독부 통계연보에 따르
   면 비슷한 시기 '재조선일본인'의 수는 75만 명을 상화했다고 한다. (윤정란, 「19세기
   말 20세기 초 재조선 일본여성의 정체성과 조선여성교육사업」, 『역사와 경계』 73집,
   137쪽 참조)

6) 김농노, 「일본 제국주의의 조선 지배의 독특성」, 『일제 식민지 시기의 통치체제 형
   성』, 혜안, 2006, 45~61쪽 참고.

혼다 야스하루의 다음과 같은 기록을 통해서도 그 일단을 읽을 수 있다.

> 생각해 보면 나는 경성에 있는 동안 바깥에서(조선인이 파는) 음식을 사먹었던 경험이 단 한 번도 없었다. … 그럼에도 불구하고 경성에서 태어나고 자란 나는 과연 '조선에 있었다'고 말할 수 있는 걸까. … **내가 태어나 자란 곳은 '조선'이 아니고 옛날 '일본'이었던 셈이다. … 내가 사랑하고 그리워한 것은 자신이 나고 자란 '경성'이었지, 조선 혹은 조선인이 아니었던 것이다.**[8]

군수업자인 아버지가 조선에 정착하게 되면서 1933년 경성에서 태어난 혼다 야스하루에게 조선은 홋카이도나 류큐(오키나와)와 같이 제국의 '로컬(외지)'들 중 하나였으며 또 하나의 '일본'이었던 셈이다. 그의 의식이나 기억 속에서 사실상 타자(식민지)로서의 조선(인)은 누락되어 있다.

조선과 일본의 병합 혹은 현해탄 건너기라는 제국주의(식민주의)란 지속적으로 이러한 '부인'이나 '망각'을 생산하며 또한 그것에 의해 지탱되는 것이기도 했다. 실제적이든 상상적이든 조선인에게 도일이란 일본을 타자가 아닌 새로운 자기로 승인하는 혹은 승인해가야 하는 어떤 수순이며, 일본인에게 도한이란 조선(인)이 타자(식민지)라는 사실을, 달리 말해 익명의 풍경이 아니라 "저항할 수"[9] 있는 존재라는

---

7) 다테노 아키라 편저, 오정환·이정환 옮김, 『그때 그 일본인들』, 한길사, 2006, 466쪽.
8) 권숙인, 「식민지 조선의 일본인」, 『사회와 역사』 제80집, 2008, 118쪽에서 재인용.
9) 패전 당시 부산의 소학교 6학년생이었던 야마구치 미야코는 평상시 "조선은 자랑할 만한 것이 없고, 일본인에게 저항할 수 없다"라는 말을 듣고 성장했는데, 일본이 항복을 발표한 이후 공회당 정면에 '환영 김일성 장군'이라는 현수막이 내걸린 것을 보고 "조선인이 저항 투쟁을 계속하고 있었다는 사실을 발견"할 수 있었다고 한다. 다카사키 소지 지음, 이규수 옮김, 『식민지조선의 일본인들』, 역사비평사, 2006, 188쪽.

사실을 망각해가는 과정이었던 셈이다. 그러므로 조선(식민지)과 일본(제국) 사이에 놓인 '현해탄'이란 이 부인/망각의 어떤 임계점과 같은 것이었는지도 모른다.

1945년 8월 15일 일본의 패전, 조선의 해방이란 바로 이 부인/망각의 구조에 전면적인 '균열'이 일어난 사건이었다. 다시 말해 그것은 조선과 일본을 각각 '타자'의 위치로 되돌리고 다시 현해탄을 건너 자기로 귀환하는 전혀 새로운 사태이며, 조선/일본, 자기/타자, 적/동지의 분할선을 다시 명쾌하게 구축함으로써 그 식별이 모호했던 일제말기의 혼란과 불안을 수습해야 하는 상황의 전개를 의미하는 것이다. 그런데 이 복원이 성공적으로 실현되기 위해서는 해방/패전 이전과는 또 다른 부인이나 망각이 발동되어야 했다. 즉 해방 이후 조선인들에게 그것이 '반도-일본인'으로 살아야했던 자신의 서사를 지워내고 착종의 흔적 없는 순일한 조선인으로 자신의 역사를 새로 쓰는 일이었다면, 패전 이후 일본인들의 경우는 가해자였던 자신들을 은폐하고 단지 패전의 피해자로 스스로를 위무하는 기만의 서사를 구성하는 일인 것이다.

그럼에도 불구하고 해방/패전 이전이든 이후든 언제나 부인/망각의 행위에는 어떠한 잔여가 남게 마련이다. 고바야시 마사루가 "역설적 조합"[10]이라고 불렀던 그 말끔히 삭제되지 않는 잔여의 흔적이란 무엇인가. 그것은 가령 "일본인에 동화되었다가 조선인으로서 바로 서

---

10) 「나의 조선」, 『쪽발이』, 이원희 옮김, 소화, 2007, 301쪽. 「나의 조선」은 오임준과 오고 간 편지에 약간의 내용을 보충하여 고바야시 마사루가 쓴 글이다. 1970년 잡지 『신일본문학』 2월호에는 소설가 고바야시 마사루와 재일조선인 시인 오임준 사이에 오고간 서간이 수록되는데, 이 편지의 첫 머리에서 고바야시는 자신과 오임준을 가리켜 "역설적인 조합"이라 쓴다. 식민지 조선에서 태어나고 성장해 유년시절의 기억이 조선에서 시작되는 고바야시 자신과, 조선에서 태어났으나 갓난아이 때 일본으로 건너가 생의 대부분의 기억이 일본에서 축적된 오임준이라는 '역설적 조합'은 "조선과 일본 역사의 한 단면"이라고 그는 지적한다.

는 것은 내 생애 일대 전환점이었다", "모국어를 몰랐다"[11]고 고백하는 '박경식'(재일조선인, 역사가)이기도 할 것이며, 패전 이후 고향 조선에서 고국 일본으로 돌아가 "조선은 세계에서 오직 하나, 내 등 뒤에 있는 나"[12]라고 증언했던 '무라마쓰 다케시'(재조일본인, 시인)이기도 하고, 혹은 해방과 더불어 한국으로 돌아왔으나 일본어보다 익숙지 않은 한국어로 소설을 쓰던, 그리하여 끝내 일본으로 귀화한 '손창섭'이기도 할 것이다.

이 글은 부인/망각의 구멍을 비집고 출현하는 이러한 잉여를 기억－재현한 서사물들을 독해하고자 하며, 이를 위해 '고바야시 마사루'와 '한운사'의 텍스트에 주목하고자 한다. 유학과 징병(학병)을 계기로 일본에 머물다 1945년 해방 이후 조선으로 귀환한 한운사나, 조선에서 태어난 식민지 2세로 패전 이후 일본으로 돌아간 고바야시 마사루는 어쩌면 가장 첨예하게 조선/일본을 '동시에' 살아야했던/하는 이들이었으며, 이들은 공교롭게도 해방/패전 이후 10여 년이 지난 1960년대를 전후해 대규모의 부인/망각을 거슬러 (피)식민의 기억을 소설화했다.[13]

본고는 한국·일본의 귀환자들인 한운사와 고바야시 마사루의 기억 서사를 교차적으로 읽으며 이들의 서사에서 (피)식민의 경험이 기억－재현되는 방식의 공동성과 차이를 확인하고, 이들의 기억서사가 겨냥하고 있는 지점이 민족(국가)주의를 횡단하는 트랜스내셔널(리즘)[14]의

---

11) 윤건차 지음, 박진우 외 옮김, 『교착된 사상의 현대사』, 창비, 2009, 167쪽.

12) 『그때 그 일본인들』, 467쪽.

13) 앞서 잠시 언급했지만 1945년 패전 이후 일본에서는 식민과 가해의 과거를 축소하거나 삭제하려는 움직임이 광범위하게 나타났으며, 해방 직후 한국에서도 식민지의 경험이나 식민자로서의 일본을 본격적으로 조명한 경우는 매우 드물었다. 이에 대해서는 III, IV장에서 보다 자세히 언급하고자 한다.

14) 'trans'라는 용어는 across(횡단), beyond(超), through(通)라는 의미를 포괄하는 접두어이며, 따라서 트랜스내셔널(리즘)이란 횡단국가적, 초국가적, 통국가적이라는

가능성과 관련하여 어떤 의미를 갖는지 고구해 보고자 한다. 본격적 논의를 위해 다음 장에서는 먼저 고바야시 마사루가 경험한 식민지 조선, 한운사가 경험한 식민제국 일본, 그리고 이들이 (피)식민의 기억을 서사화하게 되는 해방/패전 이후의 역사적-공적·사적 차원의-맥락들을 살펴보고자 한다.

Ⅱ. 고바야시 마사루(小林勝)와 조선, 한운사와 일본, 그리고 두 개의 해방/패전 이후

고바야시 마사루는 1927년 경남 진주에서 태어난 식민지 2세이다. 아버지는 진주농림학교 교사로 조선에 정착했다. 대구의 일본인 소학교와 중학교를 거쳐 그는 1944년 육군예과사관학교에 입학하면서 일본으로 건너간다. 이후 육군항공사관학교에 다니다 일본이 패전하면서 민간인으로 복귀하게 된다.[15] 육군예과사관학교에 합격했을 당시의 일기에는 합격의 기쁨과 적들에 대한 적개심을 드러내는 문구가 적혀 있었다고 하니, 미루어 짐작한다면 패전 전까지만 해도 고바야시 마사루에게 특별히 식민지에서 태어났다는 자각은 없었던 듯하다. 고바야시 스스로도 "전후가 되어서야 비로소 우리나라가 과거 조선에게

의미를 함축하고 있으나 사용하는 논자들에 따라 그 의미는 다소 상이하게 규정되며 아직 단일하게 합의된 개념은 없다. 이 글에서 사용하는 트랜스내셔널(리즘)이란 배타적 민족/국가주의 안에 갇히지 않고 이를 균열하거나 횡단하는 윤리와 가치지향의 의미를 담지하는 것이다.

15) 이원희, 「고바야시 마사루 문학에 나타난 식민지 조선」, 『일어일문학연구』 제38권1호, 2001, 215~217쪽; 최준호, 「고바야시 마사루의 식민지 조선 인식 : 초기작품들 속의 인물표상을 중심으로」, 『일본어연구』 제48권, 2011, 139~143쪽. 『쪽발이』 작가연보 참조.

무슨 일을 저질러왔는지 알게 되었"으며, "내 탓이 아니지만 내가 일
본인으로서 조선에서 나고 자랐다는 의미를 생각하며 괴로웠"16)다고
고백한 바 있다. 그렇다면 고바야시 마사루에게 이러한 불연속을, 즉
식민지 조선을 하나의 '사건'으로 그의 기억에 돌출시킨 '전후(戰後)'란
과연 어떤 모습이었을까. 고바야시 마사루의 서사에 다가가기 위해서
는 고바야시와 일본이 중층적으로 결합되었을 그 '전후'의 양태를 파
악하고 이를 경유하는 것이 필연적일 것이다. 이는 물론 한운사의 경
우도 마찬가지이다.

　고바야시 마사루에게 패전이었던 날이 한운사에게는 민족 해방의
날이 되었다. 그러나 그것은 무척이나 기묘한 해방이었다. 1922년 충
북 괴산에서 출생한 한운사는 1941년 일본 유학을 떠나게 된다. 당시
일본 유학이 "조선 학생들의 꿈"17)이었다고 그는 회고록에서 술회한
적이 있다. 주오(中央)대학 예과에 입학했는데, 재학 중에 '반도인 학도
특별지원병제'에 의거 문과계 조선학생들을 학병으로 입대시킨다는
소식을 듣게 된다. 만주로 달아날까 고민하던 그는 이 무렵 미국의
일본 본토 공격이 격화되자 우선 조선으로 돌아가기로 결정한다. 귀향
하기 위해 관부연락선을 탔으나 배 안에서 학병 지원서를 강제적으로
작성하면서, 그는 1944년 일본 나고야 13부대 수송연대에 배속 받고
일본군으로 복무하게 된다. 그러니 1945년 8월15일은 한운사에게 아
이러니하게도 패전과 해방을 동시에 경험하게 한 날인 셈이다. 물론
평범한 황국청년으로 태평양전쟁에 의심 없이 참전했던 고바야시 마
사루와 식민지 청년 한운사의 전쟁에 대한 감도(感度)가 같을 수는 없
었다. 한운사는 '반도인 학병 일본군'이라는 자신의 복잡한 아이덴티

---

16) 「나의 조선」, 앞의 책, 311쪽.
17) 한운사, 『구름의 역사』, 민음사, 2006, 27쪽.

티에 대한 자의식에 사로잡혔으며, 이는 '부민관 사건'이라는 일화로
나타나기도 했다. 1943년 조선인 학병 입대자들을 경성 부민관에 불
러 격려사를 하는 총독 고이소를 향해 한운사는 "우리가 나간 뒤에
조선 2500만의 장래를 확실히 보장해 줄 수 있"[18]느냐를 물었고, 이
일로 한 차례 곤욕을 치른 뒤 나고야로 떠나게 된다. 식민지의 경험과
제국의 전쟁에 동일하게 연루되었으나, 고바야시 마사루가 패전 이후
에야 비로소 자기 체험의 의미를 본격적으로 묻기 시작했다면, 일본군
복을 입은 조선인인 한운사는 그보다 먼저 일시동인시(一視同仁視)되는
자신의 균열을 들여다보지 않을 수 없었으리라 생각된다.

한운사와 고바야시 마사루의 해방/패전 이후는 타지로부터 각자 자
신의 본토로 귀환하는 것으로 시작되었다. 말하자면 이는 '일억'으로
이접(異接)되었던 제국국민의 분할을 의미하는 것이기도 했다. 전쟁협
력 시를 써왔던 다카무라 고타로는 패전 이틀 뒤인 8월17일 "폐하께서
한 말씀 하셔서 일억이 통곡한다/쇼와(昭和) 20년 8월15일 정오"로 시
작하는 시 「일억의 통곡」을 〈아사히신문〉에 게재하는데,[19] 해방/패
전이란 바로 식민자가 감각하는 이 일억 국민이 7천만의 일본인과 3천
만 조선인으로 다시 실제적 · 의식적 분리를 시작하는 것에 다름 아니
었던 것이다. 이는 제국으로 통합되었던 조선과 일본이 국민(민족)국
가 단위로 재분할 구축되는 사태를 의미하는 것일 텐데, 이 새로운
국가획정의 상황은 한국과 일본 모두 미국의 점령이라는 공동의 조건
위에서 출발한 것이기도 했다. 그러므로 한운사와 고바야시 마사루의
복원(귀환)이란 바로 해방군이자 점령군으로 등장한 미국이 새롭게 재
편하고 규율하는 질서 속으로 들어가는 것이었으며, 이는 귀환과 더불

---

18) 『구름의 역사』, 26쪽.
19) 윤건차, 앞의 책, 28쪽 참고.

어 이들 모두가 당장 실감하는 상황이기도 했다. 한운사는 1946년 국립대학안(국대안, 國大案)을 통해 경성제대의 간판을 내리고 미군 대령 엔스테드가 초대 총장으로 부임한 서울대 불문학과에 입학하며, 고바야시 마사루는 1948년 와세다대학 러시아문학과에 편입하게 된다. 그 2년 전인 1946년 고바야시는 일본공산당에 입당하게 되는데, 이 역시 미국의 점령과 무관하지 않은 선택이었다. 일본 점령 직후 GHQ(미국 주도 연합군최고사령부, 최고사령관 맥아더)는 일본의 군국주의를 일소한다는 차원에서 정치범들(주로 사회주의자들)의 탄압 근거가 되었던 전전(戰前)의 치안유지법을 폐지하며, 이를 계기로 일본공산당이 처음으로 합법화되었던 것이다.[20]

고바야시 마사루에게 공산당 입당은 그가 자신 안의 조선을 다시 발견(기억)하는 데 결정적 계기가 되었던 것으로 보이며, 다른 한편 그가 자신의 내면에 잠재된 조선을 탐문하기 위해 공산주의를 의식적으로 선택했다는 짐작 역시 가능하다. 소설 「가교」(1960)에서 고바야시는 조선에서 태어나 전후에 귀환한 주인공 아사오를 통해 자신과 조선 그리고 공산주의(공산당)가 연결되는 내면적 정황들을 일정하게 보여주고 있다. 조선에서 경찰 간부를 지낸 아사오의 아버지는 패전 직후 조선에 들어온 소련군과 조선인 빨치산에 의해 사살되며, 일본으로 귀환한 아사오는 이 고통으로 내재하는 조선을 극복하기 위해 자발적으로 공산당에 입당한다. 이를 계기로 그는 자신이 기억하고 사랑하는 조선이 아니라 부인당하거나 삭제되었던 또 하나의 조선과 대면하게 되는 것이다.

---

20) 존 다우어 지음, 최은석 옮김, 『패배를 껴안고』, 민음사, 2009, 90~92쪽; 윤건차, 앞의 책, 59~63쪽 참고.

아사오는 나나카와(일본공산당의 중책을 맡고 있는 자. 인용자 주)에게 접근하여 사회과학 연구회도 참가했다. 그는 식민지였던 조선과 식민 통치를 행한 일본에 대한 역사를 공부했다. 식민지 조선에 오랜 고통으로 가득 찬 저항운동이 있었고, 그 운동에 대해 가차 없는 탄압의 역사가 있었다는 사실을 공부하면서 처음 알았다. 그리고 아마도 아버지는 그 역사 속에서 상당한 역할을 담당했을 것이라는 사실도 어렴풋이나마 추측할 수 있었다. 그리고 그 사실은, 아버지의 무참한 최후에 대한 고통과 동시에, 엄마가 모르는 다른 종류의 고통을 아사오에게 부여 했다. 그건 자신이 나름대로 사랑했고 지금도 사랑하고 있는 **조선에 대해 씻을 수 없는 부채** 같은 것이었다. 또 저항운동에 대한 이해 정도가 깊어짐에 따라 **아버지의 죽음 자체에 대한 고통은 줄어들기는커녕 더욱 강해졌다. 아버지의 최후는 어쩌면 역사가 남긴 어쩔 수 없는 상처 자국의 하나라고 생각하는 마음은 위안을 주기는커녕 슬픈 마음을 더욱 짓눌렀다. 그 모순에 그는 괴로워했다.**[21]

아사오가 느꼈던 "부채"나 "모순"이 고바야시 마사루가 감당하고 대결하려 했던 정체와 다르지 않음을 알아채기란 그리 어렵지 않다. 이후 그는 레드퍼지(Red purge)[22] 반대운동을 벌이다 정학처분을 받아 대학을 중퇴하며, 1952년에는 적극적으로 한국전쟁 반대 시위에 참여하게 된다. 후방의 전쟁물자 생산기지로 패전 후의 경제성장을 도모해가는 일본을 목도하면서 그는 한국전쟁이라는 사태 속에 재연된 조선–일본의 관계, 청산되지 않은 식민주의를 읽어낸다.[23] 이후 남한으로

---

21) 고바야시 마사루, 「가교」, 『쪽발이』, 85쪽.

22) 공산주의에 관련된 인물을 공직이나 기업으로부터 추방하는 일. 일본에서는 1949년부터 50년까지 GHQ의 지령에 의해 1만 명 이상이 추방되었다. 마루카와 데쓰시 지음, 장세진 옮김, 『냉전문화론』, 너머북스, 2010, 273쪽.

23) 정병욱은 한국인이나 일본인이 해방/패전 이후에도 식민주의에서 벗어나기 힘들었던 계기를 찾는다면 '한국전쟁'을 꼽을 수 있다고 지적한다. 식민지 질서, 지식, 경험

수송되는 군수물자에 화염병을 투척하다 체포된 그는 재일조선인들과 조우하게 되는데 이것이 '흔적으로서의 조선'을 기억-기록하는 데 결정적 동인이 되었던 것으로 보인다. 구치소에서 그는 자신과 같은 시위를 벌이다 수감된 재일조선인들을 만나게 되며, 형을 마친 조선인 정치범(공산주의자)들을 반공주의가 엄혹한 남한 사회로 추방하는 일본정부와 이를 방관하는 일본공산당에 분노하면서, 착취와 폭력의 과거가 이미 완료된 것이 아니라 현재로 부단히 회귀하고 있다는 사실을 실감한다. 이후 그가 선택한 소설 쓰기('조선 쓰기')란 그러므로 어떤 의미에서 이를 증언하는 것, 혹은 지속되는 폭력의 역사에 브레이크를 당기는 행위이며, 가해자의 위치를 재차 삭제하는 전후 일본사회의 부인/망각과 대결하려는 의지였는지도 모른다.

> 패전 후 불과 5년 만에 한국전쟁이 일어났고, 그 덕택에 일본 자본주의가 되살아나 재편·강화되기 시작하는 모습을 떨리는 심정으로 바라보았습니다. 과거는 과거가 아니었던 것입니다. 일본 자본주의 경제는 또다시 조선의 피에 의해 소생된 것입니다. (…) 내 나라의 추악함에 대해서, 착실히 강대해져 가는 권력과 군사력에 대해서, 그리고 조선인에 대한 감도(感度)가 조금도 바뀌지 않았다는 점과 앞으로도 바뀌지 않을 것이라는 점에 대해서, 죽음으로 끌려가는 조선인들에게 어떠한 구원의 손길도 내밀지 못하는 나 자신의 무력힘에 대해서, 연대를 외치면서도 진정한 연대의 내용을 끝까지 추구하려는 노력을 하지 않은 퇴폐에 대해서, 나는 분노를 금할 수 없었습니다. **그때부터 내 문학이 출발한 것이라고 말할 수 있습니다. 그때 내 안에 있고, 내 나라가 짊어지고 있는 과거는, 흘러가 버리고 완료된 과거이기를 멈추**

은 한국전쟁을 만나면서 고스란히 되살아났다는 것이다. 정병욱, 「일본인이 겪은 한국전쟁-참전에서 반전까지」, 『역사비평』 91호, 2010. 4, 212쪽.

고, 현재 그 자체 안에 살아서 미래로 이어지는 살아있는 총체의 한 부분이 되어 나를 괴롭히기 시작한 것입니다.[24]

한편 해방 후 조선으로 돌아간 한운사가 경험한 난관 중 하나는 한글을 제대로 배운 적이 없다는 사실이었다. 도쿄 유학시절 일본 소설이나 일본어로 번역된 세계문학을 읽으면서 문학을 공부했던 그에게 한글이나 조선문학과의 조우는 주오대학 도서관에서 읽었던 이광수의 『흙』 정도가 전부였다.[25] 이는 문학을 공부하면서 '한국의 루쉰'[26]이 되길 원했던 한운사에게는 상당히 곤혹스러운 일이었다. 본격적인 소설 쓰기를 원했던 한운사는 우연한 기회에 방송과 인연을 맺게 되면서 라디오 드라마를 쓰는 것으로부터 글쓰기에 입문하나, 이후 한국전쟁이 발발하면서 이 역시 중단하게 된다. 한운사에게 한국전쟁이란 성찰을 해볼 틈조차 불허하는, 오직 살아남기 위한 절박한 투쟁이었으며 이데올로기가 인간을 점거·분류하고 사생(死生)을 좌우하는 절대적 심급일 수 있음을 체험한 사건이었다. 피난을 가지 못해 인민군 점령하의 서울에 남게 되면서 의용군에 발탁될 위기를 넘긴 그는, 연합군이 서울을 탈환하면서 반대로 인민군 포로로 잡혀 국군과 연합군에 처벌될 위험을 모면한다. 고바야시 마사루가 태평양전쟁과 한국전쟁을 경험하면서 그 사태에 기입된 '제국주의(식민주의)'의 분명한 흔적을 응시하고자 했다면, 한운사가 전쟁을 체험하면서 발견한 것은 "전

---

24) 고바야시 마사루, 「나의 조선」, 앞의 책, 311~312쪽.

25) 『구름의 역사』, 67쪽.

26) 한운사는 소설 '아로운전(阿魯雲傳)' 연작(『현해탄』 연작)(『현해탄은 알고 있다』, 『현해탄은 말이 없다』, 『승자와 패자』)의 주인공 아로운이 루쉰의 「阿Q正傳」과 영어 alone을 결합한 명명이라고 설명한다.(『구름의 역사』, 275쪽) 그의 『현해탄』(『아로운전』) 연작에서도 주인공이 가장 아끼고 좋아하는 소설이 루쉰의 작품이라 언급되고 있다.

쟁이 일어나면 모든 것이 깨지고 부서지고 이긴 자와 진 자가 생기지만 결국 남는 건 남자와 여자라는 인간뿐"[27]이라는 사실이었다. 이는 동일하게 식민지의 경험과 두 번의 전쟁에 연루되었던 고바야시 마사루와 한운사가 교차하는 지점일 것이다. 고바야시 마사루의 기억 서사가 인간을 폭력적으로 전유하는 '역사'의 정체를 겨냥한 것이라면, 한운사의 체험적 글쓰기는 역사(폭력) 이후에도 남는 엄연한 사실로서의 '인간'을 향하고 있었던 것이 아닐까. 그렇다면 고바야시 마사루와 한운사의 기억서사 혹은 체험적 글쓰기에 결부된 목적(욕망) 역시 전혀 다른 형질일 수밖에 없을 것이다. 고바야시 마사루에게 그것이 "자신의 전 생애를 걸어야만 할 중요한 테마"[28]로서 가해/피해의 역사에 대한 '증언'이라면, 한운사에게 일본을 기억하고 쓴다는 것은 '위무'하는 것, 그의 말대로 '치유'를 위한 일이었던 것이다.

그러구러 당시로부터 20년 가까운 세월이 흘렀나보다. 산천도 변했을 이제 와서, 하필이면 옛이야기냐고 꾸짖지를 말라. **나는 인간이 소화불량에 걸렸을 때 건강할 수 없는 것처럼, 우리 연배의 반생을 차지했던 저 일제시대라는 것을 소화하지 않고서는, 우리 국가의 건강도, 우리 개개인의 건강도 유지할 수 없는 것이 아닌가 의심해 왔다. 그래서 이것을 썼다.** 감히 말한다면, 이것은 한국인과 일본인 사이에 있었던 과거를 제시하고, 하나의 **건강진단을 요청하는 의뢰서**라고 해도 좋다. 어떤 명의(名醫)가 있어 이것을 기초로 훌륭한 치료만 해준다면, 양 국민 사이에 게재하는, **건강에 좋지 못한 독소를 제거하는 데 일조**(一助)가 될 수 없다고 만도 못 할 일이 아니냐.[29]

---

27) 『구름의 역사』, 83쪽.
28) 「나의 조선」, 앞의 책, 305쪽.
29) 『현해탄은 알고 있다』, 2쪽.

그렇다면 "건강에 좋지 못한 독소를 제거"하듯 저 "악몽과 같은 역사를 청산"(『구름의 역사』, 126쪽)하겠다는 이 가열 찬 희망의 계기는 어디에서 왔는가. 한운사의 고백에 따르자면 그것은 '4·19'이다. "일제시대를 마감해 준 것은 일본 패망, 한반도의 운명을 갈라놓은 건 한국전쟁, 그리고 이제 새로운 시대를 열어주는 함성"(『구름의 역사』, 125쪽)이라는 헌사만 보더라도 한운사가 4·19에 부여한 의미를 짐작할 수 있다. 말하자면 그가 파악한 4·19란 새로운 시대가 열리는 일종의 분기(分岐)였던 셈인데, 그렇다면 일본과의 관계에서도 4·19가 하나의 변곡점이 될 수 있는 연유는 무엇인가. 한운사는 4·19를 계기로 "광복 후 15년간 높은 벽을 쌓아 관계를 끊어버렸던 일본이 서서히 다가오기 시작했다"(『구름의 역사』, 125쪽)고 언급한 바 있는데, 이는 이승만 정권이 관철한 강력한 배일주의가 정권의 몰락과 더불어 완화되고 새로운 국면으로 접어드는 상황을 의미하는 것이었다. 구정권의 몰락과 함께 허정-장면-박정희로 이어지는 정국변화 속에서 정치·경제적으로 일본과의 새로운 관계 개선이 필요했으며, 민간 부문에서도 일본문화 붐을 우려하고 비판하는 목소리가 들릴 만큼 일본은 다시 한국의 문화-소비 시장으로 부상하고 있었다.[30] 이러한 60년대 상황 변화와 더불어 한운사의 글쓰기를 자극한 또 하나의 계기는 당시 일본에서 큰 인기를 얻고 있던 고미카와 준페이의 소설 『인간의 조건』인 듯싶다. 회고록에서 그는 이 작품을 "만주에서 일본군으로 복역하며 작가가 겪었던 일을 토대로 군국주의를 반추한 내용"이라 소개하고, 당시 일본과의 관계 개선에 더욱 적극적으로 나서지 않는 장면 정부에 조바심을 느꼈으며, 자신이 먼저 한일의 과거관계를 "소화"(126쪽)해

---

30) 김예림, 「불/안전국가의 문화정치와 포스트콜로니얼 문화상품의 장」, 『현대문학의 연구』 42, 574~576쪽 참고.

주리라 작품을 쓰게 되었다고 술회한다.

　이리 본다면 고바야시 마사루와 한운사의 기억-재현 행위에 개입하는 해방/패전 이후의 정황, 이 획기(劃期)를 감각하는 이들의 감도(感度), 글쓰기를 추동하는 욕망은 다른 지점일 수밖에 없을 것이다. "조선과 조선인의 실존 그 자체가 현대 일본 사회 및 일본인의 실태를 가장 확실하게 조명해 주고 있는 이상" 자신에게 "조선과 조선인이란 무엇인가"를 묻는 것은 "견딜 수 없을 정도의 무거운 짐"(「나의 조선」, 306쪽)과 같은 것이라 고백했던 고바야시 마사루와, 일본(인)을 쓰는 것이 "소화불량"에 걸린 한일관계에 "독소를 제거"하고 "건강진단을 요청하는 의뢰서"라 밝힌 한운사의 감각이란 확연히 갈라지는 것이기 때문이다. 고바야시 마사루가 부인/망각을 절단하기 위해 증언한다면, 한운사는 오히려 치유 혹은 망각하기 위해 기억한 것은 아니었을까. '증언'과 '치유'가 향하는 지점은 분명 같지 않을 것이며, 이 교차가 단지 가해자(속죄)와 피해자(화해)라는 위치의 다름에서 연유하는 것만도 아닐 것이다. 그렇다면 이제 고바야시 마사루와 한운사의 소설 속으로 들어가 이 차이가 발생하는 구체적 실상들을 짚어볼 차례다.

Ⅲ. 재현불가능함에 대한 증언, 혹은 기억을 나누어갖기(分有) — 고바야시 마사루(小林勝)의 「쪽발이(蹄の割れたもの)」, 「눈 없는 머리(目なし頭)」

　고바야시 마사루[31]는 에세이 「나의 조선」에서 자신에게 '조선'이란

---

31) 고바야시 마사루(1927~1971)는 1954년 잡지 『문학의 벗』 편집위원을, 1955년에는 신일본문학회에 입회하고 잡지 『생활과 문학』 편집위원을 지내며 소설을 쓰기 시작

"이미 끝난 것, 완료된 것, 단절된 것으로 생각할 수가 없"으며, "하나의 살아 있는 총체"로 그 과거는 "현재도 견디기 어렵고 불길"[32]한 것이라 언급하고 있다. 고바야시 마사루의 이 고백은 패전 후 일본사회의 문맥과 겹쳐 놓을 때 쉬 지나칠 수 없는 대목이다. 주지하다시피 전후 일본사회가 패전의 상처를 극복하는 방식 중 하나는 과거를 '선택적으로' 기억/망각하는 것이었다. 이는 패전과 수난의 경험을 광범위하고 강렬하게 기억-기록하려던 데 반해, 식민과 가해의 과거는 축소하거나 삭제하려는 움직임으로 나타난다.[33] 때문에 전후 일본의 기억 서사에서 구식민지와 피식민자들의 형상화는 대부분 흐릿해지거나 누락되는 상황이었다.[34] 이를 보여주는 대표적인 사례는 일본인이 가해자가 아닌 피해자로 자기를 전치시키는 '인양(귀환)서사'일 것이다. 전후 일본의 인양서사는 대개 여성이나 어린아이들이 경험했던 험난한 귀환의 과정을 전경화하거나, 남성의 경우 남방이나 시베리아 억류자의 지난한 복귀를 서사화하는, 이른바 수난사(受難史)를 직조함으로써 스스로를 피해자로 각인해갔다.[35] 이 뒤틀린 "자기부정" 혹은 "자기기만"[36]의 구조 속에서 식민자였던 과거를 소멸한 전후 일본사

한다. 1956년 단편 「포드, 1927년」을 처음으로 발표하면서 아쿠타카와문학상 후보에 올랐으며, 이후 「군용노어교정」, 「일본인중학교」, 「태백산맥」 등을 발표하고 첫 창작집 『포드, 1927년』을 간행한다. 1960년 발표한 소설 「가교」로 다시 아쿠타카와문학상 후보에 올랐으며 1970년에 작품집 『쪽발이』를 출간했으나, 이듬해인 1971년 폐결핵으로 사망한다. 대부분 그의 작품은 식민지 조선에 관한 기억을 소설화한 것이다. (『쪽발이』 '지은이 연보' 참조)

32) 「나의 조선」, 『쪽발이』, 306쪽.

33) 김예림, 「포스트콜로니얼의 어떤 복잡한 연애에 관하여」, 『서강인문논총』 제31집, 46~49쪽 참고.

34) 전후 일본에서 조선(인)에 대한 형상화는 거의 이루어지지 않았다고 한다. 渡邊一民, 『他者としての朝鮮-文學的考察』, 岩波書店, 2003 4장. 김예림, 앞의 글, 48쪽 참고.

35) 마루카와 데쓰시, 앞의 책, 234~235쪽 참고.

회를 향해 조선 식민지 2세인 시인 무라마쓰 다케시는 "식민자가 돌아
왔다. 그리고 일본에 대해 분노한다. 어지간히 염치가 없다. 바로 그
렇다. 쓰러뜨리지 않으면 안 되는 것은 식민자 너 자신"37)이라고 일갈
하기도 한다. 고바야시 마사루 역시 패전 후 일본의 이 기만적 자기구
제 방식에 대해 "조선과 중국을 빼고서는 소위 메이지 백 년은 난센스
이외 아무것도 아니라"38)고 비판하고 나선다. 조선을 망실하거나 과
거로 봉인하지 않으려는 이러한 고바야시의 의식이 그의 서사에 반복
해서 불러들이는 방식이 있다면 그것은 바로 '과거'와 '현재'의 이접(移
接)이다. 희생자나 증인의 시간과 가해자나 일반 사회의 시간은 다르
게 흘러간다는 지적처럼,39) 고바야시의 서사에서 과거와 현재는 착종
되며 성찰 없이 흐르던 시간은 중지되고 과거는 현재에 가필된다. 기
억은 이러한 방식으로 고바야시의 소설에 언제나 '출몰'한다. 오카 마
리는 기억이란 사람이 생각해내는 것이 아니라 자신의 의사와 무관하
게 찾아오는 것, 통제 불가능한 것이며, 따라서 주인의 자리를 점하는
것이 '기억'이라고 강조한다.40) 고바야시 마사루의 소설에서 기억은
바로 오카 마리가 주목했던 비자발적 기억이며, 그것은 "뜻하지 않은
때에 뜻밖의 모습"으로 나타나 인물들 앞에 "떡하니 버티고"41) 선다.

---

36) 오사와 마사치 지음, 서동주·권희주·홍윤표 옮김, 『전후 일본의 사상공간』, 어문
　　학사, 2010, 33쪽, 34쪽.

37) 『그때 그 일본인들』, 467쪽.

38) 「나의 조선」, 『쪽발이』, 306쪽.

39) 서경식·다카하시 테츠야 지음, 김경윤 옮김, 『단절의 세기 증언의 시대』, 삼인,
　　2002, 55쪽.

40) 오카 마리 지음, 김병구 옮김, 『기억 서사』, 소명출판, 2004, 48~49쪽 참고.

41) 고바야시 마사루, 「눈 없는 머리」, 『쪽발이』, 216쪽. 이 글에서 다루는 고바야시
　　마사루의 소설은 모두 작품집 『쪽발이』에 수록된 것이며, 따라서 이하 작품 인용시
　　에는 소설의 제목과 면수만 표시함.

그러므로 그의 소설에서 과거(기억)는 향수가 아닌 언제나 현재를 균열하는 '사건'으로 도래한다. 소설 「쪽발이」(1969)나 「눈 없는 머리」(1967)에서도 동일하게 조선이라는 과거는 인물들의 현재로 회귀해 그들의 삶을 가격하고 있다. 때문에 두 소설은 상당히 유사한 서사구조를 취하고 있다. 말하자면 기억의 '주체'와 '대상'이 있고, 과거와 현재를 이어붙이는 '가교'가 존재하는 것이다. 기억하는 자는 과거 식민지 조선에서 태어나거나 성장했던 인물이며, 기억의 대상은 그가 접촉했던 조선(인)이고, 가교 곧 매개자는 일본에 남은 재일조선인들이다. 이 구도 속에서 「쪽발이」는 1943년과 1968년을, 「눈 없는 머리」는 쇼와13년(1938)과 '현재'를 대질시킨다. 인물들의 현재를 영유한 1943년과 쇼와13년, 이 느닷없이 엄습한 시간 속에서 인물들이 대질당하는 기억이란 무엇인가.

고바야시 마사루의 개인사가 투영된 것이기도 하겠으나, 「쪽발이」와 「눈 없는 머리」의 주요 서사공간은 특이하게도 결핵요양소다. 요양소에서 「쪽발이」의 '고노'는 폐 절제 수술을 받고 입원중인 조선인 나시야마와 의사―환자의 관계로 만나게 되며, 「눈 없는 머리」의 사와키 스스무는 조선인 소안난과 동일한 환자의 처지로 조우하게 된다. 그런데 이들 소설에서 요양소는 인물들의 만남을 주선하는 단순한 배경 이상의 의미를 지닌다. 요양소는 고노와 사와키가 재일조선인인 나시야마와 소안난을 통해 조선의 기억으로 이동하는, 곧 현재와 과거를 접붙이는 일종의 '경계역' 혹은 '사이공간'으로 기능하기 때문이다. "어떠한 것이 이를 드러내고 공격해 오더라도 무서울 것이 없었을"(「눈 없는 머리」, 216쪽) 고노와 사와키를 '변질'시키는 매재(媒材)가 바로 결핵이며 요양소이다. 「쪽발이」의 고노는 나시야마를 치료하는 의사이지만 갈수록 나시야마의 불안과 고통에 감염되면서 의사로서의 안전한 위치는 무너지고 의사-환자, 고노-나시야마의 거리는 무화된다. 기실 결핵(병)이란 주체가 통제 불가능한 것에 자기를 내어주는 경험이며, 그 비어있는 자리에 타자(병/비인간)가 할당되는 사태이고, 주체를 통해 타자의 목소리(서사)가 발화되는 사건이다. 그러므로 결핵-요양소란 시간이 이동하고 교접하는 동시에 주체가 동일한 경로를 밟게 되는 일종의 '문턱'이며, 주체가 타자의 증인이 되는, 혹은 주체가 "컴컴하고 사악한 냄새로 가득 찬 저쪽세계로 연결되는" "터널의 출구"(「눈 없는 머리」, 213쪽)와 같은 것이다. 터널 너머의 세계, 곧 "인간 역사의 메스가 예리하게 절단한"(「눈 없는 머리」, 198쪽) 조선의 기억과 대면한다는 것은 "컴컴하고 사악한 냄새로 가득 찬" "공포"이며 "부끄러움"이지만, 이로부터의 탈출은 불가능하다. "폐의 세계"란 인물들의 "의지로 출현한 것이 아니"(「눈 없는 머리」, 214쪽)며, 공포나 부끄러움이란 자신을 넘어서는 것이기 때문이다.

> 왜 오늘은 전부가 조선과 관계되는 일뿐이지, 라고 나는 생각하고 마음이 울적해졌다. 즉 이 모든 것은 나시야마 교쿠레쓰에서 비롯된 것이다. (…) 이 나라에 실면서, 비록 직접적이지 않더라도 조선이라고 이름 붙는 모든 것을 피해갈 수 있을까 하는 것 자체가 어리석은 질문이라고 해야겠지. **나는 아무리 작은 활자라도 '조선'이라는 두 글자를 보면, 생각하기에 앞서 논리보다 앞서 그것들을 감싸고 있는 몸, 부드러운 육체, 존재 전부의 감각이 심이 부끄러움과 저주하는 불꽃으로 태워지는 기분이 드는 것이다.** (「쪽발이」, 25쪽)

싫다. 듣기 싫다. 그 음성을 듣고 싶지 않다. 그래도 소안난의 끈적끈적한 음성은 사와키의 머릿속에서 육중하게 닫힌 검은 문 반대편에서 문을 스스로 통과하여 사와키의 몸에 휘감겨온다. 사와키 씨, 들어

주세요, 당신만이 들어주는 편이에요. (…) 그만해, 더 이상 지껄이지
마, 내 머릿속의 검은 문을 열지 마, 나는 당신과는 다르다, (…)그러
나 소의 목소리는 끈적끈적하게 사와키의 머릿속으로 번져와 그의 사
고를 감싸 버려 사와키는 이마에 식은땀을 흘리며, 어느 틈에 열렸는
지 활짝 검은 문 안쪽에서, 소의 쉰 살치고는 이상할 정도로 어린아이
같이 빨간 입술이 가늘게 떨리면서 말을 밀어내는 것을 보고 있는 것
이다.   (「눈 없는 머리」, 175~176쪽)

두려움과 부끄러움을 불가항력으로 감각하며 "검은 문" 저 안쪽으
로 투기된 고노와 사와키가 만나는 기억이란 무엇인가. 그것은 고노를
향해 '쪽발이'라 속삭이던 1943년의 '에이코/옥순이'이며, 쇼와13년에
"일본 국적을 가진 조선인으로서 죽은"(「눈 없는 머리」, 216~217쪽) '이
경인'이다.

「쪽발이」의 고노는 조선의 일본인중학교에 다니던 1943년 무렵 자
신의 집 가정부로 들어온 조선인 여자 에이코를 만난다. "자락이 긴
조선옷을 입은"(40쪽) 그녀에게 에이코라는 일본식 이름이 전혀 어울
리지 않는다고 생각한 그는 그녀의 진짜 이름을 묻지만, "그 외에 어떤
이름도 없다는 사실을 절대로 잊어서는 안 된다"(40쪽)는 관리의 명령
을 환기하며 끝내 가르쳐 주지 않는다. 에이코의 이름을 부를 때마다
고노는 언제나 "마치 실재하지 않는 인간을 향해 부르는 듯한 허전
함"(41쪽)을 느끼지만, 자신의 "생활과는 전혀 이질적인", "일본인이
아닌 강하고 진한 냄새"를 풍기는 그녀를 거부하면서도 또한 그녀의
"강렬한 냄새에 밀봉되기라도"(47쪽) 하듯 이끌린다. 어느 날 근로봉사
에서 돌아온 고노는 아무도 없는 집안 거실에서 긴 조선옷으로 몸을
감싼 채 자고 있는 에이코를 보게 되고, 그녀에게 억눌렀던 호기심을
풀어낸다. 이후 남편이 있는 에이코의 육체를 범했다는 "두려움"과 조

선인과 똑같이 "더럽다는 비난"(55쪽)을 받으리라는 공포에 휩싸인 고노에게 에이코가 찾아와 던지는 '말'은 1943년 조선을 영원히 "매장되지 않는 시간"(36쪽)으로 남기는 것이었다.

> 나는 에이코의 표정이 무서워서 겁을 먹고, 내 방에서 나가!라고 소리쳤다. 그러자 에이코는 겨우 일어나서 방을 나가려고 하다가 돌아서서는, 들릴까 말까 한 목소리로 천천히 말했다. 도련님, **정말로 나쁜 아이가 되었구나. 하지만 모두 똑같아.** 그리고 **다시 입속으로 웃으면서 너무나 부드럽게 속삭였다. 정말로 나는 푹 자고 있었어. 아무것도 몰라. 이 쪽발이야…**.   (「쪽발이」, 56~57쪽)

조선인 여자 에이코에게 "쪽발이"라 불리는 순간이란 무엇인가. 그것은 고노가 호명하는 자가 아니라 호명당하는 존재로 '자리바꿈' 되는 시간이며, 조선인에 "'오염"(47쪽)(연루)'되는 시간이고, 제국주의적 판타지가 균열되고 '수치/부끄러움'을 감각하는 시간이다. 이 예외적인 시간은 '고노'라는 단단한 정체성이 무너져 내리는 '사건'의 순간이기도 하다. 그러므로 타자가 나를 영유하는 이 시간/사건은 녹록히 '향수'될 수 없으며,42) 추억이 아닌 기억 안에서 타자(에이코/옥순이)는

---

42) 고바야시 마사루는 자신의 작품집 후기에서 다음과 같이 언급한 적이 있다. "이 소설집에는 조선에 오랫동안 살면서 조선인에게 직접적으로 폭력적인 유형의 해를 끼치지 않고, 친한 조선인 친구들을 많이 사귀며 평화롭고 평범한 가정생활을 영위한, 혹은 영위하려 한 일본인들이 등장한다. (…) 그런 사람들, 혹은 지금 중년이 된 그들의 아이들 대다수가 20여 년이나 흐른 지금, 조선을 그리워하는 것도 알고 있다. **그러나 나는 나 자신안에 담긴 그리움을 거부한다.** 평범하며 평화롭고 무해한 존재였던 것처럼 보이는 외견을 그 존재의 근원으로 거슬러 올라가 거부한다. 그것들이 과거로서 흘러 간 일은 결코 없다는 것이다. 패전에 의해 그들의 역사와 생활이 단절된 것도 결코 아니다." 『小林勝作品集』 5, 319쪽. (하라 유스케, 「그리움을 금한다는 것—조선식민자 2세 작가 고바야시 마사루와 조선에 대한 향수」, 『일본연구』 제15집, 313쪽에서 재인용.)

언제나 '불가해한' 존재로 나를 동요하는 것이다.

> 앞쪽에서 손에 손에 깃발은 든 남녀노소 한 무리가 노래를 부르고 소리를 지르고 웃으면서 걸어오고 있었는데, 나는 그 속에서 에이코의 얼굴을 찾아낸 것이다. 에이코는 벌써부터 나를 알아본 듯했다. 에이코는 굳은 표정으로 나를 향해서 다가왔다. **마치 노의 가면 같다는 생각이 들었다.** 처음 만났을 때의 그 노멘이라고 나는 생각했다. **에이코!, 라고 나도 모르게 불렀다. 그러나 에이코는 강하게 고개를 가로저었다. 그랬다. 에이코는 원래 가공의 이름이었고, 일본인들만이 어리석게도 그 실재를 믿고 있었던 허상에 불과했던 것이다. 에이코라는 이름의 여자는 애당초 그 어디에도 없었던 것이다. 나는 옥순이!, 라고 그녀는 천천히 말했다.** 갑자기 몇 번 들은 적이 있는 목구멍 깊은 곳에서 내는 소리 없는 웃음이 나를 떨리게 만들었다. 그녀는 반짝이는 눈초리로 내 얼굴을 빤히 들여다보았다. **그때 나는 순간적으로 그녀의 눈이 말하는 바를 읽을 수 있었다. 나는 옥순이 그리고 너는 쪽발이!, 라고 하는 것을.** 그리고 그녀는 내게서 멀어져 갔다.
>
> (「쪽발이」, 63쪽)

패전/해방의 날, 나를 '쪽발이'라 부르며 멀어져간 에이코/옥순이, 혹은 '조선인 에이코'는 마치 "노의 가면"과 같은 "불가사의"(64쪽)한 존재이며 재현 불가능한 자이다. 마찬가지로 그녀가 나를 향해 뱉어낸 '쪽발이'란 의미 역시 나는 빈틈없이 번역(독해)할 수 없다. 그것은 어의(語義) 그대로 "발굽이 갈라진 자"라는 의미만도 아니며, "최종적으로 일본인을 지칭한다고 해도 일본인이라는 문자로 대신할 수는 없"는 어떤 것이다. 그것은 "인간의 모습을 하고 있지만 개만도 못한 짐승을 가리키는 말"인 것 같으나, 그 또한 어디까지나 "내가 알고 있는 범위 안"(25쪽)에서 파악한 것이거나 "돌아가신 아버지의 추론"(26쪽)

일 뿐 분명하지 않다. 고노는 단지 온전히 번역되지 않는 이 불길한 말의 '공백'에 대해서만 말할 수 있으며, 이 해소할 수 없는 공백을 실감하는 순간 자신이 '일본인'이란 사실로부터 달아날 수 없음을 확인할 뿐이다. 소설 「눈 없는 머리」에서 사와키 스스무가 '이경인'을 온전히 기록하지 못하는 이유 역시 그것이 아닐까.

　「눈 없는 머리」의 사와키는 두 번의 폐 절제 수술을 받은 이후 건강 악화와 약 부작용으로 정신착란 증세가 나타나면서 요양원에 입원한다. 그곳에서 결핵과 투병의 고통을 토로하며 끊임없이 자기 얘기를 들어 달라 호소하는 조선인 소안난을 만나게 되고 혼란을 경험한다. 어느 날 우연히 요양원의 숲으로 들어갔던 사와키는 죽은 결핵 환자의 장기를 보관해 둔 낡은 목조건물을 발견하게 된다. 그 안에서 쇼와13년에 죽은 사자(死者)들의 이름을 읽어가던 사와키는 불현듯 같은 해 "대일본제국 경상북도"(216쪽)에서 죽은 '이경인'을 떠올린다. 이경인이란 누구인가. 그는 사와키의 아버지가 교사로 있던 농림학교에서 급사로 일하던 열여덟의 조선인 청년이며, 무엇보다 "부모도 가르쳐 주지 않은 것, 모르는 것, 금지한 것"을 가르쳐준 사람이었다. 사와키에게는 언제나 "좋은 사람"(207쪽)이던 그는 그러나 독립운동에 가담했다는 혐의를 받고 학교에서 해고된다. 이후 극심한 고문의 후유증과 과중한 노동으로 폐병이 악화된 그는 자리에 눕게 되고, 사와키는 어머니가 준 계란을 전하기 위해 이경인의 집으로 가게 된다. 그러나 그곳에서 사와키가 만난 것은 이경인이 아니라, "살아 있는 인간을 감싸고 있다고는 생각할 수 없을 정도"의 "사악한 냄새"(208쪽)를 풍기는, "지금까지 본 적 없는 미지의 얼굴"(209쪽)이었다. "살점이라고는 없고 뺨과 눈은 움푹 패고 흙빛이며, 코가 무서울 정도로 뾰족하게 튀어나와 있"(209쪽)는 그 얼굴은 "좋은 사람" 이경인이 아니라 단지 낯선 "남자"(210쪽)이며, 공포스러운 형체에 불과한 '비인간'이다. 사와키는 선의로 가져간 계란을 차갑게 거부하던 그 낯선 형체로부터 달아났고 쇼와13년에 '그것(이경인)'은 죽었으나, 요양소의 소안난과 쇼와13년의 사자(死者)들을 빌어 이 무시무시한 기억은 사와키 스스무에게 다시 도착한 것이다. 현재로 느닷없이 도착한 쇼와13년의 이경인으로부터 "일본"은 제거될 수 없으며, 때문에 사와키 역시 이 비극적인 사멸(死滅)에 어김없이 연루되어 있다. 이 같은 연루의식 속에서 사와키는 이경인의 목소리로부터, 곧 "나를 망각해도 되는 것이냐"(217쪽) 외치는 그의 호소로부터 더 이상 도주할 수 없다. 사와키는 이경인/비인간에게 주인의 자리를 내어준 노예 된 인간이며, 때문에 "'과거'가, '이경인'이, 지금의 나에게 무엇을 요구하는 것인가? 지금의 나에게 무엇을 물으려고 하는 것인가?"(217쪽)를 묻고 그들의 말을 받아쓰는(증언하는) 자가 된다.

그러나 「쪽발이」의 고노가 에이코/옥순이가 말하는 '쪽발이'의 의미를 그대로 옮겨 쓸 수 없었듯이, 사와키 스스무 역시 이경인을 혹은 일본인 아이들을 무참히 괴롭히던 조선인 아이 도석을 온전히 기록할 수 없다. 이경인과 도석에 대해 쓰려고 하자 "만년필은 전혀 움직이지 않"으며 다만 그가 적을 수 있었던 것은 일본의 풍경 속에서는 절대 볼 수 없는 "붉은 마당"이라는 단어뿐이었다.

이경인과 도석에 대해 기록하려고 하지만 만년필은 전혀 움직이지 않는다. 그가 초조해져 말을 찾아내려고 하자, 머릿속에 선명하게 떠오르는 이경인의 무서운 얼굴과 도석의 더러운 얼굴이 그를 비웃을 따름이었다. 갑자기 만년필이 움직여 사와키는 붉은 마당이라고 적는다. 그는 깜짝 놀라 그 삐뚤삐뚤한 글자를 보며 마음속으로 말한다.

붉다는 게 무엇일까? 붉은 것은 흙이 붉은 것이다. 어딜 가나 온통 붉은 흙이다. (…) **일본의 풍경 속에서는 절대로 볼 수 없는, 잔혹하고 오만하고 물기가 전혀 없어서 바삭바삭하고, 인간의 약한 마음 따위는 단번에 물리치는 그런 적토(赤土)다.**　　　　(「눈 없는 머리」, 219쪽)

사와키의 기억─기록 행위 속에서 이경인이나 혹은 도석은 온전히 재현되지 못한 채 "붉은 마당"(적토)으로 미끄러진다. 제국의 국적을 지니고 죽었던 조선인 이경인이 다만 붉은 마당으로 환원될 수는 없을 것이다. 적토란 단지 이경인을 부분적으로 대체하는 흔적일 뿐이다. '발굽이 갈라진 자'가 '쪽발이'와 같지 않고, "왜노무"(223쪽), "에노무 자시기"(220쪽)와 '왜놈', '왜놈의 자식' 사이에는 좁혀지지 않는 거리가 있듯이, 쇼와13년의 이경인과 사와키가 증언하는 이경인 사이에는 필연적으로 기록될 수 없는 공백이 남는다. 그러나 고바야시 마사루는 바로 이 공백을 혹은 증언 불가능함을 증언하며, 그 번역 가능하지 않은 틈을 성찰한다. 그것은 바로 자신이 '일본인'이며 '식민자'였음을 부인/망각하지 않는 일이며, 조선 식민지 2세라는 자신의 '사이/경계적' 위치를 쉽사리 면책(免責)의 알리바이로 삼지 않는 것이다.

　자네들은 조선인 앞에서 대학생 호리 개인이 아니라 가토 기쿠코 개인이 아니라, 호리 혹은 가토에 의해 대표되는 일본인이라는 자신의 존재를 실감한 적이 있습니까? 조선인들에게 일본인이란 16세기 말 도요토미 히데요시에 의한 분로쿠·게이초의 전쟁(임진왜란, 옮긴이 주) 이래, 정한론 이래, (…) 창씨개명 이래, 강제연행이래, 강제노동 이래, 그리고 한국전쟁과 특수 경기에 의한 일본산업의 부흥 이래, 기타 여러 가지 이래, 그 종합적 통일체로서의 일본인인 것이에요. **이런 사실과 관계없는 일본인이란 하나의 추상으로, 즉 자네들이 언제 어디**

서 어떤 조선인을 마주하더라도 자네들은 자네들로 대표되는 '일본인'
이라는 존재 그 자체라는 식으로 자신을 실감해 본 적이 있습니까?
(「쪽발이」, 35쪽)

나는 식민지 점령지에 대해 일본인의 한 사람으로서 죄가 있다. 어
린 소년이었다는 이유로 그 죄를 벗을 수는 없다. 나는 추상적으로
일반적인 어린이, 일반적인 소년이 아니었다. 조선에서, 나는 분명한
일본인 소년이었다.[43]

자신을 역사와 무관한 개인이 아닌 '일본인'으로 실감하며, 식민지
에서 추상적·일반적인 어린 아이가 아니라 '일본인 소년'이었다고 확
인하는 고바야시 마사루의 내셔널리즘적 고백은 오히려 부인/망각을
지령하는 내셔널리즘을 횡단한다. 다케우치 요시미가 패전 후의 일본
(인)을 향해 "내셔널리즘과 대결하지 않으려는 심리에서는 전쟁책임에
대한 자각도 부족해 보인다. 다시 말해 양심이 부족하다. 양심이 부족
한 건 용기가 부족해서다. 자기가 상처 입을까 두려워 피투성이가 된
민족을 잊으려는 것이다. 나는 일본인이라고 부르짖기를 주저한다.
그러나 잊는다고 피가 씻기지는 않는다"[44]고 비판하면서 일본인임을
인정하고 일본인과 대결하기를 촉구했듯이, 고바야시 마사루 역시 내
셔널리즘을 분절하기 위해서 내셔널리즘을 기억할 것을 요청한다. 이
기억 행위를 통해서 고바야시는 '에이코/옥순이', '이경인'과 같은 실
명(失名)한 자들 혹은 비인간과 조우하고, 이미 사라지거나 죽은 그들
이 뱉어내는 의미가 불분명한 말들, 온전히 독해할 수 없는 비언어를

---

43) 고바야시 마사루의 소설 『단층지대』 부분. 『그때 그 일본인들』, 482쪽에서 재인용.
44) 다케우치 요시미, 「근대주의와 민족의 문제」, 『다케우치 요시미 선집 1—고뇌하는
　　일본』, 윤여일 옮김, 휴머니스트, 2011, 234~235쪽.

받아쓰는 증인이 된다. 그러므로 고노이며 사와키 스스무인 그는 조선인과 일본인의 경계에 있는 것이 아니라, 실은 1943년의 '에이코/옥순이'와 1968년의 고바야시 마사루, 쇼와13년의 이경인과 쇼와43년의 고바야시 마사루 '사이'에 있다. 아감벤의 말을 빌린다면 고바야시 마사루 혹은 남은 자(증인)는 "죽은 자도 아니고 살아남은 자도 아니며, 익사한 자도 아니고 구조된 자도 아"닌, "그들 사이에 남은"[45] 자인 것이다. 고바야시 마사루의 기억 서사가 국가가 절취하거나 횡령하고 국민이 망각한 기억을 다시 나누어갖는(分有) '트랜스내셔널(transnational)' 서사이며, 비인간 · 비언어에 자리를 양도하는 '윤리적' 서사가 되는 이유는 여기에 있다.

Ⅳ. 치유로서의 기억, 혹은 민족적 주체 회복의 판타지
- 한운사의 『현해탄』 연작

작가 한운사[46]는 연작의 2부인 『현해탄은 말이 없다』의 서문을 통

---

45) 조르조 아감벤 지음, 정문영 옮김, 『아우슈비츠의 남은 자들』, 새물결, 2012, 241쪽.
46) 한운사(1922~2009)는 소설뿐만 아니라 드라마 대본, 시나리오 등을 썼다. 앞으로 이 글에서 다루게 될 『현해탄은 알고 있다』는 1960년부터 1961년까지 KBS 라디오 드라마로 방송된 이후 1961년 소설로 다시 집필되어 출간되었으며, 2부에 해당하는 『현해탄은 말이 없다』는 〈한국일보〉에 연재되었고(1962), 3부 『현해탄아 잘 있거라 (승자와 패자)』는 1963년 잡지 〈사상계〉에 연재되었다. 『현해탄은 알고 있다』는 김기영에 의해 영화화되기도 했다. 이후 주인공의 이름을 빌려 3부작 장편소설 『아로운』(정음사, 1985)이 재출간되기도 했다. 이 논문에서 분석 텍스트로 삼은 것은 『현해탄은 알고 있다』(1961, 정음사)와 1985년 정음사에서 재출간된 『아로운 1부 현해탄은 알고 있다』, 『아로운 2부 현해탄은 말이 없다』, 『아로운 3부 승자와 패자』이다. 재출간본에 붙인 서(序)에서 한운사는 "난폭하게 생긴 놈이지만, 지금 새삼스럽게 성형수술을 가할 필요는 없을 것 같다"(『아로운 2부 현해탄은 말이 없다』, 「다시 序하여」)라고 언급해 수정을 가하지 않았음을 밝히고 있다. 한운사의 이 작품들을 통칭할

해 『현해탄』 연작이 단지 친일적이거나 반일적인 것이 아니며 '국민'
이기 이전에 숭고성을 지닌 '인간'을 보여주고자 한 서사임을 다음과
같이 분명히 한다.

> S군― 성급하고 명료한 것을 좋아하는 독자들은, 우리들의 이야기
> 를 단 한마디로 규정하기를 원하는 것 같다. 즉 친일파이냐 반일파이
> 냐― **그러나 너도 알다시피 이것은 친일적인 것도 아니며 반일적인**
> **것도 아니다. 바꾸어 말하면 반일적일 수도 있으며 친일적일 수도 있**
> **는 것이다.** 우리가 결코 아름다운 마음으로 회상할 수 없는 과거였다
> 할지라도, 인간이 가지고 있는 얼마 안 되는 숭고성을 유지하기 매우
> 어려웠던 시대 속에서, **한 국민이기 전에 우선 한 인간임을 훌륭히**
> **보여준 일본인의 몇몇을 적으로 돌릴 수야 없는 일이 아니냐.**[47]

과거 식민의 원한 때문에 일본인 모두를 '적'으로 돌릴 수 없다는
것, 민족·국민을 넘어 '인간'을 발견하겠다는 휴머니즘은 일제말기
작가 자신의 학병 체험을 바탕으로 쓴 한운사의 『현해탄』 연작을 지
탱하는 핵심적 이념기제이다. 1960년대 초반 이렇듯 생경한 선언을
내세운 『현해탄』 연작은 분명 예외적 측면이 농후한 텍스트였다. 먼
저 일본뿐만 아니라 해방 이후 한국에서도 식민지의 경험이나 식민자
로서의 일본을 본격적으로 조명한 소설은 흔치 않았으며, 점령의 과거
가 상당 부분 괄호 쳐지는 상황에서 일제하 학병체험을 전면적으로
서사화하는 경우도 드물었다. 때문에 김윤식 교수는 1920년대 초반
출생해 학병을 경험하고 그 실체험의 감각을 글쓰기로 옮겨낸, 이른바

경우 이 글에서는 『현해탄』연작이라 하고자 한다. (『구름의 역사』; 윤석진, 「한운사
의 방송극 〈현해탄은 알고 있다〉 고찰」, 『비평문학』, 2007. 12 참조)
47) 한운사, 『아로운 1부 현해탄은 말이 없다』, 정음사, 1985, 9쪽.

학병세대의 글쓰기는 해방 이후 선우휘와 이병주 정도에 의해 지탱된
것이나 마찬가지라 지적하기도 한다.48) 기실 해방 이후 본격적인 일
제 학병체험 서사라 할 수 있는 작품은 김문택의『탈출기』와『광복군』,
김준엽의『장정』, 신상초의『탈출』, 장준하의『돌베게』, 이가형의『분
노의 강』등 극히 소수에 불과하며, 이 작품들 역시 주로 1980~90년
대를 전후해 창작되었다.49) 때문에 한운사의『현해탄』연작이 해방 이
후 불과 15년 정도가 경과한 1960년대 초반에 발표되었다는 사실은
매우 흥미로운 대목이다. 더구나 이 소설이 방점을 찍은 것이 '인간'이
며 '휴머니즘'을 의식적으로 표방하고 나섰다는 사실 역시 주목된다.
당시 일제강점기를 배경으로 한 서사물, 특히 대중적 텍스트 속에서
민족주의를 강렬히 기입하는 것은 상례에 가까웠으며, 이를 통해서
과거 식민화의 트라우마를 상쇄하거나 피해를 대리 보상받으려는 대
중들의 감정구조는 상당히 견고한 것이었다. 때문에 적으로서의 일본
인이 아니라 '인간-일본인'을 형상화하며, 이들이 '인간-조선인'과 숭
고하게 조우하는 휴머니즘 서사를 구축한다는 것 역시 모험적 시도임
에 분명했다. 이런 연유로 소설보다 앞서 발표된 동명의 라디오 드라
마『현해탄은 알고 있다』를 청취한 대중들은 "악랄한 일본 헌병이나
고등계 형사밖에 등장하지 않던"50) 기존의 드라마들과 달리 다수의
일본인이 출현하고 더구나 '좋은' 일본인이 등장하는 이 텍스트에 대

---

48) 김윤식,『한일 학병세대의 빛과 어둠』, 소명출판, 2012, 37~70쪽 참조.
49) 김윤식,「글쓰기로서의 학병 탈출」,『일제말기 한국 작가의 일본어 글쓰기론』, 서
   울대학교출판부, 2003; 김윤식,『일제말기 한국인 학병세대의 체험적 글쓰기론』, 서
   울대학교출판부, 2007 참고. 김윤식에 의하면 학병체험서사는 일본 군국주의 치하
   를 탈출하는 왜적 물리치기, 민족에 귀의하기, 국가 만들기 등에 추동되는 저항적
   민족주의를 환기하는 내용이 대부분이라 한다.
50)『구름의 역사』, 126쪽.

해 반감과 호기심을 동시에 지녔던 것으로 보인다.

단순히 선언적인 차원에 그치는 것이 아니라 실제로『현해탄』연작은 식민지/제국 사이의 위계를 넘어서고 민족이나 국가의 심리적 분단(分斷)을 월경하면서 '인간'을 호소하는 대목들이 비중 있게 다뤄지며, 이를 통해 기존의 '일본인-악인/조선인-선인'이라는 도식적인 표상화를 극복하고 조선인과 일본인의 대립보다는 '좋은 인간/나쁜 인간'의 대비적 구도를 다시 설정하고 있다. 이와 같은 새로운 재현 전략에 기여하는 것은 먼저 주인공 아로운의 군대 동료들로 등장하는 다나까 군조, 나까무라, 스즈끼, 사루와따리, 아로운을 치료하는 군의관과 같은 선한 일본인들의 주조일 것이다. 일본 군국주의의 상징인 군대 조직 안에서 이들은 단지 천황의 명령을 의심 없이 맹종하는 비정한 '황국군'이 아니라, 식민지 인민에 대해 연민과 애정을 느끼며 자국의 식민주의를 비판하고 인도주의를 옹호하는 '참된 인간'으로 형상화된다. 특히 도쿄제대 출신의 나까무라는 이러한 '인간' 혹은 '좋은 일본인'의 탄생을 적극적으로 구현하는 인물이다.

> 「정말 **일본의 군대 조직은 어디까지 우스운건지 알 수가 없어. 모순덩어리구, 야만덩어리구,** 모두 〈동키호오테〉 아니면 〈메휘스트훼레스〉야. **인간의 존엄성이라는게 어디가 쑤셔박혀 있는지 알 수가 없어」** 아로운은 묵묵히 걸으면서 나까무라의 이야기를 삭이려고 애썼다. (…) 「일본에 두 조선에 대해서 동정하는 사람들이 더러 있지. 나까노 세이고오씨가 얘기하는 걸 들었는데, 대담하더군요. 만주와 지나를 그 주인에게 돌려주라구 하면서, 조선사람들에게두 사람대접을 하라구 그러더군」 아로운도 히비야 공회당에서 들은 적이 있다. (…) 참된 인간은 어디서나 옳은 소리를 한다고 그때 느꼈다. 그러나 일본의 군국주의는 그들이 건드리기엔 비대하고 강해졌다. (…) 「레이떼해전에서

참패한 뒤부턴 줄곧 역습만 당하구 있어. 두구보면 알거야. 아로운의
운명두 이 전쟁의 끝말 하구 다분히 관계가 있을걸. 기다려 볼 수밖에
없지. 그동안 겉으룬 바보노릇을 해두 속까지 바보가 돼 버리면 안돼
요」아아 하고 **아로운은 마음속으로 감탄했다. 얼마나 훌륭한 일본
사람인가. 아니 얼마나 훌륭한 하나의 인간인가. 이런 사람들끼리라면
이 세상에 무슨 국가가 필요하며 전쟁이 일어나겠는가.** (…) 아로운은
행복을 느꼈다.[51)]

한편 『현해탄』 연작이 부각하는, 일본인과 조선인이 아닌 국가나
민족을 초월하는 인간 대 인간의 조우 가능성은 '아로운과 히데코의
사랑'에서 그 정점을 이룬다. 기실 식민지/제국의 위계적 간극을 초월
하고 민족을 뛰어넘는 이 사랑의 서사는 한운사가 『현해탄』 연작에서
가장 공들인 부분이며, 한일관계를 재현하는 서사에서 일차적으로 민
족주의적 대리보상을 욕망하던 대중들의 불만을 잠재우는 데 가장 큰
역할을 한 부분이라 판단되기도 한다. 연작의 1부 『현해탄은 알고 있
다』가 출판될 당시 1만부가 팔려 나갈 정도로 대중적 인기를 모을 수
있었던 것은 이 월경(越境)의 연애가 큰 몫의 역할을 했기 때문일 것이
다. 말하자면 대중들은 『현해탄』 연작을 일제 학병체험서사 내지 피
식민의 경험을 기억하는 서사로 독서하기보다 전쟁 속에서 피어난 위
험하고 드라마틱한, 그래서 더욱 낭만적인 사랑의 서사로 향유했을
가능성이 높다. 아로운과 히데코의 사랑에서 한운사가 유의미하게 부
조하는 가치 역시 국가·민족에 앞서는 '개인' 혹은 '인간'이다. 아로운
이나 히데코의 다음과 같은 발언은 이를 단적으로 보여주는 대목이다.

---

51) 한운사, 『현해탄은 알고 있다』, 정음사, 1961, 79~80쪽.

히데코는 쓸쓸히 돌아갔을까? (…) 인간이 만든 폭탄이 인간을 공포에 떨게 했지만, 그 공포를 초월하는 힘도 또한 인간이 가지고 있었다. 그것이 무엇이냐? 아로운은 조용히 입을 한일(一)자로 다물었다. 이윽고 빙그레 웃었다. 사랑이 아니냐, 사랑! 그래 사랑일 것이다. 그의 마음속엔 금시 휘황한 광명이 가득 찼다. **사랑! 그렇다. 인간들의 가장 소중한 재산은 사랑일 것이다. 국가도 민족도 아니요, 그것보다 훨씬 먼저 사랑일 것이다.** (『현해탄은 알고 있다』, 215쪽)

아로운은 눈앞에 펼쳐져 있는 특공대의 사진을 물끄러미 내려다보다 손가락으로 가리키며,

「일본 사람들은 독하고 충성심이 대단하군요」

「감탄하셨어요?」

「나로선 상상두 못 할 희생정신이오」

「그게 그렇게 귀한 것일까요?」

아로운은 반문하는 히데꼬를 의아롭다는 듯이 바라보았다. 이해는 안 되지만, 그것은 귀한 것이 아니냐.

히데꼬는 단정이 앉아서 눈 하나 까딱 안 하고 말을 이었다.

「어리석구 단순한 죽음이 아닌가 생각할 때가 많아요. 사람의 목숨이란 좀더 유용하게 써먹을 데가 있잖을까요? **우린 국가나 민족 때문에, 너무나두 많은 것을 잃구 있어요. 개인이라는 건 탈만 남았어요. 모두 껍질뿐이지, 알맹이는 국가가 다 빼 가구 말았어요」**

(…)

「국가 같은 건 멋대루 되라고 그러세요. 저는 인간이 더 중해요. 야노 히데꼬와 아로운이라는 인간이 더 중해요」 마치 슈발리에 데 그뤼가 마농한테 설복을 당할 때처럼, 아로운의 마음은 슬프고 또 기뻤다. (『현해탄은 알고 있다』, 205~206쪽)

사랑을 결행하기 위한 아로운의 탈영, 히데코와의 도피는 개인을

유린하는 국가주의나 인간을 분리하는 민족주의에 대한 거부이며, 히데코가 선언하듯 인간(개인)을 방어하기 위한 탈주로 독해될 수 있다. 그럼에도 불구하고 이 사랑의 서사가 전개되는 맥락을 보면 『현해탄』 연작을 쉽사리 내셔널리즘을 횡단하는 예외적 서사로 읽기에는 불편한 지점들이 발견된다.

일본 군대를 탈출한 이후 아로운은 우여곡절 끝에 히데코와 결합하고 그 사이에서 아들 지도(知道)까지 얻지만, 그러나 연작의 종반부에서 그는 끝내 홀로 조선으로 귀환한다. 이 과정에서 소설은 상당 부분을 할애해 히데코와 지도를 남겨두고 떠나는, 달리 말해 개인을 포기하고 '민족'을 선택하는 아로운의 혼란과 갈등을 배치함으로써 휴머니즘보다 불가피하게 민족주의를 선택할 수밖에 없는 아로운의 알리바이를 효과적으로 제공한다. 가령 그것은 아로운의 귀환이 히데코나 아들에 대한 배반이 아니라 더 큰 소명을 위한 것, 즉 온전한 민족, 새로운 국가를 만들기 위한 대의를 수행하는 것이며, 아로운이 리노이에나 지하라 같은 조선인 학병들로부터 이를 설복당하는 형식으로 그의 복원이 서사화되는 것이다.

> 리노이에는 힘을 주어 말했다.
> 「기다리는 그 시간을 더 소중한 데 쓰자는 겁니다. 아로운이락 하는 인간을 부인은 그 누구보다도 잘 알고 안 있습니꺼. 그 아는 터지믄 화산만할 정열을 그 쬐맨 가슴속에 담고 사는 사람이 아닌교? 그 정열에 불을 붙여 주자하는 겁니더. **황폐한 조선 땅에 나가서 종으로 횡으로 즈그 멋대로 활약하는 모습을 한 번 보작하는 겁니더,** 예?……알아듣겠습니꺼?」
> 히데꼬는 깊이 고개를 떨어뜨렸다.
> 「부인요, 히데꼬 상요, 이 리노이에, 무식하고 난봉쟁이고 형편없입

니다만도, 이런 일까지 엉터리로 처리할 놈은 아닙니데이. 조선은 지
금 사람을 요구하고 있습니더. 나 같은 놈 백 명보담도 아로운 같은
아 한 사람을 요구합니더. 오랫동안 놈의 식민지로 짓눌려온 백성들
은, 열정을 갖고 우리의 갈 길은 이쪽이라고 손구락질 해 주는 유능한
지도자를 기다리고 있습니더」52)

  그러므로 다시 현해탄을 건너는 아로운의 조선 귀환이란 "진정한
조국이 없는 자는 자기의 국가를 가져 보고 싶은 것"이며 "진정한 민
족을 잃은 자는 그것을 되찾아 보구 싶은 것"(『현해탄은 알고 있다』, 205
쪽)이라는 무해한 민족적 욕망과 리노이에의 지속적인 요청이 이루어
낸 합작물이라 할 수 있다. 때문에 『현해탄』 연작에서는 '휴머니즘'과
(약자의) '민족주의'가 서로를 밀어내지 않고 조화롭게 동서(同棲)하는
기묘한 스펙터클을 이룬다. 다시 말해 아로운의 조선행은 나까무라
등과의 우정이나 히데코와의 사랑과 사실상 전혀 배치(背馳)되지 않는
것이다. 이 절묘한 조화의 서사를 통해 위대한 영웅, 혹은 가장 참다운
인간으로 확실히 승격되는 인물은 물론 '아로운'이다. 그는 개인과 민
족을 모두 자기편으로 만드는 탁월한 역량을 발휘하며 '학병'이 함의
하는 손상된 남성 주체를 회복하고, 일개 식민지 조선 남성이 아닌,
적대(敵對)나 갈등을 극복하고 이른바 휴머니즘적 국가 건설을 담당할
새로운 주체로 격상된다.
  실상 "가엾은 조선"을 재건할 "조선의 아들" 아로운의 탄생은 이미
『현해탄』 연작 초반에서부터 예견된 바이기도 했다. 『현해탄은 알고
있다』(연작 1부) 전반부에서 한운사가 가장 공들여 강조하는 장면은
작가의 자전적 체험에 바탕을 둔 이른바 '부민관 사건'이다. 부민관에

---

52) 한운사, 『아로운 3부 승자와 패자』, 정음사, 1985, 253쪽.

모인 조선인 학병들에게 격려의 연설을 하던 총독 고이소를 향해 아로운은 학병들의 출정을 조건으로 조선인 이천오백만의 안위를 보장해 달라고 당당히 요구했던 것이다. "조선의 독립을 꿈꾸던 항일정신의 권화(權化)"(『승자와 패자』, 59쪽)로 아로운을 자리매김하는 이 일화는 연작 초반부터 마지막까지 수시로 환기된다. 그러나 앞서 언급했듯이 아로운은 단지 조선이라는 협소한 민족적 경계 안에 배타적으로 속박되는 인물이 아니다. 그는 군국주의가 낳은 적/동지의 왜곡된 구도를 뛰어넘을 수 있을 만큼 "교양을 존중하는 인품"(『승자와 패자』, 195쪽)을 지니고 있으며, 바른 정신의 소유자인 것이다. 나쁜 인간성을 고칠 수 있다는 그의 자신감, "모든 정직한 사람들은, 정직하지 않은 사람들을 고쳐 줄 의무"(『현해탄은 알고 있다』, 257쪽)가 있다는 아로운의 믿음을 텍스트는 극적으로 관철시켜 나간다. 군대동료인 일본인 '모리'는 바로 이를 위해서 동원된 인물이다. "군국주의의 최전선의 보초"요 "대일본제국을 끝까지 대표"(『승자와 패자』, 104쪽)하리라던 추악한 인간 모리는 아로운의 고결한 정신에 끝내 설복당하며, 아로운은 조선인을 향한 적의로 가득 찼던 그를 마침내 "동지"(『승자와 패자』, 251쪽)로 교화한다. 이 지난하고 극적인 교화의 도정을 통해서 스무 살 보잘 것 없던 조선인 학병 아로운은 마침내 새로운 조선의 유능한 민족적 지도자/주체이지 위대한 인간으로 더욱 화려하게 복원되는 것이다. 아니 이는 본래로 회귀하는 복원이라기보다 엄밀히 '성장'이라 할 것이다.

이러한 아로운의 형상은 1960년대 새로운 나라 만들기에 나선 한국의 국가주의가 요구했던 인간이기도 하다. 한운사의 『현해탄』 연작은 바로 이 국가적·시대적 요청과 탁월하게, 그야말로 균열 없이 조우하는 것이기도 하다.

이것을 쓰기 직전에 5·16 군사혁명이 일어났다. 나는 오랫동안 한·일 양국간에 게재하였던, 불필요하고 유해로운 적의가 조속한 시일 내에 풀어지는 것은 불가능한 일이 아닌가 우려했다. 그러나 **혁명을 평온리에 수행한 당국은 얼마 안 가서 그들이 들었던 바로 그 메스로 한·일간의 고질(痼疾)을 수술하고자 감연히 나섰다.** 일본 측에서도 이에 분명한 반응을 보였을 때, 나는 사태의 진전이 너무나도 신속한 데 놀라지 않을 수 없었다.

우리가 갈망하던 의사들은 나왔다. 자, 그들은 어떻게 이 고질의 근원을 파악하였으며, 어떠한 수술로, 어떠한 치료를 거쳐 어떠한 결과를 우리 앞에 제시하려는지―

(『아로운 2부 현해탄은 말이 없다』, 9~10쪽)

"치료"를 목적으로 한 『현해탄』 연작은 확실한 성공을 거둔다. 이 소설은 원 소스 멀티유징(one source multi using)의 방식을 통해 드라마와 영화로 재생산되었으며, 한국뿐 아니라 일본에서도 큰 반향을 이끌어낸 것이다. 그러나 역사를 치유하라는 국가주의적 판타지 속에서 '일본'이 그리고 '식민지'가 우리에게 무엇이었는가를 묻는 성찰적 질문은 상당 부분 사상되고 있다. 휴머니즘을 전위에 세우고 제국주의 혹은 편협한 국가(민족)주의를 극복하자고 호소하는 한운사의 기억서사가 되레 내셔널리즘을 승인하는 기념비적 재현물이 되는 까닭은 이런 이유이다. 『현해탄』 연작에서 치유란 어쩌면 굴절된 망각과 동의어이며, 때문에 한운사의 이 예외적인 기억서사는 실은 망각의 서사와 그리 다른 자리에 있지 않은 것이다.

V. 나가며

이 글은 1945년 8월15일 해방/패전 이후 (피)식민의 경험을 기록-재현한 고바야시 마사루와 한운사의 기억서사를 교차적으로 읽으며 민족주의(국가주의)를 횡단하는 트랜스내셔널(리즘)의 가능성을 사유하고자 한 시도였다. 주지하다시피 일제의 조선 강점 이후 조선인들은 현해탄을 건너 식민제국(내지) 일본으로, 일본인들은 식민지 조선(외지)으로 이동해갔다. 그러므로 현해탄 건너기란 어떤 의미에서 (피)식민의 사태를 가장 여실히 구현하는 사건인지도 모른다. 조선에서 태어난 식민지 2세로 패전 이후 일본으로 귀환한 고바야시 마사루나, 일본에 유학하던 중 학병으로 징집돼 반도(조선) 출신 일본군으로 복무하다 해방 후 조선으로 돌아온 한운사 역시 이러한 현해탄 도항자들이라 할 수 있다.

그런데 제국주의(식민주의)의 실행에 다름 아닌 현해탄 넘나듦이란 대규모의 부인과 망각을 조장하거나 획책하며, 또한 부인/망각의 구조 속에서만 안정적으로 유지될 수 있는 것이기도 하다. 실제적이든 상상적 차원이든 식민지 조선인들에게 도일(渡日)이란 조선인이라는 정체성을 부인하고 일본(인)을 타자가 아닌 새로운 자기로 설정해야 하는 사건이었고, 제국 일본인들에게 도한(渡韓)이린 조선을 식민지가 아닌 척식해야 할 외지(미개지)로 고쳐 믿으며, 식민자인 자신의 위치를 부인하고 스스로를 시혜를 베푸는 개척자로 세뇌하는 일이었다. 1945년 해방/패전은 식민주의를 지탱한 이 대규모의 부인/망각의 구조가 와해되면서, 조선(인)/일본(인), 자기/타자, 적/동지의 분할선이 다시 명료히 구축되는 사건이었다. 달리 말하면 그것은 이제 현해탄이 다시 민족국가 단위로 재편되는 조선/일본의 엄연한 분리를 확증하는 표지가 됨을 의미하는데, 이 복원이 성공하기 위해서는 해방/패전 이전과는 또 다른 부인이나 망각이 가동되어야 했다. 해방 이후 조선인들에게 그것이 '반도-일본인'으로 살았던 자신의 서사를 지워내고 착종의 흔적 없는 오롯한 조선인으로 자신의 역사를 새로 쓰는 일이었다면, 패전 이후 일본인들의 경우는 가해자였던 자신을 은폐하고 단지 패전의 피해자로 스스로를 지시하는 기만의 서사를 구성하는 일이었다. 그러므로 해방/패전 이후 10여 년이 지난 1960년대에 이 겹겹의 부인/망각의 상황을 거슬러 (피)식민의 기억을 서사화한 고바야시 마사루와 한운사의 텍스트는 단연 문제적이라 할 수 있다.

고향(조선)과 고국(일본)이 다른 고바야시 마사루와, 한국의 루쉰이 되고 싶었으나 일본어보다 못한 한국어 실력에 절망해야 했던 한운사의 존재 자체가 어쩌면 내셔널리즘-제국주의(식민주의)를 배태한-이 획책하는 부인/망각이 말끔히 삭제할 수 없는, 그리하여 내셔널리즘이 언제나 미끄러질 수밖에 없음을 증험하는 혼종적 잉여들일 지도 모른다. 이 글에서 고바야시 마사루와 한운사의 '서사'와 더불어 이들의 '존재'를 하나의 텍스트로 주목한 것은 이런 연유이다.

해방/패전 이후 이 잉여적 존재들은 내셔널리즘으로 온전히 귀납될 수 없는 자신 속의 어떤 이물감 혹은 혼종성을 응시했고, 그것이 발원하는 (피)식민의 기억을 서사화했다. 그러나 그 지향이나 귀결은 달랐는데, 고바야시 마사루가 끊임없이 자신 안의 조선을 쓰면서 일본인이라는 정체성을 심문하고 성찰함으로써 트랜스내셔널(리즘)의 가능성으로 혼종성을 사유했다면, 한운사의 경우는 '치유'라는 명분 아래 자신 안의 이물감(혼종성)을 끝내 삭제하는 방식을 취한다. 때문에 조선인이나 일본인에 갇히지 않는 '인간'에 방점을 찍었던 한운사의 소설은 결국 새로운 국가 만들기를 담당할 민족적 주체의 정립을 승인하고 지지하는 서사로 마무리되는 것이다. 그럼에도 가령 재조일본인이었던 작가 고바야시 마사루가 왜 "자신의 생애를 걸어야만 할 중요한 테마의 하나로서, 일본에게 조선이란 어떤 존재였는가"53)를 끊임없이 묻지 않을 수 없었는지, 또한 일제말기 자신의 학병체험을 어렵게 기억했던 한운사가 왜 다시 내셔널리즘 안에서 자신의 갈등을 잠재우고 휴머니즘적 지향과 내셔널리즘의 적당한 타협을 시도할 수밖에 없었는지, 그 추동의 정체가 무엇인지는 우리가 지속적으로 사유해야 할 몫으로 남는다. 어쩌면 이 질긴 심문과 성찰 속에서 내셔널리즘을 횡단할 수 있는 진정한 가능성은 열릴지 모른다.

---

53) 고바야시 마사루, 「나의 조선」, 『쪽발이』, 305쪽.

참고문헌

1. 기본자료

『임화문학예술전집 1』, 임화문학예술전집 편찬위원회 편, 소명출판, 2009.
고바야시 마사루 저, 이원희 옮김, 『쪽발이』, 소화, 2007.
한운사, 『구름의 역사』, 민음사, 2006.
_____, 『현해탄은 알고 있다』, 정음사, 1961.
_____, 『아로운』1, 2, 3, 정음사, 1985.

2. 논문 및 단행본

권숙인, 「식민지 조선의 일본인」, 『사회와 역사』 제80집, 2008.
김농노, 「일본 제국주의의 조선 지배의 독특성」, 『일제 식민지 시기의 통치체제 형성』, 혜안, 2006.
김예림, 「포스트콜로니얼의 어떤 복잡한 연애에 관하여」, 『서강인문논총』 제31집.
_____, 「불/안전국가의 문화정치와 포스트콜로니얼 문화상품의 장」, 『현대문학의 연구』 42.
김윤식, 「글쓰기로서의 학병 탈출」, 『일제말기 한국 작가의 일본어 글쓰기론』, 서울대학교출판부, 2003.
_____, 『일제말기 한국인 학병세대의 체험적 글쓰기론』, 서울대학교출판부, 2007.
_____, 『한일 학병세대의 빛과 어둠』, 소명출판, 2012.
다카사키 소지 지음, 이규수 옮김, 『식민지조선의 일본인들』, 역사비평사, 2006.
다케우치 요시미, 윤여일 옮김, 『다카우치 요시미 선집 1-고뇌하는 일본』, 휴머니스트, 2011.
다테노 아키라 편저, 오정환·이정환 옮김, 『그때 그 일본인들』, 한길사, 2006.
마루카와 데쓰시 지음, 장세진 옮김, 『냉전문화론』, 너머북스, 2010.
박경숙, 「식민지 시기(1910년~1945년) 조선의 인구 동태와 구조」, 『한국인구학』 제32권제2호, 2009.
서경식·다카하시 테츠야 지음, 김경윤 옮김, 『단절의 세기 증언의 시대』, 삼인, 2002.
오사와 마사치 지음, 서동주·권희주·홍윤표 옮김, 『전후 일본의 사상공간』, 어문학사, 2010.

오카 마리 지음, 김병구 옮김, 『기억 서사』, 소명출판, 2004.

윤건차 지음, 박진우 외 옮김, 『교착된 사상의 현대사』, 창비, 2009.

윤석진, 「한운사의 방송극 [현해탄은 알고 있다] 고찰」, 『비평문학』, 2007, 12.

윤정란, 「19세기말 20세기 초 재조선 일본여성의 정체성과 조선여성교육사업」, 『역사와 경계』 73집.

이경숙, 「한운사의 '아로운(阿魯雲) 3부작' 연구 : 이데올로기적 중층성을 중심으로」, 『한국문학이론과 비평』 제33호, 2006.

이원희, 「고바야시 마사루 문학에 나타난 식민지 조선」, 『일어일문학연구』 제38권1호, 2001.

조르조 아감벤 지음, 정문영 옮김, 『아우슈비츠의 남은 자들』, 새물결, 2012.

존 다우어 지음, 최은석 옮김, 『패배를 껴안고』, 민음사, 2009.

칼 슈미트 지음, 김효전 역, 『정치적인 것의 개념』, 법문사, 1992.

케네스 레이너드, 「이웃의 정치신학을 위하여」, 『이웃』, 정혁현 옮김, 도서출판b.

최준호, 「고바야시 마사루의 식민지 조선 인식 : 초기작품들 속의 인물표상을 중심으로」, 『일본어연구』 제48권, 2011.

하라 유스케, 「그리움을 금한다는 것-조선식민자 2세 작가 고바야시 마사루와 조선에 대한 향수」, 『일본연구』 제15집.

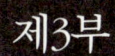

제3부

문화소통을 위한 번역의 역할

근대적 번역 유형에 대한 한 비판

- 매킨타이어의 견해를 중심으로

김정현

> "보수적 근대든, 급진적 근대든, 근대는 번역가들이 접근할 수 없는 사회적, 문화적, 그리고 지적 삶의 전통적 양상들이 존재할 수 있다는 생각을 거부한다."
>
> (매킨타이어)

I. 서론

이 글은 매킨타이어의 번역론을 분석한다. 그가 번역 자체를 중심적인 과제로 설정하고, 연구를 수행하지는 않았지만, 그의 연구에서 번역론은 가볍지 않은 위상을 지닌다. 그의 학문적 작업의 상당 부분이 근대적인 여러 신념들을 비판하는데 할애되어 왔듯이, 번역(불)가능성에 대한 그의 분석 역시 이와 관련된 근대적 신념과 전제를 비판하는 작업으로 규정될 수 있다.

매킨타이어에게 번역 문제는 통약불가능한(incommensurable) 경쟁(rival) 전통들의 존재 문제와 연결되어 있다. 경쟁 전통의 존재를 인정한다는 것에는 그 전통이, (우리의 전통처럼) 합리적일 수 있다는 것이 함축되어 있다. 그런 점에서 경쟁 전통들의 인정은 보기보다 큰 의의 를 지닌다. 그러한 승인은 우리의 전통뿐 아니라 타 전통 역시 합리성 을 추구하며, 합리적 정당화방식을 담지하고 있음을 인정하지 않을 때는 불가능할 것이기 때문이다. 서양이 자신의 합리성 기준을 절대적 인 것으로 삼아서 비서양을 비합리성의 세계로서 규정했을 때, 그러한 인식이 서구 제국주의의 작동과 얼마나 밀접하게 연결되어 있는지를 우리는 잘 알고 있다.

매킨타이어는 통약불가능한 경쟁적 전통들의 존재를 곧 바로 전통 상대주의와 연결하지 않는다. 다시 말해 통약불가능한 전통들 사이에 합리적 조우, 합리적 대화가 가능하다. 번역(불)가능성의 문제는 바로 이 맥락에서 등장한다. 미리 말하면, 번역은 애초에 통약불가능했던 관계를 통약가능한 관계로 변형시킬 수 있는 대화를 향한 첫 단계가 될 수 있다.

번역의 문제에 초점을 맞추어서 말하면, 근대적 이해와 달리, 번역 이 불가능한 사회적, 문화적, 언어적 체계가 존재할 수 있다는 것이 매킨타이어의 생각이다. 달리 말해 특정한 전통으로 번역불가능한 다 른 전통이 존재할 수 있다. 번역가능성에 대한 근대적 확신은 보다 일반적인, 근대 문화의 자기 확신과 관련되어 있다. 인간 문화와 역사 에서 나온 것이라면, 그것이 아무리 낯선 것으로 보일지라도, 이해할 수 있다는 근대 문화의 자기 확신이 바로 그것이다. 자신의 능력에 대한 이러한 신념은 그 자체 근대 문화를 규정하는 요소의 하나이다.

통약(불)가능성이나 번역(불)가능성 개념은 매우 논쟁적인 것이어서, 전통들 간의 관계에 이 개념을 적용한 매킨타이어의 작업을 두고 여러 비판들이 있다. 그러나 그것들을 분석, 검토하는 것이 이 글의 일차적 목표는 아니다. 번역(불)가능성 문제를 둘러싼 근대적 이해의 문제점이 무엇인지, 그리고 근대적 번역 유형에 대한 매킨타이어의 비판이 오늘날 어떤 의의를 지닐 수 있는지를 살펴보는 것이 우선적인 목표이다.

Ⅱ. 본론

1. 전통 간 통약(불)가능성과 번역(불)가능성

합리성과 전통의 관계에 대한 매킨타이어의 핵심 주장과 그에 대한 가장 포괄적 해명을 담고 있는 『누구의 정의? 어떤 합리성?』(*Whose Justice? Which Rationality?*)의 중심 테제 가운데 하나는 정의와 실천적 합리성에 관한 질문들에 답하는 것은, 그 개념들을 탐구해 온 전통들 외부에 존재하는 관점에서 이루어질 수 없다는 것이다.[1] 이런 주장을 하면서 매킨타이어가 초점을 맞추는 것은 이들 질문에 대한 합리적 접근을 둘러싼 경쟁 전통들의 존재와 그것들 사이의 관계 양상이다. 이 상이한 경쟁 전통들의 존재라는 맥락 속에서 번역이라는 주제가 등장한다.[2]

경쟁적 전통들의 존재에 대한 주장은 다른 전통이 자신의 전통과 경쟁적 위치에 있다는 사실에 대한 인식을 논리적으로 전제한다. 다시 말해 타 전통이 특정 사안과 관련하여 경생사임을 인식할 때, 경생적

---

1) 매킨타이어가 말하는 '전통'은 '탐구의 전통'(tradition of inquiry)과, 그 보다 확장된 외연을 지닌 '사회적이고 문화적인 전통' 양자를 모두 포함하며, 당연히 이 둘의 구분을 유지하며, 그의 텍스트를 읽어야 한다(Alasdair MacIntyre, *After Virtue* (2nd ed.), University of Notre Dame Press, 1988(이하 *AV*로 표시), p.292 참조). 그러나 전자의 전통에 대해 기술했던 바를 별다른 제한 없이 후자의 전통에 이전하는 일도 그의 텍스트에서 일어나기도 한다.

2) 이것은 『누구의 정의? 어떤 합리성?』에서 번역 문제가 등장하는 맥락일 뿐이며, 매킨타이어에서 번역의 주제는 다른 맥락과도 교류한다.

전통의 존재를 주장하는 명제가 의미를 획득하는 것이다. 이러한 인식
은 또한 당연히 상대 전통에 대한 이해를 전제한다.3) 특정 이슈와 관
련하여 타 전통을 이해하게 되었을 때, 그 이해는 크게 세 가지 귀결을
낳는다. 하나는, 논쟁점과 관련하여 상대 전통의 입장을 부정하는 것
이다. 그 전통은 틀렸다는 것이다. 다른 하나는, 두 전통을 가르는 사
안이 해결될 수 없는 성격의 것이라는 결론에 이르는 것이다. 달리
말하면, 그 사안은 최소한 경쟁 관계에 있는 어느 전통에 의해서도
합리적으로 접근될 수 없다는 것이다. 마지막으로, **특정 사안에 대한
다른 전통의 관점이 한 전통의 표준에 의해서도 그 한 전통이 직면하
고 있는 문제들에 접근하기 위한 더 나은 자원들을 제공할 수 있다는
판단에 도달할 수 있다.**4) 이 마지막 귀결이 매킨타이어가 주목하는
것이다.

상대 전통을 경쟁 전통으로 이해한다는 것은 이미 경쟁 관계에 있는
전통들 사이에 '합리적 평가 기준'이 존재한다는 것을 의미하는 것은
아닌가? 만약 그렇다면, 두 전통을 상이하고 경쟁 관계에 위치시키는
사안은 큰 틀에서 해결가능한 것이라는 점이 이미 경쟁 전통에 대한
이해에 내포되어 있는 것은 아닌가? 매킨타이어에 따르면, 이러한 생각
을 가지고 있는 사람들에게 "번역가능성은 통약가능성을 함축한다."5)

---

3) "서로 다른 전통들이 경쟁적임을 이해하는 두 상이한 전통들의 신봉자들의 필수조
건은, 물론 중요한 정도로 그들이 서로를 이해한다는 것이다. 이러한 이해는 때로
오직 일련의, 관련된 역사적 변형들에 의해서만 성취될 수 있다. 즉, 그 전통들 중
하나 혹은 둘 모두가 상대방 전통의 특징적 입장들의 일부의 표상을 제공할 수 있기
위해서 그 자신을 상당한 정도로 풍부하게 만들어야만 하며, 이러한 풍부하게 하기
는 개념적이고 언어적인 혁신, 그리고 어쩌면 사회적 혁신 까지도 포함할 것이
다"(Alasdair MacIntyre, *Whose Justice? Which Rationality?*, University of
Notre Dame Press, 1988(이하 *WJWR*로 표시), p.370.

4) 별다른 언급이 없을 때, 모든 강조는 필자에 의한 것이다.

전통들 간의 통약(불)가능성/번역(불)가능성의 문제를 다루면서, 매킨타이어는 전통의 언어적 구현에 초점을 맞춘다. 그러나 이에 대한 관심의 중요성이 철학적 질문들에 대한 답을 의미론의 평면에서 추구해야 한다는 주장6)으로 이어져서는 안 된다. 그렇게 될 경우, "몰역사적(ahistorical) 의미론에서 나온 테제들이 실제 전통들(actual traditions)의 언어적 구현에 대한 철학적이고 역사적인 탐구에서 나온 테제들"7)과 동등한 위상을 부여받거나, 아니면 더 우월한 위상을 부여받게 될 것이기 때문이다.

한 전통의 계승자들이 처음으로 그 전통을 한 언어 공동체에서 다른 언어 공동체로 확장하려고 할 때, 그들은 우선 새로운 언어가 지금까지 그 전통을 구현해 온 언어의 특정 발화들을 번역할 수 있는지를 확인해야 할 뿐 아니라, 그 새로운 언어가 "그때까지 그리고 특정 시점에서" 번역하지 못하는 것은 무엇인지 확인해야 한다.8) 새로운 언어

---

5) *WJWR*, p.370. 그러나 매킨타이어가 볼 때, 번역가능성은 통약가능성을 함축하지 않는다. 뒤에 언급되겠지만, 번역가능성은 통약가능성으로 가는 현실적 여정의 출발일 수는 있다. 이에 대해서는 "Incommensurability, truth, and the conversation between Confucians and Aristotelians about the virtues", *Culture and Modernity: East-West philosophic perspectives*, ed. Eliot Deutsch, University of Hawaii Press, 1991(이하, "Incommensurability, Truth, and the Virtues"로 표시), p.111 참조. 번역가능성과 통약가능성 간의 관계 양상과 관련하여 매킨타이어는 번역에 대한 데이빗슨(Donald Davidson)의 견해를 잠시 실핀다. 그것은 그의 주장들이 때때로 **"상이한 전통들 사이에서 발생할 수 있는 관계 유형들**에 대해 (중략) [매킨타이어가] 제시한 해명과 양립할 수 없는 주장들"(*WJWR*, p.371)로 이해되어 왔기 때문이다. 전체적으로 평가한다면, 매킨타이어는 데이빗슨의 견해를 자기의 주장을 부정하는 논거로 사용하는 것은 충분히 정당화된 것이 아니라는 입장이다.

6) "인식론적, 형이상학적, 그리고 윤리적 질문들에 대한 답이 최소한 부분적으로는 의미론의 발견들에서 도출되어야"(*WJWR*, p.371) 한다는 주장. 이러한 주장에 대한 매킨타이어의 반대는 '의미론적 전회' 이후의 언어 철학적 입장, 의미론을 제일철학으로 간주하는 입장에 대한 비판을 담고 있다.

7) *WJWR*, p.371.

가 한 전통을 구현해 온 언어의 특정 발화들을 번역할 수 있을 때, 우리는 그러한 번역을 '동일한 것을 말하는 번역'(translation by same-saying)으로 부를 수 있다. 새 언어가 그러한 특정 발화들을 특정 시점에서 번역할 수 없는 경우는 어떻게 해야 할 것인가? 여기가 언어적 혁신이 필요한 곳이다. 이 경우에 이뤄지는 번역을 '언어적 혁신에 의한 번역'(translation by linguistic innovation)으로 지칭할 수 있다.

매킨타이어는 '언어적 혁신에 의한 번역'의 예로, 히브리어 구약 성경이 그리스어로 번역된 칠십인 역을 든다.

> 칠십인 역의 그리스어는 변형된 그리스어이며 그리고 칠십인 역 이전의 그리스어, 칠십인 역이 없는 그리스어는 히브리어가 말했던 것을 말할 수 없었으며, 그것에 대한 번역을 제공할 수 없었다.[9]

혁신적 번역의 사례는 그리스 철학의 라틴어 번역에서도 확인된다. 원래 라틴어는 철학을 표현하기에는 부적절한 언어였지만, 키케로와 같은 이들의 번역 작업을 통해 언어적 혁신을 이룸으로써 풍요로운 언어가 되었던 것이다.[10]

전통을 확장하는 번역에 대한 이러한 주장에는 그의 특정한 언어 이해가 전제되어 있다. 곧, 언어를 "특정한 공유 신념, 제도, 그리고 실천(혹은 관행, practices)을 갖고 특정한 시공간에서 생활하는 특정 공동체에서 그리고 그러한 공동체에 의해 사용되는 것으로서"[11] 이해하

---

8) *WJWR*, p.372 참조.

9) *WJWR*, p.372.

10) 전통은, 언급된 두 종류의 번역에 의해 최초 언어에서 나중 언어로 전승된다. 그런데 이들 번역 관계는 서로 다른 언어들 간뿐 아니라 동일한 언어의 서로 다른 단계 간에도 적용된다. 이에 대해서는 *WJWR*, p.372 참조.

는 것이다. 여기서 강조되어야 할 것은 '특정한'이라는 표현이다. **이것은 언어를 역사적 공동체의 사용 언어**(language-in-use)**로서 이해하는 것으로, 추상적 언어 이해를 거부하는 것이다.** 역사적 언어 공동체에서 신념, 제도, 실천은 언어적 표현 속에서 표현되고, 그러한 언어적 표현들의 사용은 이들 신념, 제도, 실천에 대한 투신(commitment)을 전제한다.[12]

언어를 이러한 관점에서 바라볼 때, "영어 그 자체"(English-as-such), "히브리어 그 자체", "라틴어 그 자체"와 같은 언어는 존재할 수 없다. 본질로서의 영어 혹은 히브리어만 존재하지 않는 것이 아니다. "고전 라틴어(classical Latin) 혹은 근대 초기의 아일랜드어(early modern Irish) 같은 언어"도 엄밀한 의미에서 존재한다고 볼 수 없다. 존재하는 것은 "키케로의 로마에서 쓰이고 말해지던 라틴어와 16세기 얼스터에서 쓰이고 말해지던 아일랜드어(Irish-as-written-and-spoken-in-sixteenth-century-Ulster)"[13]같은 언어이다.

20세기 후반의 영어와 같은 국제화된 언어의 등장은 어떻게 이해해

---

11) *WJWR*, p.373. 이것이 매킨타이어가 언어를 바라보는 기본 입장이다.

12) 역사적 언어 공동체 내부에서 언어와 신념, 제도, 실천 간의 상호 연관성과 관련하여 매킨타이어는 다음과 같이 서술한다. "키케로의 로마에서 'respublica', 'auctoritas', 'dignitas', 'liberatas', 'imperium' 같은 어휘들의 표준적 용법에 의해 제공되는 틀 내부에서 진행되는 경우를 제외하고는 정치적 문제들을 논의할 수 있는 길은 없었다. 일리아드에 나오는 영웅적 혹은 비영웅적 행위들에 적용되는 술어들은 사용가능한 형용사들의 어계(語系) 속에 구현된, 덕목들의 특정 목록을 전제한다; 아일랜드의 17세기 운문으로 된 피아나 테일즈(tales of the Fianna)에 나오는 그러한[영웅적 혹은 비영웅적] 행위들에 적용된 술어들은 형용사들의 상이한 어계 속에서 표현가능한 다소 상이한 목록을 전제한다"(*WJWR*, p.373). 이러한 공동체에서 지배적 신념에 따르지 않고 말할 수 있는 범위의 한계는 그 공동체의 사용 언어에 의해 설정되며, 어떤 이유에 의해 그러한 한계를 깨트릴 때, 한 사용 언어는 다른 사용 언어로 변형되는 과정에 돌입하게 된다.

13) *WJWR*, p.373.

야 하는가? 이 국제화된 영어는 어느 공동체에 속하든 혹은 어느 공동체에도 속하지 아니하든 누구에게나 사용가능한 언어로 발전해 왔다. 그런데 역사상 모든 국제화된 언어가 이런 성격의 것은 아니었다. 중세 라틴어나 아라비아어는 상당한 정도의 공유 전통과 신념을 전제하면서도 다수의 상이한 사회적, 정치적 질서들 속에 사는 사람들의 언어였다.14)

여기서 우리는 언어를 비교하는 한 가지 잣대를 얻는다. 그것은 특정 사용 언어가, **어휘와 언어적 용법**(linguistic uses)**에서 "어떤 특정 전통의 신념들"과 어느 정도 결합되어 있는지**, 따라서 그 신념들의 거부, 수정이 어느 정도 "그에 상응하는 언어적 변형을 요구"하는지의 기준에 따라 언어들을 비교하고 대조할 수 있다.15)

매킨타이어는 자신이 제시한 언어 분류에서 우선 언어와 공통 신념 (communal belief) 간의 연결이 상대적으로 단단한 언어들에 초점을 맞추어16) 이런 성격의 언어를 사용하는 공동체의 구성원들이 다른 공동체의 언어를 이해하는 과정을 분석한다.

상이한 언어를 습득하는 과정은 아주 초기 단계의 일부 과정을 제외하고는 기지(旣知)의 문장과 미지(未知)의 문장을 연결하는 과정이 아니다. 오히려 상이한 언어의 습득을 위해서는 "반복해서 어린 아이가 되어야 하며 이 언어—그리고 그에 상응하는, 문화의 부분들—를 제이의 제일 언어로서(as a second first language) 배워야만 한다."17) 이

---

14) *WJWR*, pp.373~374 참조.

15) *WJWR*, p.374 참조.

16) 매킨타이어가 이러한 선택을 한 것은, 이러한 유형의 언어를 분석함으로써 근대적 국제 언어의 성격을 부각시킬 수 있고, 아울러 언어에 대한 근대적 이해의 결함들을 드러낼 수 있을 것으로 생각하기 때문인 것으로 보인다.

17) *WJWR*, p.374. 이런 과정은 다른 문화권으로 이주하기 위해 자신을 원주민화 하려

와는 조금 다른 경우이지만, 충분한 텍스트와 자료가 존재한다면, 적
절한 언어적, 역사적 기술들(skills)이 구비될 때, 그러한 텍스트가 반
영하고 있는, 그러나 지금은 존재하지 않는 사회에 참여하는 것[18]도
가능할 것이라고 매킨타이어는 생각한다.

제이의 언어 습득이 제대로 되었는지 시험하는 방식은, 자신을 원주
민으로 변형시키려는 경우에는 "그(녀)는 얼마만큼 원주민으로 통하느
냐?"는 질문을 던지는 것이다. 지금 존재하지 않는 공동체, 예를 들어
기원전 5세기 아테네의 언어를 습득하는 것이 문제되는 경우에는, "아
리스토파네스의 연극에서 연기를 할 때, 그(녀)는 가장 뛰어난 학식으
로도 원작과의 어떠한 차이도 알아챌 수 없는 그런 코믹한 즉흥연기
한 도막을 할 수 있는가?"[19]라는 질문이 적절할 것이다. 이러한 질문
들을 통해 검증을 통과한, 제이의 언어 습득자의 표지는 무엇일까?
그것은 **"한 언어의 발화들이 어디서 그리고 어떤 측면에서 다른 언어
로 번역 불가능한 것인지를 인식할 수 있다는 것이다."**[20]

한 언어의 발화가 다른 언어로 번역될 수 없는 경우는, 한 언어가
지니고 있는 개념적 자원을 다른 언어가 결여하고 있을 때, 혹은 각
언어가 상이한 영역에서 자원을 지니고 있는 까닭에 상대방 언어의
자원을 어느 언어도 사용할 수 없을 때이다.[21] 특정 시점의 그리스어
와 히브리어의 관계는 이러한 경우들을 잘 보여 준다.

는 사람들, 대표적으로 인류학자의 경우에서 확인가능하다.

18) 물론 이 경우의 참여는 직접적 참여일 수 없다. 언어와 결합된 그 사회의 신념들을
충분히 이해할 수 있음을 의미하는 것으로 이해하면 될 것이다. 아울러 이 참여가
제한적이지 않은 것으로 이해된다면, 그것은 다양한 비판에 직면할 것이다.

19) *WJWR*, p.375.

20) *WJWR*, p.375.

21) *WJWR*, p.375 참조.

히브리어가 소유했던 자원들은 칠십인 역 번역자들이 부분적으로 그리스어를 변형시키기 전의 그리스어에 결여되어 있었을 뿐 아니라, 고대 그리스어(archaic Greek)와 아주 이질적인 그리스어가 언어적 혁신들을 통해 획득해야만 했던 철학적 자원들은 히브리어에 나중에 까지 여전히 결여되어 있었던 것이기도 하다.[22]

이런 연유로, 칠십인 역 이전에는 플라톤의 핵심 사상들 중 일부를 예레미아의 히브리어나 지혜 문학의 히브리어로 표현하는 일도, 호머 시대 그리스어로 표현하는 일도 가능하지 않았다.[23]

지금까지 서술된, 번역불가능성의 요인들 외에, 번역을 가로막는 또 다른 장애 요인들이 있다. 이것을 분석하기 위해 매킨타이어는 '전통을 생성한 공동체'[24]에서 나오는 사례들을 분석한다. 이런 공동체의 사용 언어가 지닌 두 가지 특징이 특히 중요한데, 하나는 "사람과 장소를 명명하는 그 언어의 실천들"이고, 다른 하나는 "무언가를 말함으로써 발화자 혹은 서술자가, 자신이 실제 말한 것과 달리 그리고 그 이상으로 소통하는 구체적 방식들"[25]이다.

명명 실천을 중심으로 하여 살펴보자. 언급된 유형의 공동체에서 사람, 장소를 명명하는 것은 그 대상들을 "어떤 집합의 원소로서 명명하는 것"인데, 이를 구체적으로 보여주는 사례로서 매킨타이어가 제시하는 것은 토리 섬(Tory Island)[26]의 명명 실천이다. 토리 섬에는 세

---

22) *WJWR*, p.375.

23) *WJWR*, p.375 참조.

24) 보다 자세하게는, "전통을 구성하는 역사를 위한 출발점을 제공하는 그런 유형의 공동체"(*WJWR*, p.376).

25) *WJWR*, p.376.

26) 아일랜드 북면 해안에 위치한 섬. 매킨타이어는 이 섬의 명명 방식에 대한 로빈 폭스(Robin Fox)의 연구, "Structure of Personal Names on Tory Island", *Man*,

종류의 이름들의 집합이 존재했고, 존재한다.

> 하나는 비교적 공적 경우들에서 아이리쉬로 사용되는 것; 다른 하나
> 는 아이리쉬가 통상적인 언어인, 그러나 영어 또한 사용되는, 지역의
> 일상적 관계들에서 사용되는 것; 그리고 브리튼의 고용주 혹은 아이리
> 쉬 정부 관계자들 같은 외부인들과 관련하여 영어로 사용되는 것.27)

첫 번째, 두 번째 유형의 이름은 명명된 사람을 공동체의 다른 구성
원과 구분할 수 있도록 충분한 정보를 제공한다. 예를 들어 두 번째
유형의 이름들에서, 어떤 사람의 이름은 조부모, 부모의 이름에 계속
덧대어 지어졌다. 따라서 'Owen-John-Dooley from Malin'이라는
이름은 명명된 사람에게 John이라는 이름의 아버지, 말린에서 이민
온 Dooley라는 이름의 할아버지가 있다는 정보를 제공한다.28)

이런 이름과 그 담지자의 관계는 '호명(address)과 대답'의 관계이다.
호명의 방식은 소환일 수도 있고, 소개일 수도 있으며, 언급일 수도
있다. 여기서 이름과 담지자의 관계를 "독특한, 유일한 관계(a unique,
single relationship)"로 규정하는 것은 틀렸다고 볼 수는 없지만, 이름
과 담지자의 관계를 오도하는 것이다. 토리 섬에서 통용되는 도식에
서, 명명은 "누군가를 지역 공동체의 구성원**으로서** 명명하는 것"이며,
또한 "그(녀)의 친족의 일원**으로서** 명명하는 것이다."29)

토리 섬의 명명 방식이 지닌 특징을 부각시키기 위해, 혹은 '몰역사

192, 1963을 활용하고 있다.

27) *WJWR*, p.376.

28) 하이픈(hyphen)은 특정인을 공동체의 다른 구성원과 구분하는데 필요한 정보를 충
분히 담을 수 있을 만큼 늘어난다.

29) *WJWR*, p.377.

적 의미론'의 결함을 드러내기 위해, 매킨타이어는 크립키(Saul A. Kripke)의 이론을 끌어들인다. 크립키에 따르면, 우리가 '아리스토텔 레스'라는 이름을 사용하면서, '알렉산더의 스승'을 의미할 수 없다. 다시 말해 '알렉산더의 스승'은 '아리스토텔레스'의 의미를 구성해서는 안 된다. 왜냐하면 아리스토텔레스가 알렉산더를 사실은 가르치지 않 았다는 것이 발견될 가능성은 항상 존재하기 때문이다.30)

크립키의 이러한 주장에 대한 매킨타이어의 해석에 따르면, 이 논변 이 보여주는 것은 개인들의 이름, 곧 고유 명사가 정보를 담고 있지 않다거나, 담을 수 없다는 것이 아니다. 오히려 고유 명사는 정보를 결여하고 있거나, 혹은 고유 명사의 사용이 "어떤 신념에 대한 투신을 전제한다는, 즉 만일 이 신념이 거짓으로 드러난다면, 그 이름은 동일 한 방식으로 사용될 수 없을 것이라는 방식으로 전제한다는 것이다."31) 크립키는 후자의 가능성을 고려하지 않았는데, 아마도 그것은 옳았는 지도 모른다. 근대 언어를 사용하는 사회에서는 '아리스토텔레스'라는 이름을 그런 방식으로 사용하지는 않기 때문이다.32)

토리 섬에서, 그리고 토리 섬의 명명 체계와 닮은 많은 다른 곳에서 크립키가 생각하지 않았던 그 가능성은, 그러나 실현된 가능성이었다. 그러한 명명 체계에서 사람들은 "사회 질서 속에 정착된 특정 신념들 은 참이라는 것을 전제하면서"33) 이름들을 사용한다. 이처럼 이름의 사용이 그런 신념들을 전제한다면, 이러한 이름을 다른 신념들을 지닌

---

30) Saul A. Kripke, *Naming and Necessity*, Harvard University Press, 1972, pp.61~62 참조.

31) *WJWR*, p.377.

32) 이것은 이름에 대한 크립키의 분석이 근대적 언어관에 기초하고 있는 특수한 것으 로 이해되어야 한다는 매킨타이어의 입장을 보여준다.

33) *WJWR*, p.377.

다른 공동체의 언어로 번역하는 일은 단지 그 이름이나, 그 이름에 해당하는 어떤 형태를 재생산하는 것이 아닐 것이다. 전체 명명 체계에 대한 설명, 혹은 해당 이름에 대한 한정된 설명이 번역에 뒤따라야 할 것이다.[34)]

고유 명사를 이처럼 특정한 방식으로 사용하는 경우, 번역은 주석과 설명을 필수적으로 요구한다. 여기서 설명이 하는 역할은 이런 유형의 이름이 지닌 성격, 곧 분류하고 정보를 제공하는 성격을 서술하고, "특정 이름들에 의해 지위와 권위가 부여되고 소통되는 방식"[35)]을 언급하는 것이다.

이름이 단일한 지시체를 의미하는 것 이상이라는 것을 보여주는 또 다른 사례가 있다.[36)] 그것은 동일한 장소를 서로 다른 이름들이 명명하는 경우인데, 아이리쉬어 'Doire Columcille'과 영어 'Londonderry'라는 두 경쟁적 장소의 이름들이 그런 경우이다. 지도상의 동일한 지점을 부르는 두 이름들 중 'Doire Columcille'는 아이리쉬 가톨릭 공동체의 의도를 구현한다. 그 의도란 'Doire Columcille'을 통해 "564년 성 콜롬바의 참나무 무덤이 된 이후로 연속적인 정체성을 지녀온 한 장소를 명명하려는"[37)] 것이다.[38)] 이에 반해 'Londonderry'는 17세기 이후 자신들의 선조들의 이주와 정착을 명명하려는 "영어를 말하는 개신

---

34) 이것은 언급된 그런 유형의 성격을 지닌 이름의 경우, 그것의 번역이 그 자체로 완결되지 않는다는 것을 의미한다.

35) *WJWR*, p.378.

36) Raffaela Giovagnoli, "The Relationship between Translatability and Competence", *Analecta Hsserlians* LXXXII, Kluwer Academic Publishers, 2004, p.250 참조.

37) *WJWR*, p.378.

38) "'Doire Columcille'는 '성 콜롬바의 참나무 무덤'이 하나의 이름으로 변한 것에 대한 서술이다"(같은 곳).

교 공동체의 의도를 구현한다."[39] 여기서 보듯, 한 이름을 사용하는 것
은 다른 이름의 정당성을 부정하는 것이다. 이 경우 'Doire Columcille'
를 영어로 번역할 수 있는 길은 없다. 다만 'Doire Columcille'를 사용하
고 **설명을 덧붙이는** 방법이 있을 뿐이다.

이 사례가 보여주는 것은 이들 공동체에서 명명은 "~으로(as) 이름
을 붙이는 것일 뿐 아니라 ~을 위해(for) 이름을 붙이는 것이기도 하다"
는 것이다. 다시 말해 이름들은 "동일한 신념과 합법적 권위에 대한
동일한 정당화 방식 등을 공유하는 사람들을 **위한**[저자 강조] 정체성
확인으로서[저자 강조](*as* identification *for* those who share ……)"[40] 사
용된다. 결론적으로, 이들 공동체의 경우, 명명 체계는 공동체의 공유
된 관점과 전통을 표현하고 구현한다.

2. 번역 과제의 두 유형

지금까지의 서술을 통해 확인하듯이, 매킨타이어는 언어를, 그것을
사용하는 역사적 공동체와 분리하여 추상적 평면에서 접근하는 근대
적 방식을 비판한다. 번역에 대한 근대적 이해는 이러한 근대적 언어
관에 기초하고 있다는 것이 그의 생각이다. 이하에서는 그가 분류하는
번역의 두 가지 유형에 따라 번역의 과제를 살펴보자.

번역은 잘 규정된 신념들의 특정 체계를 표현하고 전제하는 공동체
의 언어, 달리 말해 신념 체계와 사용 언어의 연결 정도가 강한 공동체
의 언어를 "특정 주요 영역에서 한 공동체의 신념들과 강하게 양립불

---

39) 개신교 공동체가 런던에 기원을 두고 있다는 정보는, 'Doire Columcille'처럼,
   'Londonderry'라는 이름에 의해 효과적으로 전달되고 있다.
40) *WJWR*, p.378.

가능한(incompatible) 신념들을 지닌 다른 공동체의 다른 언어로 번역
하는"41) 경우도 있고, 신념과 언어가 강하게 연결된 공동체의 언어를,
그 연결이 느슨한 국제화된 근대 언어로 번역하는 경우도 있다. 당연
히 이 각각의 유형에 따라 번역의 각 과제가 고려해야 할 문제의 성격
도 다르다.

첫 번째 종류의 번역 과제 사례로서 매킨타이어는 "신념들이 양립불
가능할 뿐 아니라 통약불가능한 경우를"42) 제시한다. 그러한 사례는
"경쟁적 명명 도식들43)(rival schemes of naming) 속에 표현된 신념

---

41) *WJWR*, p.379.

42) 통약불가능성이란 무엇보다 "두 개 이상의 사유와 실천 체계들 사이의 관계인데,
각각이 특정한 기간에 걸쳐 자신의 고유한 개념 도식을 구현하고 있는 그러한 체계들
사이의 관계[로서, 두 체계 사이에 통약불가능성이 유지되는 동안] …… 둘 이상의
사유와 실천 도식들 각각을 살아가는 사람들은 자신들의 신념, 행위, 판단, 그리고
논증에, 다음의 두 가지 방식으로, 그 도식들을 구현할 것이다. 곧 둘 이상의 집단들
(parties)의 구성원들이, 자신들의 고유한 관점에서 볼 때, 자신들이 [상대 집단과]
동일한 주제를 언급하며, 성격 규정하며, 그리고 그에 대한 연구들을 수행하고 있다
는 사실에 동의할 수 있는 방식으로 구현할 것이며, 그리고 또한 그 문제에 관한 자
신들의 성격 규정과 질문들이, 상당한 그리고 의미있는 정도로, 그 적용가능성이 자
신들의 경쟁자들에 의해 사용되는 개념 도식 혹은 도식들의 적용불가능성, 공허함을
함축하는 그러한 개념들을 사용하는 방식으로 구현할 것이다. 이것은 한 도식에 따
라 참인 것이 경쟁 도식들에 따라서는 거짓이라는 것이 아니다. 오히려 참-거짓의
구분이 적용되어야 하는 방식을 결정하는 표준 혹은 표준들이 동일한 것이 아니라는
것이다. 그리고 최소한 이 기간 동안, 이들 경쟁 표준들 사이에서 판단하기 위해 사
용할 수 있는 상위의 표준은 존재하지 않는다"("Incommnsurability, Truth, and
the Virtues", *Culture and Modernity : East-West philosophic perspectives*,
ed. Eliot Deutsch, University of Hawaii press, 1991, pp.109~110).
    통약불가능성과 양립불가능성의 차이에 대해서는 다음의 서술을 참조. "양립불가
능성은 통약불가능성과 혼동되어서는 안 되며, 그것에 동화되어서도 안 된다. 왜냐
하면 양립불가능성은 양립불가능한 논리적 관계들을 특정(specify)할 수 있는 공통
언어를 전제하는 논리적 개념이기 때문이다"(Richard J. Bernstein, "nommen-
surability and Otherness Revisited", *The New Constellation*, The MIT Press,
1992, p.59).

43) '도식'으로 번역된 'scheme'는 '체계'로 번역되기도 한다. 매킨타이어가 인용하는 데

들"44)에서 확인할 수 있다. 이 경우, 번역자가 사용 언어 A를 경쟁 도식을 지닌 사용 언어 B로 번역할 때, 그(녀)는 언어 A의 명명 도식을 B의 사용자들에게 그들의 신념들로(in terms of) **설명할 수 있어야 한 다.** 이것은 달리 말해 A의 도식이 B의 도식과의 차이로 설명되는 것을 말한다. 그러나 그러한 설명은 A의 도식이 정당화를 결여하고 있다는 것을 드러내는 것이 될 것이며45), 따라서 B의 사용자들에게 설명이 따르는, B로의 번역을 이해한다는 것은 그렇게 설명된 신념들의 거부 를 함축할 것이다.46)

이런 종류의 경쟁적 번역가능성을 산출하는 사용 언어들의 특성은 고유 명사들의 사용 실천[혹은, 관행]에서만 드러나는 것이 아니다. 이 와 관련하여, 매킨타이어는 호머의 『일리아드』에 대한 근대적 번역 사 례들을 제시한다. 호머의 사용 언어와 『일리아드』를 번역한 근대의 사 용 언어는 각각 "정의를 포함한 덕목들에 대한 상이하고 양립불가능 한 목록들과 이해들을 구현[하며,] …… 사유가 행위를 산출하는 방식 에 대한 상이하고 양립불가능한 심리적 기술(記述)들을 구현"47)한다. 『일리아드』는 1598년 채프만(George Chapman)에 의해, 1715년에 포프 (Alexander Pope)에 의해, 그리고 1974년에 핏처제랄드(Robert Fitzgerald)

이빗슨에 따르면, "개념 체계는 경험을 조직화하는 방식; 감각 자료에 형식을 부여하 는 범주들의 체계; 개인 및 문화 또는 시대들이 상을 바라보는 관점이다." Donald Davidson, "On the very idea of conceptual scheme"(원만희, 「개념 상대주의의 옹호」, 『철학연구』, 28권, 철학연구회, 1991, p.235)에서 재인용.

44) *WJWR*, p.380.

45) 그것은 앞에서 서술되었듯이, 신념 체계와 사용 언어의 연결이 강한 사회에서는 구성원들이 "사회 질서 속에 정착된 특정 신념들(certain beliefs entrenched in the social order)이 참이라는 것을 전제하면서"(*WW*, p.377) 이름들을 사용하기 때문일 것이다.

46) *WJWR*, p.380 참조.

47) *WJWR*, p.381.

에 의해 번역되었다.

일리아드 번역판을 1598년에 출판한 채프만은 케임브리지에서 교육을 받았고 르네상스 아리스토텔레스주의가 한창일 때, 거기서 『니코마코스 윤리학』을 읽었을 것이다. 그래서 그는 아킬레우스에게 그의 "지성"(mind) 속에 있는 "추론적인 부분"(discursive part)과, 갈등하는 "생각들"(rival thoughts)을 귀속시켰다. 1715년에 『일리아드』를 번역한 포프(Alexander Pope)에 따르면, 아킬레우스는 18세기 방식으로 이성과 정서 사이에서 망설였다. 그리고 1974년에 『일리아드』 번역판을 낸 핏처제랄드(Robert Fitzgerald)는 아킬레우스를 당대의 심리학적 스타일로, 변화무쌍한 정서적 충동들에 종속된 인물로 묘사한다.[48]

각 번역자들은 번역을 하면서 자신이 속한 당대의 관용어(idiom)를 사용하는데, 이 때 전제되는 것은, "행위의 결정요소들, 그리고 행위자에게 귀속된 상응하는 심리학 양자에 대한 당대의 잘 분절된 해명이다."[49] 구체적으로, 그들은 호머를 번역하면서 '추론적 부분', '정서와 갈등 관계에 있는 이성', '가슴의 열정' 등의 표현을 사용했다. 그러나 "호머는 가슴(ētor)에 대해 그리고 몇 줄 뒤에 몸통(혹은 횡격막, midriff, phrēn)에 대해 말하지만, 그것은 신체 기관들로서 말하는 것이다. 호머에서 모든 심리학은 생리학이다."[50] 현재의 우리는 이 생리학적 어휘를 심리적 상태와 관련하여 사용할 때, 대부분 비유적으로 말하는 것이다. 그러나 호머는 그것들을 비유적으로 말하지 않았던 것이다.

따라서 우리는 여러 설명을 통해 호머의 시들을 이해할 수는 있지

---

48) *WJWR*, p.17.
49) *WJWR*, p.17.
50) *WJWR*, pp.17~18.

만, 엄격한 의미에서 "그 시들은 심지어 축자적으로도(by a word by word rendering)번역될 수 없다."[51] 왜냐하면 위에서 기술된 것처럼, 호머의 주요 어휘들이 주석이나 풀어쓰기(paraphrase) 없이 현대적 의미로 이해된다면, 원래 그것들이 의미했던 것과는 다른 것을 의미할 것이기 때문이다. 이러한 문제는 더 나은 번역에 의해 교정될 수 있는 것이 아니다.[52]

호머의 시를 독자들에게 이해가능한 것으로 전달하고자 하는 번역가는, 생소한 호머의 개념들을 당대의 친숙한 개념들로 변형시켜야 할 것이고, 그것은 곧 "호머의 관용어를 당대의 관용어와 혼합"하는 과정일 것이다. 그 과정을 수행하는 번역가가 탁월할수록 그(녀)가 산출한 혼합은 정교할 것이다.[53] 이런 까닭에 각 문화는 고유한 호머의 번역들을 필요로 하며, "호머를 이해하기 위해서는 각 번역의 특정 성취들 뿐 아니라 그 제한들을 이해"[54]해야 하는 것이다.

지금까지 번역가능성의 문제를 신념 체계와 강하게 연결된 사용 언어의 특징을 중심으로 고유 명사, 덕목들의 언어, 행위 발생의 언어와 관련해서 살펴보았다. 그런데 이 세 경우에서 번역가능성을 악화시키는 사용 언어의 또 다른 두 특징들이 있다.

배경적 신념 도식들이 공유될 때, 그 도식들은 발화자에게, 그(녀)가 청자에게 하나를 말함으로써 다른 것들을 이해할 수 있도록 허용하는데, 번역을 어렵게 하는, 사용 언어의 한 가지 다른 특징은 바로 이러한 허용의 방식과 맞물려 있다. 예를 들어, "행동에 대해 한 가지 특정

---

51) *WJWR*, p.18.
52) "누가 채프만, 포프, 핏처제랄드 보다 잘 번역할 수 있겠는가?"(*WJWR*, p.18).
53) *WJWR*, p.18 참조.
54) *WJWR*, p.18.

한 설명을 제공함으로써 발화자는 특정 범위의 대안적 설명들을 배제
…… [하거나], 누군가에게 특정한 덕목을 부여함으로써 발화자는 그가
특정한 범위의 악덕들을 지니고 있다는 것을 배제"[55]하는데, 그 배제
의 방식이 배경적 신념 도식들에 따라 다르며,[56] 이 차이가 번역가능
성을 악화시킨다.

다른 특징은 사용 언어의 역사적 차원과 관련된 것이다. 고유한 전
통을 구현하고 있는 사용 언어는 그 전통이 공유하는 신념들의 표현과
연결된 정도가 강하다.[57] 매킨타이어에 따르면, 전통의 발전[혹은 전
개]의 어느 단계에서든, 그 단계의 성격을 규정하는 신념들이 존재하
며, 그것들은 "선행 신념들과 자신들의 연속적인 합리적 정당화가 구
현된 역사"를 동반하며, 그 신념들을 표현하는 언어에는 "언어적이고
개념적인 변형들과 번역들의 역사"[58]가 스며들어 있다. 예를 들어 velle
(처음에는 일상어로서 사용되었으나, 나중에 법적 용어로 사용), voluntas,
voluntary의 경우, auctoritas(처음에는 법적이고 정치적인 용어였으나 나
중에 일반적인 용어로 변형), authority, author 같은 일련의 어휘들에는
언어적이고 개념적인 변형, 혹은 번역의 역사가 각인되어 있는 것이
다.[59] 특정 사용 언어에 스민 이러한 역사적 차원이 번역의 어려움을

---

55) *WJWR*, p.381. 『일리아드』의 번역본들에서 이를 확인할 수 있다.
56) "이런 유형의 경우에서, 어떤 것이 주장될 때, 부인되는 것을 이해하는 것, 혹은
    그 역은 부정 기호(the negation sign)의 이해를 넘어서는 어떤 것을 요구한
    다"(*WJWR*, p.381).
57) *WJWR*, p.384 참조.
58) *WJWR*, p.383.
59) "이것들은 이 책에서 분석된 그리스 전통, 중세 전통, 근대 초기의 스코틀랜드 전통
    에 대한 서사적 해명들 속에 구현된 그런 종류의 역사들의 축약 형태들로(as
    aphoristic versions of such histories, ……) 읽혀질 수 있는 일련의 어휘 그룹들
    이다"(*WJWR*, p.383).

가중시킨다.

두 번째 유형의 번역 과제는 신념 체계와 그 연결 정도가 강한 사용 언어로 쓰인 텍스트를 비교적 그 연결 정도가 약한 국제화된 언어60) 로 번역하는 것이다. 그러한 국제 언어로 그렇지 않은 언어의 텍스트 를 번역할 경우, 그 번역은 번역되는 텍스트의 의미에 대한 설명을 포함하지 않을 수 없다. 이처럼 설명이 뒤따르는 번역에서 발생하는 문제들이 국제화된 언어를 사용하는 이들의 시야에 잘 들어오지 않는 다는 것, 그것이 국제화된 언어로 번역할 경우의 문제이다.

국제화된 사용 언어들은 최소의(minimal) 신념 체계를 전제하는 까 닭에 "'참이다' 그리고 '합리적이다'와 같은 개념들의 정확한 적용에 대한 그 언어들의 고유 기준 역시 최소의 것일 수밖에 없을 것이다."61) 이런 상황에서는, 뚜렷한 역사성을 지니고 진리와 합리성에 대해서도 실질적인 기준을 지닌 전통들에서 산출된 텍스트들이 국제화된 언어 로 번역될 경우, 그 텍스트들은 자신들을 통제하는, 진리와 합리성에 대한 고유한 개념화 방식과 역사적 맥락을 상실하게 될 것이다.

이러한 텍스트의 중립화(neutralization)는 구체적으로 어떻게 이루 어지는가? 신념 체계와 밀접하게 연결된 언어를 사용하는 공동체에서 저자와 독자 사이에는 신념들에 대한 공유된 틀이 존재한다. 진리와

---

60) 매킨타이어는 이십 세기 후반 이후의 영어를 염두에 두고 있다.

61) WJWR, p.384. 이러한 성격을 지닌 국제 언어의 조건 속에서, 진리는 '보장된 주장 가능성'(warranted assertibility)이 되고, 합리성은 사회적 맥락에 따라 상대화된다. 진리가 보장된 주장가능성과 같은 것으로 된다는 것은, 어떤 진술이나 이론의 경우, 그것이 참인지의 여부는 그런 진술, 이론이 특정한 도식(scheme) 내부에서 주장될 수 있는 것인가의 여부에 달려있을 뿐이라는 것이다. 물론 특정 도식 내에서 어떤 진술이 주장가능한가의 여부를 결정하는 고유의 기준(criteria)은 도식마다 존재한 다. 이에 대해서는 Alasdair MacIntyre, *Three Rival Versions of Moral Inquiry*, University of Notre Dame Press, 1990, p.121 참조(이하 *TRV*로 표시).

합리성에 대한 고유한 이해 방식은 이 틀의 한 부분이다. 그런데, 이러한 언어로 된 텍스트가 국제화된 언어로 번역될 때, 진리와 합리성에 대한 특정한 이해 방식이 공유된 신념 틀의 한 부분을 구성하는 대신, "그러한 틀을 소유하지 않은 것으로 규정된 청중들에게 제시되는 **설명**으로 이관된다."[62] 다시 말해 국제화된 언어에서는, 신념 체계와 밀접하게 연결된 사용 언어에서 공유된 신념 틀을 구성하는 한 요소인 진리와 합리성에 대한 특정 이해 방식이 하나의 부록처럼 '설명'의 형태로 존재하게 된다는 것이다.

"작품의 전제된 맥락으로서" 저자가 속했던 역사 역시 국제화된 언어로 번역된 텍스트를 읽는 독자의 시야에서 사라진다.[63] 이 경우 텍스트는, 그것이 애초 청중이나 독자에게 발화되었던 것과는 다른 텍스트가 되어 버린다.

"맥락으로부터 분리된 번역", 이것이 국제화된 언어로 번역될 경우 발생하는 왜곡이다. 물론 이 '왜곡'이라는 평가는 번역된 텍스트의 애초 저자나 독자의 관점에 의한 것이다.[64] '이 왜곡은 불가피하다', '그것은 가치 평가를 벗어난 하나의 사실(Faktum)이다', 혹은 '생산적이다' 등의 주장과 관련된 논의들은 여기서 매킨타이어의 관심이 아니다. 문제시 되는 것은 이 왜곡 현상이 "그들의 제일의 제일 언어(first first language)가 국제화된 근대 언어 가운데 하나인 사람들에게 포착되지 않는다"[65]는 것이다. 여기서 국제화된 언어 사용자의 환상, 곧

---

62) *WJWR*, p.385.

63) "특정한 역사, 저자가 그로부터 저술을 했고, 한 단계 진전시키는 것이 그(녀)의 목적이었던 그 특정한 역사는 작품의 전제된 맥락으로서는 시야에서 사라지고 그 대신, 작품에 대한 설명적 부가물로서 나타난다"(*WW*, p.385).

64) *WJWR*, p.385 참조.

65) *WJWR*, p.385.

자신들의 언어로 번역불가능한 것은 없다는 환상이 생기는 것이다. 그들에게 번역불가능성은 하나의 허구에 불과할 것이다.

근대 문화의 자기 확신 가운데 하나는 아무리 낯선 것으로 보일지라도, 그것이 인간의 문화, 역사에서 나온 것이라면, 이해할 수 있다는 것이다. 이것은 예술사를 검토해 보면, 확인된다. 근대적 관점으로 서술된 예술사는 문화적으로 이질적인 작품들을 우리의 예술 개념 아래로 포섭했다.

> 다른 문화들에 의해 생산된 대상들과 텍스트들은 우리의 예술 개념 아래로 들어왔고, 그럼으로써 사실 아주 다르고 이질적인 종류의 대상들을 우리 미술관의 새롭고 인공적이며 중립적인 맥락들 속에 있는 하나의 동일한 미적 주서(朱書, 규정) 하에서 전시하는 것을 우리에게 허용했다. 이 경우, 미술관은 중요한 방식에서 이런 종류의 계몽된 근대의 공공건물이 되었다.66)

이질적인 전통을 아무런 (원칙적) 어려움 없이 번역할 수 있다고 믿는 근대적 번역 유형은 이러한 근대적 자기 확신과 연계되어 있다. 문제는 전통에 대한 몰이해 가운데 형성된 이러한 근대적 번역 유형이 역으로 다시 전통에 대한 오해를 산출한다는 것이다. 이러한 오해가 발생하는 대표적 장소가 대학의 고전 입문 강좌와 같은 인문학 강좌이다. 거기서 학생들은 "역사적 맥락으로부터 분리되고 언어적 구체성의 복잡성에 대한 모든 감각이 제거된 채" 호머, 소포클레스, 플라톤, 버질, 아우구스티누스, 셰익스피어를 접한다. 이 과정에서도 환상이 발생한다.

---

66) *WJWR*, p.385.

매킨타이어에 따르면, 이러한 강좌는 과거 전통들의 문화를 다시 소개하는 것이 아니며, 그런 것일 수 없다. 거기에 존재하는 것은 본래의 문맥을 벗어남으로써 애초의 모습을 상실한 텍스트들이며, 그런 점에서 그 강좌를 듣는 것은 "[그러한 텍스트들의] 박물관을 두루 다니는 관광"에 지나지 않는다. 이점을 깨닫지 못할 때, 그런 텍스트들의 목록을 작성하여 학생들로 하여금 읽게 한다면, 그러한 과정을 통해 학생들이 "우리의 전통으로 생각되는 것, 때로는 '유대 기독교 전통'으로 그리고 때로는 '서양적 가치들'로 알려진 그 불행한 허구적 혼합물 속에 재통합" 될 것이라고 착각하는 일이 생기는 것이다.[67]

3. 탈근대적 텍스트 이해와 그에 대한 비판

근대 문화의 신념, 그리고 그러한 신념과 연결되어 있는 근대적 번역 유형에 대한 매킨타이어의 분석은 근대에 대한 근본적 해체를 표방하는 탈근대주의에 대한 새로운 이해로 이어진다. 그 새로운 이해의 핵심은, 탈근대주의가 비록 이론의 평면에서는 근대와 근본적인 단절을 이루었을지라도, "근대 교육에서 오랫동안 지속된 실천들에 대한 이론적 근거를 제공"[68]했다는 것이다. 다시 말해, 탈근대주의는 한편으로, 근대를 비판하고 해체하지만, 다른 한편으로, 근대를 뒷받침한다는 것이다.

급진적인 탈근대주의자에 따르면, 모든 텍스트는 "무한히 많은 해

---

67) *WJWR*, pp.385~386 참조. 이런 점에서 윌리엄 베넷(William J. Bennett)과 같은 현대 보수주의자의 저작들은 과거와 우리 사이의 관계를 문화적으로 기형화시키는 근대적 무대라고 매킨타이어는 지적한다.

68) *WJWR*, p.386.

석적 독해"에 개방되어 있다. 달리 말해, 텍스트 이해는 저자의 의도에 의해서도, 특정 독자층과의 관련성에 의해서도 통제되지 않는다.[69] 그것은 텍스트 이해가 "해석의 맥락을 제외"하고는 어떤 맥락과도 관련을 맺지 않기 때문이다. 그래서 롤랑 바르트는 문학 작품이 실천적 의미를 지닌 발화와는 다르다고 주장하는 것이다. 실천적 발화에서는 "발화 맥락에서 도출된 화용론적 고려들"이 실천적 의미를 명확하게 해준다. 작품의 경우는 이와 다르다.

> 작품은 상황이란 것 없이 존재하며, 그것이 작품을 가장 잘 규정하는 것이다: 작품은 그 어떤 상황에 의해서도 경계가 그어지지 않으며, 지칭되지 않으며, 보호되지 않으며, 지시를 받지 않으며, 거기에는 그것에 부여할 의미가 무엇인지를 말해 줄 어떤 실천적 삶도 존재하지 않[는다].[70]

텍스트의 존재 양상에 대한 바르트의 이러한 서술을, 매킨타이어는 텍스트의 본질에 대한 해명이 아니라, "전통의 맥락에서 떨어져 나온 **전통적** 텍스트들"[71]이 어떤 양상으로 존재하게 되는가를 역설적으로 잘 보여 주는 서술로 평가한다.

해석들의 무한한 가능성은 번역들의 무한한 가능성으로 연결된다. 모든 번역은 해석이기 때문이다. 이런 상황에서 잘못된 번역이란 성립하기 어렵다. "정확성의 규범들이 필연적으로 해석의 창조성이라는 이름으로 완화되기 때문이다."[72]

---

69) *WJWR*, p.386 참조.
70) Roland Barthes, *Critique et Verité*, Paris, 1966, p.56(*WJWR*, p.386에서 재인용).
71) *WJWR*, p.386.
72) *WJWR*, pp.386~387. 이와 관련하여 매킨타이어는 한 가지 흥미로운 관찰을 제시

보수적이든, 급진적이든 근대는 "근대 번역가들이 접근할 수 없는 전통적 양식들의 사회적, 문화적, 그리고 지적 삶이 존재할 수 있다는 생각"[73]을 거부한다. 이런 태도에서 다음과 같은 근대적 주장이 나온다. 접근할 수 없는 것이 무엇인지 이해할 수 있을 때, 우리는 그 접근 불가능성을 믿을 수 있다는 주장, 그리고 그러한 이해를 우리가 획득한다는 것은 접근불가능한 것으로 추정되었던 것이 사실은 그렇지 않다는 것을 보여준다는 주장이 바로 그것이다. 그러나 이러한 주장은 접근불가능한 것의 발견이 두 단계로 구성된 것임을 생각지 못한 데서 나온 것이다.

> 접근불가능한 것을 발견하기 위한 조건이 사실은 두 단계의 문제, 곧 그 첫 단계에서 우리는 제이의 사용 언어를 제이의 제일 언어(a second first language)로서 획득하며, 우리는 오직 그 두 번째 단계에서 현재 우리의 제이의 제일 언어로 말하는 것을 우리의 제일의 제일 언어(first first language)로 번역할 수 없다는 것을 알게 되는 두 단계의 문제라면, 이 논변은 그 모든 설득력을 상실한다.[74]

우리는 통상 외국어로 지칭되는 제이의 제일 언어를 사용할 수 있게 됨으로써, 비로소 그 언어로 표현된 어떤 것이 우리의 제일의 제일 언어로 번역될 수 없는 것임을 알게 되는 것이다. 제이의 언어를 숙달하기 전에, 다시 말해 제이의 제일 언어를 획득하기 전에, 그 언어로

하는데, 그것은 근대적 보수주의자와 탈근대적 급진주의자의 일치점이다. "에즈라 파운드의 프로페르티우스(Propertius) 번역들과 하이데거의 소크라테스 이전 사상가들의 연구들은 번역가로서의 실천이라는 측면에서 바르트와 다른 이들이 나중에 이론으로 선언할 것을 예기했다"(*WJWR*, p.387).

73) *WJWR*, p.387.
74) *WJWR*, p.387.

표현된 어떤 것의 접근(불)가능성을 확인할 수는 없다. 이 점을 감안하지 않은 주장이나 인식에는 타당성이 결여 되어 있다.[75)

Ⅲ. 결론

매킨타이어는 모든 것이 자신들의 언어로 번역 가능하다는 서구 근대의 자기 신념을 비판하면서 번역불가능성의 가능성을 말한다. 그러나 이것이 모든 전통, 언어 간에 번역이라는 것은 원래 불가능하며, 이 번역불가능성이 영구적이라는 것을 뜻하지는 않는다. 어떤 전통은 언어적, 개념적, 사회적 혁신에 의해 타 전통을 번역가능할 만큼 그

---

75) 하버마스는 『담론윤리의 해명』에서, 이 주장을 포함하여, 통약가능성, 번역가능성에 대한 매킨타이어의 주장을 비판하고 있다. 여기서 그 세세한 내용을 분석할 수는 없으나 한 가지 지적할 수 있는 것은, 하버마스가 매킨타이어의 논의 평면을 자신이 상정한 평면 속으로 포섭하려고 한다는 것이다.
『누구의 정의?, 어떤 합리성?』에서 매킨타이어가 주장하는 테제와 그것의 정당화 방식을 하버마스는 다음과 같이 정식화한다. 한편으로 매킨타이어는, "(a) 콘텍스트 초월적인 합리성이 존재하지 않으며 오직 전통의존적 합리성들만이 존재한다는 명제로부터 출발한다. 다른 한편으로 그는, …… (b) 낯선 전통들로부터 배울 수 있는 것처럼 그렇게 자기중심적인 전통들 간에도 유익한 의사소통이 마찬가지로 가능하다는 명제를 정당화한다"(『담론윤리의 해명』, 254쪽, 번역 일부 수정).
하버마스는 위의 테제들을, 하나는 '맥락주의적 테제'로, 다른 하나는 '반상대주의적 테제'로 규정한 뒤, 매킨타이어가 이 테제들을 정당화하기 위한 방식을 검토한다. 그 과정에서 다음과 같이 서술한다. "그는 맥락초월적 합리성 개념을 요청하지 않고서도 서로 낯선 전통들 사이의 의사소통이 어떻게 가능한가를 근거짓는다(…… begrüden, wie …… möglich ist, ohne …… zu postulieren)"(『담론윤리의 해명』, 254쪽). 여기서 하버마스가 매킨타이어의 작업을 칸트적 의미의 초월 철학적 구도 하에 가두려 한다고까지 말할 수는 없다고 하더라도, 그가 '가능 근거'의 확보, 혹은 제시라는 자신의 평면에서 매킨타이어를 포섭한다는 것은 말할 수 있다. 하버마스는 매킨타이어를 비판하면서, 매킨타이어가 통약(불)가능성, 번역(불)가능성 문제에 접근할 때 강조하는 역사성을 고려하지 않는다.

자원이 풍부해질 수 있다. 다시 말해 번역불가능성이 번역가능성으로 변화될 가능성이 존재한다. 이 가능성이 실현될 때, 번역가능성은 "통약불가능했던 관점들 사이의 대화를, 시간에 걸쳐 그 관점들의 관계를 변형시킬 수 있는 그런 유형의 대화를 향한 첫 단계"[76]의 역할을 할 수 있다.

물론 한 전통의 혁신에 의해 타 전통의 재현이 이루어진다고 해서, 그것이 반드시 해당 전통들(의 내부에 있는 표준들)의 통약가능성의 획득으로 이어지는 것은 아니다. 그렇지만 그러한 재현의 과정이 "두 경쟁 관점들 사이에서 변증법적인 교환, 그로부터 지금까지 전제되었지만 결코 이전에는 명료하게 드러나지 않았던 공통의 표준들의 발견이 이루어질 수 있는, 그러한 교환을 가능하게 한 것일 수도 있다."[77]

모든 전통은 타 전통이 자신의 전통 보다 합리적으로 우월할 가능성에 항상 열려 있다. 자신의 고유한 사용 언어를 사용하는 사람들이 상이한 신념 체계를 구현한 사용 언어를 지닌 낯선 전통을 만나는 것은 항시 가능한 일이고, 일부 중요한 영역에서 그 낯선 전통을 "자신들의 신념, 역사, 그리고 사용 언어에 의해 [특정 시점에] 확립된 지시 용어들"로 이해할 수는 없지만, 그 전통이 그들 자신의 신념들의 한계, 비정합성 등을 확인하고, 설명할 수 있는 그런 관점을 제공할 수 있는 것이다.[78] 번역의 과정은 이러한 가능성이 현실화되기 위해서 필요한 것이다. 그러나 그것은 실패를 포함하는 쉽지 않은 과정이다. 그런 점에서 제대로 된 번역이 이루어지기 위해서는, 번역에 앞서, 번역불가능성의 가능성을 인정하는 것이 필요하다.

---

76) "Incommensurability, Truth, and the Virtues", p.111.

77) *After MacIntyre*, p.297.

78) *WJWR*, pp.387~388 참조.

번역불가능성의 가능성에 대한 인정은 타 전통에 대해 새로운 태도로 접근하게 한다. 번역불가능성의 가능성은 "일부 특정한 영역, 혹은 광범위한 영역에서 자신의 고유한 전통의 문화적, 언어적, 사회적 그리고 합리적 헤게모니에 대한 잠재적 위협들의 가능성들"[79]이 존재한다는 것을 함축하기 때문이다. 이것을 인식하지 못할 때, 자신의 관점을 타 전통에 까지 관철하려는 제국주의적 야망—이론적, 실천적 양자의 의미에서—은 북돋우어 질 것이다.

자기 전통의 언어로 번역불가능한 어떤 전통이 존재할 수 있다는 가능성은 자기 전통의 헤게모니에 대한 "위협 이상이며 위협과 다르다."[80] 그것은, 자기 전통의 헤게모니가 문제시 될 수 있다는 것을 인정하는 이들만이, 혹은 자기 전통을 기꺼이 논박에 내어 놓는[81] 이들만이 지속적으로 자기 전통의 헤게모니를 합리적으로 주장할 수 있기 때문이다.[82] 또한, 그 신봉자들이 자신들의 사용 언어로 번역될 수 없는 어떤 것이 존재할 수 있다는 가능성을 인식하는 그런 전통만이 그 헤게모니가 의문시 될 수 있는 가능성에 적절하게 접근할 수 있다.

---

79) *WJWR*, p.388.

80) *WJWR*, p.388.

81) Georgia Warnke, *Justice and Interpretation*, The MIT Press, 1994, p.123 참조.

82) 이것은 과학의 구획 기준으로서 '반증가능성'을 이야기한 칼 포퍼를 떠올리게 한다. 곧, 반증가능한(falsifiable) 이론만이 과학 이론의 자격을 지닌다.

참고문헌

김정현, 「매킨타이어의 전통 개념 연구」, 『해석학연구』, 제22집, 한국해석학회, 2008.

박구용, 「다원주의와 담론윤리학」, 『철학』, 제76집, 한국철학회, 2003.

알래스데어 매킨타이어, 이진우 옮김, 『덕의 상실』, 문예출판사, 1997.

원만희, 「개념 상대주의의 옹호」, 『철학연구』, 28권, 철학연구회, 1991.

위르겐 하버마스, 이진우 옮김, 『담론윤리의 해명』, 문예출판사, 1997.

최신한, 「이해의 한계와 번역불가능성의 문제」, 『해석학연구』, 제19집, 한국해석학회, 2007.

Alasdair MacIntyre, *Whose Justice? Which Rationality?*, University of Notre Dame Press, 1988.

_____, *After Virtue* (2nd ed.), University of Notre Dame Press, 1988.

_____, *Three Rival Versions of Moral Inquiry*, University of Notre Dame Press, 1990.

_____, "Incommensurability, truth, and the conversation between Confucians and Aristotelians about the virtues", *Culture and Modernity: East-West philosophic perspectives*, ed. Eliot Deutsch, University of Hawaii Press, 1991.

_____, "Epistemological Crises, Dramatic Narrative and the Philosophy of Science", *The Monist*, Vol. 69, No. 4, 1977.

_____, "Reply to Roque", *Philosophy and Phenomenological Research*, Vol. 51, No. 3, International Phenomenology Society, 1991.

Alicia Juarrero Roque, "Language Competence and Tradition-Constituted Rationality", *Philosophy and Phenomenological Research*, Vol. 51, No. 3, International Phenomenology Society, 1991.

Christopher Stephen Lutz, *Tradition in the Ethics of Alasdair MacIntyre*, Lexington Books, 2004.

D'Andrea, Thomas D., *Tradition, Rationality, and Virtue : the thought of Alasdair MacIntyre*, Ashgate Publishing Limited, 2006.

Georgia Warnke, *Justice and Interpretation*, The MIT Press, 1994.

John Horton and Susan Mendus ed., *After MacIntyre*, University of Notre Dame Press, 1994.

Jürgen Habermas, *Erläuterungen zur Diskursethik*, Suhrkamp, 1991.

Kripke, Saul A. *Naming and Necessity*, Harvard University Press, 1972

Raffaela Giovagnoli, "The Relationship between Translatability and Competence", *Analecta Husserlians* LXXXII, Kluwer Academic Publishers, 2004.

Richard J. Bernstein, "Incommensurability and Otherness Revisited", in *The New Constellation*, The MIT Press, 1992.

'글자'에 대한 인식의 변화와 문화 번역

-『훈민정음』(1446)과 『글자의 혁명』(1947)을 바탕으로

서민정

Ⅰ. 들어가기

이 연구는 한국어에서 역사의 전환기에 '글자'[1])의 변화를 시도한 대표적인 두 텍스트인『훈민정음』(1446)과 『글자의 혁명』(1947)에 주목하고, 이 텍스트에서 보여주는 '글자'와 글자에 대한 인식에 대해 살펴보고자 한다.[2])

---

1) 이 연구에서 사용하는 중요 개념 중의 하나인 '글자'는 시대에 따라 지시대상이 달라지기도 하고, '글', '字', '문자' 등 다른 용어와 혼동해서 사용되기도 하였다. 이 연구에서 대상으로 하는 시대가 5세기에 걸쳐 있어, 용어뿐만 아니라 각 용어의 내포와 외연의 차이가 크므로, 여기서는 현대석 의미에서 '문자'와 '글사'를 포괄하는 개념으로 '글자'를 사용하고자 한다. 그러나 '표의문자', '표음문자'와 같이 하나의 개념으로 굳어져 있거나 인용한 경우에는 굳이 '글자'로 통일하지 않았다.
한편, '문자', '글자', '글', '字' 등과 같은 글자 관련 용어나 개념어들에 대한 통시적 고찰과 의미론적 연구도 필요한데, 이러한 연구는 다음 기회로 미룬다.
2) 이 연구의 이러한 시도는 '글자'가 과연 '음성의 보조적 수단'이기만 한가에 대한 문제 제기에서 출발하였다. 이 연구는 기존 언어학에서 취하고 있는 문자에 대한 인식이나 관점에 반성과 변화가 필요하다는 점에서,『그라마톨로지』에서 논의한 자크 데리다의 의견에 동의한다. 이 부분에 대한 자세한 논의는 쟈크 데리다(1967/김성도 옮김, 2010: 111) 참조.

알려져 있다시피, 『훈민정음』(1446)에서 제안된 글자 '훈민정음'은 창제 당시에는 '한자'와 같은 지위를 가진 글자로 인식되지는 못했다. 그러나 20세기에 와서는 한자를 능가하는 글자로 새롭게 조명받기 시작했다. 이와 같이 글자에 대한 인식이 변화하게 된 계기는 무엇인가. 이 연구는 이러한 의문에서 출발하였다.

20C에 들어오면서 창제 당시와 다르게 '훈민정음'을 평가하게 된 것은 문화론적으로 보면 그 당시의 문화, 혹은 시대적 가치 때문이라고 할 수 있을 것이다. 그렇다면 훈민정음을 새롭게 조명하게 된 시대적 가치는 무엇이었을까. 시대적 가치는 여러 가지가 있을 수 있겠으나, 글자에 대한 인식의 변화가 그 중 하나이다. 소쉬르(1857~1913) 이후 글자는 음성의 보조적 수단, 즉 '기호의 기호'라는 위치에 있었다. 이러한 인식은 '글자'의 조건으로 음성을 잘 옮길 수 있는 것을 요구하게 된다. 그리고 그러한 요구에 따르면 '글자'는 음성을 제대로, 혹은 빠르게 옮겨줄 수 있을수록 우수한 글자가 되는 것임에는 틀림없다. 그리고 그러한 맥락에서 보면, 글자 체계의 발전에서도 표의문자보다는 표음문자가 훨씬 발전된 모습을 가진 것으로 파악하게 될 것이다. 이러한 글자에 대한 인식의 변화가 '훈민정음'이 20C 이후 새롭게 조명받기 시작한 이유 중에 하나로 분석할 수 있다.

19C말~20C 중엽은 사회문화적으로 큰 변혁의 시기였다. 이러한 시대를 거치면서 '언어'에 대한 인식은 한편으로는 '우리말/글'에 대한 강한 애착과 자부심으로, 다른 한편으로는 '서구적 언어 규범'을 이상적으로 생각하게 되는 양면성을 가지게 되었다. 『훈민정음』(1446)은 창제/반포 당시인 15세기의 가치를 그대로 간직한 채, 20세기에 와서는 20세기의 기준으로 새롭게 조명되었는데 그것의 근저에는 이와 같은 이 시기의 언어에 대한 인식이 있었기 때문이다. 그리고 이 시기의

언어에 대한 인식을 단적으로 보여주는 예가 『글자의 혁명』(1947)이다. 이 연구에서 이 두 텍스트에 주목하는 이유가 여기에 있다.

이와 같이, '음성의 보조적 수단'으로서의 가치로서만 파악해온 글자에 시대적 가치나 문화적 영향 관계가 들어있다는 점에서 한국어에서 글자에 대한 인식의 변화를 검토할 필요가 있다. 이를 위해 이 연구에서는 『훈민정음』(1446)과 『글자의 혁명』(1947)을 바탕으로 이에 대해 고찰할 것이다. 이러한 고찰은 고정되어 있는 것으로 인식되어 온 '글자'의 변화를 확인함으로써 '글자'에 반영된 문화 번역의 양상을 포착할 수 있을 것으로 기대한다.

지금까지 『훈민정음』(1446)과 '훈민정음'에 대한 연구는 그 수를 헤아리기 어려울 정도로 다양한 방면에서 이루어졌다.

이숭녕(1958), 강길운(1992), 김완진(1972, 1984), 이기문(1974, 1980), 남풍현(1980), 강신항(1987/1996), 이현희(1990), 강창석(1996) 등은 훈민정음의 창제 의의와 그것의 국어학적인 가치에 대해서 논의한 연구들이다. 국어학적 연구는 주로 이러한 측면에서 논의되었다. 그리고 훈민정음의 여러 판본에 대한 자세한 설명은 안병희(1976), 임용기(1991) 등에서 논의되었다.

한편 이상혁(1999, 2008), 백두현(2009), 정다함(2009) 등에서는 기존의 훈민정음에 대한 평가에 대해 비판적으로 검토하고 새로운 관점에서 훈민정음에 대한 평가를 제안하였다. 그리고 여찬영(2010)은 '훈민정음'에 대해 번역학적 관점에서 고찰하였고, 서민정(2011)에서는 훈민정음 서문에 대해 문화론적 관점에서 다시 해석되어야 함을 지적한 바 있다. 이에 비해 『글자의 혁명』(1947)에 대해서는 많이 논의되지 않았는데, 이동석(2008)이 대표적이다. 이동석(2008)에서는 '한글풀어쓰기' 방식에 주로 초점을 두고『글자의 혁명』(1947)에 대해 고찰하였다.

이 연구는 이러한 선행 연구의 결과를 바탕으로 시대적 가치와 글자의 관계에 초점을 두고『훈민정음』(1446)과『글자의 혁명』(1947)에 대해 고찰하고자 한다.

Ⅱ. 15세기와 20세기에 제안된 글자의 비교

이 장에서는 이 연구의 대상이 되는 텍스트인『훈민정음』(1446)과『글자의 혁명』(1947)과 각 텍스트에서 제안된 글자를 명시적으로 제시하고 이들에 대해 간단히 살펴보고자 한다.

다음은『글자의 혁명』(1947)의 일부인데, 이 길지 않은 글 안에 훈민정음의 우수성, 한계, 극복 방안이 담겨 있다.

> (1) 세종께서 세계(世界)에서 유례(類例)없는 과학적(科學的)인 자모문자(字母文字)를 만들어내어(創製) 놓으시고, 그 맞춤법만은 상형문자(象形文字)인 한자의 범주(範疇)를 벗어나지 못하였음은 실(實)로 시대 안목(時代 眼目)이 그렇게 만든 것이라 아니 할 수 없다. 만약 세종(世宗)임금께서 오늘에 다시 오신다면, 당연(瞠然)히 가로씨기(橫書)를 주장(主張)하실 것은 의심할 여지(餘地)가 엇는 바이다.
>
> (최현배, 1947: 115)

(1)에서 '세계(世界)에서 유례(類例)없는 과학적(科學的)인 자모문자(字母文字)를 만들어내어(創製) 놓으시고'는 자모문자로서의 훈민정음의 우수성을 설명하고 있는 것이고, 다음으로 '상형문자(象形文字)인 한자

의 범주(範疇)를 벗어나지 못하였음'이라고 한 부분은 모아쓰기를 하는 훈민정음의 한계를, 마지막으로 '당연(當然)히 가로씨기(橫書)를 주장(主張)하실 것'은 모아쓰기의 한계를 극복하기 위한 방안으로 풀어쓰기를 제안한 것이다.

그래서 (1)에서는 훈민정음이 '자모문자'인 것은 우수한 것이나, 한자의 영향을 받은 '모아쓰기' 방식은 문제가 있으니, '가로씨기'로 바꾸어야 함을 제안하였다. 그리고 이러한 제안은 '만약 세종(世宗)임금께서 오늘에 다시 오신다면'이라고 하면서, 세종의 권위에 기대고 있다. 그리고 여기서 훈민정음이 한자의 영향을 받은 것은 그 시대의 문화를 반영한 것임을 언급하였다.

다음의 (2ㄱ)은 『훈민정음』(1446)의 일부이며, (2ㄴ)은 『훈민정음』에서 제안된 글자인 '훈민정음'으로 쓰인 『월인석보』(1459)이다.

(2) ㄱ. 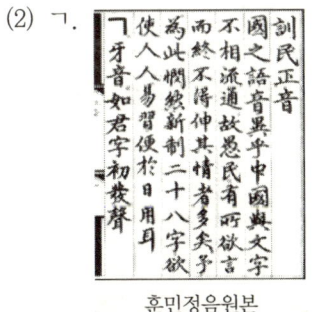 ㄴ.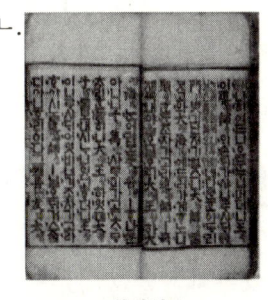

훈민정음원본   월인석보

(2)3)에서 보면, 훈민정음이 창제 당시 유통하던 글자인 한자와 같이

---

3) (2)의 자료는 디지털 한글박물관(http://www.hangeulmuseum.org)에서 인용한 것이다.

세로쓰기를 한다든가, 음절단위로 글이 이루어지는 것 등 (1)에서의
지적과 같이 한자의 영향을 받았음을 확인할 수 있다. 이러한 논의는
훈민정음이 당대의 문화에 영향을 받은 부분을 부각해서 보이기 위한
것이지, 기존의 많은 앞선 연구에서 지적하고 있는 훈민정음의 독창성
이나 과학성을 부정하는 것은 아니다.

한편 『글자의 혁명』에서 제안된 글자는 다음에서 보는 바와 같이
로마자와 많이 닮아 있다. 이를테면 인쇄체와 필기체로 나누고 각각을
대문자와 소문자로 구분하는 로마자와 같은 방식으로, (3ㄴ)에서는 훈
민정음을 변형시켜 '큰 박음, 작은 박음' 그리고 '큰 흘림, 작은 흘림'으
로 구분된 글자형을 확인할 수 있다.

(3) ㄱ. 인쇄체 대문자
ABCDEFGHIJKLM
NOPQRSTUVWXYZ
인쇄체 소문자
abcdefghIjklmnopqrstuvwxyz

대문자
ABCDEFGHIJK
LMNOPQRSTU
VWXYZ

소문자
abcdefghijklmn
opqrstuvwxyz

물론 (3ㄴ)에서 제안한 글자는 훈민정음처럼 유통되지는 못했지만, 그 시대의 글자에 대한 가치가 무엇이었는지는 보여주고 있다.

이러한 (2)와 (3)의 예는 '글자'와 그 글자가 제안된 혹은 새롭게 조명된 당대의 문화적 가치와의 관계를 보여준다는 점에서 글자를 통해 문화 번역4)의 양상을 확인할 수 있을 것이다.

---

4) 이 연구는 문화론석 입상과 국어학석 입상에 걸쳐 있나. 그러나 보니 어느 분야에서는 익숙한 개념이 다른 분야에서는 생소한 개념이 되기도 한다. 특히 이 연구에서 주제어로쓰고 있는 '문화 번역'이라는 개념도 그 중의 하나라고 생각된다. 문화 번역에 대한 개념은 김현미(2005: 47~62)를 참조할 수 있는데, 이 연구의 논의를 위해 일부분만 인용한다.

(1) 문화 번역은 한 언어를 다른 언어로 대치하는 일반적인 '번역'과는 다른 것으로, 타자의 언어, 행동 양식, 가치관 등에 내재화된 문화적 의미를 파악하여 '맥락'에 맞게 의미를 만들어 내는 행위. 그러므로 문화 번역은 번역이 이루어지는 특정 시공간적 맥락과 문화 번역의 행위자가 누구인지에 따라 두 문화적 행위자 간의 평등한 관계를 만들어 내기도 하고 위계적인 관계를 고착시키기도 한다.

Ⅲ. '훈민정음'의 가치 변화

1. 근대의 눈으로 해석한 중세의 글자 '훈민정음'

물론 19세기 말~20세기 이전에도 최세진의 『훈몽자회』(1527), 신경
준의 『운해훈민정음』(1750) 등 훈민정음에 대한 연구가 있었다. 그러
나 서민정(2011: 44~47)에서 제시하고 있는 자료에서 확인할 수 있는
바와 같이 19세기 말에서 20세기 중반까지 훈민정음에 대한 연구나
(4)와 같은 논평이 집중적이었다는 점에서 20세기에 와서 훈민정음이
새롭게 혹은 활발하게 평가되고 조명되었음을 부정하기는 힘들다. 그
리고 그러한 바탕에는 근대적 사고, 혹은 근대의 문화가 반영되어 있
다고 할 수 있다.

> (4) 世宗이 正音을 지었는지 改正하얏든지간에 世宗은 正音을 全國民
> 에게 頒布하야 國民萬代에 福利를 준 글에 대한 큰 覺者이다.
> (조선일보 1930.9.5.~15, 正音頒布 以後의 變貌−外國語에서 받은
> 衝動, 權悳奎)[5]

물론 이 연구에서 훈민정음이 근대 이전에도 편지나 소설 등에서
실제로는 다양하게 사용된 것을 인정하지 않는 것은 아니다. 단지 '글
자'로 인식하고 있었던 '한자'와 비교했을 때, 훈민정음에 대한 인식이
−최소한 창제 당시에는− '글자'로 인식한 것은 아니라는 점을 지적하
려고 한다. 즉 근대 이전의 훈민정음에 대한 인식은 훈민정음에 담아
내지 못할 소리가 없을 정도로 소리와 운율을 잘 나타낼 수 있는 '도구'

---

5) 서민정(2011: 44)에서도 언급하고 있는 바와 같이, 훈민정음을 보는 (4)와 같은 시
   각은 19세기말에서 20세기 초 '훈민정음' 그 자체에 대한 연구들이 활발해지면서 형
   성 확립되었다.

이지 '글자'로 인정받은 것은 아니라는 것이다. 그런데 여기서 창제 당시에는 글자의 특징으로 인정받지 못했던 '소리를 잘 담아내는 도구'라는 훈민정음의 특징이 20세기 이후에는 글자의 중요한 장점으로 부각되었다는 것이 글자에 반영된 시대적 가치를 확인할 수 있는 대목이다.

이러한 '소리를 잘 담아내는' 특징을 통해 훈민정음은 한자를 능가하는 글자로서의 가치를 인정받기 시작했고 그것은 '민족'적 자부심을 주기에 충분한 것이었다. 그리고 이러한 인식의 전환에는 서구의 지식인들에 의한 자극 또한 바탕이 되었다고 할 수 있다.[6] 다음은 프랑스 선교사 Ridel이 쓴『한불ᄌᆞ뎐』(韓佛字典, 1880) 서문의 일부분이다.

(5) 처음으로 한국어를 접할 때 그 느낌은 어쩌면 이집트의 상형문자나 중국 한자 혹은 표의문자를 연구하는 것처럼 느껴질지 모르지만, 사실은 그렇지가 않다. **한국어의 글자는 서양어의 알파벳과 비슷하게도** 총 25개의 글자로 이루어져 있으며, 히브리어, 그리스어, 아랍어, 러시아어 등의 문자보다 **배우기도 쉽고 빨리 습득할 수 있다.** 아래의 익숙한 설명방법은 한국어의 체계가 얼마나 간단한가를 잘 보여준다.[7]

(5)는 '한국어의 글자', 즉 '훈민정음'이 서양의 알파벳과 비슷하며,

---

6) 알려져 있는 바와 같이, 리넬, 언더우드, 게일 등 많은 서구의 지식인들이 이중어 사전의 편찬, 한국어 문법서의 출판 등을 통해 20세기 전후의 한국어 연구에 직, 간접적으로 참여하였다.

7) 본문의 (5)는 서민정 외(2010)의 번역을 인용한 것이고, Félix-Clair Ridel(1880), 『한불ᄌᆞ뎐(韓佛字典)』의 원문은 다음과 같다.

ragement. Rassurez-vous, amis lecteurs. Ce premier sentiment se comprendrait peut-être, s'il s'agissait d'aborder l'étude des hiéroglyphes égyptiens, des caractères chinois, d'une écriture idéographique, en un mot. Mais ce n'est point ici le cas. Hâtons-nous de dire que l'écriture coréenne, qui est alphabétique, se compose de vingt-cinq lettres seulement. On apprend l'alphabet coréen aussi facilement, nous dirions même plus vite, que l'alphabet hébreu, le grec, l'arabe, le russe, etc. Quelques explications familières feront juger de la simplicité du système coréen.

다른 어떤 언어의 문자보다 배우기 쉽고 빨리 습득할 수 있다는 점을 긍정적으로 평가하고 있다. 이것은 훈민정음에 대한 새로운 조명이면서 글자의 가치에 대한 새로운 판단기준을 제시한 것이다.[8]

한편 (6)은 (4)와 (5)의 관점을 종합하고 있다고 할 수 있는데, 이러한 논의는 국어학에서 일반적으로 평가하고 있는 '훈민정음'에 대한 인식이다.

> (6) 이것은 「訓民正音」이라는 이름 그 自體가 바로 訓民正音을 制定하게 된 窮極의 目的을 表象해 놓은 것이라고 하겠다. 이 이름이 表象하는 槪念에서 미루어 볼 때 訓民正音은 어디까지나 「國語의 表記」와 「國民의 敎化」를 爲한 手段으로서 制定되었음을 알 수 있는 것이다.   (유창균, 1969/1982: 46)

(4)~(6)은 각각 훈민정음의 절대적인 가치에 대해 언급하고 있다는 점에서 서로 관련된다. 그리고 이러한 예에서 전제하고 있는 글자의 가치는 '음성'을 얼마나 잘 표현하는가에 달려 있다. 그래서 『훈민정음』(1446) 서문이나 정인지 서문, 그 외 성삼문의 『동자습』, 신숙주의 『홍무정운』, 홍양호의 상소문(1783) 등 조선시대 다양한 자료에서도 언급하고 있는 바와 같이, 소리를 잘 표현하는 '훈민정음'이 근대에 와서 새롭게 조명되는 것은 당연하다고 할 수 있다.

이것은 다르게 말하면, 훈민정음 창제 당시에도 훈민정음이 '소리를 담을 수 있는' 특징에 대해서는 인식하고 있었으나, 그 시대의 문화가 그러한 특징에 대해 '글자'로서의 가치를 부여하지 않았다는 것이다.

---

8) 이와 같은 서구 지식인들의 한국어의 글자에 대한 평가는 자국의 언어나 문화에 바탕을 둘 수밖에 없다는 점에서 훈민정음에 대한 (5)와 같은 평가에 결국 서구적 가치 기준이 작용하고 있다고 할 수 있다.

2. 중세의 가치와 훈민정음

이제 20세기 이후에는 '국어'의 표기를 위해 창제된 '우수한 글자'로 파악된 '훈민정음'이, 창제 당시에도 글자로 인식되었던가에 대해 자세히 살펴보고자 한다.

다음은 세종 25년 계해(1443) 12월30일(경술) 훈민정음을 창제할 당시의 세종실록의 기사이다.[9]

> (7) 是月, 上親制諺文二十八字, 其字倣古篆, 分爲初中終聲, 合之然後乃成字, 凡干文字及本國俚語, 皆可得而書, 字雖簡要, 轉換無窮, 是謂《訓民正音》.
>
> 이달에 임금이 친히 언문(諺文) 28자(字)를 지었는데, 그 글자가 옛 전자(篆字)를 모방하고, 초성(初聲)·중성(中聲)·종성(終聲)으로 나누어 합한 연후에야 글자를 이루었다. <u>무릇 문자(文字)에 관한 것과 이어(俚語)에 관한 것을 모두 쓸 수 있고</u>, 글자는 비록 간단하고 요약하지마는 전환(轉換)하는 것이 무궁하니, 이것을 훈민정음(訓民正音)이라고 일렀다.

(7)을 바탕으로 보면 언문28자(諺文二十八字)는 문자(文字)와 이어(俚語)에 관한 것을 모두 쓸 수 있다고 하여 훈민정음을 문자의 범주에 넣지 않고 있다. 그리고 '字雖簡要'라고 하여 훈민정음에 대해서는 '字'로 나타내고 있어 '文字'와 구분하고 있다. 또한 세종실록 113권, 28년(1446) 9월 29일의 기사 가운데 '정인지 서문'의 일부를 통해서는 훈민

---

9) 이하 번역과 원문은 한국고전번역원 한국고전종합DB(http://db.itkc.or.kr)와 조선왕조실록(http://sillok.history.go.kr)에서 가져왔다. 여기서 인용한 번역은 부분적으로는 이 연구의 관점과 맞지 않는 부분도 있다. 강조는 이 글의 논의를 위해 글쓴이가 표시한 것이다.

정음에 어떤 가치를 부여했는지 알 수 있다.

(8) ㄱ. **이로써 글을 해석하면 그 뜻을 알 수가 있으며**(以是解書, 可以
知其義)

ㄴ. **바람소리와 학의 울음이든지, 닭울음소리나 개짖는 소리까지
도 모두 표현해 쓸 수가 있게 되었다.**(雖風聲鶴唳雞鳴狗吠, 皆可得
而書矣)

(8ㄱ)에서 훈민정음의 역할은 한문으로 되어 있는 글[書]의 해석과
(8ㄴ)에서 나타난 것과 같이 소리의 표현이다. 특히 (8ㄴ)은 훈민정음
이 표음문자로서의 자질이 있었음을 창제 당시에도 인식하고 있었다
는 것을 보여준다. 그러나 훈민정음이 한자에 비해 '글자'로서의 가치
를 인정받지 못한 것은 훈민정음 창제 당시에는 '글자'의 중요한 자질
로 '소리'의 구현은 아니었다는 것을 반증한다고 할 수 있다.

그래서 훈민정음 창제 당시 글자는 '文'의(혹은 文을 이루는) '字' 로서
어떤 '의미'를 가지고 있는 것인가가 중요한 것이었다면, 근대 이후
'글자'는 소리를 어떻게 표현해 내는가가 중요해진 것으로, 그 시대가
요구하는 '글자'의 요건이 지금과 다르기 때문에 창제 당시에는 훈민
정음이 '글자'로서는 인정받지 못했던 것이다.

『훈민정음』의 어제 서문에서도 '문자'가 가리키는 것이 '한자'임을
확인할 수 있다.

(9)『훈민정음』 어제 서문
國之語音異乎中國
與文字不相流通
故愚民有所欲言

而終不得伸其情者 多矣

子爲此憫然 新制二十八字

欲使人人易習 便於日用耳.

(10) 『훈민정음』 언해본 어제 서10)

나랏말ᄊᆞ미中(듕)國(귁)에달아

文(문)字(ᄍᆞ)와로서르ᄉᆞᄆᆞᆺ디아니ᄒᆞᆯᄊᆡ

이런젼ᄎᆞ로어린百(빅)姓(셩)이니르고져홇배이셔도

ᄆᆞᄎᆞᆷ내제ᄠᅳ들시러펴디몯홇노미하니라

내이ᄅᆞᆯ爲(윙)ᄒᆞ야어엿비너겨

새로스믈여듧字(ᄍᆞ)ᄅᆞᆯ밍ᄀᆞ노니

사ᄅᆞᆷ마다히ᅄᅧ수비니겨날로ᄡᅮ메

便(뼌)安(ᅙᅡᆫ)킈ᄒᆞ고져홇ᄯᆞᄅᆞ미니라

(9), (10)을 보면, 글자로서의 '훈민정음'은 해례본이든 언해본이든 '文字'라고 하지 않고 '字'라고 했는데, 이것을 통해 당시에 '文字'와 '字'는 구분되는 개념이었고, '훈민정음'은 '文字'는 아니었음을 알 수 있다. 그래서 훈민정음 창제 당시에 '훈민정음'은 세종대왕 스스로도 한자와 대응되는 어떤 '문자' 즉 '글자'로 인식한 것이라고 보기에는 무리가 따른다.

이러한 내용을 뒷받침하기 위해 훈민정음이 최초로 발견되는 비문으로 알려진 李允濯·安人申氏墓碣의 비문11)을 보자.

---

10) 원문에서는 한자 오른면 아래에 작은 글씨로 적은 것을 여기서는 괄호로 표시하였다.

11) 서울시 노원구 하계동 산 12-2(노원구청, 보물 제1524호). 비 뒷면의 내용으로 중종 31년(1536년)에 건립된 것으로 알려져 있다
   (http://www.cha.go.kr/korea/heritage/).

(11) 權知承文院副正字李公允濯 安人申氏籍高靈 合葬之墓

　　　[東側面] 不忍碣

　　　　　　爲父母 立此 誰無父母 何忍毀之 石不忍犯 則墓

　　　　　　不忍凌 明矣 萬世之下 可知免夫

　　　[西側面] 靈碑 녕혼비라 거운 사른믄 직화룰 니브리라 이는 글

모른는 사롬드려 알위노라

　(11)에서 훈민정음으로 표기된 비문의 내용은 '비를 해치는 사람은 재화를 입을 것'임을 경고하고 잇다. 그리고 '이것은 글을 모르는 사람에게 알리는 것이다'라고 밝히고 있는데, 여기서 '글'은 '한문'을 가리킨다. 따라서 이 시기에 글과 관련되어 있다는 것은 결국 '한자'와 관련되어 있음을 확인할 수 있다.

　한편 초성, 중성, 종성이 어울려서 '文字'가 아니라 '字'를 이룬다는 (12)와 같은 『훈민정음』〈제자해〉의 설명도 이러한 논의를 뒷받침한다.

　(12) 初中終合成之字

　그래서 앞의 (7)과 (12)를 바탕으로 훈민정음 창제 당시의 훈민정음의 글자로서의 가치에 대해 한자와 비교해 보면, 초성, 중성, 종성 각각도 '文字' 즉 글자가 아니며, 초성, 중성, 종성이 합해진 것도 글자가 아니다. 이것을 도식적으로 나타내면, (13)과 같다.

　(13) 15세기의 글자의 범위

　　ㄱ. 초성+중성+종성　　　　　　⇒ 자(字)

　　　　↓　　↓　　↓　　　　　　　↓

　　자(字)　자(字)　자(字)　　→　훈민정음

ㄴ. 자(字)+의미 ⇨ 문자(文字)
        ↓   ↓
    훈민정음   한자

ㄷ. '한자'만 글자에 해당

그래서 15세기의 기준에서 '글자'는 '한자'만 해당하며, 초성, 중성, 종성 각각은 물론이고 초성+중성+종성의 한 음절을 이룬 경우도 글자에 해당하지 않는다. 그런데 이들은 20세기의 글자에 대한 기준으로 보면 모두 글자에 해당한다.

(14) 20세기의 글자의 범위
  ㄱ. 브리태니커 사전에서 '글자'의 의미
     인간이 사용하는 시각적 의사전달 체계.
  ㄴ. 국립국어원 표준국어대사전의 '글자'와 '문자'의 의미
     글-자(-字) 말을 적는 일정한 체계의 부호.
     문자02(文字) 「1」『언어』인간의 의사소통을 위한 시각적인 기호 체계. 한자 따위의 표의 문자와 로마자, 한글 따위의 표음 문자로 대별된다.
  ㄷ. 초성, 중성, 종성, 초성 + 중성 + 종성, 한자 ⇒ 각각 글자

위의 (13)과 (14)의 비교를 통해 15세기와 20세기에 지시하는 글자의 범위가 다르다는 것을 알 수 있다.

그리고 지금까지의 논의를 통해 그러한 글자의 범위에 대한 차이는 글자에 대한 인식의 변화와 관련 있으며, 그러한 인식의 변화는 당대의 문화 혹은 시대적 가치와 관련되는 것을 이해할 수 있다.

Ⅳ. 『글자의 혁명』(1947)에서 보이는 글자에 대한 인식

1. 근대적 어문 규범과 문자 생활의 변화

19C말~20C초를 경계로 언어에 대한 인식이 크게 달라졌다. 다음의 두 글쓰기 방식을 비교해 보자.[12]

(15)

소 개 의 말

1. 본서는 중등 학교의 교과서로 쓰기 위하여 쓴 것이다.
2. 본서는 나의 지은 "나라 말본"에서 추리어 뽑은 것이다.
3. 정한 시간의 남음이 있을 경우에는 "나라 말본"을 참고하여 채우어 집기를 바란다.
4. 본서는 마무(頁) 수의 제한을 받게 되어 익힘 문제를 두지 못하였으므로 가르치는 분이 시간의 형편을 보아서 한 제목이 끝날 때마다 알맞게 익힘 문제를 주어 학생 스스로 대답하도록 하기 바란다.

4281(1948)년 1월 15일

서울 서대문 밖 신촌

연희 대학교 사택에서

지은이 김 윤경 적음

(16)

대한국어문법 츄시경 저

말과글

일문 말은 무엇이뇨

이문 말뜻을 쓸터가 무엇이뇨

감문 말이 쓸터가 무엇이뇨

그 선류가 셋로 인연되어사

말은 그 뜻을 통한다 함은

너이다

삼문 말로 썼을며 게 말은 사람에게

국문 상통 청년학원

---

12) 이 시기의 언어에 대한 인식의 변화에 대한 연구는 서민정(2010ㄱ, 2010ㄴ) 참조.

위 (15)는 1906년 주시경 지은『대한국어문법』이고, (16)은 1948년 김윤경 지은『중등말본』서문의 일부분이다. (15)와 (16)을 비교하면, 시간적으로는 40여 년 정도의 차이가 있으나, 글쓰기 방식에서는 많이 다르다. 즉 (15)는 한문식 글씨기 방식과 많이 닮아 있는 반면, (16)은 띄어쓰기, 문장부호의 사용, 가로쓰기 등에서 서구식 글쓰기 방식과 닮아 있다.

이러한 변화는 이 시기의 글쓰기 규범이 '한문'의 영향에서 '서구 언어'로 바뀌었음을 보여준다. 즉 '한자'의 언어적 지배력이 상실되고 '한문'에서의 독립[13]을 천명한 이 시기에 한문을 대신하여 서구적 언어 규범을 받아들인 것이다.

이렇게 서구적 언어 규범을 받아들이게 된 것은, 당시 우리 지식인들이 서구에 대한 직, 간접적 경험[14]을 바탕으로, 정부나 지식인들 사이에 '조선어'의 서구적 근대화[15]에 대한 열망을 통한 것이다.[16]

---

13) 가장 큰 변화는 한문으로부터의 독립을 위한 노력이다. 1888년의 박영효 '내정 개혁에 관한 건백서' 8개 항 중 6항에 국문 사용과 관련된 내용이 포함되어 있다는 점이나 고종이 법률칙령 제1호에서 국문 사용에 대한 입장을 표명하고 있다는 점 등이 대변한다고 할 수 있다. 그 외에도 당시 유길준(1895, 1904)를 비롯한 여러 방면의 글들에서는 끊임없이 언어의 '독립'의 문제가 거론되었다.

14) 이 시기에 있었던 독일, 프랑스, 영국, 미국, 일본 등 외국인의 한국어에 대한 연구나 설명도 우리 지식인들의 언어에 대한 인식에 영향을 주었을 것이다. 외국인의 한국어에 대한 연구는 고영근, 김민수, 하동호(2008)의『역대한국문법대계』와 서민정, 김인택(2010)을 참조할 수 있다.

15) 서구중심주의(유럽중심주의)는 역사 발전에서 유럽(특히 서유럽)이 중심이었다는 사고를 바탕에 깔고, '서구=합리적=이성적=논리적'이고, '동양=비합리적=비이성적=비논리적'이라는 사고를 통해 서구는 문명화된 사회이고 동양은 야만 사회라는 인식을 하는 것이다. 이것은 문화 전반에 걸쳐 있는 사고로 최근 역사, 문학, 철학 등을 포함한 문화론적 관점에서 서구중심적 사고의 문제점에 대해 문제 제기를 했고 관련 논의들도 많이 진행되었다. 이 연구도 그러한 '문화론적' 범위 안에서 '국어'와 '국어학'에 포함된 서구중심주의적 사고를 살펴보고자 하는 것이다. '서구중심주의'에 대한 더 자세한 내용은 Edward, W Said(1978, 박홍규 역 2007), Samir, Amin(1989,

이와 같은 서구적 언어 규범에 따른 글쓰기 형식의 변화는 '사전 편찬', '어문규범'의 제정, '문법' 기술 등 다양한 분야의 논의와 관련을 가지면서 이루어졌다. 이를테면 당시 언어에 관심이 있었던 많은 지식인들은 '사전' 편찬의 필요성을 강조하였는데, 이러한 사전 편찬과 함께 어문 규범이 제정되어야 함을 인식했고[17], 어문 규범의 제정을 위해서는 문법 연구가 선행되거나 최소한 병행되어야 함을 깨닫게 되었다.

한편 정승철(2003)에 따르면, 주시경의 『국어문법』(1910)과 English Lessons(1903/1906)는 체제나 구문 도해를 이용한 설명 방식 등 많은 면에서 유사하다고 한다.[18] 당시 대부분의 문법서[19]들이 단어의 분류

김용규 역 2000), 강정인(2004) 등 참조. (이 주석은 이 연구의 연구 방향을 밝히기 위해 서민정(20010ㄱ)의 각주 1)을 재인용하였음을 밝혀둔다.)

16) 그리고 당시 근대 지식인들에 있어서 근대어 형성의 핵심은 사전 편찬과 어문 규범화이었던 것 같다. 이것은 유길준, 지석영, 주시경 등 근대 초기의 국어학자들의 많은 연구나 논설에서 확인할 수 있다.

17) 이규방(1923)은 『신찬 조선어법』에서 사전편찬의 선행 작업으로 문법의 필요성을 밝히고 있다.

  (1) 몰으는말을찾어보는辭典은 學文을 하는데 가장 緊要한 곳집이라 이 곳집이 매우 時急하지만은 語法이 없이야 엇지 辭典을 만들 수 잇으리오 이는 곳 柱礎없이 집을 짓고자 함과 뿌리없은 나무에서 열음을 求함과 달음이 없도다.

18) 정승철(2003)에서 제시한 구문 도해의 예를 보이면 다음과 같다.

  (1)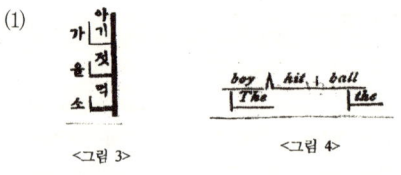

  　　　　<그림 3>　　　　　　<그림 4>

19) 이외에도 김희상(1927)과 홍기문(1927)[1]의 서문을 통해 국어의 이론적 틀에서 '영문법'과 같은 서구 언어의 문법의 영향이 있었음을 확인할 수 있다.

  (1) 이 제 붙어 二十七八年前에 제가 培材學堂에 通學하야 英語를 工夫하든 때 光武五年夏期放學의 休暇를 利用하야 前日에 배온 바 英語文法을 復習하기 爲하야 그것의 全部를 우리말로 飜譯하야 보았다 그 飜譯이 다 맞치어 진 뒤에 그 飜譯한 것을

와 같은 '품사론'에 치우치고 있었다든가, 문법서에 포함된 내용 등은 동양적 전통이라기보다는 분명 서구 언어의 문법의 영향임은 더 이상 증명할 필요가 없을 정도이다.[20]

이와 같이 서구의 서사 규범을 직, 간접적으로 접하면서 우리말의 쓰기 방식에도 변화가 있었다. 이를테면 한문의 영향으로 오랫동안 써오던 세로쓰기를 가로쓰기로 바꾸었다든가, 띄어쓰기에 대한 인식이 생긴 것, 그리고 음절 중심으로 모아쓰기를 해 오던 글자에 대해 풀어쓰기를 할 것을 제안하는 것 등은 지극히 서구 언어의 영향이었다. 특히 최현배의 『글자의 혁명』(1947)에서 훈민정음[한글]을 인쇄체와 필기체, 그리고 각각을 대문자와 소문자를 만들어 제안하는 것은 서구 언어의 직접적 영향 관계를 보여 주는 것이다.

2. 근대의 가치와 한글

19세기에서 20세기 중엽까지의 언어에 관한 많은 연구와 논평들이 '한자'와 '일어'에서의 독립을 강조했고, 자주하는 생활을 위해서 '훈민

열어 번 읽어 보다가 '울이 말에도 이러한 것이 있었으면'하는 늣김이 스스로 일어 나았다 (중략) 當初 붙어 울이 글에 素養이 없는 저로 한 낫 英語文法蕃本을 가지고 울이 말 文法을 만들기에 基礎를 삼고자 한 것은 實로 蒼蒼하고 .果然 漠漠한 일이었다. 저의 늣긴 바 생각은 좋으나 實地로 그 생각을 이 끌어 世間에 한 낫 貢獻을 하야 볼이라고 한 것은 한 낫 妄計이오 空想이었다. (하략) (김희상, 1927: 서문 중에서)
　(2) 西洋에있서서는일쯕이希臘으로부터文法을硏究하얏섯다。勿論品詞의分類도그째에시작된 것이다。希臘의 有名한 哲學者아리스토틀(Aristotle)은 名詞와 動詞의 存在를 認定하고 또 前置詞도 되고 接續詞도 되고 副詞도 되는 一品詞의 存在를 認定하얏다。

　홍기문의 성장, 배경, 사회학적 측면에 대한 연구는 강영주(2004)를, 홍기문의 문법 연구에 대해서는 양명희(2002)를 참조할 수 있다.
20) 물론 이러한 논의는 한국어의 특징을 반영하려고 했던 당시 우리 지식인의 노력 그 자체를 부인하는 것은 아니다.

정음(한글)'을 써야 함을 강조했으며 그것이 민족을 위한 것이라는 논의를 펼쳐 왔다.

그런데 여기서 '훈민정음(한글)'의 사용에는 '서구화된 문자 혹은 근대화된 문자를 위해'라는 것이 전제되어 있을 것이며, 이것은 궁극적으로 한자와 일어에서는 독립하였을지 모르나, 다른 방식으로 서구적 언어 규범에 의존하게 된 것이다. 그러한 서구적 언어 규범이 기준에 있음을 보여주는 것이 『글자의 혁명』(1947)[21]이다.

『글자의 혁명』182~197의 '(붙임) 한글 가로글씨의 익힘'에서는 제안한 글자의 실제 사용 예를 보여 주고 있는데, 그 일부를 보이면 다음과 같다.

(18) *Cdehɪdɔgɪchɪ, pɪl Idwgɪ ɔgɪgɪ (nɪɪɪɑɔ)*
ɪvɪ, I ɪd dɪhɪɔ ɪgɪ cdohɪ gɪ, Bhɪɪh ǔl
wdɔhɔ vɪ ɪhcvn ɪ wlɪnthgwwɔd, Iɪɔdɪ
ǔl wlɔnlɪ ɪgotl whwlɪ ɪgɪ ɔhɪ gɪ, Iɪg
ǔl hɪɪhɔ vɪ chothn ɪ ɔvɔcd gɪ cheth-
gwwch.

(19) "돌아보건대, 우리 조선 겨레(민족) 는, 이 조 오백 년 동안 에, 한자 의 속박 을 받음 이 심하였고, 일본 의 식민 정치 사십 년 간 에, 일어 의 압박 을 당함 이 극도 에 달하였다. 그리하여, 온 민족 이 정신적 으로 외국의 붙음 이 되고, 생활적 으로 정복자 의 종이

---

21) 물론 『글자의 혁명』(1947)에서 제안한 글자는 훈민정음과 같이 지속적으로 사용되지는 않았으나, 당시의 최현배 선생의 학문적 영향력이나, 이 텍스트가 문교 연구 총서의 첫째 권이었다는 점에서, 『글자의 혁명』(1947)은 그 시대의 시대적 가치를 충분히 반영하고 있다고 할 수 있다.

되고 말았다."

(18)을 기존의 글쓰기 방식에 따라 제시해 둔 같은 책 198쪽의 (19)
를 보아야 (18)이 이해가 될 정도로『글자의 혁명』에서 제안하는 글자
는 말 그대로 '혁명적'인 것이다.『글자의 혁명』에서 제안하는 글쓰기
규범은 크게 두 가지로 구분된다. 하나는 풀어쓰기(『글자의 혁명』에서
사용한 용어로는 '가로씨기')이다. 그리고 다른 하나는 글자형의 변화이
다. 풀어쓰기의 경우는 글자의 혁명 이전에도 주시경, 김두봉 등에서
도 제안되고 시도된 적이 있을 정도로 그 필요성에 대해서 국어학자들
이 인식한 바 있다.[22] 그러나『글자의 혁명』에서는 풀어쓰기뿐만 아
니라 글자형의 변화도 중요한 부분인데, 이러한 풀어쓰기와 글자형의
변화는 로마자에 직접적인 영향을 받고 있는 것이다. 따라서 이러한
시도는 정작『글자의 혁명』에서 주장하고 있는 다음의 내용과는 상충
된다고 할 수 있다.

(19) 이제, 우리 는 남 의 힘 과 덕 으로 말미암아, 정치적 해방 을
얻었다. 우리 가 이 정치적 해방 을 완전히 또 영구히 우리 의 것
으로 누리랴면, 모름지기 자력 으로써 문자적 해방 을 이루어 내여
야 한다. 곧 우리 는 오백 년 내려 오는 한자 의 속박 을 벗어 버리
고, 사십 년 동안 의 일어 의 압박 을 덜어 버리고, 우리 민족 교유
의 훌륭한 말 과 과학스런 글 로써 자유스런 교육 을 배풀며, 새로운
문화 를 세우며, 자주하는 생활 을 일삼지 아니하면 안 된다. 나 는
외치노니:
한자 는 쓰지 말고, 한글 만 쓰기로 하자.
세로 글씨 의 낡은 골 을 벗어 버리고, 한글 을 가로씨기 로 하자.

---

22) 풀어쓰기에 대한 국어학사적인 논의에 대한 자세한 설명은 이동석(2008) 참조.

그리하여 민족 문화 의 비약적 발달 을 이루며 민족 생활 의 빛난 번영
을 꾀하자.   (최현배, 1947: 195)

(19)에서 보면 '한자'와 '일어'에서의 독립을 강조하면서 자주하는 생
활을 위해서 '한글'을 써야 함을 강조한다. 그런데 여기서 한글이라는
것은 결국 '로마자화된' 한글인데, 이러한 사실은 언어에 있어서도 서
구중심주의의 영향을 배제하기 힘들 것 같다.[23)

V. 마무리

지금까지 이 연구는 한국어에서 역사의 전환기에 '글자'의 변화를
시도한 대표적인 두 텍스트인 『훈민정음』(1446)과 『글자의 혁명』
(1947)에 주목하고, 이 텍스트에서 보여주는 '글자'와 글자에 대한 인
식에 대해 살펴보았다.

먼저 세종실록과 당시의 여러 문헌 자료를 검토하여 '훈민정음' 창
제 당시, 훈민정음이 '글자'로서 대접받지 못했다는 것을 확인하였고
그것은 그 시대가 요구하는 '글자'의 기준에 따른 것이었음을 살폈다.
그리고 20C에 들어오면서 '훈민정음'은 새롭게 조명 받은 것은 새로운
시대의 가치 기준에 의한 것임을 살폈다.

다음으로, 19C말~20C중엽을 거치면서 '언어'에 대한 인식은 한편
으로는 '우리말/글'에 대한 강한 애착과 자부심으로, 다른 한편으로는

---

23) 그런데 이러한 서구언어 중심적 관점이 학문적 흐름에도 영향을 주어 영어를 기반
으로 이루어진 언어학이나 언어 이론의 적용이 지금까지도 국어학 연구의 전반적 경
향이라는 점도 이 흐름에서 많이 벗어나 있지 않다.

'서구적 언어 규범'을 이상적으로 생각하게 되는 양면성을 가지게 되었는데 그러한 것을 보여주는 예가 『글자의 혁명』(1947)임을 확인하고 『글자의 혁명』에서 보여주는 '글자'에 대한 인식을 고찰하였다.

이와 같이 한국어에서 글자에 대한 인식의 변화를 검토함으로써, '음성의 보조적 수단'으로서의 가치로서만 파악해온 글자에 그 시대의 시대적 가치나 문화가 반영되어 있음을 확인할 수 있었다.

참고문헌

1. 1차 문헌

국립국어원 표준국어대사전.

김두봉, 『조선말본』, 신문관, 1916.

김두봉, 『깁더 조선말본』, 새글집, 1922.

김윤경, 『조선어문자급어학사』, 역대문법대계(이후 역문) 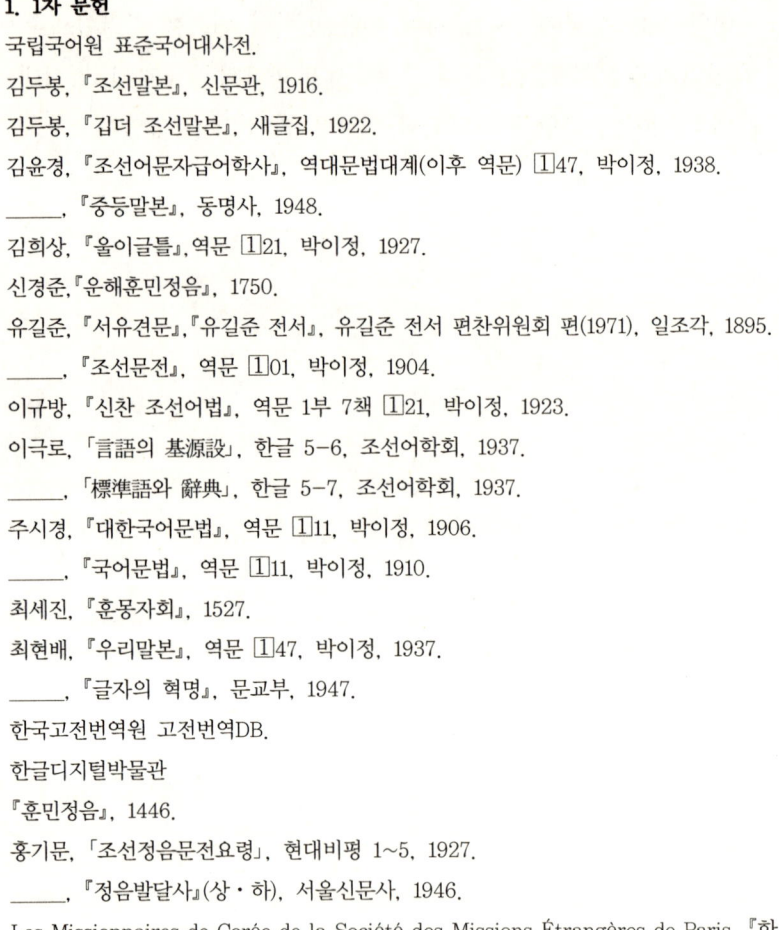47, 박이정, 1938.

_____, 『중등말본』, 동명사, 1948.

김희상, 『울이글틀』, 역문 ①21, 박이정, 1927.

신경준, 『운해훈민정음』, 1750.

유길준, 『서유견문』, 『유길준 전서』, 유길준 전서 편찬위원회 편(1971), 일조각, 1895.

_____, 『조선문전』, 역문 ①01, 박이정, 1904.

이규방, 『신찬 조선어법』, 역문 1부 7책 ①21, 박이정, 1923.

이극로, 「言語의 基源設」, 한글 5-6, 조선어학회, 1937.

_____, 「標準語와 辭典」, 한글 5-7, 조선어학회, 1937.

주시경, 『대한국어문법』, 역문 ①11, 박이정, 1906.

_____, 『국어문법』, 역문 ①11, 박이정, 1910.

최세진, 『훈몽자회』, 1527.

최현배, 『우리말본』, 역문 ①47, 박이정, 1937.

_____, 『글자의 혁명』, 문교부, 1947.

한국고전번역원 고전번역DB.

한글디지털박물관

『훈민정음』, 1446.

홍기문, 「조선정음문전요령」, 현대비평 1~5, 1927.

_____, 『정음발달사』(상·하), 서울신문사, 1946.

Les Missionnaires de Corée de la Société des Missions Étrangères de Paris, 『한
불ᄌ뎐』(韓佛字典, Dictionnaire Coréen-Français, Yokohama: C. Lévy,
Imprimeur-Libraire), 1880.

2. 2차 문헌

강길운, 『訓民正音과 音韻體系』, 형설출판사, 1992.

강신항, 「훈민정음해례의 설명에 나타난 몇 가지 문제」, 『국어사 연구 어디까지 왔나』, 태학사, 2006.

_____, 『훈민정음 연구』, 성균관대학교 출판부, 1987/1996.

강정인, 『서구중심주의를 넘어서』, 아카넷, 2004.

강창석, 「훈민정음 연구 성과와 과제」, 『광복 50주년 국학의 성과』, 한국정신문화연구원, 1996.

고영근, 『한국어문운동과 근대화』, 탑출판사, 1998.

김성도 옮김, 『그라마톨로지』(Jacques Derrida(1967), *Grammatology*), 민음사, 2010.

김완진, 「세종의 어문정책에 대한 연구 : 훈민정음을 위요한 수삼의 문제」, 『성곡논총』 3, 성곡학술문화재단, 1972.

_____, 「훈민정음 창제에 관한 연구」, 『한국문화』 5, 서울대학교 한국문화연구소, 1984.

김용규 옮김, 『유럽중심주의』, 세종출판사. (Samir Amin, Eurocentalism. Monthly Review Press, 1989.), 2000.

김현미, 『글로벌 시대의 문화 번역』, 도서출판 또하나의문화, 2005.

남풍현, 「훈민정음의 창제목적과 그 의의」, 『동양학』, 1980.

박홍규 옮김, 『오리엔탈리즘』, 교보문고. (Edward W. Said, Orientalism, New York: Viking, 1978.), 2007.

백두현, 「훈민정음을 활용한 조선시대의 인민 통치」, 『진단학보』108, 진단학회, 2009, 263~297p.

서민정, 「주변어로서 조선어, '국어' 되기」, 『코기토』 65. 부산대학교 인문학연구소, 2009ㄱ.

_____, 「주변부 국어학의 재발견을 위한 이 극로 연구」, 우리말 연구 25. 우리말학회, 2009ㄴ.

서민정 · 김인택, 『번역을 통해 살펴본 근대 한국어를 보는 제국의 시선』. 도서출판 박이정, 2010.

서민정, 「한국어 문법 형성기에 반영된 서구 중심적 관점」, 한글 288, 한글학회, 2010ㄱ.

_____, 「조선어에 대한 제국의 시선과 그 대응」, 『민족의 언어와 이데올로기』(박이정), 2010ㄴ.

_____, 「훈민정음 서문의 두 가지 번역-15세기와 20세기」, 『코기토』 69, 2011.

송기한 역, 언어와 이데올로기(바흐찐 볼로쉬노프 저), 푸른사상, 2005.

안병희, 「훈민정음 사용에 관한 역사적 연구」, 『동방학지』 46, 47, 48 합집, 동방학회,
    1985.
_____, 「훈민정음의 이본」, 『진단학보』 42, 진단학회, 1976, 191~196p.
여찬영, 「〈훈민정음 언해본〉의 번역학적 연구」, 언어과학연구 54, 2010, 105~122p.
이근수, 『조선조의 어문 정책 연구』, 개문사, 1979.
이기문, 「훈민정음 창제에 관련된 몇 문제」, 『국어학2』, 국어학회, 1974.
_____, 「훈민정음 창제의 기반」, 『동양학』10, 1980.
_____, 『국어 표기법의 역사적 연구』, 한국연구원, 1963/93.
이동석, 「한글의 풀어쓰기와 모아쓰기에 대하여 −최현배 선생의 『글자의 혁명』을 중심
    으로−」, 청람어문교육 38, 청람어문교육학회, 2008, 401~427p.
이상혁, 「조선후기 훈민정음 연구의 역사적 변천」, 고려대학교 박사학위논문, 1999.
_____, 「훈민정음과 한글의 언어문화사적 접근−문자, 문자 기능의 이데올로기적 속성
    을 중심으로−」, 『한국어학』41, 한국어학회, 2008.
이숭녕, 「세종의 언어정책에 관한 연구: 특히 운서편찬과 훈민정음 제정과의 관계를
    중심으로」, 『아세아연구 1.2』, 고려대 아세아문제연구소, 1958.
이현희, 「훈민정음」, 『국어연구 어디까지 왔나』, 동아출판사, 1990.
임용기, 「훈민정음의 이본과 언해본의 간행 시기에 관하여」, 『국어의 이해와 인식』,
    한국 문화사, 1991.
정다함, 「麗末鮮初의 동아시아 질서와 朝鮮에서의 漢語, 漢吏文, 訓民正音」, 『한국사
    학보』36호, 고려사학회, 2009.
정달영, 「세종시대의 어문정책과 훈민정음 창제 목적」, 한민족문화연구 22, 한민족문화
    학회, 2007.
정승철, 「『국어문법』(주시경)과 English Lessons」, 국어국문학 134권. 국어국문학회,
    2003.

20세기 초 한국의 문명전환과 번역

- 重譯과 譯述의 문제를 중심으로

김남이

Ⅰ. 들어가는 말

근대계몽기[1]에 큰 영향력을 끼쳤고, 지금까지도 우리에게 익숙한
『월남망국사(越南亡國史)』(1905)는 양계초(梁啓初:1873~1929)의 저작이
다. 이 책은 조선에서 1907년에서 1908년 사이에 신채호에 의해 국한
문체로, 그리고 주시경과 이상익에 의해 순국문으로 번역, 발간되었
다. 이렇게 조선에 '번역'된 '월남망국사'는 양계초가 애초에 썼던 『월
남망국사』를 직역한 텍스트는 아니다. 기점 텍스트[2]에 대한 산삭, 첨
입, 내용의 축약과 확대가 역자들에 의해 '자의적으로' 이루어졌기 때
문이다. 텍스트 자체의 문제만이 아니라 구성과 체재 또한 다르다.
『월남망국사』 본문의 특정 부분을 대폭 축소했는가 하면, 그렇게 할

---

1) 근대계몽기는 잠정적인 용어이다. 근대계몽기가 포괄하는 시간대는 더 넓지만, 이
글에서는 주로 19세기 말 20세기 초의 시기를 다루었다.
2) 기점 텍스트는 일반적으로 번역에서 '原本'이라고 칭해지는 텍스트를 말한다. 번역
학의 발달과 함께 원본이라는 용어는, 번역된 텍스트를 원본에 대한 寫本으로 위계
화하고 일방향성만을 담보하는 것이라는 문제제기가 이루어졌다. 그에 따라 원본과
번역본을 기점과 목표의 관계로 재설정하면서 나온 용어이다.

애된 지면에는 양계초가 쓴 다른 글을 첨입해 놓았다. 이러한 양상은 비단 『월남망국사』에만 해당하는 것이 아니다. 19세기 말 20세기 초, 한국에서 이루어진 많은 번역들이 이와 비슷한 현상을 보이고 있다. 또 영어로 쓰여진 텍스트들은 일본어 또는 중국어 번역을 경유하여 조선에서 다시 번역되었다. 그리고 조선 내부에서 그 텍스트들은 국한 문체에서 다시 순국문으로 번역되는 과정을 거치는 경우가 꽤 있었다.

이 글은 이러한 근대계몽기의 '번역'을 어떻게 보아야 하는 고민에서 출발했다. 서두에서 간단히 언급했지만 19세기 말 20세기 초반의 번역은 지금의 완역에 기반한 번역 개념과는 다른 방식으로 이루어졌다. 번역자는 번역자이면서 편집자이고 저자이기도 했다. 번역자는 기점 텍스트의 내용을 발췌, 재단하고 이것을 '적역(摘譯)' '초역(抄譯)'으로 명시하였다. 또 번역된 텍스트에 개입하여 자기의 의견을 써놓고 이것을 '역술(譯述)' 또는 '역설(譯說)'이라 하였다. 더욱이 서양의 원본 텍스트를 기점으로 하여 영어→일어/중국어로 번역하거나, 영어→일어→(중국어→)조선어의 과정을 거치는 중역(重譯)이 많았다. 발췌는 필연적으로 번역자(또는 텍스트가 번역되는 곳의 문화)의 필요와 선택을 반영하며, 역술은 선택된 텍스트 또는 구문에 대한 해명과 강조를 통해 번역자의 주장과 수요를 반영한다. 또한 여러 텍스트를 거치며 이루어진 중역은 기점 텍스트로부터의 완고하고도 일방적인 전이의 과정을 혼란에 빠뜨릴 수 있다. 이는 외국어로 된 텍스트를 바로 번역하는 일이 가능해지고, 번역 그 자체가 논쟁에 장에 오르는 1920년대와는 확연하게 구분되는 현상이다.

이러한 20세기 초까지의 번역은 "번역자와 독자의 일방통행식의 의사소통, 원본의 훼손, 번역에 대한 진지한 성찰의 부재와 같은 문제점을 던진 것으로 이해받고 있는 현실"(박옥수a:507) 속에 있다. 우리나

라의 번역이 일본어 번역본의 무비판적인 중역으로 얼룩졌던 것은 분
명하기에, 특히 중역의 문제는 한국 사회의 '정신의 불량식품'[3])이라는
수사와 동반될 정도였다. 실제로 1920년대 이전까지는 서양의 원서를
직접 보고 번역하기보다는 일본과 중국이 번역한 책들을 다시 번역한
것이 당대 번역의 대다수를 차지했다. 이미 당대에 좋은 번역서까지
망치는 '무분별한 번역'에 대한 비판이[4]) 제기되었는데, 그 근저에는
번역과 문명화의 유일한 통로가 되고 있던 일본에 대한 위기의식이
자리잡고 있었다.[5]) 근대계몽기의 번역은 제국의 편에서는 식민화의
필수 도구였고, 문명화·근대화의 요구에 처해있던 피지배국(조선)에
게는 근대성의 확보를 위해 피할 수 없는 요청[6])이었던, 중층적인 상황
속에 있었다.

　또 이른바 '엄밀한 차원'의 번역은 특히 '원본(原本)'이라 표현되는 기
점 텍스트에 절대적인 위치를 부여하고, 이 원본으로부터의 일방향성,
번역으로 말하자면 충실한 '직역'만을 번역으로 사유한다. 그런데 문
명 전환기의 번역 문제에서 '원본'과 '사본' 사이의 절대적 등가 관계만

---

3) 박상익, 『번역은 반역인가』, 푸른역사, 2007, 101쪽.

4) 「글을 번역ᄒᆞ는 사ᄅᆞᆷ들에게 ᄒᆞᆫ번 경고홈」, ≪大韓每日申報≫ 1909년 1월 9일. "근
　일 한국에 글을 번역ᄒᆞᄂᆞᆫ 거서 졈졈 셩ᄒᆞᆷᄆᆡ 글을 번역ᄒᆞᄂᆞᆫ 쟈들이 혹 외국을 존슝ᄒᆞ
　ᄂᆞᆫᄃᆡ 졍신이 취ᄒᆞ며 혹 됴리가 붉지못ᄒᆞ여 다만 외국셔젹이라ᄒᆞ면 모다 문명셔젹으
　로 밋으며 다만 외국인의 말ᄒᆞ바ㅣ라ᄒᆞ면 모다 문명의 말인줄노 알어셔 ᄌᆡ긔나라ᄂᆞᆫ
　이뎍이 되든지 도족은 우마가 되든지 외국만 존슝ᄒᆞ고 외국인만 신종ᄒᆞ니 이도ᄯᅩ
　한 국가의 ᄒᆞᆫ가지 크게 불ᄒᆡᆼᄒᆞᆫ일이로다."

5) 「어학의의론」, ≪大韓每日申報≫ 1909년 3월 2일. "법률에는 라마국말을 빈호ᄂᆞᆫ거
　시 뎍당ᄒᆞ고 (중략:필자) 구라파각국과 아셰아 일부분에 통상ᄒᆞ기를 위ᄒᆞᄂᆞᆫ쟈ᄂᆞᆫ 영
　국어를 빈홀지니 이ᄂᆞᆫ 다 그목뎍을 달ᄒᆞᄂᆞᆫ 방법을 준비ᄒᆞᄂᆞᆫᄃᆡ 지나지못ᄒᆞᄂᆞᆫ쟈ㅣ라
　이졔 한국은 관립과 공립과 ᄉᆞ립 각학교를 물론ᄒᆞ고 머리털도 마르지아니ᄒᆞᆫᄋᆞ희들을
　모라다가 일어부터 빈호게ᄒᆞ니"

6) 김춘미, 「번역과 문학」, 『번역과 일본문학』, 도서출판 문, 2008.

을 전제로 놓는다면, 이 시기의 번역은 번역으로 인증될 수 없다. 근대 계몽기의 번역과 그것이 상징하는 문명의 전환 또한 서구 대 조선, 제국 대 피식민지 사이의 일방향의 수용사로 이해될 여지만 남길 뿐이다. 또한 이러한 시각은 문명 전환기의 번역을 서구 중심의 일방적 문화 소통의 구조를 재현하는, 폭력적이고 위계적인 구조 속에서 부분적이고 수동적인 행위로만 사유할 수 있게 한다.

그러나 이어지는 논의에서 살피게 되겠지만, 이 시기의 번역이 보여주는 중역과 역술이라는 특성은 극렬한 문명전환의 시기에 조선 지식인이 어떻게 외부세계를 경험하고 '번역-수용/거절/전유'했는지, 그 경로와 중첩되고 있다. 몇 년 사이 '중역된 근대'라는 말이 많이 거론되고 있기도 하지만, 중역된 근대의 양상을 검토하는 것은 이런 점에서 중요한 시대적 의미를 갖고 있다. 최근의 연구들도 이 점을 주목하고 있으며, 이 글 또한 이러한 기존의 문제의식을 지원하며 출발한 것이다.

또한 번역은 상대방의 독자가 알지 못하는 언어로 쓰여진 텍스트를, 번역자를 경유하여 독자가 아는 언어로 바꾸는 과정이다. 이 과정의 필연적 전제는 독자들이 하나의 동질적인 언어를 갖고 있다는 가정이다. 이것은 언어의 이질성과 동질성을 환기시키고 자국어와 외국어에 대한 인식을 만들어 낸다. 곧 자국어에 대한 인식은 자국의 언어가 아닌 것, 곧 외국어에 대한 인식으로부터 형성되고, 외국의 언어를 '번역'하는 과정에서 '외국어'와 등가적인 관계가 되는 '자국어'라는 이념을 만들어 내게 되는 것이다. 동질적인 언어, 그것은 서구 근대에 대한 경험 속에서 문명화의 목표치로 상정되었던 '근대/민족/국가'를 상상하게 하는 근원적 요소였다. 그리고 동질적인 언어는 동질의 문화를 가정하게 한다. 주시경이 "말이 같으면 사회도 같다."[7]라고 한 것처럼. 그리하여 번역은 언어에서 출발해 '문화적인 차원'에서 작동하게 되는 것이다. 20세기 초 한국의 번역은 그러한 문화적 차원의 번역, 요즘에 많이 쓰이는 말이지만 '문화 번역'의 차원을 아우르며 다시 살펴져야 한다.

이런 문제의식 속에서 이 글은 20세기 초 한국 문명 전환의 국면을 번역의 문제와 연동하여 살펴보려고 한다. 이 시기의 번역 텍스트에 대한 개별적인 연구는 그간 충분히 이루어져 왔고, 지금도 계속 이루어지고 있다. 곧 번역에서의 기점 텍스트와 목표 텍스트를 비교하며 원문에 대한 산삭의 수위와, 번역문에 첨입/변화된 내용, 주석의 문제 등을 다루고, 그러한 차이와 동일함이 갖는 의미들에 대한 개별적 분석은 충분하게 진행되어 왔다.[8] 이 글은 이러한 기존의 개별 연구 성과들이 보여 주고 있는 의미들을, 한 텍스트, 한 번역가의 차원을 넘어선 시대적 차원에서 조망하며, 또 한편의 궁극에서 한국 번역학의 시원도(始原圖)를 그려 보고자 한다.

Ⅱ. 문명전환기의 문제의식과 번역의 국면

19세기 말 20세기 초 한국의 '번역'은 외국어 대 조선어의 번역, 그리고 조선 내부에서의 국문혼용 대 국문 번역의 길항 속에 있었다.

---

7) 『대한국어문법』 문답 15. "말이 다르면 자연 사회도 다르고, 말이 같으면 자연히 사회도 같아진다." 서민정·김인택, 『근대 지식인의 언어 인식—언어 관련 저서의 머리말 역주를 통해』, 박이정, 2010, 41쪽.

8) 이 글과 같은 시도 또한 이러한 개별적인 연구들의 축적에 따라 가능해진 것이다. 근대계몽기에 나온 번역 텍스트들에 대한 비교문화적 차원의 연구들은 이 글의 참고문헌 목록에 소개된 것을 비롯하여 많은 개별적인 연구들이 있다.

이 길항은 언어들간의 이질성을 절감하게 되는 번역과, 그러한 번역의 과정에서 형성된 '자국어'에 대한 인식이 낳은 민족의 언어의 문제와 연동되어 있었다. 그리고 이것은 결과적으로 서구나 일본의 '제국'이 균질적이고 일방적인 방식으로 결정하려고 했던 조선 문명화의 '단일하고 일방향적인' 경로를 흩어버리는 결과를 낳았다. 이 시기 번역의 문제는 단순히 기점 텍스트와의 등가성만을 지표로 삼을 것이 아니라, 목표 텍스트 그 자체가 중심이 되고, 그것이 산출된 문화적 맥락 속에서 어떠한 위상을 갖는가를 살펴야 한다는 점을 분명하게 제기해 주고 있는 것이다. 또한 이런 점에서 우리는 근대계몽기의 번역을 살필 때 번역된 본문은 물론이고, 그것을 둘러싸고 있는 또다른 '번역자'들, 그러니까 서문 작성자나 번역자의 발화들 또한 주목해야 한다.

1. 망국과 구국의 서사

1) '월남망국사'의 경우

'월남망국사'는 월남의 망국 사례를 통렬하게 환기하며 자국 국민의 각성을 강렬하게 촉구한 저작이다. 기점 텍스트가 되는 중국 양계초의 한문본 『월남망국사(越南亡國史)』(1905)[9]와 우리가 살필 조선 현채의 국한문혼용체 『월남망국사(越南亡國史)』(1906), 주시경과 이상익의 순국문 『월남망국ㅅ』(1907)는 체재, 구성의 면에서 때로 현저한 차이를 보인다.[10] 주시경은 현채가 번역한 국한문(한문현토) 『월남망국사』를

---

9) 1905년 중국 상해 광지서국에서 출판된 초인본 『越南亡國史』와 주시경, 현채 번역본에 대한 비교 연구는 체재와 구성, 번역의 구체적 측면, 곧 기점 텍스트의 내용을 번역하지 않은 경우, 요약·의역한 경우, 오역한 경우, 원문의 오류를 현실적인 상황에 맞게 정정한 경우, 기점 텍스트에 없는데 첨입된 경우 등으로 분류되어 매우 자세하게 이루어졌다. 이에 관련된 연구들은 참고문헌으로 대신한다.

대본으로 순국문『월남망국亽』(1907)를 출판하였다. 물론, 현채의 텍스트를 대본으로 하고 있지만, 세밀한 부분에서 차이를 보인다. 구체적인 열거를 생략하고 대략적이거나 핵심적인 내용만을 기술(譯述)하는 방식을 택했으며, 때로는 현채본보다 더 많은 의역을 했다고 평가받는다.[11]

특히 현채의 국한문체 번역본은 양계초의『월남망국사』의 특정 부분을 축약한 대신, 양계초가 쓴 다른 글인「멸국신법론(滅國新法論)」(1901)[12]과「일본지조선(日本之朝鮮)」을 수록했다. 이것은 분명 양계초의『월남망국사』에 대한 번역이라는 측면에서 볼 때, '원본'에 대해 상당히 훼손을 감행한 것이라고 할 수 있다. 이것은 궁극적으로 '애국계몽과 국권회복'을 위한 시도였겠지만, 번역 과정에 그것들이 '합승'[13]된 것은 어떤 의미와 맥락을 갖는 것인지 구체화해서 생각해 볼 필요가 있다. 엄정한 의미의 번역이라는 관점에서 본다면 상당히 이질적인 방식인 이 새로운 번역 시도들을 통해서 어떤 가치를 환기하려

---

10) 상해 광지서국 초인본『越南亡國史』를 기준으로,『越南亡國史』의 본문에 해당하는「越南亡國史前錄」과「越南亡國史」는 현채와 주시경의 번역본에서도 유지되고 있지만,「越南小志」는 현채 및 주시경의 '월남망국사'에서 대폭 축소되어 10명 정도의 인물에 관한 기사가 삭제되었다.

11) 이종미,《越南亡國史》와 국내 번역본 비교 연구―玄采本과 周時經本을 중심으로」, 中國人文科學 第34輯, 중국인문학회, 2006.12, 516~517쪽.

12)「滅國新法論(1901)은 1907년 현채가 편찬한『유년필독』권4에도 수록되었다. 전동현,「大韓帝國時期 中國 梁啓超를 통한 近代的 民權槪念의 수용―韓國言論의 "新民"과 "愛國" 理解」,『중국근현대사연구』21, 중국근현대사학회, 2004, 148쪽.

13) 사카이 나오키는 번역 과정에서 기점 텍스트에는 없는 내용들이 첨입되는데, 이런 작업을 주도하는 번역자를 '환승하는 주체'라고 말한 바 있다. 고병권은 번역의 환승 과정 중에 이질적인 가치들이 다시 더해지게 되는 것을 '합승'이라는 말로 비유한 바 있다. 이 표현을 잠시 빌어 쓴 것임을 밝혀 둔다. 고병권·오선민,「내셔널리즘 이전의 인터내셔널―『월남망국사』의 조선어 번역에 대하여」,『한국근대문학연구』제21호, 한국근대문학회, 2010.4 참조.

했던 것일까? 그 답의 대부분은 '합승'한 그 텍스트들에서 찾을 수 있다.

「멸국신법론」은 양계초가 열강들이 어떻게 약소국을 차지했는가를 이집트, 폴란드, 인도 등의 구체적 사례를 들어 상세히 설명하며, 향후 열강들이 그 침략적 야욕을 중국에도 발휘할 것이라는 점을 예견한 글이다. 중국을 둘러싼 열강들의 치열한 이권다툼을 목도하며, 제국 열강의 침략적 의도를 폭로한 글인 셈이다. 여기에는 프랑스의 월남 지배, 미국의 필리핀 지배 등의 사례가 담겨 있고, 이를 근거로 '나라가 없어진' 잔혹한 현실을 통찰하고 있다. 그런 현실을 관통하는 논리는 '우승열패의 사회진화론'이다. 그 당대의 맥락에서 양계초의 이러한 통찰력은 탁월했다. 물론 박노자의 지적대로, 양계초가 그토록 비판했던 '제국주의의 논리'가 '비서구 지식인들을 포획하는, 그야말로 멸국의 신법이었음'을 간취한 것은 그가 제1차 세계대전 이후 폐허가 된 유럽을 본 이후라 하더라도.

또 다른 글인 「일본지조선」은 "양계초가 조선망국사략을 저술하려는"(총서5:94[14]) 의도에서 작성된 것이다. 양계초는 일본의 언론들이 자신들의 조선 침략을 은닉하고 있음을 지적하며, 그렇게 은닉된 사건을 명확하게 전달하고자 했다. 그는 1904년 12월 30일부터 1905년 1월 5일에 이르기까지 일본헌병대가 경성의 치안을 침탈하는 상황을 일자별로 긴박하게 적어 나갔다. 골자는 일본군사령관 하세가와 요시미치(長谷川好道), 공사 하야시 곤스케(林權助)가 주동이 되어 조선의 전국경찰권을 일본군사경찰로 이양하고 군사경찰조례를 제정하여 반포했다는 것이다. 애초에 조선 정부에 개혁을 촉구하려던 집회에, 일본 군대가 출동을 하고, 조선인 중 한 사람이 던진 돌에 일본 보병이 맞으면서

---

14) 이하 '총서'는 『한국개화기문학총서』(서울 아세아문화사, 1973)를 가리킨다.

촉발된 일이었다. 이 일을 빌미로 일본은 공안질서를 내세우며 언론과 집회결사의 기회를 봉쇄했다. 그리고 며칠 뒤인 1905년 1월 10일 경에 한양 및 인근의 치안권이 일본헌병대에 완전히 넘어갔다.[15) 표면적으로는 양계초의 발화이지만, 현채가 자신의『월남망국사』(1906)에 이 글을 수록함으로써 양계초의 입을 통해 일본이 조선을 침탈한 사정이 '공개'될 수 있었던 것이다.[16) 제3자의 발화를 통해 사안의 객관성과 확보될 수 있음은 물론이다.

번역의 등가성을 중시한다는 측면에서 보자면, 이렇게 기점 텍스트에 없는 발화를 번역 텍스트에 삽입한다는 것은 상당한 정도로 '원본'을 훼손한 것이다. 그러나 그 등가성만을 유일한 기준으로 삼아서는 안 될 것이다. 즉 목표 텍스트가 자기의 문화 안에서 어떤 위상과 가치를 가질 수 있는가 하는 기준 또한 매우 중요하다. 이렇게 본다면, '월남망국사'의 번역은 다르게 읽혀질 수 있다. 물론, 이러한 첨입이 가능했던 것은 우선은 양계초의『월남망국사』라는 텍스트 자체가 갖는 성격에서 기인한 것이기도 하다. 즉『월남망국사』(상해 광지서국 초간본 기준)는 양계초의 저술로 표기되고 있지만, 그 안에 실린 「월남망국사전록(越南亡國史前錄)」과 「월남망국사」는 '월남 망명객'인 '소남자'의 진술을 바탕으로 양계초가 기술한 것이고, 「월남소지(越南小志)」는 '신민총보사 사원 편'으로 명시되어 있다.[17) 이런 점에서 양계초는 '소

---

15) 그리고 같은 해 1월 15일에는 잘 알려져 있듯이 미국의『워싱턴포스트』에 일본의 한국 침략을 폭로하는 李承晩의 인터뷰 기사가 게재되었다.

16) 양계초는 물론 '조선이 조선의 조선이 아니라 일본의 조선이 된' 원인자로 조선 정부 또한 비판하기도 했다.

17) 2007년 간행된『역주 월남망국사』를 '양계초 편저'라고 표현한 것은 이러한 텍스트적인 현실을 반영한 표기라고 할 수 있다. 양계초 편저, 안명철·송엽휘 역주,『역주 월남망국사』, 태학사, 2007.

남자'라는 인물의 구술을 번역한 또 하나의 번역자이며, 그 텍스트 자체도 오로지 양계초의 기술로 완벽하게 짜여 있어서 다른 목소리의 틈입을 전혀 허용하지 않는 텍스트가 아니었던 것이다.

현채가 이 '월남망국사'의 번역에서 첨입한 두 편의 글은, 제국주의에 기반을 둔 약육강식의 참혹한 현실을 더 강렬하게 드러냈다. 그의 문제의식은 조선에 대한 일본의 침탈, 무력하게 대응하는 조선 정부에 대한 비판에 있다. 실제로 양계초의 글이기도 하고, 양계초의 말처럼 들리지만, 이것은 그 글들을 번역 텍스트에 선택하여 첨입한 현채, 그 자신의 발화이기도 하다. 이처럼 제국주의의 침탈을 고발하는 월남의 목소리는 청에게 전달되었고, 청을 통해 다시 조선에 전해졌다. 이 과정에서 번역자들은 각자의 언어로 자신의 현실적 상황을 반영한 언어로 텍스트를 번역했다. 자국이 처한 현실의 맥락에서 월남의 망국을 반면교사하고, 프랑스의 제국주의를 비판하는 한편, 그리고 원저자였다면 발화하기 어려웠을, 일본에 침탈당하는 조선의 현실을 번역자의 위치에 서서 고발할 수 있었던 것이다.

번역의 경로와 과정에서 다양한 목소리들이 얹히는 것은 텍스트 분문만이 아니다. 번역서를 구성하는 다른 요소들, 즉 서문과 발문, 주석 등을 통해서도 외부 세계를 '번역'하는 같고 다른 시선들이 나타나고 있다. 서문을 그 예로 살피겠다. 현채의 국한문 번역본 『월남망국사』(1906)의 서문은 역사학자 안종화(安鍾和: 1860~1924)[18]가, 주시경의 순국문 번역본 『월남망국ᄉ』(1907)의 서문은 출판언론인 노익형(盧

---

[18] 안종화는 '실학을 계승한 유교적 세계관의 기반에서 조선의 실력양성을 위한 서구문명의 수용을 견지했던' 역사가로 평가받는다. 그는 사회진화론을 수용하면서도 그것을 유교적 이기론의 논리에 기반하여 설명하는, '이중적인 사유체계'를 견지했다. 최기영, 『한국근대계몽사상연구』, 일조각, 2003, 117~138쪽.

益亨: ?~?)19)이 썼다. 이 두 사람의 서문은 월남의 망국을 보고 맥락화

하는 각기 다른 시선을 보여준다.

현채의 번역에 달린 안종화의 서문(총서5:2)은 순한문으로 작성되었

는데 약육강식의 서양 제국주의가 세계에 편재해 있음을 지적하는 것

으로 글을 시작하고 있다. 안종화는 월남의 망국을 내수(內修)의 실패

로 돌리며, 월남의 멸망이 '스스로를 무너뜨린 것'이라 판단했다. 그는

월남이 웬푹안(阮福暎: 1802~1820)처럼 '내수'를 잘 하였거나 세 차례

나 몽고의 월남 침략을 막아낸 '국민적 영웅' 쩐 꾸억 뚜언(陳國

峻:1229~1300)처럼 외적인 방비를 잘했다면 프랑스가 월남을 침략할

수 없었을 것이라고 본다. 반면, 월남을 침략하고 지배했던 프랑스에

대해서는 '은혜가 적다'는 정도의 소극적인 비판을 보인다. 안종화는

서문의 첫 문장에서 비록 소략하지만 세계에서 벌어지고 있는 제국의

식민지배에 대한 인식을 드러낸 바 있다. 그러면서도, 양계초가『월남

망국사』의 첫 문장에서 "세계에 공리가 어디 있는가? 오직 강권(强權)

뿐이다"라고 직격탄을 날렸던 것과는 다르게, 월남의 '자벌(自伐)' '자

모(自侮)'를 강조하였을 뿐이다. 이러한 태도는 열강의 제국주의적 행

보를 심각하게 인지하지 못했던, 또는 할 수 없었던 시대적인 한계와

닿아 있다.

주시경의 번역본에 쓴 노익형의 서문20)은 안종화에 비하여 더 구체

---

19) 노익형은 양기탁·주시경·이준 등 개화파 인물들과 교유하였으며, 주시경이 교사를
맡았던 상동교회의 상동청년학원 설립에 찬조금을 낸 기록도 있다. 그는 1930년대에
는 경성부에서 서점을 경영했는데, 서점을 경영한 것은 조선에 신문화가 유입되기
시작한 현실에서 서점이 필요했기 때문이라고 했다. 1941년에는 新時代社를 설립하
고 초대 사장 겸 발행인을 지냈으며 월간 잡지『신시대』를 발간했는데, "국민지식과
훈련과 사상의 보급, 전달"을 목표로 삼는 전형적인 친일 매체로 평가받고 있다. 이
잡지는 일본어와 한국어를 혼용하고 일본인과 한국인이 공동으로 집필하는 방식을
선택했다.

적인 표현들로 동점(東漸)하고 있는 서양의 형세를 그렸다. 그에 대한 문제의식 또한 매우 구체적이지만 결과적으로 더욱 문제적인 시선을 드러내고 있다. 노익형은 서양의 침략이 아시아에까지 닥쳐와 월남과 동만주가 점령당했으며, 그런 소용돌이 속에서 조선과 일본, 그리고 청나라만이 독립을 유지하고 있는 현실을 지적했다. '서양, 백인종에게 아시아가 멸망당하는' 제국주의와 인종주의의 중첩된 문제를 인식하고 있는 것이다. 그런데 이런 위협에 대한 청국과 조선의 대응이 무기력한 데 비하여, 일본은 국가의 정치를 혁신하고 군비를 보강하며 서양에 적극 대응하는 것으로 그려진다. 더 나아가 노익형은 일본이 조선과 청나라에 대한 연대의식에서 무기력한 두 나라의 대응에 '발을 동동구르며' 안타까워하고 있다고 표현하고 있다. 일본이 조선과 청나라가 서양에 무너질 경우, 일본의 독립 또한 보장되기 어렵다고 판단하고 있다는 것이다. 노익형은 이런 일본의 대응을 매우 적실하다고 판단하고, 이 문제를 아시아 연대의 차원에서 사고하고 있다. 기실,

---

20) "슬프다 빅여년릭로 셔양의 강셩ㅎ는 형데가 조슈밀 듯 구름닷듯 동편으로더퍼오매 아셰아 여러디방 이거진 다 나라는 망ㅎ고 인민은 노례가되는지라 그화가 졈겸극ㅎ여 우리나라에셔 남편으로 바라보이는 월남국신지 불란셔 사람의게 망ㅎ고 우리나라에셔 북편으로 졉ㅎ동만쥬에는 아라사가 군항을 빅셜ㅎ니 이째에 독립권을 보젼ㅎ는 쟈는 대한과 일본과 쳥국뿐이라 그러나 이 세나라도 조곰만 잘못ㅎ면 몃시각이 못되여 마자 빅인종의게 멸흠을 당ㅎ지라 원슈가 눈압헤일으고 덜미에잇거늘 우리나라와 쳥국은 스스로 눈이 멀고 싱각이막혀 졍스를 잡은관원들은 스스욕심으로 빅셩이나 압계ㅎ고 긁어다가 … 빅셩들은 무식ㅎ고 어리셕어 외국의 형세가 잉러케 급ㅎ지아니훈지 아모것도 모르고 새일을 시작ㅎ자는 많만들어도 큰 변권줄노만알고…그러나 일본은 영국과 법국은 남편 각나라를 지쳐나오고 아라사는 북편셔빅리로 텰로를노하 몰아나오는 것을 두려워ㅎ여 졍스를 곳치며 쥬야로 대포와 병함을 문돌며 양병슐을 공부ㅎ여 셔양을♀ 방어코자ㅎ며 쳥국과 죠션이 셔양 사람의 슈단속에 들어가며 우리일본도 망흠을 면치못ㅎ겟다고 쳥국과 죠션이 쩌지아닛ㅎ는 것을 념녀ㅎ여 발을 구르면서 쥬야료 동동ㅎ거늘…그러나 원나라사람이 다조션이 조션사람의 조션이 되지못흠은 얼마큼분ㅎ게 싱각ㅎ니 이는 지극히 됴흔일이라" 『총서』 5, 101~103쪽.

당시의 상황으로 보자면 일본은 '조선의 멸망' 그 자체를 두려워한 것이 아니었다. 자신들이 이미 '선점한' 조선에 대한 통치권을 서양에 무력으로 빼앗길까봐 전전긍긍했을 것이며, 그것을 인종주의에 입각한 아시아 연대론으로 포장했기 때문이다.

'월남망국사'는 월남의 망국을 통해 반면교사되는 조선의 상황에 대한 '국민 전체의 경계와 위기의식'을 목표로 '번역'된 것이었다. 번역된 본문뿐만 아니라 서문을 작성한 두 사람의 시선은 그런 사태를 파악하고, 평석하는 시선의 차이를 드러냈다. 안종화는 이 문제를 월남의 망국을 내적인 문제로 해석하는 태도를 보였으며, 노익형은 서양 대 동양, 황인종 대 백인종의 문제로 해석하며, 일본의 '아시아 연대적인 입장'을 지지하고 있다.

2) '이태리건국삼걸전'의 경우

'이태리건국삼걸전'은 영어 → 일어 → 중국어(한문) → 국한혼용문 → 국문으로 중첩되는 번역 과정을 거친 텍스트이다. 신채호는 국한문(한문현토)으로 『이태리건국삼걸전(伊太利建國三傑傳)』(1907, 광학서포)을 번역했고, 장지연이 서문을 썼다. 주시경은 순국문으로 『이태리건국삼걸전』(1908, 박문서관)을 출판했다. 두 책의 번역 대본은 양계초의 『의태리건국삼걸전(意太利建國二傑傳)』(1903, 상해 광지서국:1902, 신민총보)이다. 양계초는 일본 히라타 히사시(平田久, 1892, 동경 民友社)가 영어로 된 것을 번역한 『이태리건국삼걸』을 대본으로 삼았다. 그리고 히라타 히사시가 대본으로 한 영어 텍스트는 영국의 역사학자 매리어트(Marriot, J. A. R, 1859~1945)가 쓴 『현대 이탈리아의 건국자들(The Makers of Modern Italy:Mazzini-Cavour-Garbaldi)』(1889, London, Macmillan and

Co.)이었다.

이 번역 텍스트들에는 각각의 '번역' 국면에 입각한 특성들이 담겨 있다. 그 국면들에 대한 비교와 각각의 특성에 대해서는 기존의 연구가 상세하므로[21] 논의를 반복할 필요는 없을 듯하다. 번역의 구체적 양상에 대해서는 기왕의 성과들을 참조하고 반영하며, 그러한 번역의 양상이 갖는 의미를 주로 살펴보려고 한다.

최초의 기점 텍스트가 되는 『The Makers of Modern Italy』의 저자 매리어트는 보수적 성향의 인물로 '입헌군주제로 이탈리아의 혁명과 통일을 성사한 정치가 카부르와 그가 섬겼던 무결점의 왕 에마누엘레 2세를 중심으로, 그들을 완벽한 영웅으로 구현하는 서사'를 기획했다. 마찌니와 가리발디는 각각 예언가와 전사(戰士)로 규정되며, 카부르를 부각하기 위한 배경적 차원에서 상대적으로 축소되었다. 실제로 한 번도 '동일한 목적 아래 힘을 모은 적이 없는 이들을 하나의 텍스트 안에서 이태리 통일을 위해 적절한 역할 분담을 한 것으로 만든 것은 매리어트가 이태리의 역사에 대한 낭만성을 기반으로 수행한 작위적인 기획'[22]이었다. 저자 매리어트가 자국의 역사도 아니며, 채 20년도 지나지 않은 이태리 근세의 역사를 영웅적 세 인물을 중심으로 담았던 것에는 '이미 그러한 역사를 이룬 자국 영국의 위대함을 천명하려는 의도'가 있었다.

'건국자들(Makers)'들을 '세 영웅'으로 바꾼 것은 일본의 20대 초반의

---

21) 『이태리건국삼걸전』의 동아시아 수용 양상을 중심으로 하는 영국, 일본, 중국, 한국의 텍스트간의 비교 연구는 손성준의 연구에서 자세하게 이루어졌다. 개별적인 내용 분석은 손성준의 연구에서 밝혀진 논의를 참조한 것임을 밝혀둔다. 「『이태리건국삼걸전』의 동아시아 수용양상과 그 성격」, 성균관대 동아시아학 석사학위논문, 2007. 이하 아래에서 인용하는 손성준의 논문은 해당 페이지만을 밝히기로 한다.

22) 손성준, 35~40쪽.

기자 히라타 히사시였다.23) 히라타 히사시의 『이태리건국삼걸』은 도쿠토미 소호(德富蘇峰)의 서문이 첨가된 점이나, 본문에서 소제목의 추가와 변형이 있다는 점에서 매리어트의 텍스트와 구별된다. 또 세 인물을 중심으로 놓고 본다면 마찌니와 가리발디 부분의 축약이 카부르에 비해서 많다.24) 이런 축약은 원전의 내용을 손상하지 않는 범위 내에서 이루어졌지만, 기점 텍스트가 결코 담보할 수 없었던, 위치의 차이에서 빚어지는 감각의 차이가 존재했다. 곧 영국의 매리어트가 이태리 밖에서 이태리의 역사를 다소는 낭만적으로 관조했다면, 일본에게 이태리는 모든 동일시의 대상으로 전유되었다.25)

양계초의 『의태리건국삼걸전』은 매리어트의 구성을 비교적 충실하게 따랐던 히라타와는 다르게, 의도적인 편집과 개입이 더 두드러진다. 양계초는 '삼걸'을 애국심을 가진 모델로 상정하고, 그들이 처했던 환경, 곧 이태리라는 역사적 시공간을 중국과 비교하며, 같고 다른 점을 지적해 낸다. '히라타가 일본을 이태리와 동일시하면서, 궁극적

---

23) 히라타 히사시의 번역을 추동한 것은 일본의 저명한 언론인이자 출판업자인 도쿠토미 소호(德富蘇峰)이다. 이 책을 간행한 출판사 또한 도쿠토미 소호가 설립한 '민우사'였고, 『이태리건국삼걸』의 서문을 도쿠토미 소호가 썼으니, 번역 경험이 없던 젊은 히라타 히사시에게 그는 절대적인 영향력을 행사했을 것으로 추정된다.(손성준:55) 책이 번역되던 1892년 무렵의 일본, 그리고 도쿠토미 소호의 사상적 진로는 외적으로는 일본의 제국적 팽창을, 내적으로는 보수주의에 입각한 국권론으로 잡혀가고 있었다.

24) 이런 점들에 대한 비교는 손성준의 연구에서 상세하게 잘 다루어놓았으므로 상론하지 않는다.

25) 그 결과 히라타 히라시는 일본의 메이지 유신과 이태리의 1848년 혁명을 동일시하며 국민의 자유 정신의 자각에 따른 '혁명'으로 규정했다. 이 '혁명'은 앞에서 살폈듯 보수적 시각에 입각했던 매리어트가 말했던 바, 입헌군주제를 지원하는 개혁과는 사뭇 다른 것이었다. 인물 중심으로 보자면 역시 카부르를 중심으로 서사가 진행되며, 마찌니는 존왕양이를 주장했던 일본의 사상가 요시다 쇼인(吉田松陰)과 함께 '혁명의 예언자, 국민통일의 대설교자'로 규정되었다. 이태리는 그들의 '현실'이었고, 영국은 '모델'이었던 것이다. 손성준, 80쪽.

선망의 모델로 영국을 상정했다면' '양계초는 중국 목전의 고난을 극복하기 위한 모델로 이태리를 제시했던 것'이다. 이는 『의태리건국삼걸전』에서 성공보다 실패를 딛고 서는 인내의 서사가 강조된 것과 직결되는 것이기도 하다.[26]

신채호가 양계초의 텍스트를 대본으로 국한문 혼용으로 번역한 『이태리건국삼걸전』은 구성상으로는 양계초의 것을 그대로 따르고 있다. 그러나 '장지연의 서문이 아니라면 양계초의 그림자라고는 찾아볼 수 없이, 꼭 신채호의 저작인 것처럼 보일 정도'[27]로 번역자 신채호의 기술[譯述]이 전면에 드러나 있다. 장지연이 신채호의 번역서에 부친 서문의 핵심은 '애국심'이어니와 신채호가 이 책을 번역한 것 또한 '삼걸'이 '애국자'였기 때문이다.[28] 신채호는 삼걸에 대해서 '삭제와 축약'의 방식을 주로 활용하여[29] 자신의 발화를 주도해 갔다. 여기에서 우선 두드러진 인물은 마찌니이다. 양계초와도 다르게, 국권을 박탈당한 조선의 지식인 신채호는 급박하게 무너져가고 있는 조선의 현실을 '변혁시킬' 영웅을 찾아야 했고, 그 절박한 희망은 마찌니에게 투사되었다.

그러나 마찌니뿐만 아니라 카부르 또한 이태리의 독립을 이룬 인물로서 신채호에게 깊이 각인되었다. 그가 1909년에 쓴 「이십셰긔 새동국의 영웅」[30]에서는 '천년 동안 타국의 구속을 받던 이태리의 독립을

---

26) 손성준, 98쪽.

27) 정환국, 「근대계몽기 역사전기물 번역에 대하여―『월남망국사(越南亡國史)』와 『이태리건국삼걸전(伊太利建國三傑傳)』의 경우」, 『대동문화연구』 48, 성균관대학교 대동문화연구원, 2004, 19쪽.

28) 서문을 쓴 장지연은 이태리의 멸망과 건국이 모두 이 '애국심을 가진 영웅적 존재'들에 의해 결정되었다고 했다. 그는 조선과 이태리가 지세와 政形이 비슷한 점을 상기하며, 조선이 '동방의 이태리가 될 수 있음', 곧 조선과 이태리를 동일시할 수 있는 희망을 드러낸다.

29) 손성준, 125쪽.

이끈' 인물로 카부르가 지목되고 있기 때문이다. 결국 망국의 구체적 현실에 직면해 있던 신채호에게는 마찌니나 카부르 개인에 대한 평가나 추숭보다 '구국의 영웅'이라는 존재 그 자체가 더 중요했기 때문이다.

이런 번역의 과정 속에서 양계초 대 중국 인민(人民)의 대화 과정은, 신채호 대 조선 동포의 대화와 겹쳐지고 있다. 이 책을 읽는 조선의 독자들은 기점 텍스트의 발화자인 양계초의 말을 듣지만, 또 동시에 신채호의 말을 듣는다. '번역'을 표방한 것이기에 '합승한' 번역자(신채호)의 발화는 더 강력하면서, 덜 위험하게 취급될 수 있다. 신채호는 이 책을 통해 애국심을 가진 애국자이고서야 '인류'와 '국민'의 대열에 들 수 있음을 강력하게 말하고자 했다. 애국심은 인류와 한 국가 국민으로서의 자격을 담보해 주는, 편재하는 균질성이라고 할 수 있다. 그래서 '삼걸'은 곧 무수한 '삼걸'에 대한 열망과 전망으로 전이되며, 애국심을 가진 대다수의 영웅에 대한 전망으로 강력하게 표명되는 것이다.

번역서의 이름은 '건국삼걸'이었지만 국권을 잃은 조선의 신채호에게 그것은 '구국'의 영웅에 대한 강렬한 메시지로 전유되었다. 삼걸은 조선의 절박한 현실 속에서 애국심과 영웅적 존재가 결합되어 시대가 요청하는 새로운 인물상으로 부각되었던 것이다.[31] 그 당대의 현실은 다시 설명할 필요가 없을 수도 있지만, 그래도 다시 짚어 보자면, 1906년 일제가 서울에 통감부를 설치했고, 이 책이 발간된 1907년에는 이완용 내각 성립, 헤이그 특사 사건, 그리고 일제에 의한 고종황제의

---

30) ≪大韓每日申報≫ 1909년 8월 17일~20일.

31) 이 시기의 '영웅대망론'과 관련한 최근의 논고로는 이원석의 「애국계몽기 영웅론 연구」(경희대학교 석사학위논문, 2006)와 유영옥의 「근대 계몽기 정전화(正典化) 모델의 일변화(一變化)-"성군(聖君)"에서 "영웅(英雄)"으로-」(『대동문화연구』 67, 대동문화연구원, 2009)가 있어 참조가 된다.

강제퇴위와 대한제국 군대해산이 몇 달 사이에 긴박하게 벌어졌다. 신채호는 당대를 '(일국적 견지를 넘어) 세계와 교섭하며 분투해야만 세계 속에서 독립할 수 있는 상황'으로 판단했다. 이 상황에서 신채호는 '새로운 인물' 영웅의 필요성을 절박하게 외쳤고, 이후 몇 년 동안 영웅의 존재를 계속 희구했던 것이다.

신채호의 영웅론과 관련하여 서양 사학자 칼라일의 영향이 거론되지만, 가장 구체적으로 맞닥뜨렸던 국면은 『이태리건국삼걸전』의 번역이었다.[32] 다만 『이태리건국삼걸전』은 그러한 신채호의 염원을 국민을 대상으로 광범위하게 호소하기에는 어려운 텍스트였다. 그가 ≪대한매일신보≫에 순국문으로 영웅 이야기들을 실었던 것은 『이태리건국삼걸전』을 모태로 한 절절한 영웅론의 보급판이 되었다. 실제로 그는 『이태리건국삼걸전』을 출판한 이듬해인 1908년 1월, ≪대한매일신보≫의 논설 「영웅과 세계」를 썼고,[33] 같은 해에 우리에게 잘 알려진 『을지문덕전(乙支文德傳)』을 썼다. 또 1909년에는 「이십셰긔 새동국의 영웅」[34]을 썼다. 「영웅과 세계」에서 그는 '영웅이 없으면 나라가 나라일 수 없'는 절박한 현실을 적시하였다. 그는 이전 시대의 영웅의 개념이 한 나라 안의 무공가(武功家)에게 국한되는 것이었다면 이제는 세계를 교섭 대상으로 하여 '자기의 능력대로 세계를 좌우할 수 있는 영웅'의 시대가 온 것이라고 했다. 이런 발상의 귀결은 역시 국가를 국가일 수 있게 해야 한다는 민족적 또는 국가적 당위이다.[35]

---

32) 『乙支文德傳』은 띄어쓰기가 되지 않은 한문현토체 문장이고 傳의 양식을 취하고 있지만 내용과 목차가 난해한 편이다. 『伊太利建國三傑傳』과 구조적 유사성이 있고, 이에 따라 이 책의 번역이 『乙支文德傳』의 저술에 어떤 착상처가 되었을 것이라는 지적은 기존의 연구들에서 제기된 바 있다.

33) 「영웅과 세계」, ≪大韓每日申報≫ 1908년 1월 5일.

34) ≪大韓每日申報≫ 1909년 8월 17~20일.

주시경이 순국문으로『이태리건국삼걸전』을 번역, 출판한 것도 우
선은 그러한 구국 영웅의 염원을 구현하고자 하는 뜻에서였을 것이다.
주시경은 양계초의『의태리건국삼걸전』을 주요 대본으로 삼아 순국
문『이태리건국삼걸젼』(1908)을 출판했다. 앞서 노익형은 주시경의『월
남망국ᄉ』에 부친 서문(총서5:101)에서 "한문을 모르는 사람들도 월남
의 망국과 세계의 정세를 보게 하려는 뜻에서 국문으로 '번역'했음"을
적시한 바 있다. 한문 위주의 국한문체로 번역된 텍스트로는 다 포섭
할 수 없는 보다 많은 독자층을 위해 순국문으로의 '번역'이 이루어졌
다는 말이다.

주시경은 양계초의『의태리건국삼걸전』의 체재를 그대로 반영하였
으며, 그에 대한 번역도 비교적 충실하게 했다. 이는 기점 텍스트의
일부를 삭제하거나 축약하면서 자신의 주관을 개입하했던 신채호의
번역 태도와는 다르다. 이 과정에서 기점 텍스트의 역자인 양계초나
원본에 대한 의식을 거의 드러내지 않았다. 그러나 주시경은 양계초의
번역을 따르면서, 이 번역이 양계초에 의한 것임을 명확하게 환기하고
있다. 이런 점에서 주시경의 번역은 신채호와는 다른 차원에서 생각해
야 할 부분이 있다. 주시경은 언어학자라는 자신의 기반 위에서 번역
이 촉발한 언어의 이질성 문제에 더 예민한 감각을 갖고 있었다. 그래
서 그는 기점 텍스트와 목표 텍스트를 분명하게 구획하고, 양계초와
번역자인 자신을 명확하게 분리하였던 것이다.

즉 주시경은 번역이 환기하는 동질적(이라 상상되는) 민족 언어의 문
제에 집중했으며, 그로부터 촉발된 현상의 하나가 '국문 운동'으로 드

---

35) 1909년 8월에 쓴 「이십셰긔 새동국의 영웅」에서 그는 '국민적 영웅'을 더욱 절실하
게 호소했다. 그해 7월에 일제 내각이 조선 합병을 결정하고, 일제에 의해 기유각서
가 체결되어 사법권과 행정권 일부를 일제에 빼앗기는 것을 목도한 상황이었다.

러났던 것이다. 한 언어를 낯설고 이질적인 것으로 여기는 순간, 자국 어라는 개념이 탄생하게 되고, 그 순간은 번역이라는 경로를 통해 맞 닥뜨릴 수 있다. 1907년 무렵은 실제로 주시경이 국문 연구에 본격적 으로 잠심한 시기였다고 하니[36] 이러한 주시경의 순국문 번역은 국문 운동의 결과물이라기보다, 국문 운동을 추동하는 인식론적 전환의 계 기로서 의미를 갖는 것이라고도 볼 수 있다.

그런데 앞에서 살폈지만 주시경에게는 국한문이든 한문이든 모두 외국어로서 인식되었다. 국한문이라는 문체는 기존의 한자의 권위를 담보로 한 문체이고 국문은 새롭고 이질적인 언어가 아니었을까. 그리 고 국문은 민족의 동일성을 담보하는 기표였다. 그는 『대한국어문법』 의 문답15에서 "말이 다르면 자연 사회도 다르고, 말이 같으면 자연히 사회도 같아진다."[37]고 했거니와, 이것은 '민족의 언어'로서의 국문에 대한 환기만을 의미하는 것이 아니다. 곧 국문으로의 번역은, 그것을 읽고 쓸 수 있는 국민의 새로운 범주(여성, 소년, 한자를 알지 못하는 하층) 를 환기하는 것이었다. 국문은 서구 민족국가에 대한 경험과 수용 속 에서 '애국심'으로 상징되는 '균질적인 국민의식'을 고양하기 위해서 필요한 '통일된 언어'였고, 그 인식의 전환의 과정은 조선 내부에서 국한문→ 국문의 번역 과정과 겹쳐지며 나타났던 것이다. 이것이 국 한문에서 국문으로의 '번역'이 갖는 문명적 전환의 국면이라고 할 수

---

36) 정환국은 주시경의 국문운동과 번역과의 관련성을 일찌감치 지적한 바 있다. 즉 단일한 민족국가로서의 국어의 필요성이라는 차원과 번역이 연동되어 있으면서 번역 과 국문운동이 맞물려 진행되었다는 것이다. 정환국, 「근대계몽기 역사전기물 번역 에 대하여―『월남망국사(越南亡國史)』와 『이태리건국삼걸전(伊太利建國三傑傳)』의 경우」, 『대동문화연구』 48, 성균관대학교 대동문화연구원, 2004 참조.
37) 서민정·김인택, 『근대 지식인의 언어 인식―언어 관련 저서의 머리말 역주를 통해―』, 박이정, 2010, 41쪽.

있다.

2. 성장과 자조의 서사

20세기 초반의 번역 문제에서 출판인이자 번역가였던 최남선의 활동을 빼고 말할 수 없을 것이다. 최남선이 잡지『소년』(1908~1911)과 『청춘』(1914~1915) 등을 통해서 벌인 번역에 대한 비교적 관점의 연구는 충분하게 이루어진 편이다. 여기에서는 이러한 성과들을 토대로 이러한 현상이 갖는 의미를 근대 문명전환기와 번역의 관점에서 그려 보려고 한다. 특히 중역의 문제와 관련해서는『로빈슨무인절도표류기 (로빈슨無人絶島漂流記)』(1909)』,『The ABC계(契)』(1910),『자조론(自助 論)』(1918)을 살펴보려고 하다. 최남선의 경우, 중역과 역술, 그리고 번역문에 대한 축약과 확대가 위에서 살핀 번역서들보다 분명한 형태로 이루어졌다.

1)『로빈슨무인절도표류기』(1909)[38]와『The ABC契』(1910)

『로빈슨무인절도표류기』(1909)』는 최남선이 발간한 잡지『소년』에 연재되었던 것으로 잘 알려져 있듯이 영국 작가 다니엘 디포우(Daniel Defoe)의『로빈슨 크루소』(*Robinson Crusoe*, 1719)를 원작으로 한 일본어 번역판의 축약, 발췌 번역본이다. 실제로 '로빈슨 크루소'를 비롯한 서양 텍스트 번역의 대본은 대부분 일본어 번역본이었고, 자연 서양어→일어→한국어로 진행되는 중역이 많았다.

---

38)『로빈슨無人絶島漂流記』는 최남선이 신문관에서 발간한 잡지『소년』(1908~1911) 1년 2호(1909.2.1)에서 2년 8호(1909.9.1)까지 약 7개월간 7회에 걸쳐 연재되었다. 이하『로빈슨無人絶島漂流記』에 대한 연구는 김남이·하상복b(2009)를 참조.

일본에서 메이지 20년대까지의『로빈슨 크루소』번역서는 10여 종
내외가 확인되는데, 1883년(명치 16), 일본 박문당(博聞堂)에서 간행된
이노우에 쓰토무(井上勤)의 번역본『절세기담노민손표류기(絕世奇談魯
敏孫漂流記)』는 일본이나 한국에서 가장 양질의 번역본으로 인정받았
다. 그런데 최남선은 이노우에 번역본 대신 일본 근대 동화작가 이와
야 사자나미(巖谷小波: 1870~1933)[39]가 엮은『무인도대왕로빈슨표류
기(無人島大王ロビンソン漂流記)』(1899)을 번역 대본으로 삼았다. 그 이유
는 이와야 사자나미(巖谷小波)의 언론 출판 활동을 통해서 유추해 볼
수 있다. '소년'에 민족과 국가의 미래를 걸고, 구체적인 그 운동의 방
향으로 잡지 매체와 자국 고전 부활, 어린이 문학에 한동안 깊은 관심
을 기울였다는 점에서 두 사람의 현상적인 유비가 발견되기 때문이
다.[40] 물론 일본에 '소년' 열풍을 일으킨 도쿠토미 소호가 그 근원에
있겠지만 말이다.

최남선이 '활동, 진취, 발명의 소년 대국민을 양성하'고자『소년』을
창간하던 그때에 '로빈슨 크루소'는 '소년'과 동시에 등장했다.『소년』
창간호의 본문의 첫 페이지는 신체시「해(海)에게서 소년(少年)에게」이
고, 이어『해상대한사(海上大韓史)』,[41] 그리고「바다란 것은 이러한 것

---

39) 이와야 사자나미(巖谷小波: 1870~1933)는 '일본의 방정환'이라고도 불리는 소년문
   학가이다. 일본 박문관(博聞館)이 발행한 '소년' 대상 잡지인『少年世界』,『少女世界』,
   『幼年世界』,『幼年畵報』와 같은 잡지의 주필(主筆)을 맡았다. 즉 이와야 사자나미가
   벌인 출판 활동의 주요 대상은 최남선과 마찬가지로 '소년'이었다.
40) 최남선이 일본에 유학해 있으면서 당시 일본 전역에서 일고 있던 '소년' 열풍의 영
   향을 받았을 것이라는 지적은 이미 제기되어 있다. 일본의 '소년' 열풍은 도쿠토미
   소호(德富蘇峰)가 1887년(명치20) 창간한『國民之友』에서 촉발된 것이었다. 최재목,
   『少年』誌의 '新大韓의 소년' 기획에 대하여,『일본문화연구』18, 동아시아일본학회,
   2006; 전성곤,『근대 '조선'의 아이덴티티와 최남선』, 제이앤씨, 2008.
41)『海上大韓史』는 "조선 소년의 海事思想을 鼓發하"여 조선의 국민성으로 되어 버린
   '조상 대대로부터의 육상의 유전성'을 끊고 '해상 모험심'을 기르기 위해서 야심차게

이오」라는 제하에 '바다에 대한 지배가 곧 세계에 대한 지배'라는 내용의 격언이 나오며, 마지막에 바다에 관한 작품으로 「로빈슨 크루소」가 등장한다. 최남선의 신대한 기획이 해양과 연결된다는 문제의식은 이미 제기된 바 있거니와[42] 이런 고리들을 통해 우리는 「해에게서 소년에게」라는 신체시가 '바다'와 '소년'을 기표로 하는 '조선문명화 기획'의 맥락 속에서 나온 것임을 새롭게 환기할 수 있다.

18·9세기 서양의 지식인들은 이 '즐거운 모험' 이야기를 통해 자국의 청소년들을 완성된 개인으로 키워갈 수 있음에 열광했다. '로빈슨 크루소'는 모험과 탐험을 통해 인간적 완성에 이르는 성장과 성숙의 과정을 담고 있기 때문이다. 그러나 피식민의 상황에 처해 있던 조선의 최남선에게 '소년의 성장'은 개인의 성장사가 아니었다. 그것은 국익과 인문(문화)에 바쳐져 민족과 국가를 위한 것으로 환기되었다. 거기에 최남선은 '조선'이라는 공간이 처한 특수성, 곧 반도국이라는 점에 착안하여 바다를 향한 모험심과 진취적인 기상이야말로 유전적(遺傳的) 육상성(陸上性)을 끊어버리고 새롭게 구성해야 할 조선 '소년의 상(像)'임을 역설했다. 그리고 이런 성장을 위해 '소년'은 안일함을 벗고 고난 속에 인내해야 했으며 '바다'는 그런 거친 모험을 상징한다.

이런 점은 텍스트의 번역에 그대로 반영되었다. 디포우의 원작에서 로빈슨 그루소가 모험을 떠나기 전의 부분은 비교적 소소하게 다루어진 것에 비해, 최남선은 이 부분을 상대적으로 확대하여 번역했던 것이다. 그리고 그것은 '넘치지도 모자라지도 않는 중등사회의 안온함'

마련된 연재물이다.

42) 최재목, 『少年』誌의 '新大韓의 소년' 기획에 대하여, 『일본문화연구』 18, 동아시아일본학회, 2006; 김남이·하상복b, 「최남선의 신대한 기획과 로빈슨 크루소」, 『동아연구』 57, 서강대 동아연구소, 2009.8.

을 벗어나겠다는 결단의 과정을 명시하고, 실천을 촉구하려는 의도를 담은 것이었다. 이것이 최남선이 '로빈슨 크루소'라는 기표를 통해 독자 소년들에게 일깨우고 싶었던, 가장 중요한 부분이었기 때문이다.

『소년』에 수록된『The ABC계』(1910)는 중역과 역설로 구성된 당대 번역 작업의 성격을 매우 분명하게 드러낸 텍스트이다.『The ABC계』는 빅토르 위고의『레미저라블』을 일본어로 적역(摘譯)한 하라 호이츠안(原抱一庵, 1866~1904)의『ABC조합(組合)』을 대본으로 삼았다.[43] 최남선은『The ABC계』를『소년』에 연재하면서 이 텍스트가 '원본 프랑스어판을 전재적역(剪裁摘譯)한 일본어판을 다시 번역한 '중역'임을 분명하게 밝혔다. 또한 그는 이 책을 번역하여 연재하는 것이 이 책의 문예적 가치때문이 아니고, '교훈서'로서의 가치때문이라고 명시했다. 최남선에게 번역은 번역 대상이 되는 텍스트에 대한 자자구구의 완벽한 번역과 그에서 오는 문예적 즐거움과 묘미를 전달하고 즐기는 것이 아니었다. 그는 "이 일부로 (원본:필자) 전체의 맛을 알려는 것도 아니고, 태서의 문예란 어떠한 것인지 알 만한 것으로 앎도 아니고, 다만 일이 혁신시대 청년의 삶과 및 그 발표되는 사상(事象)을 그려서 그때 역사를 짐작하기에 편하고, 또 우리들로 보고 알 만한 일이 많이 있음을 취함"이라고 분명히 말하였다. "그때 역사를 짐작하기에 편하고, 또 우리들로 보고 알 만한 일이 많이 있음"(『소년』3-7:서언)을 보여주고자 했던 것이다.

이 텍스트의 번역은 이후 최남선의 운동 노선을 설정하는 데 지표가 된다. 최남선이 번역 대본으로 썼던 하라 호이츠안(原抱一庵)의『ABC조합』은 "메이지 시기 정치소설의 점진주의 사상을 그대로 직역한

---

43)『레미제라블』의 번역에 대해서는 박진영(2007)을 참조하기 바란다.

것"44)으로 평가받는다. 또 최남선은 실제로 번역 텍스트에 자신의 발화를 개입하여 '후퇴하지 않는 것이 진보'라며 "비스듬히 기울어진 진보가 좋"은 자신의 노선을 언표했고, '점진(漸進)은 신(神)의 완전한 정략(政略)'(Slow progress is the Whole policy of God)이라까지 확언했다. 그렇기에 프랑스의 혁명주의자들은 자유와 연민, 평등과 우애와 같은 '극락의 (문명한) 세계'를 얻기 위해 무력을 썼는데, 이것은 '문명(Civilization)의 야만(Savage)'이었을 뿐으로 이해한다.

최남선은 "그와 같은 급진이 꼭 필요한 것이 아니고, 후퇴치만 아니하면 점진(漸進)은 좋다", "우리는 비스듬히 기울어진 진보"가 좋다고 했다. 이 일본어 번역본이 담고 있는 "점진주의"의 성향은 최남선에게도 '번역'되었던 것이다. 20세기 초반 최남선이 이 번역 활동을 통해 경험한 점진주의의 국면은 이후 최남선의 운동을 지원하는 일관된 원동력이 되었던 것으로 보인다.

최남선의 번역에 대한 생각은 메이지 초기의 계몽적이고 실용적 사유가 추동한 '의미 중심'의 번역사상과 흡사하다. 의미 중심의 번역사상은 예컨대 소설이라 해도 그것을 문예적 대상으로 여겨 문예적인 지취를 살려 번역하기보다는 "지의 문(智の文)의 번역", "대강의 이치" 중심의 실용적 기반 위에서 번역하려 한다.45) 그리고 이것은 앞에서 말한 바 근대계몽기의 번역이 '백성의 지식[民知]를 개발하는' 것으로

---

44) 곧 "원작 『레미제라블』 중에서 비밀결사 'ABC의 벗'과 관련된 부분만을 가려 뽑아 재구성한 것으로, 『ABC組合』은 『레미제라블』에서 출발했지만 그와 무관하게 프랑스 혁명 역사 '교과서'로 성립된 것"이었다. 『레미제라블』 번역과 관련된 내용은 박진영, 「소설 번안의 다중성과 역사성: 『레미제라블』을 위한 다섯 개의 열쇠」, 『민족문학사연구』 33, 민족문학사학회, 2007 참조.

45) 정병호, 「근대 초기 일본의 예술적 번역사상의 탄생」, 『번역과 일본문학』, 도서출판 문, 2008, 38~39쪽.

수렴되었던 맥락과 연결되어 있는 것이다. 이것은 일본과 한국에 공통된 현상이었고[46] 나아가 동아시아 전체의 공통적인 현상이기도 했다.

2) 『자조론(自助論)』(1918)

최남선 번역의 『자조론』(1918, 신문관)은 영어에서 일어로 번역된 텍스트를 대본으로 하여 국한문혼용체로 다시 번역한 중역 텍스트이다. 번역 대본은 나카무라 마사나오(中村正直, 1832~1891)의 『서국입지편 (西國立志編)』[47](1877년 개정판)과 아제가미 켄조(畔上賢造, 1884~1938) 의 『자조론(自助論)』(1906)이다. 이들 일본어 번역본의 대본은 영국의 새뮤얼 스마일즈(Samuel Smiles, 1812~1906)가 쓴 『자조』(*Self-Help*) (1867년 개정판)[48]이다.

나카무라 마사나오는 『자조』(Self-Help)→『서국입지편』 번역을 통해 애국심이 있고, 건전하게 노동하는 일본 국민을 양성하는 정신적 개조의 논리를 설파했다. 그는 유학적 세계관의 기반에 서서 『자조』 를 유가적 수신의 맥락으로 받아들였다. 그가 '자조'를 '입지'로 이해하여 이 책의 제목을 '서국입지편'이라 번역한 것은 그러한 이해를 상징한다. 이 자조의 이념은 개인의 수신이 평천하의 단계로까지 확장될 수 있다는 유교적 전통 사유 체계 속에서 자연스럽게 받아들여졌다.[49] 이 구도는 최남선도 마찬가지였는데, 더 근원적으로는 기점 텍

---

46) 물론 이 또한 단순히 일본의 '영향'을 받은 것이라고 말할 수 없을 것이다. 이런 문제는 시대적 보편성의 차원에서 생각해야 하는 것은 아닐지? 즉 어떤 새로운 외부 세계를 경험하고, 그것이 한편으로 위험을, 한편으로 선망을 줄 때, 보편적으로 선택할 수 있는 방식일 수 있다는 것이다. 상대방에 대한 지식을 얻어내고 철저하게 학습하며 모방하려는 것은 특수성과 보편성을 모두 갖고 있는 반응이다.

47) 책의 원제에는 『西國立志編: 原名 自助論』이라고 되어 있다.

48) 이하 새뮤얼 스마일즈의 책은 『자조』(*Self-Help*), 최남선의 번역본은 『自助論』, 나카무라 마사나오의 번역본은 『西國立志編』으로 칭한다.

스트인 스마일즈의 구상을 따른 것이기도 하다. 스마일즈 또한 자조의 가장 고양된 형태는 '이웃의 자조'와 연결되는 것이라고 했기 때문이다. 이렇게 스마일즈가 개인-공동체의 집합적 관계를 '자조'로 관통하며 만들었던 구도는 일본의 나카무라 마사나오와 최남선에게 수제치평(修齊治平)이라는 유교적 가치 질서 속에서 자연스럽게 전망을 확보할 수 있었던 것이다.

이러한 구도 속에서 기점 텍스트에 대한 산삭과 축소가 이루어졌다. 나카무라는 번역 과정에서 '기업가와 예술가를 다룬 부분을 현저하게 압축하였고' 이와 반대로 '윤리와 도덕에 대해 기술한 부분은 삭제나 압축 없이 번역했다.' 이것은 시민적 도덕을 함양하는 교육의 필요성 속에서 '자조'를 '입지'로 이해했던 유교적 맥락화의 의도와 연동되어 있다. 이런 성격 탓인지 나카무라의 『서국입지편』은 후쿠자와 유키치(福澤諭吉, 1835~1901)의 『학문의 권장』(學問のすすめ)과 함께 메이지 초기 정부의 교육용 교과서로 채택되었다. 이렇게 제도권 교육과 공조를 갖춘 상태에서 1910년까지 베스트셀러가 되며 다수의 대중에게 영향력을 가진 텍스트가 되었다.[50]

최남선의 『자조론』은 일본이나 영국의 맥락과 전혀 다른 지점이 있다. 일본처럼 공교육과 공조되는 것이 아니었고, 더 근원적인 문제, 곧 식민과 피식민의 경험, 그리고 그로 인한 현실의 차이가 존재했으며, 이것이 각기 다른 '자조'의 논리를 발동했다. 그 대표적인 예가 『자조론』 6장이다. 그는 『자조론』 6장의 예술가 부분을, 현저하게 축소했던 나카무라와는 다르게, 대폭 확대해 놓았다. 이것은 최남선의 문명관, 그리고 '자조'를 통해 그가 말하고 싶었던 조선 민족의 문화적

---

49) 이 점은 나카무라가 쓴 『西國立志編』 1장 서문을 통해서 확인할 수 있다.

50) 이상은 최희정, 「한국 근대 지식인과 '自助論'」, 서강대 박사논문, 2~16쪽.

복권이라는 문제의식과 직결된 자기맥락화의 결과였다. 그는 당대 세계를 '문명인만이 영예와 권위, 기쁨을 누릴 수 있는' 것이며, 예술은 바로 그 문명의 정화라는 논리로 귀착했던 것이다.

이처럼 최남선의 『자조론』 번역은 '자조'의 이념이 조선 문명화의 새로운 지표로 설정되는 과정과 연동되고 있다. 또한 이것은 '국가의 독립을 이끌어 내기 위한 영웅'에서 '조선 문명화를 이끌기 위해 노력하는 고귀한 위인'의 '전기'에 대한 인식의 전환과 그에 수반되는 글쓰기(문학)의 전환을 이끌어내는 과정이기도 했다.51) 민족적 차원에서의 문화적 복권, 이것이 최남선이 식민지 지배하에 있던 조선의 정치적 현실의 한도 내에서 '자조'라는 개념을 번역하며 설정할 수 있었던 민족적 지표였다.

Ⅲ. 맺는말

앞에서 살폈던 텍스트들, 예컨대 신채호가 번역한 『이태리건국삼걸전』을 외부 세계에 대한 정보가 엄청나게 풍부해진 지금의 시점에서, 엄정한 역사번역물이라는 잣대로 평가하려 한다면, 비난받을 곳이 무척 많을지도 모른다. 이태리의 건국과 통일에 대한 편향된 시선과 왜곡된 사실 때문이다. 최남선의 『자조론』 또한 마찬가지이다. 번역자가 저자와 편집자와 번역자의 위치를 오가며 텍스트를 재단하고 있기 때문에 번역서로서의 정합성과 완결성도 찾아보기 어렵다. 그 당대에

---

51) 윤영실(b), 「최남선의 수신(修身)담론과 근대 위인전기의 탄생－『소년』, 『청춘』을 중심으로－」, 『한국문화』 42, 서울대 규장각 한국학연구원, 2008, 120~124쪽.

이미 이런 번역들에 대한 비판이 제기되기도 했다. 그런 점에서 중역과 역술은 20세기 초반의 번역의 특징을 대표하는 한편 이 시기 번역의 문제점을 드러내는 것으로 부정적인 역할 또한 해왔다. 기점 텍스트에서 목표 텍스트로의 전달과 그 결과의 등가성만을 기준으로 하자면 이 시기의 번역은 불완전하고 질이 떨어지는 것 이상의 의미를 갖기 어려울 수 있는 것이기 때문이다.

그러나 20세기 초반의 번역은 현재와 다른 맥락 위에 있었다. 이 시기의 번역은 텍스트의 자자구구의 완벽한 번역과 기점 텍스트의 문예적 즐거움과 묘미를 전달하고 즐기는 것을 목적으로 한 것이 아니었다. 영어→일어, 일어→중국어(한문)로의 언어적 변환은 매우 이질적인 언어와 문화, 그리고 세계관의 변화를 경험하는 충격을 동반하고 있었다. 한문→국한문혼용→순국문으로의 변화 또한 중화중심의 중세적 세계관의 변화 속에서 일어난 사건이고, 국한문과 순국문을 조선어의 '문체들'이 아닌 별개의 언어로 여기고 그 사이의 전환이 '번역' 과정으로 표현되기도 했다.

20세기 초반, 번역은 어떤 의미였는가? 이와 관련하여 많은 연구자늘이 인용한 글이 있는데, 반복되지만 다시 인용해 본다.

> 그렇다면 저를 알고 나를 아는 방도는 어디에 있는가. 내가 걱정하며 생각해 보건대 책을 번역하는 일만한 것이 없다. 일체 정치에 관련된 책을 모두 번역하면 우리 국민이 정치를 알게 될 것이요, 법률에 관한 책을 모두 번역하면 우리 국민도 법률을 알게 될 것이다. 그밖에 실업과 교육에 관한 각종 서적을 하나하나 모두 번역한다면 우리 국민도 어리석은 지경에 빠져들지 않을 것이다. (중략: 필자) 오늘날 민지(民知)를 개발하는 첫 번째 일로 책을 번역하는 것보다 우선하는 일은 없다.[52]

20세기 초 번역에 대한 문제의식은 '저(=서양/외부)를 알고 나를 알아 저들을 이기는 유일한 길이 바로 번역이'라는 데서 출발하고 있다. '정치/법률/교육에 관한 책을 번역하면 백성이 모두 정치/법률/교육을 알게 된다'는 식의 논리로 구성된 위의 문장은 번역과 관련된 몇 가지 압축된 의미를 담고 있다. 닥쳐오는 외부 세계와 맞닥뜨린 조선 지식인들이 생각한 것은 '우선 저들을 알아야 한다'는 것이었고, 그것은 '지식'의 문제로 옮겨졌다. 지식을 가져야 할 대상은 '국민[民]'이라는 확장된 범주이다. 적어도 이념적으로는, 조선의 현실을 변혁할 주체는 소수의 지식인에서 국민으로 확장되어 있다. 국민의 지식을 개발하기 위한 번역은 번역의 내용을 결정하며, 국민을 그 지식의 소유자로 상정하면서 그에 따라 번역의 방식도 결정되었다. 조선 안팎의 텍스트들이 국한문혼용의 문체로 번역되었다가, 순국문으로의 번역 과정을 다시 겪는 것은 지식의 내용과 소유자에 대한 변화된 인식이 번역의 과정에서 작동하고 있었기 때문이다.

마찬가지로 중요한 사실은, 그 새로운 지식이 '외부'에 대한 지식만을 의미하는 것이 아니라는 점이다. '서양'에 대한 경험은 일차적으로 서양 그 자체에 대한 관심과 탐구로 발현되지만, 궁극적으로 또 동시적으로 '자기 자신', 곧 동양과 조선에 대한 관심을 환기했다. 오히려 목표치는 서양 그 자체가 아니라 자기 자신, 곧 조선이었다.[53] 어떤

---

52) 「外籍譯出의 必要」, ≪皇城新聞≫ 1907년 6월 28일. "然則知彼知己之道는 將安在오 余ㅣ邁邁思之건딕 其莫如譯書乎ㄴ져 一切關於政治之書를 皆譯之면 庶幾我民이 知政治矣오 關於法律之書를 皆譯之면 庶幾我民도 知法律矣오 其他關於實業與教育之各種書籍을 ——皆譯之ᄒ면 庶幾我民도 不入於愚昧聾瞽之域矣로다 (중략: 필자) 今日開民知之第一着은 莫先於譯書라"(*띄어쓰기, 번역: 필자)

53) '동양/조선'의 고전에 대한 수집과, 정리, 번역이라는 활동이 서양 텍스트에 대한 번역과 동시적으로 이루어졌는데, 국민국가의 안과 밖을 갖추는 데 자국의 시원과 전통을 확보하는 것이 중요한 문제였기 때문이다.

점에서 이 시기의 문명 번역자들에게는 기점 텍스트(서양)은 아련한
것이었을 수도 있다. 망국과 구국, 그리고 성장과 자조라는 목전의
분명한 현실을 기준으로 삼아, 그 필요와 목적에 맞게 텍스트를 재배치
하는 과정, 이것이 20세기 초반까지의 번역의 주된 성격과 의미였다.

실제로 어떤 점에서 "모든 번역은 특정한 목적을 위해 원문을 어느
정도 조작하게 되는 것"이다.54) 이러한 지평 위에서 번역은 대략 다섯
가지 정도로 범주화할 수 있다. (1)원천 텍스트의 배치를 그대로 따르
는 행 대 행 번역 (2)문장 단위의 문법 중심의 번역 (3)'독자가 저자에
게 접근하도록' 하는 기록적 또는 학술적 번역55) (4)목표 문화 중심의
'소통적' '도구적' 번역 (5)번안 또는 개작이다. 명확한 범주화가 어려
울 수도 있지만, 20세기 초반까지 한국에서 이루어진 번역은 텍스트
가 번역문인 것을 쉽게 파악할 수 없는 상태로까지 구현되는 소통적,
도구적 차원의 번역의 범주에 놓을 수 있다. 이런 차원의 번역은 원본
을 중심으로, 원본과의 상이성 수준 또는 그와의 정합성을 절대적 기
준으로 삼을 수 없다. 텍스트가 번역되고 읽힌 그 문화의 맥락 내에서
또는 번역자의 위치에서 어떤 수요와 의미, 그리고 위상이 있는가를
우선적으로 판정해야 하는 것이다.

---

54) 메리 슈넬-혼비 지음, 허지운 외 옮김, 『번역학 발전사』, 이화여대 출판부, 2010,
88쪽.
55) 이러한 번역의 관념은 1980년대 슐라이마흐에 의해 제안되고, 이후 영문학계에
서 '이국화'와 '자국화' 전략으로 통칭되는데, 독자가 저자에게 접근할 수 있도록 목표
언어를 '구부려서' 계산된 이국화를 구현하도록 한 것이다. 고문체를 사용하는 것이
대표적인 경우이다. 메리 슈넬-혼비 지음, 허지운 외 옮김(2010), 27쪽.

참고문헌

Samuel Smiles, *Self-Help*, New York: A. L. Burt Company, 1859(고려대 도서관 소장).

中村正直, 『西國立志編: 原名 自助論』, 1899, 東京: 今古堂.

崔南善 譯說, 『自助論(上卷)』, 京城: 新文館, 1918.

崔南善 譯說, 『自助論-六堂崔南善 全集 13』, 고려대학교 아세아문제연구소 육당전집 편찬위원회 편, 현암사, 1974.

『少年』; 『靑春』, 京城: 新文館.

『월남망국사』(현채·주시경·이상익 번역), 『한국개화기문학총서』 5, 서울 아세아문화사, 1973

『이태리건국삼걸전』(신채호 역술), 『한국개화기문학총서』 5, 서울 아세아문화사, 1973

『이태리건국삼걸젼』(주시경 번역), 박문서관 1908, 고려대 소장본

『황성신문』, 경인문화사, 1994, 영인본

고병권·오선민, 「내셔널리즘 이전의 인터내셔널-『월남망국사』의 조선어 번역에 대하여」, 『한국근대문학연구』 제21호, 한국근대문학회, 2010.4.

김남이·하상복a, 「최남선의 『자조론(自助論)』 번역과 重譯된 '자조'의 의미: 새뮤얼 스마일즈(Samuel Smiles)의 『자조(Self-Help)』, 나카무라 마사나오(中村正直)의 『西國立志編(西國立志編)』과의 관련을 중심으로, 『어문연구』 65, 어문연구학회, 2010.9.

김남이·하상복b, 「최남선의 신대한 기획과 로빈슨 크루소」, 『동아연구』 57, 서강대 동아연구소, 2009.8.

김남이, 「1910년대 최남선의 '자조론(自助論)' 번역과 그 함의 -『자조론(自助論)』의 변언(弁言)을 중심으로-」, 『민족문학사연구』 43, 민족문학사연구소, 2010.8.

김춘미, 「번역과 문학」, 『번역과 일본문학』, 도서출판 문, 2008.

김현주, 「〈월남망국사〉와 〈의대리건국3걸전〉의 첫 번역자」, 『한국현대문학연구』 제29집, 한국현대문학회, 2009.12.

박상익, 『번역은 반역인가』, 푸른역사, 2007.

박옥수a, 「개화기 한국 번역 작품의 기술적, 기능적 분석」, 『겨레어문학』 41, 겨레어문

학회, 2008.

박옥수b, 「1920년대, 1930년대 국내 번역 담론과 번역학 이론과의 연계성 고찰」, 『동서비교문학저널』 20, 한국동서비교문학학회, 2009.

박진영, 「소설 번안의 다중성과 역사성: 『레미제라블』을 위한 다섯 개의 열쇠」, 『민족문학사연구』 33, 민족문학사학회, 2007.

사카이 나오키, 후지이 다케시 옮김, 『번역과 주체: '일본'과 문화적 국민주의』, 이산, 2005.

서민정·김인택, 『근대 지식인의 언어 인식-언어 관련 저서의 머리말 역주를 통해-』, 박이정, 2010.

손성준, 「『이태리건국삼걸전』의 동아시아 수용양상과 그 성격」, 성균관대 동아시아학 석사학위논문, 2007.

송엽휘, 「『越南亡國史』의 飜譯 過程에 나타난 諸問題」, 『語文研究』 132, 한국어문교육연구회, 2006.12.

슈이치 가코·마루야마 마사오, 임성모 옮김, 『번역과 일본의 근대』, 이산, 2000.

양계초 편저, 안명철·송엽휘 역주, 『역주 월남망국사』, 태학사, 2007.

이유진, 「중국의 내셔널리즘 형성과 량치차오의 역사인식」, 『중국어문학논집』 62, 중국어문학연구회, 2010.6.

이종미, 「《越南亡國史》와 국내 번역본 비교 연구-玄采本과 周時經本을 중심으로」, 中國人文科學 第34輯, 중국인문학회, 2006.12.

전성곤, 『근대 '조선'의 아이덴티티와 최남선』, 제이앤씨, 2008.

정병호, 「근대 초기 일본의 예술적 번역사상의 탄생」, 『번역과 일본문학』, 도서출판 문, 2008.

정승철, 「순국문 『이태리건국삼걸전』(1908)에 대하여」, 『어문연구』 34-4.

정환국, 「근대계몽기 역사전기물 번역에 대하여-『월남망국사(越南亡國史)』와 『이태리건국삼걸전(伊太利建國三傑傳)』의 경우」, 『대동문화연구』 48, 성균관대학교 대동문화연구원, 2004.

최기영, 『한국근대계몽사상연구』, 일조각, 2003.

최재목, 『少年』誌의 '新大韓의 소년' 기획에 대하여, 『일본문화연구』 18, 동아시아일본학회, 2006.

최희정, 「한국 근대 지식인과 '自助論'」, 서강대 박사논문, 2004.

메리 슈넬-혼비 지음, 허지운 외 옮김, 『번역학 발전사』, 이화여대 출판부, 2010.

「만고가」의 『십구사략』 수용과 문명번역적 성격

김용철

I. 들어가기

이 글은 18세기 전라도 영암의 사족이었던 박이화(1739~1783)가 쓴 가사 「만고가」를 대상으로 하여 「만고가」와 『십구사략』의 관계를 알아보고 「만고가」 속에 들어있는 역사적 전고의 특성을 살펴보는 것을 목적으로 한다. 「만고가」는 천황씨로부터 명의 멸망에 이르는 시기 동안의 중국의 역사를 각 시기마다 황제와 명신을 중심으로 하여 간략하게 다루고 있는 가사이다.

정익섭은 박이화와 그가 지은 「만고가」와 「낭호신사」 두편의 가사를 학계에 소개하면서 박이화의 생애와 두 가사에 대한 자세한 실증적 고증을 수행하여 연구의 기초자료를 제공하였다.[1] 조동일은 한국문학통사를 다루는 자리에서 "한시인 영사시나 영사악부에 상응하는 국문가사를 역사가사라 이름 지을 수 있다"고 하여 「만고가」를 역사가사의 범주에 넣었다. 또 "중국역사에 등장한 명말까지의 인물 60인에

---

1) 정익섭, 「구계 박이화의 가사고」, 『한국시가문학논고』, 전남대학교 출판부, 1989.

관한 고사를 가사로 옮겨 지식을 과시하면서 오랑캐에게 굴하지 않고
충절을 지킨 행실을 칭송했다"고 하여 「만고가」의 창작동기를 작자의
지식 과시로 보고 작중 역사의 특성 중 특별히 오랑캐에게 충절을 지
킨 사람들을 강조하였다.2) 한편 조동일과 진재교는 한시와 가사에서
같이 나타나는 역대가 형식에 주목하면서 「만고가」를 역대가류에 포
함시키고 있다.3)

「만고가」는 보통 가사 작품의 사정이 흔히 그렇듯이 단일 논문 하나
없는, 발굴논문과 통사의 언급이 거의 모두인 연구 상태에 놓여있다.
이렇게 「만고가」에 대한 연구가 미미한 것은 국문시가 분야의 연구
풍토가 문제이기도 하지만 「만고가」 자체의 문제도 들어있다. 「만고
가」는 겉으로 보기에 아주 초보적인 중국사에 대한 스케치처럼 보인
다. 따라서 이런 작품을 연구하려면 어느 쪽에서 시작해야만 하나 난
감하기만 한 것이 사실이다. 그 때문에 기존 연구에서는 "지식을 과시
하면서" 등의 인상 비평 수준에서 이 작품을 평가하였다.

필자 역시 「만고가」의 첫머리가 '천황씨'로부터 시작하는 것을 보면
서 『십팔사략』과 관계가 있다는 것 정도만 짐작할 뿐이었다. 그러다

---

2) 조동일, 『한국문학통사』3, 지식산업사, 2005.

3) 조동일, 『한국문학통사』3, 지식산업사, 2005.
   진재교, 「역대세년가 연구」, 『이조후기 한시의 사회사』, 소명출판, 2001.
   특히 조동일은 「역대가」라고 하는 가사를 소개하면서 "명나라까지만 취급한 것은
   위에서 든 「만고가」와 같지만 관점은 많이 다르다. 명나라가 망한 것을 통분하게 여
   긴다고 하지 않고 역사의 전개를 개관"하였다고 하여 역대가류 내에서 「만고가」의
   위치를 초보적이나마 지정하고 있다.
   역대가류를 좀더 보충해서 설명하자면 역대가류는 중국역사만을 읊고 있는 「만고
   가」와 같은 작품도 있지만 중국 역사에 이어 한반도의 역사도 읊고 있는 작품도 있
   다. 역대가류의 시작처럼 생각되는 고려시대 이승휴의 「제왕운기」가 바로 그러하다.
   조선후기에는 「해동역대가」처럼 아예 한반도의 역사만을 읊고 있는 가사 작품들도
   있다. 이에 대해서는 정한기, 「해동만고가의 필사시기와 교훈성에 대한 연구」, 『규
   장각』 27, 서울대 규장각 한국학연구원, 2004. 참조.

가 최근에 조선에서는 증선지의 『십팔사략』이 아니라 여진이라는 사람이 쓴 『십구사략』을 읽었다는 김윤수의 논문[4]을 접하게 되면서 「만고가」에 대해 좀더 많은 부분을 짐작할 수 있게 되었다.

이글은 이렇게 『십구사략』과 「만고가」가 접합된 부분, 곧 역사서 『십구사략』과 관련하여 국문가사 「만고가」를 둘러싸고 있는 당대의 지식 상황을 다룬다. 다시 말해 작품 외적인 부분에 대한 연구이다. 이글은 그중에서 특별히 『십구사략』과 「만고가」의 관계, 『십구사략』에 없는데 「만고가」에는 들어가 있는 명사(明史) 부분과 관련하여 작자 박이화가 살던 영암의 이웃 고을 장흥에 살던 위백규와의 관련성 등을 포함한다. 또한 동몽서인 『십구사략』이 가지고 있는 특성과 관련하여 「만고가」 속에 들어있는 역사적 사실의 특성, 특히 편년체 통사이자 구체적 역사적 사실의 나열 형태인 『십구사략』과 「만고가」의 역사서로서의 성격, 두 작품 속에 들어있는 역사적 사실의 전고로서의 활용 가능성 및 전고집으로서의 특성 등도 포함하기로 한다.

이를 위해 필자는 『십구사략』과 「만고가」라는 역사서를 둘러싼 당대 지식의 상황을 '문명번역'이라는 말로 설명하고자 한다. 최근 번역이론은 번역의 언어적 특성만을 다루지 않는다. 그것은 번역자가 번역하는 현장에서 일어나는 다양한 문화적 현상에 주목하여 '문화번역'이라는 개념을 채택하고 있다.[5]

필자는 '문화번역' 개념을 원용하여 「만고가」가 중국역사를 통으로 국문으로 옮기고 있다는 점, 개별 역사적 사실이 역사적 전고로 활용되는 현장성이 강한 측면이 있다는 점, 동몽들에게 중국역사 다시 말

---

4) 김윤수, 「影印 二十史略 解題」, 『二十史略 附史略通考首卷』 上, 민창문화사, 1992.
5) 메리 슈넬-혼비 지음, 허지운·신혜인·허정·신오영 옮김, 『번역학 발전사』, 이화여대출판부, 2010.

해 당대로서는 보편사에 대한 교육의 현장에 개입하고 있다는 점 등에 주목하여 '문명번역'이라는 말을 사용하고자 한다. 이 개념을 통해 「만고가」와 『십구사략』을 둘러싼 당대 지식의 현장이 좀더 잘 포착될 수 있다고 본다.

Ⅱ. 「만고가」와 『십구사략』

「만고가」는 당대의 어떤 책과 특별히 관계가 있는가 라는 질문은 부질없는 것처럼 보인다. 과연 「만고가」에서 말하고 있는 것 정도의 중국사에 대한 상식적인 말들이 어떤 특정한 책에만 국한된 것처럼 보이지 않는다는 것이다. 하지만 실제로는 전혀 그렇지 않으니 문제이다.

「만고가」가 어떤 책과 관련이 있는가는 만고가의 첫머리만 살펴보면 금방 짐작할 수 있다. 「만고가」는 "태고라 천황씨은 목덕으로 직위 ᄒᆞ야"로 시작하고 있다. 천황씨-지황씨-인황씨-유소씨-수인씨-복희씨-여와씨 등등으로 이어지는 것이 「만고가」에서 채택하고 있는 태고적 제왕들의 세계(世系)이다.

이렇게 천황씨-지황씨-인황씨부터 시작하는 책은 조선시대 대표적인 동몽서였던 『십팔사략』이다. 다른 동몽서인 『통감절요』는 "(무인) 23년이라. 처음 진나라 대부 위사 조적 한건을 명하여 제후로 삼았다((戊寅) 二十三年이라 初命晉大夫 魏斯 趙籍 韓虔하여 爲諸侯하다.)" 곧 춘추시대 진(晉)의 세 대부가 한·위·조로 나뉘어 전국시대가 시작되는 시점부터 시작한다. 『사기』는 「오제본기(五帝本紀)」 곧 황제 전욱부터 시작한다.

「만고가」와 『십팔사략』의 이러한 관계는 당대에는 누구나 알아볼 수 있는 특징이었다. 『십팔사략』과 『통감절요』는 어린아이들에게 중국사를 가르치는 당대 가장 유명한 동몽서였다. 따라서 어떤 역사서가 천황씨부터 시작하는가 아니면 삼진(三晉)의 성립부터 시작하는가는 한국사 기술에서 단군부터 시작하는가 아니면 삼국의 성립부터 시작하는가보다 더 뚜렷하게 구분되는 것이었다.

「만고가」에서 문제는 어떤 책과 관련이 있는가 하는 점만이 아니다. 증선지의 『십팔사략』은 천황씨부터 시작해서 남송까지 끝나는데 「만고가」는 명말까지 서술하고 있다는 것이다. 이 부분을 해결하기 위해서는 조선에서 『십팔사략』 수용의 역사를 특별히 소개할 필요가 있다. 이 주제에 대해서는 조선 초기에는 『십팔사략』, 중기 이후에는 『십구사략』, 19세기 이래는 『이십사략』, 일제 이후로는 일본에서 읽힌 『십팔사략』으로 다시 돌아간다는 김윤수의 자세하고도 명쾌한 해설이 특히 도움이 된다.[6]

김윤수에 따르면 현재 통용되는 『십팔사략』을 지은 증선지는 송말 원초 사람으로 천황씨부터 남송 말까지 전7권으로 『십팔사략』을 저술하였다. 이것이 조선 초기에 들어와 유행하였다.[7] 그러다가 명나라 초 여진(余進)이 『십팔사략』에 원나라 역사를 추가하여 『십구사략』이라 하였으며 정통6년(1441, 조선 세종 23년)에 간행하였다. 이것이 조선에 들어와 유행하였으며 이후 증선지의 『십팔사략』은 조선에서 자취를 감춘다.

조선후기가 되면 원나라까지만 있는 『십구사략』에 대해 명나라 역사도 추가해야만 한다는 요구가 나타난다. 이에 부응하여 세 사람의

---

6) 김윤수, 「影印 二十史略 解題」, 『二十史略 附史略通考首卷』上, 민창문화사, 1992. 이하 『십팔사략』에 대한 내용은 거의 대부분 김윤수의 논의를 참고하였다.

7) 태종 3년(1403) 중국에서 서책을 하사한 속에 『십팔사략』이 들어있으며 이후 국가에서 간행하였다 한다.

저작이 나타난다고 김윤수는 소개하고 있다. 홍인모(洪仁謨, 1755~
1812)가 1781년에 지은 『속사략(續史略)』이 아마 『십구사략』에 명나라
를 덧붙인 최초의 노력으로 보인다. 뒤이어 위백규(1727~1798)가 1791
년에 『신편십구사략속집대명기(新編十九史略續集大明紀)』를 짓는다. 가
장 유명한 것은 정창순(1727~?)이 1785년 지은 『고금역대표제주석십
구사략통고보록(古今歷代標題註釋十九史略通考補錄)』이다. 이것은 19세기
『십구사략』 뒤에 붙어 방각본으로 출판되어 인기를 끌었다.

이것이 조선후기 『십팔사략』에 원나라 역사를 붙여 『십구사략』이
되었다가 다시 명나라 역사를 덧붙이게 된 과정이다. 보통 명나라 역
사가 덧붙여졌어도 『십구사략』이라고 부른다.[8] 「만고가」는 증선지의
『십팔사략』이 아니라 바로 명나라 역사까지 덧붙인 『십구사략』의 체
제를 따라 지어진 것이다.

그럼 「만고가」는 단순하게 동몽서인 『십구사략』을 좀더 간단한 형
태로 만들기 위해 지어진 것인가 하면 그렇지 않다. 여기에는 좀더
다른 사정이 있다. 그것은 앞서 말했던 위백규가 1791년에 『십구사략』
에 명나라 역사를 덧붙이기 위해 『신편십구사략속집대명기』를 짓는
다는 사실과 관련이 있다.

함양박씨 「오한공파 세보(五恨公派 世譜)」에는 박이화를 소개하면서
"作萬古歌하니 行丁世히다"라고 하였다. "가사 만고가를 지으니 당대
에 널리 읽혔다" 정도로 번역할 수 있다. 이 기록은 문면 그대로 「만고
가」가 유명했다는 뜻만이 아니다. 「만고가」는 박이화가 살던 영암의
이웃 고을 장흥에까지 퍼져 있었다. 장흥의 위씨가문에서 19세기 초에
만든 그 유명한 『위문가첩』에 「만고가」가 들어있기 때문이다.[9]

---

8) 이에 대해 김윤수는 『이십사략』이라고 불러야 한다고 주장하고 있다.

9) 『위문가첩』은 장흥 위씨 일문에 전해져 오고 있는 가첩이다. 여기에는 위세직

쉽게 말해 「만고가」는 『십구사략』에 명나라 역사를 덧붙여 지은 위백규 집안과 특별한 관계를 맺고 있다. 현재 전하는 위백규의 『존재집』에는 박이화와의 교유 사실을 전하는 기록은 없다. 다만 그가 박이화가 살고 있는 영암 고을의 월출산을 바라보며 쓴 한시 한 수가 전한다.[10] 하지만 이 두 사람은 아마 잘 알고 있는 사이였을 것이다. 위백규(1727~1798)는 박이화(1739~1783)보다 십여 살 연장이었으며 당시 전라도 남부지역에서 명망높은 실학자였다.

박이화가 살던 영암의 구림마을은 나말여초 도선국사의 탄생지로 유명하며 15세기 이래 여러 성씨가 모여 산 전라도 남부지역의 대표적인 사족마을이다. 15세기 이래 박이화의 조상인 박성건 · 박권 부자를 비롯하여 대대로 문과 급제자들이 끊이지 않았다. 17세기 중엽 이후 대동계의 모범적 운영으로도 유명하다. 한편 위백규가 살던 장흥 방촌마을은 장흥 고을 남쪽 천관산 아래 있는 마을로 장흥지역에서 가장 유명한 양반 마을인 위씨 동족촌이다. 대대로 학자와 문과 출신들을 배출했으며 역시 동계로 유명하다.[11] 이렇게 전라도 남부 지역을 대표

(1655~1721)의 「금당별곡」을 위시한 8편의 가사와 위백규의 연시조 「농가9장」이 실려있다. 대부분의 작품이 18세기 후반에서 19세기 초엽에 지어진 것으로 파악된다. 『위문가첩』에 대해서는 김석회, 「위문가첩을 통해본 조선후기 호남지방 향촌사족층 문학의 사회적 성격」, 『위백규의 문학연구』, 이회문화사, 1995.에서 자세하게 다루었다. 그후 『위문가첩』에 대한 연구는 여러 연구자들에 의해 지속적으로 진행되었다.
  김신중, 「장흥가사의 특성과 의의」, 『고시가연구』제27집, 한국고시가문학회, 2011.
  박수진, 『장흥지역 가사문학의 문화지리학적 연구』, 한양대 박사논문, 2010.
  국윤주, 「조선후기 향촌사족 시가의 자의식과 그 윤리적 성격—위문가첩을 중심으로」, 『고시가연구』 28, 한국고시가문학회, 2011

10) 『存齋集』卷之一 「登月出山」

11) 이 두 마을에 대해서는 기존에 대동계 등과 관련하여 연구들이 자세하게 되어 있으며 두 마을의 마을지도 나와있다. 마을지에 대해서는 구림지편찬위원회 지음, 『호남명촌 구림』, 리북, 2006.; 편찬위원회 편, 『장흥 방촌』, 향지사 1994.03.01. 참조.

하는 마을인 박이화가 살던 영암 구림과 위백규가 살던 장흥 방촌은
기껏해야 3~40km 떨어져 있다.

당시 사족들은 1년에 한두 번씩 때로는 서너 번씩 과거를 보러 서울
길을 가기 때문에 서울길에서 만나기도 하면서 서로의 동향에 대해
잘 알고 있었다.[12] 박이화는 함양박씨「오한공파 세보」의 기록에 따
르면 정오품 통덕랑까지 지냈다. 자세한 기록은 전하지 않지만 정오품
통덕랑을 지내려면 문과급제보다는 아마 생원시 복시에 합격한 후 서
울에서 하급 관직을 오랫동안 지내야 가능한 일이다. 최소한 15년 이
상을 보냈을 것이다.[13] 그는 그의 다른 가사 작품인「낭호신사」에서
얼치기 서울 사투리를 쓰고 있음을 고백하고 있다.[14] 이것은 그의 서
울 생활 이력이 상당히 오래되었음을 말해준다.

따라서 그는 서울에 출입하는 모든 전라도 사족들과 친분이 있었을
것이다.[15] 이런 그가 생원시 복시에 합격하고 성균관 생활을 했으며
만년에 임금의 지우를 받아 옥과현감을 지낸 위백규를 모를 리가 없
다. 특히 위백규는 1750년대부터 자신의 저작을 본격적으로 쏟아내고
있다. 당대 최첨단의 지식이 바로 옆고을에서 나오고 있는 상황을 이
웃 고을의 사족 그것도 전라도 남부 지역 제일의 명문 집안 출신인
박이화가 전혀 모르고 지낼 수는 없었을 것이다.

---

12) 이를테면 전라도 흥덕의 황윤석과 장흥의 위백규는 젊어서 성균관에서 만나 친한
　　사이였다. 황윤석의『이재난고』와 위백규의『존재집』에는 두 사람의 친분을 보여주
　　는 기록이 나온다.
13) 이것은 같은 이력을 가진 황윤석의 예에서 추정한 것이다.
14) 왜 그런지 안혜진은「오한공파 세보」의 통덕랑 기록 부분을 인용하면서도 박이화가
　　영암지역을 벗어나지 않고 살았을 것이라고 하고 있다. 안혜진,「낭호신사의 작품세
　　계와 그 의의」,『한국고전연구』7, 한국고전연구학회, 2001. 참조.
15) 황윤석의『이재난고』에 보면 황윤석은 서울에 살면서 거의 날마다 전라도 지역 사
　　족들과 만나 정보를 주고받고 있다.

이 사실로 미루어 보건대 박이화는 최소한 위백규의 활동에 대해 잘 알고 있었다. 따라서 「만고가」는 위백규가 『신편십구사략속집대명기』를 짓는 과정에서 같이 짓게 된 것으로 보인다. 위백규는 1791년에 『신편십구사략속집대명기』를 짓는다. 현재 『존재집』에는 이 책을 지을 당시의 상황과 지은 이유를 기록한 서문만이 존재한다.16) 하지만 이 책은 현재 상당히 많이 남아있는 것으로 보아 당대 광범위하게 읽힌 것으로 보인다.17)

박이화는 위백규가 이 책을 완성한 것으로 알려져 있는 1791년보다 8년전인 1783년에 세상을 떠난다. 아마 그의 「만고가」는 그가 죽기 전보다 먼저 지어졌을 것이다. 따라서 「만고가」는 위백규가 『신편십구사략속집대명기』를 구상하는 단계에서 지어졌을 것이다. 박이화가 위백규가 『십구사략』을 두고 고민하는 모습을 보고 그를 본받아 먼저 「만고가」를 짓고 이어서 위백규가 『신편십구사략속집대명기』를 완성했을 것이다.

그렇다면 우리는 어린아이들에게 역사를 어떻게 가르칠 것인가를 놓고 200년 전에 두 지식인의 협동 작업이 하나는 역사저작으로 하나는 국문시가로 나타나는 현장을 목격하고 있다 할 수 있다. 국문가사 「만고가」를 지은 한 사람은 죽고 남은 한 사람이 8년후 1791년 『신편십구사략속집대명기』을 완성시키는 것이다. 그리고 여기에 박이화의 「만고가」가 19세기 초엽 편찬된 『위문가첩』에 들어가게 되는 이유가 있을 것이다.18)

---

16) 『存齋集』卷之二十一 「新編十九史略續集大明紀序」

17) 이책은 현재 인터넷에서 쉽게 구입할 수 있을 만큼 많이 남아있다.

18) 박이화는 「만고가」와 「낭호신사」라는 두 편의 가사를 지었다. 이에 대해서는 안혜진, 「낭호신사의 작품세계와 그 의의」, 『한국고전연구』 7, 한국고전연구학회, 2001. 참조. 안혜진은 『위문가첩』에 「만고가」만 들어가고 「낭호신사」는 들어가지 않은 이

이렇게 「만고가」는 조선후기 『십팔사략』의 수용 과정에서 일어난 여러 가지 상황 속에서 창작된 것이다. 하지만 문헌을 둘러싼 정황만을 유추하고 끝낼 수는 없다. 위에서 언급한 『십팔사략』, 『십구사략』, 「만고가」 사이의 관계에 대한 몇 가지 작품 내의 구체적인 증거들을 보기로 한다.

> 직집 임군 여와씨은 츌닉도 잘도 분다   「만고가」

> 복희씨가 죽고 여왜씨가 섰다. 그 역시 풍성으로 목덕의 왕이었으며 처음으로 생황을 만들었다. 제후 중에 공공씨가 있어 축융씨와 싸웠으나 이기지 못하자 화를 내며 머리로 불주산을 들이받아 산이 무너져 천주가 부러지고 지유가 갈라지고 말았다. 여왜는 이에 오색석을 갈아 하늘을 보수하고 큰 거북의 발을 잘라 네 끝에 세우고 갈대의 재를 모아 넘치는 물을 막았다. 이에 땅이 평온하게 되었고 하늘은 제 모습을 되찾게 되었다. 옛 문물제도를 바꾸지 않았다.[19]
>
> 『십팔사략』

> 여왜씨가 섰나. 또한 풍성이었으며 목덕으로 왕노릇하였으며 처음으로 생황을 만들었다.[20]   『십구사략』

유를 「낭호신사」의 과도한 가문지향 의식 때문이라고 보았다. 덧붙일 것은 박이화의 「만고가」 창작이 어느날 갑자기 일어난 것이 아니라는 것이다. 그의 선조인 박성건은 경기체가 「금성별곡」을 지어 조선 초기 전라도 지역에서 문풍이 일어나는 모습을 감격에 겨워 노래하였다. 박이화의 재종조인 명촌 박순우(1868~1759)는 가사 「금강별곡」을 지었다. 이에 대해서는 지종옥, 「명촌 박순우의 가사고-간죽정 가단을 중심으로」, 『목포대 논문집』 제9집, 목포대, 1988. 참조.

19) "庖犧崩, 女媧氏立, 亦風姓. 木德王, 始作笙簧, 諸侯有共工氏, 與祝融戰, 不勝而怒, 乃頭觸不周山. 崩, 天柱折, 地維缺. 女媧乃鍊五色石以補天, 斷鰲足以立四極, 聚蘆灰以止滔水. 於是地平天成. 不改舊物." 증선지 편, 임동석 역, 『십팔사략』 1/7, 동서문화사, 2009.

상고의 제왕 여와씨에 대한 세 책의 기사를 뽑은 것이다. 언뜻 보기
에도 「만고가」는 『십구사략』을 잇고 있다. 「만고가」와 『십구사략』에
는 여와씨의 신화적 업적 중 가장 유명한 "여와보천(女媧補天)" 이야기
가 송두리째 빠져있다. 대신에 그렇게 중요하지 않은 것 같은 생황을
만든 기사만 그대로 두었다. 아마 보통의 경우에 여와씨를 언급하면서
"여와보천"을 빼버리고 생황 이야기만 남기는 일은 거의 일어나지 않
을 것이다. 이 부분만 보아도 「만고가」는 『십구사략』을 계승하려 노
력하고 있다.

이러한 사정에 대해서는 『십팔사략』과 『십구사략』에 얽힌 좀더 자
세한 설명이 필요하다. 간단히 말해 『십구사략』은 『십팔사략』에 원나
라 또는 명나라 역사만 덧붙인 형태가 아니었다. 명나라 정통6년
(1441, 조선 세종 23년)에 간행된 여진(余進)의 『십구사략』은 원초에 지
어진 증선지의 『십팔사략』을 계승하면서도 그에 반대하는 역사관을
취하고 있었다.

여진은 증선지의 『십팔사략』이 첫째 정통의 윤(閏)이 복잡하여 바로
잡히지 않았고, 둘째 허탄한 말이 많이 존재하여 삭제되지 않은데다,
셋째 주석의 고증이 잘 이루어지지 않았다는 것을 비판하였다. 하여
여진은 증선지가 위를 제(帝)로 보고 삼국시대라고 명명한 것을 촉한
을 정통으로 보는 것으로 바꾸어 버렸다. 그는 정통의 관념을 확실하
게 지키고 있는 것이다. 또 태고부터 열국까지 일체 증씨의 구본에
의거하였지만 그 탄망하고 불경한 말로 『통감외기』에 실리지 않은 것
은 다 삭제해버렸다.[21]

---

20) "女媧氏立, 亦風姓. 木德王, 始作笙簧." 김윤수, 『二十史略 附史略通考首卷』上,
민창문화사, 1992.
21) 『십팔사략』과 『십구사략』에 대한 이상의 내용은 김윤수, 앞의 책 해제 참조.

이 사실을 앞의 여왜씨 기사에 적용하면 「만고가」가 증선지의 『십팔사략』이 아니라 여진의 『십구사략』을 계승하였다는 것에 대해서는 설명이 된다. 즉 「만고가」는 『십구사략』을 계승하면서 『십구사략』의 문제의식 또한 계승하고 있다는 것을 보여주고 있는 것이다. 즉 「만고가」는 신화적 역사관에 반대하여 현실적 역사관으로 일관하고 있는 것이다. 「만고가」는 제왕과 명신들의 사적을 간략간략하게 언급하고 있는 가사이다. 중국사 서술에서 일반적으로 그러하듯이 「만고가」도 왕조를 창업한 제왕에 많은 부분을 할애하고 있다. 하지만 「만고가」는 창업주에 흔히 따라붙는 신이한 사적에 대해 거의 눈을 돌리지 않았다.

> 복희씨 풍성원은 아릿도리 비암 갓터 −복희씨
> 쏠 도든 져 사람은 일홈이 신롱씨라 −신농씨
> 하우씨 큰 독기로 용문산을 버혀느니 −하우씨
> 방풍시 키큰 사람 뒤에 보기 무삼 일고 −방풍씨
> 일곱 히 가문 싯틔 쏜아기가 오단 말가 −탕
> 주목왕의 팔준마은 요지 왕모 차자 간다 −주목왕

신화적 요소가 특히 많을 것으로 예상되는 천황씨부터 진시황의 천하통일까지 기사 중 신이한 행직이라고 인징되는 것을 뽑은 것이다. 이 정도면 아예 신화시대라는 말 자체가 무색하다. 신화시대가 이러니 그 뒤의 역사는 더 말할 필요조차 없다. 각 왕조의 창업주들에게 흔히 따라붙는 기이한 일에 대한 거의 모든 것이 배제되고 되고 있다. 「용비어천가」의 작자가 애써 구성한 역사는 「만고가」에서 거의 흔적만이 남아있는 셈이다. 다시 말해 「만고가」에서 서술한 천황씨에서 명말에 이르는 중국의 편년체 역사의 전체상은 인문적인 것을 선택하고 신화적인 것을 배제한 말 그대로 현실적인 역사였던 것이다.[22]

이제 「만고가」의 특성에 대한 또 하나의 이야기를 꺼내보기로 한다. 「만고가」는 앞에서 말했듯이 동몽서인 『십구사략』에 의거하여 지어진 것이다. 따라서 그 내용은 당연히 초보적인 동몽의 단계에 그치고 있다는 의심을 하기 쉽다. 하지만 내용이 초보적이라 해서 거기에 담겨있는 역사에 대한 고민까지 초보적인 것은 아니다. 「만고가」에는 증선지, 여진뿐만 아니라 박이화와 위백규라는 18세기 당대 일류지식인들의 역사에 대한 고민이 들어있는 것이다. 또한 「만고가」는 『위문가첩』 속에 들어가 19세기 전라도 지역 지식인들에게 자신의 발언을 이어가고 있었다.

이러한 「만고가」의 역사에 대한 고민의 일단을 좀더 살펴보기로 한다.

서한-왕망-후한-삼국-(서진-오호십육국-남북국)-수-당-(오대)-송(요-금)-(원)-명

「만고가」가 채택하고 있는 진한 이래 왕조들의 역사이다. 괄호 친 왕조는 이름만 나오거나 아예 **빼버린** 시대이다. 여기에 해당하는 시대는 오대와 같은 분열의 시대, 남북국시대나 요·금·원처럼 이민족이 지배한 시대이다. 『십구사략』에서는 이 왕조들을 자세하게 다루고 있

---

22) 이점은 신화시대 제왕들의 世系에서도 확인할 수 있다. 「만고가」에서는 천황씨부터 하나라 멸망까지의 제왕을 "천황씨-지황씨-인황씨-유소씨-수인씨-복희씨-여와씨-신농씨-요-순-우(곤)-방풍씨-계-걸"의 世系로 서술하고 있다. 중국 역사 서술에서 일반적으로 취하고 있는 삼황오제 중심의 역사관으로 보면 오제에서 "황제-전욱-제곡"을 완전히 탈락시킨 것이다. 아마 이 세 제왕이 특히 신화적 요소가 강한 데서 이런 선택을 한 것으로 보인다.

는 점으로 볼 때 이점은 「만고가」만의 특징이라 할 수 있다. 「만고가」는 조동일의 지적처럼 "대명복수와 회복의지를 천명하고"[23) 있는 것을 넘어서 철저하게 중국중심 정통중심의 역사관을 가지고 있다.

그렇다면 「만고가」는 『십구사략』의 정통사관을 이어받아 엄숙한 역사적 사실만을 말하고 있는가 하면 그렇지 않다. 이글의 목적이 작품 외적인 것만을 말하는 것이므로 약간 목적을 넘어서기는 하지만 「만고가」의 특징 하나만을 말하기로 한다. 「만고가」는 무엇보다 엄숙하지 않다. 「만고가」의 문체는 즐거움이다. 「만고가」는 역사를 서술하면서 즐거움에 넘쳐있다.

　　유정장 황도령은 어듸로셔 오단 말가
　　홍문년 놉푼 잔치 칼을 썌여 춤을 춘니
　　옥결을 드노을지 큰 코등에 쌈이 난다
　　측간길 밥분 거름 겁을 늬여 똥을 싼다

초한전쟁 때 유방을 노래한 부분이다. 목숨이 왔다갔다 하는 급박한 순간을 박이화는 너무도 즐겁게 파악하고 있다. 유방은 코가 커서 땀이 더 났을 것이다. 측간 간다고 거짓말하고 나서는데 뒤에서 꼭 항우가 불러서 곧바로 죽여버릴 것 같은 그 긴장의 순간이 「만고가」에서는 즐겁게 펼쳐지고 있다. 유방이 「만고가」의 이 부분을 읽었다면 아마 홍문연에서 마음을 풀어놓고 즐겁게 놀 수 있었을 지도 모른다. 「만고가」에서는 이렇게 즐거운 부분이 여기저기서 튀어나온다.

아무리 『십구사략』을 근간으로 했고 위백규의 역사서술에 동조하여 지었다고 해도 「만고가」는 역시 국문가사이다. 박이화는 「만고가」

---

23) 조동일, 『한국문화통사』 3, 지식산업사, 2005.

속에서 한 순간도 그 사실을 잊어버리지 않고 있다. 즐거운 이 역사서
술은 그래서 나온 것이다. 그리고「만고가」를 보고 즐거워했을 위백
규와 전라도 지역 사족들, 그 속에서 자연스레 싹텄을 역사서술과 동
몽서에 대한 합의들이「만고가」의 세계라 할 수 있을 것이다.「만고가」
의 이러한 측면이「만고가」를 단순하게 초학자를 위한 중국역사 요점
정리를 넘어서 박이화가 18세기 당대 전라도 지역 사족들에게 던지는
발언으로 만들고 있는 것이다.

Ⅲ. 전고와 문명번역

그럼 이렇게『십구사략』을 근간으로 하고 위백규의 동몽서 작업과 관
련이 있으며『십구사략』을 지은 여진의 역사관에 동조하고 있는「만고
가」는 당대 어떤 지식의 현장에 있었는가를 말할 차례이다. 여기에서는
그것을 전고와 문명번역이라는 주제를 가지고 이야기해 보기로 한다.

먼저 전고의 측면에서「만고가」의 특징을 살펴보기로 한다.「만고
가」나 역대가류의 가사를 읽어본 독자들은 보통 이런 작품들과 전고
가 무슨 관련이 있는가 하는 생각부터 하게 될 것이다. 하지만 이들
「만고가」를 포함하여 한시와 가사에 공히 나타나는 역대가류의 작품
들은 전고의 차원에서 해결해야 한다는 것이 필자의 생각이다.

이점을 좀더 자세하게 살펴보기로 한다.『십구사략』은 편년체 역사
이다. 편년체 역사는 종합과 분절의 특성을 갖는다. 편년체 역사는
각기 독립된 역사 기사들을 시간 순서에 따라 쭉 나열하고 있다. 전체
역사의 흐름은 이 각각의 독립된 기사들의 관계들이 얽혀 이루어진
문맥을 따라 만들어진다.『십구사략』과「만고가」는 기본적으로 이런

특성을 공유하고 있다. 이글에서는 편년체 역사의 이런 특성에서 통사로서의 특성뿐만 아니라 구체적인 기사들이 갖는 전고로서의 특성에 특별히 주목하려고 한다.

이점을 좀더 자세하게 살펴보기로 한다. 『십구사략』은 개별 기사들을 서술하면서 사건과 인물을 함께 얽어서 서술하고 있다. 이러한 서술의 강점은 전체 역사를 통으로 보는 관점을 놓치지 않으면서 구체적인 사건 속의 인물들까지 함께 아우를 수 있다는 것이다. 이에 비해 「만고가」는 아무래도 짧은 가사 안에 천황씨부터 명말까지를 통째로 넣으려는 욕심에 구체적인 사실들을 다양하게 포섭하려는 노력이 많이 약화된 상태이다.

하지만 「만고가」에서 구체적인 사실을 완전히 배제했는가 하면 전혀 그렇지 않다. 「만고가」는 분명 『십구사략』과 같이 단락단락 하나의 구체적인 사건으로 이루어져 있지는 않다. 하지만 각 왕조의 제왕이나 명신들에 대해 소개하면서 한두 가지 사건으로 꼭집어 해당 제왕과 명신의 특징과 포폄을 하고 있다는 점에서 통사와 구체적 사건의 제시라는 두 개의 과제를 『십구사략』과는 비슷한 방식으로 해결하고 있다.

이런 방식이야말로 「만고가」가 전고의 측면을 가지고 있다는 것을 의미한다. 전고란 옛날 일을 인용하는 것을 보통 말하지만 사실 굉장히 다양한 경우를 지칭하는 말이다. 보통 전고란 시문(詩文)에서 과거의 일을 짤막짤막하게 가져다 인용하는 것을 말한다. 시문에서 전고의 문제는 이미 확정된 전고의 의미를 빌어옴으로써 해당 주제를 간단하게 몇 마디 말로 요약하고 싶은 욕망에서 출발하고 있다. 이때의 옛일이라고 하는 것은 제도나 인물의 사적, 시대의 포폄 등 다양한 층위에 걸쳐있다.

하지만 『십구사략』과 「만고가」에서 쓰이는 역사적 전고는 이와는 많이 다르다. 우선 역사적 전고는 하나의 역사적 사실이 실제 어떻게 일어났는가부터 시작하여 이 역사적 사실이 가지고 있는 의미는 무엇이며 오늘날 현실에서 어떤 부분을 해결하는데 빛을 던져줄 수 있는가라는 부문에 이르기까지 다양하다. 쉽게 말해 시문에서의 전고처럼 간단하게 사용하는 것이 아니라 어떤 정치적 문제 등 역사적 주제에 대해 논할 때 사용하는 식의 큰 쓰임새를 갖고 있다는 것이다.

구체적인 예를 하나 보기로 한다.

> 자교의 누른 옷은 송 틔종이 입어닌니
> 화음이 엇던 처사 나구등이 쩌러진다
> 천운이 슌화하야 오셩이 취귀하니
> 염낙(廉洛)이 어진 군자(君子) 졍쥬자(程朱子) 나시도다
>
> —「만고가」

> (송태조 5년), 오성이 규성의 성좌로 모였다.
> 이에 앞서 후주의 현덕 중에 두엄, 양휘지, 노다손이 함께 간관으로 있었다. 두엄은 천문의 운행을 추측함에 뛰어났었는데 그가 일찍이 이렇게 말하였다.
> "정묘년(967)이 되면 오성이 규성 자리로 모일 것이다. 이로부터 천하가 태평할 것이다. 두 분의 습유께서는 이를 보실 것이나 저는 그런 성세를 보지 못할 것이오."
> 이에 이르러 과연 그의 예언이 맞은 것이었다.[24]
>
> —『십구사략』

---

24) "五年, 五星聚奎. 先是 周顯德中, 竇儼·楊徽之·盧多遜, 同爲諫官. 儼善推步, 嘗曰: "丁卯歲五星聚奎, 自此天下太平. 二拾遺見之, 儼不預也." 至是果然." 김윤수, 『二十史略 附史略通考首卷』 中, 민창문화사, 1992. 번역은 증선지 편, 임동석 역주, 『십팔사략』 6/7, 동서문화사, 2009. 참조.

송나라 태조 시대에 있었던 일에 대한 두 책의 서술을 간단하게 인용해 보았다. 송 태조 5년에 다섯 별이 이십팔수 중 규성이라는 별자리가 있는 곳에 모였다는 것이다. 잘 알려져 있지 않은 이 사건을 『십구사략』에서는 특별히 뽑아서 기술하였고 『십구사략』보다 훨씬 더 양이 적은 「만고가」에서 다시 기술하였다. 또한 왕조가 새로 개창될 때는 이렇게 하늘에 그 징조가 보이게 마련이라는 것을 말하기 위해 특별히 뽑은 것이다. 이러한 특징에서 이 기사는 역사적 주제를 다룰 때의 전고라는 말에 가장 잘 들어맞는 기사라 할 것이다.

이 기사는 박이화가 「만고가」를 쓰면서 얼마나 역사에 대해 깊이 생각하고 썼는가를 알려주고 있다. 일반적인 전고에서 이 역사적 사실은 거의 알려져 있지 않다. 하지만 이 사건은 당 중기 이래 긴 분열과 혼란의 시기를 마감하는 일종의 상징 같은 사건이다. 송나라의 건국은 당 현종 천보 시기에 일어난 안록산의 난 이래 하남, 산동, 하북, 산서 등의 지역에 할거세력이 등장하면서 진행된 오랜 분열과 전쟁의 시기를 마감하는 사건이었다.

어려운 이 사실을 굳이 짧은 「만고가」에 집어넣은 것은 박이화가 오대의 혼란과 송의 평화가 정확하게 어느 때를 기점으로 전환되는가에 대해 깊이 연구했음을 알려준다. 물론 여기에는 당대 가장 뛰어난 학자 중 한 사람인 위백규가 한 몫 했을 것이다.

그럼 「만고가」가 가지고 있는 전고의 측면을 좀더 자세하게 확인해 보기로 한다. 「만고가」는 짧은 가사이지만 전고로 활용할 수 있는 다양한 역사적 사실들을 품고 있는 가사이다. 특히 「만고가」에서는 역사적 사실들을 전고로 끌어들이면서 자신만의 특별한 역사관에 의거하여 서술하고 있다.

　　복희씨 풍성원은 아릿도리 비암 갓터
　　말등거리 구버보고 팔괘을 쓰어 닉며
　　식발 듸쪽 살펴 보고 글자을 지어 닉니
　　정사 밋든 노뭉치은 고기그믈 되단 말가
　　압 집이 실랑 들고 뒷 집이 각시 든니
　　지고 가난 혼서함애 다맛 가족 두 장이라

　　삼황 중 복희씨를 노래한 대목이다. 인두사신(人頭蛇身), 팔괘와 글자와 그물을 만든 것, 혼인 제도 만든 것 등을 말하고 있다. 물론 복희씨에 대한 신화는 이것만이 아니다. 히지만 「만고가」에서 이것만을 읊고 있는 것은 박이화가 인문질서를 최초로 만든 문화영웅[25] 복희씨에 대한 이야기 중 이것들이 가장 중요하다고 생각했기 때문이다. 「만고가」는 이렇게 만고의 왕조와 제왕과 현신들에 대한 것 중 자신이 가장 중요하다고 생각하는 것 몇 가지만을 말하면서 해당 왕조와 제왕과 현신들을 도드라지게 표현하고 있다.

　　다시 말해 「만고가」는 이렇게 해당 왕조의 제왕별로 가장 중요하다고 생각한 기사 몇 가지만 단편적으로 분절하여 서술하고 있다. 이것은 『십구사략』에서도 마찬가지이다. 이렇게 분절된 사건들의 나열은 편년체 역사가 취하는 기본적인 형식이다. 독자는 이 기사들간의 의미맥락을 자신이 재구성하여 역사 전체를 구성하게 된다.

　　이에 따라 독자는 이렇게 분절되어 있는 기사들 각각을 전고로 활용할 수 있게 된다. 이 기사들은 단독으로 사건과 인물을 엮어서 서술하

---

25) 중국신화는 보통 신과 우주의 차원에서 신이한 힘을 가진 신과 인간의 문제를 다루지 않는다. 대신에 중국신화는 인간에서 무언가를 가져다준 성왕의 차원에서 신화시대가 시작한다. 불, 농사, 글자, 의약 등을 가져다준 왕들이 三皇이다. 이들을 보통 문화영웅이라고 부른다.

기 때문에 해당 사건이 적용될 만한 후대의 상황이 나타났을 때 참고
자료로 쉽게 인용될 수 있었다. 또한 시문에서도 쉽게 활용될 수 있었
다. 이렇게 하여 『십구사략』과 「만고가」는 전체 역사를 다루는 역사
책이기도 하지만 전고로 쉽게 활용할 수 있도록 각각의 사건들을 모아
놓은 일종의 전고집이라고도 할 수 있다.

　하지만 『십구사략』에서 전고의 문제는 그리고 당연히 「만고가」에
서의 전고의 문제는 詩文에서 전고의 인용의 문제와는 많이 다르다.
「만고가」의 전고의 문제를 몇 가지 이야기해 보기로 한다. 첫째, 『십
구사략』에서 전고의 문제는 『십구사략』과 비슷한 수준의 동몽서들을
살펴보는 데서 출발해야 한다. 어린아이들을 가르치는 동몽서라고 해
서 글자나 가르쳐주는 정도라고 생각해서는 안된다. 초학서들은 분명
히 배움의 다음 단계로 이어지는 첫 단계로서, 쉽게 말해 배움의 단계
에서 해당 계열의 첫 걸음이라는 위치를 가지고 있다.

　『천자문』은 글자도 배울 뿐만 아니라 갖가지 초보적인 전고를 배운
다. 『추구』는 5언으로 된 대구를 연습함으로써 7언으로 된 대구로 이
루어진 『백련초해』, 나아가 『오칠당음(五七唐音)』, 『두율(杜律)』 등을
거쳐 본격적인 시작(詩作)을 위한 첫 번째 단계가 되는 책이다. 『십팔
사략』은 『통감절요』, 『사요취선(史要聚選)』 등을 거쳐 『자치통감』, 『자
치통감강목』, 『전사사(前四史)』 등 본격적인 역사서를 읽는 가장 첫 번
째 단추를 채우는 과정이다.

　둘째, 이러한 역사서들은 역사 자체를 알기 위해 읽기도 하지만 현
실에서 비슷한 상황이 일어났을 때 해결책을 강구하기 위해 필요하다.
『조선왕조실록』을 보면 무수하게 많은 역사서를 인용하고 있는데 그
런 경우는 보통 당면한 국가적 사업에 대한 해결책을 찾는 과정에서
증거로써 제시된다. 역사서는 역사책일 뿐만 아니라 언제든지 필요할

때 뽑아쓸 수 있는 구체적 예시들의 집합이었던 것이다.26) 그럼 왜 『십구사략』의 기사들이 각 왕조의 제왕과 명신들을 될 수 있으면 포괄하려고 하면서 동시에 그들이 관련된 사건들을 그렇게 짤막짤막하게 제시하려고 노력했던가에 대한 일정한 해답을 얻게 된다.

셋째, 『십구사략』은 천황씨로부터 명나라 멸망에 이르는 시기에 대한 역사를 통으로 이해시키려는 노력이다. 동시에 이책은 이들 각 왕조의 시기에 나타난 구체적인 역사적 사건들의 배경, 전개과정, 해결, 결말 등에 대한 간단한 스케치를 제시함으로써 학동들에게 향후 배우게 될 중국사에서 마주치게 될 굵직굵직한 사건들에 대한 예비지식을 주게 된다. 당시 중국사는 보편사였다. 따라서 이러한 예비지식은 왕조의 흥망과 관계된 커다란 보편적 역사 문제들에 대한 큰 그림을 제시하는 일이기도 하다.

넷째, 역사책에 등장하는 이러한 전고의 문제는 과거(科擧)의 문제와도 관련되어 있다. 보통 과거에는 '대책(對策)'이라고 하여 한 가지 주제를 뽑아 제시하고 이 주제를 분석하고 현실의 문제를 해결하는 지침으로 작동하도록 답안을 쓰는 시험을 치르게 된다. 이때 주제들은 다양하게 나오는데 중국 역사에서 취한 것들이 대부분이었다. 역사적 전고는 단순하게 조정에서 회의할 때 쓰이는 실용의 단계를 넘어서 과거 시험의 문제이기도 했던 것이다.

그러면 왜 「만고가」와 같은 역대가류가 지어졌는가에 대한 의문이 대충 풀렸으리라 생각한다. 『십구사략』과 마찬가지로 이들 역대가류도 역사적 전고에 대한 초보적인 틀을 제시해주는 기능을 가지고 있었던 것이다. 아래 잠깐 예를 들기로 한다.

---

26) 이것이 사마광이 자신의 거대한 편년체 역사서에 '資治' 곧 '다스림에 자료가 되는' 이란 제목을 붙인 이유이다.

　　왕망이 찬위하니 셔한이 ᄭᅳ어젓다
　　용릉이 코 큰 사람 빅슈진인 아니던가
　　무릉졍 시근 팟죽 팔진미이 엇더턴고
　　셔역국의 금붓치은 명지시의 나단 말가
　　황영이 혼암ᄒᆞ니 삼왕 쳔지 되야셔라

　　그리하여 어진 사람을 임용하고 준걸(俊傑)을 구하기를 마치 한 광
　무(漢光武)가 호타하(滹沱河)를 겨우 건너자 팥죽과 보리밥을 달게 먹
　은 것처럼 늠름히 하고.27)

　「만고가」에서 세 번째 줄에 있는 '팟죽'은 후한의 개창자 광무제가
하북의 호타하라고 하는 데서 곤액을 겪은 일을 말한 것이다. 「만고가」
에서는 잘 알려진 호타하 대신 팥죽을 먹었던 실제 장소인 무루정을
내세워 말하고 있다. 잘 알려진 전고가 어느 사이 어려운 전고가 된
것이다. 『선조수정실록』 기사는 조헌이 유성룡·김응남을 비판하면
서 인재를 잘 기용하라고 말하는 대목이다. 마치 광무제가 인재인 풍
이를 기용하여 생사지간의 어려운 고비를 잘 넘겼듯이 그렇게 하라는
것이다. 호타하를 등장시켜 일반인도 쉽게 알고 있는 전고를 사용하고
있다.
　이렇게 보면 「만고가」는 자체적으로 『십구사략』이나 『자치통감』과
마찬가지로 하나의 커다란 전고집의 기능을 담당하고 있었다는 것을
알 수 있다. 거기에는 굵직굵직한 중국 역사전고가 담겨있는데 이들
전고들은 중국사 전반의 안내를 담당하고 있었다. 앞에서 말했듯이
당시 중국사는 보편사였으므로 이 전고들은 보편사에서 문제가 되는

---

27) 『선조수정실록』 22년 기축(1589, 만력 17) 4월1일 「(정축) 백성을 구제할 것과 김귀
　영 등 조정 대신을 탄핵한 전 교수 조헌의 상소문②」

역사적 문제에 대한 지식을 간단한 스케치였던 셈이다. 이들 전고들은 이렇게 보편사인 중국 각 왕조의 흥망에서 일어났던 역사적 사건의 전말을 제시함으로써 중국사 전반에 걸쳐 나타났던 굵직한 보편적 역사의 주제들을 제시하고 있는 것이다. 이들은 보편사였으므로 과거에 나타났고 현재나 미래에도 언제든지 나타날 수 있는 주제들이었다.

그것은 중국에서 확립된 동양적 전제왕권국가, 곧 제왕과 관료와 백성과 외세의 관계에 의해 이루어진 국가가 한반도에도 있었기 때문이다. 따라서 중국사에서 있었던 일들은 한반도의 왕국에서도 얼마든지 있었고 또 일어날 수 있는 일이었던 것이다. 이 때문에 중국사는 보편사가 되는 것이다. 「만고가」와 『십팔사략』 같은 책들이 근본적으로 의도했던 것은 이렇게 보편적 역사에 대해 가르치면서 동시에 보편사에서 문제가 되는 역사지식을 구체적으로 예시하는 것이었다.

이것을 학습한 사람은 보편사적 맥락에서 자신의 현실을 분석하고 그것을 해결할 수 있는 능력을 구비하게 된다. 동시에 동질적인 문제가 일어날 때 보편사인 중국사에서 해당 사건의 시작과 결말과 해결과정까지를 단숨에 이해할 수 있는 구체적 사안들을 뽑아낼 수 있는 것이다. 이것이 「만고가」와 『십팔사략』 같은 책들에서 가르치는 전고가 당대의 지식 상황에서 가지고 있던 실질적인 의미다.

하지만 「만고가」와 같은 역대가류와 『십구사략』은 같은 점도 있지만 분명히 다른 작품이다. 『십구사략』은 간단간단한 역사적 사건들이 단속적으로 배치되어 있다. 이에 비하면 「만고가」역시 간단간단한 역사적 사건들이 단속적으로 배치되어 있지만 이들 사건들은 좀더 유기적으로 연결되어 있다. 이러한 차이에도 불구하고 이들 작품 속에 들어있는 구체적인 전고들은 실제로 당대 사회에서 보편사인 중국의 역사를 배운다는 지적인 호기심뿐만 아니라 이러한 실제적인 필요에 의해 요구되었던 것이다.

「만고가」에 보이는 이러한 역사적 전고의 쓰임을 '문명번역'이라는 말로써 요약하여 표현하고자 한다. 역사적 전고들의 집합인 작품을 통해 무엇을 하려고 했는가에 대해 중국 문명을 통째로 번역하려는 시도였다는 말은 언뜻 잘 이해가 가지 않는다. 그것은 '번역'이라는 말이 한 언어를 다른 언어로 옮기는 작업이라는 뜻으로 보통 쓰이기 때문이다.

이글에서 문명번역이라고 할 때 쓴 번역이라는 말은 본래 언어적 번역을 문화적 영역으로 확장한 개념을 확장하여 사용한 것이다. 하나의 언어를 다른 언어로 옮기는 일, 그리고 그 과정에서 일어나는 일은 언어적 차원이나 번역자의 작업 차원만이 문제가 되는 것은 아니다. 하나의 언어를 다른 언어로 옮기는 일은 이 언어들의 뒷배경을 이루고 있는 문화 또한 옮기는 일이다. 따라서 언어 수준에서 번역하는 행위는 실은 문화를 번역하는 것이기도 하다. 번역자가 원문을 보면서 번역문의 어휘를 고르는 장면에는 하나의 문화를 다른 문화로 옮기는 현장의 측면이 숨어있는 것이다.[28)]

「만고가」에서 문명번역은 언어 차원에서의 문화번역을 넘어서 구체적인 사실들로 이루어진 문명 전체를 통째로 우리말로 옮겨오려는 욕망이 숨어있다. 그렇기 때문에 문명번역이라는 말을 사용할 수 있다. 번역이 원저작의 단어와 문장들을 번역하듯이 「만고가」에서는 보편사인 중국문명의 각 시대 기사들을 우리말로 옮기는 작업을 하고 있는 것이다.

「만고가」에서 역사적 전고는 앞에서 여러번 이야기했듯이 중국사

---

28) 메리 슈넬-혼비 지음, 허지운 · 신혜인 · 허정 · 신오영 옮김, 『번역학 발전사』, 이화 여대출판부, 2010.

의 굵직한 선을 제대로 표현해 보고자 하는 욕망과 동시에 구체적인 인물과 사건의 전말에 대해 알려주는 실용적 필요에 기초해 있다. 따라서 중국 문명을 통째로 한글 가사로 옮기는 이 작업은 말 그대로 중국 문명 전체라는 아주 거시적인 수준에서, 동시에 개별사건이라는 아주 구체적인 수준에서 우리말로 옮기는 작업이다.

이렇게 「만고가」에서 문명 번역의 문제는 무엇보다도 역사적 전고라는 특별한 영역에서 일어나는 번역의 현장이다. 시문에서의 전고에서도 번역이라는 말을 쓸 수 있다. 시문에서의 전고 활용 때 일어나는 번역은 전고라는 말 그대로 간단간단하게 분절된 개별 지식들의 활용의 차원에서 일어나는 문화번역의 현장이다.

하지만 역사적 전고는 이와 다르다. 역사적 전고는 『자치통감』이나 『십구사략』과 같은 거대한 전고 창고인 역사서를 필요로 한다. 이러한 전고 창고를 줄이고 줄여 가장 핵심만 뽑아 제시한 것이 바로 「만고가」이다. 그것은 중국 문명을 불과 몇백 구의 우리말 가사로 옮기는 작업이었다. 이렇게 「만고가」는 보편사인 중국사의 가장 필수적인 역사적 문제를 전고의 차원에서 제시하고 있었다. 「만고가」는 이렇게 보편사의 차원에서 중국 문명을 조선 문명으로 옮기는 '문명번역'이었던 것이다.

IV. 나가기

이상으로 18세기 전라도 영암의 사족 박이화가 쓴 「만고가」를 대상으로 하여 「만고가」가 『십구사략』, 위백규, 전고, 문명번역과 맺고 있는 관계에 대해 살펴보았다. 사실 「만고가」는 중국사에 대한 아주 초보적인 지식을 나열하고 있는 가사가 결코 아니었다. 그것은 『십구사략』, 동몽서, 위백규, 전고 등 다양한 영역의 지식의 현장과 관련을 맺고 있는 18세기 지식 현장의 한가운데 들어있었던 것이다.

아마 이러한 점은 다른 국문시가들을 다룰 때도 확장해서 말할 수 있을 것이다. 오륜이나 강호, 사랑 등을 다룬 국문시가를 분석할 때 해당 주제들에 대한 당대의 지식 지평이 어떠했는가를 먼저 따져야 한다는 것은 상식을 확인하고 있는 것처럼 보이지만 사실 국문시가 연구에서 상당히 취약했던 부분이기도 하다. 앞으로 국문시가 연구에서 이 부분에 대한 연구가 좀더 강화되어야 한다고 본다.

참고문헌

구림지편찬위원회 지음, 『호남명촌 구림』, 리북, 2006.

국윤주, 「조선후기 향촌사족 시가의 자의식과 그 윤리적 성격-위문가첩을 중심으로」, 『고시가연구』 28, 한국고시가문학회, 2011.

김석회, 「위문가첩을 통해본 조선후기 호남지방 향촌사족층 문학의 사회적 성격」, 『위 백규의 문학연구』, 이회문화사, 1995.

김신중, 「장흥가사의 특성과 의의」, 『고시가연구』 제27집, 한국고시가문학회, 2011.

김윤수, 「影印 二十史略 解題」, 『二十史略 附史略通考首卷』 上, 민창문화사, 1992.

메리 슈넬-혼비 지음, 허지운·신혜인·허정·신오영 옮김, 『번역학 발전사』, 이화여 대출판부, 2010.

박수진, 『장흥지역 가사문학의 문화지리학적 연구』, 한양대 박사논문, 2010.

박순, 『17~18세기 전라남동 동계 연구 – 광주·나주·영암·해남 지방을 중심으로』, 중앙대 박사 논문, 1992.

안혜진, 「낭호신사의 작품세계와 그 의의」, 『한국고전연구』 7, 한국고전연구학회, 2001.

유해춘, 『장편서사가사의 연구』, 국학자료원, 1995.

이상보, 『18세기 가사 전집』, 민속원, 1991.

이해준, 「조선후기 영암지방 동계의 성립배경과 성격」, 『전남사학』 제2집, 전남사학회, 1988.

정익섭, 「국계 박이화의 가사고」, 『한국시가문학논고』, 전남대학교 출판부, 1989.

정한기, 「해동만고가의 필사시기와 교훈성에 대한 연구」, 『규장각』 27, 서울대 규장각 한국학연구원, 2004.

조동일, 『한국문학통사』 3, 지식산업사, 2005.

증선지 편, 임동석 역, 『십팔사략』 1/7-7/7, 동서문화사, 2009.

지종옥, 「명촌 박순우의 가사고-간죽정 가단을 중심으로」, 『목포대 논문집』 제9집, 목포대, 1988.

진재교, 「역대세년가 연구」, 『이조후기 한시의 사회사』, 소명출판, 2001.

편찬위원회 편, 『장흥 방촌』, 향지사 1994.03.01.

홍재휴, 「창헌 조우각의 대명복수가천군복위가고」, 『행정이상헌선생회갑기념논문집』, 형설출판사, 1968.

조선총독부 중등교육용 조선어급한문독본의 조선어 인식
—『신편고등조선어급한문독본』의 번역과 문체를 중심으로

임상석

I. 조선어급한문독본의 개편과 조선어 인식

조선총독부의 '조선어 급 한문(朝鮮語 及 漢文)' 과목의 교과서는 보통학교, 중등학교용—고등보통학교와 여자고등보통학교용으로 종류가 다시 구분됨—으로 나누어 출판되었으며, 한국과 동아시아의 급박한 정세를 반영하듯 여러 차례 전면적으로 수정되었다. 조선총독부의 제1차 교육령을 따른 1913년판, 제3차 교육령을 따른 1924년판, 제4차 교육령을 따른 1932년판이 비교적 짜임새 있는 구성을 갖추고 있어 연구대상으로 적절하다.[1] 이 세 가지 판은 전체적인 구성과 편집의 성격이 상이하여 조선총독부의 교육정책과 언어정책을 가늠할 수 있는 주요한 지표라 할 수 있다. 그럼에도 현재까지 이에 대한 연구는

---

[1] 10차에 걸쳐 내려진 조선총독부의 교육령과 그 성격, 그리고 이에 따른 조선어급한문 교과서의 변화에 대해서는 허재영(『일제강점기 교과서 정책과 조선어과 교과서』, 경진, 2009)을 참조할 것. 현재로서 이 책은 조선총독부 교과서에 대해 그 성격과 역사적 연원을 조망한 최초의 단행본으로 이 논문에서 총독부 교육령과 관련된 진술은 모두 이 책에서 의거한다. 또한, 이 교과서들은 『조선어독본』 5권으로 영인되어 출판되었다.(강진호, 허재영 편, 『조선어독본』 1-5, 제이엔씨, 2010.)

활성화되지 못한 상황이다. 특히 한문 부분의 수록문들은 경사자집으로 대표되는 한문고전의 바탕 위에, 한국과 일본의 한문전적을 더하고, 대만과 일본의 한문교육을 담당하기 위해 새로이 편찬된 문장들까지 합류되어 있어 전통적 한문학 및 한국과 일본의 한문학에 일본 제국주의 교육에 대한 소양까지 갖추어야 전반적 맥락이나마 파악해 볼 수 있다.[2]

한문부뿐 아니라, "조선어부"[3] 역시, 상황이 복잡하다. 1913년판『고등조선어급한문독본』(이하『고등독본』)에서는 "조선문"이라 이른 조선어 수록문들은 한문과 구분되어 편집되지도 않았고, 비중도 매우 적었다. 나아가『고등독본』의 조선문은 일본어나 일본인의 한문을 번역한 문장으로만 구성되었고 그 성격도 철저히 행정문서와 실용적 기론문과 개인적 교훈담 등으로 제한되었다. 1924년판『신편고등조선어급한문독본』(이하『신편독본』으로)은 조선어부를 한문부와 분리하고 한문에 비해 그 비중이 더 커졌다. 역시 번역 내지 번안문의 비중이 크지만, 한국 고유의 한문전적을 한문부와 조선어부 모두에 포함하여 조선의 역사나 문화에 대한 인식이 달라진다. 특히 한문과 조선어의 관계 및 조선어의 역사적 변천을 다룬 수록문들이 많아 조선어를 한국의 역사적 배경 안에서 설정하려는 양상이 보이는 것은 주목할 상황이다. 반면, 1932년판『중등교육조선어급한문독본』(이하『중등독본』)의 조선

---

2) 한문부의 전반적 편제 및 교과서에 나타난 문체의 변용 양상에 대해서는 다음의 논문을 참조할 수 있다. 임상석, 「일제강점기, 조선총독부의 조선어급한문교과서 연구 시론－중등교육 교재『고등조선어급한문독본』을 중심으로」, 『한문학보』 22, 우리한문학회, 2010. 필자는 이 논문을 통해 이 독본들의 전반적 편제를 논한 바 있으나, 『신편독본』 등의 내용을 구체적으로 다루지 못했다. 지금의 글은 2010년 논문의 후속 작업에 해당한다.

3) '국문'의 위상이 좌절된 당시의 상황을 반영하는 의미에서 조선총독부의 용어인 "조선어"를 가져다 그대로 쓰기로 한다.

어부는 출처를 전혀 밝히지 않아, 실제 번역을 거친 수록문이라도 번역임을 알 수 없게 처리하였다. 또한, 출처는 밝히지 않았지만 최남선, 이광수, 현진건, 이병기 등 당대의 주요한 조선어 작가들의 문장을 수록하여 조선어에 대한 인식이 『고등독본』과 『신편독본』과는 완연히 달라졌음을 보여준다.4)

『신편독본』 소재 번역문들의 저본은 주로 일본어 문헌이었지만, 『삼국사기』, 『희조일사(熙朝軼事)』 등의 한국 한문 전적도 포함되어 있다. 조선어의 역사적 배경을 제시하고 번역/번안을 다양하게 수록한 것은 조선총독부의 교육/언어 정책을 조망하기 위한 의미심장한 지점이 아닐 수 없다. 이 논문은 이 『신편독본』의 조선어 인식과 번역 양상을 중심으로 조선총독부 교과서의 성격을 진단하는 것이 목적이다.

보통학교용 조선어급한문 교과서에 대한 분석도 물론 중요하지만, 아무래도 심도 있는 번역과 조선어 인식이 더 명징하게 드러나는 사례가 중등학교용 교과서들이기 때문에 이 논문에서는 후자만을 연구대상으로 삼는다.5)

---

4) 이런 조선어 인식의 변화가 조선어급한문독본의 편찬을 담당한 총독부 교육관료들의 인식 변화를 간접적으로나마 보여주는 것이라 할 수 있겠으나, 그 편찬의 실제 과정을 알 수 없기 때문에 확인하기는 힘들다.

5) 보통학교용 교재에 대한 연구로는 심경호(「日帝時代 朝鮮總督府 韓國兒童用語學讀本에 나타난 漢字語와 漢文」, 『한문교육연구』 33, 한문교육학회, 2009)와 박치범(「日帝强占期 普通學校 『朝鮮語及漢文讀本』의 性格: 第1次 敎育令期 4學年 敎科書의 '練習'을 中心으로」, 『어문연구』 150, 한국어문교육연구회, 2011)의 논문 등을 참조 바람.

II. 『신편고등조선어급한문독본』(1924)의
조선어 인식과 번역

조선어의 활용이 형태적으로는 일본 문장의 번역으로, 그리고 내용적으로는 실업과 자기 수양으로 한정되어 있던 『고등독본』(1913)과 달리 『신편독본』(1924)의 조선어부는 그 문체와 형태가 다양하다.[6] 특히 한국의 역사 기록으로 조선어의 역사적 변천을 구성한 것은 주목할 지점이다. 교과서에서 설정한 조선어에 대한 인식이 달라졌다고 평가할 수 있다. 그런데 조선어의 위상은 주로 한문과 조선어의 관계 속에서 설정된 상황이었다.

표1: 『신편독본』의 조선어 관계 수록문 일람

연번/위치	제목	성격, 특이사항	분량
1)권1조선어부 4과	漢字의 自習法	조선은 교화와 보통담화 등을 모두 한문에 의지했음. 간편한 조선문이 있어도 한문을 배우지 않을 수 없다.	6쪽
2)권2조선어부 4과	朝鮮의 漢字	箕子전설이 있는 만큼, 조선 漢學의 역사적 연원은 깊다. 이두의 양상은 國語(일본어)와도 유사함. 한자음이 다양함도 일본어와 유사함.	5쪽
3)권2한문부 26과	訓民正音	훈민정음 창제에 대한 기록, 28자모를 도표로 삽입. 출처 『文獻撮錄』	2쪽
4)권2한문부 27과	諺文化民	봉산의 백성이 언문을 알아 『소학언해』를 학습해 수신했던 미담. 출처 『靑莊館全書』	1쪽
5)권2 한문부 30과	文記之初	고구려의 李文眞, 백제의 高興이 문자로 역사서를 저술하다. 출처 『三國史記』	1쪽

---

6) 『고등독본』에 수록된 조선문의 성격과 형태에 대해서는 다음 논문을 참조 바람. 임상석, 「일본 문장의 번역으로 나타난 "조선문"」, 『번역비평』 3, 2009 및 임상석 (2010) 참조.

6)권2 한문부제31과	吏道諺解及漢文	한국의 역사기록을 채집하여 설총이 이두를 창시한 사적과 박세채와 이이의 경서언해를 거론, 마지막으로 갑오경장으로 공문서에 한문과 언문을 혼용함을 기록	2쪽
7)권3 한문부 27과	薛聰	설총의 전기로 그가 방언으로 경서를 읽어 훈도했음을 기록. 출처 『三國史記』	1쪽
총 7과 18쪽 가량			

위 표에 나타난 수록문들은 한국의 역사 전적에 의거해 조선어의 위상을 파악하고 설정하려는 노력이 보인다. 『고등독본』의 조선어 위상이 철저히 한문과 일본어에 부속된 성격으로 역사와 문화, 사상 등의 차원을 전혀 구현하지 못했던 것과 비한다면, 단편적이기는 해도 위와 같이 조선어의 역사적 배경을 제시한 점은 『신편독본』의 큰 차별성이다. 『신편독본』의 조선어는 일단 『고등독본』의 부속적, 보조적 위상에서는 벗어난 것이다. 비록 편제가 산발적이고 내용도 단편적인 것이기는 하지만, 조선의 전통 속에서 조선어의 위상을 설정하려 했던 것은 『고등독본』에서는 찾을 수 없는 양상이다.

위 표1에 정리된 글들 속에서 두 가지의 논점을 발견할 수 있는데, 첫 째로 한문에 비해 조선어 내지 언문이 가진 사용의 효능을 강조한 점과 조선어의 역사적 변천이 대부분 한문과의 관계 설정에서 비롯된 것을 강조한 점이다. 1)과 3), 4)에서 부분적으로 조선어의 효능이 강조되었으며, 6)은 이두, 언해, 국한혼용이 모두 한문과의 관계 설정에서 비롯된 서기 체계임을 정리하였다.

이 두 가지 논점은 3.1운동으로 발휘된 한국의 민족적 역량을 감안한 지향이었다고 해석할 수 있다. 특히 한문과 대비되는 "언문"의 효능을 강조한 기술들은 총독부의 교육/언어 정책에서 조선어에 대한 인식이 1920년대 들어서 새롭게 설정된 것을 보여준다. 한편, 2)에서 한자와의 관계 속에서 조선어와 일본어가 가진 유사성을 강조한 것은 한문을 매개로 한 일본과 조선의 문화적 통합을 시도한 단초로 볼 수 있을 것이다. 나아가 조선어의 역사적 서기 체계들이 한문과의 관계 속에서 설정된 것은 1920년대 당시의 조선어는 일본어의 관계 속에서 그 서기 체계의 형태를 추구할 수밖에 없음을 설파하려는 청유로 해석할 수 있다. 그러므로『신편독본』의 조선어부는 번역, 번안임을 명기한 수록문들이『고등독본』에 비해서 그 비율이 줄었지만, 그 번역의 양상과 그 문체의 다양성은 훨씬 확장되었다. 이 다양한 번역 작업을 통해 조선어의 위상을 정책적으로 가늠하려 했던 것을 추정할 수 있다.

『신편독본』은 1910년대의 문체적 혼란도 어느 정도 나타나지만,『개벽』과『창조』등으로 대변되는 1920년대 조선의 새로운 글쓰기에도 보조를 맞추고 있는 양상이다. 그래서 "~이오", "~소" 등으로 종결되는 '대화체' 내지 '서간체', 그리고 "~니라", "~도다" 등으로 종결되는 고어체 그리고 "~다"로 종결되는 새로운 문체가 두루 섞여서 나타난다. 이런 문체가 일본어와 한문 전적의 번역/번안을 통해 나타난 것은 특히 유의할 지점이다. 조선어부 수록문 가운데 출처가 명시된 경우는 대부분 번역/번안이지만, 간혹 조선어로 된 문헌에서 발췌되었을 확률이 있는 것들도 있다.[7] 이런 수록문들은 제외하고 다음과 같이 번역의 저본이 명시된 것들을 표로 정리한다.

---

7) 조선어부 1권 10과인 "河馬", 2권 3과인 "虎" 그리고 3권 3과 "鸚鵡" 등은 科外敎育 叢書「生物奇談」에 의거한다 했는데, 원문을 확인하지 못했다. 일본어로 된 문헌일 확률이 높지만 일단 제외한다.

표2: 『신편독본』의 조선어부 수록문 중 번역된 문장들

	위치		제목	문체, 출처, 특이사항	구분	분량
1)	권2	10	孟母	고어체, 中村惕齋의 比賣鑑, 한문인지 일본어인지 불명	일본	4쪽
2)		12	兎의 肝	대화는 "~다"체, 기술은 대화체, 三國史記, 한글 위주	한국	5쪽
3)		18	俚言	한문현토체, 한국 속담을 한문으로 번역	한국	1쪽
4)		19	世上에서 第一…	대화체, 福翁自傳, 한글 위주, 일본어에서 번역	일본	6쪽
5)	권3	3	石炭의 이약이	"~다체", 實業學校國語讀本, 일본어에서 번역	일본	4쪽
6)		4	鄭夢周	고어체, 新編高等國語讀本, 한자 많음	일본	7쪽
7)		5,6	臺灣의 夏	"~다체", 改修高等國語讀本, 일본어에서 번역	일본	8쪽
8)		7	常識의 修養	고어체, 實業學校國語讀本, 일본어에서 번역	일본	6쪽
9)		8	農業의 趣味	고어체, 金子元臣의 글, 일본어인지 한문인지 불명	일본	3쪽
10)		9	情景	고어체, 醉古堂劍掃, 시문독본 3-25의 발췌 성격	중국	1쪽
11)		10	經學院의 釋奠	"~다체", 改修高等國語讀本, 일본어 번역, 한자 많음	일본	6쪽
12)		12	朝鮮의 音樂	"~다체", 朝鮮, 재조일본인 잡지 『조선』으로 추정됨	일본	6쪽
13)		14	郵票	"~다체", 金子元臣의 글, 일본어인지 한문인지 불명	일본	4쪽
14)		16	電氣의 應用	대화체, 皇國補習讀本, 일본어 번역으로 추정	일본	4쪽
15)		17	典故五則	고어체, 列子/後漢書/莊子 등, 한문 번역	중국	5쪽
16)		19	品性	고어체, 嘉納治五郎의 글, 일본어인지 한문인지 불명	일본	5쪽
17)	권4	2	漢陽遊記	"~다체", 湖東西洛記, 한자 많음, 청춘12에도 게재됨	한국	5쪽
18)		3,4	朝鮮의 繪畫	고어체, 李干家博物館所藏品寫眞帖, 일본어 번역	일본	13쪽
19)		7	休暇의 利用	고어체, 實業學校國語讀本, 한자 많음	일본	4쪽
20)		8	朝鮮의 工業	고어체, 高等國語讀本, 한자 많음	일본	6쪽
21)		9	新聞紙	고어체, 高等國語讀本, 한자 많음	일본	3쪽
22)		11	朴泰星	고어체, 熙朝軼事, 한자 많음	한국	4쪽
23)		13	林俊元	고어체, 熙朝軼事, 한자 많음	한국	6쪽
24)		14,5	市場	고어체, 最近朝鮮事情要覽, 한자 많음	일본	7쪽
25)		16	蒙古의 風俗	"~다체", 鳥居龍藏의 글, 도화 삽입	일본	8쪽

26)		4	基督	대화체, 高山樗牛의 글을 발췌, 시문독본에 수록	일본	7쪽
27)		5	두더쥐婚姻	대화체, 於于野談, 한글 위주, 번역이 아닌 번안	한국	5쪽
28)	권5	8	高朱蒙	고어체, 三國史記, 대화 많음	한국	6쪽
29)		13	高麗磁器	고어체, 李王家博物館所藏品寫眞帖, 일본어 번역	일본	10쪽
30)		16	古詩意譯	중국의 고시, 李白의 시, 李亮淵(한국)의 시 순한글 역	한/중	3쪽
총 94과 중 30과/ 477쪽에서 162쪽				일본 문장 번역 20 한국 문장 번역 7 중국 문장 번역 3		

위 표2에 나타나듯이 총 지면의 약 34%를 번역문들이 차지하고 있
다. 여기서 유의할 점은 모든 글의 출처를 밝히지는 않았다는 점이다.
위 10)과 26)은『시문독본』(1918)에 실린 글들을 번안한 성격이지만,
이를 밝히지 않았다. 특히 26)은 당시 일본의 주요 작가인 다카야마
조오규(高山樗牛)의 「세계의 4대 성인(世界の四聖)」에서 발췌된 부분이
있지만 이를 표기하지는 않았다.[8] 또한, 1권 16과로 실린 "防牌의 兩
面"은『시문독본』1-15인 "防牌의 半面"을 수정하여 게재한 것이지만
역시 출처를 표기하지 않았다. 그렇다면 출처를 표시하지 않은 글 가
운데에서도 번역의 과정을 거친 글이 더 많아질 가능성도 적지 않다.
일본의 지리를 소개한 성격인 권1의 11 "橫濱", 12 "富士山", 권2의 17
"奈良", 중요한 행사를 기록한 권1의 6 "平和博覽會", 권2의 5 "極東競
技大會" 등의 수록문들 역시 일본어로 먼저 작성하고 번역했을 가능
성이 많다. 위 표에 보이듯이 1, 2권보다 심화된 학습을 요구하는 3-5
권의 번역문 비중이 높은 것도 유의해야 한다. 『고등독본』의 조선문
들이 한국 문장을 완전히 배제한 번역이었던 것과는 다르지만, 여전히
총독부의 언어/교육 정책 속에서 조선어의 위상은 일본어 번역과 연
동된 것이었음이 나타난다. 원문과 일일이 대조하지 않았지만 번역의

---

8) 이 글은 조선인을 대상으로 총독부에서 발간한 『高等國語讀本』의 10권의 마지막인
   20과이다. 발췌된 부분이 적어 저자를 표기하지 않은 것으로 보인다.

실제 과정은 대체로 원문의 수정과 생략과 보충이 많아 번안에 가까웠다. 그런데, 한국의 한문전적들에 대한 번안은 원문의 대의를 수정하는 정도에 이른 경우도 있는 반면, 일본의 문장들에 대해서는 원문의 대의를 좀 더 존중한 발췌역의 양상이었다는 점은 일종의 정책적 차별로 해석할 수 있다.

표1에서 나타나듯이 조선어의 위상을 한문과의 역사적 배경 속에서 설정한 것처럼, 실제 조선어 교과의 운영도 번역에 초점을 맞추었던 것이다. 물론 조선의 문화와 역사가 전혀 반영되지 않은 『고등독본』의 조선문과는 달리, 『삼국사기』, 『어우야담(於于野談)』을 번역하고 『희조일사(熙朝軼事)』(1866)처럼 당시로서는 비교적 최근에 편찬된 서적까지 번역의 저본으로 삼아 조선의 문화와 역사를 반영한 것은 『신편독본』에서 달라진 조선어의 위상을 보여주는 사례들이다.[9] 『고등독본』의 조선문이 일본의 문장을 번역하기 위한 보조적 언어에 그쳤다면, 『신편독본』의 조선어는 제한적이기는 하지만, 역사와 문화를 담을 수 있는 언어로 그 위상이 확대된 것이다.

이는 당대 조선의 언어, 문화적 수요를 제한적이나마 받아들이려 노력했던 결과로 볼 수 있다. 그래서 『고등독본』의 조선문이 "~니라"로 종결되며 한자의 비중이 높은 고어투로 통일되어 있었던 것에 비해, 표2에 자세히 나타나듯이 『신편독본』의 조선어부 문체는 대화체, 고어체, "~다"로 종결되는 문체 등으로 다양하고 한자의 사용 양상도 다양하다. 『고등독본』이 조선의 당대적 언어생활을 반영하려는 노력을 거의 보이지 않은 것에 비해서는 『신편독본』은 1920년대 당대 조

---

9) 『신편독본』 조선어부에는 한국의 한문전적과 『시문독본』의 수록문 뿐 아니라, 정철과 이이, 성혼 등의 시조도 다수 포함되어 있는 것도 조선의 문화전통을 조금이나마 존중하려는 편집 태도로 해석할 수 있다.

선어의 다양한 운용 양상을 반영하려 노력한 것이다. 여기에 한문 및 일본어의 번역이 중요한 수단으로 사용된 것은 주목을 요한다. 표1에 정리한 수록문들이 한문과의 관계 속에 설정된 조선어의 위상을 강조한 것처럼, 『신편독본』의 조선어부 역시 번역은 중요하다. 『신편독본』의 조선어는 『고등독본』의 보조적 위상과는 다르지만 역시 조선어를 "국어"인 일본이나 한국과 일본이 공유하는 한문전통을 번역하는 매체로서의 기능이 중시된 것이다. 그런데, 앞에서 거론했듯이 일본어의 번역이 훨씬 많으며 한국 한문전적은 번역/번안의 과정에서 원문의 대의가 수정되는 경우도 잦아 결국은 일본어에 대한 번역어로서의 기능이 더 우선한다.

Ⅲ. 『신편독본』의 한문, 일본어 번역의 양상

『신편독본』의 다양한 번역문을 통해 총독부가 정책적으로 설정한 조선어의 양상을 조망해 볼 수 있다. 표2에 나타나듯이 대화체, 고어체 그리고 한자의 비중을 늘리고 줄이는 등의 다양한 문체적 특징이 한문과 일본어 번역을 통해 나타나고 있는 것이다. 이 양상에 대해서는 이미 부분적으로 거론한 바 있지만,[10] 이 논문에서는 일본어 번역을 포함해 문체적 다양성과 당대 조선의 언어적 수요를 가늠할 수 있는 방향으로 분석을 전개하겠다.

한문이라는 동일한 언어로 작성된 번역의 저본들이지만 번역 과정을 통해 대화체와 고어체 등의 당대적 언어 수요를 가늠할 수 있는 문체적 다양성이 반영되었던 것이다. 그 중에 먼저 한문의 비중이 높

---

10) 임상석(2009), 임상석(2010) 참조.

은 고어체로 번역된 사례를 들어본다.

> 漢陽은累百年以來朝鮮의首都이다. 層峰과疊嶂이龍처럼蟠하고虎
> 처럼踞하야, 或은起하고或은伏하며, 劍처럼立하고旗처럼張하야, 北
> 은三角과白嶽이되니, 都省의 鎭山이오,(중략)山은秀麗하고洞은幽邃
> 한대, 石泉이琤瑽하야 間或細瀑되엿스며, 香蔬가滿園하고花卉가苑密
> 한대, 白鳥가笙을奏하니, 그絕勝한景槪는模畵하기어렵다. 이에詩興
> 을難堪하야, 一絕을 吟하얏다.
> 　白花朝氣小樓明, 短屐翩翩如羽化輕/ 披得煩襟淘瀉盡, 滿山煙霧極望
> 平11)

> 漢陽은**自是帝王之都**ㅣ**라萬億年太平之基**ㅣ**非區區管見의所可規測**
> **이로대而其體勢之雄과氣像之儼은只覺其大排布也**ㅣ**라層峰疊嶂이龍**
> **蟠虎踞하야或起或伏하고劍立旗張하니北爲三角白嶽이라雄鎭大都**오
> (중략) 山秀洞幽하고香蔬ㅣ滿園하며間或細瀑하야白鳥奏笙하고石泉
> 이琤瑽하며花卉ㅣ苑密하니景槪絕勝을難以模畵也ㅣ러라吟一絕詩曰
> 　白花朝氣小樓明하니 短屐翩翩如羽化輕을/ 披得煩襟淘瀉盡하니 滿山
> 煙霧極望平을12)

이 글의 제목은 "한양유기(漢陽遊記)"라 되어 있으며, 조선 순조대의
여류시인인 금원(錦園) 김씨가 남긴 기행문 「호동서락기(湖東西洛記)」
에서 발췌한 것이다. 조선의 한문전적 가운데 공식적 문집으로 발간된

---

11) "2과 漢陽遊記"『신편독본』권4, 9~11쪽.(".,"을 ".,"로 ",,"을 ",,"로 바꾸고, 줄바꿈을
　　표시하기 위해 "/"을 더한 이외에는 원문 그대로의 표기, 조선어급한문독본에서 인용
　　한 경우는 이하 같음.)
12) 「湖洛鴻爪」,『청춘』12, 신문관, 1918, 92~93쪽.(강조는 인용자, 표기는 원문 그대
　　로, 이하 같음. 이 저본도 원문 그대로는 아니지만,『시문독본』, 조선광문회 등 최남
　　선의 출판 작업이 총독부 교과서에도 영향을 준 것으로 보아 이 저본에서 인용한다.)

것이 아닌 이 작품을 수록한 것은 아무래도 최남선의 한국 전적 정리
사업과 관계가 있어 보인다. 전체적으로 한문의 수사적 흥취를 전하기
위해서 한자를 대부분 그대로 두고 어순만 약간 바꾼 번역이다. 또한,
한시는 조사도 붙이지 않은 채, 그대로 전재하였고 아래 인용문 3째
줄의 "難"을 "어렵다"로 바꾼 것 이외에는 한자는 거의 모두 그대로
남아 『신편독본』의 전반적 문체와는 달리 계몽기 국한문체와 유사한
형태이다. 그러나 이와 같은 문체는 『신편독본』에서 거의 찾아 볼 수
없다. 이 번역의 성격은 『고등독본』에서 일본인의 한문 문장을 번역
한 조선문과 형태적으로 유사한데, 이와 같은 형태의 조선어 문체는
거의 이 글에서만 나타난 것으로 『신편독본』이 추구한 조선어의 양상
과는 다른 예외적인 사례였을 것으로 추정된다.

　번역 과정에서 흥미로운 점은 의도적인 생략과 수정이 있다는 점이
다. 아래 인용문의 밑줄 친 부분이 생략되고 수정된 것은 교과서 편찬
자의 의도가 반영된 일종의 검열로 보인다. "제왕의 수도"를 "수백년
이래 조선의 수도"로 수정하고 "억만년 태평의 터"와 "기세의 웅위함",
"기상의 의젓함" 등을 생략한 것은 분명히 일종의 민족적 감정을 억제
하기 위한 의도일 터이다. 이 번역문과 달리 『신편독본』이 주로 사용
한 문체는 한자의 비중이 줄어든 대화체나 고어체 그리고 주로 일본어
에서 번역된 것으로 보이는 "～다"체였다.

　　넷날에 東海龍女가 무슨 重病이들엇섯소.　그째 그 病을 診察한　醫員은
말하되,/「이 病을 治療하랴면, 암만하야도, 토기의 肝을 求하야쓰기젼
에는, 달은 道理는 업겟습니다.」/ 하얏소. 그러나 海中에 토끼가 잇슬까
닭이업서서,　이것을 엇지하면조켓느냐고,　座中이 모다 걱정만하고 잇섯
소./ 이째맛참, 거북한마리가 龍女에게 告하되,/「제가비록　才操는 업스

나, 뭇헤나가서, 반다시토끼를잡아올터이니, 決코근심하실것이업습
니다.」/ 하고, 卽時陸地에나와서, 토기를차저보고, 甘言利說로쇠이기
를, / 「여기서갓가운海中에섬하나가잇는대, 그섬에는맑은샘이잇고,
큰바위도만으며, 숩풀이茂盛하고, 果實이만을쑨아니라, 춥도안코, 덥
도아니하더라. 쏘그쑨아니라, 네가第一무서워하는鷹犬은하나도업스
니, 네가萬一그섬에들어가고보면, 一平生을便安하게잘지낼것이다./
하얏소.(중략)「응, 그러냐. 그러면그말을웨진작하지안앗느냐, 나는本
來神明의子孫임으로, 마음대로五臟을쓰내여씻어서, 그대로바위밋헤
너어두고, 瞥眼間네말에홀려서, 깜박니저버리고, 그대로업혀왓스니,
이일을 엇지하면 조탄말이냐.(하략)13)

저본인『삼국사기』의 "구토지설(龜兎之說)" 부분을 번안한 성격이다.
서사적 흥미를 강화하기 위해 원문에 없는 추가적 서술이 많이 추가되
어 있다. 서술 부분은 대화체를 사용하고 대화를 인용한 경우에는 "~
다"체를 사용하고 있다. 앞의 「한양유기」와는 달리 한자의 사용도 줄
어들어 대부분의 단어를 한글로 표기하고 있으며, 복문위주의 혼란한
문장 구성에서도 벗어나 있다. 이와 같은 문체는 20년대 당시의 『개벽』
이나 『창조』 같은 문학지만큼 새롭다고 할 수는 없어도 『시문독본』,
『청춘』, 『신문계(新文界)』 등에서 나타나는 1910년대 조선어 문체보다

---

13) 12과 "兎의肝", 『신편독본』 권2, 59-63쪽. 저본인『삼국사기』「金庾信列傳」 속의
   "龜兎之說" 부분은 아래와 같다.
   "昔, 東海龍女病心, 醫言: '得兎肝合藥, 則可療也.' 然海中無兎, 不奈之何. 有一龜
   白龍王言: '吾能得之.' 逐登陸見兎言: '海中有一島, 淸泉白石, 茂林佳菓, 寒暑不能
   到, 鷹隼不能侵. 爾若得至, 可以安居無患.' 因負兎背上, 游行二三里許. 龜顧謂兎曰:
   '今龍女被病, 須兎肝爲藥, 故不憚勞, 負爾來耳.' 兎曰: '噫, 吾神明之後, 能出五藏,
   洗而納之. 日者小覺心煩, 逐出肝心洗之, 暫置巖石之底, 聞爾甘言徑來, 肝尙在彼,
   何不廻歸取肝, 則汝得所求, 吾雖無肝尙活, 豈不兩相宜哉.' 龜信之而還, 纔上岸, 兎
   脫入草中, 謂龜曰: '愚哉, 汝也, 豈有無肝而生者乎.' 龜憫黙而退."

는 훨씬 언어적 일관성을 갖춘 문체라고 할 수 있다.

『신편독본』은 흥미를 청유하기 위한 서사적 성격의 글에서는 주로
위와 같은 문체를 사용했으며, 지리를 기술하는 글이나 의론을 담은
글에서는 한자의 비중이 높은 문체를 사용하였다. 앞에서도 거론했듯
이 당대 조선의 다양한 언어적 수요를 어느 정도 반영한 양상이며 그
과정에서 조선의 한문 전적이 일정한 역할을 차지했던 것은 다양한
해석의 여지가 있다. 비록 그 비중이 적기는 하지만, 교과서로 조선어
의 문체 모범을 만드는 과정에 조선의 전통을 사용했다는 것은 1910년
대의 『고등독본』과는 차별성이 있는 것이다. 그러나 각주의 원문과
대비해 보면 추가된 부분이 많은 것을 알 수 있다. 위 인용문의 번안이
원문의 대의를 크게 손상하지 않는 정도의 것이었다면 권5의 5과 "두
더쥐혼인"의 경우 출처로 명기한 『어우야담』 소재의 "野鼠之婚"에서
소재와 서사 줄거리만을 가져왔을 뿐이지, 원문의 대의를 손상한 번안
이다. 번안의 결과, 국혼(國婚)을 경계하는 『어우야담』의 역사적 배경
과 경세의식은 사라지고 분수를 지키라는 일반적인 교훈담으로 바뀌
었다. 또한, 인용문에 밑줄로 표시한 "龍女"는 원문의 "龍王"을 바꾼
것이다. 앞서 "한양유기"에서 "帝王", "大都" 등을 수정한 것을 감안하
면 분명히 의도적인 수정이다. 민족적 의식을 환기할 수 있는 요소를
제거하려는 정책적 검열이 그야말로 집요하고 철저했음을 보여준다.
그러므로 조선어의 문화/역사적 배경을 일정 부분 인정해 주었다하더
라도 이는 매우 제한된 것이었다고 밖에 할 수 없을 것이다.[14] 다음은

---

14) 이외에 『熙朝軼事』에서 번안된 "朴泰星"과 "林俊元"의 경우도, 전자에서는 대화 부
분에 원문에 없는 진술을 덧붙였고, 후자의 서두에 한양의 남부와 북부의 사회문화
적 구분을 서술한 부분은 생략하는 등, 번안의 성격이 강하다.(李慶民, 『熙朝軼事』
卷 1,2, 국립중앙도서관 소장본, 참조.)

일본어를 번역한 사례이다.

　　福澤諭吉翁은近代日本의有名한敎育家인대, 일즉이다음과갓흔이약
이를하얏소./ 이世上에무엇이第一무서우냐하면, 債金만치무서운것은
다시업슬것이오. 他人에게對하야金錢의세음이不分明함은못쓸일이라
고決心하면, 債金은더욱무서운것이오. 나의兄弟‧姉妹들은幼時로부
터貧困중에서자라낫슴으로, 母親의苦生하시든貌樣은一平生에닛치지
못하오.(중략)/「너는아모것도몰으는일이지만은, 十年前에이러한일
이잇서, 五郞兵衛가自退함으로, 우리집에서는大阪屋에金五錢을바든
것갓치되여서, 實로 未安하다. 士族의집이平民의金錢을쓰고, 그대로
잠잣고잇슬수는업다. 벌서부터갑흐랴고여러번싱각은하얏스나, 마음
대로되지못하얏드니, 겨우今年은조곰融通이되엿스니, 이돈五錢을大
阪屋에가지고가서, 잘致謝한後에, 갑고오너라」/ (중략)나는債金에對
하야는큰겁쟁이오. 사람에게金錢을借用하고, 그督促을맛나면서, 갑
흘道理가업스면, 그근심은맛치利劍을가진者에게쫏겨가는마음과달을
것이업다고싱각하오.15)

　　凡そ世の中に何が怖いと云ても暗殺は別にして債金ぐらゐ怖いもの
はない他人に對して金錢の不義理は相濟もぬ事と決定すれば債金はま
すます怖くなります私共の兄弟姉妹は幼少の時から貧乏の味を嘗め盡
して母の苦勞せた樣子を見ても生涯忘れられません(중략)「お前は何も
知らぬ事だが十年前に斯う斯う云ふ事があつて大阪屋が掛棄にして福
澤の家は大阪屋に金二朱を貰ふたやうなものだ誠に氣に濟まぬ,武家が
町人から金を惠まれて夫れを唯貰ふて黙て居ることは出來ません疾う
から返したい返したいと思ては居たがドウも爾う行かずにヤツと今年は
少し融通が付にから此二朱にお金を大阪屋に持て行て厚う禮を述べて
返して來いと(중략)私は債金の事に就て大の臆病者で少しも勇氣がな

────────
15) 19과 "世上에서第一무서운것", 『신편독본』 권2, 88〜93쪽.

い人に金を借用して其催促に逢ぐて返すことが出來ないと云ぐときの心
配は恰も白刃を以て後ろから追蒐けられるやうな心地がするだらうと思
ひます16)

이 "세상에서 제일 무서운 것"은 후쿠자와 유키치의 구술을 받아서
작성된 그의 자서전인 『복옹자전(福翁自傳)』에서 "一身一家 經濟의 유
래" 부분을 발췌역한 것이다. 발췌역이기는 해도 앞서의 인용문들에
비해서는 원문의 대의를 훨씬 유지한 양상이다. 『복옹자전』은 1899년
의 글이지만, 같은 시대의 한국어 양상과 비교한다면 현대어에 훨씬
더 가까운 양상이다. 한자가 상당히 사용되고 있지만 훈독이나 음독을
표기하는 루비가 붙어 있어서 이른바 언문일치체에 근접한 문장이
다.17) 그리고 위 인용문이 앞서 인용된 "한양유기", "兎의 肝"보다 20

---

16) 福澤諭吉, 『福澤全集』 7 「福翁自傳」, "一身一家經濟の由來", 東京: 時事新報社,
1926[1899], 543~546쪽. 직역투로 옮기면 아래와 같다.(번역은 후쿠자와 유키치,
허호 역, 『후쿠자와 유키치 자서전』, 이산, 2006, 287~290쪽을 참조. 원문의 한자
독음 루비는 생략함.)
"대개 세상 가운데 무엇이 두려운가라고 한다면 암살은 별도로 치고 빚만큼 두려운
것이 없으니, 타인에 대하여 금전이 정당하지 않음을 미안한 일로 결정했다면 빚이
더욱더 두려워집니다. 나의 형제자매는 어린 시절부터 궁핍의 맛을 다 보았기에 어
머니의 고생하시던 모습을 겪어서 생애에 잊을 수 없습니다.……'너는 무엇인지 알지
못하는 일이지만, 10년 전에 이러이러한 일이 있어서 오사카야가 (계를, 인용자 삽
입, 이하 같음.) 중도에 그만두어서 후쿠자와 집안은 오사카야에게 돈 2주(朱, 과거
일본의 화폐단위로 1兩의 16분의 1)를 받아버린 것이다. 진실로 기분에 미안한 것이
라, 무가가 조닌으로부터 돈을 썼으니 그렇다고 이를 그저 받고서 잠자코 있는 일은
있을 수 없다. 예전부터 돌려줘야지, 돌려줘야지 하고 생각하고 있었으나 아무리 해
도 그리 할 수 없었는데, 겨우 금년은 조금 여유가 생겼기에 이 2주의 돈을 오사카야
에게 가지고 가서 후하게 예를 갖추고서 갚고 돌아오라고……' 나는 빚의 일에 대해
서는 큰 겁쟁이로 조금도 용기가 없으니, 사람에게 돈을 차용하고서 그 독촉을 당하
고도 갚을 수가 없다는 때의 걱정은 흡사 시퍼런 칼로 뒤에서 쫓김을 당하는 듯한
마음이 된다고 생각합니다."
17) 福澤諭吉은 일본 언문일치의 성립에서 매우 중요한 작가이며, 인용된 「福翁自傳」의

년대의 새로운 조선어 문체에 가까운 것을 보면, 일본어 언문일치체를 번역을 통해 조선어에 이식하려는 정책적 노력으로 추정할 수 있다. 또한, 본문의 진술은 대화체로 인용문은 "~다"체로 번역한 방식을 앞서 인용한 "兎의 肝"에도 그대로 적용한 것도 일본의 문체를 조선어에 이식하려 했던 하나의 논증이 될 수 있다.

전체적 이야기는 후쿠자와의 어머니가 상인인 오사카야 고로베에 및 다른 사람들과 계를 만들었는데, 오사카야가 중도에 탈퇴하여 곗돈을 전해 주지 못하였는데 당시의 관례상 전해 주지 않아도 되었고 오사카야도 사양하는 것을 수고를 무릅쓰고 굳이 전해주었다는 이야기이다. 그리고 인용문 마지막의 문장은 이와 유사한 다른 일화를 기술한 이후에 마무리 차원으로 배치된 것이다. 원문의 구체적인 상황은 생략하고 갚지 않아도 될 돈을 갚았다는 대의와 빚이 세상에서 제일 두려운 것이라는 결론을 발췌해서 제시한 양상이다.

원문에서 가장 달라진 부분은 평서형의 종결어미를 청자를 설정한 대화체 "~소", "~하오" 등으로 수정한 점이다. 청자의 흥미를 고취하기 위한 취지라고 생각되는데, 실제 저술 과정에서 후쿠자와의 구술에 근거한 점을 고려한 것일 수도 있다. 또한, 근대일본의 유명한 교육가인 후쿠자와가 직접 말을 거는 상황을 만들어 청유를 강화하려는 장치이기도 하다. 또한, "掛棄", "心配" 등의 일본어 단어를 저절한 조선어 어휘로 바꾸고 있으며, 통사적 구조도 부분적으로 조선어 식으로 변경하고 있다. 일본과 조선의 문화적 차이나 독자의 수요를 감안한 번역인 셈인데 이는 『고등국어독본』에서 번역한 수록문들에서도 공통적으로 드러나는 사안이다.[18]

문체도 문어체가 아닌 구어체 문장이다.(森岡健二, 『近代語の成立』, 東京:明治書院, 1991, 416~430쪽, 참조.)

발췌역이기는 하지만, 한국 한문 전적의 번안보다는 직역에 더 가까운 양상이다. 앞서 인용한 「한양유기」의 원문은 생략이 적지 않고, "兎의 肝"은 『삼국사기』 "龜兎之說"의 원문에 없는 진술을 많이 보충하였으며, "두더쥐 婚姻"은 원문을 거의 남기지 않고 그 대의조차 수정한 것에 비하면 발췌된 부분에 대해서만은 거의 직역의 원칙을 지키고 있다. 원문에 "暗殺이 언급된 부분이 생략된 것이 눈에 띄는데, 이 "一身一家 經濟의 유래"는 암살이 난무하던 메이지 시대의 혼란상을 회고한 다음에 배치된 것이기에, "암살"이 강조되고 있지만 인용문의 대의에 큰 관계가 없기에 생략한 것으로 보인다. 한편, 식민통치의 본국에서 일어나고 있는 정치적 혼란상을 굳이 전할 필요가 없다는 정책적 판단도 가미된 것으로 보인다.

『복옹자전』의 번역에서 나타나듯이 총독부가 추구한 조선어는 어느 정도 언어적 일관성과 안정성을 이룬 당대 일본어, 그중에도 언문일치체에 가까운 양상의 문체였던 것이 나타난다. 그러나 여러 가지 문체가 동시에 채용되고 있는 것처럼, 『신편독본』의 조선어부는 아직 문체적 모색의 과정을 거치고 있었다고 보인다. 이 과정에서 일본어의 번역이 큰 비중을 차지했다는 사실은 매우 중요하다. 그러나 작은 비중이나마 조선의 문화와 역사를 조선어 문체의 모색 속에 포함했다는 점은 『고등독본』의 조선어 인식과는 큰 차이점이다.

---

18) 국립중앙도서관 소장본으로 『신편고등국어독본』(조선총독부 편, 1922~1924)에서 표2의 6)과 21)의 원문으로 표기된 "14과 新聞紙"(권 3, 76쪽), "32과 鄭夢周"(권4, 167쪽) 등을 확인할 수 있는데, 역시 완역이나 직역이 아닌 수정과 생략이 잦아 조선어와 일본어 사이의 언어적, 문화적 차이를 여러모로 고려한 것으로 보인다. 그러나 역시 한국 한문 전적을 번안한 앞의 인용문들에 비해서는 원문이 더 보존되어 있다.

Ⅳ. 『중등독본』(1932)에서 달라진 조선어의 위상

『중등독본』은 앞에서 언급했듯이 조선어부에 실린 수록문의 출처
나 저자를 전혀 밝히지 않았다. 공식적으로는 번역문이 실리지 않은
셈이다.19) 그러나 아래 표3에 보이듯이 실제 번역의 과정을 거쳤음에
도 그 저본을 생략한 사례들이 있다. 대신에 당대 조선 작가들의 저술
을 수록한 점은 큰 변화이다. 이『중등독본』에서 번역이 이용된 부분
은 오히려 한문부이다. 권1의 한문부는 초반에 편성된 "音訓", "短文",
"숙어" 등의 7과에서 한문, 한자에 한글 번역을 달아놓아 한문 학습에
번역을 적용한 셈이다. 그러나 전반적으로 번역의 비중은『신편독본』
에 비해 현저하게 줄은 셈이다. 교과서 속에서 조선어는 번역의 수단
이 아닌 창작과 저술의 수단으로 그 위상이 더욱 확장된 것이다. 아래
에『중등독본』의 조선어부 중, 출처를 표기하지 않고 수록한 조선 작
가들의 글을 정리한다.

표3: 『중등독본』(1932) 조선어부에 실린 한국 작가들의 글 목록

연번/위치	제목	성격, 작가	분량
1)권1 11과	夫餘를 찾는 길에	부여 근처의 명승지에 대한 기행문, 한글위주, 이병기	6쪽
2)권1 12과	佛國寺에서	경주의 명승과 신라에 대한 회고, 한글위주, 현진건	7쪽
3)권1 14과	歸省	일종의 생활문, 『시문독본』 1-14, 한글위주	3쪽
4)권1 15과	海雲臺에서	기행문, 시 삽입, 한글위주, 이광수『시문독본』 4-20	5쪽
5)권1 28과	공부의 바다	운문으로 된 잠언 성격, 『시문독본』 1-2	2쪽
6)권1 37과	生活	고어체, 교훈조, 『시문독본』 1-11	2.5쪽

---

19) 이는『중등독본』1~4권을 기준으로 한 진술이다. 5권은 현재 실물을 확인할 수 없
다. 5권은 목차와 조선어부 1과인 "善과 惡"의 1쪽만을 확인할 수 있는데, 목차에
나온 19과 "聖人人格의 新觀察"은『고등국어독본』에도 같은 제목이 실려 있어 번역
일 확률도 많다.

7)권2 7과	朴淵	박연폭포에 대한 기행문, 이정구, 『시문독본』 1-24를 수정	4쪽
8)권2 10과	石窟庵	석굴암 기행문, 현진건, 도화 2건 삽입	8쪽
9)권2 23과	힘을 오로지 함	교훈조, 張維의 고사 삽입, 『시문독본』 2-3	4쪽
10)권2 27과	活潑	교훈조, 柳永模, 『시문독본』 2-14	3.5쪽
11)권3 5과	때를 앗김	교훈조, 『시문독본』 2-25	5쪽
12)권3 14과	華溪에서 해…	기행문, 『시문독본』 2-21	3쪽
13)권4 8과	白頭山登陟	기행문, 서명응, 『시문독본』 2-2를 수정, 도화 2건 삽입	5.5쪽
14)권4 10과	내 소와 개	소년소설 성격, 이광수, 『시문독본』 2-12,13	10쪽
15)권4 12과	勇氣	교훈조, 『시문독본』 1-19	5쪽
총 136과 중 15과		총 650여 쪽 가운데 74쪽 가량	

※『시문독본』 외의 출처를 가진 수록문들은 위 허재영(2009, 144쪽)에 의거함.
※鄭澈의 「星山別曲」이 수록되고 「五倫歌」 등의 시조들도 『신편독본』보다 더 많이 수록되었다.
※잠정적인 표로 더 많은 한국 작가들의 글이 수록되었을 가능성이 있음.
※『시문독본』의 수록문들은 모두 1929년에 개정된 "언문철자법"에 맞추어 수정됨.

아직 잠정적인 단계의 표이지만 여기에 근거하면, 조선의 시조와 가사를 합쳐 조선어부 전체의 약 15% 가량을 조선 작가의 저술이 차지한 셈이다. 특히 현진건, 이병기 등 당대 활동하던 작가들의 저술을 수록한 것은 『신편독본』보다 더 적극적으로 조선의 당대적 수요를 반영한 양상이라 해석할 수 있다. 물론 1910년대의 문장인 『시문독본』을 1930년대에 다수 배치한 것은 한글의 비중이 훨씬 높아지고 언어적 일관성이 더욱 안정되었던 1930년대의 조선어 문체를 감안하면 상당히 시대착오적인 모습이라고 하겠다. 그러나 『시문독본』의 문장이나 편집체제가 『신편독본』에서부터 『중등독본』에까지 영향을 미치고 있다는 것은 별도의 역사학적이고 문헌학적인 고찰이 필요한 사안이다.

조선어가 번역의 과정이 아닌 조선인의 창작과 저술의 수단이 될 수 있음을 총독부의 교과서에서 인정한 것은 교과서 전체에서의 비중과 상관없이 주요한 변화라 할 수 있다. 물론 표3에 나타나듯이, 이정구, 서명응 등의 한문 저술을 번역하고서 출처를 밝히지 않은 것처럼, 실제로 더 많은 번역이 포함되었을 가능성도 많다. 그러나 공식적으로 번역의 저본을 표기하지 않은 것은 그만큼 『중등독본』이 설정한 조선어의 위상이 『신편독본』과는 달라진 것이라고 해석할 여지가 충분하다. 『신편독본』의 조선어부가 일본어의 번역으로 많이 채워진 것에 비해, 당대 한국 작가의 저술을 포함한 것은 조선어의 교과서적 모범을 조선인이 추구할 수 있다는 가능성을 인정한 것으로 해석할 수 있다. 물론 그 비중이 그다지 크지 않지만, 조선인의 저술을 포함한 것은 총독부의 언어/교육 정책에서 조선어와 조선인에 대한 인식이 변화했음을 보여주는 지점이라고 볼 수 있는 것이다.

V. 맺음

이상과 같이, 『신편독본』을 중심으로 3차례에 걸쳐 전면 개정된 조선총독부의 중등용 조선어급한문 교과서의 조선어 인식을 조망해 보았다. 1910년대의 『고등독본』에서 조선이는 일본이와 한문을 보조하는 위상으로 당대의 언어적 수요를 거의 반영하지 않은 위상이었다면, 1920년대의 『신편독본』에서 조선어는 주로 일본어에 대한 번역의 수단이기는 하지만, 조선의 문화와 역사를 제한적으로나마 담을 수 있는 위치로 그 위상이 달라진다. 그리고 1930년대의 『중등독본』에서는 제한적이나마 창작과 저술의 매체로 한 단계 더 올라선 셈이다.

특히 『신편독본』에서는 조선어의 위상에 한문과 조선어의 역사적 배경을 설정하고, 번역을 통해 다양한 조선어 문체를 설정하려 했던 것은 의미심장하다. 특히 당대의 다양한 일본어 문체가 수용된 양상에 대해서는 관련 전공자들의 도움으로 연구를 확장할 필요가 있다. 또한, 이 세 가지 교과서에 설정된 조선어 인식의 차별성, 결국 총독부의 언어/교육 정책의 변천은 다양한 분야에서 탐구해야만 할 것이다. 정책적 지향의 변화를 가능하게 했던 정치, 사회, 문화적 배경에 대한 역사적 분석과 연구로 이어져야 한다.

그리고 이를 위해서, 이 논문에서는 부분적으로밖에 언급하기 못했지만, 『고등국어독본』, 『실업학교국어독본』 등 총독부의 일본어 교과서 및, 당시 일본에서 통용되던 다양한 문체들과 총독부 조선어 교과서의 문헌학적 대조와 비교연구가 먼저 진행되어야만 할 것이다.

참고문헌

1. 1차 문헌

『高等朝鮮語及漢文讀本』, 朝鮮總督府, 1913.

『新編高等朝鮮語及漢文讀本』, 朝鮮總督府, 1924.

『中等教育朝鮮語及漢文讀本』, 朝鮮總督府, 1932.

『新編高等國語讀本』, 朝鮮總督府, 1922~1024.

『三國史記』, 『於于野談』

李慶民, 『熙朝軼事』 卷 1,2, 1866.

崔南善, 『時文讀本』(訂正合編), 新文館, 1918.

錦園金氏, 「湖洛鴻爪」, 『靑春』 12, 신문관, 1918.

福澤諭吉, 『福澤全集』 7, 東京: 時事新報社, 1926[1899].

2. 2차 문헌

강진호, 허재영 편, 『조선어독본』 1~5, 제이엔씨, 2010.

박치범, 「日帝强占期 普通學校 『朝鮮語及漢文讀本』의 性格: 第1次 敎育令期 4學年 敎
科書의 '練習'을 中心으로」, 『어문연구』 150, 한국어문교육연구회, 2011.

심경호, 「日帝時代 朝鮮總督府 韓國兒童用語學讀本에 나타난 漢字語와 漢文」, 『한문
교육연구』 33, 한문교육학회, 2009.

임상석, 「일제강점기, 조선총독부의 조선어급한문교과서 연구 시론-중등교육 교재 『고
등조선어급한문독본』을 중심으로」, 『한문학보』 22, 우리한문학회, 2010.

_____, 「일본 문장의 번역으로 나타난 "조선문"」, 『번역비평』 3, 2009.

허재영, 『일제강점기 교과서 정책과 조선어과 교과서』, 경진, 2009.

후쿠자와 유키치, 허호 역, 『후쿠자와 유키치 자서전』, 이산, 2006.

森岡健二, 『近代語の成立』, 東京:明治書院, 1991.

찾아보기

필자소개(논문 게재 순) 및 원고출처

이은령(李恩姈) eunryounglee@pusan.ac.kr

부산대학교 인문학연구소 HK교수. 2004년 프랑스사회과학원에서 발화화행이론에 입각한 담화분석으로 언어학박사 학위를 받았고 전공분야는 의미론이다. 주요 논문으로는 "Exploiting Morpho-syntactic Features for Verb Sense Distinction in KorLex"와 『19세기 이중어사전 『한불자전(1880)』과 『한영자전(1911)』 비교연구』 등이 있다. 지금 관심 있는 연구 주제는 프랑스어 문화권에서 프랑스어와 지역어의 관계와 다언어주의의 문제이다. 이 저서에 수록된 「프랑스어 표상을 통해 본 프랑스어 증진의 담화전략」은 『불어불문학연구』 제92집(한국불어불문학회, 2012. 12)에 게재되었던 글을 총서의 체제에 맞게 약간 수정한 것이다.

하상복(河相福) hasangbok@pusan.ac.kr

부산대학교 인문학연구소 HK조교수. 2002년 부산대학교에서 「E. L. 닥터로우 소설의 역사재현 가능성과 역사성의 복원」이라는 제목으로 박사학위를 받았고, 전공분야는 영미문화, 문화이론, 영미소설이다. 현재 부산대학교 인문한국(HK)[고전번역+비교문화학연구단]에서 연구를 수행하고 있다. 대표 업적으로는 「전지구화, 신자유주의, 그리고 인종문화」, 「비판적 혼종성의 가능성과 실코의 『의식』」, 「미국 다인종 문학의 정전화 과정과 비판적 다문화주의」, 「프란츠 파농의 탈식민주의적 실천: 유럽중심주의와 인종주의 비판」 등 다수의 논문과 『물질, 물질성의 담론과 영미소설 읽기』, 『틈새공간의 시학과 그 실제』 등의 공저가 있다. 그리고 역서로 『파농과 유럽의 위기』가 곧 출판될 예정이다. 지금 관심을 두고 있는 연구는 인종주의, 탈식민주의, 다문화주의, 라틴 아메리카 근대성/식민성 논의를 중심으로 한 주변부 문화 및 문학 연구이다. 이 저서에 수록된 「황색 피부, 백색 가면황색 피부, 백색 가면- 한국의 내면화된 인종주의의 역사적 고찰과 다문화주의」는 『인문과학연구』 제33집(강원대학교 인문과학연구소 2012. 6)에 게재되었던 총서의 체제의 맞게 약간 수정한 것이다.

이효석(李孝石) hsyee@pusan.ac.kr

부산대학교 인문학연구소 HK 교수. 2002년 고려대학교에서 「Henry James 소설 연구」라는 제목으로 학위를 받았고, 전공분야는 비교문화이다. 지은 책으로는 『헨

리 제임스의 영미문화 비판』이 있고 역서로는『팽창하는 세계』,『행복한 걷기』,
『포스트모더니즘 백과사전』(공역),『하이재킹 아메리카』(공역)가 있다. 지금 관심
을 기울이고 있는 분야는 서양과 동양의 문화교섭의 양상, 고전의 형성, 주변부
문화와 보편성의 문제 등이다. 이 저서에 실린「아널드의 교양 개념의 문화정치학
적 함의와 '열린' 교양의 가능성」은『새한영어영문학』제54권 2호(새한영어영문학
회, 2012, 05)에 게재되었던 글을 총서의 체제에 맞게 약간 수정한 것이다.

김경연(金炅延) ssday426@naver.com

부산대 국어국문학과를 졸업하고 동대학원에서『1920~30년대 여성잡지와 근대 여
성문학의 형성』으로 박사학위를 취득했다. 부산대 [고전번역+비교문화학] 연구단
에서 HK연구교수로 재직했으며 현재 부산대 국어국문학과에 재직하고 있다. 저서
로『세이렌들의 귀환』(2011),『살아있는 신화, 황진이』(2006. 공저),『2000년대 한국
문학의 징후들』(2007. 공저),『문학과 문화, 디지털을 만나다』(2008. 공저),『혁명
이후의 문학』(2009. 공저),『불가능한 대화들』(2011. 편저)이 있다. 이 저서에 수록
된「마이너리티는 말할 수 있는가 - 난민의 자기역사 쓰기와 내셔널 히스토리의
파열」는『인문연구』제64집(영남대학교 인문과학연구소, 2012. 4)에 게재되었던
글을 총서의 체제에 맞게 약간 수정한 것이다. 그리고「경계의 기억과 트랜스내셔
널의 (불)가능성 - 해방/패전 이후 한일(韓日) 귀환자의 서사와 기억의 정치학」은
『우리문학연구』제38집(우리문학회, 2103. 2)에 게재되었던 글을 총서의 체제에
맞게 약간 수정한 것이다.

김애령(金愛鈴) aeryung@ewha.ac.kr

이화여자대학교에서 철학 공부를 시작했고, 베를린 자유대학교에서 은유와 서사이
론에 관한 해석한 연구로 박사학위를 받았다. 소수자의 언어, 다의적 표현, 이해와
해석의 문제 등에 관심을 가지고 공부하고 있다. 저서로는『예술: 세계이해를 향한
도전』,『주체와 타자 사이: 여성, 타자의 은유』등이 있다. 부산대학교 인문학연구
소에서 HK교수로 재직했고, 현재는 이화여자대학교 탈경계인문학 연구단의 HK교
수로 재직하고 있다. 이 저서에 실린「다른 목소리 듣기-말하는 주체와 들리지 않
는 이방성」은『한국여성철학』제17권(한국여성철학회, 2012. 5)에 게재되었던 글을
총서의 체제에 맞게 약간 수정한 것이다.

이용일(李龍一) hboell@dnue.ac.kr

대구교육대학교 사회과교육과 조교수. 2003년 독일 빌레펠트대학교 역사철학부에서 독일의 외국인력모집정책(1955-1973)에 대한 논문으로 박사학위를 받았다. 이민사, 민족주의, 트랜스내셔널 히스토리에 학문적 관심을 기울이며 Die Ausländer-beschäftigung als ein Bestandteil des deutschen Produktionsregimes für die industrielle Wachstumsgesellschaft 1955-1973 (LIT: Schriftenreihe der Stipendiatinnen und Stipendiaten der Friedrich-Ebert-Stiftung Band 31), 『허구의 민족주의』와 『서양현대사회와 이주민』 등의 저역서와 「트랜스내셔널 공간으로서 이민박물관」, 「트랜스내셔널 전환'과 새로운 역사적 이민연구」, 「"인정투쟁"으로서 주변의 재발견—독일사회의 일국적 패러다임과 트랜스내셔널 이주민공동체」 등의 학술논문들을 내놓았다. 이 저서에 실린 「트랜스내셔널 공간으로서 이민박물관(Migration Museum)」은 『서양사론』 제112호 (한국서양사학회, 2012. 3)에 게재되었던 글을 총서의 체제에 맞게 약간 수정한 것이다.

김정현(金定鉉) activejhk@hanmail.net

부산대학교 인문학연구소 HK연구교수. 2001년 서강대학교에서 『뽈 리꾀르의 도덕철학—목적론적 윤리와 의무론적 도덕의 종합』이라는 제목으로 문학박사(철학전공)를 받았고, 전공 분야는 윤리학, 정치철학, 상호문화 철학이다. 동아대학교 석당학술원 전임연구원, 루벤대학교(K.U. Leuven) 전문연구원을 역임했다. 주요 논문 및 저서로는, 「언어 번역에서 문화 번역으로—폴 리쾨르 번역론 연구를 통한 상호문화성 성찰」, 「상호성의 윤리와 타자 중심성의 윤리: 리쾨르와 레비나스의 조우, 그리고 문화 간 관계에 대한 그 함축」, 『상호문화 철학의 논리와 실천』(편집 및 공역) 등이 있다. 현재 관심 분야는 민족주의, 세계시민주의, 그리고 정치적, 문화적 이방인으로서의 타자 등이다. 이 저서에 실린 「문화 간 소통의 가능성과 조건에 대한 한 연구—두셀과 테일러의 근대성 이해 및 윤리적 기획의 비교를 통해」는 『대동철학』제59집(대동철학회, 2012. 6)에 게대되었던 글을 총서의 체제에 맞게 약간 수정한 것이다. 그리고 「근대적 번역 유형에 대한 한 비판: 매킨타이어의 견해를 중심으로」는 『해석학연구』제28집(한국해석학회, 2011. 10)에 게재되었던 글을 총서의 체제에 맞게 약간 수정한 것이다.

서민정(徐旼廷) smj@pusan.ac.kr

부산대학교 인문학연구소 HK연구교수. 2004년 부산대학교에서 「한국어 정보 처리를 위한 토 연구」라는 제목으로 학위를 받았고, 전공분야는 '한국어 문법', '언어문화'이다. 주요 업적으로는 『토에 기초한 한국어 문법』(2009), 『근대지식인의 언어 인식』(2009, 2인 공역), 『민족의 언어와 이데올로기』(2010, 공저) 등이 있다. 최근에는 인문학적 관점에서 국어학 보기, 언어와 문화와의 관계 등에 관심을 두고 공부하고 있다. 이 글에 실린 「'글자'에 대한 인식의 변화와 문화 번역-『훈민정음』(1446)과 『글자의 혁명』(1947)을 바탕으로」는 『우리말연구』제29집(우리말학회, 2011. 10)에 게재되었던 글을 총서의 체제에 맞게 약간 수정한 것이다.

김남이(金南伊) popodidi@pusan.ac.kr

부산대학교 한문학과 교수. 2001년 이화여대에서 「集賢殿 學士의 문학 연구」로 박사학위를 받았다. 전공분야는 조선전기 한문학, 한국한문학사이다. 부산대학교 점필재연구소에서 공부하며, 조선전기 한문학과 근현대의 한문학 연구사와 관련된 연구 및 번역 활동을 했다. 주요 연구 성과로는 「燕巖이라는 고전의 형성과 그 기원 (1)(2)」, 「최남선의 『自助論』 번역과 重譯된 '자조'의 의미-새뮤얼 스마일즈(Samuel Smiles)의 『자조(Self-Help)』, 나카무라 마사나오(中村正直)의 『서국입지편(西國立志編)』과의 관련을 중심으로」, 「조선전기 杜詩 이해의 지평과 〈두시언해〉 간행의 문학사적 의미」, 『譯註 佔畢齋集』, 『18세기 여성생활사 자료집』(공역), 『고전, 고전번역, 문화번역』(공저) 등이 있다. 이 저서에 수록된 「20세기 초 한국의 문명전환과 번역 – 重譯과 譯述의 문제를 중심으로」는 『어문논집』 제63호(민족어문학회, 2011. 04)에 게재되었던 글을 총서의 체제에 맞게 약간 수정한 것이다.

김용철(金容徹) bishma@hanmail.net.

부산대 점필재연구소 HK연구교수. 2002년 고려대학교에서 「박인로 강호가사 연구」라는 제목으로 학위를 받았고 전공분야는 한국 고전문학이다. 고려대·상지대·한성대·부산대 등 출강했다. 「「조신」에서 깨달음의 실천 지향과 변증법적 삼단 구조」, 「진청 무씨명의 분류체계와 시조사적 의의」, 「「묵재일기」 속의 여비」 등의 논저를 냈고, 공역서로 『(역주)점필재집』이 있다. 지금 관심을 기울이고 있는 분야는 고전번역학, 고전문학, 동아지중해론 등이다. 이 저서에 수록된 「「만고가」의 『십구사략』 수용과 문명번역적 성격」은 『우리문학연구』 제37호(우리문학회, 2012. 10)에 게재되었던 글을 총서의 체제에 맞게 약간 수정한 것이다.

임상석(林相錫) oakie@hanmail.net

부산대학교 점필재연구소 HK교수. 2007년 고려대에서 국문학 전공으로 박사학위를 받았다. 미국 조지메이슨 대학, 성균관대학, 원광대학 등에서 연구한 바 있다. 『20세기 국한문체의 형성과정』, 『최남선 다시 읽기』 등을 간행하였고, 공역서로 『근대어의 탄생과 한문』, 『대한자강회월보편역집1』 등이 있다. 현재 한일 문체 비교연구, 근대의 고전과 번역 등을 연구하고 있다. 이 저서에 실린 「조선총독부 중등 교육용 조선어급한문독본의 조선어 인식—『신편고등조선어급한문독본』의 번역과 문체를 중심으로」는 『한국어문학연구』 제57집(한국어문학연구학회, 2011. 8)에 게재되었던 글을 총서의 체제에 맞게 약간 수정한 것이다.

[고전번역+비교문화학 연구단] 총서 4

문화소통과 번역

2013년 5월 31일 초판 1쇄 펴냄

저　자 이은령, 하상복, 이효석, 김경연, 김애령, 이용일
　　　　 김정현, 김경연, 서민정, 김남이, 김용철, 임상석
발행인 김흥국
발행처 도서출판 보고사

책임편집 박현정
표지디자인 오동준

등록 1990년 12월 13일 제6-0429호
주소 서울특별시 성북구 보문동7가 11번지 2층
전화 922-5120~1(편집), 922-2246(영업)
팩스 922-6990
메일 kanapub3@naver.com
http://www.bogosabooks.co.kr

ISBN 979-11-5516-022-0 93810
ⓒ 이은령, 하상복, 이효석, 김경연, 김애령, 이용일
김정현, 김경연, 서민정, 김남이, 김용철, 임상석, 2013

이 도서의 국립중앙도서관 출판시도서목록(CIP)은 서지정보유통지원시스템 홈페이지
(http://seoji.nl.go.kr)와 국가자료공동목록시스템(http://www.nl.go.kr/kolisnet)에서
이용하실 수 있습니다. (CIP제어번호: CIP2013006899)